樱花梦

李保荣 —— 著

北京日报出版社

图书在版编目(CIP)数据

樱花梦 / 李保荣著. -- 北京 ：北京日报出版社，2023.5
　　ISBN 978-7-5477-4562-5

Ⅰ．①樱… Ⅱ．①李… Ⅲ．①长篇小说－中国－当代 Ⅳ．①I247.5

中国国家版本馆CIP数据核字(2023)第007001号

樱花梦

出版发行：	北京日报出版社
地　　址：	北京市东城区东单三条8-16号东方广场东配楼四层
邮　　编：	100005
电　　话：	发行部：（010）65255876
	总编室：（010）65252135
印　　刷：	廊坊市佳艺印务有限公司
经　　销：	各地新华书店
版　　次：	2023年5月第1版
	2023年5月第1次印刷
开　　本：	710毫米×1000毫米　1 / 16
印　　张：	26.5
字　　数：	395千字
定　　价：	89.00元

版权所有，侵权必究，未经许可，不得转载

序

一九八六年十一月，正是天高云淡，风清气爽，红叶遍山的美好季节，我应邀参加在北京香山举行的一个国际医药学术大会。与会人士，除少数欧美专家外，主要是中国和日本的专家。在会上，我结识了几位日本朋友，谈话既融洽又投契。有的在日后的交往中逐渐建立了友谊，成了好朋友。他们既是学术界的著名学者教授，又是那场日本侵华战争的严厉批判者，深刻反省者，更是中日友好的积极倡导者。

其中的一位朋友渠君，他是日本投降后，"满洲开拓团"的日本移民仓皇逃跑时遗弃的婴儿。当时他仅三个多月，因为当时天气特别寒冷，母亲背着他从北满向南一路奔波，路上患了严重的小儿急性肺炎，当时那些日本人已经疲惫不堪，食不果腹，人心惶惶，也根本没有任何医疗条件，婴儿奄奄待毙。父母万般无奈，将他用厚厚的棉絮包裹好，忍痛挥泪置于路边，希望被善良的中国人发现，得到救治。果然，一家过路的渠姓中国农民老夫妇发现了婴儿并收养了他。贫穷的老夫妇节衣缩食，倾尽仅有的一点点积蓄，千方百计延医救治，他竟然奇迹般地痊愈，长大后，成为受到高等教育的医学专业人才。仅凭当初掖在襁褓里的一纸中文哀哀求告信这条线索，一九七二年中日建交后，他的中国父母经多方联系为他找到了日本父母。看到被遗弃的垂死婴儿竟然活了下来，而且长大成人，日本父母全家异常激动，悲喜交集，对中国恩人感激涕零。

渠君为我讲述这段往事的时候，情绪激动，眼含热泪，他痛恨日本的侵华罪行，痛恨日本军阀给日本人民带来的痛苦。但他并不恨日本父母在他婴儿时期抛弃他，说如果硬是把他带走，他肯定会死在路上。他遵照日本父母的诚恳意愿，谆谆嘱咐，保留了中国国籍与姓氏，留在中国父母身边。渠君动情地对我说："中国才是我真正的祖国，我永远爱她，我的母亲中国！"

渠君的经历并非个例，这样的事例还有很多。据有关资料统计，当时约有上千名被遗弃的日本婴幼儿被中国家庭收养。中国人民天性善良，收留并培养了这些日本弃儿，使他们健康成长，受到良好的教育，成为对社会有用的人才。渠君的讲述叩击我的心弦，深深打动了我，让我至今不能忘怀。

一九九八年十月，我应邀参加在日本神户举行的一个国际临床医学研讨会。由于邀请我的那所大学给我发出的是两个星期的"招聘状"（邀请函），是由该大学校长签发的，时间从十月底到十一月中。所以，除了参加学术交流外，日方还特意给我留出了充足的参观访问时间。校长说，好不容易邀请您来一趟，就在日本多停留几天，各处转转，多了解点儿日本的情况。还说中岛教授是我的老朋友，就由他陪着到各地参观访问吧！这个安排恰中我意，也使中岛高兴。中岛领我浏览了神户市容，察看了发生在一九九五年一月的那场阪神大地震的遗迹，修复重建工作做得很好，几乎看不出被地震破坏的痕迹了。他还领我访问了京都大阪及附近城镇的名胜古迹，一路指点讲解，强调说这些都是中国古代文化在日本的传承，历史上日本从来都是中国的学生，善于汲取中华文化精髓，受惠多多。

老友相会有说不完的话题。我们在谈及日本侵华史的时候，他说那场战争不仅残害了无数中国人民，而且从精神上和肉体上也毒化、残害了日本国民，是一部不折不扣的、害人害己的罪恶史！还说，今天的日本年轻人切不可上篡改历史的教科书的当，要严肃地了解真实的历史，本着"前事不忘，后事之师"的精神，永远牢记伤痛。

在京都逗留期间，一天晚上闲暇无事，灯下聊天时我问，当年不仅日本政府官员、军队官兵，就连一般的国民也都普遍高傲自大，蔑视甚至仇视中国人，这究竟是为什么？他说这是日本军阀政府对国民精神毒害的结果。事实上，这种精神毒害从明治维新时期就开始了。那时，日本发愤图强，实行变革，向西方学习科学技术，很快从一个贫穷落后、受西方欺凌的国家，变成科技发达、国力强盛的国家。这本是一件好

序

事，可惜的是，日本不仅学习了西方的科学技术，也学来了西方的殖民主义，从一个被侵略的国家，变成一个侵略别国的国家，这真是颇具讽刺意味的转变！他说："侵略中国是众所周知的，我们姑且不去谈它。今天我要说的是，这个高傲自大的恶劣脾性，还给中日两国年轻人之间的友谊与爱情造成了严重伤害。那个时代的日本当局都是些狭隘的民族主义者。他们对中日两国人民之间的感情交流与友好往来设置种种障碍，刻意割裂与阻挠，用大和民族优越论毒化了日本国民的思想，在两国人民之间构筑了一条深深的鸿沟，使日本国民'夜郎自大'，视中国人为劣等民族，加以歧视。遗憾的是，关于这个问题，在日本很少有人研究，也不见文字记载。"我说："请你具体讲讲。"他沉吟了一下，叹口气说："我知道一桩真实的，由于这种无礼阻挠与粗暴干预，发生在中日青年之间的不幸爱情故事。这个故事还与遗弃在华的孤儿命运紧密相连，就像当年日本开拓团的弃儿那样，使得这个故事更具传奇色彩，说来令人感慨万端。"我要求他把故事讲给我听，他说："既然你想听这个故事，明天我带你去一个地方，到那里你就会知道故事的详细内容和来龙去脉了。"

第二天晚饭后，他领我去了一个地处僻静小街的酒店。那是一家经营规模不大，但在当地颇有些小名气的酒店，以店面敞亮，酒类齐全，菜肴丰富，侍应女郎年轻漂亮，服务周到闻名。酒店女老板名叫多田羽子，是个讲究衣着、仪表修饰的老年女人。她与中岛似乎很熟稔，亲自过来打招呼，问中岛为什么许久没来京都了。中岛说平日教学医疗工作很忙，也没机会来这里，今天是陪一位中国朋友专门来拜访您的，请您抽点时间接待一下。她朝我微微躬身，微笑说幸会，说还有点事需要亲自去安排，请稍等片刻，待会儿就来。她叫身着和服的侍应女郎把我们领进一个清静单间，吩咐好好照应饮馔，然后匆匆离去。我们席地坐在榻榻米上，面前是一张矮矮的长桌，侍应女郎用黑漆托盘送来中岛点的甜味清酒与几样精致下酒菜肴，逐一整齐地摆放在桌上，然后退下。

中岛教授说，羽子的表姑藤田惠子就是那个异国恋情故事的女主人公。"二战"时惠子作为日本军官家眷，曾在你的故乡临城待过几年。年轻时由于专制的军人父亲对她与中国留学生恋爱的粗暴干预，她的一生遭遇很悲凉，值得写进日本侵华史里去，至少应该写进真实的历史遗事中去。如今惠子已经逝世了，她的儿子松崎佐治还在京都，待会儿羽子来了，与她商量商量，请她介绍我们去见松崎佐治，从他那里我们可以了解惠子一生不幸经历的详细内容。

半个小时后，羽子来了。她虽然已是五十开外的年纪，面部却丰腴洁白，没有斑点皱纹，眸子清澈明亮，一副富态相，看上去不过四十来岁。她一坐下就往我们的酒杯里添酒，朝我说，十分荣幸能认识来自友好邻邦中国的朋友。中岛教授对我说您是中国山东临城人，是吗？我说是的，就是山东南部苏鲁交界处的临城。羽子听了点点头说，那地方我知道，是个几百年的古老驿站，镇子风景旖旎，民风古朴，是孔孟桑梓之地，很有文化底蕴。我问，您怎么知道的？羽子说是听表姑说的，表姑说那是她心驰神往的地方，是心系久之的异国故乡。中岛插嘴说，羽子，您能不能把这位中国朋友介绍给您表哥松崎佐治先生？就说是他母亲心仪的故乡人来访，打算了解他母亲当年的不幸经历，我想松崎会接待的。羽子说没问题，又对我说，我表姑是高龄老人，于阪神大地震时，因为天气寒冷，避灾受冻，先是患了感冒，后来转为肺炎，当年三月就去世了。她问我打算什么时候去见佐治。没等我回答，中岛说这位中国教授是来日本开会的，会开完了，最多还能在日本待上十天，就凑在这段时间内见面如何？羽子说，好，我马上联系，争取他们尽快见面。

事情很快安排好了。松崎先生对羽子说，既然中国朋友停留时间有限，那就尽早见面，时间定在这个星期天上午九时，在他家里接待。

由羽子带领，我与中岛一同前往松崎府上拜访。我特意带上小型录音机、全自动照相机、笔记本等采访必需用品。松崎先生早准备好了，他在门前迎接我们。羽子给我们做了介绍，松崎表示非常欢迎中国朋友来访。我们在他家客厅坐下，年轻的女佣送上茶水、日式糕点，请我们随意品尝。松崎先生六十来岁，头发灰白，已经谢顶，但面容不显老态，很精神。他说，战时他与母亲一起在临城居住过，当时他才四五岁，与外界很少接触，对那里的情况并不了解。只是听母亲说过，临城是她最喜爱的地方，还说她年轻时的好友、留学日本的刘传玉君就是山东临城

序

人，他们曾经有过一段真挚的恋情，后来被她蛮横的父亲硬是给拆散了，成为她一生的遗憾。不仅如此，而且她父亲还强力包办了她的婚姻，使她一辈子郁郁寡欢。战后中日恢复邦交，她还专门去过临城一趟，探望当年的挚友。本想在有生之年再去访问的，但不幸因病逝世，没能遂愿。弥留之际还没忘叮嘱我，叫我替她去趟临城，看望她的挚友年老的刘君。我也是刚退休不久，正打算找个合适的时间去趟山东临城，见见我母亲心系的故人呢！

我取出录音机，打算录他的谈话，他连忙摇手说："不用录音，那样会打扰我的思路。您看，说着朝他身旁的小桌指指，要说的全都在这里了！是我从父母亲十多本日记中挑选出来的，三本是母亲当年的私人生活日记。一本是父亲在临城驻军时的阵中日记，一共四本，您可以带回宾馆去细细看，可以拍照，可以摘抄，也可以复制，在您离开日本前交还给我，或者委托中岛教授转交都行。今天我只是把大概情况说说，供您参考。"我从那几本日记里抽出一本他母亲的日记，大致翻了翻，都是用平假名写的，夹杂着许多汉字，有的地方写得比较潦草。我只是读小学的时候学过日文，而且日久也大多遗忘了。只得向松崎先生说，这些日记都很宝贵，内容一定很丰富，遗憾的是，我看不大懂，阅读摘抄都有困难。他听了说，那就请中岛教授协助如何？中岛马上答应下来，说没问题，时间足够。于是，我与松崎用英语就要了解的问题，粗略交谈一番，提纲挈领地做了笔记。临告别时，松崎拿出他母亲一九七五年来中国时在临城与刘传玉等人拍的合影，特别是那张他母亲与刘传玉的单独合影，更是吸引了我的注意。我问，这张照片我可以翻拍吗？松崎立即说："完全可以，就是特意拿给您看的。现在我就翻拍给您。"说着取出相机对着照片拍下来，照片当即从相机一侧吐了出来，是张彩色照片，效果不错。他说："这张即拍即取的照片虽便捷，但不易长期保存，您可以用您的相机再拍一张，冲洗出来保存。"于是我又用自己的相机拍了一张，然后说："多谢松崎先生百忙中接待我的冒昧访问，我打算根据这些材料写成一部文艺作品，譬如小说之类的，您意下如何？"松崎点头说："很好，我完全赞成！您的建议正是我母亲生前的心愿，她

樱花梦

早就想请人把这部伤心史写成小说，使后人看了可以知道日本军国主义不仅犯下了侵华战争罪行，而且还灭绝人性，肆意践踏破坏中日年轻人的异国恋情。如能实现这一愿望，那将使我母亲含笑九泉了！"

回到宾馆，中岛教授立即把这些日记拿到一家复印社复制，第二天取回说："我带回神户很快摘译出来，连同复印件一起给你，你走前就可以拿到。这几本日记原件暂且留在我这里，等我抽空再去一趟京都，当面交还给松崎。"这次的京都之行，我还带回了一些英文与日文的游览资料，收获颇多。中岛教授笑着说："导游的任务我算是完成啦，下面就看你的了！"我信心百倍地说："放心吧，一定不会让你与松崎先生失望！"

中岛的摘译虽然简单，却大致勾勒出了这个异国恋情故事的轮廓。参照着复制的日记原文，借助我原有的一点儿日文底子，以及其中包含的大量汉字，我对故事有了更深刻的了解，深受感动。惠子是坚强的，同时也是懦弱的。这一两面性，充分展现了当时日本家庭的封建家长制独裁，女人的无权地位，以及那段风云激荡的战争岁月。我反复阅读这些原始材料，查阅有关的历史背景资料、日本发动战争及失败投降的历史专著，并且从脑海里挖掘我当年的亲身经历与见闻，渐渐构成了具有时代感的完整的故事。再加上对日本当年风土人情的描写，也给故事增添了地域色彩，提升了可读性。

这个故事寓意深刻，颇堪玩味。它讲述了一个令人唏嘘不已，又感欣慰的故事，我把它叫作"悲喜剧"：在老一辈主人公身上没能实现的美好梦想，却在他们的下一代人身上奇迹般地实现了。从这个意义上讲，它象征了一衣带水的中日友谊，一定会地久天长。勤劳勇敢的中日两国人民必将永远抛弃不幸的过去，迎接友好的未来。中国一贯主张中日友好，提倡建立人类命运共同体。唇齿相依，日本人民也一定会有同样的诉求，无论是内部的右翼势力，抑或外来的恶意破坏，都无法阻止这一历史的必然进程。我相信，中日两国人民都会对此寄予厚望与期待。

二〇二一年三月于北京

目 录

第一章　浪漫夏威夷 1
第二章　富士丸上 21
第三章　樱花之恋 37
第四章　爱河兴波 53
第五章　藤田兄弟 71
第六章　最后的挣扎 86
第七章　神户驿之痛 100
第八章　东瀛归来 120
第九章　国事惊心 135
第十章　九州风云 152
第十一章　乱世姻缘 167
第十二章　古镇沦陷 182
第十三章　松崎少佐 196
第十四章　冰美人 214
第十五章　九龙璧之谜 229
第十六章　阴谋与陷阱 243
第十七章　血染的空谷兰 258
第十八章　传玉奔丧 277
第十九章　宝物东去 293
第二十章　疯狂太平洋 313
第二十一章　普济医院 327
第二十二章　虎穴取"子" 343
第二十三章　罪与罚 359
第二十四章　罪与赎 378
尾声　三十年后 397

第一章

浪漫夏威夷

一九二八年八月，瓦胡岛，檀香山（火奴鲁鲁）。

夏威夷群岛是浩瀚无垠的太平洋上一串美丽的珍珠。瓦胡岛是群岛中最重要的一个岛屿，檀香山就坐落在瓦胡岛上，是群岛的首府所在地，是群岛最大的城市和最大的港口。这里居住着夏威夷百分之八十以上的人口，其中多是日裔、华裔和菲裔美国人，此外还有一些美国本土与欧洲移民。当地原来的土著居民为波利尼西亚人，意为"多岛人"，为数不多。

一个忽雨乍晴的午后，海边清风吹拂，洒满灿烂的阳光。闪烁着银光的海浪一波接一波地竞逐而来，热情拥吻柔软的金色沙滩，涛声阵阵，不绝于耳。一株株椰树亭亭玉立，情深意浓地相依成林，树干高耸挺拔，袅娜多姿，羽扇般的巨大枝叶，随风摇曳，烘托着亚热带岛屿风情，撩人游兴。这时，从海滩附近酒吧里传来阵阵歌声，伴随着旋律欢乐、节奏明快、鼓点急促的音乐，一个嗓音略显沙哑，激越高亢、热情奔放的男高音扬声欢唱著名的夏威夷民歌《Aloha Oe》，歌声随风飘荡，弥散于整个海滩，令游人心醉神迷，仿佛置身人间幻境。这首著名歌曲的作者就是一八九一年即位，一八九五年被迫退位的夏威夷女王利里奥卡拉尼。她退位后，这个群岛遂即在外国人的操纵下成立了共和国，不久于一八九八年并入美国版图成为其属地，为以后正式纳入美国版图，成为一个"州"做好铺垫。

这时，慕名而来的远方男女游客们，身穿各种款式、不同花色，乃至几乎全裸的比基尼泳装，戴着墨镜，或仰或趴在沙滩上晒日光浴，也有的相率下海游泳。还有些人躺在太阳伞下的躺椅上，喝着爽口的清凉饮料，观看辽阔的蓝色海洋，碧空里袅袅的白云，低昂飞翔的海鸥，以及海滨游泳的人们。成群的儿童在沙滩上奔跑追逐，嬉戏玩耍。老人们则躲在沙滩后面巨大的、茂密如盖的榕树荫下，嘴里叼着古巴雪茄，于烟雾袅袅中，靠在躺椅上闲逸地纳凉，也有的闭目养神，追忆昔日风华正茂的美好时光。

一群来自日本京都帝国大学的学生，在医学部病院池田英夫教授的指挥下，玩沙滩排球。双方网上争夺激烈，战斗正酣。池田口中衔着哨子，眼睛盯着网上来回飞转的排球，打着手势，指指点点充当裁判。任何一方胜出的球都会赢来旁观者一阵喝彩，胜出一方的队员们彼此拍手击掌，兴奋不已，失球的一方惋惜之余，握紧拳头彼此激励。

海滨浴场里，一些人以蛙泳、蝶泳、仰泳等泳姿竞技游水。远处，一艘扯着双桅白帆的游船缓缓行驶在海面上，几个游客倚着船舷栏杆，眺望岸边风光，有的手擎相机对着沙滩上晒日光浴的人们拍照，镜头里的海滩景致，想来一定美不胜收。

一

夏威夷属于热带海洋性气候，雨水充沛，气候宜人。这里每天忽晴忽雨，有时在明媚的阳光下，却来上一阵蒙蒙细雨，空气格外清凉，人们管这叫作"太阳雨"。

短短的一阵细雨过后，湛蓝的天空出现了一上一下、两道携手并列的绚丽七色彩虹，犹如横跨在海上的一座公路铁路两用大桥。海滩上、游船上的人们赞叹之余，赶忙举起相机，拍下这难得一见的双虹相携美景。

沙滩上的人们被这奇景吸引，都在仰面观看，啧啧称奇。

"看，快看，那边有人落水了！"忽然有人伸直胳膊，指着海面大声惊呼。

一阵骚动，人们立即把目光转向海上，并且纷纷涌向海边。在浴场玩水的人们听到呼喊声，也都愕然转身朝海上张望，有人立即朝出事地

第一章　　浪漫夏威夷

点游去。

这时，一位青年男子一马当先冲刺在前，以快速的自由泳式，奋力朝双桅游船扑去。落水者早已被一波波海浪冲离游船老远，正一浮一沉地在水里挣扎，形势万分危急。

落水者是个不谙水性的少女，两手惊慌地在水面上乱扑乱抓。青年男子迅速接近落水者，急速地闪到她的背后，左臂紧紧夹住她的腰肢，边拖边用右臂奋力划向游船。这时，船上的救生员也向他游来，两人合力把女孩送上船去。她一定喝了不少水，被水呛得有些昏晕瘫软，船上的医生赶忙控水施救。青年男子用手抹了把脸上的水，转身朝海滨沙滩游去。

"喂——请等一下，等一下！请留下您的姓名和住址！"救生员朝那青年男子大声叫喊。

"谢谢你——你叫什么名字，住在哪里？"船舷边的人们也齐声高声呼叫。

"中国，中国！"青年男子用英语大声回应，举起右臂朝呼喊的人们招了招手，转头继续朝海滩游去。那位救生员眼望他远去，无奈地摇摇头说，啊，"中国"，一个好人！

这位青年男子就是日本京都帝国大学的中国留学生刘传玉，山东滕县临城镇人。他是前年来日本留学的。在青岛市立第一中学念高中时，他曾代表学校到济南参加山东省运动会，并夺得蛙泳、自由泳、蝶泳、仰泳四种泳姿的全能冠军。现在京都帝国大学医学部读二年级，随京都帝大学生旅行团来夏威夷度假。他拯救落水少女的勇敢行为受到池田教授的热烈称赞。

"好样的！"池田教授伸出大拇指朝他晃了晃，"刘，你是我们学生旅行团的骄傲。你的游泳速度够快的，足有一千米的距离，这么快就及时赶到了，稍慢一步落水者就没命啦！"

"对拯救落水人来说，时间就是生命，速度赢得时间。刘君，你奋不顾身，顶着激流游向风疾浪高的深水区救人，这种行为实在叫人钦佩。你的游泳水平也是一流的，佩服，佩服！"高年级的日本同学宫本雄一连连称赞。

"不行，不行，千万别这样说，我还差得远呢！"刘传玉羞赧地一笑，"你们的夸奖我实在不敢当，也叫我羞愧，我只不过是做了应该做的。"

"太谦虚了，刘，我再说一句，你是好样的，是我们的骄傲！"池田教授坚持说。

排球比赛被这突如其来的事件给搅停了，同学们没了球兴，都围拢过来听池田教授他们谈话，七嘴八舌地插嘴评论、夸赞。

"听听，你听听，传玉老弟，你见义勇为，给咱山东人脸上增光啦！"临城老乡王原泰说。他是社科部经济系高年级留学生，与传玉同住一个宿舍，彼此关系不错。

"别瞎扯，原泰兄，只要是会游泳的，谁碰到这种事能袖手旁观、见死不救呢？"

西方彩霞满天，夕阳像个硕大的红球，渐渐西沉，就要落入海里。池田教授吹哨集合，浴场里、沙滩上的学生们纷纷聚拢过来，整队跟随池田教授返回旅馆。

下榻的旅馆庭院很大，绿茵满地。里面有个宽广的池塘，周边长着些不知名的水草，碧绿的草叶间开着各色小花。池水清浅，水色蓝蓝，闪着玻璃样透明光亮。几对色彩艳丽的鸳鸯，在池塘里恩恩爱爱地游来游去，缱绻无限。水池中有个喷泉，向上喷着细细的泉水，水柱高高涌起，又如珍珠般落下，溅起层层波澜。天黑下来时，庭院灯柱上的玻璃罩里亮起灯光，橘黄色的灯光映照着庭院里高高的修美婀娜的椰树、蜿蜒曲折的石子甬道，以及南欧式的雅致馆舍，温柔得如梦如幻，给旅客以置身异国的情趣。

晚饭后，池田教授与大家围坐在庭院的池塘边休闲聊天，给学生们介绍夏威夷的民俗风情、物产饮食。正谈得起劲儿，一位旅馆服务生走来对池田说：

"教授，有两位先生要见您。"

"两位先生？什么事？"

"不知道，他们只说有事情要请教。"

第一章　浪漫夏威夷

"哦？那会是谁呢？"池田眉毛一扬念叨，"嗯——那就请他们到前边会客室吧！"

池田起身跟随服务生会见客人去了。

同学们继续坐在庭院里天南海北地闲聊。刘传玉腰间挂的一块玉佩引起宫本雄一的兴趣，他想仔细看看，传玉立即解下递过去。这是一块儿比火柴盒大些的长方形和阗白玉佩，厚约半厘米，四周边缘双面浮雕卍字不到头，中间镂雕一只壁虎，伸爪盘尾，回头后望，双目炯炯，形象逼真，生动传神，雕工可谓细致精巧，摸上去手感温润滑腻。宫本爱不释手，翻来覆去地把玩观赏，问道：

"刘君，我知道你们中国人喜欢玉，只要有可能，身上总要佩戴一块儿，这是为什么？"

"不错，中国人特别喜爱玉。"传玉说，"中国古代经典《礼记》中就写着'古之君子必佩玉'，'君子无故玉不去身'。玉性温润光洁，体现一个人温良的品德。佩戴一块美玉，就是为了用玉的品德要求自己，执身如玉，注意操守，坚守方正。因此，人们不仅喜欢佩戴玉，而且给孩子起名字也经常使用'玉'字。比如，怀玉、方玉、守玉、佩玉、佩珏、宝璋，等等。"

"你的名字为什么叫'传玉'？是不是指把这块玉传给后代子孙？"

"宫本君的推论有道理，说明你有悟性。父亲给我起名'传玉'，不是指把这块玉传给后代，而是指把玉的精神品质代代相传。我这块玉并不是什么特别好的玉。"刘传玉指着玉佩说，"它虽然也是白玉，但品相略微差点儿。最上等的白玉，洁白无瑕，光泽滑润，如同凝脂一般，叫作'羊脂玉'。如果说要'传玉'，也不会是指传这块小小的玉佩。"

"啊，在我看来，这块玉佩已经非常精美了！够资格作为传家宝传给你的儿孙了。"宫本赞道，说着把玉佩递还给传玉。

"咳，这不过是个随身的玉挂件罢了。要说传家宝，我家倒还真有件传家宝咧！"

"也是玉吗？什么样子？"有同学问。

"那是件祖传古物，可以称得上是一宝，还是我五世高祖名讳胤昌传下来的,叫作'九龙璧'。它是圆形片状,正中有孔,体形较大的玉。从我到我父亲这一支再上溯到高祖,都是嫡传长房。按照中国自古以来的传承规矩,只有嫡传长房子孙才能够继承家藏珍品,所以称作'传家宝'。"

听说是百年古物,大家都来了兴趣,凑过来要求传玉给大家说说这件"传家宝"的来历。传玉笑笑说:"不知道你们日本人是怎么看待玉的。我刚才说过,我们中国人把玉看成道德标准的体现,所以,对它的年代质地、造型式样、纹饰寓意等,都非常讲究。"

"我们日本很重视玉,极少随便佩戴玉器,因为我们把玉看得崇高、神圣。"宫本插话说,"我们建国神社伊势神宫与热田神宫里就供奉着宝剑、勾玉、铜镜三样神器,它们是太阳女神天照大神传给后世子孙的,象征勇气、智慧、仁爱三种美德,而且是皇位与皇权的象征,我们日本国民非常崇敬它。"

传玉接着说:"日本人崇拜玉,我们中国也把玉看得很神圣,但不是把它看作神器,更不是祖先的象征。我们把它看作宝贵的石材,可以用来制作印玺,行使权力,或者制成珍禽异兽,作为吉祥祛邪的镇器。至于随身佩戴,除了意在以玉德自勉外,也是看作一种吉祥物。我家藏的那块九龙璧是块古玉,形制上就是高贵的象征。我父亲十分珍视它,说是我们刘家高祖用千两纹银从一位古董商手里买来的。对方原本要价很高,高祖是位金石专家,精于辨识玉器,鉴赏水平远非一般古董商可比,知道这是件历史久远的古物,志在必得。因此'鸡蛋里挑骨头',故意用内行话贬低它,终于大大地压价买进。至于它的来源与历史,古董商固然没有交代,也不知道,我的高祖也没来得及详细考证便谢世了。因此,它的来历也就不得而知,有待考证。我只见过一次,是父亲特意给我看的,叫我见识一下。我把弄过,这是块儿用上等和阗青玉制成的,色泽白中微透天青,直径二十厘米,内孔径五厘米。璧面通体浮雕祥云,九条游龙首尾相衔,隐现于云朵之间,显示出神秘感。"

听了传玉的描述,日本同学啧啧称赞。这时,王原泰从外边走来,见大家都聚在传玉身边,遂问:

第一章　浪漫夏威夷

"聊什么有趣的，都这么聚精会神？"

"哦，王君，你干什么去啦？"宫本说，"我们正在听刘君谈他家的传家宝'九龙璧'呢，很有意思。"

"九龙璧？"王原泰好奇地问，"传玉，你们家的传家宝？"

二

"哪位是刘传玉君？"旅馆服务生跑来问。

"我就是，什么事儿？"

"池田教授叫您去前边会客室，来访的客人要见您。"

同学们议论："今天是怎么啦？池田教授刚被叫走，刘君又被叫走，一定是出了什么事儿啦！"

"我回来的时候，路过会客室，看见池田教授正跟两个陌生人谈话，会不会涉及刘传玉了？"王原泰说。

"要是这样的话，那一定与今天下午下水救人的事儿有关。"宫本耸耸肩揣测。

刘传玉满腹狐疑地走进会客室。一进门，池田首先站起来，两位来客也跟着站起身来。

"这位就是我们京都帝国大学医学部的中国留学生，下水救人的勇士，我们学生旅行团的骄傲刘传玉君，你们要寻找的人正是他。"池田高兴地介绍说。

"啊，终于找到您啦，刘传玉君！"来人自我介绍，"我叫浅野康夫，是水上救生协会的干事，也是一名救生员，是我与您一起把那位落水女孩送上船去的。这位是我们救生协会的秘书，高桥美代子小姐。我在水里追着问您姓名的时候，只听到您回头喊了两声'中国'，所以我们一直在寻找名叫'中国'的勇士。有人告诉我们，说海滩上有一群从日本来的学生旅行团，其中就有中国留学生，不妨去他们下榻的旅馆打听打听。果然，在这里我们找到你们，见到了令人钦佩的中国刘君，池田教授说是您勇敢地冲过去救人的。谢谢您，多谢了！"说罢，两人起身朝刘传玉深深鞠躬。

"哪里，哪里，其实也没什么，只不过是做了件任何会游泳的人都会做的事罢了！实在不值得表示感谢。"传玉连忙起身，鞠躬还礼。

"都不要客气了，就让我们坐下谈话吧！"

池田招呼大家坐下说话，四人围坐，气氛喜悦。一位日裔服务生送来果汁、茶水。

浅野举目打量传玉，见他十分年轻，眉目清秀，身体健壮，坐在池田身边有些拘谨，便微微向前探过身去问：

"刘君，您是什么时候到日本来留学的？学的什么科目？"

"西历一九二六年，也就是昭和元年来的，已经两年了。先是在京都高等专科学校医预科学习一年，现在京都帝国大学医学部读医本科。"

"请原谅，能不能请教贵庚？"

"哦，我来日本时是十八岁，今年刚满二十岁。"

"啊，这么年轻遇事就机敏果断，前途不可限量啊！"浅野一副夸赞的表情。

"那可是浪高流急的大海呀，我们都很敬佩您的勇敢哪！"美代子随声附和。

"过奖了，还请多多指教。"传玉谦逊地说。

寒暄过后，浅野把话题转向来意，说：

"我们救生协会与落水者的亲属都希望找到救人的勇士，会长命令我们到处打听，务必找到，现在终于如愿了。我们这就回去报告，明天一早再来这里，由会长与获救女孩的亲属向刘君正式表示感谢。现在他们都急着等待消息呢！"

"哎呀，千万不要这样，实在不敢当！"传玉腼腆地直摇手。

"刘，就别谦让了。"池田说，又对浅野说，"那好吧，明天上午我们就在这里恭候。"

浅野与美代子起身告辞离去。

次日早饭过后，救生协会的会长麦克莱恩，一位绿眼珠，灰头发，五十多岁的老年白人，还有那位浅野康夫、高桥美代子，带领获救少女

第一章　浪漫夏威夷

及其亲属来到旅馆。大家在旅馆咖啡厅内一个宽敞的单间里会面。浅野向池田与传玉一一做了介绍。特别介绍了同来的一位中年男子藤田太郎教授，获救少女藤田惠子的伯父，惠子就坐在伯父的身边。她一头乌黑的短发，皮肤洁白，面貌秀美，身材娇小轻盈，带有几分女孩儿的羞怯。大家坐定后，麦克莱恩会长满面笑容，首先说话，他讲一口发音虽不够纯正但却流利的日语：

"昨天傍晚浅野君来向我报告，说找到那位自称'中国'的救生勇士了，原来是刘传玉君。我听了很高兴，立即打电话告诉藤田教授，相约今天一早专诚来拜访池田教授和刘君。我们水上救生协会对刘君见义勇为的精神非常敬佩，感谢您对我们工作的大力支持，这本来是我们协会救生员的职责。我们专门成立水上救生组织，就是为了保障来这里旅游的客人们的安全，在海边浴场里、游船上都有我们的值班救生员。这次意外事件中，我们救生员的动作落在了刘君后边，险些酿成不幸，实在惭愧。我们除了向藤田教授致歉外，特别向刘传玉君表示感谢。"

麦克说到这里，浅野起身把一个精致的深紫色漆盒递给他。他接过来打开盒盖，从中取出一枚金光熠熠的奖章，站起身来说：

"这是我们夏威夷水上救生协会的荣誉奖章。协会设立这个奖章，专门授予在拯救落水者中表现优异的人，表彰他们的勇敢与智慧。现在我代表救生协会把这枚荣誉奖章授予刘传玉君，愿您的勇敢行为带给您自豪，愿美丽的夏威夷永远留在您的记忆里。"

在大家的掌声中，麦克给传玉佩戴上奖章。接下来，藤田太郎教授站了起来，他拉起身边的少女说："这是我弟弟藤田次郎的独女惠子，今年才十六岁，跟随我来夏威夷探亲，同时观光游览。在船上她为了拍摄难得一见的双彩虹而不慎落水，幸亏刘君及时救援，才免遭危及生命的厄运，为此我们阖家感激不尽，特来向刘君致以最诚挚的感谢。"说罢，与侄女向传玉深深鞠躬致谢。

传玉赶忙起来还礼，连说不敢当，这是应当做的。藤田教授说：

"按照中国的文化传统，'救命之恩'其实是不应该用简单的'感谢'二字来表达的。所谓'大恩不言谢'嘛！我们无可报答，只能牢牢记在心里，作为中日两国人民友情的见证。"

藤田太郎这番简单但很诚挚的话，既表达了发自内心的感激，也显示出他具有中国传统文化素养，传玉听了深受感动。他回答：

"藤田教授太过言重了，我受之有愧。赶去救援的不只我一个人，在座的浅野先生也是其中一人，他的救生技术娴熟，起到了非常重要的作用，是我们两人合力救起惠子小姐的。"

浅野赶忙连连摇手道：

"哎呀，刘君切不可这样说！我是随船救生员，救援这条船上的落水者是我的分内职责。我的行动比您迟缓很多，险些出了人命，已经够惭愧的了，本应受到麦克会长狠狠批评的。刘君的行动非常快捷，及时赶到出事地点，才使得惠子小姐脱离险境，为此，我还要深深地感谢您呢！"

藤田教授从身边提包里拿出一个长长的橡木盒子，从中取出一尊雕像，双手送上说：

"这是十九世纪初统一夏威夷诸岛的卡麦哈麦哈大酋长的雕像，是用这里特产的檀香木雕制的，你看，基座上还刻着他的名字 KAMEHAMEHA THE GREAT，他联合各岛的部落建立起夏威夷王朝。为纪念他的丰功伟绩，檀香山市中心广场矗立着同这尊雕像一样的高大铜像。刘君在夏威夷檀香山海上救起了落水的日本女孩藤田惠子，给了她第二次生命，她将毕生铭记着您，永远感激您的恩情。事情发生在这里，请以这尊雕像作为永久的纪念吧！"

惠子小姐随即躬身说：

"惭愧得很呢，刘传玉君！此时此刻，我无法用语言表达对您的由衷感激，这是伯父与我的一点儿小小心意，就请给个面子，留做纪念吧！"

低怯的、语速极快的关西口音日语，从她那樱唇皓齿间轻轻吐出，清脆从容、婉转真挚。她留着微微内卷的乌黑短发，身着白色长袖、带有飘肩的海军衫，海蓝镶边的白色短裙，透着纯美青春的气质。

卡麦哈麦哈大酋长的檀香木站立雕像一英尺半高，头戴高冠，身披

第一章　浪漫夏威夷

长袍，左肩向右斜挎绶带，宽阔的腰带缠腰一周，端头有流苏，于腹前垂下过膝。左手拄一支象征权力的长矛，右臂向前外方伸展，手掌上托，似在号召群岛各部落团结起来，共建美丽岛国。雕像庄严肃穆，有宏伟的王者气度。传玉双手接过，谦恭地说：

"谢谢，太感谢了！藤田教授，惠子小姐，你们的馈赠很珍贵，它象征我们在这里建立起来的深情厚谊，也是中日两国友谊的见证，我一定妥善珍藏，永志纪念！"

三

早饭后，同学们在旅馆庭院里集合，听候池田教授对一天活动的安排。

"喂，请大家注意啦！"池田教授查点人数到齐后，拍拍手掌大声说，"今天我们全体去逛街，可以自由组队，至少两人同行，彼此关照，不要单独行动，以免发生意外。午饭你们自己在外边随意安排。记住，下午四点半准时在卡麦哈麦哈大酋长像前集合点名，一起回旅馆，不准迟到！傍晚六点还要集体去利里奥卡拉妮女王饭店吃晚饭，看歌舞，听见没有？"

"是，听见了，教授！"大家齐声响亮回答。

"希望你们玩得痛快，出发！"池田一挥手。

同学们早就期盼着自由活动，听教授这样安排，顿时欢呼雀跃。熟悉的、要好的，立即彼此招呼，背起挎包，成群结伙，兴高采烈地离开旅馆上街去了。

这时，街上的游人渐渐多起来，三三两两，成群结队，开始了一天的游览活动。也有本地的妇女，手拎竹篮，忙着跑市场，进商店，采购蔬菜鱼虾等食品，准备为家人烹制一天的美食。这些女人梳洗打扮颇具异国风情，耳边大都插戴着缅栀子花，花呈倒卵形，边缘粉白带红，花蕊嫩黄，色调和谐美丽，俗称"鸡蛋花"，是街头一景。据导游说，这种花的插戴是有讲究的，已婚女人戴在左边耳际，未婚女人戴在右边耳际。所以，从戴花的方式上可以区别她们的身份，从而称呼她们夫人或者小姐，切不可混淆，以免引起不快。

朝霞渐渐退去，天空一碧如洗，白云袅袅，阳光格外明媚。街道两旁的椰子树、棕榈树、芙蓉树，以及那枝繁叶茂、遮蔽半个街心草坪的巨大古老榕树，都还滴答着昨夜宿雨的晶莹水珠。盛开的缅栀子、柳桃、三角梅、扶桑花的花朵上残留的雨水珠，也像美人泪般，盈盈欲滴，衬托得花儿越发娇媚艳丽。加上那如诉如歌的鸟语，馥郁扑鼻的花香，使人们心旷神怡，陶醉其间。同学们一个个展胸舒臂，贪婪地呼吸一天里最新鲜、最芬芳的空气，迈动轻捷的步伐，喧笑着拥向大街小巷，朝四面八方散去。

王原泰约着传玉一起活动。他们避开大路，在优美宁静的小街上漫步，漫无目标地进出两旁的小商店，浏览各类商品。店主们见有顾客临门，立即趋前热情招呼："Aloha，Welcome to Hawai！先生们，买点纪念品吧！"说着随手指点货架上、摊位上琳琅满目、五光十色的精美工艺品，脸上堆满笑容，热情推荐。但真正买的人不太多，多数人只是一览而过，对店主报以点头微笑，表示随便看看，然后离去。店主们也习以为常，笑容相送，并不介意。

他们经过一家门面大些的商店，宽大的玻璃橱窗里摆满工艺品，花样繁多，造型各异，尤其镶嵌珠贝的纪念品，更是璀璨夺目。店堂里进出的游客不少，不少人提着纸袋满载而归。

"这些小玩意儿倒挺吸引人的，精致漂亮，价钱估计不会太贵。"传玉指着橱窗的展品说。

"走，咱们也进去看看。"王原泰提议。

他们走进商店，不少人正拥在柜台前，仔细挑选旅游纪念品，店员们忙着照应生意。抬眼看去，玻璃柜里、货架上满是夏威夷独特的工艺品：红色的、白色的珊瑚，香樟木雕、乌木雕、紫檀木雕，芬芳的檀香木制品，玻璃制品，蓝贝壳工艺，风情草编，以及各种布艺等，目不暇接，美不胜收。

"咦——是刘传玉君！"细柔的女孩儿声音。

第一章　浪漫夏威夷

"啊,是惠子小姐!"传玉笑道,"你也来了,藤田教授呢?"

"伯伯,看,刘传玉君也在这里!"惠子转头朝柜台的一端呼唤。

藤田教授正与女儿英子浏览商品,闻声转头见惠子身旁站着传玉,立即笑着走过来。

"啊,刘君,咱们又见面啦!——这里的工艺品不错,花样很多,打算买点什么?"

"随便看看,还没拿定主意呢!"传玉赧然一笑。

"这位先生是你的同伴?"藤田看了眼传玉身边的王原泰。

传玉给他们介绍,两人客套了几句。藤田叫传玉挑选中意的留做纪念,意思是替他付款。传玉谦让说不客气,大家自便吧!藤田朝惠子笑笑,惠子会意,微笑着说:

"我看这组'草裙舞者'就很漂亮,是夏威夷独有的风情布艺,就买下它吧!"

惠子买下了这组舞者布艺。这的确是群美丽动人的夏威夷舞娘,八位妙龄女郎的草裙舞组合,质料考究,制作精美。她们肤色浅棕,乌发披肩,头戴鲜艳的花冠,面庞俏丽,眉眼传神,风情万种。上身穿着宽阔蓝边的白色半裸胸衣,双臂裸露,下身系着金色丝线编成的草裙,露着肚脐,赤裸着两腿双脚,排列成一行,做着整齐划一的曼妙舞姿,固定在带有玻璃罩的棕色檀木基座上。

"啊,太美了!还是惠子有眼光,刘君肯定喜欢。"藤田先生赞叹道。

"刘君,这是我送您的小礼物,不成敬意,请您收下。"说着,一抹红晕飞上双颊。

"呀,这怎么好意思!"传玉不知所措,"实在担当不起的呀!"

"惠子的礼物能不收下吗?做个纪念嘛!"藤田太郎在一旁怂恿。

"实在惭愧,那就多谢啦,惠子小姐!"

传玉买了一枚银质镶嵌蓝贝壳的帆船胸针作为回赠,笑着说希望惠子小姐喜欢。惠子双手接过来,鞠躬说:

"谢谢刘君,叫您破费,这倒真的是担当不起了!"

"刘君赠的是吉祥物'一帆风顺',这可是惠子你的护身符哟!"堂姊英子笑道。

藤田教授邀请传玉今晚一同去女王饭店吃饭，观看歌舞。传玉说："我们学生旅行团今晚也去女王饭店，多谢邀请，吃饭我们自有安排，就不打扰了。"藤田说："那太好啦，我们女王饭店见！"藤田帮姑娘们选购了几件女孩子喜欢的艺术品，离开商店前又对传玉说："今晚请刘君与我们一起吃饭，务请赏光！说罢带着两个姑娘走了。王原泰对传玉说，看来，这位藤田教授是诚心实意请你吃晚饭，这事恐怕难以推托，还是应邀去的好。"

下午四点半钟，同学们陆续集合在大酋长塑像前，池田教授点名确认到齐后，领着大家一同返回旅馆。路上，传玉向池田报告藤田今晚邀请吃饭的事。池田说："出于礼貌，你就接受邀请吧，而且今晚我们都去女王饭店吃饭观看歌舞，这倒是顺便的事，你就放心去吧！不过，饭后你必须跟我们大家一起回旅馆，天晚了，免得发生什么意外。"传玉点头说："那是当然的，谢谢教授关照，一定遵命。"

女王饭店是南欧建筑风格，简约明快而典雅。它坐落在一片绿草如茵的斜坡上，周围遍栽鲜花，许多高大粗壮的棕榈树整齐地排列在道路两侧。这里距离海滨不远，能清晰地听到不绝于耳的隐隐涛声。饭店内有许多餐厅与客房，游客食宿两便。主餐厅位于主楼一层，非常宽大，它的正前面是舞台，装饰得华丽炫目，各个角度安装有朝向舞台、可随时变换色彩的照明灯具。舞台两旁配有多套音响，构成立体声效果，专供歌舞表演使用，可以容得下五十多人同台演出。四周墙面装饰特殊，具有良好的吸音效果。台下错落有致地摆放着铺好洁白台布的餐桌，彼此间的距离错开，正好不影响观众的视线，人们可以边就餐边欣赏表演。饭店规定，只在每天晚餐时才有歌舞表演或音乐会，就餐不附加观赏费。

藤田领着惠子和英子已经先到了。与他们一起的还有一位五十多岁的老年男人和一头乌发、肌肤如雪、眸光流波、风采依旧的中年女人。他们占了中间稍稍靠后的桌位，直面舞台。传玉径直走到他们桌前。藤田十分高兴，连说：

"欢迎、欢迎，刘君果然如约而至，请这边坐，这是专门留给你的。"

第一章　浪漫夏威夷

他指指惠子身旁的一张空座椅，又介绍两位生客，"这位是我的表兄志贺洋一先生，他在这里经营种植业，是入了美国籍的日本人，身旁是他的妻子莫妮卡夫人，西班牙裔美国人。"

传玉与两人握手，彼此用英语互道幸会，又含笑与惠子、英子打招呼，她们也都欠身一笑。侍者送上红茶，说是来自中国的著名祁门红茶。倒在白瓷杯里，颜色殷红瑰丽，香气扑鼻，口感极佳。

"刘君，志贺已经把菜点好了，都是夏威夷特色菜，待会儿上来请品尝。"

"夏威夷土著的传统宴菜称作'卢奥'，有点儿像澳洲的'巴比烤'，很有特色。"志贺先生说，"今天我们在这里点的菜，与土著'卢奥'近似，但饭店制作方法是改良了的。典型的卢奥是在烧烫的石窝灶具内制作烤肉烤鱼，方法比较原始，但饶有风味。饭店里使用电灶烧烤，口味虽然也不错，但与巴西烤肉或者澳洲巴比烤近似，没有本地的地域风味，吃起来感觉不一样，怎么说呢？——似乎缺少点儿情调。"

半个小时后，侍者把一道道菜依次上桌。除了一般菜肴外，每人都有同样的主菜烤鱼，配有小碟蘸酱等调料，品尝之下，香酥可口，味道不错。接下去，头戴高高白色制帽的厨师来了。他推着烹调炉具，在餐桌旁当着客人的面儿烧烤牛排，香味四溢，令人垂涎。客人可以根据自己的习惯，要求烤制的生熟程度。藤田向传玉建议说："刘君，你可以吃六成熟的。"很快，厨师按要求把一块儿烤好的牛排端上，传玉用刀叉切吃，点头赞道生熟正好，香醇可口。其余人也都吃六成熟的，只有志贺要求不超过五成熟。他的牛肉烤好端上，传玉偷眼看时，切开的肉间还夹着血丝，而他却津津有味地咀嚼，连连称赞鲜嫩，非常满意，大快朵颐呢！藤田笑道，他的烤肉一定特别味美，否则不会这样一副饕餮模样。

正餐过后是各色小甜点，油炸香蕉派等，果品有椰子、香蕉、菠萝等。志贺先生说，夏威夷的纬度大约与中国的海南岛相当，它胸怀宽广，包容一切，世界各地的种植物像甘蔗、芋头、甜薯、马铃薯、香蕉等都能在这里种植生长。夏威夷的居民除了土著外，主要来自日本、中国、

15

菲律宾及太平洋各岛屿,当然,还有一些来自美国本土西部的牛仔。这里有广袤的草地牧场,美国西部牛仔们头戴阔边大帽,下着护腿套裤,腰间挂着子弹带与左轮手枪,跨马扬鞭,到处放牧,也算是一道古朴粗放的风景线。

四

歌舞从七点钟开始,在客人就餐时间内穿插进行,客人边吃边观赏,十点钟演出结束。

藤田与志贺对演出不太感兴趣,久别重逢,大部分时间都在低声聊天,谈论当前日本的时事政局。每到节目演出,惠子与英子都全神贯注地观看,没有演出便低声悄语,谈论些女孩子们的琐事,不时掩口窃笑。莫妮卡夫人能听懂日语,她与传玉都是热心的旁听者,专注于倾听藤田与志贺的谈话。传玉偶尔从中插问几句,并不参加议论。

"我有五六年没回日本了,一九二三年日本关东大地震的消息还是从美国的报纸上获悉的,实际情况到底是怎么样的?"志贺眼望表弟问。

"啊,别提了,真是惨绝人寰!"藤田一脸痛苦的模样,"那年八月二十四日加藤首相逝世,山本权兵卫海军大将刚继任没几天,九月一日就突然发生了关东大地震,震级达到七点九级。整个东京和横滨地区,包括东京府及神奈川、千叶、埼玉、静冈、山梨、茨城等,几乎全部房屋与大楼都被彻底摧毁。仅东京地区就有七十多万栋房屋被震垮,断垣残壁,一片废墟。接踵而至的是熊熊大火,又烧毁了难以计数的民房。据官方统计,死亡在十四万人以上,还有十多万人受伤,一万多人失踪。整个灾区变成了人间地狱!"

"报纸上说还发生了暴乱,是吗?"

"是的。当时一批打着'治安维持会'旗号的暴徒,在军警的纵容下,放言这场灾难是朝鲜人制造的,造谣说他们趁乱纵火、抢劫、往井水里投毒。以此为借口,发动了残忍的大屠杀,而且还株连杀害了七百多名中国人。要知道,当关东大地震的消息刚一传出,中国就立即伸出援手,

第一章　浪漫夏威夷

从江苏、浙江等产米地区，用船舶紧急运来成千上万吨大米，在上海紧急发动市民募捐，送来巨额赈灾款、衣物及其他生活急需品，这些帮助应当是日本国民世代感恩铭记在心的啊！"

"既然中国及时伸出救援的手，那么，杀害中国人又是什么理由呢？"传玉大惑不解。

"眼见中国作为近邻，在第一时间就及时送来大米金钱救灾，使灾民免于饥馑，解了燃眉之急。所以，当有人问及这个问题时，这帮丧心病狂的混账家伙却恬不知耻，胡说是出于误会，把中国人错当作朝鲜人了，仅仅表示遗憾了事。"

志贺点头叹息说："历史上，中国从来对日本都是有恩的。远的不说，眼前惠子的第二次生命，就是在座的'中国'刘传玉君给的呀！"

传玉连忙摇手，说这："是应该的，谁能见死不救呢？"藤田摇摇头，大不以为然。他拍着传玉的肩膀说："好心的刘君，你说的那是善良的人，只有善良的人才懂得这个道理。受到救助的人应当心怀感激、知恩图报才对。但是，世上就有那么些人，像刚才说的残杀中国人的暴徒那样，他们良知已泯，不但没有感恩思想，还经常干着恩将仇报的可耻勾当呢！"说罢连声叹息。这话题忒沉重，传玉想缓和一下气氛，替他们转换了轻松喜庆的话题——今年举行的裕仁天皇登基大典。志贺先生立即兴致盎然地问：

"是啊！一九二四年一月底裕仁皇太子与久迩宫邦彦亲王的女儿良子举行大婚已过去四年了，而且他摄政也已多年，是该早点儿登基。听说今年他的登基大典将非常隆重，到现在已经筹备大半年了吧，筹备得怎么样了？"

"从今年一月开始，到现在已经筹备八个多月了，据说还没准备好。内阁公布的消息说，确定于今年十一月十日正式举行裕仁天皇登基大典，年号为昭和。现在还在做预备工作呢！"

"怎么需要这么长的准备时间？"志贺问。

"唉，现在正是世界经济大萧条时期，日本的经济民生现状也非常严峻，正处在金融危机状态，这么干真的是劳民伤财！"藤田叹了口气，

"这事说来话长啊!"

接着,他喝了口茶,定了定神,简单讲述了这个传玉认为"轻松喜庆"的话题。

他缕述历史,说裕仁的祖父睦仁,也就是明治天皇,是日本近代史转折点的标志性人物,他开始了日本社会政治大变革,史学界称之为"明治维新"。变革的结果是,日本政治经济、科学技术上学习西方,"脱亚入欧",实行西方代议制的国家管理体制,取得了显著的成效,终于跻身国际五强。裕仁的父亲大正天皇嘉仁长期生病,不理朝政,从没有真正行使过自己的权力。从一九二一年十一月起,一直就由皇太子裕仁摄政,一九二六年十二月二十五日大正天皇嘉仁逝世,裕仁遂即继位,是为昭和天皇。裕仁于服丧期间,一直在酝酿两年后的一九二八年举行正式登基大典的事。可以说是裕仁直接继承了祖父的政治遗产,是事实上的明治天皇继承人,当然他的登基大典就要格外隆重了。即使面对严重的金融危机,经济萧条,政府财政捉襟见肘,人民生活艰难,也得勉为其难地、超规格地组织庆祝活动。藤田说,今年这场计划历时一年、耗资巨大的登基大典,设计规模远远超过以往历任天皇登基大典。不仅本土民众热烈庆祝,就连殖民地也都被广泛动员起来庆祝。新天皇为了塑造自己的仁爱形象,还要安排一系列亲民活动,包括到各地巡幸慰问,给功臣授勋晋爵,大赦一般罪犯等,以显示皇恩浩荡,泽被子民。为此付出的难以承受的巨大花费,归根结底还是由生活于艰难困境中的日本的本土及殖民地人民负担。当然,也不是没有反对的声音,包括反对天皇神化论的左翼分子、无政府主义分子等,但很快就被以"不敬罪""大不敬罪"给镇压下去了。

出乎传玉意料,这个话题同样并不轻松,话音一落,两人又都陷入了困惑与嗟叹。

"不仅如此,"藤田太郎接着说,"这还只是内部问题,对外关系就更加令人担忧了。"

"从近来报纸上的消息看,好像与中国的关系又紧张起来了。"志贺端起茶杯喝了口。

第一章　浪漫夏威夷

"这不奇怪，是有历史渊源的。"藤田说，"自从明治维新以来，日本就一方面努力学习西方'脱亚入欧'，另一方面眼睛就紧盯着视为肥肉的中国。先是一八九四年到一八九五年的日清战争（日本称日清战争，中国称甲午中日战争）夺得了中国的台湾岛及澎湖列岛，吞并了琉球，征服了中国的藩属朝鲜。后来在'一战'后的巴黎和会上，不顾同属战胜国的中国抗议，强取了德国在中国山东的全部权益。接下来，在去年中国实施全国统一的北伐战争中，又借口保护日侨，采取武装干涉，不断往中国派兵，再度与中国军队发生冲突。这一系列事件，实际上都与日本对华基本国策有关。这样下去，与中国的关系能搞好吗？前景堪忧啊！"

"日本对华的基本国策是什么？"传玉瞪大眼睛紧张地问。

"据说是大陆经略计划，称作大陆政策。"藤田说，"陆军大将田中义一就是始作俑者，是他最先提出来的。这次武装干涉中国内部事务就是他干的。"

"田中义一？"传玉惊奇地问，"就是去年才上台组阁的田中首相？"

"不是他还能有谁？"藤田说，"他放弃军队现役而加入政友会，组织了政友会内阁。田中这人以推行强硬的对华政策著称，他的大将军衔是一九二一年晋升的。从去年担任首相组阁以来，他三次向青岛派兵，后来驻屯青岛的日军一部进入济南，与中国军队发生冲突，引发当地市民的强烈反对，酿成流血事件。据日本《朝日新闻》等报纸透露，去年他曾两次召开东方会议，讨论制定对华方针，向天皇提出大陆经略方案，据说甚至还包括中国大陆以外的其他广大地区，宗旨是一步步向外扩张，首当其冲的当然是中国，但具体内容属于机密，不得而知。"

"咳！藤田，你在这里说话还吞吞吐吐、遮遮掩掩的。什么经略？直说吧，就是侵略！"

藤田把右手食指放在唇边摇了摇，志贺会心一笑，说这里是美国的夏威夷，不是日本！

"我总担心日本的极右翼势力、强硬派军人集团和那些狂热的少壮派军人。"藤田阴沉着脸说，"特别是年轻气盛、容易冲动的下级军官们，他们什么蠢事都干得出来。"

"啊，愿上帝保佑我们，一切平安吧！"莫妮卡夫人直了直腰，长吁一口气，似乎是在为两个男人的谈话作总结。

舞台上，草裙舞、竹竿舞、夏威夷民歌演唱等相继演出。最后出场的是头戴长长的羽冠，下身仅系一条兜裆布带，全身赤裸，脸上涂抹着一道道各种颜色，装扮奇异，动作粗犷的古老巴布亚土著舞，在手鼓声伴奏下扭动身躯，狂热地舞蹈。这时，舞台气氛达到高潮，异常热烈。观众见所未见，眼花缭乱，感觉十分新奇。节目虽然热闹，传玉却对眼前的一切毫无兴趣，只在脑海里萦绕着藤田与志贺的谈话，谈话内容使他隐隐感到不安。

忽然，随着急促手鼓点的欢快音乐响起，一位男歌手引吭高歌：Aloha Oe……

第二章
富士丸上

短暂的暑期旅行愉快结束，京都帝大的同学们整理好行装，准备回日本。

晚饭后，池田教授把大家召集在一起，高兴地说："诸君，这些日子你们严格遵守纪律，互相照应，团体精神表现得很好，没出任何差池，我很满意，感谢大家的合作，诸位辛苦啦！"说着朝同学们鞠躬，同学们也都深深鞠躬还礼，热烈鼓掌，齐声高呼："池田教授辛苦啦！"池田接着说："我们就要回国了。明天白天大家在旅馆里好好休息，不要随便离开，下午五点钟在庭院里集合出发，乘当晚七点启航的富士丸邮轮回国。今天晚上我们就放松一下，七点钟集体到附近的海洋假日俱乐部去，好好地玩它一晚上。唱歌跳舞、打打台球，几个人小酌一番都可以，大家随意尽兴。不过请一定要注意，放松不等于放任，要严格遵守纪律。现在我宣布几点注意事项：第一，橙汁、椰汁等饮料随意之外，可以少量喝点清酒、香槟，但量力而为，绝不允许醉酒。第二，可以请舞场女郎伴舞，跳跳华尔兹、探戈、布鲁斯、伦巴都可以。你们都是日本高等学府的大学生，要表现得绅士一点，有风度，绝对不允许与舞娘或者女侍者胡闹，免得惹是生非。第三，十一点准时在俱乐部门前集合，整队点名，一起回旅馆，不得单独行动。听清楚了没有？"同学们齐声高喊："是，教授，都听清楚啦，一定遵命！"

晚饭后，同学们七点钟准时在庭院里集合整队。池田点过名，命令道：

"宫本雄一同学出列带队，出发！"

当晚同学们在俱乐部玩得欢快酣畅，直到深夜十一点才在池田教授带领下尽兴而归。

　　传玉借口疲倦没有参加。王原泰回来见传玉躺在床上看书，便问道："你为什么不去玩？夏威夷舞娘个个身材窈窕，妩媚动人，跳起舞来热烈浪漫得很呢！"传玉说："我不喜欢这种场合，也不爱跳舞，池田教授准许我留在宿舍里休息。"原泰说："惠子小姐和英子小姐都跟着藤田教授去啦，娇小秀美的惠子小姐还特别惦念着你呢！"又捏起嗓子，学着惠子稚嫩的童音说："刘传玉君为什么没有来呀？多么可惜的机会，要是一起来玩玩有多好哟！"接着扑哧一笑说：惠子姑娘这么惦记老弟，看样子对你挺有意思的。"传玉虎起脸道："别胡说，人家惠子才十五六岁，还是个孩子呢！明天咱就走了，赶快休息要紧。"原泰耸耸肩说："你小子真是个木头桩子！那可是个娉娉婷婷、含苞待放的美丽姑娘哟！只可惜我没有英雄救美的缘分，不然的话，我可不会轻易放过的，窈窕淑女，君子好逑嘛！"传玉不屑地说："胡扯，去你的！"

一

　　浩瀚无际、天水一色的辽阔太平洋上，晴空万里，风和日丽。极目西望，远远的天边上白云如絮，凝然飘浮。邮轮拖着一缕淡淡的青烟，稳稳地劈波斩浪地行驶在海面上。此时，大餐间隐约传来约翰·施特劳斯的《拉得斯基进行曲》，给旅途增添了破浪前进的昂扬意兴。

　　早饭后，同学们有的回到卧舱躺在铺上看书，有的到船员俱乐部看电影去了。传玉则独自倚身船栏，凝望远方，心里思念家乡双亲。海面上波浪起伏，他的心也随之逐流而去。

　　"刘君早！"轻轻地，一声稚嫩的呼唤，那么娇柔，惠子姗姗走来。

　　"啊，是惠子小姐，您早！"传玉回过身来，"这么巧，你们也乘这艘邮轮回日本去？"

　　"是呀！我们已经在夏威夷玩了半个多月，是该回去了，所以买了昨天的船票回国。"

　　"多么惬意啊，这柔软的海风，夹带着一丝咸味的海风！日本人该

第二章　富士丸上

是喜欢的吧？"

"才不呢！我喜欢内陆的风。内陆的风里有花树的芬芳，晨炊的米香，草丛露水的湿润。只可惜日本国土太狭小了，风总是从海上吹来，有股子讨厌的咸腥味呢！"

"谁说的，日本的国土固然狭小，但吹来的风也很好闻的嘛！终年积雪的富士山时刻送来湿润，春天樱花怒放就散发着醉人的芬芳。要说晨炊嘛，还得数日本烤鱼的香味最好闻咧！"

藤田太郎教授也出来散步，听惠子这样说，笑着走过来。传玉连忙鞠躬问候早安。

"刘君，我说的对不对？"藤田边还礼边问道。

"对，对！那是自然的。日本与中国大陆一样，只在靠近海边的地方，风里才带有咸味。"

甲板上旅客渐渐多了起来，有的来回散步，有的吸烟闲谈，有的在做早操，也有的俯身凭栏眺望海上风光。藤田与传玉说了阵子闲话，低头看看手表说："你们在这里玩吧，我得回舱整理下学期的授课讲义。"说着转身走了。

"藤田教授在哪里教书？"传玉问。

"就在你们京都帝大呀！"惠子答道，"伯父是历史学家、文学家，特别偏爱中国古典文学，曾经专修汉语多年，与中国学者合编过一部《和汉与汉和双解大词典》，人们都称他是汉学家呢！现在帝大社科部教授东方史。"

"呀，失敬得很！我是京都帝大的，不过是在医学部学习，没有机会接触藤田教授。"

"我也是京都帝大的，就在你们医学部附属看护学校读书，现在才是个实习看护。"

"太好啦！等我到病院实习时，您已是老资格看护了，到时候还请惠子小姐多多指教。"

"您太客气了，您是医生，我一个小小的看护，哪有资格指教您啊？"她粲然一笑，抬起纤指，撩一下额前吹落的软发，风致娴雅动人。

樱花梦

"别,别,可不能这么说,惠子小姐!我是来日本留学的中国医学生,在医院里,周围的人都是我的老师。如今还在学习医学基础课程,离成为正式医生远得很,至少还要四五年的时间。等进入临床实习的时候,碰到的第一位老师很可能就是您这位看护小姐。到时候您可真得多多关照,不吝指教才好。"说着朝她微微一躬。

"最好别碰到我,那时我可能是技术最差的看护哟!"她忙不迭地还礼,笑道。

"依我看,如果最先碰到的是惠子小姐,那我可就太幸运了,因为我也是最差的学生呀!"

"那不就是最差加最差,更差了吗?"

说着两人都咯咯笑起来。

"看哪,快看,好几条大鱼在跳水呢!"惠子伸直胳膊指向海面,惊喜地呼叫。

"哪里?——噢,好像不是鱼,是海豚,跳水冠军。"传玉也把目光投向海上。

几只海豚不断跳跃着与邮轮竞逐,跃出水面的健美躯体,在阳光的照耀下银光闪闪。它们以弧线形的姿态,高高跃出水面,稳健优美,水中泳速极快,像出弦的箭般迅速超过邮轮,在前面一路领跑,十分欢腾。是啊!在这一望无际的广阔海面上,很少看到过往的船只,缺乏生机,只有默默翻滚的海涛,不舍昼夜、日复一日地陪伴着寂寞的它们。偶尔一艘大船驶过,它们能不欢腾跳跃,热烈迎送吗?这时,甲板上的旅客们也都纷纷聚拢过来,俯身船栏,指指点点,观赏海豚跳水的英姿,喊喊喳喳议论不休。

"看,这里还有鱼呢!"惠子指着紧靠船舷的海里,"要是邮轮能停下来钓鱼有多好。"

"这里不适合垂钓,水流太急。"

"在我们日本的濑户内海就可以在船上垂钓。小时候,父亲休假时常带母亲、哥哥和我到濑户去玩,在船上用蚯蚓做鱼饵钓鱼。父亲钓鱼的技术很好,甩下鱼钩就能钓到小鱼,还钓到小小的螃蟹,有时甚至能

第二章　富士丸上

钓到超过一英尺的大鱼，已经是很肥美的了。上岸后，母亲在海滩上用石块儿支起小锅烧水野炊。锅里除了小鱼以外，再加些从海滩上捡来的海菜、小海螺、蛤蜊之类，一起烧汤，就着带去的米饭团吃，味道非常鲜美，很有趣的。"

"你说到海上垂钓，倒勾起我小时候在家乡钓鱼的事来。"传玉说。

"也是在海上吗？"

"不是的，我家乡那里不靠海，是在内陆淡水河里钓鱼。河里钓鱼与海上钓鱼趣味不同，可以在河边柳荫下乘凉垂钓，或者乘坐小船到河中央钓，渔夫们朝河里撒网捕鱼。总之，方法很多，收获也很多。"

"我们日本内河也不少。京都就有一条大河叫宇治河，它穿过城市流向村野。宇治河水流平缓，水很清澈，河里鱼虾很多，伯父闲暇的时候喜欢到宇治河去钓鱼。他带着水桶、水壶和一木盒寿司饭团，早晨出发，在河边树下阴凉里一坐就是大半天，收获也很多。傍晚回来经常拎着一桶活蹦乱跳的鱼，分送给邻居们一同享用。伯父说，三百多年前，丰臣秀吉将军转战南北，削平诸藩，统一日本的时候，就曾经路过这条大河，喝过这里的河水，盛赞河水甜美。宇治桥边还立有一座石碑，上面记载着这段历史故事呢！"

"你说的宇治河我知道，流过京都附近，是条大河。去年夏天我和同学们去宇治参观平等院的时候，就经过这条河，河水较深，很清澈，是个钓鱼的好地方。不过，我觉得还是我们家乡小镇临城好。那里是山东最南部与江苏接壤的地方，附近就是战国时期薛国的都城遗址。临城还是明清时期南北大驿道的重要驿站，距今已经有七百多年的历史了。镇子四周河流环绕，杨柳夹岸，小桥流水，风景旖旎，很有世外桃源的情调。每到暑假，小学老师常带我们到河边钓鱼，坐在浓密的柳树阴凉下，迎着拂面的清风，听此起彼伏的噪耳蝉鸣，特有诗意。太阳快要落山的时候，扛起钓竿，提着水桶，嘴里唱着渔歌回家。到家后，把钓到的鱼儿刮鳞剖腹收拾干净，用盐稍稍一腌，在平锅里用油煎了吃，味道极其鲜美，喷香喷香的。老人们再来上二两南沙河的老白干，那可算得上是一顿丰盛的美味晚餐，很享用的了！"

樱花梦

"你们还有渔歌？怎么唱的？"

"这支歌就叫《渔舟唱晚》，想听吗？唱给你听。"说着，传玉先把歌词一句句译成日语，讲明意思，然后手拍船栏，用中文轻声唱起来。

渔翁乐陶然，驾小船。身上蓑衣穿，手持钓鱼竿，船头站，捉鱼在竹篮。金色鲤鱼对对鲜，河里波涛蛟龙翻。两岸，垂杨柳，柳含烟，人唱夕阳残。长街卖鱼闲，沽一杯美酒儿，好把鱼来煎。渔翁乐陶然！

"好一幅田园风光图画，太美啦，太诱人啦！"惠子高兴地说，"我希望有一天能够到中国去，到刘君您的家乡临城去，看看那里的优美风光，在柳荫下的河边钓鱼，唱着这支渔歌，吃亲手做的煎鱼，那该有多么惬意呀！"

"好啊！欢迎你们到中国来观光游览。中国人讲究礼仪，友善好客。孔子说，'有朋自远方来，不亦乐乎'，希望有一天能在我的家乡临城接待惠子小姐、英子小姐和藤田太郎教授，我们一起去河边钓鱼。我要用家乡的特色菜肴招待你们。中国菜系非常多，各省各地都有自己的特色菜，名肴佳馔品类繁多，难以数计，各领风骚。最著名的四大主流菜系是鲁菜、川菜、粤菜、淮扬菜。鲁菜指的就是我们山东菜。在我们鲁菜中，也是省内各地有各地的特色菜，花样不少。我的家乡地处鲁南，东依崇山峻岭，气势巍峨，西濒大湖巨泽，浩瀚辽阔，饮食菜肴别有风味。你们来的时候，我会用鲁南的地方菜来招待你们。"

"太好啦！我希望这个愿望能早点儿实现。我要把您的话告诉伯父，他也很想到广袤的中国各地去游历，实地感受中国文化的魅力，这是他一直以来的心愿。"

藤田与女儿、侄女都住二等舱，池田一行住三等舱，不在同一个餐厅吃饭。午饭时，惠子把传玉的话告诉了伯父和英子，伯父听了很高兴，说如果能去中国旅行的话，一定要到刘君的家乡访问，上门向他们全家道谢。饭后，藤田与英子、惠子到甲板上散步，正好传玉也吃罢午饭来甲板上散步。大家一见面，藤田先打招呼说：

第二章 富士丸上

"刚才吃午饭的时候惠子告诉我，说贵家乡是山东临城，与江苏北部接壤，这地方我知道，是个好地方。鲁南、苏北及皖北一带都是富饶的煤矿区。不过我没去过山东，这些知识是从书本上得知的。中国有句格言，说是'纸上得来终觉浅，绝知此事要躬行'。所以必须去中国实地看看，特别得补上你们山东这一课，那可是璀璨的中华文化发祥之地啊！"

"到中国来吧！我期待着藤田教授、英子小姐和惠子小姐到中国观光游览，到我的家乡看看，我一定尽地主之谊，用我们鲁南的特色菜肴招待你们，还可以给你们做个导游，陪你们到各地走走。"

"谢谢，这个愿望我们一定要实现，争取早日登门拜访！"藤田愉快地说。

二

一天晚饭后，藤田无事，想与这位中国青年聊天，便叫惠子去邀请传玉，说今晚八点钟到头等舱大餐间的小酒吧谈谈，小酌几杯。传玉征得池田教授的许可，准时来到酒吧，藤田与惠子已先在那里等候。藤田很高兴，让他坐在自己对面，惠子打横坐着。藤田问传玉喝点什么，传玉谦逊地说客随主便。藤田说："那咱们就喝点日本清酒，喝甜味的还是辣口的？"传玉说："我不懂酒，您随意，我喝什么都可以。"藤田转头朝吧台打了个手势，一个穿白衬衫、蓝长裤、橘红色紧身马甲的年轻男侍者过来，藤田吩咐后，那人很快送来一壶清酒、几盘下酒小菜，另外给惠子送来一瓶美国饮料可口可乐。传玉没见过，便拿过这小葫芦状的玻璃瓶子，看了商标又看颜色，疑惑地问："这东西颜色跟酱油似的，什么味儿？能好喝吗？"侍者说："可口可乐是新上市的一种饮料，味道不错，甜里透着特有的醉人馨香，口感刺激，很好喝，是饮料上品，很受客人们欢迎。先生您要不要也来一瓶尝尝？"传玉说："谢谢，不用了，我喝清酒。"

"这是美国饮料巨头推出的新产品，命名'可口可乐'，并以此名为商标，注册公司。"藤田说，"据说它的配方严格保密，经美国食品药品监管部门的严格检验，证实它不含麻醉类物质，对人的健康无害，可以提神，已销售到海外也才是近些年的事儿。人们只知道它不同于一般饮料，味道特殊，很有魅力，年轻人特别喜欢，且喝得上瘾。到底里边添加了什么吸引人的东西，至今没人知道。目前在日本市场上虽然也有，但是没流行开来。"藤田又指指酒壶说："还是这清酒好。我们日本的清酒醇香淡雅，不像你们中国的曲酒那么浓烈。清酒的酒精度很低，跟啤酒似的，不过比啤酒好喝多啦，是真正的酒，多喝点也不妨事。"

惠子拿起酒壶给两人斟满酒盅。藤田举盅道："陶渊明有首乔迁诗说，'春秋多佳日，登高赋新诗。过门更相呼，有酒斟酌之'，今晚我们就以清酒助兴，一起斟酌之。来，我先敬刘君一盅！"

传玉忙说不敢当，也举起酒盅。几盅过后，两人便闲聊着细酌慢饮起来。

撂下酒盅，传玉用筷子夹下酒小菜，问英子小姐怎么没来。藤田说，她是书呆子，吃过饭就回卧舱躺着看书去了。惠子笑着说自己是旁听生，打算借机会学点知识，所以跟来了，还可以帮着斟酒传菜，做个助理侍应生。藤田笑道：

"惠子是想来听刘君讲中国故事，学中国知识的。"

"哪里，我可不行！"传玉摆手道，"我只不过是个医学生，医学知识尚且浅薄，医学之外的就更加孤陋寡闻了。藤田教授是研究东方文化史的，学识渊博。我正想听您讲日本文化史呢。惠子小姐，咱们还是听教授讲吧！"

"其实我的学识，特别是汉学差得很远。你说到东方文化史，日本在这方面绝对是小学生，它的文明史很短。别的姑且不论，单拿文字史来说吧，根据确切的考证，中国有成熟的文字体系是从甲骨文开始的。甲骨文发掘面世是本世纪初的一大文化成就。这种文字是刻在动物骨板上的，它的笔画定型脱离了远古以图示意的表达方式，能完整地记载发生的事件，距今已经有三千多年的历史了。经专家考证，它准确地记载了中国商周时代的一些政治、经济、文化、史实，为后来汉字书写的衍

第二章　富士丸上

化及文化发展奠定了坚实的基础。而日本呢，公元三世纪以前还没有文字咧！三世纪以后汉字才传入日本，日本开始使用汉字书写文告、文章、记事等，作为书面文字。公元七世纪开始使用汉字标音制成假名文字，称为'万叶假名'。直到九世纪，方才采用汉字的偏旁部首，创制了相当于中国楷书的片假名与行书的平假名，但仍然需要使用不少于两千汉字来表义，形成今天正式的日本文字。"藤田教授郑重地说，"所以说，日本文字是脱胎于中国汉字的。公元七世纪以来，日本上层贵族都热衷汉学，能书写流利的汉诗文。在皇家及政府的重要文告包括天皇诏书、嘉奖状、契约文书等郑重文件中，至今也仍然保留全部使用标准汉文，或绝大部分使用汉文的习惯，而且重要文告使用的还是中国标准的文言文，满纸之乎者也的。这种文化传承很值得我们深思，汉文字毕竟是日文字的母文字啊！"

"可是，日本自从明治维新以来，在科学技术上，国际地位上，都是后来者居上了嘛！清政府虽然在甲午战争中吃了日本的败仗，但李鸿章不是仍然聘请强迫他签订《马关条约》的日本首相伊藤博文做清政府的顾问吗？并且选派青年学子到日本求学吗？今天的日本已经反过来成了中国的老师啊！"

"不，不，刘君！"藤田苦笑着端起酒盅，一饮而尽，惠子跟手给他满上。他蹙起眉头说："提起这些陈年旧事，倒很有些讽刺意味。虽然受到李鸿章的盛情邀聘，但伊藤博文却一天也没能当上清政府的顾问。他在明治四十二年，也就是公历一九〇九年十月二十六日，访问中国后返回日本途中，在中国东北的哈尔滨火车站检阅俄国欢迎仪仗队时，被朝鲜义士安重根用勃朗宁手枪，三发子弹送上西天，一命呜呼了。多么具有戏剧性，这是日本征服朝鲜酿成的仇恨结局呀！至于说中国学子来日本留学的事，那已是'明日黄花'喽！第一次世界大战结束后，交战国双方签订了《凡尔赛和约》。作为战胜国之一的中国，本应收回被德国侵占的山东半岛，但日本却坚决予以阻止，无理地把这片中国领土作为战利品接收过来，成为继任侵占者。中国能容忍吗？不能！中国算是把日本看透了，看成与德国是一路货色，但彼强己弱，无可奈何，从此就疏远了日本。刘君,留日大潮已退,中国大量留学生早就远赴欧美求学去了,像您这样来日本求学的,已经很少很少了。"

"毕竟明治维新是成功的。它实行改革开放政策,打开国门,向西方学习现代科学技术,所获成效是非常显著的,这一点很值得中国学习。"传玉说。

"刘君,我是日本人,世代和族,我爱我的祖国日本,这是每个日本国民必备的品格。但请注意,爱国不是爱政客,我不爱当今的日本政客!"他把身子向前探了探说,"日本向西方学习,科学技术、物质文明的确大获成功。发达的物质文明,本应促进健康的精神文明,给国民创造丰富多彩的物质与文化生活,就像中国唐朝那样。但是,不幸得很,日本在这方面却走偏了,误入歧途。明治维新取得的发达科技与强国地位,使得当局者得意忘形,丧失了理性,自恃国力强大,走上了西方殖民主义老路。对外扩张野心不断膨胀,从原来遭受列强压迫的受害民族变为其他民族的加害者了。这是很可怕的历史怪胎。历史是一部颇堪玩味、令人感慨万端的连续剧,而且是内容不断重复、剧情几乎雷同的连续剧。但无论怎么演,有一点是肯定的,那就是,什么时候人类觉悟到大家都是生活在同一个地球上,就像茫茫大海上同一条船上的乘客,大家的命运是被紧紧拴在一起的,什么时候这部连续剧才会有以喜剧收场的希望。否则,演下去的一定是一部接一部的历史悲剧,也许最终是不幸的灾难,甚至是国家民族的毁灭!我这不是危言耸听呀,刘君!"

传玉听得有些心惊,不知不觉酒壶已见底,惠子立即招呼侍者,叫他添酒加菜。藤田太郎神色黯然,表情颓丧,手擎酒盅,似乎有些痛苦地不断摇头。

"伯伯,您说得是不是有点夸张了?我们日本人有这么坏吗?时局有这么危险吗?"

"一点儿也不夸张,惠子,你还是孩子,你不懂。但你应该学着懂得这些。"伯父说,"要知道,日本国民并不坏,日本国民是具有聪明智慧、吃苦耐劳精神的优秀民族。不幸的是,他们有时会受阴谋政客与好战军人的蛊惑与煽动,错误地把对外扩张、发动战争认作爱国行动,认

第二章　富士丸上

作为了维护祖国利益，为了解决民族生存空间，盲目甚至热情地加以赞扬和拥护。缺乏清醒头脑的日本国民被蒙上了双眼，跟着走上不计后果的歧途。犹如中国的一句成语，'盲人骑瞎马，夜半临深池'而不自觉，多危险呀！我今天借着酒兴说的这番话，就是想告诉你们年轻人这个道理。中国还有两句老话，一句是'己所不欲，勿施于人'，另一句振聋发聩的警语就是'善有善报，恶有恶报'。这可是攸关民族命运的大是大非问题呀！世界历史上重蹈覆辙的经验教训很多。所以，我希望我们日本国民一定要以清醒的头脑、敏锐的目光来观察看待身边发生的一切，认清楚什么是真正的爱国，什么是假借爱国之名行欺骗之实，把国民引向危险的万丈悬崖边缘。真正热爱祖国的日本国民一定要擦亮眼睛，千万不可上当受骗、盲目跟从呀！其实，我也很想提醒手握政权的日本领导人，千万国民的生命，整个民族的命运，都掌握在你们手里。或兴或亡，都在你们的一念之中。什么是真善美，什么是假恶丑，是做民族的功臣还是做民族的罪人，请慎重思考斟酌吧！当然，我也知道，沉睡的人是很难唤醒的，有的人也许是根本唤不醒的。"

藤田这番议论并非酒后醉话，而是长期观察国家政局变化、国民精神状态，以及国际风云变幻的深刻体会，流露出他忧国忧民的隐衷。在日本，头脑清醒且持这种思想观念的人其实也不少，知识界里就有一些。藤田今年才五十出头，应该说正当盛年，但额头上却刻下了许多深深皱纹，像是久历风尘、饱经风霜的老人。

三

"伯伯，您谈的这些太复杂了，我听不懂，咱们还是谈点文化方面的吧！"惠子说。

"其实，我刚才谈的并没有脱离文化，是学习先进文化的问题。我强调的是学什么，用于何处，怎么去用。学以致用嘛！学得好，用得正当，就起好作用，学歪了，用错了，就起坏作用。"藤田抿了口酒，提起筷子吃菜，说，"刘君说到晚清中国曾刮起一阵留日热潮。其实早在

樱花梦

中国的唐朝，日本就曾掀起过'留唐潮'呢，那是为了学习先进文化，改变自己国家蒙昧落后的状况。当时的日本政府锐意进取，前后向中国派遣了十几批留学生，叫作'遣唐使'。使团由各类人员组成，包括学者、僧人、官吏、工匠等。人数从最初的每批几人、几十人，渐渐发展到每批派出数百上千人。在这些遣唐使者中，有位名叫阿倍仲麻吕的留学生最为著名，后来他在唐朝做了不小的官，成了大唐皇帝身边的侍从顾问，入唐后改名叫作晁衡。他与中国大诗人李白、王维等文学家友谊都很深厚。他曾经一度思乡返回日本，但因海上风暴而漂流到越南，后来经越南辗转回到长安，在中国生活长达五十余年，最终病殁在中国。日本留学生从大唐学来大量文化科技知识，用于国家的发展建设，对日本的典章制度、文化艺术、诗歌文章、科技工艺、天文历法、建筑服饰、生活习俗，乃至一饮一啄等方面，都产生了深远的影响。直到今天，唐风遗韵在日本仍然随处可见，甚至后来在中国已经消失了的某些习俗，在日本却仍然完好地保留着。宽衣博带的和服，女子高绾的发型与头饰，烹制极为讲究的茶道，毛笔书法，围棋等，都是受汉文化的影响，带有浓厚的唐朝遗风，给日本文化的形成注入了丰富的营养，使日本受惠至今。刘君你来日本也有几年了，所见所闻，应当有所体会吧？"

传玉对日本人了解中国文化的程度确实深有体会。日本的中国通很多，各行各界都有熟悉中国文化的人。有的人可以说日本腔调的中国话，也有人能说一口流利地道、京味儿十足的老北京话，人称"京片子"的，叫你听不出他是日本人，还以为他是土生土长的北京人呢！如果这种人派到中国去做"忍者"（间谍），当能得心应手了。

"教授说得极是。我刚来日本在神户驿等候去京都的火车时就领教过了。敢情连普通日本女子对中国唐诗都有所了解，令我吃惊得很。当时我因为口渴去一间茶室喝茶，有位二十岁左右的女招待来给我上茶。当她知道我是来日本留学的中国学生时，一手拎着茶壶给我沏茶，一面含笑用汉语一字一板地低吟，'生拍芳丛鹰嘴芽，老郎封寄谪仙家。今宵更有湘江月，照出菲菲满碗花'。我听了很是不解，问她吟的是什么诗。她笑吟吟地回答，您怎么连这个都不知道？这是你们中国唐朝大诗

第二章　富士丸上

人刘禹锡的《尝茶》呀！我顿时感到脸有些发烧，一时语塞。这首诗在一般诗选里是找不到的，只在《全唐诗》里才能够找到，所以，人们并不熟悉。"传玉学着日本人的腔调，竖起大拇指说，"真是厉害大大的！"

藤田听了哈哈大笑，连连用手指点着传玉说："你刚才谦称自己孤陋寡闻，看来，对日本的认识还真的是有点'孤陋寡闻'了。在日本，只要是有文化的人，几乎没有人不能吟诵几句唐诗的。因为他们在读小学中学的时候就学过唐诗。日本有一部非常著名的文学巨著《源氏物语》，共三卷，一百多万字，刘君你知道吧？"

"知道，是部很有影响力的日本古代文学名著，但是我没有读过。"

"那可是跟你们清代曹雪芹所著的《红楼梦》一样赫赫有名，不过成书比《红楼梦》还要早七八百年呢！这部巨著的作者本名藤式部，是位熟读中国古典文学的才女。因为塑造的人物紫姬形象鲜明，给读者留下了深刻印象，所以，人们干脆把作者叫作'紫式部'。这部长篇小说里面就引用了大量的中国古典诗文与经史典籍，中国古典文学色彩浓郁得很呢！有意思的是，《红楼梦》在中国成了一门学问红学，《源氏物语》写的是公元十世纪初日本平安王朝时期的事情，反映了上层贵族之间的权力争夺，社会腐败现象，在日本也成了一门学问，叫作源学。这都说明我们两国之间有着紧密的文化血缘关系咧！"

"我们在学校的时候也读唐诗。老师说中国的唐诗像大海的水，你是读不完的，是这样吗，伯伯？"惠子兴致盎然地问。

"是这样的。"藤田教授点头笑道，"说唐诗是诗歌的海洋，一点儿也不夸张。其他散见诗集里收入的大量佚名唐诗不算，仅清朝康熙年间编撰的《全唐诗》就有九百卷，收入两千多位诗人所著的近五万首诗。内容包罗万象，涉及人们生活的方方面面，那真叫丰富多彩，令人眼花缭乱，无可比拟啊！"

"我们中国人对唐诗是熟悉的，也很喜欢，唐诗宋词元曲并列为中国文学的三支奇葩。藤田教授，您最欣赏哪些诗，喜欢哪些作者？"

"啊，太多了，老李杜、小李杜、白居易、元稹、岑参等大诗人的诗是我经常读的。总之，盛唐、中晚唐诗很多很多，不胜枚举，我都喜欢。"藤田沾沾自喜地说，"不过，我还很喜欢不太有名的唐朝诗人张若虚的那首《春江花月夜》，这首长诗被收入《全唐诗》。他是因这首诗才出名的。这首长诗太美了，美得就像醇酒，像美人，读了几乎能醉倒人，迷倒人。它把春江的水，天上的月，楼上的离人，相思的苦闷，反反复复，排比相映，都写尽了，诗句非常优美，写景状物极其生动。我因为太喜欢它了，所以经常翻阅，读得烂熟，能够背诵得出来。"

传玉接着说："我也很喜欢这首诗，读起来意味隽永，感人至深。尤其这几句，'江畔何人初见月？江月何年初照人？人生代代无穷已，江月年年望相似。不知江月待何人，但见长江送流水。''可怜楼上月徘徊，应照离人妆镜台。玉户帘中卷不去，捣衣砧上拂还来。'这首诗构思新颖，描写手法奇特，叙述流畅，词意并佳，堪称千古绝唱！它充满了人生变幻，沉浮无定之叹，同时展现出江月千年一面，永恒不变的美丽。"

"太美了，真叫人陶醉！还请刘君多给我讲点唐诗好吗？"惠子听得神往，惊喜地说。

"我喝的墨水不多，连半瓶醋都够不上，哪有资格给你讲唐诗。还是听教授讲吧！"

藤田微笑说："刘君谦虚了！唐诗里还有一类禅意诗，属于佛家语，诗意隐晦，内涵深奥，往往是意在言外，需要人们去揣摩领悟。我是基督徒，信仰基督教，但对佛家禅意诗也知道一点儿。例如，唐朝著名诗人韦应物的《咏声》就是一首典型的禅诗，'万物自生听，太空恒寂寥。还从静中起，却向静中消。'你从字面上看，说的是声音的产生与消失，但它的内涵却是借声音的产生与消失、有与无的因由，说明人的生与灭。这首诗充满虚无思想。"

"太玄妙啦，听不懂，听不懂！"惠子直摇头，满脸茫然。

"我再讲一首唐朝的禅诗，是大诗人元稹的《酬孝甫见赠》，'草竿风尘满病颜，此生元在有无间。卷舒莲叶终难湿，去住云心一种闲。'这首诗是说人生如梦，应当抛却一切烦恼，自安自乐。如莲叶那样，不湿不染，舒卷自然；如闲云那样，去留任意，飘忽由它。怎么样，听懂

第二章　富士丸上

了吗？"藤田笑问惠子。

惠子又摇摇头，仍然一脸茫然。传玉说："我倒是懂了一点儿，是不是宠辱不惊，顺其自然？"藤田笑道："你再具体点儿说。"传玉说："不就是叫人们超脱尘埃，一切听天由命吗？"藤田抚掌笑道："刘君的悟性不错，是这个意思，不过你还没有把话说透。这里面深层的意思是，叫人们身处乱世，心如止水，随遇而安。不仅听天命，连'尽人事'都免了，避世消极到了无以复加的程度，完全是与世无争，任人摆布了。"说到这里，他一脸凝重地说：

"我不喜欢禅诗。谈禅诗不是推崇这种诗。这里面的消极遁世思想是要不得的，在现实生活中是有害的。我想说，现实是残酷的，必须认真面对。人们必须有争正义、争公平、坚持真理的精神。具体来说，就是争取全人类共同的生存权利，争取各民族自由平等，争取国家间和平相处，共同发展，抵制一切损害别国、他人的行为。我是日本人，当着刘君的面，我不回避谈现实。联系到当下我国面临的经济危机，当局应当设法解决国内存在的民生问题。不要把国民的注意力转移到国外，煽动民族主义情绪，制造国家间的纠纷。爱国的日本国民都要认识到这一点。"

惠子不解地问："不是在谈唐诗吗？怎么说着说着又回到政治问题上来了？"

"惠子小姐，仔细听教授讲。"传玉明白藤田讲话的用意。

"我不是在海阔天空地闲谈。我是借批判禅诗提醒你们年轻人，人间没有世外桃源，你摆脱不了周围事物对你的影响，干扰你的正常生活。你想宁静自在、恬淡安适是不可能的。当此国际风云变幻之际，中日之间的友谊传承要靠你们年轻人来努力维系，这也是你们的历史责任。这一点很重要啊！"藤田满怀期待地说。

惠子似懂非懂地连连点头，痴痴地望着伯父，一时忘了侍酒的任务。藤田笑笑说：

"好，现在回到我说这番话的最终目的上来。既然惠子想听讲唐诗，那么我就以唐诗做结尾吧！"藤田拿起酒壶给自己和传玉满上，端起酒蛊与传玉碰了碰说，"初唐诗坛四杰王勃、杨炯、卢照邻、骆宾王，这四位大诗人才华出众，领一代诗坛风骚。其中王勃有一首流传千古、脍炙人口的名诗，传玉君一定是知道的。就是《送杜少府之任蜀州》，'城阙辅三秦，风烟望五津。与君别离意，同是宦游人。海内存知己，天涯若比邻。无为在歧路，儿女共沾巾。'这首赠别诗与一般赠别诗大异其趣，毫无依依惜别的伤感情调，而是精神乐观，信心满怀地鼓励对方说，离别没有什么可悲伤的，好朋友，快赶路吧！蜀州与长安纵然远隔千山万水，但真挚的友情、彼此的相知使我们如同在一起。在这首诗里，对中日关系最有启示意义的两句是，'海内存知己，天涯若比邻'，这是千古名句，经常用来形容国与国之间的真挚友谊。我们中日两国并非远隔天涯，而是一衣带水的近邻。天涯之远尚且可以比邻，我们近在咫尺，能不彼此友好，互为知己吗？但是，现在我们两国之间遇到了困难。我赠你们年轻人几句话。"说着，掏出自来水笔在纸片上写下一首五言绝句，"浪高已接天，风急欲催樯。谁人砥中流？尔曹当自强。"他把纸片推给传玉与惠子看，说："这是我对未来发自内心的期待。这里的'尔曹'，指的就是你们年轻人，希望都寄托在中日两国年轻人的身上了。一定要坚信历史的潮流不可阻挡，纵然其间会有种种艰难曲折与磨难，但它总是朝着光明的方向前进。切不可因一时的逆流而沮丧，一时的失败而哭泣。你们年轻人要担起历史赋予的责任，勇敢地抵御风浪，稳住攸关人类命运的挪亚方舟。就像这艘航行在太平洋上的'富士丸'一样，全船人的命运，都系于它的安危呀！"

第三章
樱花之恋

"诸君早上好！"池田走进教室微笑着向大家打招呼。

"池田教授早上好！"在班长的口令下，同学们起立鞠躬。

池田收敛笑容环视一周，从皮包里取出讲义稿看了看说：

"你们已经完成了医学基础与临床课程，就要到病院去实习了。本节课是在教室里上的最后一课，也是进入病院实习的一堂准备课。你们不仅要在病院学好临床诊疗技术，而且首先要学习怎样做一个医生，一个德才兼备的好医生。现在我就给你们讲讲这个最基本，也是最重要的问题。算是你们学校课程的结束语吧！希望大家认真听讲，用心思考。"

教室里顿时寂静起来，同学们都凝神屏气地听他说下去。池田用粉笔在黑板上工整地写了两个大大的汉字，然后转身朝同学们说：

"这堂课，我的讲题是'医生'。请大家注意这两个汉字的分量。我们怎么来诠释这两个汉字？它具有什么含义呢？谁能回答？"

台下一片沉默。这个问题看似简单，却又非常宽泛，大家一时摸不着头脑，没人回答。

"医生指的是受过正规的医学教育，掌握疾病诊疗知识，具备并取得行医资格，给病人治病的人。"传玉站起来回答。

"好！"池田笑着说，"回答算是基本正确，请坐下。"

"教授，为什么说算是基本正确呢？难道回答还不完整吗？"传玉仍旧站在那里。

"是的，你的回答基本正确，但是还要加以补充才算完全正确。请坐下。"

传玉坐下，等待池田教授的补充，同学们觉得他们的问答很有趣，于是都侧耳静听。

"我给大家讲两个故事,这不是一般的故事,希望你们认真仔细地听。"池田教授轻咳一声说,"第一个故事是这样的。一天,在一个诊所里来了两位病人,主诉症状都是剧烈咳嗽,少痰,轻度发烧,已经十多天了。经过 X 光透视与拍片检查,医生终于得出了诊断意见。现在哪位同学回答,他们可能得了什么病?"

有的举手回答感冒,有的回答气管炎,有的回答咽喉炎,传玉说可能是肺结核。

池田点头一笑:"回答感冒的与肺结核的完全正确!"他接着说,"但是,诊断书却发错了。患肺结核的收到'感冒'诊断书,患感冒的收到'肺结核'诊断书。这下子可坏了。结果是,患肺结核的收到感冒诊断书后,精神放松,心情愉快,吃了医生开的止咳消炎药,加强饮食营养,适当的活动与充分睡眠,渐渐地痊愈了。那位患感冒的收到肺结核诊断书,认为自己的病情严重,治疗乏术,没有特效药,非常害怕,心情极度忧郁,食不甘味,寝不安枕,精神压力很大,最终竟然真的得了肺结核。这个故事说明了什么,请同学们仔细思考。下面,我再讲一个故事。一个寒冷的雪后清晨,有位清道夫在阿尔卑斯山麓清扫道路积雪的时候,在山道上发现了一支笔。他把笔捡起来细看,是支品牌不错的金笔,心想这是什么人遗失在这里的呢。请问同学们,谁能回答?"

他眼睛扫视大家,半响,没有人举手。池田又笑了:"这个问题太难了,没有任何线索可循,我也觉得实在难以回答。不过,现在我给出答案——医生!因为在这样寒冷的清晨,人们轻易是不出门的,更不会去登阿尔卑斯山。只有医生在得到急症病人召唤的时候,才会不顾一切地连夜赶去抢救,由于行色匆匆,所以把随身的笔失落在道路上了。这个故事说明了什么,也请同学们思考。这两个故事的思考结果,我将在内科病室巡诊的时候听你们的回答,并且与你们详细讨论。我想听听你们给我讲述各自的看法。"

第三章　樱花之恋

一

　　祖国医疗事业落后的现状，以及医生这一受人尊敬的崇高社会职业，激励着传玉心无旁骛、全神贯注地努力学习。他首先被安排到内科实习。一天，他独自去三病室给一位非常消瘦的老年男病人做肌肉注射，这是实习医生需要掌握的最基本的技术之一，他已经在看护长小姐的指导下做过多次，比较熟练了。但这次是单独执行注射工作，由于病人过于消瘦，臀部肌肉很薄，摸来摸去感到难以下针。这时，恰巧邻近病室的一位看护小姐路过，见他手持针筒正在踌躇，便走过去摸了摸病人的臀部，找到一处说，这里可以下针，说着替他给注射部位消了毒，示意他可以开始注射药物。这时传玉额头微汗，手持针筒，仍然有些畏缩。

　　"不怕的，这里是注射的较好部位。病人的确太瘦，您只要把握住下针的深度就行。"

　　她见这位实习医生两眼直直地看着病人臀部，依旧犹豫，便接过针筒说："请您看着，我来试着注射。"

　　她边跟病人说话，询问病情，边用手指轻轻按摩消毒区周围，趁病人回答问话的时候轻捷地下针，伴随着按摩缓缓推注药物。病人说："小姐，请你打针时轻一些，我有点怕疼。"她抽出注射器笑说："已经打完了，先生！"病人啊了一声，惊愕地说："打完了？怎么没有感觉？"传玉拉下口罩朝她鞠躬说："多谢指导！"对方也拉下了口罩。

　　"啊，惠子小姐，是您？"传玉抬头一看，惊讶道。

　　"这么巧，是您，刘医生！"

　　传玉原来住在京都帝大的学生公寓，进入临床实习才搬到医院宿舍来的。这次邂逅，而且是在病室里，两人都意外又惊喜。他们相约中午在医院食堂一起就餐，叙叙旧。中午来到餐厅，两人各自买了饭菜，找了个靠墙边的清静座位，面对面坐下。吃饭时传玉说：

　　"你娴熟的注射技术真叫我佩服得五体投地。那位老年病人实在是太消瘦了，我在他的臀部摸了老半天，找不到合适下针的地方，正在为难的时候，惠子小姐忽然驾临指导，给我解了困窘，真是鬼使神差，太感谢啦！"

"哎呀，切不可这么说，实在是不敢当的。其实也没什么技巧，只不过与病人谈几句话，转移他的注意力，再加上按摩减少疼痛感罢了！当然，下针准确、迅速，推注慢也很重要。——啊，传玉君，中国人常说，一日不见，如隔三秋。我们三年没见了，算起来该是多少'秋'了？"惠子笑问。

"噢，那只是夸张的形容词，用来表达好友久别的惦念之情。"

"是啊，分别后一直没有机会见面，也没有联系，倒真的有些惦念呢！"惠子轻叹道。

的确，惠子没有忘记传玉。伯父曾经对她说，中国有句人尽皆知的名言，"滴水之恩，当涌泉相报"，这是做人应有的品德，更何况是救命之恩呢！所以，在她的内心，对传玉早由感激、仰慕，而隐隐有些倾心了。只不过那时年纪还小，只是病院的实习看护，很少有碰面的机会。传玉与同学们来内科病室见习的时候，她曾见过他，碍于教授带领他们给病人检查，讨论病情，不敢朝传玉打招呼。这次两人意外相遇，惊喜之余，她决心抓住机会，与这位心仪已久的老大哥建立联系，加深了解，增进彼此的友情。

饭后临别的时候，她邀请传玉在这个日曜日（星期天）一起去公园茶室喝茶，好好叙叙旧。传玉欣然应邀，说最近几天连续值夜班，感觉有些疲乏，恰好这个星期天轮休，也想到公园里转转，休息一下。

星期天到了，他们在医院食堂吃过早餐，一起步行来到离病院不远处一座公园的"汉风茶室"。惠子熟悉这间茶室，它地处公园西侧枫林深处，一大早没有游人，耳边只闻秋风飒飒，鸟语嘤嘤，很是幽静。茶室招牌是汉字楷书，字体丰满，颇有些笔力，但没有落款，不知是什么人写的，从字体的肥美与笔画的结构上看，似乎出自日本某书法家的手笔。室内陈设简洁典雅：一盆碧绿的龟背竹摆在窗前的地上，雕花几子上一盆文竹，旁边一只硕大的玻璃缸，里边养着十几尾金色鲤鱼，不断上下追逐游动。正面墙上横挂着窄长的黑漆镜框，里面是一幅绢裱的《韩熙载夜宴图》长卷摹本，画下面是一张紫檀条案，案上摆一只三脚

第三章　樱花之恋

铜香炉，炉里木炭火里燃着檀香末，轻烟袅袅，芳香入嗅，愈加显得恬静。茶室主人是一位五十多岁的老者，鼻梁上架一副玳瑁边眼镜，八字胡，一身天青色和服，举止颇显儒雅。见惠子与一位青年男子进来，便起身招呼，用日语说欢迎光临。又问怎么藤田教授好久没来喝茶啦，惠子说伯父大学里事情忙，不得空闲。这时一位年轻的女侍者过来招呼茶水，惠子与传玉商量着点茶。不一会儿，女侍者手捧脱胎漆盘送来香茶，打算坐在一旁侍茶。惠子对她说，我们自己来，您去忙吧！女侍者起身深鞠一躬，说有事请招呼，姗姗离去。惠子笑说，有侍茶的在，谈话不方便。传玉点头笑笑。不仅茶室高雅，茶具也十分精致，小壶小碗，通透玲珑，煞是可爱，都是江西景德镇产的薄胎釉下彩细瓷。苹果大小的茶壶上绘一枝缀着两片绿叶的樱桃，红艳欲滴，行书小楷题诗："暖风拂翠袖，横枝映美人。樊素樱桃口，含笑一壶春"，落款"瘦生"，阳文小篆印章只一个"羽"字，大约是借用茶圣陆羽的名讳。传玉笑说，如果老板不是日本人，在这里喝茶就像回到中国了。惠子说她与英子陪伯父逛公园的时候，常来这里品茶，店主人不是日本人，他姓顾，是旅日的老华侨，下得一手好围棋，落子很快，好像不假思索似的，伯父来喝茶时喜欢与他手谈，两人的棋风相似，都是快手，一坐就是半天，互有胜负。这里的汉文化情调浓郁，人一到这里就会忘却尘世，我们都很喜欢。传玉环顾室内，觉得格调高雅，透出茶室主人高洁的文化素养。

"喜欢这里吗？"惠子笑问。

"喜欢，我还从没来过呢！——惠子小姐，夏威夷旅行回来感到疲乏吗？"传玉问。

"是有些疲乏，不过没能休息就去上班了。看护长说最近护理工作很忙，只得去上班。"

"我们一回来也没休息，很快开始了紧张的基础医学课程学习，接下来是一系列的临床课程，到今年上半年全部课程统统学完了。从本学期开始，我们就进入了正式的临床实习了。今后还请惠子小姐多多指教啊，拜托啦！"

"您是医生，我不过是个看护，哪儿有资格指教您？"

"惠子小姐客气了,您精湛的注射技术不是已经使我深受教益了吗?"

"下个日曜日晚上,京都高等戏剧学校的实验剧场有场歌剧,剧目是《蝴蝶夫人》,是歌剧系学生的实习演出。我有一位朋友叫山田枝子,是剧校的音乐指挥,前两天她给我送来两张观看券,我想请传玉君一起去观赏,可以吗?"惠子问。

"好啊!到时候我的夜班也该结束了,改上白班,晚上正好可以去看歌剧。"

"山田枝子年龄比我大二十多岁,是我看护过的一位病人,当时她患急性阻塞性胆囊炎,黄疸严重,病势垂危,她丈夫为此做了最坏的准备。我被安排担任她的特别看护,不分昼夜地护理她,对我来说,这是个极其辛苦的差使。经过医生们的精心治疗与我日夜的细心看护,她终于闯过险关,痊愈出院了。她全家对我们表示深深的感谢,枝子与我也成了朋友,一直保持着联系。她是一位四十来岁的音乐指挥家,指挥剧校的管弦乐团,时常把实习演出的观看券送给我。"

"哦?你们年龄相差这么大,这在中国叫作'忘年交'了。"

"是的,我们年龄虽然相差这么大,但就因为这层关系,便成了好朋友。"

"实验剧场经常演出西方歌剧吗?"

惠子边往彼此碗里添茶边说:"不单是歌剧,也演出话剧与芭蕾舞剧,大都是西方古典剧作。听说最近正在改变思路,尝试排练日本歌舞剧呢!但困难是缺少剧本。"

"在中国很少有专门剧场演出西方戏剧。包括十里洋场的上海、天津、汉口这样的现代化城市,也没有演出西方戏剧的剧场。中国的地方剧种虽然很多,但是京剧却占据了几乎整个大舞台,昆曲虽然也演出,但曲高和寡,很少有人能欣赏。至于地方戏曲,只能偏居一隅,在有限的地方演出。仅从这点来看,日本倒是真的'脱亚入欧'了。"

"可是,这些年来,因受到政府指责,实验剧场开始排练日本国粹戏剧了。"

第三章　樱花之恋

二

汉风茶室的约会是惠子再三思考用心安排的。她爱上了这位来自中国的青年。少女的心，动了。她想制造一个感情深入交融的机会，将这颗爱的种子埋在湿润温暖、富有滋养的土壤里，期盼它尽早生根发芽，健康成长，早些开花。

两人对面而坐，品着香茶，有说有笑地回忆着夏威夷的浪漫之旅，"富士丸"上的谈笑流连。惠子说夏威夷之旅最使她铭刻于心的不是那里的旖旎风光，宜人的气候，浪漫的情调，而是在那里机缘巧合地结识了刘君。这个机缘意外来自她的海上遇险，是祸中之福。伯父手点着她说，这是你惠子三生有幸，也许是前世的缘分啊！伯父的这句话使惠子怦然心动。传玉也感到这的确是一次奇遇，使他结识了一位心地善良、温婉美丽的日本姑娘。他们谈到归程时邮轮上的种种趣事，气氛逐渐活跃起来。随着话题不断转换，逐步深入，惠子少女的纯真性情渐渐流露出来。她略带羞涩地提议，既然我们早就彼此熟悉了，谈话最好别那么多的"您您""君君"的敬语好吗？她说，自从你在海上救了我，伯父说这是给了我第二次生命，我就把你看成是生死之交，我的兄长了，这是我发自肺腑的心里话。说这话时，她一颗纯真的心怦怦直跳，两颊绯红，那绯红里蕴含着什么，只有她自己知道。这番话使传玉深受感动。心想，人们都说日本姑娘家教严格，言谈举止大都带有闺阁气，端庄拘谨，出言谨慎，语多含蓄。但对所爱慕的人，内心深处却往往埋藏着一团炽热的火，这火轻易不肯外泄。但是，一旦机缘出现，这团火就会喷涌而出，不顾一切地熊熊燃烧，哪怕焚烧了自己，也感觉是幸福的。从灼灼的眼神里，人们就不难看出她们那搅动着的、复杂的内心活动。眼前惠子的表现正是这样。这蓦然一句"生死之交"，蕴含着多么真挚的情意呀！从眼前这位年轻的日本姑娘口中说出来又是多么地不容易啊！他忽然意识到，姑娘长大了，彼此的距离也一下子拉近了。

"啊，对不起，这都怪我，是我太过矜持了。是的，我们早该抛开客套了。我们在夏威夷、在海上相处了那么多日子，按理说我们已经是老朋友了，的确不应该再拘泥那些礼数了。我赞成你的建议，从现在起，就把那些敬语客套统统扔掉吧！"

"真的谢谢你这样理解我！"惠子低头沉思片刻，略带羞赧地说，"你比我年龄大四五岁吧？在我心目中早就是我的大哥哥了，我可以改口称呼你传玉哥哥吗？"

"可以，完全可以！在我们家乡都是这么称呼。"他爽快地答道。

"那太好啦，就这么定了，传玉哥哥！"

发自肺腑的情感交流，使两颗年轻的心相互碰撞，击发出耀眼的火花，萌动着爱的冰凌渐渐融化，他们开始心有灵犀了。

正是秋意渐浓的季节，公园里丹枫红染似火，鲜艳夺目，临风摇曳，惹人驻足流连。他们从茶室出来，沿着蜿蜒曲折的卵石小径踱步，不时低声说些什么，时而发出愉快的欢笑。在一旁过路的游人看来，俨然是一对热恋中的情侣，引来年轻人艳羡的目光。

从这以后，惠子经常约传玉上街，逛公园，看电影，去茶馆品茶，到中华料理吃中餐，或者去吃日式餐。只要有时间，传玉也不推辞。结账时惠子总是坚持由她付款，说自己是工薪阶层，每月都有固定收入，目前你还是个留学生，身在海外，无论是公费还是自费，都应该注意节省用度。传玉不能拂她的美意，连道声谢也不许，只得愧领了。同宿舍的宫本雄一羡慕地说，刘君，你好运气呀，这可是年轻姑娘对你的体恤，切莫辜负了啊！

星期天到了，晚饭后惠子到实习医生宿舍找传玉一同去看歌剧。她在楼下往楼上张望，稚声嫩气地呼叫刘传玉君。传玉正在梳洗更衣，同宿舍的宫本雄一走近他，神秘地低声说："艳福不浅啊，刘君！你那漂亮的小情人来找你啦，正在楼下焦急地翘首等待呢！打扮得够可以了，就别再磨蹭了。要不要喷点香水？我这里有，还是从东京银座买的巴黎名牌货呢！"传玉道："别瞎说，哪里有什么情人，人家惠子小姐是一般的同事，特意来邀我去看戏的。"宫本笑笑说："鬼才相信呢，要不是情人，怎么看戏单请你一个人，也不叫着我？"传玉憨笑笑，没搭茬儿。他朝窗外探探头，见惠子朝他招手，便应一声"来啦"！匆匆下楼去了。

第三章　樱花之恋

戏剧学校内部实验剧场不算小，足以容得下两百来人。惠子偕同传玉进场时，山田枝子正在舞台前面的乐池里忙着，抬头见两人入场，便用手里的指挥棒朝惠子晃了晃，点头微笑以示欢迎。这位女指挥虽已四十多岁，但看上去似乎只有三十岁，既年轻又漂亮，风韵动人。她漆黑的头发在脑后盘成发髻，露出光洁的脖颈。一袭微露酥胸的黑色晚礼服，裹着苗条的腰肢，露出半截丰腴白皙的手臂，纤长细柔的手指捏着指挥棒，倾听乐手们调音，不时朝他们指指点点，指导调试。

这时大幕紧闭，观众大都安静地等待着，有些人在喊喊喳喳地低声交谈。惠子悄声说：

"这里可以演出歌剧、舞剧、话剧，也可以听唱片音乐会。别看现在正处于世界经济大萧条时期，日本的知识分子还是愿意挤时间，掏腰包到剧校音乐厅欣赏经典戏剧演出，享受艺术美感。但这些年来，也受到了政府特别是军方的激烈反对，斥为西方式的颓废享乐思想，违背日本正统生活方式，声言要来一个'风气大扫除'，从孩子到成年人，都要'清洁脑子，肃正思想'树立尚武精神。"

"明治维新以来不是一切都向西方学习吗？就连政府官员们的莅任仪式也一律头戴窄边高顶黑呢礼帽，身着下摆敞开的西式燕尾服，从头到脚的欧式装束，还行着西方礼仪，这算什么，难道不是西方式的吗？"

"你说的那是明治维新时期。"惠子笑笑，"听伯父说，现在要实行皇权至上的'昭和维新'，规矩改了。"

场内所有的灯光倏然熄灭，舞台灯光大亮。乐池里，枝子背对观众，轻轻地一手指点乐器，一手操弄指挥棒。乐声扬起，帷幕缓缓展开，灯光大亮，演员登场，剧场顿时寂静无声，人们都在凝神屏气地观看演出。

《蝴蝶夫人》是美国作家约翰·鲁特·朗的一部小说，美国剧作家大卫·贝拉斯科将这部小说改编成戏剧，后来伊利卡、贾科萨又将它改编为歌剧，由意大利作曲家普契尼作曲，在米兰首次演出，此后流传各国，演出经久不衰，成为歌剧经典。故事很简单，说的是一位多情的日本女子巧巧桑与美国海军上尉平克尔顿相爱并结为夫妇。后来，平克尔顿厌弃了巧巧桑，独自回美国去了。巧巧桑就是这部歌剧主人公蝴蝶夫人，她对平克尔顿非常痴情，尽管此人如此绝情，仍然日夜期盼他能回心转意，重新回到自己身边。但是，"千万恨，恨极在天涯"，她只能望穿秋水，衔恨终身了。最终，悲愤之下她自刎身亡。饰演女主角蝴蝶夫人的演员虽是刚获得学士学位的毕业生，却是位颇为出色、有歌唱天赋、有发展前途的女高音歌唱演员。自刎前的咏叹调，她唱得入情入戏，凄婉悲凉，催人泪下。音乐、唱腔突出了日本民歌特有的旋律与西洋演唱技巧，时而激越高亢，时而低回婉转，至为感人。演员十分投入，从感情到动作完全进入角色了，看得出，这位饰演巧巧桑的演员是毕业生中的佼佼者。随着剧情的发展，情节跌宕起伏，她的花腔女高音歌喉极尽抑扬曲折，发挥得淋漓尽致。山田枝子卓越的指挥技巧，也使得音乐与演员表演结合得天衣无缝，令人激赏赞叹。剧终，全场起立热烈鼓掌，演员再三出场谢幕，乐队也起立行注目礼，枝子向观众频频鞠躬。

　　离开剧场归来的路上，惠子仍沉浸在这出歌剧的情节中。她长长叹了口气说：

　　"这真是一出大悲剧。巧巧桑实在是个不幸的女人，遇上了平克尔顿这么个负心汉，大坏蛋！我听她自杀前内心痛苦挣扎的咏叹调时，止不住流泪了。"

　　"其实，这出歌剧的故事情节一般，也没有太丰富的内涵。"传玉说，"它只是说一个善良多情的女人，碰上个卑鄙无耻的爱情骗子，说到底只能怨自己太过幼稚，遇人不淑。这种事情在现实社会里是很常见的，小说、戏剧里有不少反映。这样的故事只是提醒善良的人们，要慧眼识人，别上当受骗而已，实际的社会意义并不大。当然，从纯艺术的角度看，这出歌剧的舞台效果很好，音乐与歌唱都是很优美的、成功的。"

　　"去年春天这个剧校实验剧场还演出过莎士比亚的《罗密欧与朱丽叶》，是请英国戏剧家乔治·布朗执导的，他是研究莎士比亚戏剧的权威，演出很成功。但是，政府对此反应冷淡，指示歌舞剧学校今后不要再演这类西方戏剧，说有销蚀人们意志的不良作用，要求剧校多编演歌颂像丰臣秀吉这样日本民族英雄的历史剧，以鼓舞大和民族精神。"

　　"《罗密欧与朱丽叶》倒是一部寓意深刻的优秀戏剧，很值得细细

第三章　樱花之恋

品味。它突破了传统悲剧的不幸结局模式，给人以希望而不是绝望，是一出精彩的悲喜剧，堪称爱情歌剧中的绝唱。罗密欧与朱丽叶虽生在两个世仇家族里，但却不顾双方家族的激烈反对，热烈而执着地相爱。为了反对世俗的偏见，家族的阻挠，两人以死相争，双双殉情。结果两个家族因受到这一悲剧结局的强烈震撼而握手言和，结束了不幸的世仇。在这里人们看到，强大的爱情力量战胜了传统的封建魔咒，从悲剧中升华，出现了喜剧结局。这远比《蝴蝶夫人》有意义多了，不是吗？无怪世界各国戏剧界纷纷把它改编成话剧、歌剧、舞剧，乃至芭蕾舞剧等各剧种了。沙翁无愧是戏剧大师，他创作的戏剧内涵丰富，蕴意深邃，格调超凡，几乎部部都是经典，不愧为世界戏剧界的旷世奇才！"

传玉对《罗密欧与朱丽叶》这出戏剧的分析讲解，使惠子很受启发。她想，爱情的力量是伟大的，它弘扬正义，鞭挞邪恶，使光明战胜黑暗，使人们恢复良知，化敌对为友谊。她在心里暗暗祝祷：上帝啊，请保佑人类，让人间充满爱吧！

三

一九三三年的春天到了。和煦的东风吹绿大地，树木披上了新装。郊原上，公园里，处处芳草芊芊，鲜花盛开，散发着诱人的芬芳，引逗得蜂儿、蝶儿争先恐后地穿梭于百花丛中，到处奔忙。最惹人游兴的还要数那千娇百媚的樱花了。樱花盛开的季节，日本人无论工作多忙，也要挤出时间走出家门，放下工作，到郊外去，到公园去，观赏那白皑皑，红艳艳，粉嘟嘟，娇嫩嫩，密密匝匝簇满枝头的樱花。风儿吹过，落英缤纷，细雨般洋洋飘洒，缀满绿茵草地，更加赏心悦目。

樱花是日本的标志性花卉，无愧国花之名。女人名，商品名，甚至团体名等，多用樱花或樱字标示，就像中国人崇尚梅花，以梅花命名那样。樱花开得轰轰烈烈，无比灿烂，但凋谢得也匆匆忙忙，让人留恋。在日本，人们普遍喜爱樱花，爱得执着，爱得狂热。京都府的樱花格外绚丽，一树树，一片片，一簇簇挂满枝头，犹如灿烂的堆锦，壮丽的晚霞，五彩的流云。每到樱花怒放季节，人们都会涌向各大公园、名刹寺院、宫殿庭院去观赏那些花名别致，品种稀罕，争奇斗艳的樱花，熙熙攘攘，人潮如涌。爱花的年轻人，更是三三两两地坐在草地上，躺在花树下，看花容，嗅花香，就像缠绵于情人身边，沉醉忘返。

　　惠子与传玉约好这个星期日一同到郊外踏青赏花。传玉匆匆吃罢早饭回到宿舍，收拾出游要带的东西，把预先买好的面包、火腿香肠，以及饮水等塞满挎包。

　　"传玉君，传玉君！"惠子来到医生宿舍楼下，朝着楼上的窗子呼叫。

　　传玉从窗子里探出头来："噢，惠子，你都准备好了？请稍等，这就下来！"

　　惠子精神焕发，面色红润，眸光晶亮，充满朝气蓬勃的青春活力。她穿一身白底蓝花和服，腰束宽带，脚上套双绣满兰花瓣的分趾白布袜，足踏木屐，头上依旧梳着平时的短发，用一条浅蓝缎带束起，看上去素雅秀美，楚楚动人。

　　传玉匆匆穿上花呢西装外套，背起挎包跑下楼去，见惠子这身打扮，不禁赞道：

　　"打扮得好漂亮呀，东洋美女！"

　　"别开玩笑啦，传玉哥哥，咱到哪里去玩？"惠子问。

　　"金阁寺，万福寺，八坂寺，就连京都最古老的清水寺的樱花我都看过啦。我还喝过清水寺的'灵水'呢！听宫本君说，醍醐寺的樱花在历史上最负盛名。三百多年前，丰臣秀吉曾在醍醐寺举行过盛大的樱花宴，开启了日本观赏樱花的风气，沿袭至今，形成一年一度的'醍醐花见'热潮。咱们就去醍醐寺看看吧，你说呢？"

　　"好，听传玉哥哥的，就去醍醐寺！"

　　醍醐寺是京都名刹，始建于公元九世纪。最初由真言宗祖弘法大师的孙弟子、圣宝理源大师于日本纪午贞观十六午，即公元八七四午于醍醐山结庵草创，成为真言宗醍醐派总寺的开始。随着醍醐、朱雀、村上三帝皈依，先后建起五重塔及山上山下许多的寺院，形成佛国古刹群，

第三章　樱花之恋

规模宏大壮观。惠子依偎着传玉，乘坐旅游车来到醍醐寺。寺内外游人如织：穿和服的、西装的、制服的、便装的，携儿带女举家出动，穿行在樱花林木间游赏。

两人商量了一下，决定先去参观五重塔。这塔是座五层重檐宝塔，建成于日本纪年天历五年，即公元九五一年，是京都最古老的木结构建筑。远远看去，斗拱重叠，飞檐陡峭，塔尖高耸，整个塔身虽颇巍峨，却不失玉立灵秀之美。各层四周围有栏杆，可以凭栏俯瞰碧波花树，远眺山岚美景。塔内的四周墙面上绘满壁画，有日本密宗故事、历史人物、传奇掌故、神话传说等，讲解员对这些内容烂熟于心，逐一指点，娓娓讲述，很是动听。参观者或是点头敬佩，或是表情惊讶，但都很安静，很少插话，即使提问，也是低声细语。两人跟随参观的人群浏览一周。他们走出五重塔，来到三宝院。惠子问三宝指的是什么，传玉解释说，这三宝一词在佛教指的是："佛、法、僧"，即佛祖如来、佛教的教义，以及弘扬佛法的僧众。人们说的皈依三宝，就是指看破红尘，打定主意皈依佛门的意思。三宝院始建于公元一一一五年，公元一五九八年大将军丰臣秀吉曾一度据为自己的花园，他死后又回归寺院。这里依山傍水，绿树成荫。沿湖两岸满是樱花树，正是樱花盛开季节，到处花团锦簇，游人如蚁。

湖边有个旅游摄影点。这时摄影师正忙着生意，弓着身子在三脚架后调节照相机镜头，给游人拍照。游人身后是一泓碧绿的湖水，闪映着微微颤动的尖塔倒影，簇簇樱花枝丫低垂岸边，开得正旺，恰是理想的摄影背景。

"传玉哥哥，咱们也去留个影吧！"惠子提议。

"对，这样的美景难得一见，是得照张相。"传玉应道。

待这群游客合影完毕，两人赶紧凑上去。惠子笑说我先来张单独的，说罢侧身傍着花树，一手攀着花朵累累的枝丫，一手抚在腰间的阔带上，目不转瞬地注视镜头。摄影师说，小姐别太严肃了，要自然些——请看镜头，笑一笑！惠子展颜一笑，咔嚓一声，把她娇憨的姿态收入镜头。接着传玉也依样照了一张，只是略显矜持。惠子要与传玉合影，摄影师也从旁怂恿。传玉沉吟一下说，先去参观，以后再照吧！见惠子有些怏怏，他揽着她的肩膀拍了拍，安慰说：

"别扫兴，有的是机会，一定陪你照相。走，看花去！"

"传玉哥哥，答应我，一定要找机会合张影，好吗？"惠子嘟囔着。

"放心吧，会有机会合影的，一定！"

惠子转颦为喜，粲然一笑。她紧紧依偎着传玉，随游人去观赏罕见品种的樱花。

三宝院里有一处僻静的偏院，本来是僧寮，现在是庭园管理处。院里栽种不少名贵的樱花。平时这里不对外开放，只在樱花盛开季节开放几天，供游人参观，但未经特别许可也不能随意拍照。来这里参观的多是些文人墨客，植物花卉研究者，欣赏水平较高，人数不多，比较安静。两人进到院里，见管理员正在一株樱花树下指点着给游客们讲解，便凑上去听。原来这是棵名叫"太真"的樱花，非常稀罕。这位管理员出身僧人，汉学功底比较深厚，精通中国古代典籍。他娓娓说道，太真是中国唐朝杨贵妃杨玉环的道号，她原本是唐玄宗的儿子寿王李瑁的妃子，被玄宗一眼相中，决定选入内宫纳为妃子。作为过渡，先是命她离开寿王府邸，出家做女道士，赐号太真，居住在大内的兴庆宫，又称南宫，杨玉环入住后，改称太真宫。为了安抚李瑁，便将左卫中郎将韦昭训的女儿嫁给李瑁，册封为寿王妃。不久，玄宗把杨玉环召入内宫。她生得美艳绝伦，性情活泼，才艺双佳，风华绝代，受到玄宗的专宠，封为贵妃。有首诗这样写道："一骑红尘妃子笑，无人知是荔枝来"，说的就是她。据说玄宗为了博得玉环一笑，命人从几千里外的福建，以驿站马匹八百里加急、昼夜不停地逐站递送速度，累倒许多汗血宝马，把汁鲜肉嫩的冰镇荔枝快速送到长安的骊山给贵妃品尝，果然博得她的一笑。杨贵妃生得冰骨玉肌，肤如凝脂，体态丰腴，顾盼含媚，是个旷世绝代的佳人。中国宋代初年李昉、徐铉等人奉宋太宗皇帝敕命编纂的古籍总集《文苑英华》中的《丽情集》描写她，"绿云生鬓，白雪凝肤，温俪光华，纤秾有度。"这株复瓣樱花色白如雪，就像杨贵妃凝脂般的肌肤，所以命名"太真"，是很罕见的名贵品种。游人们驻足仔细观赏，果然满树

第三章　樱花之恋

樱花如堆堆白雪，晶莹剔透，累累相拥，压得枝丫低垂。微风掠过，摇曳多姿，好似玉颜巧笑，引人遐想。观看的人个个称赞，都说实至名归，不愧"太真"称号。当有人问到杨贵妃为何在日本这么知名，连樱花也用她的道号命名，讲解员说，据民间传说，贵妃当年并没有死在马嵬坡，而是采用宫女替死的调包计获救，被辗转护送东渡日本定居下来。在日本生活期间，她对日本皇家有过贡献，如今在日本山口县还有杨贵妃墓供人瞻仰。这个美丽的历史故事给太真樱花平添了一抹传奇色彩，使赏花人意兴盎然，啧啧称道不止。

传玉惠子两人跟随参观人群，一路听讲解员解说，点评各种名贵樱花的特色、来历，增添了不少知识。他们步出院门时，惠子还沉浸在太真的故事里，她好奇地问：

"传玉哥哥，中国距离日本隔着浩瀚的大海，海上又时常有风暴，阿倍仲麻吕想返回日本探望家乡，都因海上风暴未能实现，重又返回长安，终老在中国。就连鉴真大和尚也是经过六次艰难的旅程，最后一次才东渡日本成功，在奈良驻锡，建立唐招提寺传经授徒。杨贵妃一个柔弱女子，当时又身在中国西部偏远的川陕地区，她能够跋涉千山万水，顺利地渡海逃到日本来吗？这似乎有点儿叫人难以置信。"

"估计也不是空穴来风，就像徐福在日本人民心目中那样。"传玉说，"关于这个问题，中国权威的红学家就有持这种看法的，而且在日本又是人们熟知的事，也有日本知名人士自称是杨贵妃后裔，所以这可能不是瞎编的。当时日本与唐朝的交往比较频繁，因此杨贵妃有在别人掩护帮助下跟随返回的遣唐使出逃日本的可能性。当然，也不能完全排除外是人们出于对这一绝代佳人的爱慕与同情做出的善意揣测，或者演绎的。"传玉答道。

"人们为何会对这位失势的妃子产生这么大的兴趣？"惠子又问。

"也许是唐代大诗人白居易那首脍炙人口的《长恨歌》带来的效果吧！"传玉说，"杨贵妃入宫后，'后宫佳丽三千人，三千宠爱在一身'，就连皇帝身边最宠爱的梅妃也遭排斥，不能接近皇帝。杨贵妃全家连亲眷都得到皇帝的封赠恩宠，得到重用，所谓'一人得道，鸡犬升天'，

樱花梦

这自然引起百官侧目，朝野怨尤。有这样风华绝代的美人终日陪伴，唐玄宗从此就耽于歌舞游宴，不理朝政了。于是，渐渐地大权旁落。杨氏一派权臣当道，排斥异己，内斗不息，终于酿成安禄山举兵造反。'渔阳鼙鼓动地来，惊破霓裳羽衣曲'，京城失陷，玄宗不得不偕杨贵妃一行仓皇西奔蜀州。当车驾走到马嵬坡的时候，六军哗变，不肯前行，群情激愤，坚决要求诛杀杨贵妃与其兄杨国忠，这才导致杨贵妃被赐死的悲剧。白居易的《长恨歌》是一首历史长诗，广为人们传诵。诗里把这段史实，以及杨贵妃与皇帝李隆基的恋爱故事描述得绘声绘色。特别是两人'七月七日长生殿，夜半无人私语时'的誓约，'在天愿作比翼鸟，在地愿为连理枝'的信誓旦旦，更是真挚感人。贵妃死后，兵变平息。玄宗皇帝回銮长安，日夜思念杨妃，食不甘味，寝不成眠，郁郁而终。有关这段故事，中国宋朝的史官撰有《太真外传》，写得十分详细。但是，查遍包括新、旧《唐书》在内的国史及稗官野史都没有逃亡日本的记载。而在日本却有她的历史遗迹，墓地也不止一处，甚至竟然有她的苗裔繁衍至今，这的确令人称奇。"

第四章

爱河兴波

惠子沉默良久，叹口气说：

"这个故事太凄美了，也太传奇了。我想，这位中国皇帝在后宫拥有上千的女人，她们个个都是从全国各地万里挑一选出来的美女，即使这位风流皇帝再怎么多情，怎么能够撇开其他众多女人而专情于一个女人呢？看来杨贵妃太有魅力了，真是不可思议！"

"是啊，爱情这种情愫很神秘，有时难以理解。"传玉说，"对一个人的痴情钟爱，有的人可以癫狂，有的人可以遁世出家，有的人甚至可以为爱去死，这怎么解释？听说在日本有那么一处海滨悬崖，是专门跳崖殉情的地方，每年都有青年男女因为婚姻不自由，或者失恋去那里跳崖而死呢！"

"哦，这个我知道！"惠子抢着说，"那是在伊豆。伊豆半岛附近有许多岛屿，属于富士山脉的火山地带，离神奈川不远，属东京都地区。四季温暖，经常是忽晴忽雨的，跟夏威夷似的，有活火山，也有温泉，是个风景优美的游览胜地。我也听说那里有个殉情崖，就在天城山。几乎每年都有失意的人们去那里跳崖，用死来证明自己，解脱自己。虽说是不幸的，却也感人。"

"这可能是日本独有的吧！没听说别的国家有专门殉情的地方，这倒很浪漫动人的。"传玉接着说，"我给你讲过中国民间流传广泛的梁山伯与祝英台的故事，还讲过中国最有名的古乐府长诗《孔雀东南飞》，这两个故事都是殉情的，但情节合乎情理，非常感人。然而为了爱，有的人行为竟然异乎寻常，叫人难以置信。我讲一个这样的古老民间故事，它后来成为守信的著名典故，叫作'抱柱'。这个故事发生在春秋时期，当时有个名叫尾生的鲁国青年男子,与一位多情的少女相爱至深。一天,两个人相约傍晚在一处河水干涸的桥下相会。尾生先到了,就在桥下等待,但那女子因为家里的缘故,一时脱不开身,没有及时赴约。这时,忽然河水涌来,逐渐上涨。尾生本该迅速上岸避水,但他为了信守'桥下相会'之约,紧抱桥柱不舍,坚持原地等待。终于大水漫顶,被淹死了。这个故事听起来很愚蠢,但含义深刻。说明真正相爱的人,对爱的信守是多么坚贞不渝呀!"

一

惠子听了尾生"抱柱"的故事,非常感动,说这才是真爱啊!她抬手看看手表,已经午时了,说咱们找个地方坐下吃点东西吧!他们转了一圈,来到湖边一株盛开的樱花树下,在柔软的草地上铺开布单。忽一阵风儿吹过,落花如雨,随风飘洒,落在他们头上、肩上、布单上,色彩缤纷,暗香弥漫。他们席地对坐。传玉打开背包取出吃食,一样样摆放在布单上,惠子也把随身的提包打开,掏出两盒寿司说:

"这寿司是我亲手做的。不过米饭多了些,三文鱼与蔬菜少些,盐醋放的也不一定合适,而且没包成卷,味道可能不够好,你就多多包涵吧!"

"惠子亲手做的寿司一定好吃,不管怎样我都喜欢。真的饿极了,快给我来一盒!"

"传玉哥哥,嗯——我想简化一下,顺口些,就叫你玉哥哥行吗?"

"行!怎么称呼都行,只要惠子喜欢。在我的家乡那里,只要是比较亲近的兄长,一般都称呼哥哥。"传玉一边应着,接过寿司大口大口吃起来,说,"醋多了点,有些酸。"

"看啊,玉哥哥好馋哟!"惠子拍手欢笑。

"坏丫头,看我打你!"传玉说着举起拳头威胁,"再省略一个字,快,就叫哥哥!"

"哥——哥——"惠子故意拉长声音,大声叫喊。

第四章　爱河兴波

"哎！——这才像话。"传玉应道。

两人说笑着吃罢午餐，又谈起赏花来。传玉说，樱花是日本的名花，品类繁多，花朵非常美丽，无怪你们日本人一到春季就携家带口出游观赏。只可惜，樱花怒放得快，凋谢得也快，花苞一旦绽放，只一天的工夫就随着风儿纷纷扬扬飘落各处，点缀绿茵草地去了。我们中国的桃花同样也很美丽，品类也不少，但花期很长，凋谢得慢。它的果实桃子更是人们喜爱的应季鲜果，时常用来作为祝寿、贺节的佳果。春天是桃花盛开的季节，我们也有春天郊游踏青赏花的习俗，但不像日本人观赏樱花这么狂热。关于桃花的典故很多，其中有个广为人知的美丽爱情故事，问惠子愿不愿意听。

"愿意听！"惠子高兴地大声嚷道，"快讲给我听，好哥哥！"

"听这个故事得先去湖边用水洗洗你的耳朵。"传玉故意逗她。

"怎么，听故事还要洗耳朵？怎么洗？"惠子不解地问，说着挪动身子打算站起来。

"坐下，快坐下，逗你玩呢！这是句中国成语，叫作'洗耳恭听'，就是要你认真听的意思，不是真的叫你去洗耳朵，傻丫头！"

"好，好，我绝对洗耳恭听！"惠子重又坐好，静静地看着传玉。

"这个故事发生在日本人熟悉的唐朝，说的是一位名叫崔护的举子，是博陵人，就是现在的河北省定县一带。崔护为人很清高，孤傲寡合，不轻易与人交往。有一年春天，他到京城去参加春闱，应考进士。但是初试不利，没有考中，落第了。于是就在城南赁屋住下，打算在这里玩几天散散心，然后回去，明春再来应试。城南郊外桃树很多，村村寨寨桃树成林，这时正是桃花盛开的季节。一天，他走到掩映在桃花林里的一户农家门前，挽起袖子敲门。只听门内一个清脆的女子声音问道，谁呀？有什么事？崔护报出自己的姓名身份，说是出来游玩，酒后口渴，来讨点水喝。'吱呀'一声，门开了，一位模样俊美俏丽的妙龄女郎把他让进院里，随后端来一碗茶水，让他坐在凳子上慢慢喝，她自己却倚着开满艳丽桃花的树桠，站在一旁默默看他。崔护见她生得风姿绰约，衬着身后的满树桃花，越发美艳动人，便用言语挑逗她。女子只是微笑不答，但也不走开，依旧默默地看他喝茶，目光里似乎含有情意。就这样，两人你看我，我看你，对视许久再没说话。崔护喝完茶水，谢过女子，慢腾腾地起身告辞。这女子身段苗条，莲步姗姗，跟在后边送他出门，脸上的表情似有不舍的意思。崔护也颇感留恋，出门后步履迟缓，不断回头看那缓缓关闭的柴门和那慢慢隐去的美丽桃花面。从此一别，没有再来。"

"呀！太可惜了，两个似乎有情的人，就这么白白地错过了？"惠子惋惜地说。

"别忙。"传玉喝了口水，接着说，"故事还没讲完呢！"

"怎么，难道他们还能再见面？"

传玉看她迟疑的眼神，笑道："我刚才不是说过吗？崔护还要回来应考的。到了第二年的春天，同样一个东风送暖、桃花盛开的日子，崔护再次来到京城赴试。考试完毕后回到驿馆歇息，等待发榜。这时，他想起去年这位美丽的姑娘，情有不舍，便又到城南去寻访她。赶到那里一看，风景虽然依旧，只是门庭寂寂，双扉紧闭，人去院空，毫无声息。失望之下，取出随身的笔墨，在门扉上题写了一首诗，'去年今日此门中，人面桃花相映红。人面不知何处去，桃花依旧笑春风。'下面落款'博陵崔护'。"

"唉！'人面不知何处去'，看来真的是没缘了。"惠子哀叹道。

"别急，你再听下去嘛！——崔护回寓所后朝思暮想，心里总是放不下。勉强挨过几天，就又去那里探访。刚走到门外，就听里边有哭声，便上前叩门，开门的是位须发斑白的老人，刚把他让进门，还没落座就急着问，先生莫非就是崔护吗？崔护答说正是在下。老人立即哭起来，说是你崔护杀死了我的女儿！崔护一惊，忙问是怎么回事。老人说，小女知书达理，已到婚嫁年龄，还没有许配人家。自从去年春天以来，一直精神恍惚，茶饭不思，人也消瘦下来，好像有什么心事。前些日子，我们父女俩去东庄探亲回来，小女抬头看见门上你的题诗，脸色顿时大变，一句话没说，进门就病倒在床，两眼紧闭，绝食多日而亡。这不是你杀死的，还能有谁？说罢掩面痛哭不止。崔护听了顿感一阵心痛，含

第四章　爱河兴波

着眼泪走近床前，只见原本貌若桃花的女子，如今面如死灰，肌肤冰凉，气息全无，直挺挺地僵卧床上。这时的崔护只觉得万箭穿心，痛彻心扉，不由得伏在她的身上失声恸哭，嘴里喃喃念叨说，姑娘，姑娘！你的崔护来了，就在这里，就在你的身边，你快睁开眼睛看看啊！"

听到这里，惠子止不住泪水盈眶，说："哭还有什么用呢？早知今日，何必当初？"

"当初怎样？今日又怎样？"传玉看她这样动情，遂问。

惠子从袖口里抽出手帕，拭去泪水说：

"如果没有当初桃花下的一见钟情，哪里会有今天的生离死别呢？更何况碰到的又是这样一位痴情烈性的女孩儿？这都是崔护自己酿成的悲剧，他应该自责一辈子。"

传玉听了点点头，接着讲述："就这样哭着哭着，只见女子眼睑微动，不一会儿，居然慢慢睁开了。崔护与老人万分惊喜，赶快把她扶起靠在床头被褥上，轻轻呼唤她，给她活动手脚，居然慢慢地活了过来，不到半天的工夫，她就说想喝点米汤了。女子看见崔护满面泪痕，紧紧守在床边依偎着自己，感到无限宽慰，脸色渐渐恢复红润，重又艳若桃花了。老人非常高兴，说既然你们俩这样情意相投，生死相依，我就把这独生女儿许配给你崔护做妻子吧！就这样，两人终于喜结连理，成为夫妇，遂了彼此始终没能说出口的心愿。这次考试发榜时，崔护高中进士，授翰林院庶吉士，接着又外放州县做官，于是带着夫人与她的老父亲欢欢喜喜上任去了。"

"呀，好美满的结局啊！这是感动了上天才有了今天。"惠子宽慰地说。

"不，这不是上天的赐予，而是这对有情人至真至诚的心灵感应酿出来的甜蜜奇迹！"

"爱的力量真有这么巨大，居然能够起死回生？"她眸子里闪着喜悦的光亮。

"是的，爱情是圣洁的，力量也是极大的。你看，《蝴蝶夫人》里巧巧桑对情人的爱是那么真挚、那么热烈，所以当她面对无情的背叛时，爱极生恨，决心以死控诉爱情骗子平克尔顿，使人们强烈谴责这个卑鄙小人。所以，尽管以悲剧收场，但她死得悲壮，有对无耻小人鞭笞的力量。《罗密欧与朱丽叶》中的两位主人公，双双以殉情抗争世俗偏见的阻难，终于感动了敌对双方，化解了两家世代不解的冤仇。《人面桃花》里有情人对爱的精诚，居然使死者还魂，遂了两人的夙愿，终成一双美眷，印证了'精诚所至，金石为开'的道理。这些都说明，只要是真挚的爱，那么这爱一定是强有力的、伟大的。在这些戏剧里，无论是悲剧结局，还是喜剧收场，细细想去，都能给人启迪思考爱的真谛。"

传玉对爱的这番剖析，使惠子深为感动。联系到自己，她说不清自己是在何时何地爱上了传玉。但她肯定这爱是真挚的、深沉的、坚定的，是不知不觉中酝酿已久的，也许是前生注定的。看着眼前这位英姿勃勃的中国青年男子，她对未来充满了美好的憧憬。她激情满怀地动情说：

"玉哥哥，我保证也像故事里的有情人那样，一生一世永远爱你。我的爱只属于你！"

二

夏天有种令人情有独钟的美：蝉鸣、蛙鸣、鸟鸣、蛮鸣，组成一支华丽的昼夜交响曲；银河、星空，望不尽、猜不透的深奥苍穹，涂抹出一幅迷幻的美景。还有那暗夜里的草丛间，似在寻寻觅觅，又似在纵情跳跃欢舞的萤火虫，更增添了夏夜的无穷诗意，勾起人们儿时的记忆，悠悠的乡情！

京都的夏天不燥不腻，凉热宜人。湿润的海风从太平洋上吹来，爱抚过神户，亲吻了大阪，一路朝古色古香的文化故都、宁静优美的京都走来。京都不像东京那样车驾冠盖，熙攘繁华。也没有大阪那样工业集中，日夜喧嚣。她像中国京剧里的青衣，举手投足，娴静典雅，庄严稳重，但却不失风韵。京都的夏日，是年轻人空暇时休闲嬉戏、外出游玩的好季节。

春妮儿翩若惊鸿，刹那离去；夏娘踏着热烈欢快的舞步，跳跃而来。休假的人们在室内待不住了，纷纷呼朋唤友，奔向蓝天白云下的

第四章　爱河兴波

原野大地。

　　这个八月里，惠子与传玉都获得了半个月的休假。他们每天多是悠闲地逛逛大街，进出剧校、音乐厅，以及茶室、咖啡馆、小吃铺子。傍晚时分，常到体育馆的网球场打打网球，或者去游泳池，在那里游泳、戏水，很是快乐惬意。但是惠子还是觉得有些重复、单调。她提议，哥哥，咱别总在这附近转悠，走远些，到浅野湖去划船吧！

　　"浅野湖？在哪里？我怎么不知道？"传玉问。

　　"哥哥来京都快八年了，没去过浅野湖？用你们中国话说，真是'孤陋寡闻'！"惠子跟传玉学习中文，也会引用几个中国成语，"瞧你那少见多怪的样子，真有点'蜀犬吠日'了。"

　　"我不仅没去过，连听说都还没听说过呢！"传玉认真地回答。

　　她嘲笑道："连这个你都不知道，真可怜，浅野湖就在宇治呀！那是个人工湖，从宇治川引来的河水形成一个广阔的大湖，出湖的水仍旧回宇治川流向东南。地点就在京都去大阪的途中，坐火车在宇治驿下车，步行半个小时就可以到达。浅野湖紧靠着虽然不高但草木葱茏的山丘，山光水色，风景特别美。湖滨有个湖上俱乐部，提供游人划的小艇，有双人艇、多人艇、带篷的不带篷的，随意租，极好玩的。湖畔还有快餐厅，午饭可以就地解决。走，我领你去玩玩！"

　　一个晴朗的早晨，碧空如洗，白云袅袅，熏风拂面，空气清新，是个出游的好天气。两人都穿着单薄宽松的出游衣装，胶底球鞋，头戴凉帽。惠子肩上斜挎一只布袋，里面是一些零食小吃。传玉的背包里装着汽水、水果。他们乘坐京都至大阪线火车直奔宇治驿。火车奔驰在丰收的原野上。田间劳作的农民在火车隆隆开过时，放下手里的活计，站起身来，掀起草帽，手搭凉棚，瞭望开过来的火车，直到火车远去，白烟散尽，才重又俯身继续手里的农活。

　　在宇治驿下车后，他们跟随络绎不绝的游人出站。惠子孩子气重，活泼好动，走起路来蹦蹦跳跳，兴高采烈，一路欢声笑语。当走在无人的小路上时，她故作小鸟依人，硬赖在传玉身边，两手搭在他的肩上，倚着靠着，噘着小嘴，哼哼唧唧地缠着，死乞白赖地说走不动了，非要哥哥背着走不可。传玉赖不过她，只好背起她，在她"驾驾"的吆喝下，一路向前小跑。偶尔有辆小轿车经过，司机见此情景，以为女孩儿腿脚摔伤，停车问要不要带一程去医院。惠子听了，两手使劲拍打传玉的后背，仰面大笑不止。对方才知道这女孩儿在撒娇儿胡闹，遂笑着说，姑娘，接着骑你的"马儿"吧！启动车子绝尘而去。有时她撒欢疯跑，跑得很远很远，回过头来大声呼叫，哥哥快些跟上呀！这时的惠子，完全没了昔日在夏威夷时的少女矜持。她童性大发，率意顽皮，弄得传玉啼笑皆非，只好事事依着，使她快乐。

在浅野湖租船所，他们租了一艘双桨小艇朝湖心荡去。传玉对划船十分内行，独自双桨划水，非常自如。惠子是个半瓶醋，却非要自己用双桨划不可，结果两只桨互不配合，乱划一气，弄得船儿在湖心转悠不前。传玉笑她笨拙。惠子却也聪明，在传玉的指导下，不一会儿就掌握了使用双桨的技法。后来惠子喊累不干啦，于是他们每人一桨，方向节奏一致地划起来，船儿飞快前行。惠子额头微汗，兴奋地一个劲儿喊加油！加油！

他们划近湖边的一隅，那里有处湖心亭台，周围都是盛开的荷花，一条九曲红栏木桥连着湖岸，亭子里有几个歇凉的游人在看水赏荷。其中有位老年人，穿一身中式白夏布裤褂，鬓发里夹着少许银丝，看上去五六十岁光景，正坐在亭子的靠椅上吹笛子。传玉想起唐代大诗人王维的"横吹杂繁笳，边风卷塞沙"的诗句，说咱们就在这里停船，仔细听听这人的横吹，看吹的是什么曲子。

"什么叫横吹？他吹的又是什么曲子？"听了一会儿，惠子问。

"横吹是短笛的雅称，也指吹短笛。他吹的是一支中国古曲，叫作《梅花三弄》。"

"弄是什么意思？为什么叫三弄？"惠子不解。

"弄是演奏的意思。三弄就是同一首曲子连续重复演奏三遍，但每一遍都有不同的地方。不同就在于，弄中有一节或两节是重复的，每弄增加重复一次。这样，《梅花三弄》吹到第三遍的时候，重复的那节也就连续吹奏了三次。这首曲子的节奏是，一弄比一弄激越，一句比一句

第四章　爱河兴波

亢奋，听起来令人浮想联翩。我也喜欢横吹《梅花三弄》。在故乡的仲夏之夜乘凉时，常坐在庭院里，对着满天繁星的夜空，抿唇吹这支曲子。我有一只象牙色短笛，笛孔右边刻着一行细小漂亮的《灵飞经》小楷'榆次闲人李淼藏'，是偶然从古玩地摊上买的。"

听了半晌，传玉叹道，看这一湖碧水，听这家乡笛声，真是，点点梅花出笛孔，粼粼清波撩人心！令人思乡啊！惠子拍手赞道，触景生情，好诗句，哥哥出口成章！

烈日当头，他们的小艇没有遮阳棚，晒得慌。传玉看了一眼手表，已是午后一点了，说："咱把小船还回去，到餐厅吃午饭吧！"惠子额头出汗，脸色红扑扑的，说："天这么热，咱去吃凉面吧，朝鲜凉面风味特殊，很好吃。"他们把小艇还给湖上租船所后，走进湖畔一家朝鲜料理。每人要了一碗凉面，面条上浇头丰富，除了牛肉必备以外，各种蔬菜花样颇多、调料丰富，味道鲜美，极其清凉爽口。传玉是第一次吃朝鲜凉面，边吃边赞不绝口。

午餐用过，就快到乘返程火车的时间了，两人立即从湖区搭乘过路的旅行客车赶去宇治驿，傍晚才回到京都。到病院后，传玉关心地问惠子："这一整天的游玩，你累不累，疯丫头？"惠子歪着头笑答："只要哥哥背着我玩，去哪里都不累，下次咱还这么玩！好吗，哥哥？"传玉失笑道："哎呀，我的大小姐，这么玩法我可受不了啊！"

夏日的夜晚本就别有一番情趣，京都的仲夏之夜更是充满了诗意。一天，惠子告诉传玉说："我母亲与国雄哥哥去我外公家了，三四天才回来。今天我下白班后咱们一起出去到大华料理吃晚饭，饭后去公园歇凉吧！"传玉说："好呀，我正打算约你饭后找地方散步呢，咱俩真是心有灵犀，想到一处去了！"

夏夜的公园格外静谧，只有几个游人在林间散步。两人在花坛边的长椅上坐下。修剪整齐的冬青丛像一堵长长的矮墙，逶迤在长椅后边。夜风吹过，送来阵阵花草的芬芳。惠子的脸贴在传玉肩头，一只手挽着传玉的胳膊，一只手指点暗蓝天空上金色的繁星说：

"哥哥你看，银河两边那两颗明亮的星星，隔着宽阔的河汉相望，它们正在彼此招手呼唤呢？要是有只船多好，可以渡过来嘛！"

"是啊，就快七夕了，到时候就会有许许多多的喜鹊飞来，它们翅膀搭着翅膀，搭起一座鹊桥，那两颗星星就可以渡过鹊桥相会了！"

"是神话故事吧！？"惠子扬脸看着传玉。

"当然是神话喽！美丽的中国神话故事嘛！"

"讲讲，快讲讲嘛！好哥哥，我喜欢听故事。"惠子摇着传玉的胳膊央求。

"好，好，我讲给你听。"传玉应道，"这个故事说的是，这两颗星一个叫牵牛星，另一个叫织女星，人们也叫它们牛郎星、织女星，比喻为人间的夫妇。但是，它们分居天河的两边，在每年农历七月七日之前的几天夜里，人们可以看见它们在天空中分外明亮，彼此期盼地隔河相望，直到黎明方才消逝。到了七月七日这天晚上飞来许多喜鹊，比翼相连，结成鹊桥，使这两颗星星渡过天河，得以相会。这天晚上就叫作'七夕'，中国阴历七月初七'鹊桥相会'。"

"它们一年才相会一次，而且还只一个晚上，太可怜了！"惠子惋惜地说。

"在民间还有一个关于'七夕'的典故。这天晚上人们会'乞巧'。乞巧的意思是，祈求人间的巧事。每年的这天晚上，女人们摆上瓜果点心，对着月光穿针引线，看谁能穿针成功。这也是一种好玩的游戏。我国宋朝人名叫杨朴的，有首写七夕的诗，说'未会牵牛意若何，须邀织女弄金梭。年年乞与人间巧，不道人间巧几多'，有意思吧！？"

听到这里，惠子对着传玉拍手笑道："我与哥哥的相识，就是人间的巧事，是不是？"

"怎么讲？"

"一个中国男青年，一个日本女孩儿，两个本来不相识的人，成了相爱的人。巧不巧？"

"说得是，是够巧的。"

"我落水，哥哥来救，这不是一次'机缘巧合'吗？'巧'字就在其中了呀！"

第四章　爱河兴波

"好个聪明丫头，你真会解释这个'巧'字！"传玉拍拍她的脑袋赞道。

三

惠子沐浴在幸福的爱河里，沉浸在甜蜜的幻梦中。她希望有一天能跟随传玉一同到中国去，到他的家乡临城古镇去。与他肩并肩坐在镇西的柳荫下，迎着拂面的熏风，听着噪耳的蝉鸣，手持鱼竿在河边垂钓。夜晚在院子里纳凉，坐看满天闪耀的星星，听他横吹《梅花三弄》，那将是多么惬意的事呀！她孩子般地央求传玉说，玉哥哥，好哥哥，你一定要带我到中国大陆去走走，到你的家乡临城镇去看看，让我开开眼界，见识见识古镇风貌。我太向往那里了，甚至睡梦里也会神游一番的。传玉看着这孩子般可爱的、纯情的日本姑娘，心里掀起不安的波澜。惠子缠着央求带她到中国去，去访问他古色古香的家乡。然而，她知不知道当前时局的严峻？她所爱的人最终能属于她吗？姑娘呀姑娘，你太天真了！

此时的传玉归心似箭，急切地等待回国，若不是父亲严命他完成学业，他早就踏上归途了。他从心里爱这姑娘。她像一捧散发着幽香的百合花，又像一枝洁白如玉的马蹄莲，美丽、纯洁、善良。她一门儿心思挚爱他，依恋他，日常生活照拂他，使他由衷地感动。然而，此时祖国正处在危难中，需要他及早回去报效国家呀！看着她那燃烧着爱情之火的灼灼眸光，传玉真不知道该怎样回答她，抚慰她。他心想，毕竟她是敌国的女儿，这种情况下，她有可能随我去中国吗？他暗暗对自己说："是的，我真的深爱惠子，但更爱我多灾多难的祖国啊！"

一天，惠子当值夜班。晚九点钟，总值班看护长佐久美智子到各病室巡视，来到了她的病室。惠子报告了本室病人的情况，说今晚所有的医嘱都已执行，病人安顿完毕，大都入睡了。她正在做次晨的准备工作，以便与日间看护交接。看护长听完她的报告，又与她共同巡视了一遍病室，然后回到看护值班站。

"惠子小姐，"看护长关心地问，"你和刘传玉医生经常来往吗？"

樱花梦

"当然喽，我们是好朋友嘛！经常来往。"惠子对问话感到奇怪，"有问题吗？"

"是好朋友，还是恋人？"

惠子有些扭捏地回答："我们相处很久了，彼此相爱。您问这个做什么？"

美智子一脸严肃地说："惠子，我的年纪与你母亲差不多，我的女儿也有你这般大了，希望你能理解一位母亲的心。你没看报纸上关于当前时局的报道吗？中日两国的关系越来越紧张，经常发生武装冲突。我认为你与刘医生交往实在不妥啊！希望你慎重考虑。"

惠子感到莫名其妙，为什么看护长会提出这个问题，而且说这是不妥当的。她辩解道：

"看护长，我没有因为跟刘医生来往影响工作呀！我们都是用下班后的闲暇时间在一起的，而且都是正当活动，没有任何越轨的行为，更没有触犯院规国法，这个您尽管去调查。"

"不，不！"美智子摇摇头，"孩子，我不是这个意思，你误解了。你难道没有觉察到吗？周围的人都在背后对你指指点点，说你不应该跟一个中国留学生谈恋爱。目前中日两国军队在华北发生严重的军事冲突，正在打着仗呢，虽然最近也在谈判停火，但还是处于军事对峙状态。更大规模的战争一触即发呀！"

"那是两国政府之间的事，与我们私人又有什么关系？"

"不是你说的那么简单。目前关东军已经突破中国军队的长城防线，威胁到天津、北平了。战争至今一直没停，正打得激烈。双方停战谈判虽然也在进行，但并不乐观。中国各行各界的老百姓都强烈反对日本进攻，纷纷向南京国民政府请愿，一致要求抗日。反日浪潮已蔓延到中国各地，我们在华的日侨处于中国人的包围仇视中，两国已经成了敌国。这种情况下，你还能继续做浪漫的美梦吗？孩子，醒醒吧！赶快把这段异国恋情忻断吧！免得遭人非议，给自己带来麻烦。"

她听了既反感又心惊，但也不敢争辩，所以没有回答，只低头静静地听着。但是，一片不祥的阴云隐然笼罩心头。看护长离去时拍了拍她

第四章 爱河兴波

的肩膀说:"你还是好好考虑一下吧!"

第二天早晨,她交过班,离开病室时恰好在走廊遇见传玉,便对他说:"中午等我一起去食堂吃饭,饭后到后院花园里走走,我有话要跟你说。"传玉点点头,匆匆去病室了。

午饭他们是一起在公共食堂吃的。她注意到,的确有些人在用奇异的目光看他们俩,并且嘀嘀咕咕说些什么。惠子昨晚听了佐久看护长的话,心里有些愤懑,故意约传玉一同来这里吃午饭。传玉看惠子的神态有些异样,便问:

"约我一起吃饭是有事要说吗?"

"饭后去花园里谈,这里不便谈。——噢,对啦,今天食堂有道自点菜煎鳕鱼排,随点随煎,我给你去要一份!"说着她起身去取食窗口,不一会儿端来一盘煎鱼放到传玉面前。

"怎么只有一份?"传玉问。

"这是专为玉哥哥点的,很香的,快趁热吃,我不吃。要瓶啤酒吗?"

"不,下午还有工作,不能喝酒。"

惠子有意朝周围看看,观察人们的反应。有人冲她笑笑,可能是赞许,也许是讥笑,多数人丢下一瞥不屑的目光,转过脸去吃饭。这倒引起传玉的注意,他明白这是怎么回事了,但并不言语,只赞不绝口地品尝那香嫩鲜美的煎鳕鱼:

"谢谢你,惠子,我好久没有吃这道价格不菲的菜了,可惜午饭不宜喝酒,不然来杯啤酒会更觉美味的。"

饭后,他们并肩走出食堂,一径来到病院的后花园。

"要谈什么事,说吧!"传玉说。

"也没什么事,只不过闷得慌,想一起走走。"

传玉知道她一定有心事,只静静地跟随着她在小径踱步。半晌,惠子忽然站下,转脸看着他问:

"玉哥哥,你不觉得我在食堂吃饭时的表现是故意的吗?"

"怎么啦?为什么要故意?而且在人前还那么张扬?"

惠子闷闷不乐地垂下头去,脸色涨得红红的。她把昨晚夜班时佐久看护长的话对传玉说了一遍，又说到吃午饭时周围人的诡异眼神，窃窃私语。她说：

"看来，看护长说得没错。但是我真的不明白，为什么这些人会这样看我们俩？难道国家争端一定要影响我们的私人关系吗？中日两国必须是非友即敌，没有其他的选择吗？"

近年来，日本驻华军队不断寻衅滋事，制造冲突，气焰十分嚣张。日本政府的强硬对华政策更使中日关系日益恶化，形势非常严峻。而南京国民政府应对日本侵略的软弱妥协，步步退让，又刺激了日本侵华胃口，极大地鼓舞了它的贪欲，使之加速推进其大陆政策，企图一口吞掉整个中国。这正应了"贪心不足蛇吞象"那句老话。过去一心专注学业的传玉这两年来也看报纸，关心时事，注视局势发展，同时暗暗考虑自己今后的打算。

惠子提出的问题听起来似乎简单，其实是非常复杂的，不是一两句话能说清楚的。传玉理解惠子此刻的心情，知道她在焦虑什么，期盼什么。惠子的疑惧并非杞人忧天。风云激荡，爱河兴波，他们的恋情从一开始就面临艰难，面临考验，这考验也许是残酷的。

传玉低着头踱步，紧绷着嘴沉默不语。他在思考，艰难地思考。时局严峻，前景莫测，他无法回答她，更无法安慰她。惠子跟随他的脚步走着，用期盼的目光看着他，等待回答，但他始终没有开口。她很忧虑，生怕失去玉哥哥。

"无论如何，我是不同意看护长要我们疏远的建议。我绝不能用与哥哥疏远来取悦任何人，这对我们太不公道了，简直没有人性！"半晌，她愤愤地说。

四

周末，惠子的父亲藤田次郎回到京都家中。他是从驻中国旅顺口的日本关东军司令部出发，乘军用飞机去东京陆军省汇报工作后回家的。旅顺口、大连湾，那是日本的势力范围，自从清末中日甲午战争后起，

第四章　爱河兴波

关东军就一直驻守在那里。母亲忙着给他解下佩刀，换下军服，穿好宽松舒适的家常和服。他精神焕发，显得年轻许多。惠子周末没有夜班，哥哥国雄是建筑师，今天事务所里也没事，大家都回家来了。一家人围坐一起，吃母亲顺子特意为次郎制作的丰盛晚餐。次郎盘腿坐在榻榻米上，美滋滋地吃妻子烹制的菜肴，品着从东京银座买来的上等清酒，显得十分高兴。

"什么事，这么高兴？"顺子问。

"我回日本前，用了整整一年的时间把满洲巡视了一遍。啊！满洲太富饶了，真开眼啊！"次郎兴奋地说，"遵照关东军司令官武藤信义大将的指示，我从南满到北满跋涉数千公里，整整转了一大圈，实地考察了那里的地理环境、沿海潮汐、四季气象、农牧业生产、矿产资源、水电资源，等等，写出了一份长达两千八百多页的调查报告，并且附上亲手绘制的一百多张详细分类地图，递呈给司令官并转陆军省。这份报告受到特别重视，定为具有战略价值，列入国家绝密级档案。为此我获得了皇家菊花纹章荣誉。你不去那里亲眼看看是没法想象的。高高的兴安岭，莽莽的原始大森林，广布南北的丰富煤矿，绵延千里的乌苏里江、嫩江、松花江环抱的大平原，攥一把就能流出油来的肥沃黑土地，实在令人吃惊，不由人不垂涎。反观我国，不仅幅员狭小，资源匮乏，而且自然灾害，特别是地震频发。真是老天不公，厚彼薄我了！只占支那三十分之一土地面积的大日本帝国，却要负担养活六千多万国民。怎么办？只有拓宽我国疆土，朝满蒙发展，以使那里的资源为我所用才行。所以，我们的大陆政策实在具有远大的战略眼光，是大和民族求生存的唯一途径与希望啊！"

"那可是中国的领土呀！到人家那里攫食，人家能答应吗？"国雄不无嘲弄地问。

"不愿答应也得答应！"次郎斩钉截铁地说，"事实上，南京蒋介石政府在我关东军与天津驻屯军的武力威慑下，他的虚弱无能早已暴露无遗，步步退让。我们把清朝逊帝溥仪从天津像走私鸦片般地偷偷弄到沈阳，成立了由大日本保护控制的满洲国，他能怎样？他求助国联出来干涉有用吗？没有用！为了维护满蒙这条我国重要的生命线，我国政府断然退出国联，给予有力还击，国联又其奈我何？李顿调查团还不是灰溜溜地滚回日内瓦去，没下文了吗？欧美列强也只能眼巴巴看着我们得手，把广袤富饶的满洲纳入囊中，扶植溥仪为傀儡代理人。今年一开春，关东军又挥师南下，挺近热河。虽然是经过了一场苦战，付出了牺牲，不少皇军健儿为报效国家，血洒疆场，但支那军的抵抗到底还是失败了，我军随即占领了包括省会承德在内的热河全省。紧接着关东军又越过长城，逼近北平，迫使南京政府签订《塘沽停战协定》，从事实上承认了热河归属满洲国。现在蒋介石正忙着集中重兵，进剿江西共区。所以，在这次武装冲突中，主要是西北军、东北军，以及小部分南京中央军进行抵抗。但是得不到南京的支援，最终以失败结束了他们所谓的长城抗战。从这里就可以看出，只要我们态度强硬，毫不退让，他蒋介石政府就只能乖乖地俯首就范，别无选择！"

"依我看，见好就收吧！免得扩大战事，招致列强干预。想当初日清战争中，清政府因失败而割地赔款时，俄国、德国、法国三国出来干涉，硬是叫日本把吃进肚里的辽东半岛给吐出来，归还给当时的清政府，今天的支那。这才四十来年的事。不要忘了，在支那还有欧美列强的利益存在呢！"国雄提醒道。

"此一时，彼一时！不怕的，今天的日本远比那时强大，是世界五强之一，海军大国，谁敢出来干涉？"次郎摇头说着，饮下一杯清酒，"这只算是个开头，接下来我们还要实现华北自治，使它脱离南京政府管辖。这一点很重要，必须在满洲国与南京政府控制区之间划出一个缓冲地带。这是很重要的一步棋。先巩固消化吃进的满洲，为下一步向华北推进做准备。"

"那不是又要打仗吗？"惠子听得心惊肉跳，不禁问道。

"仗总是要打的，不打仗怎么能征服支那？饭要一口口吃，棋要一步步走嘛！"

几杯酒下肚，次郎踌躇满志。他对将来要实现的大陆政策目标，滔滔不绝地对儿子讲个没完。他加强语气说："只要打起仗来，不管你是

第四章　爱河兴波

什么人，什么职业，什么社会地位，甚至皇族成员，都要拿起枪来效忠天皇，报效国家，为争取大和民族的生存去流血牺牲。这就是爱国主义。现在文部省已经对中小学生课本增加了有关内容，加强了爱国教育，使他们从小就懂得，我们绝不能局促东瀛一隅，一定要寻求出路，走出去，扩大生存空间，使大和民族根基牢固，真正繁荣富强起来。这个道理已逐渐为所有的日本国民所认识并拥护。"次郎的高论使兄妹俩听得心烦，大倒胃口。

"穷兵黩武！"国雄撂下碗筷，低声嘟囔着离开饭桌。

"我也吃完了！"惠子跟着哥哥也走了出去。

"'人为财死，鸟为食亡。'这样下去，怎么得了！"国雄自言自语。

"你说什么？"惠子茫然地问。

没有得到回答，国雄回自己屋里去了。

公事完毕，次郎获准休假一星期。这期间，他走亲访友，相邀到街巷小酒馆喝酒聊天，打发休闲时光。邻居酒井先生是国会议员，他妻子枝子是爱管闲事的女人，也是京都帝大医学部病院的看护。她见惠子与刘传玉交往密切，同事们议论纷纷，回家便把这件事告诉丈夫。说惠子与一个支那留学生谈恋爱，这是件丢脸的、不能容忍的事，要酒井一定知会次郎设法制止。另一位邻居柳川先生是退役军人，他也知道这事，对此很有看法。

一天晚饭后，次郎与他们一起到在乡军人俱乐部去消遣。闲谈间，酒井提及这件事，建议次郎提醒女儿，不要与支那留学生来往，影响不好。柳川也一旁帮腔，说需要告诫惠子，与支那人谈恋爱使不得，从国家安全角度考虑也是很危险的。两人一唱一和，激起了次郎的愤怒。他回到家中，立即把惠子叫到面前，怒不可遏地责问：

"听说你跟病院一个姓刘的支那留学生交朋友，有这回事吗？"

惠子猝不及防，见父亲面色铁青，一时有些张皇，喃喃地说：

"是这么回事……"

"怎么回事，嗯？"

"刘医生是我们病院的一位医生，是中国人，他曾经……"

"支那人！"次郎立即恼怒地纠正。

一句"支那人"反而使惠子镇定下来。她鼓起勇气说：

"不，正确的称呼应该是中国人！"

惠子一向对称中国人为支那人反感。伯父对这种称呼就做过严厉批判，说这是对一个有着五千年灿烂文明历史的伟大民族与国家的蔑视，是鼠目寸光的夜郎自大，是对日本国民的错误引导，不仅严重伤害中国人民的感情，对两国之间的关系也十分有害。这次听到父亲以"纠正"的口吻加以强调，而且是针对自己心爱的人，自然不能接受，所以脱口而出予以反驳。这招致父亲强烈的暴怒：

"混蛋！"次郎手拍桌子大声呵斥。

母亲看到父女这样对立，气氛紧张，急忙出来打圆场：

"惠子，你要注意礼貌，不许这样跟父亲说话！"又婉转劝说次郎，"请务必消消气，生气会伤身子的。孩子毕竟年幼不懂事，请别用军队里斥责士兵的口吻批评女儿。"

"闭嘴！我这是在教训她，你别插嘴！"次郎蛮横地阻止妻子说话。

母亲无奈而委屈地躲向一旁。这时，次郎怒目圆睁，女儿仍坚持说就是中国人嘛！眼看父女间一场严重冲突就要发生，她还是禁不住重重地给惠子使了个眼色，示意她别再跟父亲争论。惠子懂得母亲的苦衷，只好泪眼汪汪地低下头去，搓弄着手指，一声不吭地站在那里听训。接下来是次郎一通狂乱地吼叫：

"大和民族是优秀民族，是头等人，支那人是劣等人，连朝鲜人都不如！你与支那人密切交往是给日本人丢脸，与支那人谈恋爱更是给藤田家族脸上抹灰，这绝不能容忍！"他恶狠狠地说，"你给我听好，必须立即停止与此人来往，断绝一切私人联系！"见惠子不回答，又加重语气说，"如果让我知道你继续跟他来往，一定严厉制裁！滚，回自己房里好好反省！"

第五章
藤田兄弟

藤田次郎虽然严厉训斥了惠子，要她断绝与支那留学生的交往，但是，对女儿能否听话心里实在没底，很不放心。于是，第二天上午他来到病院找院长要求协助。池田教授已经接任院长，但还兼任内科主任。次郎来找时他刚好查完房，正在自己的办公室查阅文献。看护走来说："有位军官来访，自称是藤田惠子的父亲，说有要事与院长商量，可不可以在办公室接见。"池田迟疑地问："军官？哪里的军官？"看护说："来人很威严的样子，我没敢问"。池田说："好吧，那就请他进来！"

一

看护小姐把藤田次郎领进办公室，随手带上房门退出去了。这是位身穿戎装，佩戴大佐军衔领章的中年男子，身材短小，粗壮结实，十分威武。

"池田院长吗？恕我冒昧了。"次郎抬手在帽檐上一搭，随便施了个军礼。

"是的，我就是池田，请问阁下是……"

"唔，我还忘了自我介绍呢！"次郎歉然一笑，"我是你们病院看护藤田惠子的父亲，藤田次郎，驻满洲关东军参谋。"

"啊，您好，藤田先生！有什么事吗？"池田请他在沙发上坐下，客气地问。

"是这么回事。"次郎搓着两手，礼貌地看着院长，"你们病院有个姓刘的支那留学生吧？有人告诉我，说我的女儿惠子跟这个支那人来往，交朋友，影响很不好。昨天晚上我跟她谈了这事儿，严厉命她终止与这个人交往。这孩子有点固执，不大听话，所以……"

"所以来找我帮忙，是吗？"

"是的，我想惠子至少应该服从院长您的命令，立即终止这种给日本人丢脸的行为。"

"给日本人丢脸？请问，你们父女是怎么争吵起来的？"

"惠子开口就说这个留学生是中国人，我当即纠正了一句'支那人'，她就发脾气，跟我争执起来，坚持说应该称呼中国人，就这样引起争吵的。"

"为什么一定要纠正称支那人呢，大佐先生？"池田改称对方的军衔。

"我只是随口纠正一下。在日本普遍用这个称谓称呼中国人，我们日本人瞧不起他们，蔑视他们。就拿出租房屋来说吧，房东们宁可把急于出租的屋子空在那里，也不愿租赁给支那人住，从这一点也可以看出，支那人不受欢迎。"

"您是说，这个称谓含有轻蔑的意思，是吗，大佐先生？"

"是的，不仅是轻蔑，现在还含有对他们的敌意，因为在支那从南到北，几乎到处都在抵制日货，仇视大日本，损害我们帝国的利益。所以，我不能容许我的女儿跟支那人交往。"

"您是要我出面阻止他们交往吗？"

"是的，院长先生，我认为您可以帮我这个忙。"

池田微微一笑，摇摇头说："很抱歉，阁下，这个忙我不能帮，也帮不了。"

"为什么？"

"很简单。第一，惠子小姐与中国留学生交往并不给日本人丢脸。她没说错，是应该使用尊重的字眼称呼中国人。第二，惠子小姐与这个人来往是她的个人自由，如果对此有什么分歧意见，那也是你们家庭内部的私事，我们医院无权干涉。第三，她没有触犯病院的院规，我不能对她下什么命令。"池田收敛笑容，"顺便说一句，建议您让惠子小姐把

第五章　藤田兄弟

话说完，不必忙于纠正称谓，说不定她后面的话会使您改变看法的。"

次郎一下子语塞。他脸涨得通红，气愤地离开，又去大学医学部找学长，请求出面干涉。高桥学长说，请大佐先生息怒，我一定尽力帮忙，一定！次郎见对方这样讲，无话可说，只得起身告辞。送走次郎，高桥立即给池田打电话，要他设法劝劝惠子，尽量少跟刘传玉来往，免得引起家庭不睦。池田激动地说："如果学长一定要我出面劝阻，那么我只好向您辞去院长职务了。"高桥在电话那头笑笑说："池田教授，您别误会，我不是这个意思。您也消消气，辞职不行，其他的悉听尊便，这事儿我就算交差了。"

次郎在池田那里碰了一鼻子灰，高桥虽然客气地答应帮忙，也只是开了一张空头支票。他愤然回到家中，坐在榻榻米上生闷气。顺子见他脸色铁青，知道他在病院碰了钉子，说：

"这事先别着急，等我慢慢劝劝惠子，她会听话的。"

"什么她会听话的，都是你惯的！"次郎声色俱厉，把一肚子的气都撒到妻子身上，"我长年在外很少回家，你是母亲，负有管教责任，你尽责了吗？没有，你严重失职！"

看他蛮不讲理的样子，顺子知道无法与他商量，只得默默地转身躲出去了。

惠子在父亲的粗暴呵斥下，连解释的机会都没有，内心非常苦闷，不知如何是好。她去找伯父，想请伯父出面给父亲说说，缓和一下他们父女之间的紧张关系。她把昨天晚上发生的事情诉说一遍，说话时禁不住泪水涟涟。太郎听了蹙起眉头，沉吟片刻，问：

"你没把夏威夷遇险获救的事告诉父亲吗？"

"我刚开口就被他一句'支那人'给堵住了，接下来就是一通严厉的训斥，他根本不听我把话说下去。"

"你母亲不是知道你遇险获救的事吗？她没跟你父亲说？"

"好像母亲还没来得及跟他说起这件事，因为他刚刚到家，吃晚饭时，大家只听他滔滔不绝地谈论满洲事变呢！"

太郎眼睛望着窗外，陷入沉思。他心里在想，自己出面能够给惠子解围吗？观点截然相反的两人怎样交谈呢？如果认真去谈，能有好的结果吗？会不会适得其反，更不利于惠子，甚至牵连伤害刘传玉君？他抬手挠了挠头，一筹莫展。他太了解弟弟了。

次郎生于一八八五年，陆军士官学校出身，是受过士官学校严格乃至残酷军事训练的职业军人，成绩在校始终名列前茅。有的只是皇道思想、武士道精神，性格残忍，刚愎自用；缺乏的则是头脑与理智，更谈不上什么政治眼光，只知道打打杀杀。次郎参加过日俄战争，十分崇拜参加过日清甲午战争的乃木希典大将，乃木是"旅顺大屠杀"的策划者。一九〇四年，当时年仅十九岁的藤田次郎是乃木麾下一名热血沸腾的陆军士官，参加了进攻旅顺口、奉天（沈阳）的血战，立有战功，大屠杀他是有份儿的。他同情发动"樱会政变"的少壮派军官们，认为他们是满怀激情的忠君爱国者。他们为帝国前途与民族生存着想，反对行动迟缓，小步慢走，收效不著的政党内阁才发动政变的。"樱会"是一九三〇年九月成立的法西斯团体，核心人物是桥本欣五郎大佐，一帮年轻气盛的下级军官紧紧追随其后。这帮激进分子阴谋推翻政党内阁，建立军部法西斯独裁政权，迅速出兵占领中国东北三省，连"满洲国"这一政治障眼法都不屑一顾，直接把这块广袤富饶的黑土地纳入大日本帝国版图，这一直是激进的少壮派军人的主张。他们于一九三一年三月、十月先后两次企图发动政变未遂，阴谋败露后，"樱会"被解散，桥本等人以动机是为了所谓的"忠君爱国"，仅给予短暂拘禁处分了事。作为关东军参谋的次郎本人也是"满蒙生命线"论政策的积极吹鼓手，卖力执行者。他轻视、蔑视中国人，反对惠子与中国留学生接触是必然的。太郎心中暗想，跟这个具有强烈军国主义和极端民族主义思想的弟弟商谈惠子的苦恼，希望得到他的谅解与支持，那纯粹是与虎谋皮，绝难取得好的结果，搞不好兄弟还可能因此反目成仇。

他抬头看看脸色惨白、眼泪汪汪的惠子，心有不忍地说：

"别伤心了，惠子！伯伯管应去跟你父亲谈谈。你父亲是现役军人，难免有些简单粗暴，固执己见，而且还是驻满洲的关东军高级参谋，与其他关东军参谋一样，都是些激进的大陆扩张主义分子，对中国持极端

第五章　藤田兄弟

敌视态度。但是我会尽力去说服你父亲。我把你在夏威夷遇险获救的经过，详细地告诉你父亲，我想也许会感动他的。知恩图报是人之常情，即使做不到图报，也不应该以怨报德，采取敌视的态度，是不是？这一点，你父亲应该懂得。"

惠子抬头望着伯父，用手帕擦干眼泪，点点头。伯父爱怜地补充道：

"不过，孩子，我想你不要寄予太大的希望，期待你父亲支持你与刘君的友谊，特别是你们之间的恋爱关系。这几乎是不可能的。我不是给你泼冷水，现实就是这样残酷，在你与刘君的关系上他轻易不容易被说服。如果没有这个思想准备，一旦失望，你便会陷入极度的痛苦中不能自拔。当然，还是那句话，你放心，伯伯会竭尽全力向你父亲讲明道理，至少要他冷静温和地处理这件事，谅他也不至于做出过分的举动。"

"如果父亲坚决不同意我与传玉君交往，那我该怎么办呢？"

"其实，你目前面临的局面，并不是偶然。我早在'富士丸'邮轮上就对你和刘君说过。还记得那首诗吗？"伯父鼓励地吟诵，"'浪高已接天，风急欲催樯。谁人砥中流？尔曹当自强。'你要坚韧不拔，直面困难，要自强不息呀！具体地说，就是要冷静对待，不与你父亲正面冲突。采取缓和的做法，与刘君彼此默契，减少或暂时中止与他接触，保持你们之间的那份真挚感情就行了。这样做不仅对你好，也有利于刘君。一切从长计议吧！我提醒你，一定要注意，无论如何也不要使刘君受到伤害！好像他今年就要结束留学回国了吧？"

"是的，他正好今年十月结束学业，也许年底前就得回国。唉！一想到他很快要回国，我就有种不祥的预感，这种情况下，我们一别就再难见面了呀！"

二

事实上，太郎也是明知不可为而为之，硬着头皮到次郎那里去说项的。

樱花梦

晚饭后，他借口看望弟弟来到次郎家。弟兄俩平日很少见面，一来次郎经常在外，难得回家，即使回来也是匆匆离去。二来两人对时局的政见不同，所谓"道不同，不相为谋"。除了日常生活家事外，无话可谈，所以很少往来。这次太郎登门，次郎虽然略感意外，但还是热情欢迎哥哥来访。

太郎年长次郎十岁，他们的父母在太郎十五岁的时候就先后去世。父母家境贫寒，身后萧条，没留下什么遗产。兄弟俩生计艰难，全靠年少的哥哥谋生养活两人。太郎读过四年中学，毕业后先是在京都的一家私人图书馆做助理管理员，挣点儿微薄的薪水，带着年仅五岁的弟弟勉强糊口度日。为了使幼小的弟弟健康成长，他自己节衣缩食，常年不吃早饭，省一口是一口，务必使弟弟吃饱穿暖。在图书馆工作期间，他不仅勤恳工作，而且爱好读书。借着馆藏丰富与管理图书的有利条件，他日夜读书，广泛涉猎古今中外历史典籍，自学汉语，进步很快，学识日长。那家私人图书馆的主人伊藤先生是一位企业家。他见太郎生活刻苦，读书好学，非常喜欢，便着意培养他，资助他考取了东京私立早稻田大学。攻读东方历史、汉学、梵文，先后取得历史、文学两个博士学位，是同学中的佼佼者。不久，伊藤把自己的独生女儿代子嫁给太郎为妻，成家立业。弟弟次郎在哥哥的艰辛抚养下成长，读完了小学、中学。次郎性情刚猛，脾气暴躁，立志做一名军人。后来进入陆军士官学校步兵科学习，以优等的成绩毕业。接着又进入陆军大学深造，成为一名陆军少尉军官。可以说，没有哥哥的爱护养育就没有次郎的今天。所谓"长兄如父"，对次郎来说太郎更是恩重如山。不管兄弟俩政见如何不同，次郎对哥哥始终是十分敬重的，轻易不敢顶撞。

"啊，许久不见了，近来哥哥身体可好？都在忙什么？"次郎赶忙迎上去搀扶哥哥。

"我的身体很好，别搀着，还没老到那个程度呢！——除了教书，我还能忙什么？听说你从满洲回来了，特意过来看看你。"太郎脱下鞋子，走上榻榻米。

"哥哥辛苦啦，教书也不容易嘛！听说近来文部省对国民教育正在

第五章　藤田兄弟

进行整肃，实在很有必要。这些年受西方生活方式的影响，社会风气败坏，浮华享乐思想泛滥，直接影响年轻一代的健康成长，对帝国的未来十分有害，非彻底来一次思想大扫除不可。"

"是的，明治维新带来了科技发达、国家富强及一定程度的民生改善。但也带来了一些消极的东西，就是你说的浮华享乐，生活奢靡，拜金主义滋生等。特别对年轻一代具有腐蚀作用，确实需要整肃一番。"

"哥哥说得很对。"两人见解一致，次郎很满意，"所以，现在实行'昭和维新'，彻底纠正这一不良风气。日本民族是全世界最优秀的民族。我们要使国民脑子里只有天皇神圣权威，只有大日本帝国利益，只有大和民族的生存权利，这三者必须举国一致。为此，我们大力提倡国民的尚武精神，自觉的牺牲精神，彻底的民族主义精神。特别要在学生的思想中灌输这些精神，加强爱国教育，这是大日本强国的根本。"

太郎从弟弟的话中嗅到了一股刺鼻的军国主义硝烟味。他避开了这个话题，故意问：

"都这么晚了，惠子怎么还没回来，病院里很忙吧？"

"她正跟我赌气呢，所以很晚才回家。"次郎颓丧地说，抬头看看墙上的挂钟，"估计也快该回来了！"

"为了什么事赌气？"太郎似不经意地问。

"咳，就因为一句话，闹得这两天都不痛快。"

其实，次郎也很疼爱惠子，平日很少为了小事儿说她，更不会呵斥她。每次从中国回来，都会带点稀罕物给她，讨她喜欢。这次就因为听说女儿与支那人谈恋爱才动了火。他把那天父女为了一句"支那人"争执起来的事，以及去病院找院长的事说了一遍，摇头叹气道：

"咳，这孩子真不争气！我不在家，顺子也不管教管教她，放纵得很，居然和支那人交朋友，太给藤田家丢脸了。"

"原来是这么回事儿，这有什么可生气的？"太郎笑道，"支那、中国是一回事儿，叫法不同而已。所谓'支那'，原本是古印度及古希腊、古罗马著作中对中国的译称，是从 SINAE、CHINA 音译过来的。现在日本仍然习惯称中国为支那。不像日本是单一民族国家，中国是多民族国家，总称中华民族。在近代，中国一词专指中华各民族共同拥有的全部领土，共同的国家。'中国'一词，对国内外都是正式的专用名词，这倒是郑重的国家称谓。"

"可是，今天日本人称呼'支那人'却另有含义。"次郎说。

"什么含义？"

"带有轻蔑的意味，看不起的意思，您知道的，日本人普遍瞧不起支那人。"

"称支那确实不够郑重，但是如果赋予它轻蔑的含义，那就大错特错了。有什么理由轻蔑中国人呢？中国可是有着五千年历史的文明古国，它的人民勤劳勇敢，创造了举世公认的灿烂辉煌的东方文明。历史上一千多年来中国都是日本学习的老师，日本可不能忘记过去，忘记老师，高傲自大呀！所以，我认为你们父女俩为了这个争论，实在没有意义。"

"不管怎么说，我绝对不同意她跟支那人交朋友。"次郎低头搓手，恨恨地说。

"惠子交男朋友那是早晚的事。这是她的终身大事，即使她自己不着急，做父母的也得操心呀！"太郎委婉地说，"次郎，你说是不是？惠子已经不是孩子了，而且在病院工作好几年了，已经成熟了。跟谁交朋友，她有自己的选择权嘛！父母虽然有关心和指导义务，却不能凭自己的好恶强行干涉。日本毕竟是科技发达的现代文明国家，思想上也要跟上时代步伐。惠子与中国留学生交往是件正常的事，无可非议，我不认为这给藤田家丢脸。"

"她找什么人都可以考虑，就是不能找支那人！"

"次郎，有件事你知不知道？"

"什么事？"

"惠子在夏威夷海上遇险获救的事，难道惠子没跟你说过？"

"我长年不在家，没听说过。是怎么回事？"次郎用惊疑的目光盯着哥哥。

第五章　藤田兄弟

"事情已经过去五年了，也许是怕你担心，所以惠子才没敢对你说。"

接下来，太郎把事情的经过细说一遍。说这件事在夏威夷曾经轰动一时。《夏威夷晚快报》（*Hawaii Evening Express*）当天下午就报道了这事，次日又详细跟踪报道了事情的全部经过。报道盛赞说，一位自称"中国"的青年男子，以极快的自由泳速度，第一个冲达水流湍急的深水区。就是这位"中国"及时赶到，救起了来这里度假观光，名叫藤田惠子的落水日本少女。当时她正在水里挣扎，已经卷入汹涌的海水漩涡里，生死就在千钧一发的时刻。这位青年救起女孩后，船上的人们与赶来的救生员都齐声呼叫，要他留下姓名地址，他却只转头回答了句"中国"，迅速游回海滩。后经当地海上救生协会各处打听寻找，终于在来此度假的日本京都帝国大学留学生中找到了，他就是刘传玉君。为此，救生协会的麦克莱恩会长带领协会人员，专诚到旅馆向他致谢，并给他颁发了特别荣誉奖章，嘉奖他见义勇为的光荣事迹。

"当时志贺表兄也知道这件事，曾感动地说过，是刘君给了惠子第二次生命，救命之恩应当永志不忘啊！"太郎动情地说，"中国是伟大的国家，它施恩予人而不自矜，不求回报，令人肃然起敬呀！一九二三年九月一日突发的日本关东大地震，中国人民第一时间就紧急从江苏、浙江及上海等地给灾区运来大量米粮食品，以及衣物等生活必需品，解了日本燃眉之急。这以后，于一九三一年前的几年里，日本又发生了多次地震，中国同样及时送来大批救灾物资，支持日本抗震救灾。这些都说明，中国人民是多么急公好义，慷慨大度，胸襟宽广！"

"这个我知道，我们日本政府曾经向他们表示了感谢。"次郎轻描淡写地说。

"然而我们是怎样表示感谢的呢？"太郎摇头叹息地说，"也就在一九三一年九月十八日，我们的日本关东军在沈阳发动了满洲事变，很快就吞并了整个中国东北三省，制造了一个'满洲国'。不仅如此，还步步进逼，突破长城，威胁华北，这不是恩将仇报吗？"

"请您原谅，我不同意哥哥您的看法！"次郎摇头说，"在日本遭受自然灾难时他们出手相助，这是人之常情，同情心所使，表示感谢就够了，不必格外称道。惠子溺水得到这个支那人的救援，我们同样从心里感谢。不过也不能因此就允许惠子与他交朋友谈恋爱，这事我绝不同意！至于你说的满洲事变，那是另外一回事，原因很复杂，不是一两句话就能说清楚的。总之，日本之所以向满洲扩张，实在是出于无奈，为了民族生存不得已而为之。"

"这么说来，中国强盛的唐宋时期，日本是受惠者，而且受到的恩惠绵延至今不绝。当近代日本强盛起来时，中国就应该是日本的受害者吗？这是什么逻辑？难道给中国加害也有理吗？"太郎不由得愤懑道，"话说回来，惠子在那千钧一发的危急时刻被刘君从死亡边缘抢救出来，也不足以使他受到应有的尊敬吗？次郎呀次郎，别的姑且不说，单就你我名字里的'郎'字也不是日本货，而是地地道道的中国字眼，是中国对男子的美称，这也是受惠的遗产啊！"

谈话的气氛骤然紧张起来。这时的次郎低着脑袋，蹙着眉头，紧绷嘴唇，拳头不住敲打自己盘着的大腿，一言不发。看得出来，他不同意哥哥的意见，又不敢驳斥。他在努力控制自己的情绪。

"爸爸，我回来啦！"惠子进门见状，知道他们的谈话不谐，故作娇态地对父亲说。

"你还知道有这个家？这么晚才回来！"次郎冲女儿埋怨道，"还不快给伯伯行礼！"

"伯伯好，您怎么有空到我们家来？是来看望我爸爸的吧？"惠子朝伯父深深鞠躬。

"啊，惠子回来啦！是的，伯伯是来看望你爸爸的。这么晚才回家，病院一定很忙吧！"

三

女儿回来使次郎高兴，娇憨的样子使他怒气渐消。他问：

"吃晚饭了吗？厨房里有你妈妈给你留的煎鲱鱼、泡菜、大酱汤，自己去吃吧！"

第五章　藤田兄弟

"谢谢爸妈,我还真没吃呢!"临去朝太郎瞥了一眼,"伯伯,我吃饭去了!"

"这孩子太幼稚,真叫人操心!"次郎对哥哥说,"不像你们英子,庄重沉稳,埋头做学问,有出息。英子现在怎样了?还在比利时留学吗?"

"不在那里了,她早已从布鲁塞尔大学物理系毕业。现在法国居里实验室工作,是约里奥·居里与妻子伊雷娜·约里奥·居里夫妇手下的助理研究员,师从他们研究放射线与放射物质,属放射物理学范畴。"

"啊,真令人羡慕呀!名师出高徒,跟着约里奥·居里夫妇学习,英子将来一定能为大日本帝国的原子能科学研究做出重要贡献。那像我们惠子,一天到晚只会照护病人!"

"学科有分工,医学事业十分重要。看护参与救死扶伤,是令人尊敬的崇高职业。"

顺子从厨房出来,问候过太郎,转头对次郎说:

"惠子在厨房吃饭了。伯伯难得来一次,别干坐着,你们俩要不要也来点儿清酒小菜?"

"好哇,我们兄弟正好借此机会好好聊聊!"次郎应道。

"就别费事啦!我也坐不长,一会儿就走。"

"别呀!哥哥说了许多,我还没说话呢!您很少来,我也常在外,今天咱就多聊聊!"

顺子说不费事儿。很快就把一壶清酒与几碟小菜送来摆在桌上。次郎似乎来了兴致,动手给太郎和自己斟满酒盅。两人边喝酒,边继续讨论。次郎满饮一盅,提起筷子吃菜,说:

"哥哥是大学教授,专门研究历史的,也研究社会学,有学问,讲大道理弟弟讲不过您。我是军人、老粗,最讲究实际,讲究具体,讲究效果,不会讲抽象概念。今天,我只向哥哥讨教两个问题,一个是国家强弱问题,另一个是民族生存问题。好不好?还有,我绝不敢与哥哥辩论,说话有不周到的地方,还请哥哥您原谅。"

"好！"太郎点头道，"好题目！就谈这两点。不过，只交换看法，你可别动火发脾气！"

"我虽然脾气急躁，但对哥哥我可从来没敢发过脾气，不是吗？哥哥刚才说，支那是伟大的国家，有着五千年悠久的文明历史，从唐宋以来，一千多年都是日本的老师，这点我不否认，但那已经是过去的历史了。过去的辉煌不等于今天的强大，过去的富足今天不能拿来当饭吃。日清甲午战争清政府大败，他们从中认识到自己孱弱，企图实行变法自强，但失败了。日本的明治维新比清政府的戊戌变法早三十多年，日本成功了。日本不仅甲午战争胜利了，而且在后来的日俄战争中也胜利了。现在日本是世界五强之一，跻身世界一流强国。而支那呢，虽然辛亥革命推翻了腐朽的清朝帝制，然而，自打建立民国之日起，始终停滞在南北对峙、军阀混战、兵连祸结中，至今仍然是一个不堪一击的弱国，人称'东亚病夫'。这是眼前实实在在的现状，哥哥您不承认吗？"

"这一席话说明你并不是老粗。说下去！"太郎笑道。

"这说明什么？说明日本大和民族是争强好胜的民族，有高度凝聚力的民族，具有优越竞争潜质的优秀民族，所以屡战屡胜。支那呢，从百余年的近代史中就可以看出，是个愚昧落后，只知内斗，不思进取，腐败无能的弱国。这是他们民族的悲哀，说他们是劣等民族难道委屈吗？"

说到这里，次郎停下来，端起酒盅饮了一口，得意地笑笑，想听哥哥怎么说。

"有意思，说下去，接着说下去！"太郎不慌不忙，只管饮酒吃菜，并不回答。

"幕府统治时期，日本也曾遭受过欧美列强的侵略欺侮，签订过一系列不平等条约。可是，日本在世界风雷激荡中觉醒了，结束德川幕府统治，拥立天皇权威，实行明治维新，提出'脱亚入欧'，急起直追，终于有了现在的强国地位，令欧美列强刮目相看，不敢小觑。这说明什么？说明大和民族是世界一流的优等民族，哥哥您说呢？"

第五章　藤田兄弟

听完次郎的高谈阔论，太郎满饮一杯，撂下酒盅，用筷子头点点次郎，说：

"次郎，你只知其一，不知其二。"太郎严肃地说，"你说的是事物的现象，并不是事物的本质。我告诉你，昨日的胜利不等于今天的胜利。今天的胜利也不能保证日后必然胜利。这绝对扯不到民族的优劣上！世界上所有的民族都是一律平等的，不存在孰优孰劣的等级问题。哥哥是研究历史的。千百年来的世界历史证明，任何一个国家，任何一个民族，都曾有过一部兴衰历史，光荣与屈辱史。一兴一衰，关键就在于这个国家或者民族如何把握自己的命运，如何对待其他国家或民族。顺应时代潮流行事则兴，因为它是正义的；逆时代潮流行事最终必败，因为它是非正义的。一时的兴衰不是最后的结果。对此，我们不去深入讨论了，你只要去翻翻包括日本在内的各国历史，思考一下兴亡的因由，就可以明白。"

次郎听罢一笑，说也好，这个问题比较复杂，涉及面太广，他同意不讨论了。他说：

"现在有一个严酷的现实问题摆在我们日本面前，不能不正视，这就是大和民族的生存问题。现在，日本有六千多万人口，这个数字还在继续增长，但土地面积却只占支那大约二十五分之一。而且土地总的来说比较贫瘠，自然资源匮乏，生存条件恶劣，各种灾害频发，靠什么生存？等待别人援助？靠别人施舍？"他握紧拳头朝桌上一击，"不可能！必须自己去争取，坦率地说是去夺取！这就是竞争，生存竞争！我是军人，不讲理论，说话直来直去不好听，但都是直理。你不愿做被宰割的羔羊，就得是只吃肉的狼！日本既然缺乏天然的生存条件，就得去寻找夺取的对象。这个对象在哪里？就在眼前，在隔海相望的西邻，'东亚病夫'支那！从明治维新之日起，我们的前辈们就有先见之明，早就瞄准了支那的东北，那里土地广袤肥沃，自然资源丰富多样，日本可以向那里殖民，开拓自己的'生存空间'。说'满蒙是日本的生命线'，就像狙击手射击那样准确，一语中的！"

"你说话直来直去，非常坦率，爽快！那我也不绕弯子，咱们哥俩就都说大实话吧！"太郎拿过酒壶给自己满上，啜了一口，说，"你提到'生存竞争'，的确是个大题目。我就讲讲这个问题。人类之外的一切生物，无论是动物还是植物，它们本能地为了维持自身的生存与种族繁衍进行争夺，争夺什么？争夺食物与营养，争夺生存条件。这属于自然选择现象，是无意识的，是低级的，这才叫'生存竞争'，理论来自达尔文的进化论。这个理论在人类社会不适用。人是最高级的灵长类动物，事实上早已跳出一般动物的范畴。人类大脑发达，有思维，有主观创造力，有主动改造自然的欲望与能力，更有伦理道德观念，能够自我克制，自觉自律，懂得不去侵犯他人，与他人友好相处的意义。这些都是其他生物所没有的。

"至于你说的'生存空间'，那是今年一月才上任的德国总理希特勒提出来的。一九二九年世界经济危机爆发，德国更是受到沉重打击。这时，希特勒趁德国人民生计艰难、社会动荡之机，提出德国受到苛刻的《凡尔赛条约》制裁，压力空前沉重，几乎被置于死地，必须予以反制，以求民族生存。说实在的，这个《凡尔赛条约》说到底，不仅不是约束限制德国发动战争的保证，而且因为它的过度严苛，非常不现实，使得事情适得其反，给德国冒险家再次发动战争制造了有利的借口。因为这个条约强加给德国无法承受的长期天价战争赔款，夺去了许多土地与殖民地，挤压了德国人民起码的生存环境。特别是底层劳动人民及一般平民的生活受到严重影响，致使怨声载道，民不聊生。所以，德国政客们意识到，必须利用这个有利的借口，挣脱枷锁，冲出重围，夺回"一战"后失去的一切。这就是希特勒地缘政治'生存空间'论得以出笼的经济环境与政治基础。他的'生存空间'论颇具迷惑性、蛊惑性、煽动性，迎合了德国人民大众当时的心理状态、生活诉求。一九二三年，他在德国慕尼黑率领一帮党徒，发动啤酒馆暴动失败后被捕入狱。在狱中写了一本《我的奋斗》，书中鼓吹他的几项主张，第一项就是这个'生存空间'论。此外还提出日耳曼人'种族优越'论、鼓吹集权'领袖原则'，以及对外'武力扩张'主张。后来，这些论调在德国人民中有力地煽起来一股复仇心态，这才给他的上台创造了无可争议的条件。依我看，希

第五章　藤田兄弟

特勒的'生存空间'论与当下日本的'生命线'论异曲同工，都是极端民族主义，疯狂对外扩张主义。从目前德国的政治发展趋势来看，他们国家的政治环境与发展前途堪忧，危险得很，我国可不要步其后尘啊！"

"哥哥还是讲大白话吧，别跟我扯政治理论，讲大道理，我听不懂！"次郎有些不耐烦地说。

"好！"太郎一笑，"那我就讲大白话。——你家里缺什么就到邻居家去随便拿，就是你刚才用的名词'夺取'，这是什么行为？强盗行为！人家能答应吗？不能，所以遭到人家的反对，激烈的抵抗。你没有理由指责人家的反抗情绪，你的行为不端嘛！再有就是，你家院子不够大，就把院墙推进到邻居的院子里，扩展自己的地盘，这行吗？不行，人家绝对不答应，必然跟你拼命，人家有什么错吗？没有，这是人家一定要实行的自卫权。很简单，别人身上的肉，长不到你的身上，勉强拿来，最终也得还回去，白费力气！"

"那么依哥哥您的意见，日本怎样才能摆脱今天面临的困境？"次郎语中带刺。

"睦邻友好，互通有无，彼此合作，共同发展。"

"您的这十六字诀能解决我们的困难吗？"次郎嘲笑道。

"这是概括的四句话，如果展开来谈，具体内容是很丰富的。我认为能够解决问题。"

"空谈误国！恕我直言，哥哥您的思想很危险，千万不要对外人说这些。"

"走着瞧吧！历史将会证明谁的思想才是误国的，危险的。"

顺子送来抹茶，太郎看看手表说："天不早了，我得回去，不喝啦！"

临走，次郎从里屋取出一个长方形带玻璃罩的盒子，里面装着一支粗壮的长白山老山参，递给哥哥：

"这是我从满洲的吉林专门为您买的，是支百年老参，上等的好东西，给哥哥补养身子！"

"百年老参，很珍贵啊，难得的很，谢谢了！"太郎接过来笑笑说。

"您可不能对我说谢谢，这是弟弟的一点儿孝心！"

第六章
最后的挣扎

　　惠子告诉母亲，最近病院里工作忙，重病人也多，需要加班值勤，所以这几天就留在医院，暂不回家住。母亲知道这是惠子的托词，一定是为了躲开父亲才不回家的。她这是犯了倔脾气。

　　在父女冲突中，精神压力最大的要数母亲顺子。她一向很宠爱女儿，惠子也很孝敬母亲，母女感情非常深厚。她生怕丈夫从感情上甚至身体上伤害女儿。她知道女儿的脾气，是个很重感情的女孩子，平日虽然温顺，一旦犯起脾气来也很倔强。得知惠子在夏威夷海上遇险获救的事，她打心底里感激中国的好心人刘君。她不赞成，也从来不蔑视中国人，所以对女儿与传玉交往没有阻拦。她知道次郎也疼爱女儿，但没想到发这么大的火，居然引起父女冲突。劝谁都不是，两头为难，实在令她伤心。

　　伯伯这次来家，说是看望弟弟，其实是来劝说次郎的。顺子心里明白，也希望能在伯伯的劝解下缓和父女关系。刘传玉救了惠子这事，她还没来得及告诉次郎，她想，伯伯一定会告诉的，也许次郎态度会因此缓和下来。现在看来，兄弟俩的谈话并不和谐，没谈拢。

一

　　惠子接连三天没回家，说是有一位患恶性贫血的病人，病情严重，需要配合医生给予特别护理治疗——这也是真的，是她主动争取来的任务。因为惠子在病院加班加点是常事儿，所以顺子并没在意。但次郎却起了疑心，喋喋不休地责备妻子，说她就这么放任惠子，也不去病院查看个究竟。他只有一个星期的假期，已经过去四天了。儿子国雄建筑事

第六章 最后的挣扎

务所里忙，不回来也就罢了，女儿总得在家陪陪他。

"顺子，你去病院看看，这几天惠子为什么不回家，是不是有意在躲我？"

"不会的。病院里一有重病人，看护们经常加班加点，这不稀奇。就跟你们部队一样，病情的需要就是命令，干医务工作的嘛！也许又碰到什么麻烦事儿了。"

"那天我跟她发火发得确实也太过了，连一句话也没容她解释，吓着她了。这孩子也够倔的，我看她就是生气躲我。"次郎懊恼地说。

"为什么发那么大的火？去俱乐部的时候不还是高高兴兴的，怎么一回来就火了？"

"我最讨厌的是支那人，偏偏惠子跟支那人谈恋爱，你说我能不生气吗？"

"你听谁说惠子跟支那人谈恋爱？他们是一般的同事关系嘛！"

"酒井先生说的。当时在一旁的退役军官柳川也这么说，而且还说当前非常时期，跟支那人接触要格外注意，这关系国家安全。他们会通过与日本人交往获取情报的。"

"酒井太太是惠子病院的看护长，我认识她。这个女人最好饶舌，鸡毛蒜皮、无关紧要的事，一到她嘴里，就变成天大的事了。准是她告诉酒井，要她丈夫对你讲的。"

"谁说这是无关紧要的事！这是原则问题，不能不管，我当然生气了。当初你为什么就不注意这事，好好管管她？这么纵容她还了得！"

"柳川的话也太吓人了，难道支那人都是间谍吗？真是耸人听闻！"顺子不以为然。

"柳川的提醒是对的。他是陆军中野学校的特聘教员，那所学校专门培养忍者。他是谍报专家、密码专家，他的话不是随便说的。我是关东军参谋，掌握军事机密，支那人接触我的女儿，当然要警惕喽！"

"人家是帝大病院的支那留学生，来日本学医的，怎么会干间谍呢？别太神经敏感了！"

"不管怎样，你去病院看看，叫她晚上回家，一两天我就得回旅顺销差去了。"

第二天吃罢早饭，顺子提着一罐热腾腾的鱼粥来病院看惠子。惠子刚下夜班，正在宿舍洗漱，见母亲来，奇怪地问：

"真稀罕！什么事，一大早就来找我？"

"特意为你爸爸煮的鱼粥，他说好吃，要我给你送点儿来。快趁热吃，很鲜美的。"

惠子接过粥罐，打开盖子闻了闻说："嗯，好香哟！爸爸还生我的气吗？

"怎么不生气，还不都是为了你好？你就这么跟爸爸斤斤计较，连家都不回了？"

这几天惠子没回家，的确是有看护重病人的工作。另外也是借机躲开父亲，避免正面冲突。那天父亲对她发了那么大的脾气，看那吓人的样子，若是男孩子，也许还要吃耳光的。母亲这样说，她觉得有些委屈。父亲到底还是爱她的，母亲给他煮点鱼粥做早点，还不忘叫母亲给她送来一罐。她用母亲带来的汤勺边舀鱼粥喝边辩解道：

"妈妈，我好冤枉哟！"惠子撒娇地说，"真的有重病人，不信您去问问看护长。"

"是真的就好。不过，这里也不只有你一个看护，难道就不能轮班替换吗？你爸爸只有一个星期的假，再有两天就得赶回满洲去，他可是难得回来一趟呀！"

"那好，吃完粥我就去跟看护长说说，估计她会答应。不过，我得把话说在前面，我回去不谈什么支那问题，免得再惹爸爸生气，我也受不了！"

"好吧！"母亲松了口气，说，"我回去先给你爸爸打个预防针，叫他不谈这个。就要走了嘛，何必找气生呢？只是我倒要问问你，你究竟与那个刘君是什么关系？是一般的朋友，还是真的在谈恋爱？"

"好妈妈，女儿真的爱上他啦！"惠子呶着嘴扭捏地说，"我喜欢他，这倒不是因为他救了我的命。我也说不清楚究竟是为什么爱他，只觉得他是一位正直有为的青年。在他的身上有种特殊的魅力在吸引着我，我

第六章　最后的挣扎

不能离开他。"

"你真的了解他吗？我的好女儿，看一个人可不要只看表面，只看一时一事，凭感情冲动办事。一步走错，会步步错下去的，到时候后悔都来不及哟！"母亲提醒她。

"凭直觉我肯定他是个值得信任的，感情专一的，敢于担当的好男人。我认准他了，不会有错的，您就放心吧，我的好妈妈！"惠子抓住母亲的手臂摇晃着。

"他可是个支那人啊！你爸爸最反感的就是这个，他绝对不会同意你这样做的呀！"

"问题就出在这里。支那人怎么啦？自古以来，中国出了多少伟人，多少大学问家，多少保家卫国的英雄豪杰！难道还不比日本多吗？"惠子激动地说，"我们日本从中国学来了包括文字在内的无数东西。看看你我身上穿的和服，头上戴的发饰，不也是模仿中国古代妇女的吗？我伯伯喜欢下围棋，哪里来的？不也是从中国来的吗？就因为我们现在比中国强大，就鄙视人家？欺侮人家？将来人家会赶上来的，甚至会超过我们的！"

"行啦，行啦！"母亲摇摇手说，"我不跟你争论这些。反正你爸爸坚决反对你跟支那人交朋友，谈恋爱，这是你迈不过去的坎儿，我也没有办法。该怎么办，你自己好好想想吧！我先走了，你随后就回家，好不好？"

母亲提起空罐子走了。惠子心里忐忑，不知道回去会不会又要跟父亲争吵起来。她去找看护长请求轮班的事，说父亲后天就要走了，希望她今天回去一趟。看护长说可以，等她送走父亲再来接班吧！

回家时，惠子在走廊里碰到传玉，他刚吃完早饭，身穿白大衣匆匆去病室查看病人。

"刚下夜班？吃早饭没有？"传玉问。

"吃过了。"惠子随口应道，"玉哥哥，先别走，我想跟你说点事。"

"什么事？"传玉犹豫了一下，"中午吃饭的时候说不行？"

"不行，妈妈刚才来找了，我现在就得回去。有件事先告诉你，你帮我想想怎么办。"

　　传玉听她这么说，又见她一脸的忧郁，知道遇到事了。两人在走廊的窗前站下。

　　"就在这里说吧，什么事？"传玉望着她失神的样子说。

　　惠子把前几天父亲从邻居那里知道了他俩的关系，为此跟她大发了一通火的事说了一遍。还说伯父为了这事来她家劝说无效，兄弟二人不欢而散。今天母亲特意来病院找她，说父亲就要走了，难得回家一趟，叫她回去陪陪父亲。父亲是个强硬派军人，是驻满洲关东军的高级参谋。强烈反对他们俩交朋友，还来病院找过池田院长，要求院长出面阻止，被院长拒绝了。看样子，这事非常棘手，怎么办？传玉听了不禁皱起眉头，半响没说话。惠子的父亲是关东军参谋一事，他还是头一次听说。惠子没说过，藤田教授也没提起过，他感到意外，事情不好办，非常麻烦。关东军是日本侵华的急先锋，是九一八事变的挑起者，"满洲国"的制造者兼太上皇，心想我怎么就碰上了这种事？他沉吟又沉吟，眼睛望着窗外，始终拿不出主意来。

　　"你先仔细想想，我得先回家一趟。等我回来找你，咱们俩再商量，好吗？"

　　"好吧！让我想想，我去查看病人了。"传玉说罢转身去了病室。

　　惠子见传玉踌躇为难的样子，知道这事难办。早晨母亲临走时，不也是这样说的吗？叫她好好想想，还说这是她迈不过去的坎儿，看来真的没有两全之策了。她估计父亲还要纠缠这件事，冲她发脾气。一路上，她脚步沉重，忐忑不安，真不知道怎样应付才好。

二

　　次郎正在家里焦急地等待顺子回来，忽然侍女进来说有客来访，次郎说请。来人是位青年军官，陆军中尉，中等身材，肤色微黑，面目俊朗，五官端正，与一般赳赳武夫不同的是，略显文气。进门朝次郎立正敬礼，口称学生松崎一郎前来看望老师。

第六章　最后的挣扎

"啊，是一郎呀！在家里少礼，少礼！来，请上来坐。"次郎高兴地让座。

松崎一郎忙摘去军帽，脱掉靴子，迈步走上榻榻米，直挺挺地盘腿坐下。

"好久不见了，这里不是军营，随便放松些嘛！"次郎朝他摆摆手说。

尽管次郎这么说，一郎口里也答应着"是"，但仍直挺挺地坐在那里，一动不动。松崎一郎是个信仰神道的少壮派军人。一九三〇年九月，他参加了日本陆军青年军官法西斯团体"樱会"发动的政变，由于藤田次郎的保护逃脱了追究，也没有记录在案。藤田次郎欣赏他，是他的恩师。

侍女送上茶水、点心，然后退下。次郎抬头打量对方一番，说：

"松崎君还是像在军校一样，那么精神！你不是在鹿儿岛吗？来京都有何公干？"

"报告老师，学生是与战友们一起来京都度假的，没有公事，特地来看望您。"

"我说过，这里不是军营，不要开口报告闭口报告的，随便讲话就可以了！"

"是！"一郎面带笑容回答，"听京都的战友说，您从满洲回家休假，所以赶过来看望您。满洲那边怎样了？国联还纠缠吗？形势一定很严峻吧？！"

"不，没什么事啦！"次郎摇摇头，轻蔑地说，"国际联盟组成英美法意德五国调查团，由英国人李顿任团长，企图调停满洲事变，声称不承认满洲国。我们大日本帝国当即以退出国联给予强硬回击。'李顿调查团'碰了一鼻子灰，无可奈何。接着他们又出怪招，提出建立一个支那拥有主权，日本与列强组成'顾问会议'控制的'满洲自治政府'，企图从我们碗里分一杯羹，来个'共同瓜分'。哼，想得倒美！叫我们日本帝国毫不犹豫地给坚决顶回去了。这伙人无计可施，只得夹着尾巴，灰溜溜地偃旗息鼓而去。哈哈！"

樱花梦

"干得好！"一郎拍拍大腿兴奋地说，"可是，我不明白，为什么一定要以退出国联为代价呢？这可是个一战后才成立的重要国际组织啊！"

"什么重要国际组织！国联有什么用？谁会认真听它的？它连发挥政治交易所的作用都没有，不过是个聋子的耳朵——摆设！所以，参加不参加无所谓。满洲这块肥肉可就不寻常了。它对帝国的生存非常重要，满蒙是我大日本帝国的'生命线'。那里土地肥沃，江河纵横，资源丰富，物产众多，可以说是遍地黄金，富得流油。这还不包括内蒙古的广袤大地，它的大部分土地紧靠满洲，早晚也是我日本帝国的囊中物。按军部的本意，是要一口把它整个吞下去，并入我国版图的。但是政府高层认为不可操之过急，要采取组织日本开拓团，逐步向满洲拓殖移民，渐进式地吞并为上策，以免招致列强联手剧烈反对。因此才弄来一个清代下台皇帝溥仪当傀儡，叫他做临时的'满洲国执政'，这已经是够抬举他的了。谁知，这个落魄的公子哥儿竟然不肯，吵着闹着非要恢复祖业，当皇帝不可。所以，为了哄哄他，也为了掩世人耳目，才让他当满洲国皇帝。——唉！玩政治把戏，我们军人没有那个兴趣，也没有那个耐心。如果这个'皇帝'不听话，我们关东军还是会立即推翻他，取缔这个中看不管事的、纸糊的满洲国。哼，走着瞧吧！"

"老师高见！这也是我们下级军官一致的呼声。作为军人，战斗就是一切！做事必须有'剃刀精神'，干净利落，绝不拖泥带水。"

次郎问一郎在鹿儿岛哪个部队，干什么的。一郎回答说在山本部队下面的一个中队，任中队长，又埋怨说，驻扎南方的部队没仗打，整天只是吃饭上操，做演习。真要命，思想都快生锈啦！次郎说，放心吧，会有仗打的，军部正在讨论是实施南下战略还是实施北上战略。看样子，北上论正逐渐占上风，因为现在支那、苏俄问题更重要。师生二人你一言我一语正谈得热闹，顺了回来了，说待会儿惠了就回来。次郎说，惠子回来得正好。这位是我在陆军士官学校当教官时最欣赏的学生松崎一郎君，你去准备一下，大家正好一起吃午饭。一郎见到顺

第六章　最后的挣扎

子，知道是老师的夫人，连忙站起来毕恭毕敬地鞠躬，问候师母好，初次见面，请多多关照。顺子头次与这位青年军官见面，陌生得很，也鞠躬还礼，说欢迎光临，招待不周，请多多原谅。客套一番，回自己房里去了。

一郎听说要他一起吃午饭，忙说谢谢，他不能停留太久，坐会儿就得走。战友们要集体去清水寺参观，在那里一起吃午饭。饭后即刻出发去冈山、仓敷参观园艺和民俗民艺，就不打扰了。次郎想趁此机会，要他与惠子见见面，留个印象，听他这么说有些失望。正说着，惠子回来了。次郎大喜，没等惠子说话，便给一郎介绍：

"这是我的爱女惠子。"又给惠子介绍，"这是我在陆军士官学校最优秀的学生，松崎一郎君，彼此认识认识。"

一郎见是位漂亮姑娘，连忙深深鞠躬，表示认识惠子小姐非常荣幸，希望今后随时赐教。惠子用奇异的目光看了对方一眼，也鞠躬还礼。几句客套话后，一郎起身告辞走了。次郎送到门口，一郎再次鞠躬道别。

送走客人回来，次郎对着惠子夸奖一郎，说这小伙子非常优秀，好学上进，是他最喜欢的学生，自我要求极其严格，训练十分刻苦。在士官学校历年考核，军事知识与战术技能一直名列前茅，操行也是一等。去年从陆军大学毕业，将来肯定是最有发展前途的军官。惠子只是不经心地听着，并不言语。

顺子走来问："我正要准备午饭，客人怎么就走啦？不是说好要一起吃饭的吗？"次郎说："他们一伙战友集体来京都旅游观光，还要到冈山、仓敷去，时间安排得很紧，所以匆匆走了。"又转头问惠子：

"怎么回来啦？不是跟我赌气不回家的吗？"

惠子说："爸爸，我哪敢跟您赌气。您误会啦！不是我不愿意回家，这几天病院里确实很忙，重病人多，需要特殊的医疗护理，人手又不够，所以没能回家住宿，请爸爸谅解。妈妈去病院找我，说您过两天就要回满洲去了，叫我回家住。我向看护长说明了情况，允许我这两天不值夜班，白班还是要上的。明天我去上班，傍晚一定回来陪您，您难得回来一趟，哥哥事情忙不回来，我能不回来吗？"

"我知道你还是有孝心的。我不是一定要你回家陪我，病院里工作忙这我很理解，没有意见。"听惠子这么说，次郎的口气也缓和下来，他话里软中带硬，说，"前几天我对你说过，你绝对不可以同支那人交朋友，谈恋爱。我就要回满洲去了，我不放心那个支那人，他可能还会来纠缠你。你知道爸爸是干什么的。我们的家庭，我的身份也不允许你接触支那人。你应该知道目前日中之间的严重对立形势，两国正在打仗呢！这样做既是为了我们的家庭，更是为了国家安全。所以，你必须立即与他断绝一切私人关系。当然，医疗工作上有时难免需要合作，但是，公私之间一定要划清界限，绝不能逾越。听明白了吗？"

惠子知道此时绝不能与父亲硬来，免得又爆发冲突，只好敷衍地回答道：

"是，我尽量避免工作之外的接触，放心吧，爸爸！"

"不是尽量，"次郎加重语气说，"而是必须！我再重申一次，你必须与那个支那人断绝私人来往，否则，我就要替你向病院辞职！你别打算敷衍我，我是说话算话的！"

"好，好，我答应，我答应，行了吧？"惠子不耐烦地说罢，转身回自己房间去了。

次郎手指点着惠子离去的背影，对顺子说："你看看，你看看！都是叫你宠的，又来犟脾气了，不听话！"

"别着急，等你走后我来说说她。这事不能由着她的性子来！"顺子说完便去厨房了。

做母亲的最知道女儿的心。惠子心里还是深深地恋着那个刘传玉，父亲的话她根本听不进去，刚才那只是在应付，并没有接受意见。顺子知道自己去劝也绝劝不过来，女儿明确说过爱上了这个人，而且说离不开他。自己此举不过是为了安抚丈夫，消消丈夫的火气。顺子对丈夫坚决反对女儿与中国人交往，也是持有不同意见的，只不过不敢表露而已。如果没有这位中国留学生冒险前往风急浪高的深水区救援，早就没有今天的惠子了。听伯伯说，直到那位中国青年把正在海里挣扎下沉的惠子

第六章　最后的挣扎

救起，拖着她游离遇险区时，船上的救生员才刚刚赶到，那一刻真是间不容发，多危险呀！

三

时间只剩下一天了，当天傍晚次郎就得离开京都，这一去又得一年半载的。可是惠子的表态总是模模糊糊、含混不清，没有确切的承诺，这使次郎极不放心，心里也憋着火。他拿定主意，临走前采取坚决行动，从那个支那小子下手，来个釜底抽薪，不怕惠子不听话。打定主意，一早他就先到医院找惠子，说是他的女儿，有话要说。看护长佐久美智子不认识他，见是位一脸骄横的皇军大佐，不敢怠慢，立即叫惠子去见。

惠子把父亲领到一间休息室，说：

"爸爸这就要走吗？还有事吗？我现在正忙着呢！"

"你再忙还有我忙吗？"父亲虎起脸来说，"我就要走了，你现在就给我个实话，到底跟那个支那小子斩断不斩断关系？立即回答我！"

惠子看父亲那严厉的样子，知道是在逼迫她认真表态，她觉得这里不是说话的地方，便说：

"爸爸，这里说话不方便，咱们换个地方谈好吗？"

"不，我的时间紧迫，还得回去整理行装。就在这里说，给句肯定的回答就行。"

惠子沉默了。她知道，现在是决定的时刻了。但又不能撒谎，而且这里也不是争吵的地方，便支吾其词地说：

"爸爸，您就这么急？这哪是一两句话能说清楚的？就不能等我下班回去再谈吗？我可以跟佐久看护长说说，早点回家。"

"不行，现在就给句实话，说！"

惠子低头揉弄着手指，沉默不语。

"不说是吧？好，我有办法，我叫宪兵队来干涉，问问那小子，究竟安得什么心，为什么纠缠我的女儿不放。叫他吃不了兜着走！"说罢转头就走。

"别，别，爸爸！"惠子赶忙拉着父亲的衣角不放，说，"爸爸，爸爸！不是那个中国留学生缠着我，是女儿非要跟他好不可，您别冤枉好人哪！"

啪，一记耳光打在惠子的脸上，立即出现几个红红的手指印："藤田家的败类！"

虽然下手并不太重，但惠子还是被打了个趔趄。她手捂脸颊，眼泪立即啪嗒啪嗒滚落下来，只因身在病室不敢哭出声来。恰巧池田也来休息室，见此情景怒斥道：

"大佐先生，这里不是你的兵营，这里是京都帝国大学病院，是病人诊疗休养的地方。惠子小姐在家里是你的女儿，在这里是我们病院的看护士，你怎么竟然在这里撒野！"

"我在教训我的女儿，你管不着！"

"我要报警！向宪兵队报警！宪兵是专管像你这种蛮横无理军人的。"

"嘿嘿。"次郎冷笑一声，"悉听尊便！——不过，我要警告你，院长先生！你的思想即使不是共产主义，至少也是无政府主义。记住，你纵容支那人骚扰我的女儿，这很危险！"

次郎气呼呼地大踏步朝休息室外走，临出门前，又转头朝惠子吼道：

"惠子我告诉你，刚才你们这位院长不是说要向宪兵队报警吗？就不劳他费力了，我这就去宪兵队，请他们派人来调查，为什么姓刘的支那人死死缠着我的女儿。我可是驻满洲关东军的现役高级参谋。他是干什么的？意图何在？一定要严厉追究！"

池田看了惠子被打红的面颊，问为什么打她。惠子说还是为了与刘传玉医生来往的事。父亲多次要她与刘医生断绝来往，她一直没松口，今天是来逼迫她立即明确表态的。就因为她仍旧不肯回答，才下手打她。池田说，你父亲是关东军高级参谋，是激进的侵华分子，反对你与刘医生交往是自然的，是毫无商量余地的。看来，他的反应如此激烈，你难以抗拒。说罢叹了口气，摇摇头走了。

果然，上午十点来钟，一个腰挎手枪的宪兵中尉带领一名持枪的宪

第六章　最后的挣扎

兵来到病院，找池田要人，声言传讯刘传玉前往宪兵队问话。池田叫佐久看护长把刘医生叫来，交给宪兵带走后，又叫她把刘医生被宪兵带走的事赶快告诉惠子，让惠子即刻回家处理这事。

惠子听说传玉被宪兵带走，紧张起来，把什么都忘了，马上往家里跑。到家一看，父亲正在里屋整理他的皮箱。她走近父亲身后，低声下气地说：

"爸爸，都是我不好，真的不关那个留学生的事，您就放过他吧，求求您啦！"

"走开，我正忙着哪！"父亲头也不转地说。

"爸爸，实在不关他的事，真的是我不好，刚才宪兵来病院把刘医生带走啦！"

"这关我什么事？我没时间听！吃完晚饭就走！"他依旧低头摆弄他的衣物。

"爸爸！我的好爸爸，"惠子央求道，"您就听我说一句不行吗？"

父亲不理她，关上箱子，扣紧箱子上的皮带，拎起来朝外屋走。

惠子想起伯伯曾经说过，一定不要伤害刘君。立即牵住父亲的衣角，一个劲儿地央求：

"爸爸，爸爸，无论如何我们不能恩将仇报啊！他可是女儿的救命恩人呀！"

"滚，什么救命恩人，分明是别有用心！他很可能是支那间谍，是来日本刺探情报的。留学生不过是他的掩护身份。我已经跟宪兵队讲了，不能轻易放过他，必须予以严厉追究！"

惠子惊慌地立即跪倒在地，紧紧牵着父亲的衣角哭喊："爸爸，爸爸，你千万不要这样做！我认错，我肯定改过，一定听您的话，跟他立即断绝关系。我不撒谎，妈妈在这里做证，我决不食言，我的好爸爸，求求您啦！"

她呜呜大哭起来，涕泗横流，跪在地上一个劲儿苦苦哀求。

母亲在一旁也哭起来，说："女儿的话都是实话。当年在夏威夷是那个支那留学生把惠子从死亡里救出来的，如果不是他及时去救，咱们的孩子早就没命啦！惠子这是感恩呀，次郎！"

藤田次郎脸色铁青，狠狠瞪着眼睛朝惠子喝道："像什么样子，站起来说话！"

惠子忙站起身来，手背擦着眼泪，望着声色俱厉的父亲。

"再说一次，与那个支那小子断绝不断绝关系？"

"断绝，断绝，坚决断绝关系！"惠子哭着说。

次郎脸色渐渐缓和下来，说："如果让我知道你们还保持联系，看我怎么收拾那个家伙！"

藤田次郎走到外屋抄起话筒，给宪兵司令部打电话，叽叽咕咕说了些什么。他吃罢晚饭提起箱子就走，临走朝惠子撂下狠话："记住自己的承诺，切不可当作儿戏！这次我饶了他。如果你再与他联系，我一定要他的命！我说话是算数的！"

"爸爸，我一定与他断绝关系，我说话也是算数的，您就放心走吧！"为了保护心爱的玉哥哥，她横下心来，果决地答道。

"这就对了嘛！"藤田次郎转身出门，登上当地驻军送他去火车站的汽车走了。

这是最后的挣扎，是痛苦的选择。对惠子来说，是难以承受的打击。当晚惠子痛哭不止，母亲也陪着流了不少眼泪。这一夜，惠子辗转床褥，彻夜无眠，翻来覆去地想：以后还怎么面对我那亲爱的玉哥哥？我这不是忘恩负义吗？我不是在撒谎欺骗他吗？我简直是在戏弄他呀！我还算是个人吗？我……我……狼心狗肺！她一直哭泣，直到天亮也没合眼。

次日一早，她略微梳洗一遍，对着镜子照照自己，两只眼睛又红又肿的。

母亲过来爱怜地说：

"孩子，你是多情多义的。不管你是爱他也好，报答他也好，你都没有错，妈妈理解你。只是你们俩实在没有缘分，就此了结了吧！"

听母亲这么说，惠子又呜呜地哭起来。母亲轻轻抚摸着她被打得有些红肿的面颊说："你爸爸也真狠，连女孩子的脸也打，太粗鲁了，把

第六章　最后的挣扎

脸都打肿了。"说着去灌了只热水袋给惠子捂脸。"还疼吗？"惠子说："不疼了，只是这个样子怎么去上班见人？妈妈替我打电话向佐久看护长请一天假，在家休息一下。"

第七章
神户驿之痛

由于次郎去病院无理取闹，致使惠子与传玉相爱的事传得沸沸扬扬，成为人们茶余饭后议论的话题。个别人同情惠子，更多的是嘲笑她政治上无知，盲目痴情，在这日支两国冲突日渐加剧，处于全面战争边缘的非常时刻，居然跟一个支那留学生谈恋爱，真给日本丢人。佐久看护长埋怨惠子不听她的劝告，没有早早自行了断才惹来今天的麻烦，特别是一些人的物议，多么难堪！

藤田次郎这人十分恶毒。离开京都前，他还特意向宪兵队反映池田的政治思想，以及对待支那人的态度，认为此人思想危险，很可能有特殊背景，不排除苏俄间谍或亲华分子的嫌疑，建议予以特别注意。从此，池田被列入宪兵队严密监视的黑名单。

京都帝国大学医学部接受了不少中国留学生，都很优秀，医学部学长高桥教授很关心留学生的事。一天，他给池田打电话，请他把传玉叫来。传玉正为与惠子的事苦恼，学长找他谈话，一定是为了这事。他心情郁闷地来到学长办公室。高桥温和地招呼他坐下，并询问了他的生活情况，学习情况，博士论文准备得怎样了，什么时候毕业等，关切备至。传玉都一一认真回答，高桥点点头说，听池田院长说，你们中国医学生都很刻苦，生活简朴，学习认真。还说你的博士学业就要完成，正在写博士论文，他很满意你的进步。

高桥学长说："我们大学接受的十多名中国留学生中，医学部就占八名，听池田教授说，你是其中最优秀的，所以他特别要求做你的博士生导师。他是我们日本医学界的著名学者、消化内科专家，特别对胃病有突出的贡献。你好好跟他学习，也一定能成为同样优秀的消化内科专

第七章　神户驿之痛

家，回国后为你的国家服务。"

当说及传玉与惠子的恋爱问题时，高桥说："我是学生物的，对政治没有多少兴趣，只知道科学研究的宗旨是为改善人民生活服务，为人类文明进步服务，而不是其他。国际上有个著名奖项你是知道的，那就是诺贝尔奖。诺贝尔是瑞典化学家，于一八九六年去世。去世前留下遗嘱，将他巨额遗产的利息，用来奖励在物理、化学、生理学或医学、文学及和平方面卓有贡献的人。其中和平奖就是为了反对并制止战争，保卫世界和平设立的。本来你与藤田惠子恋爱无可非议，而且也体现了日中千年友好关系的延续，甚至可能成为两国的血缘纽带，为今后的日中友谊长存播下种子。但是，遗憾的是，当前日中之间出现了令人痛心疾首的不幸，在此，我们就不去谈它了。今天叫你来，是为了你的前途与命运，希望你舍弃小爱，尽忠大爱，早些回到你的祖国去，为那里的四万万同胞服务，他们正翘首期待你归去呀！"

高桥的肺腑之言，使刘传玉万分感动，热泪盈眶。他站起身来朝高桥深深鞠躬，连声说："谢谢，谢谢！我绝不辜负您的教导，不辜负京都帝国大学的培养，不辜负池田教授的栽培。"离开学长办公室的时候，他忍不住流下眼泪。高桥笑笑说："去吧，年轻人，你是我们大学的骄傲，也一定能成为贵国的栋梁，而且我还希望在你身上能体现日中友谊的美好未来！"

传玉本来就是这样想的：我爱惠子，更爱我多难的祖国。高桥学长说得好，舍弃小爱，尽忠大爱。这与自己的思想完全一致。他决心与惠子分手，这样既有利于保护惠子，使其免遭不测，也可使自己摆脱困境，专心致志地做学成归国的准备。

一

这次在父亲威逼下的违心妥协，完全背叛了当初与心爱的玉哥哥相约白首的誓言。这凿凿誓言音犹在耳，竟忽然破灭，使惠子陷于难以承受的痛苦与羞愧中。当时，她因为父亲动了真格，硬要给玉哥哥安个别

樱花梦

有用心的中国间谍罪名，非欲置之于死地不可，这是个极其危险的政治陷害，使她心惊胆战，心急如焚，生怕出什么意外。为了玉哥哥的安全，她不得不紧急跑回家，屈膝下跪，向蛮横凶狠的父亲磕头求饶，发誓与玉哥哥断绝关系，祈求不要加害他。此时惠子内心的痛苦是无以言状的。父亲走后的那天晚上，她哭了一整夜，湿了枕巾，红了眼睛，干了咽喉。她感到自己美丽的青春憧憬悉成泡影。爱情的火焰虽未被淫威扑灭，也只剩下余烬星星，余烟袅袅，必将成为自己的终生恨事。

这些日子，她精神恍惚，思想散乱，经常忘事，几乎无法工作。她很想与传玉约见，说明情况，又担心周围耳目众多，人言可畏，万一又传到父亲的耳朵里，后果将不堪设想。因此，她一天到晚都沉浸在痛苦中，在矛盾中徘徊。佐久看护长看在眼里，虽然同情，但也无可奈何。佐久知道惠子还没从情感的煎熬中复苏过来，一时半会儿跳不出爱的羁绊。她为怕因此出现临床事故，遂把惠子调到自己身边，帮着做些无关紧要的杂事，随时开导一番。

十月末的天气，秋风飒飒，秋意渐凉，枫林红染如血，益增游子思归之念。这时的传玉博士论文答辩结束，正等待获得学位后束装归国。

惠子与传玉虽仍同在内科工作，但不在同一病室，偶尔见面，也是碍于众目之下不便多言，但眼神里仍传递着彼此的系念。一天，惠子走过传玉所在的病室，见周围无人，便把一张纸条信手塞进传玉的白大衣兜里，随即迅速走开。传玉回到医生办公室，掏出纸条看了，原来是约他今天晚饭后在公园枫林苑会面，有事要谈。传玉就要回国，也打算向惠子做最后的告别，所以按时赴约。

惠子已经先到了。她一身家常衣装，在凉亭里伫立，手捻一枚鲜红的枫叶，正向亭子外边张望。见此情景，传玉不觉黯然。往日的约会，两人都是有说有笑地携手前往，今天竟然像做贼一样，偷偷见面，情何以堪！这时节正是：西风凄紧，黄叶遍地，北雁南飞。望夕阳下的枫林，犹如离人眼中血染的一般殷红，越发增添了两人的离愁别绪。

见传玉到来，惠子快步走下凉亭，说："哥哥来啦！这里太空旷，容易让人看见，不便谈话。走，到那边枫林里去！"两人并肩来到阒寂

第七章　神户驿之痛

无人的枫林深处，在一张石凳上坐下，彼此端详对方。惠子眼里充满无限忧悒，传玉轻轻摇头叹息。沉默了一会儿，惠子先开口说：

"这些日子，我冷落了哥哥，你不嫉恨我吗？"

"这话应该是我问你的，怎么倒问起我来了？我对你不理不睬，难道你就不嫉恨？"

惠子凄然流下泪来。她掏出手帕拭去眼泪，说：

"唉！我们都一样，不说这些了。时间不多，说点儿要紧的。我问你，那天你被宪兵带走，在宪兵队没受苦吧？他们怎么问你的？逼你了吗？"

"没有。问话时的气势倒是挺吓人的。那个宪兵中尉板着脸厉声喝问：'说！为什么来日本？是谁派你来的？带有什么任务？你在日本都干了些什么？不准撒谎，照实说！'我沉着地说：'我是来学医的，我是通过中国政府教育部官费来贵国留学的，在京都帝国大学医学部学习，连博士学位在内，一共学习了七年，正在等候颁发博士学位证书，然后回国去。我除了读书实习及从事指定的临床课题研究外，没干其他的。你们可以去向医学部调查。'一旁的速记员笔录了我的口述。正讯问着，一个宪兵推门进来，朝中尉耳语了几句，中尉点点头，转脸朝我恶狠狠地说：'记住，以后不许再纠缠我们日本姑娘，支那人，你不配，懂吗？滚！'"

"你就没有一点儿害怕？怕他们扣留你？打你，虐待你？"

"当时是有些紧张，但我更觉得这个宪兵队长的问话滑稽可笑，简直叫人不屑回答。至于为什么稀里糊涂放了我，那就不知道了。"

惠子心里明白，这是她向父亲跪求的结果。她说："哥哥，他们说你不配与日本姑娘交往，是胡说，如今我倒真的不配与哥哥交往了。我对不起哥哥，对不起你的祖国，对不起我们曾经信誓旦旦的未来！说心里话，我也爱哥哥的祖国，那是勤劳勇敢、胸襟宽广、热爱和平的国家，而我的祖国却不幸变成了侵略哥哥祖国的敌人！"说着眼泪涌动欲出。

"我知道你是受到父亲的威逼，强迫你断绝与我联系的。这些事，池田院长都告诉我了。池田院长还说，那天是你父亲唆使宪兵来抓我的，我是被以支那间谍嫌疑罪名带走的。说心里话，我也深感威胁与恐惧。为了保护我，也为了保护你，高桥学长与池田院长都要求我立即斩断与你的私人关系，安全地完成学业回国去，用自己所学为祖国服务。所以我也就不得不违心地疏远你了，实在对不起呀，惠子妹妹！"

"高桥、池田他们都是正直善良的日本人，是真正的爱国者，都是好人哪！"惠子又用手帕擦拭眼泪，问，"哥哥什么时候回国？"

"大概下个星期吧！池田院长说，很快学长就要亲自给我颁发医学博士学位证书。"

"到时候我一定送你去神户，你从那里乘邮轮回国。"

"不，不必了，人多眼杂，别让人家看见了。而且你也不方便，还要上班呢！"

"为了能送你，我多次加班，给别人替班，积攒了足有七天的休息日子。时间很充裕，请哥哥务必给我这个仅有的机会。"

由于惠子坚持送行，传玉不再推辞，约定到时候通知她，两人分别去火车站，在那里会面，一同登车前往神户。

这时，如血残阳渐渐西沉，暮霭笼罩了枫林苑，两人携手徘徊枫树下，不忍离去。传玉看看手表说："惠子妹妹，时间不早了，咱们回去吧！为了免得被病院的人看见，我们还是分开走，你先走，我绕路回病院宿舍。"惠子听了，忍不住热泪涌落，泪眼模糊地说："亲爱的玉哥哥，你能抱抱我吗？这可是我最后的一点安慰呀！"

"好，惠子妹妹，今后我们虽重洋阻绝，远隔千里，不通音信，永无联系，就让我们的两颗真挚的心永远抱在一起吧！"传玉看她满面泪痕的渴望神色，伤感地舒展双臂，紧紧地把惠子搂抱在怀里，不住地吻她的额头，久久地，久久地……

惠子失声恸哭，双肩不住地抖动。传玉轻轻拍打她的背说："别哭了，惠子妹妹，就把爱永远珍藏在彼此的心底里吧！"

最后一抹夕阳余晖，爱怜地掠过两人的身影，悄悄逝去，枫林苑一片朦胧。

几天后，池田院长带领传玉来到高桥学长的办公室，学长亲自给他

第七章　神户驿之痛

授予医学博士学位并颁发证书，照了一张穿戴博士服的照片。因为只有他一个人得授博士学位，仪式从简。回到池田的办公室，池田让他在自己对面坐下，微笑地鼓励说：

"传玉君，你的学习成绩优等，进步很快，作为你的导师，我很满意，也很荣幸。取得博士学位，这只是你医学生涯的第一步，今后的临床理论与技能，要靠你自己在临床实践中继续提高。从医的道路是漫长的，是你毕生的事业，一定要坚持不懈，多多努力呀！"

"多谢大学医学部的教育培养，多谢池田院长的教导栽培。您在我们刚进入医学门槛时，首先给我们提出做一个称职好医生的告诫，它时刻提醒着我，我为做一名医生而光荣，也深感病人以性命相托的责任重大。我一定不辜负你们的期望，请看我今后的表现吧！"

这两天，传玉在京都买了点儿当地特产，以及新近出版的日文医学参考书，打点好行装，准备启程。他也用传递纸条的办法，把取得学位的消息告诉了惠子，并说已经买好两张去神户的车票，后天早上九点钟准时在车站候车室会面。惠子接到信息后，立即向佐久看护长提出休假申请。佐久说："你加班加点工作，给别人替班这么多天，也够累的了，就休息几天吧！"

惠子立即紧张起来。她比照传玉的身材与平日衣着，到京都时装名店购买了一打尺码合适、款式时新的男士衬衫，一打棉质内衣，一套藏青色带有隐格条纹的毛哗叽西装，半打不同花样的领带，装在一只新买的牛皮箱里，准备送行时带给他。这些日常衣着用品虽很一般，但却浸满了她绵绵不绝的无限眷恋，伴随终生的悠悠思念。不知怎的，她总是一副心神不宁、似有所失的模样。母亲知道她近来工作忙碌，睡眠也不好，看上去疲劳的样子，劝她在家休息几天。她说："因为她负责的一位病人病情恶化，她很担心，没法休息，还要加班加点地按照医嘱照护，这几天就不回家来住了。"母亲说："你自己多多保重吧！"她瞒过了母亲，回到病院瞅机会给传玉递了张纸条，说明天准时车站见，这才放下一颗烦躁不安的心。

樱花梦

二

晨雾渐渐散去，太阳从东方冉冉升起，朝霞灿烂辉煌，阳光洒满大地，恢复了勃勃生机。

为了两人在一起谈话方便，传玉特意买了两张头等包厢车票。为与头等车厢乘客身份相称，他刻意打扮一番，头戴一顶崭新的窄边黑呢礼帽，洁白的竖领衬衫，深蓝色蝴蝶领结，笔挺的藏青哔叽西装，外罩一件深灰色派克风衣，黑色皮鞋擦得锃亮，一副阔人模样，手提行李箱在候车大厅入口等待惠子。不一会儿，惠子也提着一只皮箱匆匆赶来，他忙迎上前去。

"只不过是送送我，还带着个大皮箱干吗？是随身衣物吗？"

"这皮箱是专为哥哥买的，里面装的都是给你的新款男子服装。我细心估计过你的身材体形，又参考了你平日喜欢的衣着风格，觉得这些服装对你一定都很合身，保你满意。这是妹妹的一片心意，也是留给哥哥的最后纪念！"

传玉接过箱子掂了掂，觉得很有分量，说："买这么多衣服，好沉啊，太破费了！"

"里边还装有几盒你最喜欢吃的细点和糖果，你们那里也许买不到。"

"为抗议日军暴行，我们那里正掀起抵制日货的高潮，这些东西在中国是不受欢迎的。"

"不，哥哥，放心吧，这些都不是日货。我知道也理解中国人民的反日激愤情绪，特意回避了日货，从高级服装商店买的克什米尔毛纺的英国西服和衬衫，你看看服装里边的商标就知道了。就连点心也不是日本货，是从英商爱丁堡西点商店买的，供你船上喝茶时吃，务必不要介意。所有这些，只当是妹妹亲手给你制作的，是妹妹的一颗赤诚的心，永远思念的心。将来哥哥睹物思人时，会想起有一个人在祈祷上帝保佑你，这个人就是惠子。"

说这话的时候，惠子眼圈红了，眼泪盈盈欲滴。传玉忙拍拍她的肩

第七章　神户驿之痛

膀，安慰说：

"说得对，我记住了，这些都是惠子妹妹亲手为我做的，谢谢你！"

惠子说："只要哥哥喜欢，就是我永远铭记在心的幸福。"传玉看了看手表说："时间还早，我们先去吃早点吧！"两人来到贵宾餐厅，在这里吃饭的多是些年龄较长、衣冠楚楚的外国商人，外交官，各种身份的专家学者，来自满铁的高级职员，还有一位鼻下留有一撮希特勒式小胡子、戴着黑边眼镜、表情傲慢的日本将军。两人走进餐厅，避开这些显贵，在靠近窗子的一角坐下，侍应生过来，传玉点了两份儿西式早餐，两人匆匆吃过，重又回到候车大厅坐下等车。不多时，扩音器里传来催促上车的广播声，他们起身提起皮箱，跟随鱼贯的人流，经检票口进站，登上头等车厢，进入属于他们自己的包厢。把皮箱安置好后，舒了口气，相对而坐。车站上人很多，拎着行李匆忙登车的旅客，男女老幼送行的亲友，还有推来推去的小卖车。一声汽笛长鸣，车轮轰然启动，慢慢行驶起来，车上车下的人们纷纷挥手道别，大声呼唤着再见，互道珍重之声不绝于耳。两人并不去看车窗外这纷繁喧嚣的景象，只默默相对，眼神里传递着彼此的郁闷与惆怅。

"你这次来送我，母亲知道吗？她同意吗？"

"她不知道。我只说医院工作繁忙，这几天不回家住，瞒过了母亲来送你去神户的。"

两人又都沉默了。心境复杂，情感压抑地对视着。良久，传玉又问："你父亲那边怎样了？还盯着你吗？"

"是的。"惠子低下头，揉弄着手指，"盯着，紧紧盯着，他已经回满洲了。不过，我猜想他一定做了安排，叫母亲肩负起严格监管责任。唉，我可怜的、柔弱的母亲！服从丈夫是日本女人天生的命运。"

"唉——"传玉也跟着发出一声无奈的长叹。

望着惠子凄然的神色，传玉内心纷乱，思绪万千。心想，世事真是难料啊！为什么两个陌生的异国年轻人会在遥远的夏威夷相遇，一个失足落水，一个挺身相救，机缘巧合地结识，在京都帝大病院又意外重逢，还会发展到彼此相爱，而今天竟然会如此怆然离别呢？看她那黯然神伤的眼神里饱含着的千般委屈，万斛愁苦的泪水，就要涌流出来呢！他打心底里喜爱这个秀丽纯情的异国少女。她天真无邪，有着一颗善良的心，有着对中华文化的无限景仰，对广袤中国大陆的心驰神往。她多次说过，一定要去他的家乡看看，享受一下临城古镇世外桃源般的闲适生活，听他讲述说不完的、美丽的中国古代历史掌故、神话故事。

此时的惠子，虽然缄默不语，其实内心深处却是心潮翻滚，情绪复杂，极端痛苦的。她的眼泪不断流向心底，汇成湍湍的激流，猛烈撞击着她稚嫩的心。她将永远失去心爱的人，失去往日的欢乐，所有的美好憧憬都将破灭，化为乌有，留给自己的是终生的悠悠遗恨，无尽的绵绵幽思。

火车快速行驶，没完没了的轮声锵锵，驰骋在前往神户的铁道线上，时刻搅动着他们沉重的思绪。令传玉既愤然又忧虑，也令惠子厌恶与不安的是，在经过的几处车站上，他们看到了挤满挥动彩色小纸旗的人群，吵吵嚷嚷地向过路的军车欢呼，祝愿出征的士兵们早日凯旋。原来军车上满载的都是开往中国华北的日军，是去增援那里的侵略兵。

传玉不愿看这狂热的情景，转脸对惠子说：

"我在宪兵队是留有案底、受到监视的人。为了避免给藤田教授带来麻烦，我没有去向他辞行，请你回去代我向他致歉，告诉他，我回国了，他给予的教诲，我一定会铭记在心。"

惠子默默地点点头，眼睑低垂，依然沉浸在痛苦的煎熬中。她一腔幽怨，满腹愁绪，都郁结成无法化解、欲吐无言的块垒了。

火车到达神户驿时，天色已经向晚，在秋阳斜晖映照下，他们跟随下车的人流涌出车站，登上一辆从这里始发、开往港口的专线街车直奔神户港。到达港口后，传玉让惠子看守行李，自己去购票处查询船期，并购买最近期的船票。获悉次日上午十点三十分，日本"皇后丸"邮轮将启碇驶往中国青岛港，遂立即买下一张二等舱船票。这时，在苍茫的暮色笼罩下，路灯开始亮了，路上的行人多数身着家常和服或其他便服，足踏木屐，踩着橐橐作响的碎步，心无旁骛地匆匆前行。街道两旁灯光明亮，橱窗里展示着五光十色的商品，他们无心观看。两人商量了一下，

第七章　神户驿之痛

决定回神户驿毗邻的驿馆投宿，待次日早饭后，仍旧搭乘直达港口的街车去码头上船。

他们下榻的驿馆住宿房间设备完善，另外还设有普通日式餐厅与提供各式餐饮的高档特色餐厅，以适应不同旅客的口味。他们选定了两间毗邻的房间分别住下，放下行李后，稍事盥洗休息，时间已是晚饭时刻。传玉来叫惠子一起去吃晚饭。惠子说：

"这是送行的'最后的晚餐'——唉，这个比喻欠妥！但的确是最后一次共同进餐。就由我来做东，请哥哥到高档餐厅吃顿中餐吧！那里安静些，说话也方便，好不好？"

"惠子妹妹在病院的薪水不算多，为我花费得实在太多了，还是由我来做东辞行吧！"

"照规矩！饯行与接风都是主人的义务。现在妹妹算是主人，理当做东，就别推辞了！"

他们在楼上一家名为"小扬州"的中餐厅要了个小包间。惠子不懂中国菜，要传玉点菜，说："既然是饯行，得喝点酒才对，我不懂酒，也由哥哥你点吧！"传玉说："你我都吃不多，而且这种别离酒也难以下咽，就简单些吧！"惠子说："也好，一切都随哥哥的意吧，只希望这最后的晚餐能尽量减少些伤感，多留下点儿美好。"

"说得对，我们明天上午就要分手了，今晚只说高兴的，给彼此留下美好的记忆吧！"传玉惨然一笑，"还是那两句名诗，'海内存知己，天涯若比邻'。你我歧路临别，虽然今后再也无缘相见，但毕竟还是一衣带水之邻。今天咱们只要笑容，不要眼泪！"

传玉点了几样清淡的淮扬菜，一盆清汤笋片狮子头。为了助兴，要了瓶三年陈的绍兴老酒，对惠子说："我们南方讲究随餐饮用黄酒。黄酒的种类很多，酒精度数也不高，甜丝丝的，好喝。南方各地特别是广东、福建等省，大都有自己的特色黄酒，最有名的要数浙江绍兴的黄酒'鉴湖花雕'。江浙一带管喝酒叫作吃酒，管黄酒叫老酒。今天我们就来点老酒吃吃。"汤菜上齐后，惠子站起身来，给传玉斟满酒杯，凄然地递过酒杯说：

"我敬哥哥这杯酒，祝哥哥一路顺风！"

"多谢惠子妹妹的美意。"传玉起身接过酒杯，一饮而尽。

"再敬哥哥一杯，祝哥哥一生平安！"又是一杯。

"多谢妹妹的祝福。"传玉接过酒杯，也是一饮而尽。

"这杯酒祝哥哥一辈子幸福！"惠子给自己斟满酒杯，低头持杯时凄然一笑，眼泪滴落在自己的杯中，忙举杯与传玉碰了碰，馨尽饮下。

"多谢惠子妹妹送我的和泪酒。"传玉眼见这动人的一幕，慨然举杯，一饮而尽。

祝完酒，两人坐下对视苦笑，都提起筷子吃菜。传玉说：

"没想到这'小扬州'的淮扬菜还真够地道正宗，尤其是这清汤笋片狮子头，汤固然味美，这狮子头做得更是滑润松软，几乎是到口就融化了呢！比你们日本的大酱汤如何？"

"不可同日而语！"惠子边舀汤喝边回答，"这汤的鲜味远远胜过大酱汤。"

"淮扬菜中的汤很讲究清淡味美。还有一道汤，叫作'大煮干丝'，虽然'煮'的是豆腐皮切成的豆腐丝，但是皮子极薄，切得极细，说是'大煮'，其实并不真煮，只是过过沸腾的热汤而已，味道不逊于清汤笋片狮子头！"

"中餐的菜就够丰富的了，居然连汤也这么讲究？"惠子惊讶地问。

"当然喽！就像汉药方剂里的甘草一样，可调百味，也是一道美食，不可或缺。中餐汤的种类很多，大江南北，全国各地都有自己的特色鲜汤，我这里说的不过是淮扬菜最常随餐的清汤而已。"

虽说约定只谈高兴的，不提伤心事，但仍然摆不脱内心的痛苦。面对眼前的美味佳酿，他们都失去了往日的欢乐。举杯对视间，眼睛里满含酸楚。

三

惠子泪洒酒杯的一幕使传玉隐隐心痛。两人食不甘味，重又陷入即

第七章　神户驿之痛

将永诀的痛苦中。

为了缓和伤感的气氛，传玉转换轻松的话题问惠子："我们一起出去玩的时候，你对什么印象最深？"惠子说："是去醍醐寺看樱花时哥哥讲的'人面桃花'故事。太凄美了！结局也最美满，难以忘怀。遗憾的是，这不过是个令人神往的美丽故事，在现实生活里很难有这种好事。"她反问传玉对什么印象最深。传玉说："最令我难忘的是你的调皮捣乱。去宇治游浅野湖的路上，你撒娇耍赖，硬说走不动了，非要我背着你跑不可，拿我当骆驼骑，连过路的人都以为你真的脚部扭伤，走不了路，需要人背着。回来时你说，下次再出去玩，还要我背着，你太淘气了！"话音一落，两人都愉快地咯咯笑起来。

"来，为我们的快乐时光干杯！"两人齐声说，一起举杯饮下。

"这是你我最快乐的时光，就永远保存在彼此的记忆里吧！"传玉叹口气说。

"是的，这美好的记忆是无法抹去的。"惠子说，"当我们都老了，追忆往事的时候，最甜蜜、最神往的就是我们这段樱花之恋。虽然它不幸成了一场虚幻的樱花梦，但我仍要原封不动地把这段美好的记忆珍藏在心底里。即使我老得走不动了也会躺在摇椅里，闭着昏花的老眼，不断回味这段美好的记忆。那滋味想必依然甜蜜如初，会给我的嘴角挂上一丝笑意。遗憾的是，只能在脑海里想象彼此年轻时的影子，因为至今我们还没有一张合影照呢！"

"没有合影照也好，免得以后给你带来麻烦，增添烦恼。"

正当两人谈他们相爱中的趣事时，斜对门的餐室里传来了一位男子的歌声，那歌声饱含深情。谛听时，原来唱的是首苏格兰民歌——《怀念往昔》(*Auld Lang Syne*)，是用英语唱的。这首歌曲很有名，受到许多歌唱家的青睐，常在演唱会上演唱。它的旋律舒缓，优美动听。歌词充满惜别的情感，讴歌了"从此分手，天各一方""不忘美好时光""让我们举起酒杯，共祝友谊地久天长"。这歌声正好触动了惠子此时依依惜别的心情。两人正侧耳听着，忽然一声咆哮：什么人在唱外国歌？不许唱这种西方的靡靡之音！随着这声呵斥，歌声戛然而止。接着一阵橐橐的皮靴声踏过走廊。原来是两名荷枪的宪兵来驿馆巡查。

惠子悄声说:"这些军人只懂得每天毕恭毕敬地唱《君之代》,只会扛着上了刺刀的枪列队行进,扬声高唱战歌,就连日本自己传统的抒情民歌都不让唱,说什么要培养尚武精神,时刻准备去战斗,为了帝国的荣光去血洒疆场。除了日常的步兵操练以外,特别要求士兵穿戴上护具相互对刺,苦练白刃格斗。有时用稻草人做假想敌猛刺,扯着嗓门儿狂呼乱叫杀,杀,杀!唉,这些士兵被训练得简直像疯子,像野兽,哪里还有点儿正常人的样子!"

"这也是日本军阀向士兵灌输军国主义思想的一种方法。"传玉叹道。惠子说:"我去看望伯父的时候,他说这些被灌输了武士道精神的军人,特别是打着'忠君爱国'旗号,犯上作乱的少壮派军官们,一个个都是冷血动物,御用战争工具。伯父说,这就是军阀猖狂的所谓'昭和维新'时代!"

"别怕,惠子!"传玉说,"不要忘记藤田教授勉励我们的那首诗,要有充分的信心。现在日本军阀虽然很猖狂,以后还会更加疯狂。但是,中国有句谚语,'多行不义必自毙',还有个屡验无误的古训,'天作孽,犹可为;人作孽,不可活'。再严重的自然灾害,也有救援的办法,而倒行逆施的人却不可救药,其下场必定是自取灭亡!我坚信,这些日本民族的灾星、败类,最终都将遭到日本国民的唾弃,被扔进历史的肮脏垃圾堆里去。暴风雨过后,天空将出现美丽的彩虹。中日两国人民过去有着一千多年友好交往的历史,将来这友谊一定还会重新恢复,并且延续昔日的深情厚谊,就像这首歌里唱的,'友谊地久天长'!"

"会有这一天吗?"惠子苍白纤弱的手伸向传玉,"这可关系到我们的命运呀,玉哥哥!"

"会有的,只是时间早晚而已。这一天肯定会到来的,你就等着吧!"

"只可惜,我怕是等不及了!"她紧紧攥住传玉伸过来的手,泪眼盈盈地说。

"放心吧!你我都会看到这一天的到来,就让我们一起咬紧牙关等

第七章　神户驿之痛

待吧！"

听传玉这么说，惠子顿时落下泪来，以帕掩面呜咽道："可是我等不了呀，玉哥哥！"

传玉知道她此时难以解开的痛苦心结，一句"可是我等不了呀"充分反映了她的悲观失望情绪。父亲粗暴的强力阻挠，当前恶劣的时局环境，周围人鄙视的目光，都给了她极大的压力，使她的感情乃至人身受到严重的伤害。她毕竟是没有经历过风吹雨打、艰难折磨的年轻女孩儿，今年也还不满二十岁，仍然天真单纯，脑海里充满了美好的向往，诗般的人生幻想。她家境富裕，父亲是个职业军官，常年在国内外奔走，不理家事。她从小娇生惯养，在母亲温暖的羽翼呵护下长大，心地善良，富于同情心，却感情脆弱。如今看来，她缺乏对恶劣环境的思想准备，也没有抵御的能力与自信。她对生活的信心开始动摇了。其实，传玉虽然很爱惠子，爱这个偶然邂逅的美丽多情的少女，但自己被列入宪兵监视对象的艰难处境，不仅使他对惠子爱莫能助，而且随时都会给她招来麻烦，甚至伤害。所以，此时他只能用温柔体贴的话语，竭力劝慰她而已。高桥学长是个正直的日本生物学家，曾经推心置腹地告诫他，"要舍弃小爱，尽忠大爱"。现在就要分手了。在这种情况下，用什么话语劝慰惠子，是坦率相告，还是婉转吐露，这使他颇费思量。

"别哭了，惠子，我们到院子里去走走吧！"

天空阴沉灰暗，空气潮冷，酝酿着一场即将到来的绵绵秋雨。两人并肩在庭院的草地上徘徊。惠子还在流泪，不住地用手帕擦拭眼睛，时不时长舒一口气，更使得气氛压抑。

"惠子妹妹，我来日本留学有幸认识你，这是一种缘分。这些年来的相处，你给我带来的快乐已经使我心满意足了。我们本该培养发展这份感情，然而，命运捉弄，我们只能停留在深厚的情谊上，无法超越这个界限。残酷的现实环境强力地压制着我们，你我都无力抗拒，就让我们把这份宝贵的情谊，深深地埋藏在各自的心底里吧！"

"你在骗我，你在说违心的假话，全是假话！难道我们这不是相爱，仅仅是一般的友谊？如果只是友谊，尽可以中断，或者干脆立即斩断。如果是相爱，谁又能一断了之？这些年来，我们之间最初的友情，早已酿成了真挚的爱，你要我割舍它，我做不到呀，玉哥哥！"她一把抓住传玉的胳臂，眼泪汪汪，使劲地摇晃着，像是在祈求，又像是绝望的呼号。

惠子发自肺腑的真情流露，使传玉感动得眼睛湿润了，他的心也在隐隐作痛。他竭力克制住自己，力求不为之所乱，免得还没劝住惠子自己反倒先感情崩溃了。自古侠骨多柔肠，何况传玉一介书生？惠子的话令人闻之肠断，几乎使他无法再劝慰了。

"不要伤心了，惠子！你说得对，我们是在相爱，相爱并没有错。错的是残酷的时局，是人们的偏见，是丧失理性、疯狂的日本军阀，是日本敌视并蚕食中国的勃勃野心，这些是横在我们之间最大、最难以逾越的障碍啊！目前我们只得接受，别无选择。有句自古以来普遍认可的真理，那就是'玩火者必自焚'，我们虽然不可避免地要付出牺牲，但一定能换来玩火者灭亡的那一天。太郎教授勉励我们说，'尔曹当自强'，就让我们冷静地看待眼前发生的一切，看待我们付出的牺牲，加入抗击玩火者的洪流中去，埋葬这些人类的渣滓吧！"

"我们必须付出这样的牺牲吗？这不太过于残忍了吗？"惠子含泪问道。

"是的，是太过残忍了。但目前我们无路可走，必须付出这难以忍受的牺牲，即使意味着终生的遗恨，也只得默默忍受。"

惠子一下子愣住了。玉哥哥这话是什么意思？什么叫必须付出，什么又叫不可避免？还说是什么终生的遗恨？

四

瞬间，惠子忽有所悟，立即停住脚步，转身投入传玉的怀里，双臂抱住他的身躯，脸紧贴在他的胸上，伤心地啜泣。她完全明白传玉这话的意思了，我们的面前是悬崖峭壁、万丈深渊，我们已经走在爱情的绝路上了。传玉抚摸着、亲吻着她的额头、她的短发，低声说：

第七章　神户驿之痛

"别伤心了，这就是日本军阀强加给我们的命运，惠子妹妹！"

"不，我不接受，我绝不接受他们的强加，我还要挣扎！"她猛地抬起头来，泪光闪闪地望着传玉，决绝地说。

在这惨云愁雨之夜的寂静庭院里，惠子把头埋在传玉怀里，涕泪涟涟，痛哭不止。这锥心刺骨的哭泣，使传玉深受感染，不由得也落下泪来。

这一晚，传玉辗转床褥，思绪纷乱，坐卧不宁，难以成眠。斩断与惠子的情恋固然使他心痛，而从日本报纸上得知的，中日两国军事冲突不断升级的消息，日军咄咄逼人的紧张形势，南京政府步步退让的妥协态度，更使他对祖国的前途命运担忧，焦灼不安。父亲历次来信从不提中日两国交恶的事。父亲知道，寄往日本的信件必然要经过日方秘密机关的拆检，所以信中只简单写些询问学习情况，勉励儿子努力学习，不要惦记父母亲之类的内容，其他的一概不提，免得日本当局借机生事，给儿子带来麻烦。他们最会无事生非，制造事端。

驿馆的一夜，对惠子来说，却是接受炼狱之火煎熬的痛苦之夜。这一晚，她一直坐在靠窗的桌前，面对昏暗的夜空，双手托腮，紧锁眉头，思绪万千，苦苦挣扎。失去的欢乐，父亲无情的阻挠，眼前的艰难处境，爱人的离去，都使她肝肠寸断，泪流不止。她深知，今宵一别，再无他日了。

夜色深沉，秋风萧瑟，庭院里蛩声哀鸣，木叶飘零，分外凄清。她知道离别在即，这一别将是永诀。对她来说，时间不多了，需要给玉哥哥留下一封信，表明自己的心迹。她抬手拧亮桌上的台灯，从手提包里取出纸笔，坐下开始写信。这是一封难以倾诉、生离死别的诀别信。她不断提笔、搁笔，写了撕，撕了写，不知怎样表达此时此刻的痛苦心境，诉说自己的衷肠，怎样向即将分手的爱人告别。她边写边哭，泪水不断滴落，沾湿了衣袖与信纸。直到天将拂晓，才勉强写完这封充满哀伤、沾满血泪的诀别信。她起身把撕碎的纸片扔进马桶，用水冲走。凑近窗前看看渐渐亮起来的天空，依旧是阴沉沉的。转身用温水草草洗了把脸，对镜照照，由于过度哀伤，彻夜哭泣，两只眼睛都肿了。她往脸盆里倒了些热水，用热毛巾捂了捂脸，觉得眼睛舒服些，也亮多了。这时，天光大亮，隔壁房间传玉那里也有动静。她舒展一下身子，离开房间来到庭院，见传玉正在院里做早操，活动身子，便走过去。

"哥哥早！"

传玉回过身来，见惠子面色苍白，两眼红肿，痛惜地说：

"妹妹早！看你眼都哭肿了，一定是整夜没睡，这又何必呢！"

惠子沉默无语，只跟着传玉一起舒胸展臂做操。渐渐地，院子里人多起来，有人做操，有人跑步，有人提着行李去前台结账退房，进进出出，开始忙起来。

"九点钟前就得离开驿馆，现在都快七点了，咱们去吃早点吧！"传玉看看手表说。

惠子点点头，默默地跟着传玉去前面普通餐厅。两人简单吃罢早饭，收拾了行李箱子，到前台结账后赶去乘车，正好赶上前往港口的直达街车。车上的人都是赶去上船的，区间并不停车，所以一路疾驰，很快就到达神户港。码头上男女老少人很多，其中不少是前来送行的。还不到登船的时间，人们三五成群聚集在一起，还有几个日本军官也伸腰挺胸神气地夹杂在里面。这些人操着各种语言，说说笑笑地交谈着。天空更加阴沉，没有一丝风，空气中饱含水分，湿冷湿冷的，就要落雨了。

昨天惠子的情绪还处于极度的激动状态，烦躁不宁，时而不断发问，时而哭泣不止，虽然传玉竭力劝慰，也难以平静下来。今天清晨开始，一反常态，情绪平静，少言寡语，偶尔回答传玉的问话，也只是简短的一两句，不再多说，似乎很淡然的样子。《庄子·田子方》中有云："夫哀莫大于心死，而人死亦次之。"此时惠子的精神状态正是这样：我心已死，夫复何言？传玉深知惠子这是一种万念俱灰的绝望表现，因而颇为担心，甚是不安。他婉转地用"天涯何处无芳草"的诗句来宽慰她，劝她摆脱烦恼，顺应自然，去寻找自己的幸福归宿。还对她说，我回国后，虽然与你不能联系，无法通信，更难以再见，但惠子妹妹将永远珍藏在玉哥哥心底里，永远，永远！惠子听了只是凄然一笑，并不说话。

开船的时间到了，汽笛长鸣，邮轮就要启碇。码头工作人员招呼乘

第七章　神户驿之痛

客上船，旅客们纷纷聚拢过来，排起长长的队列，陆续登船。两人默默相对，依依难舍，目光传递着彼此的眷恋与悲戚。传玉没急着赶去排队，落在了后面。

"抱抱我吧，玉哥哥！"惠子神情淡然地说。

传玉放下行李箱，上前拥抱惠子，拍拍她的背，附在她耳边低声说："祝福我吧，祝我一路平安吧！"说罢松开两手，提起皮箱转身追赶登船的人流。

"等等，玉哥哥！再抱我一次行吗？我需要这最后的一抱呀！"惠子忙上前叫住传玉。

传玉稍一迟疑，立即反应过来，忙回身撂下箱子，紧紧拥抱惠子。惠子仰面注视着他，泪光闪闪，盈盈欲滴，充满了无限的哀怨。传玉不由得俯首亲吻她，一次又一次地亲吻，这在他们还是第一次，一次永远的初吻。松开双手时，惠子已是泪流满面了。她用衣袖擦去脸上的泪水，从口袋里掏出一封信，递给传玉，泪眼模糊地说：

"我要对哥哥说的，都写在上面了，就到船上去看吧！"

传玉接过信装进衣袋里，提起行李箱，转头朝最后登船的几个人那里奔去。送行的人群涌向码头边，纷纷朝登船的朋友、亲人，或者其他什么人挥手叫喊，再见，再见啦，一路平安！汽笛长鸣，邮轮启碇，船体轻轻晃动，开始偏离码头，连接邮轮与码头的、长长的彩色纸璎珞纷纷被扯断，飞舞在空中、在海面、在岸边，带走人们的祝福与思念。

这时的惠子，情绪完全失控，不顾码头值勤人员的阻拦，发疯似的奔向岸边，追赶已经登上船的传玉，挥动着手臂，用声音凄厉、语速极快的日语高声哭喊：

"玉哥哥，永别了！你要多多地，多多地保重啊！照顾好自己呀！……"

邮轮缓缓驶向大海，渐渐远去，烟囱里拖出来的长长黑烟也渐渐淡去，消散。送行的人们引颈翘足，望断海上万顷碧波，带着不同的心情陆续散去。惠子泪下如雨，依旧伫立码头，凝望着渐去渐远，越远越小，越小越模糊，终于消逝了的船影。不管她的心上人能否看得到，手里的红丝巾仍然固执地、顽强地朝远去的玉哥哥挥动。

这时，一个身穿和服的日本老妇人走近惠子。她满脸同情地低声问：

"姑娘，你这么伤心，是来送你的爱人吗？他是前去出征支那的吗？就别替他担心啦！他一定会胜利归来的。我的儿子是陆军少佐，带兵打仗的。这次是大本营派去日本驻天津军司令部报到的，需要他领兵出征支那，我特地来给他送行。我为我的儿子高兴。"

惠子用红丝巾猛擦一下脸上的泪水，转脸用怒火如炬的目光狠狠射向她：

"是的，我是来送我爱人的，他是我最最挚爱的人。我是日本人，我的爱人是中国人，他这是赶回去保卫自己祖国的。我为我的爱人骄傲！"

老妇人吃惊地望着满眼泪花、一脸怒气的惠子，惶惑地喃喃自语：日本人？支那人？困惑地摇摇头，一副迷惘的神情，慢慢移动踏着木屐的脚，转身走开了。

厚厚的云层渐渐低垂，下起淅淅沥沥的小雨。惠子把红丝巾裹在头上，从衣袖里抽出手帕擦干眼泪，定了定神。朝邮轮消逝的方向投去难以割舍的最后一瞥，转身离开码头。

她没有去赶返回市内的街车，而是沿着海边漫无目的地走去。她该去哪里？去干什么？她自己也不知道。她的思想凝滞了，情感掏空了，眼泪也枯竭了，头脑里一片空白。她忘记了自己，忘记了回家，忘记了一切，只是走啊走，越走越远，海边也越加荒凉，杳无人迹。海浪一波接着一波地涌上海滩，冲击着滩边层层叠叠、大大小小、色彩斑斓的卵石。又迅速退回去，被另一波涌上来的海浪吞没。如此一波接一波，一浪高过一浪地不断往返。雨下得越发紧密了，雨点也更大、更猛了，打在脸上冰冷冰冷的。然而她却毫无感觉，并不去擦抹，任它在脸上自由流淌。她已经麻木了。

雨越下越大。她浑身被雨水浇得湿透了，湿透的衣裳紧贴肌肤，使她冷得直打哆嗦。她不知道自己走了有多远，烟雨迷蒙里，四望什么也看不清，耳边只听到阵阵浪花冲击海滩的哗啦哗啦声。闪电划过，接

第七章　神户驿之痛

着一声惊雷，使她打了个激灵。她清醒了，恢复了知觉，恢复了思维。心想，这哗啦哗啦的水声在什么地方听到过。怎么这样耳熟，这么美妙，如此动听？噢！那是在遥远的、太平洋上的夏威夷，在椰林枝叶如羽，榕树亭亭如盖的海滨，在异国情调的歌舞，美酒飘香的女王饭店，在……在……还有什么来着？噢，想起来啦！那是在夏威夷如诗如画的夕阳斜晖下，与玉哥哥肩并肩坐在海边礁石上濯足戏水时，搅动得哗啦哗啦的水声。还有，还有，那就是返回日本的时候，在"富士丸"的甲板上和玉哥哥并肩俯身船栏，看海豚跳跃，船头劈水，听浪花飞溅的声音。

她禁不住泪水潸然而下。这一切都成了过去，悉数变作泡影，破灭了，烟消云散了，再也不复返了。只有那永不停息的涛声，哗啦哗啦，时刻敲打着她破碎的、伤痕累累的心。她把脸转向波涛汹涌的大海，朝遥远的西方凝视良久，良久。此时，狂涌而出的泪水与冰冷的雨水合流，顺着面颊齐下。她忽然双手拢住口唇，大声呼唤：

"玉哥哥，等等我，你等等我呀！我追你来了！"她投身水流湍急的大海中，在波涛翻滚里忽隐忽现，随着波浪渐渐远去，沉没……

第八章
东瀛归来

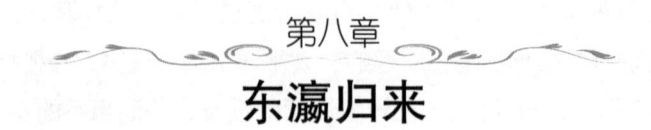

邮轮启航时，惠子极度悲痛的表现，特别是当他赶去登船时，那撕心裂肺、跟在后边追赶时的哭喊使传玉十分心痛，泪流不止。他擦拭着眼泪，朝惠子的身形，朝她用力挥动的红丝巾，挥手喊道：

"惠子，你也要多保重啊！一定要多多保重啊！有朝一日我们会见面的！"

邮轮轻轻晃动它巨大的身躯，劈波斩浪，加速前行，一路朝中国青岛港驶去。在一望无际的黄海上，漫天的大雨洒向人间。雨点紧一阵慢一阵，噼噼啪啪敲打船舱的窗玻璃，流下一行行离人惜别的泪水。海面上灰蒙蒙一片迷茫，烟瘴雾绕。深秋的冷雨覆盖了一切，什么也看不清，只有无尽的滚滚波涛，伴随着沉浸在往事中的旅人，任由思绪驰骋……

一

传玉回到卧舱，打开舱壁上的灯，对着灯光低头细看惠子递给他的那封信。信是装在一个浅蓝色信封里的，封面上用工整的硕大楷体汉字，极其稀疏地分成两行，竖写着"呈君赐启"四个大字。信是用带有大量汉字的日文片假名竖写的，字迹也极娟秀工整，通篇只有彼此的称谓，没有姓名，最后却没忘记写下包括和历与西历的日期、时间与写这封信的地方。这是一封蘸着泪水写的，不，应该说是蘸着泪血写的诀别信。即使是铁石心肠的人，读了也会伤神流泪的。

第八章 东瀛归来

我最最挚爱、最最难以割舍的哥哥：

动笔写这封信的时候，我感到无比羞愧，抹不去的永远的羞愧。如果地下哪里有个大窟窿，我定会毫不犹豫地钻进去，缩成一团躲藏起来。我真的无地自容，无颜见你了呀！我感到脸上一阵阵发烧，那一定是红了又红的。我甚至想立即扔下纸笔，跑出去投海自尽了呢！哥哥，我实在无颜再见你了，这是我对你的，发自内心的真诚忏悔，一千个、一万个痛苦的忏悔，浸满泪水的忏悔！你怕是永远也不会宽恕你可怜的异国妹子了吧！

平日里父亲是极疼爱我的，甚至有些宠溺我。因为我是他唯一的女儿。但就在他知道你我的关系后，顿时气得满面通红，两眼冒火，几乎要疯了似的。他是个具有狂热武士道精神的军人，性情冷酷，脾气暴躁。他挥舞着紧握的拳头朝我示威，用最最严厉的语言大声怒斥我，警告我，恐吓我，要我立即斩断与哥哥的联系。我受到极大的羞辱与恐吓，但我一直敷衍着并未松口。就在他要离开京都去满洲的当天上午，为了迫使我就范，他威胁要对哥哥下手，这不仅是威胁，而是动真格的。说是你在纠缠我，要追究哥哥的不良意图。我当即坦言不是哥哥缠着我，是我追着哥哥。他听了更加暴跳如雷，毫不留情地扇了我一记耳光，脸都给打肿了。我可是他最疼爱的女儿啊！可以想象，他是多么介意我们的关系。母亲也被牵连其中，被他一口一个"混蛋"地痛骂一通，委屈地低头啜泣，躲在一旁，不断用手绢擦拭眼泪。

父亲临走那天，又把我与母亲叫到他跟前，当着我的面——我一直站在那里低头听他训斥——严厉命令母亲，叫她一定要看紧我，对我严加管束，绝不许我再与哥哥你交往，否则将会受到严厉的惩罚，再度扬言要迫害我心底里挚爱着的哥哥，而且付诸实施了。这多么可怕啊！不仅如此，就在他回到中国旅顺关东军司令部后没几天，寄来一封措辞更加严厉的军邮信，警告我，必须立即断绝与你的一切私人联系，说绝不允许藤田家的女孩子与支那男人谈情说爱，更别指望异国联姻了！啊，天哪！我真不明白，日本对中国广袤肥沃的土地那么向往，对中国富饶多样的物产那么艳羡，对中国的地理环境那么了解，却单单对她的人民无比蔑视与嫉恨呢？这到底是为了什么，为了什么呀？

我也曾想逆着父亲的意愿，与哥哥一同出走。到中国去，到南洋去，到遥远的异国他乡去，与哥哥永远生活在一起，终老一生。可是，这样一来，日本政府与驻满洲的关东军，一定会以此为借口，挑起又一场可怕的日中间的激烈战争呢！

他们是惯用这类卑鄙手法向中国挑起事端的，而且最终可能还是逃不脱他们的魔掌，真的是令人左右为难呀！哥哥，我真想等送走你以后不回京都了，就在这附近的海滨找个僻静没人的地方，一头扎进海里，一了百了呀！但是这样一来，肯定会连累我那心地善良、柔弱可怜的母亲，使她遭受父亲可怕的严厉追究，我很难下这个决心呀！我的命运怎么就这样不幸，我的结局为何就这么悲惨呢！写这封信的时候，我的心痛得都快要破碎了、流血了。我觉得我们的爱情真的遇到了地狱之火的无情焚烧，无论如何也逃不脱这场劫难了呀！我们的爱情只能被人彻底扼杀，再无重生的机会了啊！啊，这痛苦如何让我忍受得了呀！

我深恨，深恨自己太过懦弱，连一点点，一点点的反抗勇气与能力都没有，这一定会成为我终生的恨事呢！我心里很清楚，哥哥这一去，我们从此就永远诀别，再也无法见面了。所以大着胆子对母亲撒谎说病院里很忙，需要我昼夜值勤，特护一位危重的病人，瞒过了母亲，一路送哥哥到神户，从这里你可以搭乘海轮，回到你多难的祖国去，为你的祖国效命。这样，我的心也总算可以稍安了呢！

送我挚爱着的哥哥离去的滋味实在令人难受，使我心痛不已。但这是唯一的选择，因为你必须在你的祖国处于最艰难的时刻，回去为她尽忠效力。对此，我是打心眼儿里一千个赞成、一万个赞成的。尽管这样一来，我将孑然一身，无所凭依了，但也是心甘情愿的。

因为船期的关系，我们必须在神户驿馆住上一宿，明天上午才能登船。这小晚上，我思绪乱极了，不知道怎样才能把事情说清楚，该怎样跟哥哥道别才好。我实在是割舍不下，却又不得不割舍了啊！整整一夜，痛苦都在折磨着我，蹂躏着我。思来想去，决定狠狠心，给你写这封不

第八章　东瀛归来

敬的诀别信，倾吐我的苦衷，祈求你的宽恕。你看了一定很失望吧！甚至是恨我的吧！可我又有什么办法呢？我实在是无路可走了呀！

来神户的火车上，你我的心情都很沉重、压抑。一路上，我们都沉默不语，耳边只有没完没了、听了令人心碎的哐当哐当声。这车轮碾轧着冰冷的铁轨，也无情地碾压着我痛苦的心。我虽然默默不语，但心潮如涌，一路上都在悲伤自己的不幸。你呢，哥哥？你又在想着什么？是想我们痛苦的离别？还是想着你灾难深重的祖国？不幸的是，你的祖国却是受着我的祖国无理地欺凌，不断地宰割，而你面对的我，又是个敌国的女子，你怎能有一刻的心安呢？一想到这里，我就感到无比的羞愧、难堪与耻辱，不敢正视哥哥总是阴沉着的脸了。

火车经过大阪正是中午时刻。车站上挤满了成群结队、手持彩色小纸旗的男女。他们摇晃着小旗，朝火车厢里的士兵们高呼再见啦，祝福你们胜利归来呀，等等，听了令人心烦。尤其是披挂"日本妇人爱国会"肩带的年轻女人们，更是兴高采烈地簇拥在月台上，用力挥动手里的小纸旗，向士兵们抛送媚眼，狂热欢呼"祝皇军出征支那""祝皇军凯旋"之类的口号。我看了真替她们害臊！但是，我也注意到，在这些送行的人群中，有几个年轻女人却转过脸去，偷偷地用衣袖擦眼抹泪咧！这些懵懂无知的年轻士兵，一个个穿着崭新的黄呢子军装，头戴战斗帽，全副武装，精神抖擞，兴奋到了极点。就像是去参加一场盛宴似的，频频挥动手臂，向送行的人群报以戏谑的欢笑。嘴里一个劲儿地大声嚷嚷：我们会胜利的，天皇万岁！哥哥，您曾给我讲过不少唐诗，其中的《陇西行》里有这么两句："可怜无定河边骨，犹是春闺梦里人。"这些被推上战场去的年轻士兵，还能返回日本吗？他们还能再与家人团聚吗？会不会就此一去不复返，做了"无定河边骨""春闺梦里人"呢？

我偷偷看哥哥，你的脸绷得紧紧的，脸色铁青铁青的，表情异常冷峻，眼睛里射出的目光令人望而生畏。我知道你在想什么，知道你此时无比的激愤、急于归国的心情。我的脸唰地一下子发烧了，烧过了耳根，羞愧地低下了头，不敢再瞧你了。这时，我想起我的父亲。他匆忙回日

樱花梦

本来就是奉关东军司令官之命,到军部要求迅速向中国华北增兵的。他一定在焦急地等待这些士兵赶去增援吧!?在京都驿也有过与这同样的情景。伯父忧虑地对我说,这都是军阀们野心勃勃、发疯干出来的蠢事,其中也包括自以为是的父亲。他还说,中国有句古谚——"种瓜得瓜,种豆得豆",早晚会自掘坟墓,自食恶果的!是这样的吗,哥哥?我真的害怕,我怎么就被夹在哥哥的多难的祖国与我的被扭曲的祖国,这两个敌对国家之间了呢?我怎么才能从这夹缝里脱身呢?啊,我是多么的不幸呀!在另一首人们熟悉的唐诗里,张籍的那两句"还君明珠双泪垂,恨不相逢未嫁时",恰恰就是我此时痛苦的心境,不过在我来说,却是"感君恩情两行泪,恨不生身在中华"呢!我要是个中国女孩儿该有多好啊!灯下写信的我,这时已是悲痛欲绝、泪飞如雨了呀!

窗外,驿馆庭院里的花木,在劲吹的西风里不住地摇晃,瑟瑟颤抖,发出呜咽的哀鸣,就像即将分离的人儿在伤心话别一样。我不愿意用日语跟哥哥道别,那是你不愿意听到的,我也说不出口的。就让我在这里说句中国话:再见了,哥哥,自我珍重吧!也许这就是我悲惨命运的开始与结局啊!

孤雁徘徊无栖处,何堪驿馆正秋寒!哥哥你走后,我独自一人又该向何处去?人世间哪里还有我的暖巢归宿呢?

写到这里,从头看看,感觉写得凌乱,这是因为我的思绪也很凌乱。纸到尽头,不得不搁下笔了。我是含悲饮泣写这封诀别信的。对不起,对不起,实在对不起呀,哥哥!

别了,我欢乐的青春!别了,我美好的憧憬!别了,我最最挚爱的哥哥!就请你在脑海里保留我这东瀛弱女子的不幸身影吧!

昭和八年(西历一九三三年)十月二十八日,午夜,于神户驿馆灯下

读罢这封信,传工热泪盈眶,止不住滴落下来。他深知,他们的被迫分离,使惠子悲痛绝望,精神崩溃,失去了生的勇气。很可能像信中说的,真的要去投海自尽了。这使他深感担忧与心痛。他用手帕拭去泪

第八章　东瀛归来

水,把信按原样折叠好装进信封,放入皮箱夹层袋里。然后直直身子,放松情绪,倚在舱位靠壁上,长叹一声,自言自语:人生呀,就这么风云不测,变幻无定,真像一场梦啊!当此国家危难之秋,作为中华男儿,自当尽己之力,以赴国难,就把这段异国情恋抛却脑后吧!

他走出舱位,去酒吧间喝闷酒,也算是借酒浇愁吧!一位日本女侍者走来问:

"先生,您喝什么酒?清酒还是洋酒?"

"有没有中国茅台?"传玉心情郁闷地说,"没有的话,英国威士忌、法国白兰地都行!"很快,酒送来了,传玉看看瓶子的白兰地标签说:"就是它吧,请您打开!"

女侍者打开酒瓶,替他斟满一杯放在面前。问要什么菜下酒,传玉说,有什么随意拿来。侍者端来荤素冷盘:火腿、灌肠、豌豆苗、沙拉卷心菜与紫甘蓝。侍者说请慢用,然后转身姗姗离去。阵阵浓郁的白兰地酒香扑鼻而来。他端起酒杯抿了抿,烈度较高,遂饮了一口,举筷子吃菜。

有几个酒友边喝酒边低声闲话。耳边传来低沉的男中音,歌声低回婉转,缠绵哀伤。谛听去,是意大利作曲家恩里克·托塞里的小夜曲 *Dreams and Memories*:

往日的爱情已永远消逝,幸福的回忆留在我心里像梦一样。她的笑容和美丽的眼睛带给我幸福,把我青春的生命照亮。但是幸福并不长久,欢乐变成了忧伤……

歌声悲凉凄怆,使他跟随着歌声,不知不觉陷入往事的回忆中。就像那歌中唱的,往日的欢乐,都变成了悲伤。惠子娇柔的身影,泛舟湖上的欢笑,谛听《梅花三弄》的神态,归来她一句"下回咱还这样玩儿"的调皮,都是一杯杯甜蜜的美酒。忽然,阴云笼罩了欢乐,幸福的憧憬被冷酷的魔掌击碎。她那蛮横的关东军父亲,硬是无情地从他的怀里夺走了这美丽多情的东瀛姑娘……

樱花梦

二

邮轮抵达青岛港口码头，传玉提起箱子下船，父亲来接。见他拎着两只皮箱，接过一只掂了掂，觉得很沉，遂问里边装的都是些什么东西，这么沉。传玉说："您拎的那口新皮箱是朋友送的，里边都是衣服，也是她送的。因为都是新添置的，而且料子好，所以沉了些。"父亲笑问："是什么好朋友，这么慷慨大方，整个都是新的？"传玉只是憨笑笑，没有回答。父亲说："现在时间还早，咱先找个地方吃早点，然后乘上午十一点的火车去济南。在济南住上一天。我领你去拜访一位我在北京大学的同窗好友。这人姓郑，名叫天昊，表字成宇，与我一样，也是干教育的，是济南大学文学院的院长、教授，教西方文学的。他比我大两岁，见面你就管他叫郑伯伯。我这次来青岛接你路过济南的时候，专程上门给他打过招呼，托他给你在教会的博爱医院谋个差事，他说行，博爱医院的院长车耀先是他姑表兄弟，很亲近的。他说这事儿没问题，爽快地答应帮忙。后天一大早，咱爷俩从济南乘津浦路蓝钢皮特快回临城。"

父亲刘君田，字明义，北京大学文学院毕业，曾在本校历任助教、讲师、副教授。辞去教学职务后，先后受聘于济宁中西中学、兖州滋阳县中任校长，后来又受兖州教会盛情邀聘，前往老家担任临城育才小学校长。他一生热衷教育事业，对小学校长一职甚遂心愿。他认为，教育不仅要求学生增长知识学问，而且从儿童年龄起，就应特别注重修身立德，培育家国情怀。他为人正直，学识渊博，励志教育，颇受乡里敬重，与郑天昊在大学时就是莫逆之交。所以，传玉留学归来的工作，他早就托天昊安排好了。

传玉留日七年，中间从未回来过，对国内的情况已经陌生了，不住地向父亲问这问那。

他们来到车站附近一家宽敞干净的饭铺。伙计过来招呼，问吃点什么。父亲问传玉，传玉说吃咱山东家乡风味的就行。父亲要了两碗豆腐脑，碗里撒了些许香菜末，浇了香菇黄花打卤汁和几滴红辣油，还有几

第八章　东瀛归来

根刚出锅、炸得焦黄酥脆的油条，两张刚从鏊子上揭下来的、散发着扑鼻麦香的煎饼。吃着煎饼卷油条，喝着香辣可口的豆腐脑，传玉连说好吃，好吃，太香了，久违的家乡小吃！

吃罢早点，爷俩往市内走，在大明湖附近找到一家叫作"新大陆旅社"旅店住下。洗漱一番，父亲说："你先好好歇息一下，我去前台给郑天昊打个电话，他很忙，得先约定见面时间。"传玉海上一路劳顿有些困倦，便躺在床上假寐。早上父亲问起新皮箱的事，他没回答，一时也难以回答。此时独自躺在床上，虽然眼睛闭着，但惠子的身影却浮现脑际，勾起对她的担忧。惠子是否已经返回京都了呢？在那种感情失控，悲伤过度的精神状态下，她会不会……他不敢想下去，便起身走出房门，两只手插在裤袋里，在院子里来回踱步。

"我打过电话了。今天是周末，半天班，中午回家。郑天昊一听说你回来了，非常高兴，邀咱爷俩今天就去他家吃午饭。我说吃饭就免了，前来拜访老伯，认识一下就行。他不肯，一定要请吃午饭。盛情难却，咱稍事休息就去赴约吧！"

"不能空手去，总得带点儿礼物吧？"传玉说。

"我来接你的时候，去他家已经给他送了点儿咱临城的土产，虽不稀罕，也算是个意思。从济南当地买东西送礼似乎也不太合适，今天就空手去吧！"

"作为晚辈，初次见面，我哪儿能空手去呢？我箱子里倒是有几盒西点、糖果，是朋友从京都的英商爱丁堡西点店买的，正好借花献佛，就带去吧！"

"都是什么西点？让我看看。"父亲感到新鲜，遂问道。

传玉打开新皮箱，从箱子里取出两个彩漆图画的马口铁盒子，一个绘着伦敦白金汉宫，一个绘着伦敦大本钟桥。打开看时，一盒装满水果布丁，一个个都用玻璃纸精致分装，十分讲究，是西方人喝下午茶时吃的，奶油的馨香扑鼻；另一盒是黑巧克力饼干，散发着香甜的气味。箱子里还有几袋糖果，包装得花花绿绿，闪光耀眼，煞是好看。

"就送一盒饼干，两袋糖果吧，这样行吗？"传玉也是头次看见。

樱花梦

"英国点心不错，这饼干可以带去作见面礼。"父亲又问，"也是你那好朋友送的？这么心细，是女朋友吧？"

见父亲问得紧，传玉就把与惠子交往的经过，以及断交原因等约略述说一遍。父亲听了，眉头皱起，沉吟片刻道：

"高傲自大的日本人固然可恶可恨，但绝大多数是受到野心政客、军阀们欺骗蛊惑、煽动的普通人，他们的思想被毒化了。特别是士兵们，通过灌输武士道思想与严格的军事训练，心理已经严重扭曲，把侵略当成爱国，把向外扩张当作谋求民族生存，掀起狂热的、极端民族主义思潮。但是，也必须看到，在日本人当中不乏正直善良的人。像你说到的藤田惠子、她的伯父太郎先生及你的导师池田教授等，这些主持正义、主张睦邻友好、反对侵略的人，令人肃然起敬。他们才是头脑清醒，为日本民族生存发展着想，谋求正确的国家富强之路，真正爱国的日本人。当前国际风云变幻，中日关系非常紧张，长期来看，中日之间难免一战。咱们家从你爷爷起，都是接受现代文化思想的知识分子，从事新文化教育的开明家庭，主张婚姻自由。单就惠子她能忍情冒险，送你到神户上船回国这一点来看，这位日本姑娘实在难得，失之交臂非常可惜。但她父亲属于顽固的军国主义分子，日本侵华的急先锋、马前卒，这种人与咱们势同水火。所以，你俩断了也好。只是这位惠子小姐太过痴情，目前怎么样了，着实令人为之担忧。我感到是你救了她，却又无意间害了她！"

听父亲这样讲，传玉不禁黯然，说：

"我本打算回家后对您说，如今您又问起了才说的。爹说的是，断了也好，这事过去了，算是一场梦吧，回去也别跟俺娘说了。礼物的事您看就这么办，行不行？"

"不要带惠子送你的东西去。这里边饱含了她的深厚情谊，也蕴含着她无尽的痛苦，不可转送他人。既然你不肯空手去拜访，我们就到大商店去转转，随便买点儿什么带去就行。"

父亲的话使传玉深为感动。父亲到底修养深厚，思虑细密，对惠子的馈赠如此看重，倒是自己太过肤浅了。遂说就到街上看看去。爷俩在

第八章　东瀛归来

市里繁华地段走了一圈，在劝业场的祥泉记茶庄买了两筒特级茉莉花茶，三合记烟店买了四条三炮台香烟，装在一个牛皮纸袋里拎着。看看时间快到中午，爷俩便赶去拜访郑天昊教授。

一进门，刚在客厅落座，还没等介绍，郑天昊就打量着传玉，冲他父亲朗声笑道：

"哎呀，明义老弟，令公子真是一表人才，留日的医学博士，前途不可限量呀！"

"谬赞了！传玉初出茅庐，尚未见过世面，还请成宇兄多多提携才好。"转头对传玉说，"快给你伯父鞠躬问候！"

传玉赶紧朝郑教授鞠躬施礼，恭谨地说：

"伯父您好，小侄初次拜谒，一点薄礼聊表敬意，请伯父笑纳。"说着呈上香烟、茶叶。

郑教授忙说："见面认识一下就是了，还带什么礼物，真是见外了！"指指三炮台香烟说，"你爹知道我是个烟筒，是他教你买的吧？"又嘲弄道，"你爹知道我常熬夜写东西，需要提神，教唆我抽烟喝茶，结果养成了习惯！这不，好烟好茶，都叫你带来了！"

又问传玉年龄，回答说二十五岁了，郑教授说，年轻有为，前途无量。谈笑一番过后，郑教授说："小女兰芷在济仁医院儿科工作，是刚毕业两年的住院医生，平日住在医院里，今天我特意叫她回家一起吃午饭，一来拜见明义叔父，二来与传玉认识认识，今后也好请医学博士随时指点。"传玉听了脸一红，忙摇手道："伯父说笑了，兰芷姐已经是儿科医生了，我还在茅庐里边没钻出来哩！今后倒是要请兰芷姐多多指导呢！"郑教授说："兰芷才二十四岁，不能称她姐姐，应叫妹妹。正说着话，一位年轻女子轻盈迈步走进客厅。她烫着卷曲的短发，穿件殷红暗花织锦缎夹旗袍，外罩黑色细毛短外套，身材修美，容颜姣好，娴雅大方。

"来，来，兰芷，快来拜见你难得上门的明义叔！"

"叔叔您好！"兰芷朝传玉的父亲深鞠一躬。

"还有，这是明义叔的公子传玉。"又说，"比你大一岁，要叫哥哥。"

"传玉哥好!"也是一躬。

传玉还礼不迭。看得出,今天这家庭午宴是郑教授的刻意安排,让女儿与传玉彼此认识认识,便于他们今后交往,毕竟他们将是济仁的同事了。刘君田对天昊的用意心领神会,又见兰芷相貌出众,端庄稳重,而且是济仁医院的医生,早已替儿子心许了。对传玉来说,不过认为这是通家至好的常理,并没有什么特殊含意,故而没往心里去。

三

说是家宴,并不是家里做的菜,而是从便宜坊饭庄叫的,由饭庄伙计用提盒送来。清一色的鲁菜,荤素搭配,汤菜齐全,摆满了一桌,香喷喷,热腾腾地,颇为丰盛。吃饭的只郑天昊夫妇与女儿,加上君田父子一共五人。传玉的父亲看了说:

"你我通家至好,我们算什么客人,还专门从饭庄弄这么多菜,忒靡费了!嫂子随便给炒俩家常菜,成宇兄再赏杯薄酒蛮满可以了!"

"那哪儿行?要是单单老弟你一人来,叫你嫂子炒俩家常菜,买包酱驴肉,来点儿油炸花生米,再打上二两高粱烧就对付了。今天不行,今天是传玉侄东洋留学,取得医学博士学位归来,这可是状元及第呀!怎能不专门治馔祝贺呢?"

君田听了哈哈一笑,用筷子点点天昊,说:

"你呀,你这是看人下菜碟,薄此厚彼。那我就不客气了,快把你家藏好酒拿出来,别自个儿偷着喝,让咱也尝尝!"

"叫你说准了,还真有好酒,是去年春天北京的朋友捎来的,玉泉山的莲花白。"天昊说着转身从壁橱里取出一瓶酒,打开酒盖,立即香气四溢,说,"要不是传玉侄来,我还真不舍得开这瓶莲花白呢!"

莲花白是北京名酒,取玉泉山的泉水酿造,原是清代宫廷御酒。"昔日王谢堂前燕,飞入寻常百姓家"。如今民间京津各大饭店、酒肆饭馆,都能买到,颇受欢迎。这酒就跟山西杏花村的竹叶青似的,属于药酒一类。于优质高粱酒中,加入五加皮、广木香、川芎、黄芪、当归、首乌

第八章　东瀛归来

等数十味药物配伍酿制，添加白糖调味，有滋阴补肾、舒筋活血作用。酒色清澈，酒香扑鼻，酒味甘美。度数虽高，但柔润绵软，不燥不烈，稍饮之下，余味悠长。

兰芷站起身来，给大家一一满上酒盅。天昊举起酒盅说："来，这头盅酒给传玉接风洗尘！"

兰芷的母亲说："大家都喝点儿，恭喜传玉学成归来！"兰芷微笑说："得了医学博士，是该好好庆贺一番。"传玉连说："不敢当，还是伯父伯母和我爹品赏美酒吧，我是晚辈，一无酒量，二不懂酒，喝这好酒也是浪费，一边陪着点到为止就行了。"天昊不肯，一定要传玉满饮头盅酒。兰芷奉命，举起酒盅递过去。传玉一再推辞不就，父亲说："恭敬不如从命，你就喝了伯父赏的这佳酿好酒吧！"传玉这才从兰芷手里接过酒盅，一饮而尽。兰芷又给斟满，一番谦让，连饮三盅，传玉脸色已经泛红了。

"好！"天昊笑说，"看不出，传玉侄还真有点儿酒量！这酒足有五十度，算是高度酒。快吃点菜，压压酒。兰芷，你负责照顾好传玉哥哥，我跟你明义叔对酌，不管你们了！"

"玉哥哥吃菜！"兰芷提起镶银的乌木筷子，往传玉面前的衬碟里布菜。

清脆的一声"玉哥哥"，使传玉心里不由一动。这么熟悉的呼唤声，早已从耳畔逝去，却又从兰芷口中吐出，不由得引起一丝淡淡的惆怅。忙说："我自己来，自个儿吃吧！"天昊与君田两位老友也不常见面，这次聚在一起吃饭也很难得，所以你来我往，觥筹交错，这顿饭吃得十分欢洽。吃饭间，兰芷与传玉交谈了些彼此的学业与工作情况，有了初步的了解。

饭后，天昊问什么时候回临城。君田说打算乘明天一早的特快，七点开车，下午两点就到家了。天昊问票买了吗，君田说饭后就到车站去买，特快票好买。天昊说："咱俩好不容易见上一面，这么快就走，不行！就在我家住下。我这四合院是前年花了三千块大洋，从一个过去在京做官，后来辞官回福州老家的人手里买的。不仅院子买下了，连他家会做菜烧饭的帮佣吴嫂也留下了，接着给咱家帮佣。院子虽只有一进，但是却不小，差不多是两进院的面积。四周屋子都带着回廊，阳光也还充足，晴天不晒，下雨不碍各屋行走。靠西北角种着一株根深叶茂的老梧桐，树荫覆盖大半个院子，冬暖夏凉。东南角照例是大门和过道。上房加东西厢房和两间南屋，一共十一间屋子，都很宽敞，是个规规矩矩的四合院。你们爷俩就在我这里住下，多盘桓几天再走。"君田说："传玉的事就全仗我兄了。他今天刚从青岛来这里，特为叫他来拜见伯父的，就不打扰了。"天昊说："明天是礼拜天，回头我打电话把我姑表兄弟车耀先叫过来。他是美国基督教长老会在济南办的博爱医院的院长，叫传玉先跟他见见面，认识一下，就在我这里把事情初步定下来。至于什么时候传玉来济南到职，听耀先的。你们爷俩买后天的普快车票走也不迟，傍晚六点来钟就到家了。"君田听了，觉得这个安排极好，就在郑家与车院长见面，把事说定，以后由传玉独自前来报到，真是两便的事。遂笑道：

"那再好不过啦，叫成宇兄费心了。我们就不在府上过多地打扰了，仍旧回新大陆旅社去住，明天一早再来吧！"

"新大陆在大明湖那里，离我家远。你们爷俩别来回折腾了，还是在我这里住下，晚上咱哥俩还可以酒畔谈兵话时局，叫传玉也听听。日本报纸整天胡说八道，他在日本不明真相，耳目蔽塞，什么也不知道。就按我说的办，住下！"天昊一锤定音。

"我还有两口皮箱在新大陆寄放着呢！"传玉说。

"去取回来！"转头朝兰芷说，"兰芷，陪你哥哥去取箱子，他路不熟。"

郑教授性格豪放，爽快。即由兰芷陪传玉去新大陆取回皮箱，当晚就在郑家住下了。

第二天大家正在吃早饭，车耀先就到了。天昊说："来得正好，这里有刚从街上买的油条豆汁儿，还有新山炉的缸贴了，香甜香甜的，热着呢，赶紧坐下吃点。"耀先说："吃你们的吧，我早吃过啦，到公园溜达了一圈才来的，吃完饭咱再说事儿。"

第八章　东瀛归来

早饭后，大家一起在客厅落座，喝茶。郑教授先给君田他们做了介绍，彼此寒暄一番。车院长是黄县人，四十来岁，留着漆黑的分头，方面白净，唇上一撮微髭，身材挺拔，西装革履，仪容整洁，十分精神。他打量着传玉说：

"听表哥说，刘医生昨天才到，一路舟车劳顿，辛苦了！"

"哪里，我年轻，不觉得劳累。老前辈这么早就赶来，实在感愧无地！"传玉欠身回答。

"前几天表哥就跟我说了，他老友的公子刘传玉，是日本京都帝国大学的医学博士，日内就要回国，打算到敝院谋职，我听了非常高兴，立即应了下来。眼下咱山东医学界主要是德日派，但从国外留学归来的却极少，多是国内培养的，具有国外博士资历的就更稀罕了。世兄能到敝院屈就，再好不过，我求之不得咧！"

君田父子听了大喜，忙问都有什么手续。车院长说："世兄走前留下个履历书，我提交院董事会通过就行了。这只是个手续，基本是我说了算，没问题。"车院长问了些具体情况，知道是专攻胃肠内科的，连说好好，他们正缺这门学科的主治医生。又解释说："我们博爱医院医护人员聘约原则上是每年一聘，十二月院董事会开会，讨论决定次年聘任人员。如无特殊缘故，一般都会连聘连任。对于主要高级医生如教授级的，聘期是三年一聘，除非本人因故请辞，从不中途解聘。这事年底就能定下来，世兄就请等我的通知吧！"又谈了些别的问题，说医院里还有事，起身告辞匆匆走了。前后不到一个钟头的工夫，事情就算妥了。

"痛快！"君田不由得赞叹说，"还是成宇兄的面子大，这么快就定了！"

"不是我的面子大，是京都帝国大学声望大，传玉的学历高，博爱医院缺乏这样的人才！"

"像玉哥哥这样东洋留学的医学博士，无论到哪里都受欢迎。"兰芷笑道。

"兰芷，我同你君田叔在家里说话，你陪哥哥出去玩玩，不要走远，就在大明湖附近转转，那里有些名胜古迹可看。要是中午赶不回来，就

樱花梦

在外边找个干净馆子吃午饭吧！"

兰芷听了高兴，立即答应一声："哎！"冲传玉一笑说，"哥哥，我虽是济南人，但对这里的名胜古迹也是一知半解，是个半瓶醋，可别笑话我，权且给你当回导游吧！"君田对传玉说："你郑伯伯叫兰芷做向导，就先跟兰芷去熟悉一下这里的环境吧！多走走看看，长知识。别只管埋头在医学书刊堆里。"两人答应着，一同出门逛大明湖去了。

其实，传玉对济南并不陌生。他在青岛读高中时，就曾来过济南参加全省运动会，会后跟随众人到大明湖游览过，对这里的名胜古迹有所了解。大明湖观景无非是满湖的荷花，铁公祠，历下亭，遥望城南的千佛山，再有就是宋代大词人李清照的遗迹。如今深秋时节，荷花早已败落，一些园林管理人正在湖里清淤挖藕。所谓"四面荷花三面柳，一城山色半城湖"，没了荷花，顿时黯然失色。朝南遥望千佛山，倒是遍山红叶，满目秋色，衬着高远的蓝天，袅袅的白云，发人游兴。两人一路参观名胜古迹，说说笑笑，兴致盎然。

济南素有泉城之称，清人刘鹗的小说《老残游记》里有详细的描写。城里是"家家泉水，户户垂杨"，大街小巷道路两旁，石板覆盖下的水沟里，到处都是泉水淙淙，清晰可闻。有的地方掀开石板，便可就地洗衣。

中午，两人出了大明湖，在街边饭馆简单吃了午饭，又去看天下第一泉"趵突泉"。果然，泉水跳跃喷出，足有一人多高，哗哗作响，允为奇观，不少人坐在凉亭里，嗑瓜子，饮茶赏泉。他们从这里出来，又去看了黑虎泉、金线泉、珍珠泉。其中黑虎泉最为壮观，从石虎口里涌出一股白练般的泉水，喷出老远，几达彼岸，夹着呼呼的水声，一若瀑布，很有气势。至于金线、珍珠两泉，虽然奥秘难测，也称奇观，但依约可见而已。四大名泉游完，整整跑了一天，回到家里，传玉游兴未尽，连连称赞说，城里城外，到处是泉水，不愧泉城美名！兰芷毕竟是女孩，身体柔弱，已是疲惫不堪，但经过这次出游，一路谈笑甚欢，对传玉颇有些心仪，觉得相见恨晚了。

第九章
国事惊心

次日一早，君田向郑天昊道谢辞行。天昊诚恳劝留，希望君田父子多住几天，但传玉想念母亲，回乡心切，君田也不愿过多打扰，一再婉谢。天昊只得叫兰芷跟去火车站代他送行，君田不让送，经不住天昊坚持，兰芷也一定要跟去送行。天昊打电话请济南大学庶务处派一辆小轿车，老友拱手道别，传玉与兰芷各拎一口皮箱，三人登车径奔火车站驰去。

到达车站后，君田叫两人在一旁等着，他去售票处买当天津浦线普快车票。传玉对兰芷说："你就回去吧，免得大学的汽车在车站下久等。"兰芷说："不忙，送走你们后我不回家，就乘这辆车直接去医院上班去了。"

她从衣袋里掏出一对绣花缎面香囊递过去，说："这是今年端午节赶城隍庙会时买的，一共买了二十多个，都是现成做好的香包。分送给要好的同事姐妹几个，我留下十来个，除了随身带一个，其余的都严实地用绸布包裹起来，收藏在箱子衣服堆里保存着，至今香气不减。玉哥哥走了，就送你一对随身带吧！下次来报到的时候，我再给你几个，放在箱子里熏衣裳。"传玉接过来送到鼻端嗅了嗅，笑道："还真挺香的，跟你的名字一样，是兰芷的香味。"兰芷说："我爹喜欢兰花，说梅兰竹菊并列花中四君子。家里常年栽培着几盆春兰、蕙兰、墨兰。所以父亲特为我起名兰芷。兰与芷这两种香草，既能入药，也可做香料。每逢春秋两季，各大庙会上都有卖香料的，兰、芷就在其中。卖香草的边用小戥子称香草末，边吟唱各种香草名的小曲，招徕顾客围观购买。女孩子喜欢买去自己制作香包，布包绣上花草、鱼虫、鸳鸯等，再缀一条丝绦穗子就成了。用细绳一穿，系在腰上或者怀里，既散发香气，也好看。"传玉笑道："兰花虽好，不懂兰花性情的人，怕是也养不好的。"

两人正说笑着，君田买票回来，说："离开车还得一个多小时，我们爷俩就在候车室里等车，兰芷你先回去吧，替我再谢谢你爹！也谢谢你来送我们，别耽误了你上班。"兰芷看看手表，时间不早了，只得把手里提着的一只皮箱交给传玉，说了声叔叔再见，哥哥再见，她等着他来济仁医院报到。一路平安！朝爷俩摆摆手，转身到车站下乘汽车回医院去了。

一

爷俩当天傍晚六点来钟到家，天色已近薄暮。母亲一见心里欢喜，爱抚地拍着传玉的肩膀说，多年不见，我儿长高了，也胖了。传玉笑说：

"我走的时候已经十八岁了，个子已经长足了，不会再长高的，倒可能胖了些。娘还是老样子，跟俺爹一样，精神不错，身体挺结实。在日本这些年常念叨您二老，想得慌！"

"不知道你们爷俩今天到，晚饭先将就着喝点粥，吃煎饼、青椒炒鸡蛋，赶明儿个，娘给你做咱的家乡菜吃。咱这里不像青岛，不靠海，没有海产品。但是西边紧靠微山湖，鱼虾多，团鱼（甲鱼）螃蟹多，茭白、莲藕、菱角、鸡头米，这些水产品也多。鱼不管怎么做，煎炸蒸煮烹熘醋，做出菜来都很好吃。明天娘先给你弄个红烧鲶鱼、炸萝卜丝丸子、辣子鸡、茭白炒肉片、煎鲚鱼、羊肉汤、再来俩素菜，足够儿子你解馋的！"

"还有老头我哪，煎鲚鱼可是下酒菜，别忘了来瓶酒！"传玉爹说。

"那当然喽，少不了你的南沙河老白干。我儿会喝不？也陪你爹喝点儿，去去寒气！"

"谢谢娘，叫您这么一说，我等不及了，口水都快流出来啦！"传玉涎着脸说。

第九章　国事惊心

母亲扑哧一笑说，看你馋的！父亲也说，这次传玉回来，多给他做点儿好吃的，多吃点儿，好长膘！说得大家一起笑起来。

晚饭后，爷俩到书房里去喝茶聊天。父亲打开五十只听的罐装大前门，抽出一支点燃，吸了一口，徐徐吐出烟雾。望着传玉说：

"你留学日本七年，久居东洋，对国内的情况可以说是一无所知。即使知道些，那也是来自日本的宣传。日本报纸、广播的报道肯定都是虚假新闻、歪曲事实、制造谣言、迷惑国际舆论、欺骗本国人民、煽动仇华情绪的。这些年来，国事维艰，因此我特别关心时事动态，密切注意局势的发展。我订有《北平晨报》、上海《申报》、《国民日报》、天津《大公报》，关于这几年中日之间发生的重大事件，包括东三省事变、上海抗战、长城抗战及察哈尔抗日同盟军的抗战、绥远抗战，这些在报纸上都有详细报道。一些战地记者爱国精神令人敬佩。他们为了及时报道最新战况，冒着生命危险到战火纷飞的第一线实地采访。有的记者为了抢拍难得的战斗镜头，甚至牺牲在火线上。你翻出来仔细看看吧！对了解事实真相很有帮助。"

"趁着在家等待报到的空闲时间，我一定抓紧时间，仔细看看这些报纸。"传玉点头说。

"你是民国十五年，西历一九二六年去日本留学的。那年你虚岁十八，只知道埋头读书，而且在日本昧于环境，也没法了解时局真相。现在你回来了，也正是形势愈加多变，国事危急，令人惊心的时候。你从头仔细读读咱们的这些新闻报道，了解当前的局势。现在，全国各行各界纷纷要求政府停止内战，抵御外侮，团结抗日，群众的情绪激昂，呼声极高。你留日多年，如果心里还存有日本情结，必须彻底抛弃。说到底，出去留学不单是为了长知识，求学问，学医术，更是为了服务社会，报效国家！"

"爹，您说的日本情结，是指藤田惠子吧？这个我早斩断了，打心底里彻底斩断了！"

"我相信你斩断了，必须斩断！不断也不行，客观上由不得你。不过，这位惠子小姐送给你的东西会时不时地牵动你的心，睹物思人，难以彻底忘怀。这虽是人之常情，但绝对不能因此影响自己今后的生活。我说的日本情结，不单指你与惠子曾经的一段情缘，而且还提醒你，你虽留学日本，但你是中国人，这一点一定要清楚！我说这话的意思你应该明白。"

"爹的意思我完全明白。惠子的事已成过去。儿子有家国情怀，是坚定的爱国者！"

"这样就好，我放心了。"父亲点点头，微笑地说。

父亲这番话除了要传玉彻底抛却与惠子的旧情外，还有另一层意思，那就是传玉的婚姻问题。在济南车站他看到兰芷向传玉赠送香荷包，知道她的意思。在郑家寄宿的两天里，从天昊对传玉的格外赏识，兰芷与传玉有说有笑中也看出些端倪来。儿子学成归国，也该成家立业了。在他看来，兰芷这孩子各方面都不错，她赠香包的情意值得珍视，这或许就是儿子的姻缘，不可轻易错过。但是，他毕竟年过半百，阅世颇深，深知惠子在传玉心里留下了多么深的印迹，这印迹就像刀刻的一样，很难彻底磨去，或将永远留有遗憾。他生怕儿子为此耽误了自己，才提点儿子：过去的就让它永远消逝吧，要珍惜当前，珍惜兰芷的这份感情。他虽未把话挑明，传玉也有所领悟，明白父亲话里的意思。

这几天，传玉除了吃饭睡觉，一天到晚都躲在书房里埋头看报，越看越愤慨，越触目惊心，越感到危机四伏。真是"渔阳鼙鼓动地来，惊破霓裳羽衣曲"。日本侵略军的铁蹄踏得中华大地震动，国家处于生死存亡之秋，政府当局却视若无睹，还睡在梦中。

一天晚饭后，父亲与他又到书房喝茶，谈论时事。说起读报的体会，传玉说：

"那年我们京都学生旅行团从夏威夷返回日本的途中，藤田教授在'富士丸'上跟我闲聊的时候，谈过日本当局的对外扩张政策、对华敌视态度。还写了首中国诗，意思是日中关系前景堪忧，要有心理准备，要在逆流中做中流砥柱。今天看来，藤田是有先见之明的，这首诗的预言已经应验了。的确像爹您说的，我在日本是两眼一抹黑，无法了解一些重大事件的真相，也不了解国内民众的反应。这次回来看了这两三年

第九章　国事惊心

的报纸，总算补上了这一课。"

"这位藤田教授的头脑是清醒的，眼睛是亮的，看得很准，毕竟是治学的历史学家。"父亲赞道，"想当年日本也是弱国，德川幕府对外屈辱，对内压制，引起各界激烈反对，导致发生政变，被迫交权，归政天皇睦仁。首都随即从京都迁往江户，改名东京。睦仁天皇于西历一八六八年开始实施'明治维新'，执行对外开放政策，促进文化交流，学习西方先进科学技术，国势日渐强盛。但遗憾的是，它走的仍然是资本主义发展的老路，把西方对外侵略扩张那一套也学来了。很快就把侵略的目光投向近邻中国与朝鲜。中日甲午战争就是日本精心策划，在朝鲜制造动乱挑起的。清廷腐败无能，战争的结果中国失败，被迫与日本签订了丧权辱国的《马关条约》，割让了领土台湾，放弃了藩篱朝鲜、琉球。这就大大鼓舞了日本觊觎中国大陆的野心，刺激了它的侵略胃口，埋下后来得寸进尺，逐步蚕食中国领土的祸根。眼下我们面临的就是这种严峻局面。"

"说到蚕食中国领土，我看了咱的报纸倒有个疑问，东北怎么就这样轻易丢掉了呢？是日本关东军实力太强，东北军打不过吗？"传玉不解地问。

"不是的，这里面原因复杂，但说起内情来也很简单。"父亲喝了口茶，接着说，"咱街北头路西里住着位姓孟的原东北军团长，四十来岁。在长城抗战中，他身先士卒，带头冲锋陷阵，奋勇杀敌，身受重伤，到鬼门关走了一圈儿，差点牺牲了。伤愈后，因不满老蒋积极内战，消极抗日的政策，愤而辞职还乡。他祖籍是山东邹县，在咱临城东边不远。他离开军队后隐居在咱临城，闭门谢客。这位孟团长对南京中央政府实行对日不抵抗政策，因而失去东北大好河山，恨之入骨。提起这事就痛骂老蒋是'窝里横''勇于内战，怯于外战'，是卖国贼。孟团长是知识分子出身，保定军校毕业的，与我投缘，我俩很谈得来。空暇的时候，我常去他家与他下棋聊天，从他嘴里得知一些东北沦陷，以及长城抗战的内情。据他说，日军在东北驻兵其实并不多，仅有一个师团，加上南满铁路守备队、宪兵队等，合起来也就三万人左右，统归关东军司令官指挥。张作霖从清到民国，经营东北三省二十余年，独霸一方，势力雄厚。少帅接过遗产时，东北军已拥有的兵力号称三十万，远远超过日军。装备也不错，有战车，各种大炮，还有飞机，有自己的兵工厂，后勤补给十分充实。但主力都调往关内打内战去了，留守东北的兵力较少，比较空虚。日本关东军对这点看得很清楚。"

"日本在东北怎么有这么多的常驻军？能与东北军和平相处吗？"传玉问。

"不仅在东北，天津、上海等大的口岸城市都有数量不等的日本常驻军，说是为了保护侨民。中国是弱国，外国在中国驻军是不平等条约造成的。张作霖是割据一方的东北王。但他知道，他的地盘也是中国领土，不能任人宰割。他与日本人打交道多年，知道日本向来贪得无厌、得陇望蜀，因此对日本采取既倚仗、合作，又敷衍、推诿的做法，虚与委蛇。这就妨碍了日本的满蒙拓殖计划。关东军对他非常不满，决定铲除这块绊脚石。民国十七年六月北伐战争期间，张作霖从关内退回沈阳的途中，专列在皇姑屯车站附近被日军埋设的地雷炸毁，张大帅被炸成重伤，回到沈阳很快死亡。从这件事可以清楚看出，日本想逐步吞并满洲，而张作霖把东北三省视为自己的禁脔，故而日军与东北军是绝对不能和平相处的。谁挡日本的道，日本就铲除谁。这件事也促使少帅张学良猛醒，认识到割据一方不能保证自身的安全利益。国恨家仇集于一身，决定结束地方割据，改换旗帜，归附中央，实现全国统一。"

传玉摇头叹道："这太可怕了！日本在中国有这么多驻军，而且可以为所欲为，中国的主权何在？颜面何在？"

父亲说："自晚清以来，中央政府当局对外一味妥协退让。主权都不要了，还奢谈什么颜面！《五代史·冯道传》中有一段话，'礼义廉耻，国之四维。四维不张，国家乃亡'。从慈禧太后到袁世凯，哪一个是要廉耻顾脸面的？如今的老蒋嘴上高唱'礼义廉耻'，他的各级党部影壁墙上，在党徽下面都写着'礼义廉耻'四个大字，赫然在目。但事实上也是不顾脸皮的，他视国家兴亡如敝屣，不然怎么会公开倡言对日不抵抗政策呢？"

第九章　国事惊心

传玉听了连连叹气说:"国运不昌,国事惊心呀!"

二

"我还是没弄清楚,南京政府的不抵抗政策究竟是怎么回事?张学良与东北军能接受这个荒唐的指示吗?难道敌人打到家门口,也要卑躬屈膝地恭请敌人进来?"传玉感到不可理解。

"你说得对,不抵抗政策实际就是'开门揖盗',请敌人进来!"父亲喝了口茶,接着说,"孟团长是东北军的上校,张作霖时期,当过大帅府的侍卫长。九一八事变时他任团长,率部留守沈阳,是事变的亲历者。就这个问题,我问过他。开始他还不愿谈这事,摇头说往事不堪回首,简直是一场噩梦!在我的一再追问下,他才把当时的情况粗略地给我说了一遍。他回忆当时情况时,情绪是激动的。他说,由于南京政府严令'避免武装冲突',说涉及日军挑衅的事,政府自有处理办法。于是,驻军戒备逐渐松懈。民国二十年(一九三一年)九月十八日深夜,日军悄悄接近我军驻地北大营,突然发动猛烈火力袭击。一时步枪声、轻重机枪声、手榴弹爆炸声、迫击炮声响成一片。睡梦中的士兵猛然惊醒,一时张皇失措,狼狈奔逃。当时士兵们大都手无寸铁,即使有枪也无子弹。孟团长说,东北军的官兵一提起这事儿就感到非常羞耻,在全国一片责问声中,无法自我剖白,非常痛心!"

"报纸上说事变的导火线是'中村事件',内情究竟是怎么回事?"

"说起'中村事件',其实也是个阴谋。关东军制造事件的手法一向卑劣。孟团长说,一九二八年,东北长官公署为了边防安全,在兴安地区建立了兴安屯垦区公署,成立边防屯垦军,开荒戍边。同时将这个决定晓谕各国领馆,严禁外国人进入垦区。各国领事都答复遵守。只有日本领事装傻,没有答复。一九三一年夏,屯垦军发现几名潜入禁区的人,为首的是名日本人,名叫中村震太郎,军衔大尉。经检查,中村随身所带文件系偷绘偷拍的该区地形地貌等详细地图、照片与考察记录等,显然是搜集的情报。经审讯确认是日本派遣间谍,其余的是向导随从。屯垦当局根据职权范围，按间谍罪把中村等人处置完毕，同时向上级报告备案。日本领事虽曾提出质疑，经答复并无异议。这就是'中村事件'。按说这事儿就算完了。但关东军立即以'中村失踪'为借口，在东北军驻地北大营附近进行'军事演习'，不断挑衅。对此，东北军却未加重视，导致日军于九月十八日黉夜，偷袭北大营得逞。人们称之为'九一八事变'。"

"日军进行军事演习，不断挑衅，为什么驻军不加重视，疏于防范？当敌人偷袭时，又为什么不坚决抵抗？更奇怪的是，为什么士兵竟然手无寸铁，没有自卫的武器呢？"

"这不怪官兵们。怪都怪老蒋严格的'不抵抗'命令。他把一切突发事件都寄托在外交解决上。为了防止与日军发生武装冲突，下令枪械管制，命令把官兵手里的武器收缴入库，以为这样就可以避免发生意外，息事宁人，留有外交解决的余地。这就使得日军夜袭时，我军无力抵抗了。"

"外交，外交，没有武力做后盾，谈什么外交？"传玉苦笑道，"关东军穷凶极恶，他们可是荷枪实弹、武装到牙齿的。东北军怎么能听从这个自我解除武装的荒唐命令？"

"你不知道，中外军队都有一条铁的纪律，就是服从命令听指挥。军人服从命令本身没有错，关键在于'命令'是不是正确。错误的命令会造成损失，甚至惨痛的失败。老蒋这个对日不抵抗的命令，就是最最荒谬绝伦的错误命令。张学良自打民国十七年与蒋介石合作，东北易帜，改五色旗为青天白日旗以后，老蒋赏给他一顶'中央军事委员会副委员长'的帽子，从此便归顺中央，服从南京政府了。他结束其父长期割据东北的局面，做出统一国家，服从中央的决定，这点是正确的。但南京政府的军政大权却都集于军委会蒋委员长一身。故而老蒋的指示无论是对是错，张学良都得服从，坚决执行，并严令他的部属同样一律遵守。因此九一八事变爆发时，日寇一夜之间便占领了辽宁。紧接着日寇又采取威逼利诱，分化瓦解，汉奸从中穿针引线等一系列卑鄙手段，侵占了吉林、黑龙江。整个东北就这样轻易地沦于敌手了。"父亲解释说。

第九章　国事惊心

"就算服从命令是军人的天职，必须遵照执行，难道下级没有对上级命令是否合理提出意见与建议的权利吗？东北军全体官兵，乃至张学良本人就这么听话，不管是治病的良药，还是害命的毒药，都得一律照方吞服吗？"传玉追问。

"那倒也不是。孟团长就说，九一八事变前，东北军官兵普遍对不抵抗命令感到愤怒，纷纷提出不能俯首就戮，任人宰割，坚决要求对日军的挑衅给予还击。高级将领也认为必须抵抗，因而屡次向上请缨。张学良的回答仍旧是严格执行老蒋的不抵抗命令。孟团长惋惜地说，就在日军半夜偷袭、已经开火的时候，按理应该迅速发给士兵武器进行抵抗。但荒唐的是，命令仍然强调，即使日军武力挑衅，只要我军竭力避让，不与敌人发生'武装冲突'，就不会扩大事态，就能给外交解决争取时间，从而使敌人停止进攻。"

"这不等于举手投降了吗？"传玉惊奇地说，"真是千古奇谈！"

"幸亏有的旅长、团长抗命不交武器，在敌人猛烈炮火攻击下，还是指挥部队边抵抗边撤退，才避免了全军覆灭的厄运。但是，东北军几十年经营的全部家底，包括各种轻重武器，飞机大炮，汽车辎重，连同军械弹药厂，被服厂，粮秣仓库等，都丢给日本人了。部队官兵除牺牲者外，其余仅以身免，狼狈逃往关内。孟团长谈起这事眼泪汪汪地说，可耻呀，可耻，我这个团长还怎么见人哪！"

"咳，真是天方夜谭！"传玉叹道，"军人们不敢抗命，少帅张学良对这事又是怎么向老蒋交代的呢？"

父亲说："事后，张学良确实感到难以交代，立即向老蒋请罪，自请处分。孟团长说，老蒋不仅不责备，反而安慰说，你们严格执行我的命令，没有扩大事态，做得对。这样我们就可以通过外交途径向国联投诉，请求国联出面干涉，迫使日军退出东北，还我河山。"

"笑话！国联管什么用？它出面干涉不也是与虎谋皮，毫无可能！日本一向蛮横无理，对国联根本不买账。"传玉叹道："我倒想听听，张学良是怎么向老百姓交代的。"

"当时举国震动，舆论哗然，张学良当然得向全国人民做个交代。

樱花梦

他在老蒋的授意下，先后召开了北平各界及东北流亡关内学生群众大会、东北军高中级军官会议。"父亲说，"各大报纸都做了详细报道，这消息你也看到了。他在会上情绪激昂，慷慨陈词，声言一定坚决抗日，绝不卖国。但同时又说，为顾全大局，他必须服从中央政府的命令。各地群众纷纷游行请愿，要求立即动员抗日，收复失地。南京政府当局，包括张学良本人，态度依然如故，坚持不抵抗政策。就这样，东北到底还是沦陷了。日本随即制造了个傀儡伪满洲国。孟团长说，日本扶植成立伪满洲国并非本意，是玩的障眼法，是日本吞并满蒙计划的一块遮羞布。"

"失去东三省等于卸去了中国一条膀臂，肢解中国的事难道就算完了？"

"当然没完！中国人民不答应，日本也没完。日本像一头饿狼一样，嘴里叼着东北三省这块大肥肉，眼睛还紧盯着热河与河北呢！这就叫'吃着碗里，看着锅里'，胃口大着呢！"

"爹，我总想不通，为什么日本人老是用蔑视的目光看待我们。从中央政府的不抵抗政策我才明白，原来中国人好欺负，人家打你的右脸，你不仅不还手，还要把左脸凑上去给他打。我在日本的时候，无意间翻看过一本画报。里边有一帧蒋介石光着脑袋，挺胸盘腿，两手扶膝，与头山满并肩坐在榻榻米上的照片。我问藤田太郎教授，头山满是什么人。他说，这人是日本右翼团体玄洋社的创始人与首领之一，也是玄洋社下边的组织黑龙会的首领，是一帮子浪人组成的黑社会团体。这帮人宣扬'大亚细亚主义'，鼓吹侵略中国与朝鲜。我问为什么叫黑龙会，藤田教授说，这个'黑龙'指的就是中国黑龙江，顾名思义，你就知道这个团体的宗旨是什么了。"

"说到日本浪人，"父亲接过话茬儿，"煽动反华、排华、仇华，在华滋事生非的，往往是在华的日本浪人打头阵。日本在华各大城市有租借地，或者侨民聚居区，例如上海的虹口区就是日租界，这里日本侨民聚居，日本浪人很多。这帮没有正当职业的日本游民流氓成性，专门无事生非。闹事的时候，手段卑鄙无耻，经常对中国商店打砸抢，恶劣透

第九章　国事惊心

顶。一旦遭到反抗，立即酿成事端。日本领事就以护侨为名，向中国当局抗议交涉，提出种种无理的苛刻要求。日本制造事端，不少是利用这帮流氓坏蛋干的。"

"听说蒋介石最恨共产党，报纸上说，现在他正忙着在江西'剿共'呢！"传玉说。

"是的，大敌当前，他不忙别的，专事内战，忙着打共产党。"父亲说，"想当初，孙中山在世的时候，国共两党本来是亲密合作的，黄埔建军就是共产党帮助孙总理完成的。那时候老蒋在总理身边毕恭毕敬侍从左右。据说，只要总理在场，他总是精神抖擞、目光炯炯地以立正的姿势侍立一旁，一副忠实的侍从武官模样。当时他也表示拥护总理的联俄、联共政策，而且派儿子蒋经国去苏俄留学，完全是左派姿态，取得了总理的信任，委派他担任黄埔军校的校长。这可是个好差事，是他掌握军权的大好机会，他的发迹也是从这里开始的。孙总理于一九二五年三月十二日在北平逝世。一九二六年国共合作开始北伐战争。共产党人在北伐战争中，英勇作战，战功卓著。吴佩孚、孙传芳被北伐军打垮瓦解。一九二七年四月十二日，老蒋与汪精卫勾结，突然变脸，发动清党反共，在军内外大力捕杀共产党人，国共合作立即遭到彻底破坏。这段国共分裂的历史，当年都有大报小报披露，特别是《申报》这样的大报，记载尤其具体、详细。在这场捕杀共产党的行动中，上海青帮头子黄金荣、杜月笙二人是出了大力，帮了大忙，立下汗马功劳的。共产党不得已随即撤往江西，建立起红色政权与自己的军队红军，开始武装对抗老蒋。老蒋斩草没能除根，心里极不踏实，生怕后患无穷，从此专注反共，反复发重兵'围剿'江西共区。不过屡屡失败，损兵折将，一直不顺利。这些年来，日本武力侵华步步紧逼，国势危如累卵。全国各界纷纷要求国共停止内战，全力抗日，江西共产党方面响应民意，呼吁团结抗日，枪口一致对外。可是，这时候老蒋却一个劲儿地高唱'攘外必先安内'，对日采取'不抵抗'政策，对内顽固坚持打内战，并且置北方危局于不顾，叫何应钦去应付——人们都传说他是'亲日派'。老蒋自己却亲临江西，坐镇南昌，指挥大军全力'围剿'共区，大打起内战来。这就给日本吃了颗定心丸，更加肆无忌惮了。所以，东北全境的迅速沦陷不是偶然的，是对日不抵抗、对共打内战，两者结合的苦果！"

"咳！难怪日本得寸进尺。吃柿子拣软的捏，日本人算碰到软柿子了。"传玉叹道。

三

母亲提着大铜壶进来，给他们往茶壶里续开水，说："玉儿刚刚回来，一路疲劳还没得休息，你们爷俩聊得别太晚了，有话明天接着说，早点歇着吧！"

"娘，我不累。我在日本这些年，耳目闭塞，国家大事什么也不知道，心里没底，非常苦闷，很想多了解点实际情况。今晚没事，就让爹给我多讲讲。"传玉说着，抬手看了看手表，"这还不到九点钟，睡觉还早咧，再聊一会儿，不会超过十一点。娘您先休息吧！"

"以后有的是时间，不在这一时，你们爷俩还是早点歇着吧！"母亲提着水壶转身走了。

"你说谁是软柿子？"父亲问。

"张学良和他的东北军呗！不过，也有硬主儿——国民革命军第十九路军。我看《申报》上说十九路军到上海抗日，那真是可歌可泣，说惊天地、泣鬼神都不为过。令日本鬼子丧胆，叫中国人扬眉吐气！"

父亲说："可不是吗！中国人也不都是软柿子。日本人已经打进门来，你老蒋不抵抗，中国人民可不能等了。这时，全国人民的抗日怒火在燃烧，爱国将士们也不愿做亡国奴，群情激愤，憋不住劲儿，立刻与敌人展开拼死一搏。"

"第十九路军真给中华民族争光！"传玉赞道。

父亲朝烟灰缸里掸了掸烟灰，又吸了口烟说："我不是说了吗？日本人也没完。它北边虎视长城内外，又在上海制造事端，为的是压迫国民政府，达到'不战而屈人之兵'的目的。至少可以削弱中国的抵抗意志，使中国顾头不顾尾，以策应它在华北的下一步图谋。"

第九章　国事惊心

"可是它没想到，居然还有不受约束，真敢坚决抵抗的中国军队。"传玉笑道。

"依我看，目前它的主攻方向还是在华北。它想先使华北脱离中央管辖，纳入它的势力范围，巩固它卵翼下的伪满洲国。为下一步行动做准备。"父亲说，"你别看它个头儿小，胃口可大着呢！它的最终目的是一步步吞并全中国。可又不想花大本钱，所以，在上海挑衅的本意是武力威胁。日本军部曾经扬言，只要开战，三个月就可以使中国灭亡。中国军方高层也有类似的言论，说日本是世界一流强国，中国太穷太弱，科学不发达，没有像样的军工企业，一切武器依赖进口，而且内部又不统一，无力与日本对抗，只能委曲求全，以求自保。"

"可笑！说这话的人一定是亲日派。十九路军就打破了日本'皇军无敌'的叫嚣，也打破了'抗战必败'的亡国论调。"传玉说。

父亲接着说："淞沪抗战是去年一月二十八日开始发生的，后来人们称这事为'一·二八淞沪抗战'。当时全国各大报纸都有详细报道。你看过我订的上海《申报》、天津《大公报》，来龙去脉应该都知道了吧！？"

"知道了，真是触目惊心！"传玉答道，"日本驻上海总领事借口日本僧人与中国工人发生斗殴冲突、日本侨民组织游行反对上海各界抗日救国会，向上海市政府提出交涉，声言保护侨民，要求取缔抗日活动，取缔宣传抗日的报纸。同时发出限四十八小时给予'圆满答复'的'最后通牒'，否则将'自由行动'。"

"哪里是什么'僧人''侨民'，全都是日本浪人扮演的。所谓'哀的美敦书''自由行动'那是讹诈，是威胁的一种方式。"父亲说，"然而南京政府还真的害怕了，竟然采取了妥协方针，指示上海市政府接受'最后通牒'，这在国际上属于可耻行为。但还没等答复，日本海军陆战队就迅速在上海登陆。舰队司令直接以'护侨'为名，要求驻闸北的第十九路军立即撤离防区，交由日军进驻。"

"天下竟有这种事，日军太蛮横、太霸道、太无耻了！"传玉气愤地说。

樱花梦

"十九路军当然不干，他们是钢铁汉，不是软柿子！蒋光鼐、蔡廷锴的第十九路军尽管得不到南京政府的支持，缺乏武器弹药与后勤供应，他们还是毫不犹豫地立即对这一无理要求给予坚决拒绝。同时构筑工事，布置防线，在敌人海陆空的联合攻击下，誓死抵抗，坚决反击。这才爆发了激烈的淞沪抗战。这也是日军始料不及的。"

传玉兴奋地接下去说："是的，上海各界人民，包括妇女界，纷纷起来声援，筹备医疗后勤工作，支援抗战。宋庆龄、何香凝女士亲自与各界爱国人士一起到前线慰问将士。海外华侨华人也纷纷捐款捐物支援抗战。全国舆论一致声援十九路军抗击日本侵略，人民的爱国热情空前高涨。这与东北三省沦陷的情景构成鲜明的对比。前方的战事消息传遍全国，也鼓舞了抗战部队的士气。这次战役中，日军伤亡惨重，由于战事对日方不利，迫使日本大本营前后四次更换主帅，海陆空军不断增兵。报上说，敌舰包括巡洋舰、驱逐舰及两艘航空母舰在内，增至数十艘，敌机六十多架，火炮六七十门，此外还增加了坦克、装甲战车等。总兵力从战争开始时的五千多人，在一个月内增至约十万人。但是，仍然没啃动咱们的第十九路军这块儿硬骨头。

更令日本朝野震惊的是，他们的海军旗舰'出云号'航母被我方勇士潜水爆炸重创，失去战斗力，狼狈拖回国内。十九路军的装备与日军不可同日而语，十分落后，既无海军助战，更无空军支援。南京方面不仅不给予补给，反而不断施加压力，拖后腿，图谋制止抗战。但官兵们誓死守土，杀敌的勇气始终高昂。为了支援孤军抗战的第十九路军，张治中将军率第五军于二月中旬参加了淞沪抗战。在蒋光鼐将军统一指挥下，两军协同誓死抗敌，淞沪战场一时战火纷飞，硝烟弥漫，战况空前惨烈。据《申报》的报道，特别是阵地争夺异常激烈，不断发生白刃血战，阵地反复易手。这场战役，日军伤亡极为惨重，远远超出了日方的预料，已经承受不起了。我军前仆后继，浴血奋战，也付出了巨大的牺牲。"

"我当时看到这个消息后，激动得热泪盈眶。由于双方战场僵持不下，日方也吃不消了，被迫呼吁国际调停，当年五月五日，应日本的要

第九章　国事惊心

求,英美等国出面调停,南京国民政府与日军签订了妥协的《上海停战协定》。日军撤兵,我军在国民政府命令下撤离阵地。"父亲深深叹了口气,无奈地说,"唉!与九一八事变一样,十九路军英勇抗战,最终还是被老蒋的'不抵抗'政策给出卖了。十九路军被调往福建后,老蒋采用各种手段把这支抗日部队给瓦解了,蒋、蔡两将军被迫出走香港。十九路军苦战一个多月,淞沪抗战就这么草草结束了,便宜了倭奴,令战士伤心,令国人痛惜!"

"总算让日本人啃了块儿硬骨头,牙齿给硌坏了。虽说付出了巨大的牺牲,但却大长了中国人的志气。十九路军是英雄的部队,必定名垂战史!"传玉说。

父亲哀叹道:"硬骨头不止这一块,中国有的是硬骨头。可惜经不起中央的破坏。与南宋时的抗金相似,老蒋的不抵抗政策就是秦桧那十二道金牌,是专门破坏抗战的。今年一月开始的长城抗战,五月开始的抗日同盟军的察哈尔抗战,都被老蒋的不抵抗政策给出卖了!结局同样令人扼腕痛惜,这些在报纸上都有详细的报道,你是看过的。"

传玉问道:"我从《北平日报》上看到照片,第二十九军战士人人身背一把大刀。这种冷兵器早已过时,为什么在现代战争中还使用这种极其落后的武器?"

"这也是没有办法的办法。"父亲感慨地说,"听北平亲眼所见的朋友说,二十九军的装备太窳劣了。二十九军属于西北军,是冯玉祥将军的老部队,士兵们的枪械老旧,品牌杂乱,子弹奇缺。不少人还背着'一战'前的老毛瑟,这种枪早就不生产了,连子弹都没有。士兵们的步枪没有刺刀,每人手里只有几颗手榴弹,所以只好用大刀装备他们,请武林高手传授刀法。当时日军向长城攻击时,东北军士气低落,已经不堪一击了。虽然撤到长城一线严守,但在日军攻击下,守不住隘口,很快从口外退回口内。这时,二十九军从遥远的山西南部壶关、长治星夜急行军赶到,立即投入战斗,把倭寇驱逐出口外,并在口外布设阵地,构筑工事,阻击敌人。可是,日寇有飞机大炮,不断轰击我军阵地,掩护日军进攻。白天二十九军隐蔽在战壕里不动,单等敌人接近才跃出战壕，与敌人展开近身血战。在没有精良武器的当时，冷兵器利于近战，倒是发挥了意想不到的作用。二十九军利用夜幕掩护，正面牵制住敌人，暗夜里分兵迂回包抄敌人的炮兵阵地、机枪阵地，冲上去挥起大刀猛砍猛杀。头颅滚滚，血肉横飞，杀得日寇惊慌失措，死伤累累，狼狈逃窜，我军大胜。报纸上说，二十九军大刀取得的战果是长城抗战唯一的辉煌胜利。立即举国欢腾，各界人民纷纷赶到前线慰问。精良火器固然厉害，但自古以来'哀兵必胜''骄兵必败'。中国官兵武器落后，靠的就是精忠报国，同仇敌忾，一股誓死以赴的杀敌决心。有的高级将领战前先写下遗书，这足以说明誓死杀敌的决心。攻击时，高级将领亲临一线，冲锋在前，也大大地鼓舞了士气。"

"拥有德国、捷克武器装备的中央军为什么不上来抵挡日军进攻？"传玉问。

"我不是说过了吗？老蒋正亲临南昌督战，指挥中央军围攻江西共产党呢，哪有工夫管这个！据报道，在舆论的压力与北平受到严重威胁下，为了应付，虽也派出了两三万中央军参战，但杯水车薪，不能阻止敌人进攻，致使敌军兵临北平附近的密云、通州、怀柔等县。他靠的还是与日本妥协，结果在今年五月三十一日，与日本签订了城下之盟《塘沽协定》，中国军队撤到延庆、通州、宝坻、宁河以西及以南地区，划这些地区以东、以北直到长城一线为非武装区域区。可笑的是，这个所谓的非军事区却由日军控制，等于是划给了日军。这样一来，就巩固了日本在华北的阵脚，为它下一步的侵略打下了基础。"

"这不等于承认伪满洲国了吗？真是又一个卖国条约！"传玉摇头叹息道，"我还看了今年六月初冯玉祥老将军组织领导察哈尔民众抗日同盟军，主动出击日伪军的报道。报纸上说，同盟军士气高昂，一路高歌猛进，收复了察哈尔全境，取得了辉煌的胜利，举国欢喜若狂。冯老将军正筹划进军东北，收复失地，但仅仅两个月，却在八月初很快被瓦解了。瓦解的内情在几份报纸上都没有具体说，这是怎么回事？"

"噢！——这个我知道一些。"父亲在烟缸里搓灭烟头，端起茶杯喝了口茶说，"这也是孟团长告诉我的。他说，老蒋认为冯玉祥出风头，

第九章　国事惊心

干扰了他'攘外必先安内'的方针政策，对冯将军极尽造谣污蔑之能事。同时又以高官厚禄相诱惑，结合政治军事的强力施压，对同盟军加以破坏。就是因为这个，孟团长才对南京政府最终彻底失望，解甲归田的。他说，无颜见故里邹县的乡亲就隐居临城了。咳！其中的内情极其复杂，有些隐情外人无从得知，不是几句话能说清楚的。

"这几年，我对时局非常关注，特别订了北平、上海、天津的几份大报。这几份报纸是很权威的，记者们职业责任感很强，经常冒险深入战地一线采访，在硝烟弥漫的战场上与官兵一起战斗，时有牺牲。所以他们的消息非常可靠，而且报道准确快速，所以我每天都要看到深夜。从近来的消息中我越来越感觉到，国家危难迫在眉睫，我们每一个中国人都将面临国难带来的危机，国破家亡将是现实，不可不未雨绸缪，要做好对付大战爆发的准备。"

国事惊心，不容忽视，听父亲这样说，传玉也紧张起来。

第十章
九州风云

　　看过这几年平津沪几家大报对于中日关系发展演变的新闻报道,加上与父亲的一夕长谈,传玉对国家当下面临的危机与未来前途命运颇为担忧,并对蛮横暴戾的日本非常痛恨。他知道日本对华一贯持侵略扩张政策,但对他们如此咄咄逼人的嚣张气焰缺乏了解。尤其是南京政府对外妥协退让,对内坚持内战的错误做法,使他既惊讶又失望。父亲还说,咱这里虽也属于津浦干线上的交通枢纽,机车在这里上水加煤,修理维护,还有一条临枣支线通往枣庄,但毕竟是小城镇。一般来说,局势变化对这里震动不大,你去济南看看,会给你增加不少实际感受的。

　　他想到父亲说的"日本情结",并且强调不是单指惠子而言,还指因留日带来的感情因素,他认为父亲多虑了。通过了解当前中日关系,他更加坚信自己绝对不会站错立场,当上什么"亲日派"。但是,父亲说惠子赠送的东西会使自己"睹物思人",感情上难以彻底割断,这倒是真的。他清理了一下自己从日本带回的书籍衣物。将惠子赠送的全部东西,除了糖果点心给表弟吃以外,衣服都放进樟木箱子里收藏起来,决心不去看它,更不去用它——母亲说,毛料衣服不能总压在箱底下,春秋两季得拿出来透透风,晾一下。这个就随母亲的便,不去管了。那组"夏威夷舞娘"虽是与惠子交换的礼物,但也是夏威夷的旅游纪念,颇具地域风情,非常美丽,也很难得,便放到父亲的书橱里做了摆设。处理完这一切,仍旧每天阅读报纸,密切关注时局变化,只等济南聘请赴任的通知了。

第十章　九州风云

一

　　一天，王原泰来访。晤谈之下，知道他加入了国民党，如今在国民党滕县县党部供职，是个什么调查专员之类职务，搞起政治来了。传玉笑道："大学长，恭喜恭喜，你现在是党政长官，高升了！"王原泰摇手说："兄弟，你就别寒碜我了。我是学经济的，回国三四年了，东一榔头，西一棒槌，一直没干正经活。本想借着国民党员身份做个进身台阶，在济南府或者兖州府财政部门谋个挣钱的位置，没承想给打发到县党部干耍嘴皮的差使，搞什么'新生活运动'，整天里胡诌八扯，也没人听，而且'干炸蛤蟆不出油'，捞不到钱，真没意思！"

　　见他头戴灰呢礼帽，足登锃亮的黑皮鞋，一身黑色毛哔叽中山装，左襟上别一枚青天白日党徽，唇上还留起一抹小胡须，十足的小官僚派头。传玉不觉笑问：

　　"县大老爷，您不在县衙里办公视事，回咱家乡小地方来干什么？"

　　"别开玩笑了，兄弟！实不相瞒，我不喜欢干这党务差使。整天里吆喝什么'礼义廉耻''防止赤化'，喊干了喉咙也没人听。连我自己也不知道自己在胡扯些啥，实在是没劲。我打算辞去县党部职务，另谋个挣钱的差使，正活动着。这次回家探望老母，听说你回来了，特来看望你。"

　　"差使有眉目了吗？"传玉又问。

　　"有点眉目了。经在京都认识的沈阳满铁一个日本朋友介绍，准备到三井洋行青岛商社做襄理，经营山东煤炭开采运输业务。不过因为近来青岛、济南抵制日商日货的风潮闹得厉害，一时半会儿还定不下来，正等着呢！"原泰答道，又问，"兄弟你呢？咋个打算？"

　　"跟你一样，只是托了人，也还没落实，等着呢！"

　　"你是医生，当然找家医院做医生了。——哎，那个跟你热恋的日本姑娘还联系着吗？"

　　"早断了！"传玉摇头答道，"咱不谈这个。"

　　"我见过的。那可是万里挑一的东洋美女哟！年轻貌美，纯情可爱，

樱花梦

断了实在可惜！"

听王原泰说他打算去三井洋行工作，传玉从心底里感到厌恶。遂道：

"到哪里混事不好，非得去青岛的日本洋行当买办？"

"哎——不能这么说！常言道，'千里做官，为了吃穿'。到哪里都是干活挣钱，养家糊口，为什么就不能去日本洋行？跟你说吧，干洋行可是个肥差，别人想去还去不了嘞！"

"现在各界群众，包括学生教师，都在游行示威，抗议日本侵占我东北三省，强烈要求政府停止内战，一致抗日，收复失地呢！你还想给日本人当买办，不是找挨骂吗？"

"你别听那些个，那都是瞎胡闹，成不了气候。蒋介石头一个就不赞成。中央政府不同意，你高喊什么抗日呀，收复失地呀，管个屁用？'瞎子点灯——白费蜡'——你看着吧，东北就算完啦！胳膊拧不过大腿，忍了吧，最终还得跟日本和解。人家是工业现代化的军事强国嘛，不服不行！"

听了王原泰这一席话，传玉觉得不对味儿。道不同，不相为谋。传玉懒得跟他谈了，勉强敷衍了一阵儿，觉得无聊，看看墙上的挂钟说："走着瞧吧！——在我家吃饭？"意思是下逐客令。

"不啦！"王原泰倒也知趣，看了眼手表说，"我还有别的事，有空再来看你，告辞了！"

等待济南信息的日子里，传玉走亲访友，游逛临城，吃了久违的家乡特色早点小吃，十分惬意。时间过得很快，不知不觉进入十二月，冬天到了，天气一下子冷下来。母亲买来衣料，给儿子量体裁衣。戴上老花镜，连夜在灯下赶做了件青缎面丝绵袄，一针一线，缝得细密，生怕不结实，又做了件与之相配的深灰色罩衫加在外边。两件衣服的领子内都加了麻布内层，熨烫得服服帖帖，高高竖起，很是坚挺，正好遮住脖颈。还织了条宽大长长的粗毛线围巾，一顶粗毛线帽子，帽边拉下来能护住耳朵，看看觉得妥帖了，一并放进传玉的皮箱里。父亲看了说："去济南劝业场买现成的多好，非得费老大的劲儿自己做，眼神又不好，也

第十章　九州风云

不嫌累得慌！"母亲说："家里做的丝绵袄厚实，穿在身上柔软暖和，舒适大方，比买现成儿的好。"传玉看了棉袄的针脚非常均匀密致，不露线的痕迹，胜过缝纫机的活，知道一针一线都是娘对儿子的爱。就像孟郊那首《游子吟》里说的："慈母手中线，游子身上衣。临行密密缝，意恐迟迟归。谁言寸草心，报得三春晖。"遂感动地说，娘虽然上了年纪，针线活还做得挺细，真难得！我喜欢穿娘做的，身上穿着暖和，心里热乎。他娘听了一笑，嘲弄道："他爹你听听，还像小时候一样，小嘴叭叭的，还是那么甜，真是马屁精！"爷俩都笑了。

博爱医院的聘书到了。是兰芷寄出的，应聘赴任日期定在今年阳历十二月二十八日至三十一日，到院长办公室接洽。与通知书一起的还附有一封信，是兰芷用毛笔写在浅黄色毛边十行信纸上的。内容是叮嘱来济南的车次、到达时间请事前电报告知，以便她及时去车站迎接。兰芷的字写得非常工整娟秀，颇有《灵飞经》小楷的神韵。传玉很欣赏，向父亲啧啧称赞，自愧不如。父亲说："兰芷这姑娘秀外慧中，肚子里有学问，你得好好向她学习。"传玉说总算是一块石头落了地，就等去上任了。

出发的前一天，车票一到手，传玉立即给兰芷发去了电报。次日下午两点三十八分，火车准点进入济南火车站。就见兰芷朝列车的车窗紧张地东张西望。传玉从车窗里探出头来，挥手向她打招呼。兰芷见了也忙招手回应，高兴地跟着缓慢行驶的车厢，沿着月台边向前一路小跑。传玉提着皮箱跟随人流走近车厢门口，车刚一停稳，乘务员立即拉起门闸板，打开车门，乘客纷纷下车。传玉下车见兰芷正好在车厢门口等待，伸手要来接皮箱。传玉拦住说：

"重着呢，你拎不动，还是我自己拎着吧！"

"俺爹知道你今天下午到，叫接你到俺家去。俺娘把晚饭都准备了，就等你呢！"

"我就怕给您家添麻烦，原打算直接去医院的，到了还是添了麻烦，真不好意思！"

"哥哥可不能见外哦，到俺家哪里是找麻烦，俺欢迎还来不及呢！

爹说了,以后就住俺家,明天吃完早饭俺领哥哥去医院报到。"

两人说着话走出车站。站外木栅栏旁停着十几辆人力车,见旅客人流涌出,车夫们一个个争先恐后地问客人要不要车。传玉正要叫车过来,兰芷拦住说:"俺爹已经请大学庶务处派了小轿车,俺就是坐小轿车来的。走,咱去坐轿车回家!"

小车开到门前,兰芷向司机道谢。司机说他这就去接郑教授回家,掉转车头回大学去了。

兰芷的母亲见把传玉接来了,说:"大侄子一路辛苦了!兰芷,快领你哥哥去西屋里,放下行李先洗把脸,喝口茶歇会儿,等着吃晚饭。你爹也快该回来了。"兰芷把传玉领进西屋。室内窗明几净,用具一应俱全。床铺被褥整洁,散发着阵阵薰衣草的香气。兰芷说:"哥哥看住这屋还行吧!"传玉说:"很好,叫伯母多费心了!"兰芷说:"这被褥是新浆洗过的,俺头天又特意用香草袋熏了一整天,为的是哥哥睡着舒坦。"传玉说多谢兰妹妹了,兰芷嫣然一笑。

五点多钟,郑教授回来了。进门看见传玉来了,很高兴。他摘掉帽子,脱去大衣外套,挂在衣架上,转过身来笑眯眯地看着传玉,说:"今天上午车院长还给我打电话问呢,说刘博士怎么还没来医院报到。我告诉他,这一两天里就到。"转头问兰芷,"给你哥哥住的西屋收拾好了吗?"

"早收拾好了!"兰芷答道,"俺哥哥都看过了,说很满意,行李也放到西屋里去了。"

"好!吴嫂回福建探亲还得十天半个月才能回来。她没回来前,帮你娘照顾好传玉哥哥。"又对传玉说,"这里也是你的家。我跟你爹虽说不是金兰结义的兄弟——咱新文化人不兴那个——但我们是中学、大学的同窗好友,交情很深,不同一般,只差不是穿开裆裤的哥俩,跟手足弟兄没啥两样。大侄子一定不能见外,咱是自家人,听见没有!从今天起,日常就在家里吃住。除了值班其他时间别住医院宿舍,咱爷俩也好经常见面聊天。"

传玉听他以长辈的口吻这样说,而且说得这么亲近,不敢推辞,

第十章　九州风云

连句客气话也不敢说了，只好唯唯听命。事后兰芷悄悄告诉传玉，说："我的两个哥哥，一个在杭州之江大学留校任教，一个在北平燕京大学留校任教。他们两个都结婚了，除了阴历新年回家过年外，常年不回来。爹爹平日在大学里忙，回到家里休息却没人跟他说话。我医院里也忙，也很少陪他拉家常。他只能在院子里侍弄花花草草，喂喂鱼缸里的凤尾金鱼。哥哥这次来了，就别打算走啦。看样子，爹爹可算找到伴儿了，哥哥就老老实实在这里住下吧！节假日咱俩也能常在一起游玩。"

次日，跟随兰芷去向车院长报到，工作安排就绪后，传玉往家里写信，把住在郑家的事及工作的安排告诉了父母亲，请他们放心。父亲给郑天昊写信，感谢他对传玉格外关照。还说传玉年轻，初入社会，全仗我兄耳提面命，随时教导，不对的地方只管训诫，一切拜托了。同时也写信叮嘱传玉，日常行为举止注意检点，生活上不要给伯父伯母添麻烦。对郑教授的安排，刘君田心里明白，这是在拉近两家关系，促进儿女感情。他打从心里高兴，对传玉母亲说，看来郑家相中咱儿子了。传玉母亲说，可别弄成上门女婿了，君田笑说放心，不会的！

博爱医院在全市是几大医院之一。车院长是资深外科医生，亲自兼任外科主任，负责外科的诊疗指导工作。内科也是博爱医院的重点科室，但自从车院长前任辞职后，一直没有资质合适的主任人选，位置空在那里由车院长暂时代理。传玉到任后，经过一年的实际工作考察，车院长很满意，认为他临床医学根基扎实，诊疗技术娴熟，处理问题干练，信得过，能担起全科的担子。所以，从一九三五年一月起，车院长卸下代理，聘任传玉担任内科副主任，代理主任，考察试用，视情况再转任正职，这也是车院长对事过细之处，至此传玉的工作稳定下来。

二

正值深秋季节，一夜风雨不停，把庭院里的芭蕉叶敲打得噼啪作响。这雨声，点点滴滴都敲打在传玉的心头上，使他辗转不能成眠，国事家事自身事一起涌上心头，思绪纷乱如麻。想到惠子时，他心里暗暗思忖：临别的时候，她在码头上那痛不欲生的哭喊，实在令人心痛。传玉回来都整整两年了，远在东瀛的惠子现在也不知怎样了，是不是被她那狂热鼓吹侵华的军国主义老子给逼上绝路了呢？她在诀别信里说过有赴海殉情的念头，日本失意的青年男女可是有这个传统的呀！一时间，惠子娇柔的身影，泪眼盈盈的惨白面庞，渐渐浮上脑海，映现眼前，哀怨的眼神期望地看着他，朝他伸出双手请求援救。想到这里，他不觉黯然神伤。父亲说过，这遗留的思念是难以彻底消除的，也是要不得的。但是由不得你，必须彻底消除掉。她毕竟是敌国的女儿，是那穷凶极恶的关东军大佐的女儿呀！

邻居的雄鸡高唱，天空里飞翔的鸽群哨声阵阵，忽远忽近，来回盘旋。天光大亮，碧空如洗，蔚蓝蔚蓝的，净明透亮。夜雨过后，天晴了。

他长叹一声，起身用冷水扑面，洗漱过后，踱步到庭院里，去看那风雨过后的芭蕉。摇曳中，巨大的蕉叶颤抖着，依旧珠泪点点，不断滴落。

"哥哥早！"兰芷也起身了，她精神焕发地朝他走过来。

"兰妹妹早！星期天为什么不睡个懒觉？"

门环响了，是送报纸人敲门，送来当天的《济南晨报》。兰芷去开门，接过报纸看了一惊。头版头条赫然大字标题：日军万余人大举进抵山海关。副标题：平津震动，华北危急。

"哥哥，你看！"兰芷忙把报纸递给传玉。

传玉接过来看了说："这是意料之中的事。报纸上早有报道，去年一开春，日本关东军就在长城一带公然观测地形，窥视各隘口要塞，接着就往各口增兵，早就跃跃欲试了。"

郑教授也出来散步，听见两人谈话，接过报纸看了说：

"去年的报纸跟踪报道过。在天津的日本驻军从一九三三年七月开始到年底，陆续在塘沽、山海关、秦皇岛、唐山滦县一带，频繁进行军事演习，气焰十分嚣张。就为了对南京国民政府实施军事恫吓，先给点颜色看看，摸一摸南京的心理承受能力嘛！'图穷匕见'，现在图还远

第十章　九州风云

远没有展开，只掀开了一个小角，锋利的匕首还藏在后面呢！"

"这种兵临城下的险恶形势，南京国民政府难道会置若罔闻？"传玉忧心忡忡地问。

"那倒不会。它会设法缓解民众激愤的反日情绪，压制学生集会游行的抗日呼声。同时起用与日本存在某种关系的人士出面，与日方接触，进行斡旋，谋求妥协，以便化解危机。不过，我认为，这一招儿不管用。因为日本方面对南京的这套妥协避战的做法已经熟悉了，通过九一八事变的处理，底牌也摸得很清楚了，不会理睬的。日本是在对南京采取渐进施压、步步进逼的做法。目的不仅要把整个华北五省纳入日本的控制范围，估计还有更险恶的意图。这就要看形势的发展了。"

"为什么国民政府就不能对日采取强硬政策呢？历史上正反经验教训很多，古代南宋对金国妥协的教训还不清楚吗？这都说明和平是乞求不来的，只有敢战才能言和。中国有上百万陆军，还有海军、空军，难道不堪一战吗？无论如何，总不能让人家拿鞭子抽着屁股，牵着鼻子走啊！"传玉愤愤地说。

"中国是个地大物博，人口众多的国家。事实上，中国不是没有力量抗日，是老蒋不愿意与日军正面对抗。一来，老蒋是个欺软怕硬的主儿，人称'内战内行，外战外行'。他不敢支持群众要求抗日的呼声。国民党中央内部就有种论调，说什么日本是世界头等强国，科技发达，实力雄厚。中国科技经济都很落后，实力太差，轻言抗战必然招致亡国。二来，他还有块儿心病没有根除，这是最重要的，他绝对不会放过！"

"什么心病？"传玉追着问。

"什么心病？共产党呗！"郑教授一笑，"中央社的消息，去年秋天他坐镇南昌，调集包括中央军主力与各路地方军阀军队大军，四面包围共区，好不容易端了共军的老窝江西瑞金根据地。但是，不仅没有斩草除根，反而让对方跳出包围圈，迂回北上，一路发动群众，呼吁举国团结抗战。老蒋慌忙派遣中央大军并督促各省军队，一路跟踪追击，围追堵截。结果呢，跑吐了血也没能消灭对方，甚至失去了对方的踪迹，找不到共军了。你想想，老蒋他能安枕高卧，睡他的太平觉吗？这块儿心病比日军还使他头疼，寝食不安。看来，老蒋灭共之心，这辈子至死也不会忘啊！"

爷俩谈着，不住地长吁短叹，为国家存亡担忧，为民族命运担忧。

最近科里的事儿忙，除日常诊疗工作又开办了医生进修班，传玉负责教学，编写胃肠内科学讲义，培训进修医生，工作格外忙。所以，一个多月来一直住在医院里，没回郑家。

一天，午饭后，传玉正在宿舍里躺在床上闭目休息，传达室来电话，说有个日本人来访，用中国话说要见刘传玉君，没说是男是女。传玉心想，这会是谁呢？在国内我没有日本朋友啊！难道是……她？他立即穿上外衣，跑下楼去，心跳得扑通扑通。

会客室内的长椅上坐着一位青年男人，头戴鸭舌帽，身穿灰色毛哗叽西服。见传玉进来，立即站起身来深深一躬，说："实在对不起，传玉君！因为我的时间不多，只得匆忙在中午来打扰你，太失礼了，务请多多原谅！"

"噢，宫本君，真想不到是你！"传玉也微微躬身还礼，"来，请坐，坐下说话。你怎么知道我在这里？"

"有些事情必须告诉你。所以打听来打听去，才知道你在这里工作，就不顾一切地来见你。"宫本脸上没有笑容，一副严肃的样子，"不会给你带来麻烦吧？"

"不会的，请说！"

"我是从池田教授那里知道你在济南博爱医院工作的。你给池田教授写过信是吧？"

"是的，他是我的恩师，我一到这里工作就写信告诉他了。近来老师还好吧？"

宫本叹了口气，沉默了一会儿，似乎在思索怎样回答。他摇摇头说："说来话长，你回国后不久，池田教授就受到宪兵队传讯，但没拘留。去年三月底，被宪兵队逮捕了，关押在监狱里，至今一年半了！"

"啊？"传玉吃惊地问，"为什么逮捕他？他犯了什么罪？"

"你们中国不是有句老话：'欲加之罪，何患无辞。'宪兵队早想惩

第十章　九州风云

治他了。"

宫本把事情的原委叙述了一遍。事情的经过是这样的：本来，宪兵队就对池田的政治思想倾向有所了解，认为他有共产党嫌疑，至少是个"左"倾分子，或者无政府主义者。不过没有证据，一时也没有抓住什么把柄，只作为监视对象加以密切观察。自从关东军藤田大佐为了传玉与惠子的事在宪兵队那里把池田对支那的认识，以及对传玉的保护添油加醋地告了一状；加上去年开春传玉给池田的信被密检机关拆查后，便坐实了宪兵的揣测，总算有了把柄。宪兵队很快就将池田抓捕入狱，严加审讯，一直关押至今，看来没有出狱的希望了。

"传玉君，你不知道的。"宫本叹息说，"现在日本国内皇道派少壮军人们气焰非常嚣张，犯上作乱时有发生。一个小小的陆军少佐就敢跑到政府去，挥舞军刀威胁内阁大臣，甚至砍杀阁僚而被袒护不受惩处。上千名在日本的华侨及中国留学生被迫离开日本回国，有的被强行押解驱逐出境。日本国民被愚弄得晕头转向，不知天高地厚，对日军每次的所谓胜利都欢喜雀跃，举国庆祝。反华排华的极端民族主义思潮日益泛滥，侵华战争的叫嚣甚嚣尘上。军部好战势力得到天皇的嘉奖鼓励，态度愈加强硬，急不可耐。就连鼓吹大陆政策的内阁体制也受到他们的严厉批判，斥为优柔寡断，纸上谈兵，无所作为的官僚机构，鼓吹取而代之，促使不断更换的内阁近来摇摇欲坠。军事独裁政权呼之欲出，形势十分险恶。如果你还没离开日本，肯定会被抓进宪兵队审查，即使不予关押，也肯定会剥夺一切，净身押解，驱逐出境。"

传玉听了宫本的叙述，低头沉默半晌，抬起头来，含着眼泪对宫本说：

"宫本君，这个坏消息使我非常难过，是我给池田老师带来牢狱之灾，我十分内疚与痛心。但我还是感谢你告诉我这一切，使我对日本军国主义的实质有了进一步的认识。——还有，我想问你，关于藤田惠子你有消息吗？"

"啊，这个，我正要告诉你，惠子早已亡故了。"

"什么？你说什么？惠子已不在人世啦？怎么回事？请快告诉我！"传玉急切地问。

"这也是池田教授告诉我的，是他被捕前说的。他说，惠子是为了反抗专制蛮横的父亲，才到神户投海赴死的，她这是为你殉情。老师叫我设法转告你，要抛却儿女私情，以国家为重，叫你一定要从脑海里抹去与惠子的恋情，要干净彻底忘掉你们的一切。他说惠子的死就是明确告诉你，她已去了，你已无所牵挂，要全身心地投入到保卫你的祖国中去，为国尽忠！池田老师说这话时是严肃认真的，而且言辞恳切，是满含期待的。他说你一定能懂得他的意思，听从他的忠告。"

"老师是这样说的？"传玉激动地问。

"是的，池田教授是这样说的。我也希望你能理解他的意思，接受他的忠告，传玉君！"

一阵难忍的沉默，久久地。传玉低头不语，泪水夺眶而出，滴滴落下。宫本叹了口气，把手抚在传玉苍白的手背上，按了按说："传玉君，不要悲伤，要振作，您还有许多事要做。"

三

宫本抬手看了看手表，说：

"传玉君，你如果有什么话要说，就请讲吧，我在这里不能停留太长时间。"

"再次谢谢你，宫本君！请相信，我一定听从池田老师的教诲与你的忠告。为国为家，我都要从脑海里彻底抹去这段苦涩恋情的记忆，尽管是极不情愿的。——哦，你要去哪里？"传玉长舒一口气，拭去泪水问。

"我本来是留校任教的。军部向咱们大学医学部征调外科医生，医学部指派我去驻天津的华北驻屯军司令部报到。说是将会发生大规模的支那战事，需要外科医生前去参加战伤救护，一些大医院也接到了征调命令，派遣外科医生绕道朝鲜，前往奉天关东军司令部报到。"

"宫本君这是忙着赶火车去天津？"

第十章　九州风云

"不，不！"宫本摇头苦笑，"我才不去为日本军阀的侵略战争卖命呢！我不去天津。"

"那么，你现在要去哪里？"

"去上海！那里有日本爱国志士组织起来的'日本人反战同盟'。不少反对侵略战争的日本有识之士已经集中在那里，准备战争一旦爆发就立即发表声明，向国内发出强烈的反战呼声，唤醒被蒙蔽的普通日本士兵与国民，号召他们起来制止战争，避免这场民族浩劫。我这就去投奔他们，参加反对日本战争狂人的军事冒险，拯救我们的祖国、我们的国民。可怜我们日本的国民，他们绝大部分还蒙在鼓里，做着甜蜜的大陆美梦呢！所以，肯定有人会骂我们是叛徒，是卖国贼。然而他们错了，大错特错了！我们才是真正忠于国家，热爱祖国的爱国者，我们的所作所为是正义行动。我们愿意挺身而出，为国际和平，为民族的命运，为祖国的未来，献出我们的一切，包括生命，发出最后的呐喊，做出最后的奋斗！"

宫本的每一句话都是那么铿锵有力，句句敲打着传玉的心扉，使他由衷地感动。说完这话，宫本转身匆匆走了。传玉将他送出医院大门外，一直目送他腰杆挺直的背影，步履坚定自信地迅速消逝在街角拐弯处。

兰芷来内科看望传玉，问："进修班快结束了吧？爹老念叨你，问为什么这么长时间都不回家。都快年底了，哥哥尽量抽空回趟家吧！"传玉说："进修班就快结业了，过两天院长就给他们颁发结业证书，学员们也在准备回各自的医院。你回去告诉伯父，这个周末咱俩一起回家，行吗？"兰芷笑说："行！一起回去俺爹准高兴，午饭又得多喝两盅。"

周末的午饭是吴嫂准备的，比往常丰盛。因为天寒，特意炖了一盆什锦火锅，下边垫着一只木炭火盆，保持热度。火锅香气四溢，热气腾腾，使整个室内都暖和起来。传玉看锅里东西花样很多，说还是头一次吃这样的火锅。

吴嫂说："这火锅叫作'佛跳墙'，里边是天上飞的，地上走的，河里浮的，海里游的，荤素都有，味道极鲜美的。原先这里的老东家姓林，

樱花梦

是福州人，秋冬季喜欢吃这个。郑教授和兰小姐也喜欢吃，叫炖一锅给刘少爷尝尝。"传玉问："为什么叫佛跳墙呢？"吴嫂笑说："就连吃斋念佛的和尚闻到味，都忍不住嘴馋，跳过墙来偷吃，可想而知味有多鲜啦！"

"和尚违反佛门戒律，莲台下怎能容得这样的弟子，应当赶出山门！"兰芷掩口笑说。

郑教授从酒柜里拿来一瓶山西杏花村"竹叶青"，对传玉说："这是有滋养作用的药酒，口味香醇，甜丝丝的。度数较高，四十多度。天气太冷，咱爷俩喝点暖暖身子！"

吃饭时，自然而然地谈起当前的时局。传玉问起对形势的看法。郑教授说：

"我以前不是说过吗？日本兵临长城脚下的架势，说明它还有更险恶的意图。'图穷匕见'，这张阴谋图正在缓缓展开，匕首也快露出来了，南京老蒋就是想躲也躲不过去。上个月末，殷汝耕公开叛国投敌，在北平东边的通州成立由华北日本驻屯军支持的'冀东防共自治会'。十二月刚一开始，日军就不断增兵，从热河越过长城进入山海关里，兵锋直指平津，日本刀已经出鞘，杀气腾腾了。这还不算，日本飞机竟然在北平上空散发鼓动'华北自治'的传单。要知道，现在的北平还有国民政府任命的以宋哲元为委员长的冀察政务委员会，还在我国政府的控制之下呢！你看日本人多嚣张！难怪九一八事变以来，学生们不断集会游行，高呼口号，强烈反对伪自治组织，谴责汉奸殷汝耕，要求全国一致团结抗日。"

传玉把京都帝大医学部同学宫本来访的事说了一遍。但没提惠子的事。郑天昊饮下一盅酒，撂下酒盅说：

"这位日本朋友是来给你递个信的，告诉你，中日之战的大幕就要拉开了。他来华参加日本人反战组织，也说明中日之战迫在眉睫，就连日本人自己都闻到火药味了嘛！"

传玉说："现在日军如此嚣张，南京却依旧对日步步退让妥协，对内坚持'剿共'内战，国人已经是群情激愤，难以忍受了。不仅学生，就连一般市民也都沉不住气，大声疾呼，要求政府立即停止内战，动员

第十章　九州风云

全民抗日。这种气氛下，南京还能再拖延吗？"

郑教授点头说："是的，再拖下去，要求抗日的军民非造南京政府的反不可。"

自从东北沦陷以来，报纸上一直没断报道，九一八事变后，被南京政府抛弃的东北父老乡亲并没有灰心，也没有屈服。沦陷区各地自发组织起一支支的抗日武装，后来合并为东北人民抗日义勇军，正在白山黑水间浴血奋战，打击日本占领军，力图夺回失地。日伪军向绥远进犯，企图夺取整个内蒙古，但被傅作义部队击退，收复了被侵占的察北各县，部分伪军反正，加入抗日队伍。傅作义部在敌伪坚守的重镇百灵庙的胜利，大大鼓舞了全国军民。包括上海在内的各界民众纷纷前往慰问、发电祝贺。中国人民团结抗战的意志更加坚定了，呼声更高了，形势令人振奋。

日子过得很快。日军在北平、上海不断武力挑衅，双方军队严重对峙，在局势日渐紧张的状态下，迎来了民国二十五年，公历一九三六年。这时，传玉回国已经两年多了。

过了阳历年，接下来是阴历小年（腊月二十三），传玉在济南买了一些年货回临城过小年，打算在家过一个热闹的阴历新年。可是，由于日趋紧张的时局影响，这个年过得冷冷清清。孩子们缺少了玩耍的精神头，大人们一见面，总是相互打听消息，谈论局势，人们生活在惶惶不安之中，无心过年。人们纷纷议论，从日本华北驻屯军不断挑衅的形势来看，南京国民政府的老蒋快走到绝路上来了。别说妥协了，即使屈膝求和，日本也绝不会停止侵略步伐。好在中国军人有血性，目前宋哲元主政华北，他的二十九军就有十九路军那种抗日杀敌的民族气节。长城抗战被中日《塘沽协定》出卖的耻辱犹记心头，全军都憋着一股怒气。报纸上不断报道，日本人在平津搞军事演习，二十九军毫不示弱，针锋相对，也在平津搞军事演习。双方剑拔弩张、怒目相向的紧张对峙局面，一触即发。人们估计，这种情况下，东北军岂能无动于衷？肯定也坐不住，一定有所行动。

果然不出所料，十二月十二日全国各大报纸刊登了一条震惊中外的消息：张学良、杨虎城发动西安事变，扣留蒋委员长，实行兵谏！南京

樱花梦

政府内部意见严重分歧，何应钦主张兴兵讨伐，宋美龄坚决反对动武，亲赴西安与张、杨协商释蒋。中共不计前嫌，顾全大局，从中竭力斡旋和平解决。

一声惊雷，震动全国。事出南京政府的意外：派去陕北'围剿'红军的东北军与红军走到了一起，达成停止内战、一致抗日的协议。张、杨两将军随即发动兵谏，逼迫蒋介石立即停止内战，实行全国团结抗战。

中国人民看到了希望，举国一致，团结抗战的曙光开始展现。蒋介石终于被迫向强烈要求抗日的军民让步了。这时，日本军事独裁政权也已出笼，磨刀霍霍，跃跃欲试了。

一九三七年七月七日，日军在北平宛平县蓄意制造事端，以所谓一名日本士兵在军事演习中失踪为由，向我方进行武力挑衅。我二十九军忍无可忍，奋起反击，在卢沟桥畔爆发了两军激烈的武装冲突，事态遂即迅速扩大。八月十三日，日本侵略者投入海陆军近三十万人，在上海大举登陆，日舰、日机对我军民实施狂轰滥炸。我军也集中数十万兵力激烈抵抗。上海登陆日军与华北日军遥相策应，形成南北夹击的态势。神州大地立即战火纷飞，硝烟弥漫，中华民族到了最危险的时候。四万万华夏儿女筑起血肉长城，奋起抵御日本侵略者。战火迅速熊熊燃烧，蔓延整个大江南北，一场空前的全民族抗战拉开了惊天地、泣鬼神的悲愤帷幕：东亚雄狮怒吼了。

第十一章

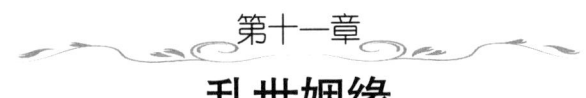

乱世姻缘

已是八月底,就要进入九月的天气了,盛暑竟然毫无减退的意思,依旧骄阳似火,一丝风儿也无,酷暑难耐。月初以来,一连二十多天没有下雨,田野草木枯焦,土地干裂,旱情严重。但是,黄河之上却水汽蒸腾,济南城内格外闷热。趵突泉水喷涌无力,矮下去多半截,逐步趋向停涌。其他各泉如珍珠泉、金线泉、芙蓉泉等,大都销声匿迹,只黑虎泉尚在有气无力地缓缓流淌,也接近干涸了。

城里的人们大都躲在城门洞里,亭榭檐下,树阴凉里,呼哧呼哧地挥动蒲扇、芭蕉扇,神情紧张地低声私语,交换各种消息,显得神情惶然。

使人们心烦意乱的,不是这炎炎烈日、干旱季节,而是当前的中日战事。自从今年七月七日在宛平县卢沟桥畔,中日双方发生军事冲突以来,局势急转直下,迅速演变成一场战争。长城内外,冀察两省,平津一带,两军之间得而复失,失而复得,激烈的争夺战呈现胶着状态。日军感到中国军队士气高昂,抵抗意志非常顽强,己方力有不逮。遂陆续从国内及朝鲜加速调集重兵前来增援,并且加强空中力量,陆空密切协同作战,给我军造成极大威胁。我军前仆后继,誓死抵挡,采取日间隐蔽待机、接敌近战,以削弱敌机空中威胁。夜间则迂回包抄,突然奇袭,予敌以重大杀伤。但终因武器装备远远落后于日寇,且制空权掌握在敌军手中,故战场态势一直对我军不利,致使后劲乏力,渐呈不支之势。这时,日本又在我国南方开辟第二条战线。于八月十三日在上海投入包括海军战队与陆军在内数十万人,来势汹汹,实施陆海军联合登陆作战。航空母舰及战列舰等舰炮齐发,轰击我吴淞要塞炮台，数百架飞机对我阵地轮番狂轰滥炸，硝烟四起，烈火熊熊。八月二十八日，日本近卫首相在东京对新闻界眉飞色舞地发表演说，狂妄宣称，大日本帝国此次出动强大兵力，严惩支那之目的，旨在不断扩大战争，直到支那完全失去抵抗能力，停止抵抗，屈膝求和为止。这时，蒋介石外临日寇强力压迫，内有民众抗战呼声，不得不接受中共的多次呼吁，停止内战，把中央军主力调到前线御敌。与此同时，红军接受了国民政府军事委员会给予的第十八集团军番号，以八路军、新四军编制加入战区序列，全力投入抗战，打击入侵的日寇。

中华民族到了生死存亡的危机关头。全国军民同仇敌忾，团结一致，奋起与日本侵略者进行空前惨烈的殊死搏斗，做出巨大的民族牺牲，展开了伟大的抗日战争历史画卷。

一

周末，在家吃过早饭，传玉与兰芷两人去医院上班的路上，说好午饭不在医院里吃，一起去基督教青年会西餐厅吃饭谈事。

这些天来，一来天气非常炎热，二来战局日趋紧张，风声鹤唳，市面不安。所以医院里各科住院病人数量锐减，没出院的也纷纷要求提前出院返乡。所以，不到中午两人都已料理完日常工作，向值班医生交代一番便离开医院，叫了两辆人力车直奔青年会。

基督教在北平、上海、天津、汉口等各大城市都设有男女青年会，其中上海基督教青年会的规模最大，大厦高耸壮观，内部设施完善。济南青年会虽远不如上海青年会，但要比北平青年会大得多，也气派得多。它位于大明湖附近"遐园"西侧，林荫深处，比较幽静，又紧靠着省立图书馆，不仅景色宜人，而且文化气息浓厚，是文人雅士聚会的好去处。他们到达后，传玉付了车资，看看手表，离吃饭的时候还早，便挽着兰芷进入青年会，先去饮冰室吃刨冰。一到夏天，各大城市到处都有专门卖刨冰的商店，但多是门市营业，没有专门厅室供人们坐下休息吃冰。

第十一章　乱世姻缘

青年会的饮冰室设备良好。室内宽敞明亮，环境静谧。门窗墙壁采用欧式装饰，座位也很讲究，清一色的古典欧式家具。桌上铺着洁白的台布，客人面前又铺一张紫红色垫巾。侍者举止大方，彬彬有礼，室内开放冷气，凉爽宜人。虽然刨冰的价格比别处昂贵些，但一些文化人对这里还是情有独钟，喜欢来这里喝咖啡，吃饭聊天。

两人来到饮冰室内，客人上座不多，女侍者面带微笑过来招呼。他们要了两客刨冰，两瓶柠檬汽水。刨冰里面除了雪白的冰屑外，还浇了颜色鲜艳、香甜爽口的果汁。他们一勺勺慢慢吃起来，顿感暑气全消。兰芷用银勺轻轻搅动着冰屑，神情忧郁，眼望着传玉说：

"从这几天报纸上的消息看，鬼子兵攻势猛烈，战线不断向南推移，形势对我方非常不利。看样子战火向山东蔓延是不可避免的了。我最担心的是，一旦鬼子打进山东来，哥哥当然得回临城照顾爹娘去。那咱俩会不会从此就被战乱冲散了呢？我真害怕呀，哥哥！"

传玉也在思索。他眼睛看着碗里的冰屑，用小勺轻轻拨弄着。兰芷忧心忡忡地接着说：

"咱俩的婚事你看咋办？好哥哥，我早想好了，无论怎样咱俩都不能分离。这些日子，我想来想去，咱俩的婚事必须尽快解决，免得战火临头被打散了，后悔一辈子！"

"兰妹妹说的是，我也是这么想的。"传玉抬起头来，果断地说，"既然形势这样恶劣，变化又这么快，咱俩的婚事就不再拖延了。我同意尽早结婚，爹娘心里也踏实了。这样吧，下午回家我先向伯父提出求婚，听听他老人家的意思。好吗？"

"好，我听哥哥的，就这么办！"兰芷舒了口气，点点头。

"不过，我怕伯父那里没有思想准备。我乍一提出，老人家一时不能决定咋办？"

"不会的！我知道，俺爹早有这个意思，比咱俩思虑得都深远。你只管提出来好了。"

"还有，我也怕事情办得太仓促，会委屈了妹妹。毕竟这是一辈子的大事呀！"传玉说。

樱花梦

"眼下风云激荡,形势难料,还谈什么委屈不委屈!"兰芷说,"赶快办完了省心就好。"

"不说这些了。让我好好想想,今晚怎么去跟伯父提出求婚的事。"

"怎么提出?直来直去,实话实说嘛,别拐弯抹角就行了。"

传玉向兰芷伸出手去,兰芷也把手伸过来,两人的手紧紧握在一起,用力攥了攥:

"执子之手——"传玉说。

"与子偕老!"兰芷应道。

"好,终身大事,一言为定!"两人击掌为誓。

他们端起柠檬水杯碰了碰,玻璃杯发出清脆悦耳的声音。两人一饮而尽,点点头,相视一笑。传玉说:"走,吃饭去!"兰芷眉头的愁结展开了。

传玉说:"放心吧,我的好妹妹,咱俩永远不会分离!"

兰芷感动得眼睛湿润了,朝传玉的脸颊上亲了亲说:"对,咱们白头偕老,永不分离!"

这里的西餐有法式的,俄式的,意大利式的。传玉说:"论西餐,还数俄式的物美价廉,风味好,特别是红菜汤,远比奶油蘑菇汤之类的好喝、开胃。"西餐厅就设在二层楼上,环境也很好。两人选了靠窗的座位坐下。传玉要了香酥鸡排,兰芷说她不喜欢鸡排,牛排又不易把握火候,便要了浇汁鱼排。两人都点了红菜汤,薯条番茄酱,蔬菜沙拉及空心粉。

"哥哥,我可不管付钱哟!"兰芷故意噘着小嘴说。

"那当然喽,等到回你家吃晚饭,我不就找回来了吗?"传玉笑说。

"没羞!"兰芷用手指刮刮传玉脸颊嘲道,"赶明儿个我也想法子往回找!"

两人都笑了,又谈了些医院里的事。吃完饭,兰芷用餐巾沾沾嘴角,郑重地说:

"哥哥,我有个想法。在这兵荒马乱的时候,时间又这么紧迫,我不想给咱两家爹娘多添麻烦。什么聘礼呀,嫁妆的,一律都免!咱来个

第十一章　乱世姻缘

文明结婚，越简单越好，你说这样行不？"

"我赞成。只要兰妹妹不觉得委屈就行，非常时期非常办理，越简单越好！"传玉说。

吃完午饭，两人又到咖啡厅坐了会儿，喝了杯咖啡，傍晚趁暑气稍敛，离开青年会回家。父亲这时也已到家。吴嫂已把晚饭端上桌子。母亲开了电风扇，呼呼地吹着，饭厅里顿感清凉。父亲一声不吭，只低头吃饭，母亲也不说话，气氛显得沉闷。兰芷朝传玉使了个眼色，示意吃饭时别谈时事，传玉点头会意，也只低头吃饭。

饭后，郑教授站起来看了看传玉，又看看兰芷，似乎想说什么，略一沉吟又打住了，转身去了书房。兰芷悄悄对传玉说："看样子爹有话要跟咱说。我先回避一下，你跟在爹后面去书房看看，有机会的话，趁势提出咱俩的婚事，试探试探老人家的态度。"

郑教授坐在书桌前的转椅上吸烟，见传玉进来，手朝对面椅子上指了指，示意坐下。吴嫂进屋送来茶水，然后退出。

"有事吗，传玉？"郑教授往烟缸里掸掸烟灰，随手打开电扇，眼望着传玉。

"有件事早想跟伯父说的，只是见您老人家事忙，没敢说。"

"哦？什么事？尽管说。"

"当前时局越来越紧张，眼看着战火就要向山东境内蔓延。我冒昧地提出向兰芷小姐求婚，不知是否妥当，还请伯父教诲。"

郑教授听了微微点头，将香烟朝烟缸里搓灭，端起茶碗说：

"喝茶，说说你的意思。"

传玉把与兰芷相处日久，十分仰慕，委婉地说了一遍，并且说，如今不幸遭此乱世，形势日益紧张，时局瞬息万变，生怕失去机会。所以斗胆向伯父提出求婚一事，不知可否。郑教授问："这事跟你爹说过没有？"传玉说："还没跟爹提及，不过我爹曾催促过我，说我年岁渐渐大了，应该尽快解决自己的婚姻大事。他还多次对我夸赞兰芷小姐不仅学问好，人品相貌好，而且性格温良贤淑，是难得的好姑娘，叫我多主动亲近，自然也是这个意思。"

樱花梦

"传玉贤侄,"郑教授撂下茶碗,蹙起眉头说,"咱们不是外人,我跟你爹打从年轻到今天,已是几十年的交情了,堪称莫逆之交。不瞒贤侄说,今天你提出求婚,这正是我与你伯母犯愁的事,最感头疼的大事。你说的是,现在时局越来越紧张,战火不断蔓延,社会动荡不安。平津报纸上报道,本月以来,长城内外战况激烈,京汉铁路北段中日两军正在血战。最近日军又向天津大举增兵,津浦路北段杨柳青、马厂都被日军占领,沧州那里正在激战,岌岌可危,我军很难守得住。目前日军已向咱山东北部重镇德州窥伺,进犯的意图显露无遗。我听省府的朋友说,韩复榘主席出身军阀,总想保存自己的实力,缺乏抵抗意识,暗地里已经做好了随时撤退的准备。这样看来,山东就要保不住了。从本月底日本近卫首相的狂妄演说来看,小鬼子口气很大,志在必得,中日之战的前景堪忧,形势险恶呀!所以,对兰芷的婚事我是心忧如焚的。你们俩年纪都不小了,又在一起相处了三年多,我与你伯母都看在眼里,知道你们俩情投意合,已经建立了深厚的感情。你来求婚这事,我想你们俩一定是商量好的。按理说这事还得请你爹出面提出才对。不过我与你爹关系非同一般,而且咱们都是开明人家,又当此非常时期,就不讲究那些了。既然今天贤侄向我郑重提出求婚一事,我就先表个态,我与你伯母都赞成!现在时局很乱,是得迅速解决你们的婚事。贤侄尽快抽出点时间回一趟临城,跟你爹娘商量商量,听听他们的意见。如果他们也都赞成,咱两家就不讲究什么繁文缛节、陈规旧习了,尽快把你们俩的婚事办了,怎么省事怎么办,免得有个闪失,大家都后悔莫及。你看好不好?"

"好!谢谢伯父的错爱,答应这件婚事,我是高攀了。时间紧迫,我安排一下科里的工作,向车院长请假回临城。您放心,我爹那边毫无问题,他老人家是求之不得的呢!"

"客气话一句都别说了。你就尽早回临城去征求爹娘的意见。——唉,这儿女的婚姻大事呀,可叫做父母的操碎了心!"郑教授摇摇头,叹了口气。

第十一章　乱世姻缘

二

临城那里也是人心惶惶，流言四起，市面上渐渐呈现萧条景象。有的说日本人已经打到德州了，有的说日本人攻进济南府了。还有人查看了《推背图》，说里面有一幅图上画着绿鸭子站在黄牛背上。说一千多年前唐朝贞观年间李淳风、袁天罡编的这部预测治乱兴替、吉凶祸福的书上就预言了，别看那个时候日本不断派遣使者来我中华学习，友好亲善，总有一天它要两脚踩在咱中国的黄土地上。果然，千年后的今天应验了，等等，更使得人们心惊肉跳。听说传玉从济南回来了，左邻右舍的接二连三挥动着芭蕉扇来到刘家打听消息。传玉说千万不要听信谣言，要当心日本间谍与汉奸散布谣言，扰乱民心，大家只要关注各大报纸就行了。如今战线还在黄河以北，济南在咱们手里，德州那边也没事。就看战事的发展了。人们听传玉这么说，虽然知道了些实情，但还是心里打鼓，坐立不安，各自去盘算安排后路。

回到临城的当天晚饭后，传玉与父母亲在堂屋里喝茶，商量自己的婚事。

"你早该考虑结婚了！还不紧不慢的。"父亲燃着一支香烟，吸了一口，徐徐吐出烟雾，嗔怪道，"这兵荒马乱的年月，一旦打起仗来，不知道哪天才是个头，结局又怎样。你是我们刘家的独苗，我与你娘都到了这把年纪，早就盼着抱孙子了。哼，你倒沉得住气！你回来前，跟兰芷的爹娘提过这事儿没有？他们的意思怎样？"

"其实我并不是不考虑这事儿。自从到济南博爱医院工作，住在郑家那天起，与兰芷姑娘接触多了，觉得她这人还不错，就慢慢地考虑了。只不过觉得相处的时间还短，了解得还不够深。"

"多少时间才算长？怎样才算深？"父亲话里透着怨气，"说什么'人还不错'，只是不错吗？要我说人家兰芷是才貌双全，性情温柔，你还不见得配得上呢！"

"行啦，就别牢骚啦，这话我都听腻了，还是听我儿说吧！"母亲笑着插话。

"这两年我看他磨磨蹭蹭，总也不提这事，我最怕他还惦着那个日本姑娘。"父亲说。

"不会的，我早与她断绝关系了。即使我惦记她，那也是白费心思，她已经死了！"

"怎么，她已经死了？怎么死的？"父亲疑惑地问，"你怎么知道的？"

传玉把在济南见到宫本雄一的事说了。据宫本说，惠子是在神户投海死的。父亲说："日本到处都是海，为什么大老远跑到神户去投海？"传玉说："听宫本说，惠子送我上船后，没返回京都，就在神户港附近找个地方投海自尽的。"父亲听了沉默半晌，叹了口气说：

"唉，看来这儿女情事是玩忽不得的。这是儿子你欠下的一笔生死感情债啊！"

"就别说人家啦，快说说咱自己的事吧！"母亲催促说。

"所以我说，你跟兰芷的事不能再耽搁了，时局这么乱，得赶快办，免得夜长梦多。从天昊留你在他家吃住就可以看出来，郑家那边早就有这个打算。我跟你娘也有这个意思，只不过一层窗户纸没捅破，我们两家可以说是心照不宣的。"

传玉听父亲这么说，心里有了底，遂说：

"我回来之前向郑伯伯提出求婚的事了。他老人家满口答应，叫我回来禀告二老，听听你们的意思。我说了，估计俺爹娘那里没问题，会同意的。"

"什么叫'会同意的'，这么大的人了，还不会说话！"父亲说，"这事应该是男方主动提出的。你应该说俺爹早就叫我向老伯提出求婚，我一直没敢冒昧，耽误了。"

"既然话都说开了，那就赶紧办吧！"母亲欣然地说。

"对！明天就去火车站买票，咱爷俩一同到济南上门求婚，也显得咱懂得礼数规矩。"父亲掐灭烟蒂，端起茶杯喝茶。

"还有一件事，就是怎样办喜事。"传玉问。

父亲抬手挠了挠头皮，问："你们在济南谈过这个问题没有？"

第十一章　乱世姻缘

传玉说谈过，兰芷提出嫁妆聘礼一律都免。说局势混乱，时间紧迫，越简单越好，不给双方爹娘添麻烦。我当时表态同意，说只要兰芷不觉得委屈就行，兰芷坚持说拍张结婚照，报上登个结婚启事蛮可以了。父亲赞道："还是兰芷懂事，处此乱世，彼此体谅，不讲究形式。"母亲说："这孩子一定孝顺，我就喜欢这样的媳妇，看来咱儿子有福，你们爷俩赶紧去办。等儿媳妇到家，咱再张罗几桌酒席，请亲朋好友吃杯喜酒，也算过得去了！"

"现在南北战事紧张，日本鬼子不断增兵，南北夹击，攻势猛烈。这种情况下，咱们办喜事必然格外匆促，也讲究不了。"父亲皱起眉头说，"咱爷俩这次去济南，就把结婚的具体安排跟郑家商量妥当。咱家是迎娶，郑家是送嫁，看这局势，两家往一块儿凑有困难。"

"所以兰芷才提出一切从简的。"传玉说。

"是孩子们结婚，怎么安排就听孩子们的吧！"母亲坦然地说。

第二天清晨，刘君田父子先去车站邮局给郑天昊拍了封启程电报，然后登上开往济南的快车，中午就到了。郑天昊乘坐大学的汽车亲自到车站迎接。回到家中，兰芷的母亲与吴嫂早把午饭准备好了。兰芷也从医院赶回家中，见传玉父子来了，满心欢喜，过来向传玉的父亲请安问候。午饭过后，天昊夫妇与君田到客厅落座，兰芷与传玉躲到书房闲话等信。到底是山东人爽快，加上这战乱时局的逼迫，刘郑两人一见面，谈话立即进入正题。

"我看这样吧，明义老弟！"郑天昊说，"你的来意我知道了，是替儿子来求婚的。咱们其他的话也别说了，把传玉、兰芷都叫来，大家一起谈。他们也都老大不小的了，事情是儿女们的，主要还是听他们的。好不好？"

"好！咱们就不走形式了。叫孩子们来，听听他们的意见。"君田答道。

兰芷母亲去书房叫来传玉、兰芷，大家一起聚在客厅。君田与天昊两人推让一番，还是由君田先开口：

"这几年传玉在府上住着，给大哥大嫂添了不少麻烦，我与成宇大哥是至交，也就不说客气话了。今天我带着传玉来，是专诚登门求亲的。

承蒙大哥大嫂对传玉垂爱，慨然允诺，我们父子终于如愿以偿了。不幸的是，适逢国难，日寇大举入侵，中华大地战火纷飞。咱山东现在暂时还没有祸及，但也朝不虑夕，岌岌可危。刚才我与大哥大嫂商量，处此乱世，儿女的婚事不可耽搁，早办为好。至于怎么办才好，我想先听大哥大嫂的意见，兰芷姑娘有什么要求。至于我们父子，以不委屈兰芷姑娘为宗旨，怎么都好说。"

天昊接着说："咱两家都是文化人，开明人家，讲究婚姻自由。传玉侄，说说你的意见！"

"还是兰妹妹先说。"传玉推让道。

"按说这事儿还得先听听爹娘的。既然两家的老人都这么开明，我就先说说我的意见。"兰芷面带羞怯，朝传玉看看，"我说完了哥哥接着说。看如今战局发展得这么迅猛，谁知道哪一天敌人就打到咱家门口来了。我的意见是因时制宜，不讲究那些老规矩，一切从简为上。聘礼嫁妆一律都免，这年月置办聘礼嫁妆费钱不说，只能给爹娘添乱，找麻烦。咱请个证婚人，照张结婚相，在济南日报上登个结婚启事就行了。至于请客吃饭，看情况再说。"

天昊夫妇听了都点点头。兰芷微微面红气促，一口气说完，朝传玉示意，要他表态。

"我同意兰妹妹的意见。战乱年月，越简单越好。只要兰妹妹不觉得委屈我就心安。"

天昊笑了，眼望着君田说："我与你嫂子已经听过兰芷的意见，认为这样做，一来实事求是，适应战乱时局；二来了却许多麻烦，两家都省心，我们同意。明义老弟，你看怎样？"

君田听了很感动，说：

"我们传玉是幸运儿。难得遇到兰芷这么聪明贤淑、顾大局识大体、通情达理的好姑娘，真是修来的好命。兰芷的意见非常好，只不过太委屈她了。"

天昊长叹一声说："这兵荒马乱的年月，谈不上委屈不委屈了，就这么办吧！"

第十一章 乱世姻缘

三

传玉和兰芷是在十月中旬结婚的。这时，河北省沧州、保定先后失守，接着绥远归绥、山西太原、河北石家庄、山东德州也相继沦陷，形势异常紧张。他们按照原计划，匆忙请济南大学魏校长出面证婚，在《济南日报》上刊登启事，保存当日报纸，办完这些手续，又在紫阳春饭庄简单设宴两桌，招待尚在济南大学没走的几位同事，留在济南的几位郑家亲友。传玉的父母原打算在临城聚贤楼饭庄摆几桌酒席招待亲友，但各饭庄都已停业，亲友们也都忙着携家带口到乡下避难，没人应邀赴宴，无奈只得作罢。一切忙过后，北边还通着火车，传玉夫妇坐慢车回到济南。这时，博爱医院由于战争原因，全体员工都回乡避难去了，医院清空床位暂时关闭。车院长也已辞职下乡避难去了。教会的礼拜堂、牧师住宅区，以及博爱医院四周都插满了美国星条旗。教会的美国牧师说，医院还是要开的，等济南的局面稳定后，请大家再回来继续工作。

岳父对传玉说，兰芷在杭州、北平两地的哥哥分别托人捎信来说，他们都跟着学校内迁到四川、云南去了。我们学校最近也要迁往西南，参加在昆明成立的西南联合大学。我与你岳母已经打点好行装了，托乡下的亲戚来人照看宅子，三两天内就带着吴嫂随学校启程南迁。你们夫妇俩赶快回临城照应爹娘去，看样子，日军很快就要渡过黄河，一路南下了。如果将来局势平静了，你们俩仍旧回这里住，照看宅子的亲戚愿意留下照料你们最好，不能留下，你们可以另请用人来帮忙料理生活。

战争的形势急转直下，令人吃惊。南部战线也紧跟着失利。十一月十二日，上海失守，淞沪会战结束，日寇占领整个上海。我军奉命向南京撤退，前往保卫首都。日寇一路跟踪追击，南京除留部分兵力保卫首都，国民政府也已西迁重庆。与此同时，十一月十七日，北线我军炸毁黄河铁桥，退守黄河南岸，津浦路济南以北全部为日军控制。

"咱俩这真是'乱世姻缘'。好险哪，慢一步这个婚也结不成！"传玉苦笑说。

"乱世姻缘，愈见珍贵。就让咱俩永远不离不弃，同生死，共患难

樱花梦

吧！"兰芷应道。

他们从济南艰难地挤上一列满载难民和行李的慢车。火车一路缓慢地往苏鲁边境的临城开去。邻座是位留着偏分头，戴一副黑边近视镜，身着青色夹长袍的知识分子模样的男人，旁边是他年轻的妻子，也像个知识分子。他见传玉挤在身边，就问去哪里。传玉说去临城，前面七百二十里就到了。那人问，临城离徐州还有多远？传玉说不远，大约一百八十里。那人说，他们是河南人，在济南黎明中学教书，目前学校已经关门停课，他们打算从徐州转车，走陇海路去郑州。传玉说，听说郑州北边的安阳在这个月初就陷落了，敌人从安阳一路向南攻击。你到徐州车站先打听打听，往西陇海开的火车还能不能通到郑州。不要撂在半路上，那可就麻烦了。那人听了，与妻子两人面面相觑，朝传玉说声多承指教，谢谢了。

一九三八年的阳历新年过后，接下来就是阴历新年，这个传统热闹的阴历新年过得异常凄惶冷清，丝毫没有年味。大人们坐在家里唉声叹气，发愁害怕，孩子们躲在一旁老老实实，不敢吱声。市面萧条，人迹稀少，能躲到乡下的早走光了，留在镇上的人彼此见面没了恭贺新禧、恭喜发财之类的吉祥话，代之的是对时局的窃窃私语，打听消息，揣测时局。这时的临城已是战云笼罩，草木皆兵了。几乎每天都有防空警报，接连三遍警报，一遍比一遍吓人。特别是第三遍紧急警报，声声不断，非常急促，凄厉震耳，令人闻之惊恐。许多留在镇上的人家大都在自家的庭院里挖掘防空洞，听了警报就往洞里钻。也有的人听到警报就往郊外河谷里、树林里跑，躲在树下忐忑不安地朝天空张望。百姓们就是在这种惶惶不可终日的情况下，度过了临城一年里最美的早春二月。

传玉的父亲刘君田是北临城育才小学校长。这是一所德国天主教会办的学校。这里的教堂是兖州主教区辖下的总铎座堂，下面还有几个小教堂分布在周围四乡。总本堂神父朱利安是一位六十来岁的老人，德国东部萨克森州德累斯顿人。他来华传教已有三十多年，仅在临城主持总堂就有十多年了。他特别热心教育事业，为了把这所小学办成鲁南名校，经人推荐，特地请来教育家刘君田先生担任校长。刘校长又广延爱国名

第十一章　乱世姻缘

师来校担任各科教师，培养出来许多少年英才，升学各地中学、大学，大都是优等学生，很为育才小学增光。所以，朱神父对刘校长格外看重，校长职位一直连聘连任，固定不变。

这时，山东省主席韩复榘畏敌如虎，不服从命令，擅自拉着他的部队不战而退，撤往河南去了，致使军事重镇徐州立即失去屏障，直接暴露在日寇的兵锋之下。日寇趁势占领济南，然后兵分两路，一路绕道淄博南下直扑临沂、峄县，另一路沿津浦铁路南下奔向兖州、滕县。近日消息，日寇前锋已抵近兖州。我军在李宗仁将军的指挥下，在鲁南地区集结重兵，布置防御，准备在台儿庄地区进行一场围歼来犯之敌的重大战役。连日来，川军源源不断，经由临城北上，参加这场鲁南大战。局势一天比一天紧张，小镇上的人们更是一夕数惊，惴惴不安。

一天，朱神父派人到刘家，请刘校长去教堂，说有事商量。刘家离教堂不远，就在北门里路西。刘君田一家人正坐在堂屋里商量避难的事，听来人说朱神父请他去教堂议事，急忙随来人去了。

朱神父在客厅里等待，见刘校长来了，让他坐在对面软椅上，管事先生送来茶水。神父神情凝重地问：

"刘校长，现在的情况非常紧急，你们全家打算去哪里躲避？有没有准备好？"

"嗯，乡下没有我们落脚的地方，乡下我们是去不成了。南边的徐州倒是有亲戚，能不能去投奔，没有把握，因为那里肯定也不安全，亲戚是不是还在那里也不一定，正在跟家人商量着呢！"

"刘校长，现在已经没有时间再商量，需要立即做决断了！今天一早兖州主教府来电说，日军前锋已经抵达兖州附近，占领了曲阜。中日双方大军云集，估计将在峄县一带展开一场决战，结果怎么样很难预料。我们还从北平教区得到可靠消息，去年十一月十三日上海被日军攻占了，紧接着日军沿沪宁线攻击南京，也在去年十二月十三日被日军攻占了。多么不吉利的数字，都是十三！所以，虽然中国调集大军打算在鲁南与日军决战，但无论胜负如何，战后也得立即撤退。所以，到哪里去避难已经没有时间再考虑了！"

君田听了低下头去，手指轻轻弹击座椅的扶手，沉默不语，似在踌躇。

"今天我请您来，就是要你们全家都留下来，待在教堂里面。这样既安全，您也可以帮助教会做些救助难民的工作，我正缺乏可靠的人手相帮呢。刘校长，你看这样好不好？"

君田抬起头来，感激地说："我非常感激朱神父对我们全家的关怀。解了我们的忧愁。这样我们就留在教堂里吧！不过我家男女四口两代人，住在哪里呢？"

"这好办！"朱神父说，"你的校长室不是里间休息，外间办公吗？正好都住在那里。"

君田顿时松了一口气，回到家中把朱神父的安排向全家人说了。大家听了非常高兴，都说真得感谢朱神父的关心，这个安排太好啦，德国人的教堂一定安全，日本人不会侵犯。当天全家忙起来，整理了四季必要的衣服，蚊帐被褥，主要财物与贵重物品，生活必需品等，装进几只皮箱、樟木箱子，傍晚送往校长室。父子俩商量决定，传玉夫妇住里间，爹娘住外间。在院子靠近窗前的墙根搭建起一个小棚子，立下锅灶。一切停当后，将自家门窗紧闭，房门大门统统上锁，当晚全家便住进教会的育才小学里。

傍晚朱神父来看望刘校长一家，见到传玉夫妇俩时高兴地说：

"欢迎你们住在这里。你们的父亲是我们学校的老校长，学问渊博，德高望重，为学校做出了重要贡献，我们都很尊重他。你们现在住的屋子就是他的办公室。很遗憾，你们一家只能挤在他的办公室里，住的地方窄小了些，对你们俩来说可能不够方便，让你们委屈了。不久我们还将接纳很多来这里避难的教友和乡亲，包括教员办公室、教员宿舍、学生宿舍，以及教室在内的所有屋子都将要占用。这可能还不够住的，实在必要的时候，就连举行弥撒祭礼的圣堂里也不得不安排给难民住。这对天主来说，实在太不恭敬了，但是也没有别的办法，救人要紧，我只能恳求仁慈的天主宽免我们这样做了。"

朱神父的一番解释倒使得传玉夫妇很难为情，连忙说：

第十一章　乱世姻缘

"朱神父，您可不能这么说，这种非常时期，神父对我们已经是格外关照了，使我们全家有了安身之地。我们全家非常感谢您，感谢教会在这危难时期的帮助。我们已经安排好了，我和兰芷两人住里屋，外屋俺爹和俺娘住，地方已经足够了。倒是您那里有什么需要我们做的事，请随时招呼，我们一定努力做好。"

"在危难时刻，每个人都在帮助他人，每个他人也都在帮助你！"朱神父手抚挂在胸前的十字架说，"我们的神父们已经骑车下乡寻找无处可去的难民了，镇里没走的也会叫来这里避难。到时候，我要请你们父子帮助维持秩序。"

第十二章

古镇沦陷

风和日丽的三月,天空晴朗,白云如絮,绿水盈塘,花草芬芳。沉睡一冬的古镇临城,寨墙四周的小河两岸,柳浪成荫,迎风摇曳,春意盎然。河谷里草色芊芊,铺地如茵,点缀着红的、黄的、白的、紫的小野花,散发出淡淡的馨香。初生的小鱼儿,鳞光闪闪,在清澈见底的河水里结队徘徊,或欢乐地相互追逐,或在岸边水草丛里觅食。

在千年古镇临城,这时候正是"阳春召我以烟景,大块假我以文章"的美好时光。

然而,战火就要蔓延到这里来了。隐约的隆隆炮声从北边距此七十里的滕县方向传来,人们似乎已经嗅到了硝烟的气味。鸟儿停止了歌唱,蜂蝶也不见了踪影,大地在颤动。

一

为了避免日军侵犯,包括教堂、学校、附属病院在内的所有楼房屋顶上都插满了德国国旗、梵蒂冈教皇旗,以便日军识别。果如朱神父所料,很快,镇上无处可逃的人们纷纷涌入教堂。朱神父还派了两位中年德国神父骑着摩托车奔驰于乡下,四处寻找处于险境的乡民,把他们领到教堂来避难。一时教会范围内人满为患,总数不下两千人。病院里收容了五十多名重伤的川军士兵,这些伤兵在台儿庄战役后,全军撤退时没能被带走,留在了教会病院里。教会给他们换上当地乡民的衣服,严格叮嘱他们:绝对不准开口说话,以免因四川口音暴露身份,招致杀害,一切麻烦都由教会人员应付。

第十二章　古镇沦陷

朱神父迅速组织起一支二十多人的教会服务队，在教堂各处流动服务，由君田父子分别担任队长。所有的服务队人员，一律左臂佩戴米黄色布制袖章，上面印有"德国教会服务队"字样。旗帜与袖章是兖州教区预先统一准备好分发给各地教堂的。朱神父把刘校长分配到病院去，带领一位与他年龄相仿的原就在教堂管事的耿先生专门负责照看伤兵。传玉留在教堂学校里带领十几个青壮男子照应学校大院的难民。修女院院长带领修女每天到病院来，给伤兵们换药治疗，给他们送吃食饮水。同时也给避难民众看病，对整个避难区进行日常防疫消毒，以免发生疫病。兰芷主动参加了修女们的工作。朱神父把救助工作安排得井然有序，丝毫不乱。后来传玉听其他神父说，朱神父在"一战"时曾是德军的一名军医队长，有战场救护组织经验。

一天上午，一队身穿蓝灰色军装的士兵，由南向北路过北临城大街。士兵们身背步枪，斜挎子弹带，腰间挂满手榴弹，神情镇定地以四路纵队的队形，步伐整齐地跑步前进，留下一路"嚓嚓"的脚步声。单人肩扛轻机枪、数人抬着重机枪的士兵们，以及扛着弹药箱的士兵们也跟在队列里跑步前进。看得出来，他们是紧急赶往北边官桥去增援阻击部队的，那里即将面临敌人攻击。中午时分，官桥方向枪炮声大作，爆炸声不断。官桥距离临城很近，不到二十里路，这些士兵也许连构筑工事都来不及，就在那里与日寇接上火了。

入夜，突然一切归于寂静，天色阴暗，黑得吓人。拥挤在修女院临街楼上的人们尤其紧张，他们悄悄掀开棉窗帘一角，窥探外面的街道、天空。突然，有人轻声朝身边的人呼唤：

"看，快看，起火了！鬼子进咱街里啦！"

其他人也将棉窗帘掀开一条窄缝，紧张地朝外张望，回头小声说，是，是鬼子进城了！这帮贼种，他们在放火烧房子！人们喊喊喳喳，纷纷小声议论，惊恐不安。大一些的孩子紧紧依偎在娘的身边，捂住脸不敢看，小的一头扎进娘的怀里，惊慌地抬头望着娘，颤声说，娘，我怕，我害怕！年轻的母亲左手搂住一个，怀里抱着一个，手掌轻轻拍着他们，低声安慰：别怕，乖，有娘在，别害怕！

樱花梦

起火的地方除了镇子东南角一处民宅外，都在北临城南门外河对岸路东一带，那里都是茅屋农舍，是个小村落。只见一片熊熊大火，火势炽烈，火光烛天，浓烟滚滚。接着，人们隐约看到十几个鬼子的黑影，端着枪，猫着腰，从南门进到镇子里，沿街两边朝北头摸去，消失在夜色里，不时传来几声清脆的枪声。有人轻声说，是鬼子，好多鬼子进咱街里探路来了。屋子里的女人、孩子顿时噤声，有的手数念珠，默默祷告天主保佑，有的双手合十，口诵阿弥陀佛，祈求菩萨慈悲，也有的蹲在那里，紧闭双眼，听天由命。屋子里静得好像幽穴空谷，人们只感觉到自己的心在扑通扑通地急剧跳动。

惊魂的不眠之夜就这样平安无事地过去了。

次日清晨，传玉正在吃早饭，看大门的人上气不接下气地跑来找传玉："刘先生，不好了，日本鬼子在大门外使劲儿地敲门，一个劲儿地嚷嚷，你快去看看咋办！"

传玉撂下筷子，赶到神父住宅小院拉门铃。朱神父很快开门出来，问什么事。传玉说日本兵在敲大门，两人立即赶到教堂大门处。朱神父命看门人卸下顶门杠，打开门锁。

门吱呀一声开了。一个日本军官冲神父微微点头，刚要迈步进门，又低头指指下边。

神父会意，说这是门闸板，比较沉重，为了安全平时总是闸着，不提起来，阁下可以跨进来。跟来的翻译官把神父的话译给他听，那个日本军官摇摇头，嘴里咕哝了一句什么，无奈地抬起粗短的大腿，吃力地跨进门来。后边跟着进来几个手端上着刺刀大枪的士兵，也都是粗壮短小身材。翻译官说："你们这门闸板怎么这样高，出来进去多不方便，太君很不高兴。"进门后，军官手按腰间的军刀，朝四下里看了看，说了几句什么。翻译官说："太君说，我们在搜查隐藏的支那兵，这里统统都要检查。"传玉在一旁听得明白，但不说话。朱神父早就告诫过，要传玉一定注意，切切不可露出懂日语的样子，更不可用日语跟任何人说话，以免惹祸。朱神父对日本军官说："这里都是我们教会的教友，是临城街人，四乡的村民。我们这里没有中国兵。"日本军官摇摇头，

第十二章　古镇沦陷

鼻子连同上唇的一撮小胡子动了动，咕哝了一声，翻译官说："太君一定要查。"朱神父提出抗议，说："这里是德国教堂区，你们应当懂得国际规则。你们日本与中国交战，我们德国是中立的，不受侵犯，绝不能接受检查。"朱神父神情严肃，态度坚决，不容讨论。日本军官沉思片刻，转身带领来人一起退出教堂。传玉立即叫看门人锁好大门，插上顶门杠。大家松了口气，各自散去。

回到院里，传玉回去接着吃早饭，兰芷问什么事。传玉把刚才日军来搜查被神父拒绝的事说了，兰芷点点头说，还是德国人厉害。德国总理希特勒就宣布停止与中国政府的联系，不再卖给中国军火与军用物资，撤回了军事顾问，声明在中日战争中持中立态度。这个消息报上早已报道过。报道还说，日本与德国、意大利正在商谈结盟的事。所以，朱神父态度强硬是有根据的，鬼子也无可奈何。传玉笑道："美国人也表过态，今年华盛顿方面发表声明，反对日本侵略中国，但日本人并不理睬。其实美国也只是嘴上说说，仍旧继续卖给日本包括废钢铁、汽油之类的战略物资。"

大约上午十点钟，突然，楼上的人们彼此呼唤，看，大队的鬼子进街了！

这时，日军大队人马络绎不绝地经北临城南门大石桥，浩浩荡荡涌进街里，一路向北开去。楼上的人们扒开窗帘一角看到：太阳旗下，一队队身材短小、粗壮结实的日本兵，身穿刺眼的黄呢军装，头戴钢盔，肩扛刺刀闪闪发光的步枪，腰间前后都挂着子弹皮匣、小手雷，昂首挺胸、气势汹汹地走过大街；鬼子的骑兵，身背马枪，小小的个头，骑在高头大马上，东张西望的滑稽样子；头戴拖着长长螺旋橡胶管套头帽的防化兵，骑在马上一副鬼怪模样；隆隆开过的坦克，骡马牵引的炮车，尾部喷着黑烟的四轮卡车；士兵坐在车上，手持鞭子赶马的铁箍木轮辎重车，车上载满粮秣弹药。尤其是身材虽小，但高踞膘肥毛亮红枣大马上的日寇高级军官，穿着长筒马靴，晃着靴后帮子上锃亮的马刺，缓缓策马前行，那副左顾右盼的神气，令人看了打从心底里反感、恶心、仇恨。透过窗缝，涌进一股股难闻的皮革味，车辆尾气味，日军身上散发出的体臭汗臭味……

这是日寇特别选定在北临城举行的入城仪式。

敌人知道，南临城早已是空城一座，阒无一人。只有老街北临城，由于有德国教堂的保护，镇上的人都逃到那里避难，皇军可以向他们显示胜利者的威风。

昨夜与君田一起守护伤兵的耿先生病了，君田叫他回教堂去休息，同时陪伴家属。耿先生回来向朱神父说了声便回自己的住处去了。传玉很不放心父亲，便向朱神父提出替代耿先生去病院参加守护伤兵。朱神父说，这里的事我另外安排，你放心去吧。

街上人踪杳然，死一般的寂静。顿时一种令人窒息的空寂与恐怖感向传玉袭来。他加快步伐，急急地朝病院走去。病院由一条东西行的小巷与教堂相隔，路虽很近，但由于紧张，走起来似乎很漫长。他走到病院门口，急忙向前叩门。

父亲来开门。他从门缝里看到敲门的是传玉，打开门说：

"你跑来干什么？回去忙你的去！"

"耿先生不是回去了吗，我不放心，来替他帮爹看护伤兵。"

"回去，回去！"父亲皱起眉头说，"回去陪你娘和兰芷去！这里我一个人就行。"

"朱神父同意我来替他。"

"不行，你赶紧回去。听我的，没错！"

传玉知道父亲怕他留在这里危险。但是，他怎能让年老的父亲一人身处险境？他坚持不走，一定要留下。父亲没法，只得说：

"明天一早你还是回去。不碍事的，日本人来了我一拉警铃，神父立刻就来。"父亲说。

二

上午九点半，教会服务队几个中年男人抬着装满高粱窝头的大簸箩、咸菜盆、粥桶送来早饭，挨屋分发给伤兵们。伤兵们吃罢饭，几位

第十二章　古镇沦陷

年轻的德国修女在年老的修女院长带领下，提着药箱、消毒用品来病院给伤兵们换药。传玉出来开门，院长见了，表情惊讶地说：

"刘医生怎么到这里来了，你不是在圣堂那里吗？怎么，是担心你父亲吧？"

"耿先生病了，我来替换他，朱神父同意的。"

院长说："既然来了，那就帮助我们给环境消毒吧！"

传玉接过消毒器，把每间病室都用来苏尔喷洒一遍，又到院子与厕所喷洒现配制的漂白粉液。然后配合修女们给伤兵冲洗伤口、换药。感染较重的，伤口用碘仿纱布覆盖，再用纱布绷带包起来，格外加强换药。个别伤兵还需要同时口服药。换药时，修女们不断安慰伤兵们，说伤口好多啦，放心，很快就会痊愈的。大部分伤兵的外伤经过治疗都迅速得到控制。换完药临走前，院长向君田夸赞，听神父说你的儿子是国外留学回来的大医生，刘先生，天主保佑，你很有福啊！

修女们每天来病院换药一次，服务队送饮食则是上下午一天两顿，都很准时。开水是在病院的厨房里烧，由君田料理，一天到晚供应不断。伤兵们情绪稳定，对修女与服务人员表示感谢，这些人都回答说："你们千里迢迢来北方打日本鬼子，受伤是光荣的，我们应当感谢你们才对，你们受苦啦！"有的服务队员问伤兵："日本鬼子已经占领这里了，怕不怕？"伤兵们都说："不怕！我们出来打鬼子就没想过要活着回去，见了鬼子就眼红，总想跟他们枪对枪，刀对刀拼了！打死老子也不回四川哟！"

君田听了这话，既钦佩他们的抗敌精神，也怕他们冒失，严肃地说："现在这里是敌人占领区，大家切不可莽撞，一定要听从神父的嘱咐。遇到麻烦自有神父应付，你们只管闭口装哑巴，不然会惹出大祸来的。"

入夜，君田父子俩巡视过各个病室，又叮嘱一番。然后回到自己屋里，点上小油碗里的两根灯草，豆大的灯火下，影影绰绰的光亮里，爷俩相对而坐，感慨当下国事维艰，神州陆沉，人民罹难，叹息不止。大约十点钟，忽然听到外边有动静。传玉脸贴着玻璃窗朝外一看，不禁倒吸一口冷气，对父亲说：

樱花梦

"不好，有人跳墙进院了！"

君田忙跑过去看，也说："不好！是鬼子进院了。警铃就在门后，你千万不要出去，赶快拉警铃通知神父。我出去看看。"

黑暗里，"扑通扑通"一连越墙跳进四五个日本兵，都背着大枪，刺刀闪闪发光。其中一个跑到大门后，拉开门闩，放进十来个鬼子兵。君田仗着臂戴教会袖章，立即跑过去想拦住为首的鬼子。那鬼子大约是个军曹，他一把推开君田，手一挥，吼叫了一声，其余的鬼子立即朝各个病室扑去。传玉拉过警铃后，走近窗前观察外边的动静。

嘭的一声，门被踹开了。一个鬼子进屋来看见臂戴袖章的传玉，用刺刀比画着叫传玉到院子里去。这时，院子里被鬼子拉出屋的伤兵已经有二十多个，都被打倒在地。鬼子一个劲儿地用脚踢着逼问，跟来的翻译说："太君问你们是干什么的，是不是支那兵？说实话没事，不说实话捅死你们！"伤兵们紧皱眉头咬紧牙关，就是不开口。君田心急如焚，传玉转身想回屋再拉警铃，被鬼子喝止。鬼子们几只手电筒射出的白光，在每个人身上晃来晃去。情况万分危急，十万火急！

就在这千钧一发之际，朱神父带领两个高擎煤气灯的服务队员赶到。在刺眼的强烈煤气灯光下，朱神父见满地躺着痛苦呻吟的人，立即愤怒地朝日本兵呵斥：

"出去！立即都出去！没看到门外悬挂的德国国旗吗？这里是德国教会，你们违反国际条约，侵犯我们德国的病院。我要向你们的司令官提出强烈抗议！"

为首的鬼子嘀咕了几句什么。翻译官道："太君说啦，我们是在搜查支那伤兵，躲在这里的人可能就是支那兵。"朱神父脸涨得通红，立即大声驳斥道：

"不对！这些都是我们的教民，本来住在这里的乡下，你们日本人抢了他们的粮食，烧了他们的房子，打伤了他们，我们不得不把他们救到病院来养伤。你们又追到这里来残害他们，我抗议，强烈抗议！你们必须立即离开这里！"神父抬手指着大门怒喝。

鬼子兵面面相觑，不知所措。为首的鬼子把手一挥，吼了声，鬼子

第十二章　古镇沦陷

们立刻都从大门灰溜溜地出去了。

一场虚惊。大家把伤兵一个个都扶起来送回病室，安慰说："放心，我们一定保护好你们。"朱神父对君田说："也许这伙人还会再来，我回去派一位神父住在这里帮助你。"又转头对传玉说："你跟我回教堂去吧，那里需要你。"君田也对传玉说："快跟朱神父回教堂去吧，放心吧儿子，有神父在，不会再出事了。"

很快，年轻的德国神父葛树礼拎着一只皮包来了，住在大门旁的门房里，他笑说："刘校长，我来看守大门。夜间如果再发生麻烦事，我解决不了你就去拉警铃，放心去休息吧。"君田陪着他又巡视了一遍各病室，稳定伤兵们的情绪，时间正好是凌晨三点半。折腾了一夜，大家都回屋休息。

次日一早，一个日本兵来借水桶扁担，手比画着只是用一下的意思，用完立即送回来。君田只得把一副水桶扁担借给他，心想肉包子打狗，不会还回来了。过了两天，这个日本兵又来了，是来还水桶扁担的。他转身关上大门，拉着君田悄悄躲到一旁，一口辽宁腔，倒把君田吓了一跳，心里狐疑不定，不知是什么人。

"大爷，我是中国人，东北的，家在辽阳，家里老的老，小的小，生活很困难呀！我被征用当伕子干苦力，一路伺候这帮强盗王八蛋。东北沦陷区的人苦啊！"

"难道东北人都这么俯首帖耳受欺侮？"君田大着胆子试着问。

"不，不！我是拖家带口，实在是没法子，不应征不行。我要是没有家人的累赘，早进山参加义勇军打鬼子去了。咱中国人起来反抗的大有人在。九一八事变后，留在东北的一些东北军人大都撤到深山老林里坚持抗战，就连土匪胡子也有不少参加抗日的。后来有人组织联合起来，成立了抗日联军，千方百计坚持打鬼子。鬼子也真够狠毒的，分区分片儿把人圈起来，搞保甲连坐法，一处出事，全体遭殃。鬼子严密控制，封锁得严严实实，还不住地进山拉网'围剿'。这种情况下，抗联士兵们缺吃少喝，挨冻受饿，拼死坚持，实在是不容易，太苦啦！"这人摇头叹息说。

"你们那个康德皇帝呢，都干什么啦？"

"别提他，日本人的傀儡！"这人恨恨地说，"什么皇帝？背后人们都骂他臭狗屎一堆。"

君田想再问点什么，那人摇摇手，看看周围说：

"不行，大爷，我得赶紧走。我这憋在肚子里的话吐出来，心里痛快点啦。待会儿开过午饭，我就得跟着这支鬼子队伍开拔走啦。我这是特意借着还水桶来告诉大爷一声，一定不要灰心，要沉住气，要挺住，咱中国绝不会亡。你等着看，最后亡国的一定是小日本！"

半个多月后，伤兵们的伤势基本痊愈了。这时有个商人打扮的人，带着助手来接这里的伤兵，找到教堂联系。朱神父认识此人，是川军一位姓蒲的军医官，四月底就是这位蒲医官把这批伤兵托付给教会的。蒲医官向神父递交了缝在衣服里的部队长官写的感谢信。朱神父说："现在日军只是野战部队经常路过，并不驻扎，还没留驻守备部队，所以是护送伤兵归队的最好时机。但仍然要多加小心，避免路上与敌人遭遇。"蒲医官说："谢谢神父的嘱咐，请放心，我们一定安全地把伤兵们接回去。"朱神父吩咐修女院大厨房，赶快给伤兵们准备路上吃的干粮，咸菜疙瘩，干净饮水。知道四川人喜欢吃辣，特地叫大厨房准备了几罐辣酱，一起交给来人带走。蒲医官见朱神父想得如此周到，十分感动。临走时，伤兵们都向朱神父敬礼道谢，说回去一定尽快再上前线，痛打侵略者，跟日本鬼子拼到底。

传玉也跑来送行，见此情景，感动地对父亲说，路遥知马力，患难见真情，咱中国有这样热血报国的好男儿，日本侵略者必败无疑。

川军伤兵走后，教会神职人员轻松了许多。拥挤在教堂圣殿里的难民转移出来，到病院来住。君田带领服务队员照料难民，可以每天回家吃饭，全家悬着的一颗心终于放下了。

三

临城是津浦铁路干线苏鲁接壤处鲁南的一个重要交通枢纽，从这

第十二章　古镇沦陷

里有条临枣支线向东通往山区的煤都枣庄。为保证津浦铁路畅通，并且掠夺转运枣庄煤炭，日本华北派遣军西线部队于三月十七日攻占滕县后，当日即占领临城。不久，派驻了一个守备大队，大队长是山口少佐。大队部设在南临城火车站下路东的一个大院儿里，这个大院儿紧靠车站机务段，本来是个大煤场，有一段专线铁路修到这里，火车头卸煤渣、装煤炭都在这里，地方非常宽阔。日军占领临城后，守备队占用了大部分煤场，周围修起高高的围墙，墙上装有电网，院里竖一根旗杆，升起日本的国旗——人称"膏药旗"。这里警卫森严，来往车站的人们经过这里，只是偷眼瞥上一瞥，远远躲开，从不敢靠近，镇民称这地方叫"大墙里"。队部的大门外一左一右设有两个岗亭，昼夜双岗警卫。每天清晨，鬼子兵在院子里集合，高唱《君之代》，向东遥拜皇宫。山口派了一个小队驻扎北临城街，驻地在大街北头路东一处民宅里，门前设单岗守卫。后来改由伪军驻守，鬼子小队龟缩回"大墙里"去了。

　　日军在临城站住脚后，宣抚班到处张贴布告，呼吁民众回家从事农业生产，恢复商业经营，开始正常生活。他们还画漫画，贴标语，说什么"日中亲善"，日本与中国是"同文同种"，中日战争是"兄弟阋墙"，日本从没有对华宣战，出兵实属被迫。还编了《旭日歌》，说什么"唇齿依，勿参商，骨肉至亲岂可忘"，一厢情愿地套近乎，模糊中国人脑海里的敌我界限，企图麻痹沦陷区人民。同时又鼓吹"以日、满、华的强固结合为基础的大东亚新秩序"，把伪满洲国也扯出来，却一语拆穿了自己的西洋镜！人们用歇后语嘲弄说，鬼子这是"阎王爷贴告示——鬼话连篇"，别信他那一套！临城镇的人，除了汉奸狗腿子外，自始至终都对这些伪善的侵略者持敌视态度。

　　一天，鬼子大队长山口带着翻译来教堂拜访。那个翻译身材高高的，一口北平话，是个汉奸。一进大门，令君田吃惊的是，王原泰也跟在后边来了。君田问："原泰侄你也跟日本人干了？"王原泰觍着脸皮笑说："君田叔，这年头儿，从来都是谁来了就得给谁纳粮，你不跟着干能行吗？混口饭吃呗！传玉兄弟在家吗？他比我强，我不过是留日学经济的，没啥特别的本事，他可是京都帝国大学医学部的大博士、大医生，赶快出来跟着日本人干吧，人家不会亏待咱们的！"君田笑笑，没搭腔，领着山口一行去见朱神父。

朱神父在客厅接见山口。落座后，山口说明来意，主要是请神父动员避难的群众回家，从事正常的农商生产活动。另外，还请神父帮助在难民里寻找原铁路员工及其他技术人员，叫他们赶快去车站报到，恢复铁路交通运输、邮电通信等工作。朱神父说，只要日军保证他们的安全，一切都好办。山口很满意，连连称谢，保证说他们的安全毫无问题。山口指着王原泰问神父："这位是你们的教民？"朱神父瞥了一眼说："不认识！"山口朝王原泰讥笑道："王桑，神父说他不认识你，你出去等着吧，这里没你的事啦！"王原泰站起来，朝山口毕恭毕敬地一鞠躬，又向朱神父点点头，尴尬地走出客厅。

日本人把动员铁路员工上工、安抚民众回家的布告张贴到了大街上、镇南门上。

教堂神父转达了日本人的意思，人们有了相对的安全感，而且总住在教堂里也不是办法，于是纷纷收拾东西，整理行李回家去了。这时教堂里、教室里、庭院里，到处是垃圾，一片狼藉。服务队的青壮年男人在离开之前，自动组织起来，动手打扫庭院、房舍、厕所，全部清理完毕，一切恢复整洁后，大家才向神父一再道谢离去。

刘君田一家也从学校搬回了街北头的老宅院。

兵燹之后，家园荒芜，满目凄凉。门窗破烂，尘埃遍地。屋子里满地是打翻的家具，砸碎的瓷器。书橱里的书籍被翻得乱七八糟，架上地下扔得到处都是。好书丢失不少，珍藏多年的古旧善本雕版线装书被洗劫一空，看来是被懂汉学的日本军官掠走的。天棚被戳得到处都是破窟窿，几乎被掀了下来，鬼子好像怀疑天棚上藏有什么值钱的东西才胡乱捅的。就连日常吃水的大水缸，不知何故连缸盖一起给砸烂了。由于离开得匆忙，君田没来得及把藏在夹壁墙里的传家宝"九龙璧"取出带走，至今一直提心吊胆，忐忑不安。所以，一回到家里，马上去检查存放它的那面墙，发现没有被动过，这才放下一颗心。院

第十二章　古镇沦陷

子里、墙头、地上，到处长满野草，养鱼的大水缸倒是完好无损，水自然是干涸见底了，里面养的十几尾红色大鲤鱼活不见鱼，死不见尸，想必是被鬼子兵抓出来煮吃了。至于花草盆景，无一幸免，都给拔掉打烂了。

看着眼前的一切，传玉深刻体会到劫后的景象，就像一首流亡歌曲里唱的，"家成灰，寂寞生青草"。所幸自己一家子亲人们相顾都无恙，额手相庆，全身而归来！

临城到处是水，不缺水。教堂南院有一口压水机井，教会南北两院自己供水。街里人家用水，靠近街南头的人家，自己到南菜园井里去挑。街北头人家，到北门里井中去提，都是街坊公用的，人们自觉保护水井。有钱人家花钱由卖水人每天按时送水，不用操心。原来北临城街南头有一座茶炉，有人专门做卖开水、挑井水生意，给人家送水。如今由于鬼子破坏，茶炉被毁，茶棚被拆，已经没人做卖水的生意了。传玉朝兰芷笑说："去井里打水也是有技术的，不会打水的，水桶会欺负你，不听话，总也打不上水来。好在我少年时候就会使唤水桶，有打水的本事，现在正好可以自食其力了。"说着扛起扁担水桶前去挑水。全家人立即动手打扫屋里屋外，庭院角落，洗刷鱼缸，传玉往返几次挑水，兰芷帮着刷洗鱼缸，注满一大缸水。兰芷说，这要是在济南俺家老宅，院子里就有压水机井，可以就地汲水，没这么多麻烦。

整整用了一天的工夫，除了天棚以外，其他地方大体都整顿好了。君田说，总算勉强可以住了。等市面秩序恢复了，找扎裁匠来把天棚重新做过，木匠修理修理门窗，也就完事了。其他的只能慢慢整理了。当晚，全家随便吃点干粮就歇息了。

临睡时，传玉躺在床上，对着兰芷耳鬓悄悄说：

"好妹妹，辛苦你了，大小姐，大医生！"

"要说辛苦，还要数咱留学归来的大博士。"兰芷淡淡一笑，"真没想到，玉哥哥竟然还能挑起扁担水桶去井里打水。——让我看看，肩膀压肿了吧！"说着转头去看传玉的肩膀。

樱花梦

"我在想,西南联大的教授们恐怕跟咱们也差不多,得走出书斋自己挑水洗衣煮饭了!"

兰芷听了默然半晌,叹口气道:

"唉!前几年,我在济南街头听了东北流亡学生唱'我的家,在东北松花江上',当听到哭腔唱'爹娘啊,爹娘啊'的时候,我控制不住,当场就哭了,旁边许多青年学生也都泪流满面,战乱的伤痛,流亡的凄苦,感染着每一个人。这时候,流亡昆明的西南联大师生们的心境,怕是跟东北流亡学生一样,也怀着思乡的痛楚,在心底里呐喊吧!"

"万恶的日本军阀们,他们是中国人民的死敌,给中国人民制造了空前的劫难。说到底,由于日本军阀作恶多端,日本国民也绝逃不脱更加悲惨的浩劫,总有一天会遭报应的。哼,走着瞧吧!"传玉恨恨地说。

"是的,我相信,世界上没有不受惩罚的罪恶。善有善报,恶有恶报!"兰芷说。

几天后,朱神父派人来唤刘君田校长,说神父叫他去教堂议事。君田匆匆去了,中午回家吃饭时,带回两封信给传玉:

"朱神父找我商量育才小学复课的事。这是他交给我的信,说一封是从济南寄到教堂转交的,另一封是从香港转寄到教堂来的。看来写信人都明白,原来的地址靠不住了,只能托这里的外国教堂设法转信。"

传玉接过来先看了车院长的来信,看罢递给兰芷。信写得简单明确,叫传玉夫妇尽快回博爱医院参加医院开诊。又把香港转寄的郑天昊来信看了,也交给兰芷看。这封信写得更加简单,寥寥数语,但也很明白。因为从大后方经香港转信到沦陷区要更加小心,警惕日伪邮件检查,故而信中免去了一切具体内容,只是竹报平安而已。

传玉把两封信的内容向父亲说了。父亲说:"你岳父的来信虽短,但掇字酌句,寓意颇深。把信经香港转寄来是很不容易的,用心良苦,应该体谅。知道他们平安到达,一切顺遂就行了。至于车院长的来信,关系到你们俩的工作,要赶紧准备准备,早点启程到职。"传玉说:"现在家里的事还没安排停当,您二老年高体弱,又没人帮忙,俺俩是否晚几天去济南,在家帮助处理为好。"父亲摇手道:"家里的事不是一时半

第十二章　古镇沦陷

会儿能完全安排妥当的，这事不忙，得慢慢来。你们尽管去济南报到，免得误了医院的大事。我这里也要赶紧筹备小学开学的事。"传玉与兰芷商量了一下，决定尽快返回博爱医院，同时去看看济南的老宅，与看宅的亲戚碰面，那里也许还要修理才能居住。

第十三章
松崎少佐

首先派驻临城的日本守备队是山口部队。山口部队原是日军某支队下属的一个大队，本来是野战部队，参加台儿庄大战时伤亡极为惨重，几乎被中国军队全歼。残余部队逃离战场后经过整补，调到临城担任守备任务。大队长山口少佐性格极其残暴，是日本武士道精神的军人典型，极力宣扬武力解决一切，主张对中国大张挞伐，逼使中国屈服在日本战刀之下。一九三八年春日军南下侵入临城，逃避不及的镇民及四乡居民大多惨死在日寇的刺刀下。山口少佐带领部队进驻临城担任守备任务，声称要为战殁者复仇，为皇军立威，震慑当地百姓，于是兽性勃发，大肆搜捕屠杀，制造血腥恐怖。他把抓来的人押到临城火车站前，捆绑在电线杆上当作刺杀靶子，训练士兵的刺杀胆气与技术，或纵使狼犬撕开受害者腹部，拉出内脏器官致死，种种恶行惨无人道。

作为临城守备队，他不能一味屠杀，必须安抚当地居民，恢复社会正常生活。这就要联络地方士绅等有影响的头面人物，叫他们出来为自己工作。但山口少佐也不是一概搜罗，全部接纳。而是逐一加以了解，甄别对方的真实身份，在地方的实际影响力，从中找出所谓"能为日军效力的忠实人才"，以便建立伪组织。一开始，王原泰就主动来投靠山口，用流利的日语述说自己在日本京都帝国大学社科部经济学科留学的资历，并出示了毕业文凭。山口看了很高兴，连连说好，认为此人与日本有渊源，可考虑使用。王原泰为抬高自己的身价，说与教堂神父很熟稔，有交情，山口更加重视。但是，那天山口见朱神父对王原泰不理不睬，便随口问了神父，没想到朱神父竟一口回答不认识，态度冷淡，这使山口对王原泰产生了怀疑，认为他靠不住，就把他冷在一边继续考察，

第十三章　松崎少佐

重要的事都不让他参与了。王原泰感到不得志，但也只得乖乖地收敛起来，老老实实跟在山口屁股后边跑跑腿，干些无关紧要的事。

徐州会战的结果是，滕县保卫战我方以少量部队牵制西线大量敌军，东线台儿庄战役重创日军，获得大胜而结束，战后全军向西、南转移。残余败退的日军重整旗鼓，大举增兵，先是于五月十九日进占徐州，然后向安徽、河南、湖北进攻，中国军队节节抵抗，消耗了大量日军，迟滞了日军的攻势。日军深感中国军队抵抗意志坚决，使日军每夺得一地必付出巨大牺牲。至此，日本最高统帅部才认识到"三个月征服支那"只是梦想，"速战速决，解决日支战争"毫无希望，便从国内陆续增调部队，调整前线兵力部署，加强攻势，意图改变进展迟缓的被动局面。一九三八年六月中旬，中日双方武汉战役爆发。九月，山口部队被调往湖北归入原建制，参加武汉作战。

前来接防的是松崎大队。大队长松崎一郎少佐出身日本陆军士官学校，与一般少壮派军官的脾气粗鲁暴躁不同，他对人表现和善，尊敬上级，颇有文化素养，在士官学校的成绩也属优秀，很得教官们的赏识。但实质上，他为人面善心不善，柔中带刚，城府颇深，是个笑面虎。同僚们讥讽他不像陆军官佐，缺乏军人的刚毅气质，倒像个投机商人。他父亲就是商人，善于经营，只顾埋头赚钱发财，在中国奉天（沈阳）开着一家日用百货商店，是当地数一数二的大商场。祖父却是一位学者，颇有汉学造诣，人称汉学家。早年游历中国各地，对中国文物典籍有相当研究。祖父很喜爱这个聪明好学的孙子。他自幼跟随祖父学习汉语，耳濡目染，下过些功夫。所以粗通汉学，能浏览中文书籍，对于经史典籍，在祖父的熏陶下，也有所涉猎。虽然后来考入士官学校成为一名军人，仍继续研习汉学。他跟祖父学会一口中国北方话，虽发音不够标准，却通达流畅，毫不生硬。同僚们认为他是"中国通"，不适合做带兵的部队长，是个幕僚文职材料。他对中国文物有兴趣，读过一些有关的书，有一定的文物知识。来华以后，每到一处，都特别留意文物，一有发现，必欲得之。或是趁乱劫掠，或是想方设法据为己有。不过，所到之处，中国人逃避一空，所能搜罗到的多是些价值不大的内画壶、鼻烟壶、玉扳指、玉挂件、玉佛手之类的小物件。贵重的文物早被主人带走了。倒是得到了几部珍贵的宋版古籍，算是收获不小，立即寄回日本家中收藏。

一

由于山口的调令紧急，与松崎的防务交接有些匆忙。山口只是把恢复社会秩序的大体安排与现状交代一番，把他物色的，认为可用的地方头面人物名单交给松崎参考，便匆匆带领部队开拔走了。松崎仔细研究了名单，见王原泰一栏的附注里有这样几句话：亲日派，可用，但似不诚实，需考察。

"不诚实？需考察？"松崎自言自语，继续把名单看下去。

名单里有一位名叫刘君田的，五十来岁，北临城天主教会育才小学校长，在南临城开有一家"四方书局"，经营图书与小学课本。附注里有这么几句：教育家，无党无派，地方名流，可资利用。

松崎心想：教育家，地方名流，的确是可以笼络的对象。他决定对名单上的人物逐一调查了解，然后邀请来见面结识，进一步摸底。

山口走后，王原泰认为翻身的机会来了，立即去大队部求见松崎。松崎请他进来，问什么事。他递上履历书，用熟练的日语说自己是临城本地人，对本镇情况非常熟悉，对四乡状况也大体了解，愿意竭诚为皇军效力。松崎看了履历书，听了王原泰的口述，脸上挤出一丝微笑，却用中国话说：

"很好。王桑，你是国民党滕县党部专员，官职不算小嘛，为什么没跟着往重庆跑？"

"松崎太君，您听我说。"王原泰知道必问这事，也改用中国话从容回答，"我是留学日本的，我本人一向主张中日亲善，不赞成与大日本帝国为敌，不愿意与日本国民交恶。我们两国之间的所有争端，从来都是经过协商解决的。就因为有个共党掺和在里边挑拨离间，一股劲儿地煽动无知的青年学生闹事，到处叫喊抗日，逼迫政府不得不有所行动，所以才弄到今天这个不可收拾的地步，实非国民党与国民政府所愿。其

第十三章　松崎少佐

实，我国政府内部也有不少反对与日本开战的大人物，只不过在全国一片抗战的喧哗声里，只得暂时保持模棱两可的态度而已。总有一天，这些领袖人物也会跑到咱们这边来的。我早就看透了这一点，所以才决心留下来，希望为中日亲善做点有益的事。我这个良苦用心，敬请太君垂察。"

王原泰的两只眼睛滴溜溜地紧盯着松崎脸上的表情，诚惶诚恐地竭力表明自己的政治态度。松崎把履历书看了又看，抬眼端详这个国民党专员，心中暗想，这人说的，听上去句句都像是实话。也许山口是多虑了。

"好的，王桑。"松崎面带笑容，眼瞅着王原泰，低声细语地说道，"嗯，好，很好！帝国欢迎您这样的开明人士。您的履历书我留下可以吗？我想再研究研究。请放心，对于真心实意为皇军效力的，我们统统欢迎，且都会委以重任。"

"多谢太君关照！这份履历书是我特意呈给阁下看的。"王原泰满脸笑容，躬身回答。

松崎心里盘算，这个主动投靠效忠的国民党干部，不管他打的是什么主意，一定要顺水推舟，在严格监控下充分利用，在使用中考察。于是向王原泰表示，今后一定多多倚重，希望他不负所望。王原泰听松崎这么说，起身深深鞠躬说，一定，一定！欢喜地回去了。

其实，松崎更看重的是刘君田。这人曾任北京大学副教授，一生都在从事教育事业，是教会学校特别聘请的育才小学校长，是个有威望、有学识、在地方上有影响的人物。如果这个人能延揽过来，出任维持会长，对临城人一定能起到示范作用，有利于消除民众对日敌意，巩固日军在这里的统治。怎么才能把刘君田罗致过来呢？松崎想起《论语》里孔子说过："上好礼，则民莫敢不敬。"中国人重礼仪，对刘君田这样有威望的缙绅名流，须以礼相待才能拉过来，借重他的威望，推行帝国在占领区的政策，稳定统治局面。想到这里，他决定学学三国里刘备的三顾茅庐，亲自上门礼请刘君田出山，协助皇军安定民心。

刘君田对此是有思想准备的。中共县委地下组织早在日军侵入山东以前就做好了敌人占领后的应对准备措施，知道敌人一定会物色人选，建立伪政权组织。所以决定主动出击，安排党的地下人员，争取出任伪组织的各级主要领导人，为以后的对敌斗争掌握主动权。刘君田是县委委员，临城的地下党负责人，他的公开身份恰是最佳人选。县委即指示他设法争取出任伪维持会会长、伪镇公署镇长。

一天，松崎带着一名军曹与五名荷枪实弹的士兵步行来到北临城刘家，士兵留在门口站岗放哨。君田见松崎来访，礼貌地让进客厅落座，亲自送上茶水，松崎欠身笑说谢谢。他环视客厅后说：

"素闻先生是山东教育界的名儒耆宿，敝人初来宝地，拜谒来迟，还请先生多多鉴谅！我看了先生的生活环境，似乎艰苦了些嘛，像您这样的身份，生活要大大改善才是啊！"

君田听他一口文绉绉的中国话，心想这人虽是军人，却是个中国通，遂开门见山问道：

"太君光临寒舍，不知有何见教？"

"啊，是这样。"松崎把身边挂着的军刀移到两腿之间，用带着白手套的双手拄着，掰字酌句地说，"皇军来这里时间不短了，我的前任山口少佐走前向我介绍说，这里有位刘君田老前辈，很有名望。他由于接到命令调走，没来得及前来拜谒，深感遗憾。嘱咐我接任后一定前来请教，并代他致意。"

君田听明白了，是来套近乎，联络感情的。轻轻一笑，说：

"太君过于抬举了。我在这里不过是个小学教员，教书糊口而已。在下一生淡泊名利，从不交结权贵，不敢盗名欺世，何来名儒耆宿之说？太君认错人了！"

听刘君田这样说，松崎一脸诚恳地说："不，不，先生过谦了。今天我来府上专诚拜访，是为了日中亲善，地方安宁，使这里的百姓能安居乐业。所以诚邀先生出面维持，造福一方。"

"我一个小学教员，能做些什么！"君田试探对方。

松崎把当前尽快建立维持会、镇公署的紧迫性说了一遍，末了说：

"敬请先生临时屈就维持会长一职。待情况稳定后建立镇公署，正

第十三章　松崎少佐

式出任镇长。"

君田听了大笑，连连摆手说："盛名之下，其实难副。山野村夫，不堪重任！多谢皇军青眼相看，一定另请高明！"

交谈多时，君田只是以资望不足，才疏学浅，怕耽误大事推诿。旁边的那位军曹有些不耐烦，说了句什么，松崎瞪了他一眼，然后对君田说：

"我还有事，今天太过打扰了，耽误先生休息，抱歉得很。过两天敝人再登门求教。这事还请先生斟酌，希望以大局为重，至望俯就才好！"

说罢起身告辞。君田送至门外揖别。返身关上大门，回到堂屋。夫人走过来说："看样子他缠上你啦，怎么办？"君田笑说："欲擒故纵，不怕他缠，就怕他不缠。"夫人问："他还会来吗？"君田说："肯定会来，而且很快就来。"

果然，两天后，松崎带着那位军曹来访。君田还是客气地谦称，蹇驴驽马，难供驱驰，委婉地叫他另请高明。那跟来的军曹早不耐烦了，从旁用日语插嘴说了句什么。松崎板起脸呵斥，军曹唯唯而退。松崎仍然不露声色，满脸堆笑地从容告辞，再次请君田务必考虑，他静候佳音。又过了三四天，松崎带领那军曹再次来访。一进门，便笑嘻嘻地朝君田道：

"啊！实在是太忙了，没顾得上来看望先生。头绪复杂，许多事情很难办呀！"说着递过两盒沉甸甸的、彩绘金属盒子装的精致点心，"这是日本京都名店制作的抹茶糕饼，是我的夫人托人捎来的，特奉上两盒，不成敬意，请先生笑纳品尝。"

君田笑笑，接过来看。盒子上绘有彩色日本美女半身和服图：云鬟高绾，发上横别一支长长的簪子，簪子末端垂着一串小珍珠。面庞丰腴，蛾眉小口，姿态表情柔媚，颇似中国唐朝贵妇人，宽阔的衣领上，脖颈雪白，裸露至肩。旁边三个字迹娟秀的汉字：虞美人——大概是食品店名或者点心名称。

"一点儿小意思，请勿嫌弃，尝尝，尝尝。"

"谢谢，愧领了！"君田收下点心笑说。

"敦请先生出山任维持会长一事考虑得怎样了，敝人求贤心切，至望屈尊俯就呀！"见君田收了点心，松崎心里高兴，"没别的意思，只是借重先生的名望，安抚人心，安居乐业。"

君田见火候已到，故意皱起眉头说："唉，既承错爱，多次枉驾，诚意感人，在下只能勉为其难了！不过我有一个要求事先提出，请太君答应，免得我以后为难。"

"请讲，有什么要求只管提出，一切都好说！"松崎见君田松口，一脸的兴奋。

"我只能参与政务文教，稳定民心，恢复民生，其他的事，包括社会治安，还须另请高明。"

"当然！您是一方长官，民心所向，众望所归，发挥号召引领作用就足够了。具体杂务役使，包括社会治安等由下面的人去办。至于铁路安全是皇军的责任，不劳先生过问。"

"还有，小学阶段属于启蒙教育，不仅学习基本文化知识，更注重学生自幼德智体全面成长，是将来的做人根本，较之中学大学尤为重要。我之所以投身启蒙教育事业，正是为此。育才小学校长一职，是兖州教区主教谆谆重托，不能辞去，仍需兼任。"

"同意！这对管理学校，教育学生，从小就懂得日中是唇齿相依的兄弟之邦，对贯彻'中日满三国提携'非常重要。不但不能辞去，而且要坚守岗位，用好校长这个有利职务。"

于是一拍即合，双方皆大欢喜。

二

在刘君田的参与下，经过一番组织筹划，松崎主持召开了维持会成立会，建立了乡镇保甲制度，委派临时保甲长，审查核发"良民证"，制定社会管理各项规定等，贴出布告，公示各界知晓。同时还组织了几十人的"自卫团"，以老旧武器加以武装，派驻北临城街里，在日军监视下充任眼线、"耳报神"。北临城不再留驻日本军队。至此，伪政权机

第十三章　松崎少佐

构雏形基本完备，工商各业逐渐恢复经营，社会秩序基本稳定。

一切就绪后，紧接着一九三九年春在南临城正式成立镇公署。任命刘君田为镇长，王原泰任副镇长，各乡镇保甲长正式任命就职。此外，警察署、邮电局、伪军保安大队，以及铁路管理保障系统包括警务段等，也都建立齐全，还在铁路沿线建立了几个"爱路村"，由伪村长负责，给鬼子守望报警。日军驻临城松崎守备大队负责保障津浦铁路南北本管辖段内及临枣铁路本管辖段内的交通安全、地方绥靖，宪兵队机关负责内部监控。不久，北临城的"自卫团"被八路在一个夜晚连人带枪"一锅端"后才派去一连伪军驻扎北临城，也只是终日蹲守在队部里，连操都不上，偶尔有个把士兵去南门站岗也是应付差事，并不盘查过往行人，日本人也不过问，岗哨就自动撤了。渐渐地，各行各业恢复开市，日本商人也陆续来南临城车站下开商店、旅馆、大烟馆、日本娼寮。各地戏班子你来我往地在南临城"普乐戏园"演出京剧及河北、河南、山东等地梆子戏的传统剧目。游走四方的马戏班、打把式卖艺的、变戏法的，说评书（当地俗称"拉大呱"）的等五行八作，也都来这里献技混饭，出现了一番"太平"热闹景象。北临城则依然保持着渔樵耕读、诗礼传家，日出而作，日暮而息，基本封闭的古镇风貌。有时，傍晚太阳落山后，有瞎子艺人来坐地弹琴演唱《蜜蜂记》《荆钗记》《芦花记》《白兔记》之类的旧唱本琴书，吸引老年妇人落泪，年轻媳妇欢笑，越发显出北临城古镇的淳朴静谧，一如世外桃源。

这年春天，社会秩序总的算是基本稳定了。松崎派亲信河源军曹去日本京都把妻子花子接过来，住在车站下东街日本侨民聚居区一所宅邸里，这里紧邻日军守备大队的队部。这所宅子原是山东旧军阀一个旅长的家乡私邸，屋宇宽阔，带有庭院花园。松崎命人把四周围墙加高，装上电网，以策安全。同时院儿里还养了一只狼狗，日间锁在木桩上，夜晚放出来看家。部分居室改成日式，铺着榻榻米，装上推拉式纸槅扇门，简单陈设一下，过起了安静生活。

然而太平景象只是暂时的，八路游击队的活动逐渐活跃起来。从这年春天起，铁道上不断发生事故，越来越严重的安全危机在向日军守备

樱花梦

队迫近。搞得日军守备队感到巨大的压力，顾此失彼，狼狈不堪。渐渐地，就连铁路线两旁一两公里外都是八路活跃地区，小股日军轻易不敢前去，出动一个中队以上兵力的扫荡，也只能西到柏山为止，轻易不敢深入湖里，其威风开始扫地。铁甲车每天在铁路线上来回巡逻，手摇轧道车与电动轧道车不断在津浦、临枣铁路上来回探路。重要列车的司乘人员、押运士兵也都一律换成了日本人，但货车、运煤车还是经常出事，不是货车被半路抢去物资，就是铁路被扒，列车脱轨翻下路基。有时票车也会出事，在车上担任警戒的日军竟然遭到突然袭击而毙命。军列非常重要，必须确保安全行驶。军列大都装载着坦克、装甲车、卡车、大炮及武器弹药之类，车辆多达四五十节，由一前一中两辆重型机车联合牵引行驶在铁路上，震得路基不断颤动。每逢军列经过这里松崎都非常紧张。一接到军列将要经过的电话，他立即亲自带兵到铁路沿线，检查布置路段安全，确保在他的守备区内不出事故。尽管这样，军列有时也会出事，前后铁轨被破坏，车辆停在路轨上，前进不得，后退不能，无法动弹。八路游击队趁势奋勇上前武装劫车，押车鬼子的火力迅速被压制住，弹药枪械被八路强行劫走，这对日本鬼子是很大的威胁，松崎时常为此受到旅团部的训斥。偶尔有位军阶并不高的所谓"大内"皇戚前来视察，松崎也得亲自到火车站迎接，热情设宴款待，稍有不周，"大内"也会大动肝火，拿士兵出气，惹得松崎内心非常反感。

一个星期天的夜晚，他在睡梦中接到电话紧急报告：周村车站撞车了！他惊出一身冷汗。立即起身到队部，亲自带领一个中队前往封锁周村车站现场，调查事故原因。原来事情是这样的：当晚十点三十七分，一列煤车从枣庄向西开出，为了避让从临城向东开往枣庄的直达货车，临时停在周村车站内一股边道上等待错车。这时，不知怎的，那列穿站而过的货车却径直闯到煤车停留的这股道上来了。瞬间，车头对着车头猛烈碰撞，一阵巨响，当即两列火车都掀翻在路轨道边，车头撞毁，日本司机司炉当场殒命。锅炉熄火，气缸泄气，水柜喷水，车厢掀翻甩出老远，煤炭货物散落遍地，现场一片狼藉。经查是搬道工或者他人把货

第十三章　松崎少佐

车行驶路轨给拨到煤车停车路轨上来了，显然是有意为之，因为主路已经让出来给货车了，没有必要再去拨弄路轨。再找车站值班人员，从值班站长到吹哨打信号灯的，搬道的，巡道的，票房值班的，所有人统统跑得一干二净，全部失踪了！事后据说都去山里投奔八路了。这次重大事故，使松崎受到驻兖州的熊本旅团长严重斥责与警告，责令他深入调查破案，必须确保铁道安全。为此，他晚上睡觉时常呓语连连，老做噩梦——共产党八路成了终日缠绕他、摆脱不掉的克星。他在家里对妻子哀叹：这八路怎么就这样厉害呢？来无影去无踪，挨了他重重一拳还没看见对方的影子。妻子冷冷一句话戳中他的心坎儿：你这是闯到别人家里来了，人家能叫你在这里逍遥自在睡大觉吗？他听了这话不由得暗暗点头：是啊，中国有句古话，"卧榻之侧，岂容他人酣睡"，更何况还是抢占了他人的卧榻呢？

王原泰是协助宪兵负责社会治安的副镇长，他手底下带着一帮便衣特务，专门刺探八路行踪。松崎把他叫来问道：

"王桑，临城的治安太坏，铁路上老出事故，镇内也不太平，八路进出镇子畅行无阻。你这个负责治安的副镇长是怎么干的？难道你私通八路？你安插各乡的耳目也都是八路？"

"太君，您要这么说可就冤枉我了，我对皇军的忠诚天日可表！"王原泰以手指天发誓，"您这么说，我可担当不起啊！松崎太君。"

"发生了这么多恶性事故都是偶然的吗？你怎么解释？你的谍报队都是吃饭不干活的饭桶？你说你冤枉,拿什么来证明自己的清白,嗯？"

其实，王原泰在破坏抗日、迫害铁路工人及中共地下组织上是立过功的，手上沾了血的。宪兵队、警务段是他经常进出、报功请赏的地方。这一点松崎很清楚，对他并不怀疑。松崎这样说，是激将法，要他拿出主意来，毕竟他是本地人，地头蛇，熟悉地方情况！

王原泰对今年以来屡屡发生的事故也是心里害怕，头疼不已。他不是没派出眼线侦察情况，跟踪可疑分子，但是回报的线索总是断头线，始终摸不着头绪。他在各乡的卧底不是被揭露抓走，便是被秘密处死。王原泰在北临城安插潜伏的一名手疾眼快、心狠手辣的眼线，前不久接受侦察任务,才出北门不远,就在凤凰顶被人抓住,嘴里塞满破布,捆绑起来背上一块石磨盘,扔进积满雨水的枯井里淹死了。由于水浅上身重,脚丫子露出水面,被人发现了。打捞上来一看,鼻孔流着血水,尸体衣兜里还揣着一封信,内容罗列此人为日寇充当密探,致使多人被捕惨死在日本狼狗撕咬下的罪行,严厉警告汉奸们:这就是中国人的败类,汉奸卖国贼的可耻下场!王原泰亲自带人前往现场勘验了尸体,被吓破了胆,一连七八天都没敢公开露面,更不敢去北临城街游逛。就连得到他古井村的老爹病死的消息,也不敢前去摔盆号丧。只要出门办事,一准怀揣短枪,带着三两个贴身保镖,战战兢兢,非常警惕,生怕被八路捉去。

　　松崎的一句质问倒提醒了他:何不叫日军去微山湖扫荡一下呢?于是向前一步,低声献计道:"松崎太君,我估计铁道上发生的一连串事故准是微山湖的八路干的。这帮人惯能飞身扒车,抢货车,破铁路,袭击列车。不除掉他们,太君别想睡个安生觉。"

　　对于微山湖,日军早就注意上了,松崎对扫荡微山湖早有自己的腹案。兖州熊本旅团长于一九三九年夏天在微山岛上派驻了一个一千来人的伪军保安团,负责密切监视湖里的八路动向,松崎与岛上的伪军是有情报联系的。

　　王原泰提出扫荡微山湖,松崎听了正中下怀,与自己的打算不谋而合。

　　"嗯,我也是这么想的。这事儿一定要保密,不可向任何人泄露!"松崎想了想,又叮嘱说,"至于什么时候出发,让我考虑考虑,你就别管了。"

　　"是,是,我的嘴可严哪,就跟拿线缝上似的,松崎太君,您就放一百个心吧!"王原泰点头哈腰,谄媚地说。

　　松崎也很狡猾,他想试探一下,也不通知微山岛上的伪军,派出第一中队,借着日常操练的机会,一出南临城北门便一转弯向西直奔微山湖去了。这一招儿只有中队长大岛知道,士兵也只是行军路上才临时通知的。路途不远,一路急行军,三十来里的路程,不到中午就悄悄地赶

第十三章　松崎少佐

到了。当地的保长见皇军突然来临，慌忙出来迎接，问太君有什么事。大岛队长手一挥吼了声：走，前面带路的干活！鬼子包围了附近几个村子，挨家挨户搜查了半天，没见八路一个人影，毫无线索，扑了个空，只得悻悻而归。临走，大岛中队长还是把保长给捆上带回大队部交差，报告说八路统统跑了，保长事先不报告，良心坏啦坏啦的。松崎听了叫送宪兵队盘问审查。

君田获得中共地下组织紧急通知，知道鬼子突袭微山湖扑空，把"两面保长"给抓走的消息，叫他尽快设法营救。第二天上午他匆匆吃过早饭就去找松崎，说："这位保长是我的老熟人，在当地有声望，是我推荐出任保长的，人绝对老实本分，非常可靠，拥护皇军，积极维护地方治安，八路来去飘忽不定，没及时报告也不能怨保长。我担保他绝无问题，更不会私通八路。"松崎疑惑地问："老先生您怎么知道皇军去围剿微山湖的？怎么知道这个保长被捕了？"君田说："他七十多岁的老娘在孙子的搀扶下，昨天傍晚慌里慌张从夏镇赶到我家找我，说昨天上午皇军扫荡微山湖，她儿子出来迎接，带路搜查各家各户，村里村外犄角旮旯，没发现八路的踪迹。不知为什么皇军临走把她儿子抓走了，恳求我向皇军说情，放了她儿子。"

松崎沉吟了一下，说："老先生您敢担保？我看还是由宪兵队审查一下再说吧。"

"这样不好。"君田怫然不悦，"宪兵队不问青红皂白，随意动刑，严刑之下，何患无供？松崎太君，如果都这么干，以后谁还敢出来给皇军当差办事儿呢？"

这番话说得松崎哑然无语。他点点头，抄起桌上的电话给宪兵队通话，叽里呱啦朝对方讲了一通。然后撂下话筒说：

"既然老先生出面担保，就一定是好人。刚才我给宪兵队木村小队长打了电话，说是误抓来的，请立即放人，木村同意了，老先生前去宪兵队领人就是了。"

整个谈话过程中，松崎都在细心观察刘君田脸上的颜色表情，发现老先生真的着急动气了。他解释说："老先生别见怪，这种事不同寻常，到谁的手里都会先当嫌疑犯抓来审查的。现在没事啦,回去安慰一下这位保长,请他多多谅解,继续为皇军效力。"

三

  日军偷袭微山湖扑空,王原泰有些心慌。又知道抓来的人被刘镇长保释出来了,生怕失去皇军的信任,坏了自己的前程,心里对君田衔恨不已,可面上丝毫不敢流露。他在君田面前讨好说:"皇军扫荡这事儿也该给咱们镇公署打个招呼才对呀,这样随便抓人,以后咱还怎么工作?谁还敢跟着皇军干啊!"

  "你错啦!"君田知道他这话是假惺惺,而且还隐藏着陷阱,遂郑重地说,"扫荡是军事行动,贵在机密神速,要是先给你打招呼,走漏了消息你敢负责?"

  一句话就把王原泰给噎住了,他尴尬地朝君田竖起大拇指:

  "镇长高明,高明!"

  "不是我高明,这是常识!"

  松崎把王原泰叫来,对他说:"扫荡扑空,看来是有人泄露了行动机密。知道这个行动的人除了我与守备队中队长以外,只有你一人,是不是你走漏的风声?"王原泰连忙大呼冤枉,面红耳赤地辩解道:

  "太君,您想想,这个扫荡微山湖的点子还是我出的,我怎么会泄密呢?况且我也不知道皇军什么时候去扫荡呀!"

  "你没对什么人说过?比如刘镇长?"

  王原泰知道这时候绝对不能咬刘镇长。刘镇长能把人保出来,说明他正得松崎的信任,便坚定地说:"没有,绝对没有!刘镇长不可能知道皇军要扫荡微山湖这事儿。"松崎点点头,说这就好,心想也许是八路不在那里,真的扑空了。

  王原泰见松崎绷着的脸渐渐放松了,便说:"东北边的匡山头也是八路的一个窝点,那里离枣庄不远,是不是到那里再去看看?"

  松崎正在琢磨下一步该怎么办,听王原泰这么说,随口道:"你

第十三章　松崎少佐

带路？"

王原泰说："行，我带路，咱什么时候出发？"

松崎笑笑说："行动的安排你就别管了，还是那句话，一定要严格保密，你回去等通知吧！"

十几天过去了，不见松崎的动静，王原泰急于邀功，却又不敢去问。这天一大早，日军守备队大队部来电话，叫他独自一人前去开会。他急忙赶去大队部。一进大院儿，只见日军队伍已经整装集合完毕，五辆卡车正停在院儿里。松崎见他到来，即命他随队出发。他问去哪里，松崎朝一个鬼子中队长一指，说听他的命令。那个鬼子中队长名叫小野。小野手一挥，朝王原泰吼了声："上车，开路的干活！"他心里直犯嘀咕：这是要去哪里？小野中队长并不说话。无奈，只好跟在小野屁股后边上了第一辆卡车出镇。及至队伍出了南临城东门，小野才说去匡山头，又指了指他说："王的，你的带路！"王原泰连说："是，是！咱们绕过东沙河走直线，直奔东北去。"又用手朝前一指说："队长你看见了吗？那群山之中，最靠前面离这里最近的一座苍黄山头就是，不远，也就四十来里路，村庄就在山坡上。"小野举起望远镜瞄了瞄，喊了声快快的！卡车立即加速，一路颠簸着朝那里驶去，很快赶到山脚下。到达后，小野立即指挥日军一部包围山坡上的村庄，并派出斥候，对村子四周搜索警戒，余部一拥而入，进村挨家挨户搜查。结果，包括村长在内，全村的人早就跑得一干二净。鬼子又扑了个空。小野指着王原泰的鼻子怒吼："你的撒谎大大的！"随手给了他一个狠狠的耳光，打得他一个趔趄，差点儿跌倒。这次扑空使小野怒不可遏，命令士兵："放火烧，快快的！"鬼子兵四处放火。村子里瓦房很少，茅屋居多，立即燃起一片大火。二百年前的功名之家进士第也未能幸免，不仅屋宇被烧，连门额上皇帝钦赐的"进士及第"匾额、门外象征功名的高高的木斗旗杆也被砍倒，柏木的木斗被砸烂。回来后，王原泰向松崎诉苦："小野队长冤枉我，打了我耳光。好歹我也是个副镇长，怎么能说打就打，这么对我呢？"松崎笑笑说："皇军又扑了空，小野中队长能不发火吗？打耳光在皇军里不算什么，是常事，责备的意思，请不要介意。回头我告诉小野队长,叫他以后对王桑你客气点。"

其实,松崎对王原泰这个主动卖身投靠的国民党县党部官吏虽然倚重,但从心底里是瞧不起的,鄙视的。他认为此人品格卑劣,举止猥琐,远不如一条狼犬忠诚。但关键时刻还是用得着的,特别是在占领区,只能用这种寡廉鲜耻的人。使用时示以信任,饵以小利,驱使他们尽心尽力为皇军卖命效劳。他安慰了王原泰几句,见王的脸上余愠未消,便从橱柜里拿出一盒日本糖果递给他,说:"这是从日军服务社买的,薄荷味的,是东京银座的货。你们这里的糖果远没有我们日本的精致甜美,拿回去尝尝吧。"王原泰连忙双手接过,鞠躬道谢。

"松崎太君,我倒不计较中队长冲我发火,只不过说我撒谎欺骗太君,实在是天大的冤枉。这显得我对皇军不忠实,对日中提携不尽力,我心里很难过。"

"好啦,好啦!"松崎朝他背上拍拍,笑说,"就别生气了。皇军是信任你的,这一点请一定放心,我们是好朋友嘛!"

王原泰手里摆弄着糖果盒子,低头思索了片刻说:"松崎太君,关于屡屡扑空的事,我也一直在琢磨是怎么回事儿。我倒有个主意,不知道可行不可行。"

"说!"松崎两眼注视着面前这个奴颜婢膝的副镇长,"没关系,只管说。"

"依我看,铁道上出的这些事,说到底还是与湖里有关。那里是八路游击队的老窝,最近,微山岛上咱的保安团也被八路一锅端了,湖里没咱们的人看着了。此外,咱这里也可能有人给八路通风报信,但此人是谁,没凭没据,不好随便猜。特别是皇军大白天出动,又开着好几辆卡车前去,轰隆轰隆动静太大,惊动了对方,使他们人早跑光了,所以扑了个空。"说到这里,王原泰停顿下来,两眼瞅着松崎,看对方的反应。

"说,接着说,我听着呢!"松崎身子从椅子上朝前探了探。

"太君,我把话说在前头。"王原泰也凑近,低声说,"我这个办法管不管用,我没把握,只是个想法,别失了手又怪我。"

"说话不要吞吞吐吐。"松崎有点不耐烦,"说,什么办法?"

第十三章　松崎少佐

"深夜偷袭微山湖，不开车，步行前去。"王原泰把话音又放低了些。"你带路？"

"不光我去！还叫着刘镇长，俺俩一起带路。事前谁也不告诉，严格保密。"

松崎心想，刘老先生出任镇长前曾提出过条件，说不参与打打杀杀的事。如今王原泰提出要刘君田一起带路，看来他怀疑刘镇长，只不过不敢说出口。当然，对刘君田也不能完全信任，在占领区对所有的中国人，包括王原泰这类人，都要心存警惕。但刘君田是山东教育界名流，当地耆宿，可借助其威望，树个亲日榜样，不可使用过当。叫刘镇长带路的主意太轻率，很不妥当。

"王桑，刘镇长年纪老了，半夜行军对他不适宜，反而拖累队伍。他就别去了，还是你一人带路，这事对刘镇长要保密。至于什么时候出发，你回去等通知。记住，对任何人都要保密，不准泄露半个字！"

"是，太君说得极是。"王原泰心想，看来镇长这把交椅刘君田是坐稳了，等机会吧！

这是个残秋时节，树木凋零，衰草遍地，寒风阵阵，景象肃杀。

就在松崎打发走王原泰的当晚，半夜两点来钟，一个日军曹长带领两名士兵敲开王原泰的家门，把他从小老婆的热被窝里叫起来，紧急赶到大队部。松崎说："王桑，我们现在就出发，你路熟，前面带路，天不亮就可以赶到。"这时，第一中队的日军已在院子里集合完毕，松崎一声命令：出发！王原泰跟在松崎的身边，队伍在大岛中队长带领下，排成两路纵队紧跟在后，急速前进。真叫是"人衔枚，马摘铃"，在飒飒秋风中，树影摇曳里，乘着朦胧夜色，二百多人的日军队伍悄悄一路疾走，奔袭微山湖。很快赶到微山湖滨，此时天还没亮，正是黎明前的黑暗时刻。日军迅速包围村子，村外布置警戒，突然进村，人们正在熟睡。这时恰好有人出来小便，忽见鬼子到来，回头就跑，只听啪的一声枪响，那人应声倒地，再没爬起。

保长睡梦中被惊醒，听到枪响，知道不是日军就是伪军进村了，急忙穿衣起身迎了出来。低头一看，原来是个半大的男孩子被打倒，躺在

樱花梦

地上一动不动。

"八嘎！王的，皇军进村是偷偷的，小偷干活的。你的开枪大大的不好，暴露啦，坏啦坏啦的！"中队长大岛气急败坏地咒骂，生硬地把偷袭说成小偷干活的，王原泰吓得直哆嗦，躲到松崎身后不敢吭声。

松崎见保长来了，便说："快叫村民起来到打麦场集合。"保长为难地问松崎："这个被枪打死的孩子咋办？"松崎说："这你就别管了，皇军自会处理。"保长急忙去了。日军挨家挨户砸门吼叫，屋里屋外，床上床下，翻箱倒柜，坛坛罐罐被砸得稀烂，四处搜索，一无所获。村民被赶到打麦场集合，男女老少拥挤在一起，一个个惶恐不安。保长手提马灯，紧跟在松崎身边照明。一个鬼子兵跑来对松崎说，那个孩子死了。松崎点点头，没说话。保长说，这孩子是老殷家的独苗，还小，才十一岁，不懂事，见了皇军害怕才跑的。王原泰接过话来，说不对，是跑去报信的！松崎板着脸，鼻子哼了声：王桑，你太冒失了！

天色已明，搜索的结果仍然是一场空。大岛中队长非常恼火，一个劲儿地责怪王原泰，说他突然开枪惊走了八路。王原泰不敢辩解，垂头丧气地躲在松崎身边，生怕再被抽嘴巴。松崎上前一步，目光巡视一周，问保长人到齐了没有。保长走近看了看，说都到齐了。

松崎对着村民用地道的中国北方话讲了一通强化社会治安运动，日中友好，共同建设大东亚新秩序等，东拉西扯胡说一通，要求保长带领村民加强爱路村的防共工作，要注意报告敌情，保护铁路安全，防止八路破坏，维护铁路交通顺畅。讲完后，转脸朝湖滨的芦苇荡扫了一眼，那里的苇花白皑皑，雪花似的堆满湖边，一眼望不到边。他灵机一动，朝大岛中队长说：

"八路一定藏在芦苇荡里，点火焚烧！同时集中所有的机枪火力，朝湖滨地区扫射！"

他的意图很明显，叫八路从芦苇荡里逃出来，死在机枪扫射下。一声令下，鬼子兵一起奔向湖滨纵火焚烧芦苇荡。残秋的芦苇已经干枯，芦花正茂，见火就着，顿时一片火焰腾空而起，黑色的烟雾弥漫整个湖滨，熏染了蔚蓝的天空，同时，机枪声嗒嗒嗒响成一片，瓢泼大雨般扫

第十三章　松崎少佐

向湖滨。

看太阳升起，鬼子兵偃旗息鼓，拉起队伍撤走了。大队日军走到距临城八里路的柏山西侧，刚要绕过山坡奔向临城，突然一阵激烈的机枪扫射声、步枪射击声、手榴弹爆炸声响起：鬼子兵中了八路游击队的埋伏。鬼子兵立即散开，就地卧倒，漫无目的地开枪还击。事出意外，还没见八路在哪里，鬼子已经伤亡多人。松崎怕被截断退路，让八路给"包了饺子"，不敢恋战，立即下令且战且走，抬起几具尸体，拖着一群伤兵，狼狈逃回临城。从此再也不敢去微山湖了。日军损失惨重，松崎自然是哑巴吃黄连——有苦说不出。

这次黉夜偷袭微山湖，松崎做了赔本的买卖，懊恼不已。亲自白跑了一趟不说，还死伤十多个士兵，一个小队长阵亡，挨了重重一击，却始终没见八路一个人影。王原泰遭到中队长大岛一通臭骂，怪他开枪，若不是当着松崎的面，肯定要挨一通拳打脚踢。再看看松崎紧皱眉头愠怒的脸色，王原泰觉得十分没趣，耷拉着脑袋躲到一边。

从此，松崎再也不敢出临城镇，更不敢冒险去湖里扫荡，就连不远在望的匡山头也不敢再去，只龟缩在南临城，紧紧守护住火车站，每天派电动轧道车、铁甲车来回巡逻辖区内的津浦、临枣铁路线，提心吊胆地过日子。

第十四章

冰美人

一九三七年七月七日卢沟桥事变爆发后，京津冀迅速被日军占领。日本军阀在国民中煽动起一片狂热的所谓"爱国主义"高潮，也就是疯狂的极端民族主义浪潮。举国动员支援对华战争。接下来的每一次攻城略地的胜利，都会在日本国民中引发一阵神经质的歇斯底里的狂欢。预备役军人被动员起来，陆续向中国大陆增兵，日本的战争机器全力开动，战争不断升级扩大，战火向中国沿海及中西部腹地迅速蔓延。与此同时，日本政府也把百分之七十以上的国家预算用于侵华战争，支持军工生产，而大大紧缩其他方面的支出。当然，付出的代价是国民生活水平不断下降，生活物资紧缺，通货日益膨胀。政府采取的应对措施是"精神疗法"，号召国民为了天皇的神圣，为了帝国的荣光，勒紧裤腰带忍受这"暂时的困难"。节衣缩食，奋力生产，支援战争，为赢得全面迅速的支那战争胜利而做出"光荣"的牺牲。军阀们甚至承诺，中国的抵抗羸弱无力，不堪一击，战争将很快以大日本帝国的全面胜利结束。

国内反战的微弱声音被淹没在这股狂妄的战争叫嚣中。"万马齐喑究可哀"，一些日本反战人士或被逮捕监禁，或流亡中国大陆内地，向日本国内发出声音微弱的反战呼吁。藤田太郎教授先是被宪兵拘捕审查，结果认为，目前他只不过是个提倡和平主义的虔诚基督徒，尚不具危险性，但对他须加强管控，不允许他乱说乱动，扰乱民心。一年多后太郎被释放，改为在家隔离软禁，由宪警监视其生活，也不允许任何人随意前去探访接触。他只能独自一人默默地躲在家里，吃着供给越来越缺乏的国民配给粮，对着黑暗的、浩瀚无垠的苍穹，思索人间痛苦的根由，苦苦询问：为什么东瀛列岛会陷入理性泯灭的狂热之中？为什么偏

第十四章　冰美人

居东亚一隅的日本会如此狂妄自大叫嚣战争？大和民族未来的命运将会如何？战争的结局又会是怎样？日本国民何时才能从大陆淘金的幻想美梦中觉醒过来？将来日本的复兴之路又在何方？

一

　　丈夫带兵出征中国，使松崎海石花处于心情矛盾之中。她从心底里反对这场侵略战争，不愿意丈夫前去参加这场军事赌博，而且是对一个泱泱大国的豪赌。她认为应当与邻为善，反对与邻交恶，更何况一衣带水的邻邦中国在日本关东大地震、日本人民陷入水深火热中的危难时刻及时伸出援手，送来大量救灾米粮、食品、物资与钱款，解了日本的燃眉之急呢。这才过去几年呀，怎么就忘恩负义、恩将仇报了呢？松崎的离开使她减少了精神干扰，眼不见心不烦，舒畅了许多，清静了许多。尽管她并不爱他，甚至内心厌恶他，但作为日本女人，作为日本妻子，作为受到日本家庭传统教育的她，尽到了对丈夫应尽的职责——服从、温顺、体贴、周全地照应丈夫的日常生活。但是，这对她来说却是痛苦的，只能默默忍受无尽煎熬。唯一的安慰是，四岁的儿子佐治朝夕在她身边，给她带来了些许精神愉悦。她性格内敛，沉默寡言，脸上从无笑容，不愿与人交往，一天到晚，只默默地、机械地生活着。邻里的女人们都说她性情孤僻，清高，难以接近，管她叫作"冰美人"，也不大与她往来。然而，所有的人，不论男人或女人却都喜欢她，喜欢看到她，欣赏她不加修饰的天生丽质，是个风华绝代的日本美女。她虽然性情冷漠，但不失贤淑，有着日本女人的特质。她酷爱读书，懂汉学，文化素养高。不少男人艳羡松崎，说他能得到这样的美女为妻，真是前世修来的福气。然而松崎却坦率地苦笑说："不错，我是获得了一个美女，但她性情冷漠，一天到晚从没有笑容，的确是个冰美人。不怕您笑话，我赢不到她的心，享受不到她的温柔，仅止于贤淑的妻子而已。不过她这人庄静自重，不失妇道，使人不得不从心里尊敬她。她是我恩师的爱女，我对她只能包容忍让。"陆军士官学校出身的同僚听了，不屑地笑话他：

樱花梦

"英雄难过美人关，你不是男子汉，更不是日本的男子硬汉，你将一辈子乖乖地跪倒在老婆膝下。你的名字应当改为"松崎怀冰"——怀中紧紧抱着个冰美人，冷得再哆嗦，也不舍得丢掉。"

日本陆军士官出身的军官，性格大都冷若冰霜，残酷无情，好斗成性，一双阴鸷的眼睛里总含着杀气。平日他们寡言少语，不轻易开口，一旦开口便八嘎、八嘎的不离口，似乎就要拔刀相向。侵华战争之前日本以下犯上的一系列少壮派军人政变颇能说明这种性格。日本女人性情温顺，品格善良。她们崇拜阳刚气盛的男人，纵然受到他们的欺压也心甘情愿，默默忍受。与一般日本军人相反，松崎性格阴柔，能忍能发，笑里藏刀。他听了同僚们的恶意嘲弄，虽然心里气愤，但藏而不露，隐忍不发，更不去反驳，只是冷冷一笑——心里说，你们再怎么胡说八道地贬我，也只能是羡慕的一种丑陋畸形表现。我妻子气质高雅，相貌端丽，是你们眼馋的东洋美女。你们的妻子只会一天到晚围着锅台转，唯唯诺诺，俯首帖耳，任人摆布，顺服而已。

至于海石花，少女时本是个活泼开朗的姑娘，只是由于她曾经的不幸遭遇才使她性格改变了，婚后更是性情冷漠，但保持了善良的品质，称她"冰美人"倒也恰当。

一个风和日丽的春天早晨，吃罢早饭，海石花坐在庭院的樱花树荫里给儿子缝制一个小布人作护身符。樱花盛开，累累满枝，风儿掠过，飘来几瓣落花，粘在她秀美的乌发上，面庞与花儿相映，越发美艳。这时，大门铃声响了。她撂下手里的活计，碎步走去开门。站在门外的是熟人河源军曹，他有时来京都办事，总是替松崎从中国捎来一些大陆特产给她。

"咦，河源君，你怎么来京都啦？"

河源提着一只手篮笑嘻嘻地跨进门，朝海石花行了个正规的军礼，问候：

"夫人好！"

"好，好！河源君好，请屋里坐！"海石花鞠躬还礼。

"这是松崎长官命我带给夫人的干大枣，是山东枣庄的特产，个儿

第十四章　冰美人

大，肉厚，味甜。"

海石花接过手篮看了看，果然，大枣个个都有鸡蛋那么大，殷红殷红的，特别可爱。

"谢谢您，辛苦啦，河源君！"

河源脱了皮靴，踏上榻榻米，在长茶几前盘腿端坐，脸上始终挂着笑容。

"请喝茶。一郎还好吧？！"海石花送上抹茶。

"谢谢！"河源微微躬身说，"长官很好，只不过忙些，他总挂念着夫人您哪！"

"嗯，河源君这次来京都又是出差办公事吗？"

"不，是长官特别叫我来接夫人去山东临城的，我们守备队就驻扎在那里。"

"什么？山东临城？是与江苏交界的那个临城吗？"

"是的，那是一座河流环绕、风景优美的古镇，中国战国时期的薛国都城就在镇子附近。"

"哦？薛国都城？不是个明清时期南北大驿道的著名驿站吗？"

"是的，听说这个古驿站距今已有约七百年的悠久历史了。"

啊，临城！——海石花低垂眼睫沉思，久久地。半晌，她抬眼望着河源说：

"对不起，请让我仔细考虑考虑，过两天请您再来这里，我们一起商量好吗？"

"好的，正好松崎长官叫我借机回趟家看望一下我的父母。告辞了，夫人！"

河源匆匆走了，海石花陷入长时间的深深思考中。

她实在不想去山东临城，因为丈夫是脚下穿着满是铁钉的战靴，手上沾满杀戮鲜血的侵略者、掠夺者。作为侵略者、掠夺者的妻子前去，绝对属于不受欢迎的人。她耻于以这样不光彩的身份访问孔孟桑梓之地、礼仪之邦的山东，探望以疏财好客闻名古今的孟尝君田文的薛国故里临城。过去她听人讲述过这座城镇，曾经向往过临城，期待过访问风

樱花梦

景如画，静谧有如世外桃源的临城，亲眼看看那里的诗书翰墨，古朴遗风。据说薛地人家的门联上也多写着"忠厚传家久，诗书继世长"呢！如果这次不去，今后还能再有机会吗？

几天后，河源如约而至。海石花与他对坐在榻榻米上，喝着抹茶，商量去不去临城的事。河源抱着不辱使命的决心，一定要把海石花带到松崎的身边交差。他费尽口舌，从临城的优美景色，古色古香的前朝遗风，汉文化的浓厚色彩，到松崎对她的殷切思念，说得头头是道，不由她不心动。他不提日军对当地的残酷扫荡，不提日军如何镇压迫害那里的人民，不提八路游击队的激烈抵抗和处于战争泥沼中的日军困境，而是绘声绘色地描述那里的人民日出而作、日暮而息的田园生活。说那里的生活境况好很多，不像日本这样物资匮乏，通货膨胀，物价天天上涨。说别看是战争时期，那里却是世外桃源、人间极乐园呢！

她决定跟随河源去临城。倒不是由于河源娓娓动听的描绘，更不是出于对松崎的安慰，而是另有考虑——就去一趟吧！即使不受欢迎，遭到当地人的冷遇甚至袭击那也是活该，谁叫我是侵略者的妻子呢？但我总算圆了多年的向往之梦。

他们约定好三天后河源来接她一同去山东临城。海石花整理好需要随身带走的衣物，松崎的几件家常和服，几双软底拖屐，以及可能使用的其他日常生活物品，又从食品店里买了几盒糖果糕点，都装在一只大皮箱里准备带去临城。一切收拾妥当后，便领着佐治，提起那篮山东大枣去探望母亲。她打算把前往中国大陆的事情告诉母亲，并把佐治托付给母亲，她不愿意佐治去中国，以免使他幼小的心灵受到战争的精神创伤。

母亲深知女儿的心病难以治愈，仍然沉溺在伤心的往事里。她以忧悒的目光望着爱女，嘱咐说："这次去一郎那里一定要对他多体贴些，温柔些，顺从些。男人嘛，身在异国很不容易。特别是军人，长期在外，独处生活很寂寞，需要女人的照顾与安慰。 郎人不错，很谦和，不像一般日本男人那样脾气暴躁，大男子主义——你父亲就是这样的，我也熬过来了。一郎对你够宽容的，别一天到晚总绷着一张脸，冷冷地对他，

第十四章 冰美人

让他心里不高兴。过去的就过去了，烟消云散了，何必耿耿于怀呢？必须珍视现在，夫妻生活是一辈子的事，要从长远着眼。现在孩子都渐渐长大了，要把心思用在丈夫和孩子身上。"说着说着，母亲的眼泪啪嗒啪嗒地落下来。海石花不断"嗯嗯"地点头答应，说："放心吧，母亲！您的叮嘱我都记住了。我不能把孩子带去，免得在战地环境里有什么不测，就烦劳母亲照管一下吧！"母亲接过装满大枣的篮子说："看，一郎这不是总想着你吗，还有什么不满足的？"海石花说："这样好的大枣在日本是看不到的，请您送点给伯父吧！"

一早，河源肩上背着军用挎包来了，替她拎着皮箱，两人从京都出发，取道神户登上开往青岛的轮船，朝西方驶去。

天气晴朗，碧空如洗，春天的阳光洒满海面，层层的波浪映照得银光闪闪。拂面送来阵阵轻柔的海风，迎风而立，顿感神清气爽。

轮船一路稳稳地劈浪前进，划出一道白练般的航迹留在身后，渐渐逝去。海石花扶着船舷的栏杆，极目朝西颙望黄海那边的中国，心情激动不已。她虽然对乘海轮旅行并不陌生，但跨过黄海去中国大陆，这还是头一次。多么向往呀，我的中国，我神交已久的邻邦！辽阔无垠的大陆，高山原野，长江黄河，茂密的森林，富饶的土地，美丽的田园风光，勤劳勇敢的人民，厚重悠久的历史文化，这一切，在残酷战火的燃烧下，现在又变成什么样子了呢？她思绪万千，心驰神往，人还没到，心儿早飞去了……

二

妻子的到来令松崎非常高兴。他领她住进中日合璧、修缮一新的宽敞新居，房前屋后，庭院内外都看了一遍，问她满意不满意，要不要按日本风格再装饰一下。海石花说："够舒适的了，很好，不需要再锦上添花了。不过，这围墙上一圈儿电网不大好看，像个监狱似的。"松崎解释说："我们这是在中国，不是在日本，必须提防仇日分子越墙而进，发生意外。"海石花叹口气，无奈地摇摇头，又说："养条凶恶的狼犬看家，邻里朋友们谁还敢来串门？"松崎笑笑说："这是为了守夜，夜间放出来，白天拴起来，铁链长度有限制，不会伤到人的。"

他为这所宅院取名"海公馆"。在院内正厅门外青砖雕花的门额上镌刻了这三个大大的汉字，希望博得夫人一笑。海石花仰头看了，果然粲然一笑，松崎十分得意。

他们邀着河源一起到日侨区的"海天料理"吃了一顿丰盛的晚餐。海石花说："这才开战一年半，日本就已经感到物资紧缺，生活困难，在国内实行起粮米食品及日常生活物资配给制，这怎么得了？我们在京都是吃不到这样好的饭菜。今天来到中国的鲁南小镇临城，居然吃到如此肥美鲜嫩的清蒸鳜鱼，真是意想不到啊！"河源笑说："夫人您不知道，这里河流很多，河里盛产各类鱼儿——鲢鱼、草鱼、乌鱼、鳊鱼、鲶鱼，甚至鲤鱼等多得是，市上卖得也很便宜。我们士兵就时常拎起帆布水桶去北临城的深水河里炸鱼。一颗手雷扔下去，就是一片震晕的鱼儿浮上水面，每次炸鱼都能捞回一大桶来，清蒸、煎炸、红烧都很解馋，比海鱼还好吃。现在是春季，正是吃鳜鱼的时候，中国人说，'桃花流水鳜鱼肥'，现在这里的桃花盛开，鳜鱼自然就应季上市了。"松崎自嘲地说："炸鱼固然好，但是北临城那里也时常有八路出没。有一次，市川小队长带人去北临城炸鱼，正好碰上八路，仓促应战，被打得手忙脚乱，屁滚尿流地逃回来，连帆布水桶都丢下了，更别说鱼了，狼狈得很呢！"海石花听得摇头惊讶，连说活该！谁叫你们嘴馋，猫儿偷腥呢！

饭后归来已经是晚上九点多了。临睡觉前，海石花说：

"一郎，听说陆军省给派遣军各部队都配了许多军妓，开起了娼寮，专门服侍军人。你去过那里没有？要是去过，请一定不要碰我，我嫌脏，怕染病。"

"花子，你多虑了！那是专门为士兵们建立的'慰安所'，人们称那里是'性厕所'，脏得很。军官们是不太那里的，将佐级军官对它更是不屑一顾，我怎么能去那里呢？即使卖艺的歌舞艺伎，我们中高级军官也只是陪着客人观赏她们的表演，从不与这些女人私下里有染。不管怎

第十四章　冰美人

样,她们也算是艺术家,我们尊重她们。"

"这样就好。记住,一定要自珍自爱,洁身自好。"

"你就放心吧,花子!你是我的妻子,我心爱的一朵洁白美丽的白莲花,纯洁而高贵,我会万分珍惜的,当然也一定会自爱的!"

次日,吃早饭时两人说起北临城。海石花问:

"前些日子在京都,河源君到家里来劝我,叫我到你这里来住。把临城说得如何的古朴幽静,世外桃源般优美。昨天吃晚饭的时候,河源君又说起他们去北临城炸鱼的事。我想问问你,我能去那里走走,游览一下吗?"

松崎沉思片刻说:"可以,我来安排,你等着。"

吃罢早饭,松崎去了大队部。中午,回家吃饭时,在饭桌上他对海石花说:

"花子,我安排好了,你打算什么时候去北临城游览?"

"这要你说了算,我听你的安排。"

松崎挖空心思要讨妻子的欢心,哄她高兴,希望赢得她的笑容。他与脾气温和的同乡、三中队长坪井商量好,决定借着三中队去北临城南门外高地出操的机会,由河源军曹改穿中式便衣,打扮成一名小学教员,陪同化装成女教师模样的海石花前去北临城游逛,一再拜托坪井设法暗中保护,不要惊动花子,以免使她扫兴,游完后一同回来。

过了几天,一个早晨,在坪井队长的带领下,三中队排成两路纵队,扛着上了刺刀的步枪,前往北临城南门外出操。为了海石花的安全,坪井事前通过南临城保安团部与驻北临城的连长联系,说有位刚从日本来的客人,慕名古镇,特地前来观光游览,请他们派两名精干便衣远远跟随,暗中保护。坪井指挥日军士兵在高地上竖立标靶,训练模拟瞄准射击动作。同时在靶场周围布置警戒,观察镇内外动静,保证安全。

海石花与河源首先观赏了散落在北临城镇外的点点农舍。这些农舍都是日军纵火焚烧后,在原来基础上重新建起的茅舍。只见炊烟袅袅,萦绕在树林花木之间,这是农妇在为下地劳作的丈夫儿子们准备午饭的时刻。茅屋周围种满了桑树、枣树、梨树。教堂的菜园边上种满向日葵,

樱花梦

迎着初升的太阳，花株婷婷，黄花如盖。园里有一口井，安装着汲水的辘轳，井边一条石砌的引水槽通往菜畦。井水清凉洁净，用于日常饮用、浇地。看园人住的茅屋旁是高高的瓜棚葫芦架，挂着许多初生的青色小葫芦，低矮的番茄架也开始结满了果实。菜蔬满园，菜花嫩黄，散发着扑鼻的芬芳，引得蜂儿蝶儿到处奔忙。蓝天白云下，桃梨鲜花怒放，红艳艳的桃花、白皑皑的梨花簇拥枝头。谷地河畔一棵挨一棵的垂柳临风摇曳，鸟语啁啾，小桥流水，一派赏心悦目的优美田园风光。

河源知道有人暗中保护，但不告诉海石花，免得扫她的游兴，自己腰里也暗藏着一支手枪，以防万一。他穿件灰色长衫，靠领口的衣襟上别着新民牌钢笔，头戴灰呢礼帽，脚穿青布鞋，脸上一副黑边眼镜，文绉绉的，一副小学教员打扮。海石花穿着湖蓝色阴丹士林布夹旗袍，外罩鹅黄毛线短外套，恰是一位年轻女教员模样。两人走在一起，看上去像是同事，又像情侣。他们这身行头是河源从铁路扶轮小学教员那里借来的。松崎笑说河源真有能耐，是个干艺术的料，战后可以回日本去当个戏剧化装师，也可以做导演。

两人沿着临城的蜿蜒小路一路走来，远远地就望见北临城南门城楼，屹然高踞大石桥上，古色古香，颇有气势。

河源也很向往这里，多次借着与保安队联络的机会来过北临城，对古镇的地理环境、历史文化多少有些了解，所以这次海石花要游览北临城，便向松崎毛遂自荐，充当向导。

参观镇子时，他一知半解地从战国时期的孟尝君到一九二三年五月震惊世界的"临城国际列车大劫案"，东拉西扯地介绍这座古驿站。他指着遥遥在望的教堂尖塔，说这是全临城唯一的西方哥特式建筑，尖塔是钟塔的尖顶，直刺天空。哥特式建筑风格的特点是高耸、敞亮、华丽。英国的坎特伯雷大教堂、法国的巴黎圣母院、意大利的米兰大教堂等欧洲许多教堂都采用了这种建筑风格。然而，最为壮观的还数德国的科隆大教堂，而世界最高的哥特式大教堂是德国乌尔姆大教堂，尖塔高约一百六十一米。一个个尖塔高耸入云，仰视令人头晕目眩，惊叹不已。北临城的教堂规模当然小很多，远远不能与那些著名的教堂相提并论，

第十四章　冰美人

但钟塔仍然很突出，老远就能看见。每到清晨和傍晚，教堂都会敲起大钟，钟声悠扬，响彻南北临城，给人一种圣洁、宁静感，在南临城就可以清晰地听到，伴着朝霞夕晖，你会沉醉其间。海石花听了河源如此博学多识的谈吐，颇有些惊奇地说：

"听你的谈话，不像是个农民、工人，或一般市井之徒，倒像是满腹经纶、通晓文学艺术的知识分子。你原来是干什么的？"

"咳，说来惭愧！"河源叹口气，说，"我是东京早稻田大学文学部毕业的，汉语是我的重点学习课程。我能说汉语，读中国书籍，特别热衷中国古典文学。大学毕业后，我到奈良一面从事戏剧创作，一面继续学习汉学。我写过几个短小的中国历史故事剧本，连载发表在《文艺春秋》的《物语》栏里，被导演看中采用，演出效果不错。您知道的，奈良是一座与中国有着悠久历史渊源的文化古城。奈良城市建筑风格，市井布局，完全仿照中国唐代都城长安，宫殿、寺庙、古迹非常多。著名的唐招提寺就在那里，是中国大和尚鉴真大师所建，大师最后也圆寂在那里，真身遗容供后人瞻仰，日本人很崇敬他。"

"您怎么当上了一名军曹？"

"这还是托松崎长官关照的福呢！"河源笑道，"我被征兵后，先是当一名二等兵，后来逐步升了上等兵。松崎长官是我的同乡，他精通汉学，与我一样也喜欢中国古典文学。我们兴趣相投，是他把我调到身边跟着他，提拔为士官级曹长的，他还说，等有机会打算提拔我做他的少尉副官呢！"见海石花面露惜才表情，又补充说，"都是这场战争闹得，开战以来，对华战争胶着难解，速战速决无望，兵员越来越紧张，不管什么身份都得从军上前线。我算是幸运儿，还有许多大学教授、讲师之类的高级人才被征召入伍当了普通士兵呢？"

他们在南门里大街路东看到一处被焚烧过的房舍。院子很大，四周屋宇坍塌毁坏，房梁屋檩烧得焦黑，断垣残壁，破砖乱瓦散落遍地。但门墙还在，倒在一边的两扇黑漆大门板上，漆着红底黑字的门联：上联是"仕宦行台"，下联是"安寓客商"，一看就知道，是一所供往来官员客商歇息的驿馆。旁边由于大门框被烧毁，字迹残缺不全，看不清楹联写的是什么。

"这是战火的杰作。"河源指着驿馆遗址惋惜地说,"可惜呀,真是作孽!这是有着几百年历史的明清时代南北大驿道上的驿馆,被毁坏成这个样子。临城这里并没有发生过战事,有些房屋是入城前尖兵部队来搜索时顺手纵火焚烧的。正式入城后再没有发生焚烧民房的事。所以,南北临城基本没有毁于战火,因为我们还要占领这里,收拾支那的民心咧!"

"哼,民心、民心!"海石花厌恶地吐出半句,不再说话。

河源领着花子走走看看,指指点点,介绍他知道的一些皮毛。

街两边的各类商铺、货栈、作坊、民宅,都贴着今年的新楹联,内容多采用儒学经典构思,多来自《大学》《中庸》,写得古朴典雅,寓意隽永,透出齐鲁文化底蕴。即使一般祝福吉祥的楹联,也不流俗。河源说,他见过一家店名叫作"魁盛居饭庄"的对联,用了唐朝元稹《离思》的头两句。原诗是:"曾经沧海难为水,除却巫山不是云。取次花丛懒回顾,半缘修道半缘君。"诗的意思是,想念自己钟爱的那位美女,对其他美女都懒得一顾。饭馆老板取头两句是说,本饭店菜饭高人一等,来过我这里,就不再想去别处吃了。口气很大,夸口也斯文!更有一家"沧浪池浴室"的楹联写着"敢将沧浪比华清,不把清流混常流",不仅写了池水,还自诩清高。花子称赞说,出句果然不同凡响。说这一趟北临城之游,见识了世外桃源美景,领略了古镇文化,明清遗风,长了知识,更圆了长久以来的心愿,实在不虚此行。这一路的所见所闻,勾起了海石花的无限幽思与遐想。

三

"这要是在夏天,到这里的河里垂钓,我想那一定别有风味。"河源说,"夫人,我对这里比较熟悉,等到夏天我带你到这里来垂钓好吗?咱们还是老百姓的装束,也不走远,就在南大桥下河边树荫里,坐在洗衣石上钓鱼比较安全。整个一条河谷里都是夹岸的柳林,柳丝垂及河面,

第十四章 冰美人

拂着河水，河岸菖蒲水草丰茂，阴凉得很。看着飞来飞去的红蜻蜓、绿蜻蜓，听着耳边阵阵蝉鸣，钓竿一抬，就是一条活蹦乱跳的银色鱼儿，那该多么有诗意呀！"

"这一举一动都要提防八路，总想着安全不安全，提心吊胆的，还有什么诗意可言呢！"

河源沉默半晌，叹口气说："不谈这个了。我们去教堂看看吧，育才小学就在教堂里。校长是临城镇的镇长刘君田先生，是一位有学问、有声望的社会名流，松崎长官很尊重他，今天也许能见着他。"

河源陪同海石花到学校参观，学校放了三天春假，学生教员都不在校，只有校长刘君田还待在他的办公室里。经过河源介绍，刘校长知道来人是松崎夫人，热情地招待他们喝茶。刘校长说，斋月期间圣堂里不能进去参观，就在校园里转转，看看教学环境吧！他们出了校长室来到院子里，见教堂大殿正门上镌刻着"万有真源"四个大字。海石花问校长：

"这几个汉字是谁的手笔？"

"这是清圣祖康熙皇帝为京城北堂题写的，国内各地教堂多使用在教堂圣殿的门额上。"刘君田说，"大门外的楹联也是康熙皇帝题的。上联是'无始无终先作形声真主宰'，下联是'宣仁宣义聿昭拯济大权衡'，涵盖了基督教的教义，说明康熙对基督教义有较深了解。"

"康熙皇帝为什么这么推崇基督教呢？"海石花问。

"康熙帝很开明，以海纳百川的胸怀容纳包括佛教、回教、喇嘛教在内的外来宗教。特别因为天主教对中国的天文、历法、算学及火器等科学技术有贡献。康熙热爱科学，故而教会得以在华发展。只是到了后来，由于出现了所谓的'礼仪之争'，罗马教廷认为祀孔祭祖是'异端'，而中国皇帝认为这只是对先人的崇敬追思，不属于宗教行为，并非异端。两厢争持不下，才导致清廷持续百余年禁止基督教传教士在华传教的后果。"

临走时，海石花又回头看了教堂两扇大门上"德孚中外，道贯古今"的门联，赞道：

樱花梦

"这副门联字写得丰盈饱满,笔力遒劲,像是颜体,是谁写的?"

刘君田笑道:"看来,夫人对中国书法很有研究。这是拙笔,两边的门联也是我的涂鸦,见笑了!"

海石花说:"我的汉字书法拙劣,很想借着在中国的机会用心学习。我们日本也很注重汉字书法,只是远不能与中国相比。以后有机会,要请刘老先生多给予指点。"

游览归来,吃午饭时松崎问及感想。海石花从来寡言少语,这次破例,深情地谈了自己的见闻。谈话中透出无限的感慨,旧友重逢似的,余意未尽。她说:"所幸的是,这座百年古镇没有遭到战火的破坏,尚保有旧时风貌,悠悠古韵,值得欣慰。"

她问:"听河源君说,古镇的东西两郊还有沙河,河面辽阔,河水清澈,绿野广袤,青山在望,风景极好。特别是东沙河,河滩上到处都是各种颜色的石英石,大都是白色的,也有一簇簇纯净透明的水晶嵌在石头里。各色石英石中黑色的、灰黑色的,是当地农民取火用的燧石。他们随身带着火绒、火镰打火,吸烟做饭当火柴用。河源君说沙河景致虽好,但不能随便去玩,可能碰到八路,有危险。是这样吗?"

"是的。"松崎点头说,"是不能随便去。临城附近八路出没无常。你看他一身破衣烂衫,头顶斗笠,手拿铁铲,肩背粪箕,一副当地农民模样。其实他是八路的侦察兵,或者腰里别着短枪的游击分子,稍不留神就会遭到他的袭击。一句话,我们是在明处,八路游击队在暗处,防不胜防呀!"

"皇军就没有去过那里?"

"去过。"松崎说,"有一次,一个小队长带领几个士兵去北临城西沙河深水区炸鱼。他们还带着女人去玩。炸完鱼,大家下河游泳、戏水。正玩得高兴,两个农民模样的人走过来看他们游泳,这些傻瓜还兴高采烈地朝他们招手,喊下来一起玩。只听一声喊打!那两个人突然拔出手枪,朝河里赤身裸体的男女开枪。小队长急忙指挥大家立即散开跳出沙河,奔向沙滩去抓架在那里的步枪还击。当小队士兵光着身子朝那两人围拢过去时,人家早钻进高粱地里无影无踪了。结果三个士兵轻伤,一

第十四章　冰美人

个重伤。女人们都一丝不挂地藏在河边乱草丛里，没有伤亡。"

"可笑，可耻，活该！"海石花冷冷地说。

"这件事使我非常生气。小队长被我重重扇了几个耳光，关三天禁闭，士兵一天禁闭，罚劳役一星期，去郊外伐木刨树根。不许开车去，要自己背回来，锯开当烧火的劈柴。"

"看来，皇军像个关在铁围栏里的猛兽，跑不出来，只能做困兽吼了。"

"不！"松崎立即回答说，"第二天我就派一个小队去西沙河附近村庄搜索，不过也只到了张桥以西三里的小辛庄，没敢远去。"

"发现了什么？为什么不再往远处去看看呢？"海石花问。

"在村保长带路引领下搜遍了附近各村子，什么也没发现，这里的村民好像都是良民。因为去的人少，害怕袭击，不敢远走。"

"保长可靠吗？"海石花又问，"他会不会也是八路，或者私通八路？"

"这不敢说，没有办法，我们只能相信他们。"

"一郎，在中国人眼里，日本人是侵略者，是不受欢迎的人。你们周围是一双双敌视的目光，人家不会真心对你们的，用你的话说，防不胜防。"

松崎敛起笑容，一脸严肃地说："花子，这话可不能乱说。你这是私下里对我说，要是在外边说，会被宪兵当作反日分子或者反战分子的。记住，以后绝对不要再说这种对天皇不敬、对帝国不忠的话了！"

"宪兵小队不也是你的部下吗？怕他什么？"

"他们不是作战部队，不是我的部下。他们属于另外一个特殊的系统，归特务机关长管辖，有权监视包括军队在内的任何人，也管军队纪律。"松崎说，"我再提醒你一句，花子，你一定要牢牢管住自己的嘴，千万别再这样说话了，即使对我也不要说，免得成为习惯。"

海石花面无表情，不再说话。松崎知道花子不高兴，遂说：

"如果你实在想去沙河看看，我想办法采取安全措施，叫河源陪你去，不走远不会有危险。"

樱花梦

"哼，危险，危险，总挂在嘴边的危险。还是老实点吧，我才不去找挨打呢！"

海石花冷冷的一句使松崎觉得没趣，怏怏地去院子里抚弄他心爱的狼犬去了。

傍晚，松崎从大队部回来，海石花早早帮松崎从大连带来的女仆彩云做好了晚饭。饭后，松崎牵着狼犬，两人在庭院里散步遛狗，彩云在厨下收拾锅盆，洗涮杯盘。挺拔的白杨树，高高的，叶子被风吹得哗啦哗啦直响，秋风飒飒，越发恬静。海石花问：

"为什么把树都种在紧靠房前的地方，不种在墙根，这样遮挡屋子的阳光不好。"

"这些白杨原先是种在墙根的，我接收这所宅院时叫人移栽过来的。贴着墙根种，外人可能攀缘越墙进院，不安全。"松崎补充说，"白杨喜欢往高处长，不会遮挡阳光。"

"唉，一天到晚都得防这防那，这哪里是生活，简直是坐监狱，活受罪！"

"就快好了！"松崎说，"昭和十三年，西历一九三八年，从六月中旬开始到十月底，皇军先后调集数十万重兵及数百架飞机，多艘舰艇进攻武汉，经过数月激战，终于占领了武汉及其周围全境。虽然付出了巨大牺牲，但支那军在皇军施放毒气的攻击下，伤亡更加惨重，终于支持不住，狼狈西逃。我的前任守备大队长山口少佐，就是在这场激烈战役中，光荣战殁殉国的。依我看，用不了多久，中国政府就得屈膝投降，妥协言和，承认满洲国，使华北成为日本控制下的自治区。到时候，大日本帝国就会通过不断移民拓殖，牢牢地掌控满蒙，使之成为我们的禁脔，最终废掉那个傀儡溥仪，使满洲成为我们日本的领土。同时把英美势力挤出整个支那，大日本帝国就可以独占大陆。靠着支那肥沃的土地，富饶的物产，蕴藏地下不可胜数的矿藏，廉价的支那劳动力，日本国民就会过上太平富足的日子了。"

"想得倒挺好，可别成为一枕黄粱，美梦一场哟！"海石花不屑地冷笑。

第十五章
九龙璧之谜

王原泰知道松崎夫人来了，在取得松崎的许可后便提着一篮子梨枣去海公馆探望。他按动电铃，侍女彩云出来，打开大门上的小窗口问找谁。王原泰说来看望松崎太君，他知道我来。彩云转头用日语朝屋子里喊了声有客人。松崎出来看了微笑说，是王桑，请进。彩云打开大门让进客人。王原泰满脸堆笑说："我知道夫人来了很长时间，一直没能前来拜访，今天特地上门问候。"回头看看彩云，问："是从日本带来的？"松崎摇头说："是满洲姑娘，辽东大连人，姓归，名叫彩云，新京女子职业学校毕业，会做家务，能讲一口流利的日语。为了照顾夫人，料理家务，我专门托人从满洲物色来的，年龄虽小，但挺能干。"松崎把王原泰让进一间中式客厅落座，彩云送上茶水，松崎命她接过水果篮子，去请夫人来见客，彩云答应去了。不一会儿，只见一位面容姣美、身穿家常和服的年轻女人进来，松崎介绍说这是他的妻子松崎海石花，又介绍王原泰。王原泰忙起身深深鞠躬问候。

"夫人好！初次见面，请多多关照。"礼毕举目细看，似乎有些眼熟，遂用日语问，"我好像在哪里见过夫人，您是不是曾在京都帝国大学医学部病院工作过？"

海石花扫了他一眼，冷然地用汉语回答："天底下相貌近似的人多得是，先生认错人了！这是在你们中国，请用汉语交谈——请喝茶。"对松崎说："我后边还忙着，你们说话，有事呼叫彩云。"又朝王原泰说："先生，恕不奉陪了。"说罢飘然离去。

王原泰碰了一鼻子灰，尴尬地向松崎说：

"夫人的谈吐好文雅，我太莽撞了，非常抱歉！"

"没关系。夫人平时很少会见客人,请王桑不要介意。"松崎摆摆手。

在王原泰眼里,这位美貌女子是见过的,只是时隔太久,一时想不起来是在哪里见的,细想想,好像是在京都帝国大学见过的。看到松崎夫人,王原泰想到刘传玉。他记得传玉曾在夏威夷跟同学们聊天,谈起过他家有件传家宝,叫什么"九龙璧"的,是件流传百年的古物,稀世珍宝。既然松崎喜爱中国古玩,何不撺掇松崎找刘镇长问问,要来大家观赏观赏,劝说刘镇长献给皇军呢!

想到这里,他说:"松崎太君,方才见到夫人,我倒想起一件事来。"

"什么事?"

"当年在日本留学的时候,我与刘镇长的儿子刘传玉同住一个宿舍,我们是同乡,很要好的。有一年,我们京都帝国大学组织旅行团去夏威夷游览。在那里传玉君曾经从海上救起一位不慎落水的日本女孩。回到下榻的旅社后,夏威夷水上救生协会负责人来旅社寻找传玉致谢。当时,他正在庭院里与同学们聊天,说他家有一件秘不示人的传家宝,叫作'九龙璧',是件百年稀世珍宝,就连他也只见过一回。太君喜欢中国古董,何不向刘镇长要来看看?"

这时,彩云正端着一托盘点心碟子进来,听王原泰这样说,把点心一碟碟放在桌上,撤去托盘,说声请先生用点心,回身到夫人那里把这事儿说了。海石花听后皱起眉头,厌恶地哼了声,没说什么。彩云是海石花寂寞生活中的伴侣、慰藉。她喜欢这个单纯可爱的女孩子,年龄还不满十八岁,聪明伶俐,勤劳肯干,家务料理得妥妥当当,有条不紊,就连那只狼犬由于是彩云负责饲养,见了彩云也立即站起来行"注目礼",不住地摇晃尾巴。彩云懂得烹饪,中国东北菜做得醇香入味,鲜美可口,颇能诱人食欲。尤其是她做的关东大水饺,馅调得极好,饺子皮薄,馅大,味香浓,远比日本料理的面食好吃,就连松崎也颇欣赏。在海石花的眼里,彩云是中国人,不是什么日本诰的"满洲国"人。彩云颇懂夫人的心理,干起活儿来处处都对夫人的心思。两人相处犹如姊妹,使海石花减少了不少孤寂苦闷感。

第十五章　九龙璧之谜

一

　　松崎不同于一般日本军人，是个带有几分文人气质的中国通，有嗜古癖，特别是对中国古旧文物。诸如名人字画、碑刻拓片、玉石珍玩等，他都懂得些，有粗浅的鉴赏能力，喜欢收藏。他也读过些中国古籍，具有中国历史文化知识。率部侵华以来，遇到文物更是趁机强抢搜刮，巧取豪夺据为己有。听王原泰说到刘家藏有稀世珍宝"九龙璧"，越发勾起他的癖好，奇痒难耐。他很想要来看看，甚至忽发奇想：是不是中国古籍《韩非子》中提到的"天下共宝和氏璧"现身了？果真像王原泰所说的是百年古物传家宝，一定要设法弄到手。

　　为了索看刘镇长的家藏珍宝，松崎选定中国农历新年前的一个日曜日（星期天）请刘君田、王原泰到海公馆来吃午饭，说是祝贺中国新年，敬请两位镇长驾临。请王原泰来的意思是，叫他从旁敲边鼓助力，对此，王原泰心领神会，自然卖力。刘君田与王原泰两人应邀来海公馆做客。

　　喝茶闲谈中，松崎要看王原泰拇指上戴的玉扳指，王原泰脱下递给松崎。他翻来覆去把玩观看，摇头笑笑说，这是个极普通的青玉，成色一般。递还给王原泰，说：

　　"你看看我的。"说着转身从柜橱里取出一件玉虎，递给王原泰，"这个玉虎材质是和田美玉，是我率兵在胶东乡下扫荡时，从一家书香门第偶然得到的。他家的人都跑光了，这是从他家内室方砖底下挖掘出来的，装在一只兰花瓷坛子里，里面还有一些珍珠玛瑙、玉镯朝珠之类的物件，被搜查的军官们分了。这件玉虎别人不懂，河源军曹拿来给我看，我觉得不同一般，就收藏起来了。你细看看，它玉质洁白纯净，温润滑腻，无瑕疵，是上等的羊脂玉，远远比你的扳指好。"

　　王原泰把玩了一阵儿，还给松崎："我的扳指与太君的玉虎完全不在一个等级上，我这是日常手边的小玩物，与太君的玉虎不可等量齐观。这只玉虎怕是很有历史了吧？说不定还是魏晋南北朝时期的，最晚也是唐代的，极其难得。太君要好好收藏，不可随意在明处摆放。"

"说得是！过些日子，找机会我叫人把它送到日本家中去收藏起来。"松崎说，又递给刘君田，"借刘老先生的法眼替我看看，鉴定一下是不是件儿古物，可能是哪个朝代的？"

　　刘君田摇头说不懂玉器，认不出来。松崎说不信，以您老先生的渊博学问，见多识广，哪会不懂玉器古董？一定要君田看。君田推诿不过，只得接过来看了，还是说看不出来，不懂！递回给松崎。大家谈笑间，彩云在饭厅布置妥饭桌，摆好酒菜，来告诉松崎说该吃午饭了。松崎请刘君田、王原泰到饭厅入座，说自己做的家常菜，特为招待刘镇长的。这菜是东北风味，与山东菜应是同源同宗，老先生请品尝。几杯清酒过后，松崎又提起玉器，问：

　　"听说老先生家里藏有一件祖传玉器古物'九龙璧'，可否拿出来叫大家看看，开开眼？"

　　刘君田听了"九龙璧"三字，心里一惊，知道一定是家藏露了底细，不便再行推诿隐瞒，遂沉住气说：

　　"是的，原先是有件儿摆设，不是什么九龙璧，只是个形如游龙的云纹大理石插屏，下边是红木托座，原是我祖父书房里的摆设。祖父故去后，我把它移到客厅的条案上，与座钟瓷瓶摆在一起。二十年代山东匪患猖獗，我家遭抢，被土匪捎带脚拿走了，算来已经失落二十多年了。"

　　"王桑，"松崎朝王原泰笑笑，"'九龙璧'是家传珍宝，一定藏得很深，保密严实，不会叫外人知道，你怎么知道的？——老先生这是舍不得拿出来给人看，搪塞我们啊！"

　　"十年前在京都帝国大学留学时，大学里组织暑期学生旅行团到夏威夷游览。我与刘镇长的公子刘传玉参加了旅行团。在一次庭院闲谈中，传玉说给同学们听的，当时我在场，所以知道这件事。刘镇长说是一般的家常摆设，好像不对。当时传玉说是家传好几代的古物，是祖上花几千两银子买来的，珍藏在家里，他也只见过一回。"王原泰坚持说。

　　"中国有句古话，'君子不夺人之爱'，何况玉器至尊的拱璧？老先

第十五章　九龙璧之谜

生既然不肯出示，不可勉强呀！"松崎一脸假笑，"不谈这些。来，吃菜，吃菜！尝尝这个。"说着用汤匙从大海碗里舀起一块肉放在君田的衬碟里，"这是炖鹿尾，好吃，满洲特产，日本朋友捎来的。"

君田谦让说："谢谢！鹿尾很稀罕，好东西，关内吃不到。"又接过松崎刚才的话茬儿，"松崎太君说我吝啬，舍不得拿出来给大家看，这可冤枉我了。的确不是什么九龙璧，只是一般的云纹大理石插屏，当初我家被土匪抢掠时给顺手抄走了。"

"既然刘镇长一定这么说，许是你听错了，王桑。"松崎收敛笑容说，"喝酒，不谈这些。"

散席后，刘君田说学校里有事，先走一步，告辞走了。王原泰怕松崎以为自己胡说，便进一步强调说："太君说得对，是刘镇长不肯拿出来给人看。当时刘传玉谈到他家的九龙璧时，形状、尺寸、品相都说得一清二楚，绝不是云纹大理石插屏。插屏一般是方形的，即使是圆形的，中间也绝对没有孔。传玉说他家的那件玉器中心有孔，而且中心孔径小于边宽。按古制：中心孔径小于边宽的称璧，大于边宽的称瑗，相等的称环，有缺口的称玦。所以，刘镇长的那块儿家藏肯定是璧无疑。刘传玉说，边上刻有九条龙隐约云中，故名叫九龙璧。显然，这样的家藏珍宝刘镇长肯定不愿主动拿出来。"王原泰怂恿松崎强取。

"不，不！"松崎大摇其头，瞪了他一眼说，"王桑，这样不好，强人所难不好。刘镇长是山东的教育家，是有名望的人，许多地方还要借重于他。如果按照你说的办，不仅会伤了彼此的感情，有损我的名誉，还影响帝国在这里开展工作！"

"是，是。"王原泰频频点头，"不过，我还是劝太君设法弄到手，这可是百年不遇的稀世珍宝啊！"

"这个你就不要管了。我有我的做事原则。"

松崎不是不想要，而是懂得"君子好财，取之有道"。他的所谓"道"，自然指的是，既要得到它，又要做得不露痕迹。这就是他的"做事原则"。他在等待时机。

听彩云说王原泰怂恿松崎向刘镇长索取九龙璧看一事，海石花虽然没说话，但心里暗暗吃惊。她知道，松崎对中国珍宝有所了解，经常在她面前卖弄从祖父那里学到的中国文物知识、历史掌故，言谈里露出异常羡慕，垂涎三尺。如果刘镇长这件家传珍宝被松崎见到，一定会千方百计弄到手。他的掠夺欲太过强了，会不择手段，甚至伤害刘镇长全家。她决心劝阻松崎，别干这伤天害理的卑鄙勾当。当天傍晚，松崎从大队部办完事回到海公馆。海石花帮他换上家常宽松和服，送上湿毛巾擦脸，坐在榻榻米上喝茶，等待吃晚饭。

"那天王副镇长提着果篮来看望你，你们两人在客厅里说话，他向你说刘镇长家有什么传家宝九龙璧，撺掇你向刘镇长索要来看。"海石花婉转地说，"我劝你别听姓王的。这人贼眉鼠眼，在你面前奴颜婢膝，鬼话连篇，不是好人。我看他心怀诡计，打算陷害刘镇长，有取而代之的打算，用所谓的九龙璧骗你，叫你为他火中取栗。"

"你怎么知道的？"松崎端起茶杯喝了一口，眼望着她问。

"你们说话的时候，我恰好路过客厅窗前，亲耳听到的。这个日曜日你专门请刘镇长来家吃饭，叫那个姓王的来作陪，听了你们的谈话，我就知道你要上姓王的当，叫你做坏人，他捞好处。"

"放心吧，花子，我不会上他的当。王原泰是国民党的党棍，靠耍手腕混饭吃的。他眼看着蒋介石在皇军的猛烈攻势下节节败退，没跟着往重庆跑，投奔到我们大日本这边来了。我知道怎样对待这种人——只会利用他，绝不会信任他！"

"你要为我们的儿子佐治树立好榜样，为后代子孙垂范，使松崎家族永远兴旺。"

"是的，花子，你的话是对的，我明白。"松崎直起身子说，"放心，我有我的做事原则。"

"一郎，要记住，不是你的，永远不会是你的。即使硬吞下去，最终也要统统吐出来还给人家，一点也留不下，而且还会弄坏自己的肠胃。"

海石花话里有话，寓意深长，松崎不愿与她辩论。他知道花子的性格倔强，你说"支那"，她非说"中国"不可，你说"进入"，她非说"侵

第十五章 九龙璧之谜

略"。所幸，她从来寡言少语，不愿与人交往，更不与外人谈论政治时事，这一点她听劝。所以，对她只能容忍着，她说什么都不要介意，听听而已，不必较真。海石花见他只是唯唯答应，便不再多说。彩云来催他们吃晚饭，两人遂起身去饭厅，松崎见花子面色仍然不悦，便说："放心吧，花子，你的话我都记住了！"说着拍拍她的肩膀，笑笑。

二

那天去海公馆做客，松崎提出索要九龙璧看，着实令刘君田吃了一惊。他虽然沉着应对，不动声色地做了解释，但王原泰却当场一口咬定，说得言辞凿凿，看来这件家藏珍宝的秘密泄露了底细。怎么泄密的呢？是传玉不小心说漏了嘴？一时猜不透。无论如何得转移藏宝地点，这才是当前最紧迫的。已到年根底下，帮忙照应家务的亲戚都返乡过年去了，院子里别无外人，正好转移藏宝地点。他在堂屋里、东西耳房、东西厢房及南厢房里转来转去，各处看了又看，都觉得不妥。正踌躇间，太太对他说：

"各间住屋里都靠不住。依我看，眼下不是到腊月二十三过小年了吗？该糖瓜祭灶了，趁着辞旧迎新的机会，就藏到灶王爷身后去的好。那里是灶间，烟熏火燎的，不会引人注意。"

"对，有道理！"君田连连点头。

他到厨房灶王爷像前看了又看，灶王爷的神像被一年的烟火熏得黑黄了，很不起眼，藏在这里的确是个好地方，谁家的好东西会往这里藏？他对太太说：

"这里更隐蔽，就是这里！"

当晚，老两口就在厨房灶台前忙活起来。厨房在西厢房旁边，与南房连着。南房一溜临着巷子。两间屋子也都还宽敞，里间烧饭，外间作饭厅。灶台贴神像的这面后墙靠外临巷，是两砖半加厚的。君田揭去灶王爷旧画像烧掉，慢慢用铁铲、凿子挖出个深一砖半的小洞来，正好可以把铁皮匣子塞进去。

樱花梦

两人回到堂屋西耳房。那里紧贴后山墙放着一个高大的红木衣柜，非常沉重，衣柜后壁是块儿活板，推开活板便露出后山墙上刷着与墙同色的暗门，门里是个不宽的夹壁，虽不能容人，但可以藏东西。二三十年代时各系军阀混战，山东常闹兵灾匪患，大户人家多有夹壁暗室，紧急时可以藏人藏物。君田从夹壁墙里取出一个扁平的铁皮匣子，里边又是个扁扁的花梨木匣，九龙璧用厚厚的棉垫套着装在里面。他小心翼翼地捧了出来，太太接着。他又转身关上暗门，推好衣柜活板，与太太一起来到灶间。君田把铁皮匣子塞到藏宝洞里，然后挡上一片木板，用泥灰抹上，就在原地刷层白灰。晾干后，端端正正贴上新灶王爷画像遮盖住。像前的香炉里燃起几支檀木香，摆上果品，香烟袅袅，好似祭过灶的样子。看了看没有痕迹，觉得妥当了，遂放下心来。这件事老夫妇整整忙活了大半夜，天快亮了才回堂屋西耳房休息。

传玉夫妇带着两岁的儿子家骧回家过年来了。君田夫妇非常高兴，一家五口总算平平安安、团团圆圆一起过个新年了。前一天母亲与兰芷就忙着做年夜饭，还包了不少饺子。装满一口袋放在篮子里，挂到院子里的晾衣钢丝上冻起来。到了年三十晚上，凑了些猪肉羊肉粉条，但多是青菜萝卜辣椒之类，都是家常菜，居然摆满一桌。倒是传玉从济南带来的杏花村汾酒、竹叶青，以及腊肉香肠、松花蛋、海蜇等下酒菜，格外显眼，颇令父亲高兴。吃年夜饭的时候，每人面前都斟满酒杯，大家举杯祝贺一年来阖家平安，诸事顺遂，并祝远在云南昆明西南联大的天昊夫妇一家平安，身体健康。饭后，四人摆开八仙桌玩北方纸牌，俗称"斗牌"，喧嚷之间，显得热闹。按照习俗年三十当晚守夜，整夜无眠，除了玩牌，老两口就是含饴弄孙，颇为有趣。午夜时分，母亲又下水饺给大家吃，喂孙子吃，说不尽的天伦之乐。直到东方发白，方才各自回房休息。由于阖家团圆，虽是身处沦陷区，生活比较艰难，但一家人这个年过得还算愉快。

早饭后，母亲与兰芷各自回房接着歇息。父亲往烟斗里填满烟丝，烟丝金黄，细柔鲜亮，燃起来香味浓郁，弥漫满屋。父子两人在堂屋里喝茶闲话。

第十五章　九龙璧之谜

"这个土产烟丝比哈德门好抽，很绵软。"父亲吐出一口烟雾，拿起茶碗喝了口茶，说，"传玉，你向外人透露过咱家的家藏九龙璧吗？"

"怎么，九龙璧的秘密走漏啦？"

"我问你，你向外人说没说过咱们有九龙璧？"父亲追问。

父亲的提问来得突然。传玉一愣，想了想，徐徐地说：

"倒是说过，那还是十几年前在日本的时候，与日本同学们一起去夏威夷旅游，闲谈时无意说起过。怎么？出事啦？"

"事倒没出。"父亲责备说，"不过，离出事也不远了。——你太不小心了！要知道，'财不露白，露白招灾'。这是个普遍的道理。"

传玉不安地说："当时一位日本同学要看我腰间的玉佩，我解下来给他看。大家谈起玉来，日本人对玉很崇拜，比中国尤甚。我一不留神说漏了嘴。——看这祸惹得，唉，都怨我！"

"以后遇事都得留神，言谈举止不可疏忽大意。日本人喜欢玉，这就更危险了！"

"为什么？"传玉紧张地问。

"咱家的九龙璧叫松崎这个鬼子大队长知道了。"

"他怎么知道的？"

"王原泰告诉的。我说松崎怎么会请我去他家吃饭呢，原来是冲着九龙璧来的！"

传玉说："当时我说到九龙璧的时候，王原泰也在场，他知道这事。"

初五一大早，王原泰来刘家拜年。进门就朝君田作揖打躬，嘴里嚷嚷："镇长过年好！大吉大利，新年发财！"君田也拱手，请他客厅里坐。他蓦地抬头，见传玉在家，忙问："传玉兄弟回家过年啦，几时到的？弟妹也来啦？"又抱拳道，"过年好，过年好！"

听父亲说王原泰向鬼子告密他家有九龙璧，心生厌意，面子上不得不应酬道：

"原泰兄也在镇上当上镇长啦？在日本人跟前很吃香吧？"

"哪里！是个副的！这还得托老伯的福，不然镇上的差事哪有我的份儿？"

君田说:"你们聊着,我去忙点别的事。"说着离开客厅去书房了。王原泰打量着传玉,说:

"兄弟,多时没见了,在济南工作还好吗?我看你瘦多了,医院里工作一定很累吧?"

"还好,我们干医生的,一天到晚跟病人打交道,是比较累些,但是习惯了,也没啥。"

去年底以来,日本与美国的关系出现了裂痕。美国政府对日本实行了战略物资出口限制,主要是废旧钢铁、石油、橡胶之类的战略物资。日本是个资源贫乏的岛国,战略物资更是严重依赖进口,如今正在如火如荼地进行侵华战争,急需这些战略物资。日本驻美大使野村吉三郎奉近卫内阁的命令,试图与华盛顿秘密谈判,要求美国放宽出口限制。这时,日本国内统治集团对南进印度支那及南洋群岛,还是乘苏联抵抗德国侵略无暇东顾之际,北进苏联亚洲部分争论不休。今年一开始,日本就对法属印度支那跃跃欲试,进行军事威胁,国际形势呈现紧张局面,阻碍了日美秘密谈判的尝试。

王原泰是学国际政治经济的,对局势嗅觉灵敏。他从共同社报道的国际新闻中看到些蛛丝马迹,认为日本有可能与美英发生冲突,甚至不排除爆发战争。他对传玉说:

"兄弟,英美是靠不住的,现在他们在中日战争中是中立的,将来呢?说不定会是咋样儿。我劝老弟考虑辞去济南博爱医院的工作,到咱家乡来,我向松崎推荐你在铁路医院干,给个科主任没问题,别老待在美国教会医院啦!"

传玉道:"多谢关照。不过这里没有大医院。铁路医院不过是个诊所规模,听说连门诊观察病床都没有。济南那里挺好,大医院多,教会医院、市立医院都不错。我是内科医生,病房是我的主要工作地点,没有病床不行。总之,我不考虑回家乡来干。"

两人相对呆坐了一阵子,传玉言语不多,表现冷淡,王原泰觉得无趣,遂起身告辞而去。

第十五章　九龙璧之谜

三

过了两天，河源一身中式便装来了。他头戴栽绒护耳棉帽，身穿罩衫棉袍，外面一件青缎面的羔皮马褂，脚下一双棉靴，两手揣在袖筒里，缩着脖子，一副中国小商人模样。北临城常有八路出没，鬼子驻军早就撤回南临城了，伪军又靠不住，所以河源一来这里总要化装。

君田把他让进客厅，又用火钩子拨旺炭火炉子，说：

"这天气太冷，冻坏了吧，河源君？"

"真赶上我们北海道的冬天了，够冷的！"河源说着，凑到炉子前，伸出两手烤火。

"有何贵干，驾临寒舍？"

"刘镇长，我是松崎大队长派来送请帖的。大队长听说令郎回家过年了，他不便前来拜访，特意邀请令郎明天下午去海公馆喝杯茶，认识认识——这是请帖。"河源说罢递上请帖。

"河源君，请坐下喝杯茶，暖暖身子。"

"不喝茶，也不坐了，还得赶回去复命。"

河源匆匆走了。父亲把请帖递给传玉，说："不好，松崎这鬼子不定打得什么坏主意！"

"准是王原泰这小子告密，说我回来过年了。"传玉看了请帖说。

"不是他还能有谁？大前天他来拜年见到你，我就知道他一定要向松崎报告。"

"爹，你看去还是不去呢？"传玉手拿请帖犯愁，松崎明摆着是设的'鸿门宴'，黄鼠狼给鸡拜年——没安好心。我与松崎素不相识，他不会无缘无故邀请我，一准有目的。"

"不错，是有目的。但这事是躲不过的，就去吧。到时候见机行事，随机应变。有一点一定注意，不要与他谈论玉器古玩，就说不懂。如果松崎问及九龙璧，你就说我家原有座龙形云纹大理石插屏，是祖上传下来的，不是什么九龙璧，几十年前闹土匪时丢失了，这一点咱爷俩口径要一致。万一王原泰硬行指认，你就一口咬定是他听错了。他要栽你，你就栽他，毫不客气！听见没有？"

第二天午后，王原泰又来了。一进门就喜气洋洋地说："我跟松崎太君说老弟从济南回家过年来了，他听了很高兴，说凡是留日的都是他的朋友，他都欢迎。一定要与老弟认识认识。还说按中国的规矩，过大年不请客人吃饭，只是喝杯茶，随便聊聊天。我现在就陪兄弟你一起去，松崎还在家等着呢！咱现在就走吧！"

传玉在王原泰的陪同下来到海公馆，松崎一身家常和服，宽衣大袖，腰间扎条带子，脚上布袜软屐。松崎热情洋溢地邀进他进日式客厅，在榻榻米上席地而坐。屋里靠外，地下燃着炉子，很暖和。他笑说："席地而坐是中国古代的老习惯，不过中国早就没有了，我们日本还保留着这个习惯。"他呼唤一声："云子，把上等红茶泡上！"少顷，彩云手端茶盘，将茶壶轻轻放在炕桌上，茶碗细巧，分别摆在三人面前，沏满茶碗。白瓷碗里顿时泛起殷红，色如琥珀，香气扑鼻。彩云又回身用托盘送来几样日式细点，一碟碟摆在桌子中央，然后撤去托盘，向客人微微躬身，细声柔气地说："先生，请用茶点。"传玉点点头说："谢谢。"朝松崎说，"这姑娘举止动作娴雅温柔，是哪里人？九州的？"松崎笑笑说："不，不是日本人，是满洲姑娘，像不像？"传玉说："东北姑娘与山东姑娘一样，身材高挑健壮，这姑娘倒像福州或者闽南一带的，身段纤柔。"

松崎大笑道："传玉君会相面，不过这次你错了，她的确是满洲国人，大连的。"

传玉端起茶碗喝了一口，说："大连人生在海边，气候温和，海风湿润，姑娘也生得挺细的，与一般关东人不一样。"又说，"这茶不错，好像是华南一带喜欢的工夫茶，是闽红茶？"

"不是，是安徽祁门红茶。味道怎么样？"

"不错，安徽出名茶，黄山毛峰、六安瓜片，都很有名，但那是清茶。红茶属于发酵茶，我国北方人一般不喝这种茶。这个祁门红茶很好，菜香扑鼻，入口香甜，耐人寻味。"

三人海阔天空、不着边际地扯了半天中日两国的风俗习惯、饮食特

第十五章　九龙璧之谜

产等，又尝了日本点心。其间，王原泰一度打算提及玉器珍玩及九龙璧的事，都被松崎严厉的目光制止了。这时，门铃响了，彩云忙去开门，进来一位身着和服、乌发高绾，面庞秀美，体态娇柔的日本女子。进门后目不旁顾，径直走向旁边屋里去了。松崎呼叫云子，快去对夫人说，这里有贵客临门，请夫人来见见。王原泰在旁低声对传玉说："夫人年轻，生得非常漂亮，是少有的东瀛美女，老弟你应该一睹芳容为幸。"过了一会儿，那女子迈着轻盈的碎步走进客厅。松崎介绍说："这是我的夫人海石花。"又指着传玉说："这位是刘传玉君，刘镇长的公子。"传玉未及细看，花子匆匆瞅他一眼，便俯首深深鞠躬：

"实在对不起，先生，我身体有点儿不舒服，请一定原谅，你们说话，我就失陪了！"

她声音清脆悦耳，语速极快，说罢迅速转身离去，彩云也紧跟在后边走了。传玉连答礼都没来得及，夫人就倏然消失在他茫然的视野中。传玉生怕在松崎面前失态，忙回过神来掩饰说："夫人身体不适，我没能还礼，实在抱歉得很。"松崎说："夫人身体不适，失礼了，请刘君不要见怪。"传玉说："既然夫人身体不适，请去看望夫人吧，我们不便打扰，就此告辞了。"

从海公馆出来，传玉一路上有点走神，虽仅匆匆一面，但觉得夫人似乎有点面熟——像谁呢？一时想不起来……

"传玉，传玉，想什么呢？"王原泰见他失神的样子，唤道。

"啊？——没想什么，只觉得这个松崎夫人有点眼熟。"

"是啊，我也觉得眼熟，你看像不像她？"王原泰有所指地说。

传玉没有回答，在南临城大街与王原泰分手。回到家后，父亲问他，松崎提没提九龙璧的事。传玉说："不仅九龙璧没提，就连玉器古玩都没谈。我注意到，王原泰几次打算提出来，都被松崎打断了，真奇怪。"父亲想了想，说："这就更可怕了！他准是一心惦记着九龙璧，欲擒故纵。他怕打草惊蛇，不谈这事，免得我们有所准备，才避开这个话题的。松崎这鬼子城府太深了，实在可怕。看着吧，要出事！"

当晚，传玉在床上翻来覆去睡不着觉。他寻思，王原泰问像不像她，倒提醒了我。这个松崎夫人真的与她的相貌有些相似。然而那年宫本雄一来济南找我时，说得很清楚，池田教授告诉宫本，说她已经在神户蹈海身亡了，还特意叫宫本转告我，要忘掉与她之间的一切呢！今日见着松崎夫人，恍如故交重逢，这是怎么回事？池田教授叮嘱必须忘掉过去，但是，曾经沧海难为水，肌肤相亲过的人儿，怎能就这么容易忘却了呢？

听耳边轻微的鼾息声，他转头看看，兰芷睡得很沉。再看小床上儿子家骧，粉红稚嫩的脸蛋儿含着笑意，口角的涎水直流到枕边，正做着天真的美梦咧！传玉轻轻叹息：是啊！人生如梦，戏如人生，一点儿也不错，转眼间就烟消云散，各奔东西了，还想过去干什么？一切随它去吧！困意袭来，他翻身睡去。

传玉与王原泰走后，松崎问花子："为什么这样慢待客人，不觉得太失礼了吗？"海石花说："邻居家淑子打电话唤我过去帮她修理水仙花，她不会插花。我帮她给几盆水仙根块做了造型处理，摆弄好卵石，又给她讲了半天插花艺术。也许是累了，有点头疼，所以慢待你的客人了，请原谅。"松崎说："这位刘传玉君看上去不过三十出头，年轻英俊，也是京都帝国大学留学的，是医学部毕业的医学博士，现在济南美国教会的博爱医院工作，这是回家过年来了。我特意请他来咱们公馆喝茶，彼此认识一下，以后说不定还有借重他的地方呢！"海石花说："以后还是尽量少往家里领外人来，我喜欢清静。特别是那个姓王的副镇长，脸皮真厚，没事自己就跑上门来，招人讨厌！"松崎点头说好，就按你说的，除非特殊必要，一般人不邀请他来海公馆做客。

第十六章
阴谋与陷阱

"正月十五雪打灯。"这要是在战前，大户人家都要一家赛着一家地扎起各式各样、花样翻新的花灯，玻璃灯，走马灯，争奇斗艳，悬挂起来供人欣赏。花灯上还写了许多谜语，让人去猜，叫作"灯谜"。大人孩子们更是放鞭炮，燃焰火，彻夜不停，很要热闹几天，正是民间习俗说的，"正月十五闹元宵"。一般小户人家扎不起花灯，也要在这天晚上煮点青丝玫瑰馅儿的元宵、豆沙馅儿的汤圆吃，携儿带女上街观看花灯，赏明月。对一双双年轻的有情人来说，这天晚上却是难得的"月上柳梢头，人约黄昏后"的幽会佳期，怎能不格外高兴？但是，自从日本鬼子来了，沦陷区的百姓生活日益艰难，日子过得越来越紧，哪里还有财力扎花灯，燃烟火，更没有心思过元宵节了。大人孩子缩在家里，围着烛灯炉火，凑合着煮点儿元宵、包点儿素饺子哄哄孩子，至多买几挂小鞭炮放放，祛祛一年来的晦气，就算很不错了，节日过得冷冷清清，就连老天爷也失去了过上元节的兴趣。

今年的元夜由于许久没有下雪，出奇得干冷，冻手冻脚的，人们都躲在家里烤火取暖，吃烤红薯、烤土豆哄孩子，毫无上元佳节的气氛。十五过后，传玉、兰芷打点行装，辞别父母回济南医院上班去了。家里就剩下君田夫妇，好在帮忙料理家务的二姨娘与表妹百荷娘俩一起回来了，人气重又旺起来。开春后，卖炕鸡的挑着一肩筐子来街里卖小鸡雏，街里的老奶奶、小媳妇都来选买雏鸡。君田夫妇也买了二十来只绒球般叽叽叫的小鸡仔喂养起来。大家逐渐恢复了日常生活。

樱花梦

一

君田回到学校，教员们也都陆续来校。阳历三月一日，育才小学开学，学生准时来校报到。教务处主任到南临城四方书局，把本学期各班级的新课本早已采购齐全。新生挎着书包来校报到，向庶务处交学杂费，领取新书，忙不迭地翻看书里的彩色图画。只有日语教员金家顺垂头丧气地姗姗来迟，日语课本也没准备好。君田问他缘故，金家顺说："这些日子你们都回家过年去了，学校里空无一人，我无亲无友，也没处去，独自住在学校里实在无聊。正月初五那天，王原泰副镇长来学校邀我到他家喝酒吃狗肉，烧酒喝多了，心里不痛快，话也就多了，口不择言，犯了忌讳。我们谈起日本学者安万侣奉敕编纂，成书于公元八世纪的《古事记》一书。我说日本的一部古代史特别是一千多年前的古代史，大都是根据神话故事民间传说来的，也没有文字记载——日本的文字是公元七世纪才从中国学来的——所以极不可靠。更早的天照大神等纯属神话，不去说它，单说'神武天皇'这个人物其实也是虚构的，臆造出来的所谓第一代天皇，说是他把日本全国统一起来的。这样，就把日本的历史提前了一千多年。不仅如此，而且还给神武天皇定了个即位日期，是为日本纪元节（现称建国纪念日），一直沿袭至今。我这番话被姓王的报告给宪兵小队长野村。野村说我反日，污蔑天皇，把我押到宪兵队拷打审问。最后还是由松崎把我从宪兵队领回，罚劳役十天。松崎说我犯了对天皇大不敬罪，本该重罚，念我无知，从宽处理了。唉！该着我倒霉，跟姓王的这个混蛋去他家喝酒，而且喝多了，嘴边把门儿的不在，说走了嘴。这十天，你们好吃好喝过大年，我一天到晚砍木头，劈柴火，扫大院，掏大粪，吃剩饭，受累受罪。所以耽误了准备开学的日语课，也没准备课本。"君田说："算啦，赶紧准备日语课去吧！"

一天，君田正坐在校长室浏览当天送来的报纸，忽然西甸乡的保长黄四海匆匆来找，说是昨天早晨，三个进城卖菜的乡民路过火车站下大街，其中两人被王原泰手下的便衣队在站口检查扣押，另一个乡民已经走向西街，回头见状急忙跑回来告知他们的家人。两人的家人立即找到

第十六章　阴谋与陷阱

乡里求救。黄保长是我党组织安插的"两面保长"，他估计被捕的两人有可能被送宪兵队了，请镇长查明情况，设法营救。君田答应下来。两人一起来到镇公所，君田说："你在这里候着，我去想办法。"接受党组织指示营救被捕人员的事，君田干过多次，大都是以自己的亲戚、过去的佃农，或者老熟人、知根知底的老实人等为由，一力担保绝对是"良民"，都顺利成功，没出过纰漏。每次营救行动都是冒着风险的，事前都要考虑周密，谨慎行事。这次的事怎么办？君田出了镇公所，一路思索，觉得这事还得去找松崎解决。

松崎听了君田的解释，抬起眉头，眼盯着他问：

"刘镇长，这是您第几次亲自出面说情放人了？我记得有七八次了吧？这可不是随便说的，您有把握担保这两个人都是好人，不是八路的探子？"

"保证地方治安是您松崎太君的职责，维持百姓正常生活是皇军委托给镇长的职责。四郊的乡民进城卖粮卖菜，买需要的生活用品，都是正常活动，正常的城乡往来，物资交流需要畅通，这对百姓生活来说很重要。只要是安分守己的老百姓发生了误会，我都有责任出面帮助解释的。这次是西甸乡黄四海保长亲自跑来报告的，说这两人都是他们乡的良民，绝对没有问题，请求放人，所以我才来找您求援的。"

"您的意见是放人？"

"这位黄保长是我推荐任命的，我了解他，他说绝对没有问题，我相信。我建议放人！"

"那好，就依您的意见办，我这就给野村队长打电话，您亲自去宪兵队领人。"

人只保出来一个。野村说，另一个需要扣下继续审查。君田问为什么，野村说，这是宪兵队的事情，你没必要过问。说话的语气很不客气。君田无奈只得领回一个交给黄保长带走，并说不知何故，宪兵队硬是扣住另一个人，说是要继续审查，这事等等再想办法吧！保长领着一个人走了，路上保长问是怎么回事儿，那人说："不知道为什么，便衣队硬是看着不顺眼，把俺送宪兵队了。俺俩是关在两处审问的，我被皮鞭抽了一顿，还说要给我灌辣椒水，问我是不是八路，我说是进城卖菜的老百姓，鬼子不信，用狼狗吓唬我，差点儿给狗咬了。"

鬼子扣住一人不放，君田颇为不安，不知会出什么事儿，心里没底。他找到松崎试探虚实，说："只领出一个，野村队长一定要我亲自具结画押，按手印保释的。"松崎诡秘地一笑说："这事儿归宪兵队管，我也是替你说话才保出一个来的。他们要留下一个继续审查，这是宪兵的职权范围，我不便过问。刘老先生，这已经给足您的面子了，其余的事儿您就别管了。"

宪兵队与守备队在同一个大院儿里。当天午后野村就来找松崎，说扣留的那个人非常可疑，可能是八路，至少与八路有联系。刑讯了好半天这人死活不招认，一口咬定说自己是卖菜的。就凭这股硬气劲儿，很可能是八路。松崎问具体根据什么说他是八路。野村说："这人随身的烟袋锅是手枪弹壳制作的，经鉴定是驳壳枪弹壳，八路用的大都是这种手枪。我们追问弹壳的来历，他说是在庄稼地里捡到的，因为是铜的，所以用来制成烟袋锅了。现在我还怀疑放走的那个人与这个是一伙的，也是八路。"

"对这个有八路嫌疑的人，你打算怎么办？"

"早解决完啦，上午就放开两只狼狗把他咬死啦！"野村少尉轻松一笑。

"你倒干脆，事情还没弄清楚就处决人！"松崎说，"既然已经处死了，我只好告诉刘镇长，就说那人在宪兵队拷问下，招认自己是八路，宪兵队已经把他拉出东门外枪毙了。"

"松崎队长，我认为那个刘镇长也有通八路的嫌疑。"

"根据什么？"

"很简单，只要王原泰的谍报队抓来可疑分子，他就出面保人，而且都打着您的旗号来。"野村说，"这次，他签字画押之前，我一再提醒他，要他慎重考虑所保的人是不是八路。他毫不迟疑地说，他保证一定是良民。但是，我扣留的这个人却有八路嫌疑的证据。另外，王原泰也向我报告过，说据他的谍报队员跟踪观察，刘镇长行踪诡秘，

第十六章　阴谋与陷阱

有八路嫌疑。"

"什么诡秘行踪？"

"他常去新新理发店，好像不全是为了理发，一般的刮刮脸、洗洗头也去那里。"

"依我看，仅仅根据这些还不能成为他通八路的证据。"松崎摇摇头，"要想证明他通八路，必须拿到无可辩驳的铁证来才行。他不是一般人物，他是地方缙绅、教育界名流、育才学校的校长，特别是现任的镇长。没有确凿的证据不能说他通八路，更不能对他采取行动。"

"对于任何支那人统统不能信任，松崎队长！"

"你说得完全正确。我们重用刘君田，是利用他的名望给这里的支那人看，用来安定民心，稳定占领区的局面，这并不是信任他。在敌人的土地上，在支那人的海洋里，谈不上什么信任，只是利用而已，野村君！"松崎强调说，"所以，必须拿到确凿的证据才行，不能无根据地怀疑刘镇长。"

"依您看，怎样才能拿到确凿的证据？"野村问。

"我看，这样办……"松崎凑近野村低声耳语。

"好的，大队长！"野村听罢，微微一笑。

其实，副镇长王原泰曾经多次在松崎耳边吹风，说据他的谍报队员跟踪观察，刘镇长经常出没新新理发店。有时是理发，有时只是去刮刮脸、洗洗头，跟理发店老板张文新嘀嘀咕咕说些什么，似乎神秘的样子。松崎听了只说继续观察，并嘱咐不得擅自采取任何行动。这次野村提出对刘君田的怀疑，使松崎心里有些震动，他想，莫非刘镇长真的通八路？如果是真的，那倒是肘腋之患，不可不防。再一想，这倒是一次难得的机会，可以顺便……

想到这里，在他那平日温文尔雅的脸上，嘴角漾出一丝阴险的狞笑。

二

过了两天，心神不宁的君田在镇公署月曜日（星期一）例会上见到松崎。会后人们散去,他问松崎:"那个扣留的人审查清楚了吗?能不能放人?"松崎微微一笑说:"宪兵队野村队长说:经过审讯,这人招认是八路的探子,来镇上侦察皇军的动向,已经被宪兵押到东门外枪毙了。"说罢面露讥讽的微笑,对君田说:"刘镇长,以后出面保人可得多过过脑子哟!若要保人,先得自保,千万不要随便保,这是很危险的呀!"君田听了虽保持镇定,面不改色,但对鬼子的狡诈残忍深感震惊,对松崎的话不由得暗暗玩味。

午后,镇公署没事,君田回到北临城育才小学。刚进校长室,黄四海保长跟脚就进门,一见面就急着问:

"人能放出来吗?"

"咳,已经在前天上午被宪兵队鬼子给枪杀了!"君田颓丧地答道。

"啊?杀啦?"黄保长吃惊地叫起来,"为啥?"

"松崎鬼子说,被扣押的人经过严刑拷问,承认自己是八路,是来临城侦察日军情况的。"

"这不可能!"黄保长顿足说,"他是普通的庄家人,跟八路毫不沾边。他爹早死了,他守寡十多年的老娘急得要命,哭着央求我帮她找回自己的命根子——哎呀,这可咋办!"

"明摆着这是鬼子的瞎话,拿中国人的命不当命,说杀就杀。"刘校长没敢说是狼犬咬死的,鬼子残忍至极,毫无人性,简直是野兽。

黄保长急得在校长室内直打转,愁眉苦脸地搓手跺脚,嘴里一个劲儿念叨:

"这可咋办?咋办?这活不见人,死不见尸的,他娘如果知道还不得疯了?……"

"刘校长,"黄保长刚跨出校长室的门,又回转身进来,关上门悄悄说,"您也得多加小心,王原泰是铁杆儿汉奸,这龟孙子死心塌地给日本人当走狗,残害咱中国人,他鼻子跟狗一样尖,到处闻味儿!"

"是的,我会留神的。"君田点头称是。

真叫黄保长说准了。王原泰的两只贼眼从没闲着,一直盯着君田,盯着镇长这把交椅,鼻子嗅着君田周围的气味。八路的地下抗日情报站

第十六章　阴谋与陷阱

不止一处，各处都是垂直领导，横向里彼此不知，更不联系。新新理发店是镇上的情报站，以秘密方式与中共地下党员刘君田联系，从他那里获得日伪的动向转报上级，并传达上级给君田的指示。君田是新新理发店的老主顾，常去那里理发，与张文新很熟，两人是单线联系，交换情报都是暗语，特殊情况下，就夹杂在理发的事儿里混着说，外人听不出来。王原泰的密探一般只远远盯着，听不到什么。

一天，君田忽然接到张文新的紧急通知，说一位东边山里来的负责同志经临城去湖里办事儿，在古井村哥哥家略事停留，顺便看望他多病的老爹，被王原泰的侦缉队跟踪逮捕，他哥哥连夜把消息告知湖里。估计已被送临城宪兵队了，要君田迅速设法营救。通知说，据上级提供的信息，这人化名曹进才，公开身份是来自沂河的商贩，专门往返两地跑生意，贩卖山货湖产的土特产。君田接到张文新传达的指示，颇费思量：用什么办法营救呢？他决定还是先去松崎那里试探一下，说是自己娘舅家的亲戚，是个贩卖山货的商贩，家里来人送信，说是被临城便衣队给抓去了。松崎听了表示并不知情，说王原泰没向他报告过，没听说有这件事儿，叫君田去宪兵队问问野村队长，如果真有这事儿，他会考虑与野村商量。刘君田请他给野村通电话打个招呼，松崎抄起话筒，朝野村叽里呱啦讲了几句，撂下话筒说，野村要你马上去西街中山寮看守所认人。君田立即赶往西街看守所，野村见他到来，脸上一副假笑，龇着牙说："刘镇长，你的，来领人的干活？"君田说，是的，并把对松崎说的话重复一遍，同时说明这人的姓名、职业。野村说："好的，刘镇长，你的，先去监房看看，究竟是不是你的亲戚，不要认错了。"说着叫过来一个身穿便衣的汉奸，命他领君田去监房认人。看守所长长的甬道两旁，木桩上一排溜儿拴着七八条狼犬，都蹲在那里，见他们走过，霍地一起都站起来，冲君田露出凶恶尖锐的牙齿狂吠，状甚吓人。那便衣特务用日语喝叫了句什么，狼犬立即停止吼叫，一条条犹豫地原地蹲下。两人来到监房，便衣汉奸用钥匙打开监门让君田进去。只见那人满脸污垢，衣衫破烂，卧在干草堆上呻吟，似乎动过刑的样子。那人见君田进来，有气无力地说道："大哥，我是曹进才呀，我是从沂河来经过这里的，您救救我吧，他们说我是八路，我实在冤枉啊！"君田与这人素不相识，也没见过，只说："兄弟，你放心吧，我这就去向太君求求情看，能不能救你，就看你的运气了。"说罢，便同那汉奸走出监房，回到野村的办公室。野村一脸奸诈，笑问：

"刘镇长，你的，看过人了？是不是你的亲戚？"

"看过了，是我的亲戚。"

"你打算保他出去？"

"是的，我担保他不是八路，请野村太君放人。"

"刘的，你的良心大大的坏啦，坏啦坏啦的！"野村脸色突变，露出一副狰狞面目，"回头看看，你身后站着的是谁？"

君田转头一看，吃了一惊，那个监房里的"犯人"正两手叉在胸前，站在门口，倚着门框朝他奸笑——原来是个圈套！只听野村粗暴地吼叫：

"刘的，这个人不是你的亲戚，他是我们的便衣，你的，上当啦，你露出了真面目！"

君田毫无思想准备，顿时语塞。野村说得对，是自己上当了。他立即断定新新情报站出了问题，叛徒不是别人，就是张文新本人！他很快冷静下来，一言不发，任由鬼子野村狂吼乱叫，并不搭腔，只默默地心里盘算如何对付——噢，有了！刹那间，他想出了破解办法：以其人之道，还治其人之身，以诈还诈，以毒攻毒——对，就这么办！

"人的，你保不了啦，你的，也走不了啦。带走，关起来！"野村手拍桌子怒吼。

君田被关进那间假犯人待过的监房，坐在假犯人坐过的干草堆上，把反守为攻的计划重新思考一遍，觉得只能这样针锋相对硬顶着来，坚持咬住不放，除此之外，别无良策。想罢，倒在干草堆上，闭目假寐，休息养神，准备应付凶恶敌人的刑讯。

野村很快通知了松崎，君田落入圈套的信息。松崎听了，连声说："很好，很好！请野村君抓紧时间审讯。不过，他是地方上有影响的人物，不可轻易动用大刑逼供。即使他是共党分子，八路的内线，也要设法策反，我们很需要这样的人为帝国服务。我建议，如果非要动刑不可，

第十六章　阴谋与陷阱

只能及于非要害处，尽量不伤及皮肉，留些体面给他。"野村同意。当晚，野村趁君田刚刚被捕，思想混乱之机，亲自连夜突击审讯。

他估计，以他这样年老体弱的文人，只要连哄带吓，无须动刑就能使他乖乖地招供。

在两盏大嘎斯灯的照射下，亮如白昼，刺眼的明亮。审讯室内，各种刑具陈列两旁。君田被捆绑在一张铁制椅子上，面对安坐桌前目露凶光的野村。翻译官伫立一旁，速记员手拿钢笔，按着面前的纸张，所有的眼睛都盯着君田。

"刘的，老实点，一定要说实话，免得受苦。你的，共产党的干活？"野村问。

"不，我不是共产党！"君田果断地回答。

"八路的干活？"

"不是！"同样毫不犹豫。

"你很不老实。为什么要冒认一个陌生人作亲戚，并且毫不犹豫地出面保释他？"野村用日语问，翻译官翻译，速记员忙着记录。

"这是因为受了新新理发店老板张文新的恳切托请。他说是他亲娘舅家的人，是很近的亲戚，他保证这人是良民，在古井村被便衣队误抓了，一再请求我出面担保，请求皇军开恩释放。我承认这是我的严重错误。"君田不慌不忙地答道，"我请求撤销我镇长的职务。"

"你是镇长，地方长官，既然知道这样做是欺骗皇军，为什么硬要出面替他担保？"

"我是新新理发店的老主顾，十多年来我都是在张文新的店里理发。我们熟得很，老街坊了。由于他一再苦苦哀求，我实在推托不掉，无奈才硬着头皮谎说是自己的亲戚，替他来向皇军说情担保的。"

"你认识他的亲戚？"

"不认识，没见过面。"

"既然没见过面，又不认识，为什么在监房里认一个陌生人做亲戚？"

"我刚才说过，我是受了张文新的欺骗，为了帮他救出亲戚，才胡乱认的，我做了错事。"

"你知道张文新是共党地下情报站的特工吗？"

"不知道。——他是共党特工？啊，真看不出！我太眼拙，也太糊涂啦！"

"装腔作势！"野村鼻子哼了声，"我再提醒你一句，一定要说实话，别撒谎，不要自讨苦吃。"又低声对旁边一个粗壮的黑胖子汉奸说，"你的，按我的吩咐干。"

黑胖子立正答应。野村朝君田阴险地笑笑，转身走出了房门。黑胖子说："太君说了，要照顾你一点儿，不打你，那就洗个冷水澡吧，清醒清醒，好说实话。"君田被剥去衣服塞进一口装满冷水的大水缸里，盖上厚厚的木缸盖，两个汉子一边一个，用杠子压住。他在缸内极力挣扎，被呛得无法喘气，冰冷的水一口口灌进肚子里。他窒息了，瘫软了，昏厥了……

三

就在野村拘捕君田并进行严刑逼供的时候，松崎派亲信河源带领大队部两名士兵前往君田家，以搜查通匪罪证为由寻找九龙璧。事先，松崎叮嘱河源，说这次搜查行动目的是找寻九龙璧。搜查过程中，不得损毁什物，不得偷窃钱财，不得虐待刘家的人。要仔细检查任何可疑之处，找到九龙璧后，要对藏宝处妥善复原，尽量不留痕迹。这番交代是松崎做贼心虚、掩盖盗宝罪行的手法。河源遵命而行。搜查之前，他们先把刘家的人关到一间堆放劈柴煤炭的柴房里不许出来。经过对各房间细致搜寻，包括敲打墙壁，掀开地砖，揭开墙上贴的杨柳青年画查看，终于在厨房的灶王爷画像后发现了一处壁龛，里面藏着一只扁扁的铁匣子，取出一看，是一块有孔大玉，边缘一圈镌刻着隐约游动的九条龙，雕工精细，形象生动，果真是无价之宝。河源取得宝物后，连匣带璧一起藏进随身军用大挎包里。掩盖痕迹后，放出柴房里的人，率领士兵离开刘家返回大队部，向松崎销差。

第十六章　阴谋与陷阱

松崎获得九龙璧，大喜过望，手托铁匣，拍拍河源的肩膀连声说："辛苦啦，多谢你，河源君！"他不敢将九龙璧带回家，怕海石花知道了反对，遂锁进自己办公室的保险柜里。这是河源为日后被举荐晋升少尉副官立下的功劳。

虽然鬼子采取软硬兼施的手段反复审讯，一连七八天，君田仍坚持原供，不承认自己是共产党，一口咬定不该接受张文新请托，做了错事，表示愿意接受任何处分。此时君田开始发烧，并伴随剧烈咳嗽，同时咳血不止，已是气息奄奄。野村无奈，只得传唤张文新前来对质，张文新说完全是遵照皇军授意办的，并没说是自己的亲戚。刘君田一见张文新，心想果然不出所料，自己的对策完全正确，一定要把这个无耻叛徒咬得死死的，让鬼子怀疑他，惩治他。

由于嫌疑人是本镇的镇长，于是野村找松崎研究这事儿，商讨处理办法。此时松崎盗宝得手，目的已经达到，听了野村的刑讯结果，心想可以到此为止了。便说：

"野村君，我认为刘君田的口供可信，张文新的话可疑。张文新一定认为刘君田既然进了宪兵队，绝对活不成了，他与刘之间的事死无对证，他的上级依旧会信任他。我估计张文新已经装模作样地向他的八路上线报告了刘镇长被抓的事，同时讨好应付我们，企图做两面间谍。据陆军中野学校的朋友说，这种手法在各国间谍里是经常使用的，用中国话说，这叫'左右逢源'。"

"大队长的意思是，张文新不可靠，对吗？"野村问。

"我是这样认为的。"松崎点点头，"你再考虑一下。"

"您的意见怎么办？"

"释放刘君田，请铁路医院日本医生给他治疗，看来水闷审讯法使他得了严重肺炎。"

"张文新呢，您认为这个人该怎么办？"

"估计最终逃脱不了八路对他的怀疑，很快就会被他的上级发觉并立即铲除。我看这人已经是废物一个，失去使用价值了。"

野村沉吟一下，说：

樱花梦

"我们对张文新是深夜秘密逮捕，连夜突击审讯，天不亮就迅速释放的，八路绝不会知道情报站暴露的事。既然他想做两面间谍，不妨将计就计，借八路的新新情报站反用一下为我们工作，也可检验张文新到底还有没有使用价值。大队长，我看就这样试试吧！如果真的没有使用价值了再说。顺便送您一个人情，您现在就派人去看守所把刘君田领走吧！"

刘君田获得释放，松崎派河源将他送到铁路医院诊疗。经 X 光胸部透视检查，医生说是得了急性肺炎，需要住院治疗。君田坚决拒绝住院，要求立即回家，在家请中医治疗。医生要给他带上口服药及祛痰药水，君田也婉谢不受，他怕日本人暗下毒手。河源转达了松崎的慰问，说这是一场误会。但也是当前强化治安运动的大局需要，务请镇长多多谅解，好好养病，不要萦怀。又说这是松崎大队长亲自向宪兵队保释您的，不然后果难料，而且也没有这么顺利。君田被送回家后，对太太说："松崎这鬼子太阴险，设计迫害我，还假惺惺地表示慰问，咱们对他要格外小心。"

张文新的被捕、叛变及诱骗君田，是经王原泰密报松崎与野村合谋策划的。在严刑逼迫下，张文新迅速叛变。野村交给张文新假借组织名义诱骗君田的任务后，立即将他神不知鬼不觉地连夜释放，意在瞒过张文新被捕，以保持新新情报站与八路的联系，继续为日寇搜集八路活动的情报。就此，张文新由中共地下情报站联络员一变而成了日本宪兵队在八路内部埋下的卧底。

由于这一阴谋极端秘密，起初中共党组织对张文新的叛变并不知情，但不久发觉新新情报站活动有异，遂暗地里进行调查。经黄保长到育才小学找君田"问事"，从校方获悉君田早已被宪兵队逮捕，与张文新报告的时间有两三天的差异，这才怀疑新新情报站可能出了问题。不久，张文新在日寇的操纵下，以原来的身份主动与党组织联系，企图骗取湖里八路动向的情报。经组织用假情报试探，终于摸清了张文新叛变的伪装面孔，新新情报站果然被破坏了。党组织研究决定，不动声色，将计就计，表面上仍然继续使用新新情报站，通过他给汉奸鬼子递送假

第十六章　阴谋与陷阱

情报，暗地里则撤销了该站，对张文新秘密监视。由于张提供的"情报"并不确实，使鬼子屡屡误判中计，多有损失。于是，张文新失去信任，被鬼子抛弃，中共地下组织随后也关闭了新新理发店。张文新自知被八路识破，又失去了鬼子信任，转而投奔王原泰侦缉队，打算混碗饭吃。王原泰深知共产党最恨叛徒，也怕引火烧身，拒绝收容。于是这个叛徒无路可走，到处流浪，靠偷窃、乞讨为生。他也曾想隐姓埋名远走他乡，但身无分文，寸步难行。又恐被八路锄奸队发现，因而东躲西藏，犹如丧家之犬，惶惶不可终日。终于在一个寒冷的冬夜，在潜往车站货场偷窃时，因多日腹中无食，衣衫单薄，仅披一张破麻袋片御寒，身体又极度虚弱，于是昏倒在货场外的铁道边，被饿狗活活咬死拖走，成了一群野狗的口中餐。肮脏的尸体被争食的野狗撕咬得七零八落，骨骸散落遍地，又被到处觅食的野鼠啃噬殆尽。这就是叛徒罪有应得的可耻下场！

鬼子残酷的水闷刑讯使刘君田患上了严重肺炎，终日咳血，呼吸十分困难。虽经中医调理，但高烧仍然不退，病情日渐加剧。他自知病将不治，来日无多，便叫太太派人去电报局拍加急电报，催儿子传玉速回，以便交代后事。太太告诉他，说他被抓走后，几个鬼子来家搜查，声称搜查通八路证据，把全家人都赶到柴房去。他们屋里屋外，犄角旮旯到处翻腾，整整搜查了一个上午，看那架势是在寻找什么东西。

"你去看看灶间壁龛有没有被动过，估计是在寻找咱家的九龙璧。"君田说。

"看过了，九龙璧被盗走了。因为你刚到家，病得厉害，所以没敢告诉你。咳，这可怎么办？"

"怎么办？只能忍着。"君田咳出一口鲜血，喘息好半天，说，"松崎早就惦记着咱家的九龙璧，这是掩人耳目的偷盗，算是暗偷。他就是明抢，你也没法阻止，这是迟早的事，只能忍着。'合浦还珠'总有时日，就等着吧！"

当天半夜，君田呛咳不止，突然大口咳血，自觉精神恍惚，难以支撑，遂对太太说：

"传玉至今未回，我恐怕等不及了！有几句话你一定要替我叮嘱传玉。除非家里有要紧的事，否则断不可贸然返回临城。要有骨气，宁愿饿死也绝不在日本人医院工作，为日本人干事。要切记自己是中国人，要为拯救国家民族于危亡竭尽自己的力量。"

说罢已是力竭气衰，不断咳血，喘息不止了。至于家事并无遗言。

凌晨，君田突然醒来，一阵剧烈咳嗽，接着大口大口地吐血，顷刻便撒手人寰。太太及全家人举哀痛哭。天亮后，太太又派人去电报局给传玉发出急电，告知父亲已于昨夜病故，敦促速速赶回。接着是给亡者清洗换衣，安排灵堂等事，就等传玉归来举行葬礼。

镇长身亡一事很快为王原泰侦知，急忙跑到海公馆报告。松崎正在家同海石花吃午饭，听了心里埋怨宪兵队用刑过度，叫王原泰把刘镇长的死讯告知野村。王走后，海石花问是怎么回事，松崎故作惋惜的样子说：

"不知为什么，刘镇长被宪兵传去问讯，回家后就病故了！可惜呀，一位知名的教育家就这样离开了我们！他是我的好朋友，我要亲自上门去吊唁，慰问他的遗孀及家人。"

"什么病，这么突然？"

"宪兵队怀疑刘君田通八路，传讯审查，可能动了刑，加上天气寒冷，便得了肺炎。我找到野村，说如果没有真凭实据，仅仅是怀疑，我希望尽快释放刘镇长，他是我们帝国的朋友。经过与野村交涉，我叫河源军曹把他从宪兵队接出来，安排到铁路医院请日本医生诊治。可是他拒绝接受日本医生治疗，坚持回家请中医治疗。不幸得很，还是亡故了！"

"刘镇长真的通八路吗？"海石花问。

"这个我不知道，也许宪兵队的怀疑是有根据的，至少是有人举报。我得知刘君田被传讯后，曾向宪兵小队长野村少尉打过招呼，说刘君田先生是镇长，是地方绅士，是有声望的人，而且年老体弱，证据不足不可轻易动刑。可是宪兵队这帮人干这行习惯了，抓到人就动刑，照死里整。宪兵队是军事警察，属于特务机关。除了监管军队外，对地方行政司法也有监管权力。在日本本土，他们归陆军大臣直辖，在海外则归派

第十六章　阴谋与陷阱

遣军总司令管辖。他们的权力很大，可以说是权势熏天。即使一个尉级宪兵队长也敢于拒绝执行军队将级军官的命令。任何一级军官，只要违反军令军纪，涉嫌犯罪，他们都有权逮捕。所以，军内外的人们都讨厌这帮穷凶极恶的家伙。他们的事我不能干涉。"

"又一笔血债！这是中国的不幸，我看更是日本的不幸，就让我们等待来日的报应吧！"

"花子，你最好跟我一起去刘家吊唁，慰问他的遗孀，女人之间更好说些体贴安慰的话。"

"杀害了人家，还要装出一副悲天悯人的面孔，假惺惺地去安慰人家，我没有那么厚的脸皮。要去你去，我不去！"海石花愤然道。

第十七章
血染的空谷兰

日寇侵华的气焰十分嚣张。一九三二年一月二十八日，日本海军陆战队和从国内调来增援的陆军师团发动淞沪战役。我十九路军奋起抗击日寇，浴血奋战，重创敌人，双方伤亡均甚惨重。经国际调停，双方于同年三月三日停战。继而由南京政府与之签订《上海停战协定》。日寇自以为得势，得意忘形，乃于四月二十九日，亦即日本天皇的生日"天长节"，在虹口新公园举行陆海军多个师团数万人的联合大阅兵，于宣示武力的同时，共庆"天长节"。就在大会进行中，日军高唱国歌《君之代》时，突遭韩国志士尹奉昌（化名尹奉吉）抛出的炸弹袭击。白川大将重伤身亡，重光葵公使与植田中将都被炸掉一条腿，野村中将被炸瞎一只眼睛，检阅台上多人死伤。台上台下混乱不堪，一片狼藉，受阅日军部队惊惶万状。这事轰动上海及全国各界，日本朝野为之震惊。这虽是一场韩国志士的爱国刺杀义举，却给了中国人民以打击日寇的精神鼓舞——韩国人要复国，中国人要抗敌，心有灵犀，爱国热情是相通的。

三十年代的神州大地，乌云蔽日，雨骤风狂。日本军阀疯狂鼓吹满蒙是日本的生命线，企图吞并我国领土。在华日本驻军更是不断在南北各地制造事端，加剧摩擦，肆意进行军事挑衅。兵锋威逼，气势汹汹。而蒋介石政府则不顾人民的反对，置民族危亡于不顾，对日继续采取周旋妥协，步步退让；对内则投入重兵，全力"剿共"。从而纵容了日本军国主义有恃无恐，得寸进尺，气焰越加嚣张。于是，全国民众掀起一片强烈的抗日呼声，反对侵略，抵制日货，各地学生不断组织街头集会，宣传抗日主张。呼吁政府立即停止内战，枪口一致对外，抵御外侮，抗击日本帝国主义的侵略，甚至集体向南京政府进行卧轨绝食请愿，挥泪

第十七章　血染的空谷兰

要求全民抗战，收复东三省失地。爱国军人更是义愤填膺，不顾政府的干涉破坏，奋起组织民众，拿起刀枪奔赴抗日战场与日寇展开殊死的厮杀搏斗。东北沦陷区不愿做亡国奴的人们则纷纷起义，于白山黑水间、三江平原上，前仆后继，展开了艰苦卓绝的抗日斗争。

民族危亡，国势日艰，人心焦虑，朝夕不安。各界人士不遗余力，奔走呼号救亡图存，形势空前紧张。

一

一天，传玉在回家的路上，看到一群人聚集在街心广场上，听东北流亡学生的集会讲演。一位青年学生站在一只凳子上慷慨激昂、泪流满面地讲述东北沦陷，离开父母，流亡关内的经过，高唱救亡歌曲《松花江上》。高呼口号：打倒日本帝国主义，还我河山，收复东北三省被占领土！周围群众受到义愤感染，也跟着举手高呼口号。就在这时，忽然市政府的大批军警出现，手持警棍冲击驱逐群众集会，殴打学生，场面立即混乱起来。一位学生被殴伤头部，血流满面，可警察依旧持棍殴打不停。传玉看了十分气愤，赶上前去阻拦，大声怒喝："住手！你是哪一国的警察？你是日本人吗？"那警察见传玉头戴礼帽，西装革履，气宇轩昂，满面怒容，不由得停下手来一愣。趁此机会，传玉拉起那位学生转身就走，口说快跟我来！与此同时，一位中年男子也紧随其后走去。他带领学生直奔博爱医院急诊室，呼唤值班护士拿来明胶海绵、消毒敷料与纱布绷带，很快给那位学生止血包扎头部。跟在后面的中年男子在一旁看了不住口地称赞，问大夫尊姓大名。传玉以为是学生家长或亲属跟来缴纳治疗费的，后来才知道是在场的一位旁观者，对传玉见义勇为很是钦佩，故而跟来。当问到这人的姓名时，中年男子自称姓齐，说就叫他老齐好了。从此两人熟悉起来，经过不断接触成了朋友。后来，这位"老齐"就成了传玉参加抗日工作的领路人。

一九三七年七月七日，卢沟桥事变后，在老齐的启发教育和引领下，传玉的思想觉悟提高很快，向老齐提出想为抗日做点儿力所能及的工作，说这也是他回国的初衷。经过一段时间的了解考察，老齐要他利用职业之便担负起给山区抗日力量筹集急需药品的任务。传玉欣然接受，表示将全力以赴。妻子兰芷知道后完全支持丈夫的行动，并且要求也参加筹集和输送药品工作，说我们不能上前线杀敌，在后边支援抗日正是报国的好机会。兰芷也知道这项工作十分危险，但她认为作为一个中国人，当此强邻入侵、山河破碎、家国蒙难之际挺身而出，为支援抗战尽一份力量，又何惧之有？传玉把妻子的要求向老齐汇报，老齐觉得夫妻合作有利于工作，便同意兰芷参加。传玉与妻子平日里不动声色、不留痕迹地点滴收集积攒消毒、止痛、消炎之类的战伤急需药品，在老齐的安排下由兰芷传送，经中间隐蔽渠道送往山区抗日根据地去。每当完成一次任务，夫妇二人都要在家置酒祝贺胜利。也就在这期间，经老齐介绍，传玉秘密加入了中国共产党。从此他更加自觉地、积极地执行党交给的艰险任务。

抗日根据地不仅需要战伤救护治疗药物，而且由于生活环境恶劣，人们俗称"打摆子"的疟疾也很肆虐，严重影响军民的正常生活，也削弱了部队战斗力。

一个星期天的傍晚，暮霭沉沉，街灯初亮，街上行人络绎不绝。老齐约传玉在大观园晨光茶社见面。这个茶社位于一处大市场内。市场里商店、饭店、饮食摊铺、戏园子、唱大鼓说书的、说相声快板的、拉洋片的、落地杂耍卖艺的，以及卖大力丸野药的等，无所不有，三教九流都汇集在这里讨生活。所以市场内终日喧嚣，颇为热闹。他们会面时穿着举止都极普通，混迹在这人海之中喝茶谈事，不为人注意。如不事先约定，想要在这种地方寻人，那只能是"众里寻他千百度"，望人兴叹了。

传玉先到，在茶社门前徘徊等候，两人见面后一起走进茶社。室内宽敞，座位很多。由于电力不足，天棚上灯光昏黄，看上去有些朦胧。正前面舞台上大幕已经拉开，照明灯还未打开。台边竖着一块牌子，上面毛笔涂写着今天的戏码与演员艺名，等待上场。这时，饭后来这里喝茶谈事、嗑瓜子消食的客人陆续上座，开始寒暄起来。伙计们来往穿梭送茶、上水递手巾，忙个不停。茶馆是人们商量事情、调解矛盾、谈生

第十七章　血染的空谷兰

意做交易、拉关系交朋友的好地方，生意一向是兴隆的。

两人找一处靠边清静的座位坐下，招呼伙计上茶。不一会儿，伙计送来一壶茉莉大方，两只茶碗。打开壶盖，香气扑鼻。老齐给传玉和自己斟满茶碗，端起来喝了一口说：

"刘大夫，今天找你来是为了与你商量一件要紧的事，你看能不能办。"

"什么事？"

"能不能搞点疟疾药，家里叫人捎信来说，打摆子的很多，急需这种药。"

日本在华占领军对医药向来管控很严。对内监管使用，对外严密封锁，唯恐"资敌"。铁路、公路、车站、码头及城门城厢各要道路口都设有岗哨，严密盘查，不准医药商品外流，以断绝抗日武装的药源。城里所有的药店、医院也都在军警控制之下，即使搞到一点儿药品，向外输送也很困难。所以，搞药是件棘手的事。传玉夫妇搞药不止三次五次了，虽极危险，但至今还没出过差池，也有了一定的经验。

药品的搜集固然不易，但借助日常用药的机会，在不影响医疗的同时，点滴积累也能筹集到不少常用药物。遇到药库盘库时，还可以伺机从药库适量批次取得，积累较快，最为简便，这也要与药库管理人员搞好关系才行。催眠药与止痛药属于管控药，不易弄到，要抓机会点滴积累，比较费事，但也能筹集到。麻醉药是特种严控药，由麻醉师专用，轻易是弄不到的。传玉夫妇面临的最困难的问题是，到手的药物如何外运。传玉是留日医学博士、科主任，是医术高超的著名医生，慕名来求医的人很多。他利用自己的声望密切留意经手治疗的伪政府官吏、军警要员，对其中因某种重病或顽疾对医生有所求的人尽量满足，设法笼络，逐渐结交，建立感情与信任。时间长了，也交了几个有权有势、信实可靠，有点儿中国良心的朋友，因此得到了某些便利，从而打开了通往城外的渠道，给抗日根据地输送医药。他与兰芷把这种方法叫作"两通法"，即"打通关节，修通栈道"，这样就可以"暗度陈仓"了。然而万一走眼看错了人，后果就不堪设想了。所以传玉夫妇都时刻心存警惕，不敢疏忽大意。

听老齐这么说，传玉沉吟了一下，答道：

"现在医院药房里有没有抗疟药，我得回去问问，估计奎宁不会缺货，比较好弄。恰好，兰芷倒是积攒了点儿治疗肠炎、痢疾的药，可以顺便一起带走。"

"那再好不过了。现在已经深秋季节了，拉肚子的也不少，是得预备点儿。由谁送药呢？"

"我是不得空的，也不方便出面，还是叫兰芷送吧！"

"这次换个近些的地点接货。"

"在城里？"

"那不行，得出城！出南门不远，抬头望见千佛山就到了。还是按照老规矩接头。"

从一九四一年春天起，传玉夫妇就一起参加了老齐组织的秘密筹集输送药品工作。老齐交代任务说，今后接头人不固定，彼此不认识，也不要多问，只管办事。为了安全，接头地点与联络方式方法也经常变换，这些事项会临时通知。目前，战争已形成相持局面，小鬼子力不从心，求胜无望，中国这块儿硬骨头，它是绝对啃不动了。眼下，日军屡屡遭我八路军打击，损失惨重，十分被动。为了扭转处处挨打的被动局面，鬼子华北派遣军司令冈村宁次大力推行所谓"强化治安运动"，到处筑碉堡、挖深沟、建户籍，实行保甲连坐的囚笼政策。遇事便株连无辜，企图断绝我八路军与民众的血肉联系，置抗日力量于死地，形势非常严峻。在这种时刻，我们尤其要格外警惕，严格按照秘密工作纪律与规定执行任务。接头之前必须首先看准识别标志、交接场景，认准接头对象，然后发出接头暗号，待对方应答无误后方能接头，交出药品或交换情报。特殊情况下，还可能采取"见物不见人"的传递方式，把药品放到指定地方后即刻返回，自有人取回。敌变我变将成为今后斗争的常态。你们切记，只认最新临时通知的联络暗语和识别标志，绝不认人，必须正确无误地接上头儿才能出手交货。否则，立即迅速撤离，甩掉尾巴，避免纠缠。

第十七章　血染的空谷兰

这次与老齐见面后回到家里，兰芷已经到家。饭后，两人坐在内室灯下喝茶，传玉把与老齐在大观园会面的情况，以及交代的任务等，详细告诉兰芷，商量如何完成。兰芷听了说：

"抗疟药咱手头儿没有，得临时凑，估计药房不缺，属于常规药，非控制药，好办，赶明儿我去问问。我这里除了积攒的治肠炎药，还攒了点儿镇痛药，除了一般外伤镇痛外，也可以在手术中用来止痛，数量不多，就趁这次机会一起送出去吧！"

"好。这次尽量多带点药送出去。弄抗疟药我比你方便，由我负责，你的任务是送出城去，这副担子很重，要多加小心。老齐说由南门出城，奔千佛山方向。正好警备队三中队吴宝贵队长负责南门一带的警卫。他小儿子胖胖去年春天得腮腺炎、化脓性脑膜炎都是你抢救给治好的，还替他垫付了药费，你们彼此是认识的。到时候我给他打招呼，你带上两条老刀牌香烟去南门警卫室找他好了。家骧都快满三岁了，也不小了，有他姨奶奶带着，你就放心送药去吧！"传玉交代说。

二

时值初冬，与老齐事先约定这个星期天上午，兰芷前往联络点送药。老齐说："我马上把具体交接事项安排一下，告诉兰芷。"

头天晚上，兰芷恋恋不舍地抱着儿子家骧，朝小脸蛋儿亲了又亲，说："儿子，娘要出趟门办点事儿，很快就回来，好好在家等着，听姨奶奶的话，啊！"传玉笑道：

"像告别似的，又不是不回来了，亲个什么劲儿？"

"谁说告别啦？当然要回来的！孩子离开娘会不听话，得先嘱咐嘱咐，免得淘气闹腾。"

家骧懂事了，听了使劲点点头说："娘，我乖，我听话，听姨奶奶的话。"放下孩子，兰芷又把准备好的"化装行头"穿上，对着穿衣镜左照右看地端详自己。问传玉：

"你看，像不像去乡下走亲戚的？"

樱花梦

她一身中式装束。头上扎着蓝白印花土布头巾，鬈发掖在里面，宽大的头巾两端系在下巴颏儿上。上身是小碎红花带大襟的褂子，下身崭新的蓝士林布裤子，裤脚管用一条红布带子扎起。脚上一双带襻的绣花青布鞋，鞋面绣着翠叶抱牡丹。传玉看了笑说：

"这副打扮很可以。胳膊弯里再挎一只装点心盒子的竹篮，就完全是新媳妇走娘家了。"

"去你的，谁是新媳妇！老得都快成婆婆了。"兰芷嗔道，转头对孩子说，"儿子，快快长大，给娘娶个好看的外国媳妇儿回来。"

"东洋的西洋的咱都不要，咱就要像你娘这样漂亮的媳妇儿，是吧！"传玉对儿子说。

"别耍贫嘴了，说正经的。你提到点心，我想好了，明天一早路过估衣市街买两盒玉美斋的什锦点心带上，也像个样儿。——烟你准备好了没有？"

"早备好啦！一共两条，都在柜橱里。早年这烟曾叫过'海盗牌'，因为名字不雅，后来改称老刀牌，是地道的外国洋烟，荷兰的，吴队长见了一准喜欢。你现在就把它装到篮子里，顺手把药藏好。"传玉答道。

这篮子是东花市赵记竹器铺的赵竹匠特制的。他手艺高超，做夹层是他的绝活。做夹层的时候，先把徒弟支使开，避着徒弟干，徒弟想偷艺却看不到师傅做活，这叫绝艺不外传！篮子底部夹层虽宽绰，但外边却看不出破绽来，专门藏要紧的东西。

第二天，吃罢早饭，收拾收拾，兰芷就打扮起来，临挎上篮子又转脸亲了亲儿子的脸颊，招招手说，儿子再见，再见！转身出门。传玉跟在后边低声嘱咐："兰妹妹，一定要多小心，切切不可大意，祝你胜利完成任务，尽快凯旋。"兰芷答应说："你就放心吧，我知道了！"

初冬的晨风吹面有些寒意。兰芷一路深深呼吸着早晨的新鲜空气，脚踏光滑潮湿的石板路，顿感浑身是劲儿。她信心百倍地去完成艰难任务，不，是战斗！她期盼篮子里的药物能为战士们打击日寇立功，能为八路战胜鬼子出力，能为收复哪怕仅仅是一寸领土做出贡献。这将是她最大的幸福。她似乎觉得臂弯里的篮子就是她的武器，里边隐藏的药品

第十七章　血染的空谷兰

就是杀敌的子弹。愉快的脚步越走越轻捷有力，一路哼着《大路歌》，走向胜利的目的地。

走近南门时，她直奔警卫值班室，对门口一位士兵说找吴队长。那士兵转头朝里边喊了声，队长，有人找！吴宝贵队长是个面目清癯、精瘦干练的中年男子，腰间扎着皮带，斜挎着盒子枪，似乎也刚刚吃完早饭，衔着牙签出来，抬头一看是兰芷，立即堆下笑脸迎上来说：

"哦，是郑大夫，一大早就出城，啥事儿这么急，走娘家？——来，来屋里坐！"

"俺娘身子不爽，家里捎信叫我回去看看。"说着随吴队长走进值班室，递上两条烟。

"哟，好烟！干吗这么客气，还给我送烟抽。我没少麻烦您两口子呀！"

"咳，这不是顺路的事吗？是老刘叫送来的，说您喜欢西洋鬼子烟，特意弄两条送来。"

兰芷又递过一个信封，说是老刘叫给的"联合票"（北平伪政权的"中国联合准备银行"在华北发行的钞票），吴队长连忙摇头摆手推却说：

"这可使不得，使不得！烟我收下，钱绝对不能收，我可当不起，以后我有事儿还咋求您两位呀？您事儿忙，天不早了，赶紧回乡去看老娘吧！"说着，叫岗哨立即放行。

吴队长坚持不收钱票，兰芷只好收起，说：

"其实是点儿小意思，吴队长太客气。那好吧，我就先出城去了！"

"走吧，赶紧走吧，恕我不送了！"吴队长连连拱手说。

出城后，为了防止有人尾随跟踪，兰芷故意朝东绕路走了一段儿，看看后边没人，又转身奔南走去，这样弯来绕去，千佛山遥遥在望。她忽然发现有人老远在后边跟着，原来是个头戴斗笠、肩扛扁担的农民，不紧不慢、忽左忽右地老远随着，这人后边不远处，还有个扛锄头的跟着。兰芷犯疑，见路边野店旁有家小饭铺，立即进去，买了瓶老白干塞进篮子里。然后问伙计茅房在哪里，伙计手朝后一指说后院。她立即从饭铺后门穿过后院闪身躲进坟地的松林，甩掉了"尾巴"。

樱花梦

　　按照老齐的嘱咐，兰芷顺利地把药安全送到，不过回来的路上却遇到了麻烦。

　　时间已近中午，太阳照得暖洋洋的，稍显燥热。她按原路走回时，离饭铺老远就看到那两个"农民"，凑在一起蹲在门口晒太阳，嘴边叼着烟卷东张西望，像是在等人。兰芷心想，糟啦，盯梢的！正打算拐弯往旁边走，那两个人忽然站起身，扔掉烟蒂，一前一后追跑过来，前头的人手里还提着手枪。兰芷的药已经送出去了，篮子里只是在乡下随手买的几斤毛芋头，其他啥也没有，并不惊慌，径直迎着他们走来。

　　"站住！"提手枪的家伙眼睛打量着兰芷，喝道，"干什么的？"

　　"管得着吗，你是干什么的？"兰芷反问。

　　"走，跟我们走！"

　　"凭什么跟你走？躲开，我还要进城呢！"兰芷朝那人身旁走去。

　　"嘿，还挺硬的。告诉你，我们是侦缉队的，早盯上你啦，知道你还要打这里回来，等你半天啦！"说着抢过兰芷手里的竹篮子，把毛芋头倒在地上，把篮子翻来覆去，里里外外看了又看，扔给兰芷。

　　兰芷俯身把毛芋头捡进篮子，提起来打算离开。后边跟着的人也掏出手枪朝兰芷一挥，吼道："走，跟我们进城，去侦缉队！"

　　纠缠中，饭铺伙计及吃饭的客人出来看热闹。便衣特务朝他们喝道："看什么看，都滚回去！"看热闹的见这俩人凶狠的架势，知道是汉奸便衣队，都不敢说话，赶紧躲进屋里去了。特务又朝兰芷的身上搜了搜，没发现什么，催着快走。兰芷摆脱不掉，被俩特务挟持回城。

　　特务押着兰芷回城经过南门时，岗哨见被押解的是吴队长的朋友，转身就告诉了吴队长，说早上那个妇女被便衣抓了，刚押过去。吴队长听了吃惊，忙问是早晨到值班室找他的那个女的吗。岗哨士兵说没错，就是她，胳膊弯里还挎着竹篮呢！吴队长原本就觉得传玉夫妇不是一般人。两口子对待来求医的人，无论老少贫富，一视同仁，都很客气。诊疗耐心细致，医术高明，药到病除。有时还自掏腰包周济贫苦的乡下病人，仁医仁心，受人尊敬。与他们接触时，夫妇俩言谈话语里透着憎恨小日本，瞧不起王克敏、汪精卫，说他们跟在日本人后边舔屁股，没骨

第十七章 血染的空谷兰

气。老说中国人要有中国骨气，挺直腰杆，不能被人踩着之类的话。心想他们也许与重庆或者八路沾点儿关系，至少是爱国分子。所以，听了这些话，打从心底里对他们夫妇肃然起敬。平常自家有个灾病都是找他们，受惠不少，很是感激。听岗哨说兰芷被抓，向值勤领班打了个招呼，立即跑去博爱医院找传玉，通知夫人被抓一事，要传玉赶快设法营救。

传玉听了吃惊不小，向吴队长道谢送走后，回到自己的办公室坐立不安，心里异常紧张，不停地搓着两手，思索该怎么办，向谁求援。有心求求美国牧师吧，可现如今美日关系越来越紧张，两国特使正在华盛顿就日本侵华战争与美国战略物资禁运问题进行谈判。据博爱医院美国董事艾伯特牧师说，美联社报道，两国谈判非常不顺利，关系破裂的可能性在增大。美国长老会已通知在华的牧师们，要做好撤离回国的准备。所以不能去求美国人。这是件棘手的大事，一般人是帮不上忙的，得有地位有势力、能与日本人打交道的，可是去哪里找呢？谚云："钱大力能通神。"可这神在哪里？钱又往哪里送呢？就是想烧香也找不到庙门呀！传玉彻夜无眠，绞尽脑汁，把身边的关系都想遍了，还是一筹莫展。

三

在传玉的长期影响下，吴宝贵队长有了一定的觉悟，也产生了爱国之心，只是出于养家糊口才在伪军里当差混事挣口饭吃。这时，他也在思考如何救援。

他有个堂房哥哥吴宝亮，是伪军少将，济南警备司令部司令，是个权势人物，而且也在他的职权范围内，能够插手这事儿。心想找他兴许能帮上忙。于是，当晚就赶到堂哥家说明情况，详细介绍了刘传玉、郑兰芷夫妇的身份与为人，并希望堂哥施予援手，态度十分恳切。

吴司令听了沉默半晌，说：

"这要看人送到哪里，初审结果怎样了。如果人在我们这边，又没特别重大问题，这事儿好说，我一句话就可以放人。就怕到了日本人手里，再抓住了什么要命的把柄，那就坏了，咱也帮不上忙。"又说，"这个狗日的'侦缉队'不是咱警备司令部稽查处的，是日本宪兵队招募的密探耳目，都是些地痞流氓，打着侦缉队的旗号到处招摇撞骗，张牙舞爪，很是嚣张。这帮人直接受日本宪兵队管辖，只听命于鬼子，是日本人的鹰犬爪牙，是招惹不得的。这事涉及共党问题。眼下八路活动异常活跃，到处扒铁路，炸桥梁，打碉堡，日本人顾此失彼、焦头烂额。为了压制对方挽回被动颓势，正在大力推行'强化治安运动'，属于非常时期。事情敏感，我劝你躲远点儿，别掺和，少管为好。"

听了堂兄这番话，吴宝贵深感失望。但还是抱着一线希望说：

"这样吧，大哥您先打听打听，看人送到哪里去了，要紧不要紧，有没有保释的可能。郑大夫是俺儿子的救命恩人，去年春天里俺儿子小胖得腮腺炎，接着又得了脑膜炎，病势危重，命悬一线，多亏了这位郑兰芷大夫救了俺孩子的一条命。平日里俺们有个灾病什么的，也总麻烦人家两口子，是俺极要好的朋友。就求大哥尽量想想办法，帮个忙吧！"

"这事儿刘大夫托你了？"

"他没托我，我也没跟他说。我是先来大哥这里试试。"

"宝贵兄弟，你这样做，哥哥我赞成。瓦岗寨弟兄们讲义气，梁山泊弟兄们也讲义气，能为朋友两肋插刀。咱山东人最讲究的就是恩义两个字，有恩必报，有仇必复，仗义！就冲兄弟你这么主动为朋友纾困解难，跑来求我，那我就先问问看，如果有可能，哥哥我一定尽力。你就回去听信儿吧！"

吴宝贵千恩万谢地走了。

第二天傍晚，老齐约传玉在劝业场外趵突泉旁的兴隆饭庄见面。他们要了个楼上小单间坐下，点了酒菜。伙计先上一壶崂山茶，将两人的茶碗涮涮倒在痰盂里，又倒满茶碗，说先喝着，菜很快就上。不大工夫，伙计用托盘端上炒菜与下酒凉菜，一壶老白干。完了说声请慢用，有事儿朝楼下招呼一声，转身下楼去了。房间临街，地方不大，布置简单却极清静。

老齐给传玉斟满酒盅，说："传玉，我约你来是为了兰芷的事儿。"

没等老齐说完，传玉急着插嘴说："我也正为这事儿急着想找你商

第十七章 血染的空谷兰

量呢！"

"组织上通知，兰芷已经把药顺利送到了，有关领导向你们表示感谢。不幸的是，咱的内线当天傍晚发来的消息，她昨天中午返回的路上遇到了两名持枪便衣特务，被强行押解回城，昨天下午就直接送日本宪兵队了，具体情况现在还不清楚。因为是在日本宪兵手里，所以非常危险。地下党组织正在了解情况设法营救，叫通知你一声，做好思想准备。另外，不知你有没有特殊关系可用，如果有的话，赶紧托人，越快越好。需要用钱不怕，不管多少，组织上都可以立即提供，不要有任何顾虑。"

"谢谢组织的关怀。"传玉皱起眉说，"我昨天一晚上都没睡觉，就是搜肠刮肚地想手里掌握的关系。这是件非常棘手的事儿，一般的关系用不上，需要上层关系或者与日本人有密切联系的权势人物才行。可是这样的人没有现成的，一时也难找。我正为这事儿发愁呢！"

"警备司令部里你有没有人？"

"有个警备队的关系，不过只是个中队长，军衔太低不管用。"传玉说。

"你是医生，有没有军方或者省府、市府的高层官员可托？"

"有省府的秘书、局长找我看过病，但地位都不够高，关系一般，也不硬。"

"日本那边呢？有没有可用的联系？比如，银行商社之类的？有的话也可考虑使用。"

"更没有了，我虽是日本留学，但从没跟日本军政界、金融界、商界有过联系。"

老齐点点头，沉默了一会儿，端起酒盅冲传玉举了举，说："来，先喝点儿酒，定定神。"

传玉心烦意乱，愁苦使他不知不觉一盅接一盅地默默喝酒。老齐安慰说："慢点儿喝，多吃点儿菜。放心，组织上不会撒手不管的，也在设法寻找得力的上层关系。就让这酒给咱们鼓鼓劲儿，共同想办法营救吧！"

"我还怕兰芷经受不住日本宪兵的酷刑，这帮野蛮的家伙非常残忍，什么恶劣的手段都使得出来。万一受刑不过……"

"放心，不会的！"老齐立即打断说，"兰芷是个爱国的青年，从她明知危险却勇于担当重任来看，虽不是党员，我也信得过，组织上也信得过。"

两人就营救问题又讨论一番，吃罢晚饭各自离开饭馆。传玉一路惴惴不安地回到家里。

老齐约传玉会面，一是使传玉知道兰芷已胜利完成了任务，再就是知道兰芷被捕，组织上正在想办法营救。这时，地下党组织正在动用警备司令部的关系，找的正是警备司令吴宝亮。这事儿老齐没告诉传玉，因为任何"关系"都属机密不能泄露，这是秘密工作纪律。在吴宝贵去找他堂哥之前，地下党组织就已启动了这个关系，吴司令当然心里早已有数，但没有告诉他堂弟。

中共在对敌斗争中一直在做敌伪工作，采取分化教育的方法使之看清形势，权衡利害关系，为己所用，成为自己的内线。伪军上层军官不少是见风使舵，脚踩两只船的。特别是日军对华战争陷入泥足不前的僵局，对中共抗日根据地的扫荡又屡遭失败。这时除了死心塌地的铁杆儿汉奸外，一般都在私下里自我剖白，说是"身在曹营心在汉"，随着战局的发展，这种心态越来越强。这些人平日里密切关注日本的政治军事动态与战事进展，设法打通与国共两方面的联系渠道，建立秘密关系，给自己预留后路。日本人并不真正信任伪军，对此心知肚明，一时也奈何不得，佯作不知，只是暗地里严密监视而已。

在兰芷被捕送到日本宪兵队的当天下午，地下党组织就接到内线的紧急通知，已经与吴宝亮司令联系上了，请他设法竭力营救。吴司令满口答应。他坐在办公桌前摩挲着两手，凝眉闭目思索半晌，决定用争夺嫌疑犯的手法主动向宪兵司令要人，争取把兰芷引渡到警备司令部稽查处来。这个办法的好处是，不会进退失据，也比较安全。如能把人要到手，一切就好办了。即使要不到手，也不会带来麻烦，给自己留下了撤出的余地。

于是，他次日上午用电话约见宪兵司令武藤大佐。吴司令带领稽查

第十七章　血染的空谷兰

处处长柳逢春前来宪兵司令部，武藤在会客室接待，客气地叫手下献茶。吴司令推开茶碗，单刀直入说明来意：

"武藤大佐，今天来贵处是为了一件不愉快的误会，特地来同大佐商量。"

"什么误会？请讲。"武藤抬起眉头问。

"我们这位稽查处柳处长向我报告，昨天中午你们的便衣密探在南门外拦截逮捕了我们长期监控的共党嫌疑分子，过早暴露了我们的监视行动，干扰了我们的侦察工作。我今天来这里的意思是，请把这名嫌疑分子引渡到我们警备司令部稽查处来，由我们审理此案，因为我们已经掌握了初步线索，容易撬开她的嘴巴。"

"吴司令，你们拿到确凿证据了没有？"

"现在还没有。不过根据我们的密切观察，确信这人可疑。为了解她的真实身份、幕后指使人及她的行动目的，所以我们放长线钓大鱼，暂时还不打算收网。遗憾的是，你们的人抢先把人逮捕了，这严重干扰破坏了我们的行动计划。为此，我们只能立即把她逮捕归案了。请大佐谅解我们的苦衷，现在就把人交给我们稽查处。"

吴司令说话的语气软里透硬，肉中带刺。武藤听了，绷着脸朝柳处长问：

"柳处长，你怎么知道我们的便衣逮捕了这个人？"

"在你们的便衣密探跟踪的同时，我们侦缉科的便衣也在跟踪着，一切都看在眼里。为了避免自己人发生冲突才没有上前干涉，而是回来向处里报告的。"

"总之，你们没有获得确凿证据，是吗？"

"是的，暂时还没有，但有了比较可靠的线索。"柳处长答道。

武藤顿时皮笑肉不笑地对吴司令说："可是，我已经拿到了确凿的证据，通八路的证据，硬邦邦的实物铁证——药品。她在给八路偷运药品！"又不无讥讽地补充说，"同样遗憾的是，她是在你们岗哨眼皮底下顺利出城送药的！所以，请原谅，将军阁下，我不能把她交给你们，这个案子只能由我们审理。"

两人争论一番,由于武藤态度强硬,坚决拒绝引渡,所以吴司令的营救行动失败了。

四

吴司令在得到兰芷被捕的消息时已经迟了,特务早把人弄到武藤那里审过了。

兰芷被捕的那天晌午,太阳晒得暖洋洋的,有些燥热。两个特务兴奋得头上直冒汗,手拎短枪挟持着兰芷,一路推推搡搡直奔日本宪兵司令部,向主子邀功。武藤听到报告说是从城外抓到了一名八路地下联络员,看样子不是普通人,便走出办公室来看。见是个肤色细白、面目娟秀的年轻女人,像个城里人却一副农妇打扮,便绕着她转圈上下打量,忽然站住问:"干什么的?"

"在家料理家务的。"

"出城干什么去了?"

"回娘家走亲戚。"

"篮子里是什么东西?"

"从城外买回来的毛芋头。"

又朝两个密探问:"搜查过了吗?"

"搜查了,除了一面小镜子外,没发现什么。"

"为什么抓她?"

"俺俩也是刚出城,本来没注意她。后来老远见她走着路,时不时掏出小镜子,对着脸左照右看,一会儿摸摸脸,一会儿拢拢头,倒像是察看后边有没有人跟踪。因为她这个动作可疑,所以我们就跟上了。不料走到半路上就被她发现了,在路边饭馆那里把俺俩甩掉了。我俩知道准有问题,一定还会回来,就在饭馆附近蹲守等候。果然,她原道去原道回,被我们逮个正着,就抓来了。太君,这个人行动太可疑了!"

武藤点点头笑说干得好。随手夺过篮子,把里面的芋头倒在地上,拎起来反复察看,看罢扔到地上,用脚使劲一踩,篮子破了。

第十七章　血染的空谷兰

"哈哈，原来有个夹层！"他望着兰芷说，"你的，狡猾狡猾的！"

说罢，武藤又拎起破篮子细细查看，忽然掉出两粒白色的东西，俯身从地上捡起来看，像是药片。立即叫把恒吉上尉军医叫来。恒吉来了，接过来一看，说：

"武藤太君，这是两粒治痢疾的药片。"

"怎么知道是治疗痢疾的药片？"

军医把药片送到武藤面前："太君您看，这药片上有用压模压印的拉丁字母 SG，是磺胺胍的缩写。全文是 Sulfaguanidine，是治疗痢疾的口服良药。磺胺类药是疗效很好的抗菌药，有口服的也有外用的。"

"好，谢谢你，恒吉君。"武藤点头说。

兰芷携带的药都是用纸袋分装的。纸袋积攒多了，时间一长，有的纸袋会有破损的地方，漏出的药片嵌在竹篮缝里。所以被心细眼尖的武藤发现了。

"啊，请教尊姓大名？家住哪里？"武藤重新打量兰芷，面露奸笑。

兰芷知道自己的行迹已经暴露，遂从容答道：

"我叫'中国'，家住神州大陆。"

"哦？中国，神州大陆。我看你不像家庭主妇。"武藤笑说，"从你的回答就知道，一定是个抗日分子，帝国的敌人。"又问，"重庆派来的？共产党派来的？"

"赤县志愿来的。"

"你的任务是什么？"

"抵抗侵略者！"

"哼！看来你是累了，需要找个地方歇歇，清醒清醒脑子。"武藤冷笑一声。

兰芷被押到一间地下审讯室。这里摆满各种刑具，气氛阴森。兰芷先被剥去衣服搜遍全身，就连嘴里的牙齿都不放过，一颗颗查验。衣服里里外外、针脚线缝也都细细查过，没有发现。草草穿上衣服后，被绑在一张铁椅子上审问。武藤来了，老一套问话过后，接着是美言相劝，企图诱降。兰芷怒目而视并不答话。武藤点点头，起身说："那好吧，

樱花梦

自称神州赤县的女士，那就让鞭子来问话吧！"又对掌刑的说："如果她愿意合作，立即向我报告，说罢离去。"

桌后，两个记录员执笔静待录供。两个矮壮汉子轮流上阵，边施酷刑边审问。鞭挞，拔指甲，烙铁烫，电刑都用过了，兰芷牙齿咬得咯咯直响，冷汗直流，昏晕几次仍不开口。累得两个汉子满头大汗，气喘吁吁，摇头无奈。这时的兰芷已昏倒在铁椅上，气息奄奄了。

就这样，一连三天得不到半句口供。就连姓甚名谁，哪里来的，家住哪里，干什么的，药送何处，与谁联系等，一概问不出来，弄得武藤龇牙咧嘴，无可奈何。他想，稽查处既然跟踪了很长时间，多少总有点儿眉目。于是亲自去警备司令部拜访吴司令，打算从对方那里得到些线索。听了武藤讲明来意，吴司令知道被捕女子尚未暴露身份，如能从武藤手里把人要过来，就算是块儿烫手的山芋，也还有一线营救的希望。遂说：

"武藤大佐，坦率地说，我们只是怀疑，至今也没查出什么来。这人是我们监控的目标，我要求宪兵队把人还给我们，由我们给她来个温水沏茶——慢慢泡，不信她能硬到底。"

"那就由我们两家联合审讯，您看怎么样？"武藤提出反建议。

"那不行！"吴司令连连摆手，"咱们两家办案的方法不同。你们宪兵队只讲用刑，以为严刑之下何患无供。其实，有的犯人意志坚强，很能挺刑，打死也问不出什么来。我们认为光靠严刑不能解决问题，怀柔手段更能奏效。柔能克刚，再硬的对手功夫到了也能软化。"

吴司令坚持引渡，武藤毫不松口，两人磋商半天也没达成一致。武藤起身告辞道：

"这个人绝对不能交给你们，我认为这女人肯定是个共党分子，没有你们的合作，我们也能取得口供。处决的时候务请阁下到现场参观，也许到那时能有奇迹出现。"

又过了两天，仍然没有口供。傍晚，天已擦黑，宪兵司令部忽来通知，请吴司令到场观看处决要犯。吴司令命柳处长前往观察情况。

这是一个阴冷的夜晚，天空云层密布，暗淡无光，阵阵西风，凛冽

第十七章 血染的空谷兰

刺骨。刑场就在城东郊外五里，是一处乱葬岗子，荒冢裸棺，狐兔出没，满目凄凉。日军守备队外围警戒，宪兵队把守现场，武藤亲自监刑。见柳处长到来便问："你们吴司令怎么没来？"柳处长说："司令身体不爽，派我前来现场观看，回去向他报告。"武藤手按军刀，微微冷笑，转身发出命令：带人！

土坑已经挖好，黄土堆满坑沿，两个日军士兵手执铁锹站立坑边。刑场点起几盏嘎斯灯，照得四周通明瓦亮。兰芷一头一脸的乱发，满脸血污。由于两腿严重受刑，而且连日绝食已无力支撑身子，由两个壮汉左右架着拖到坑边。

武藤慢慢走近她，故作同情状：

"这是何苦呢，尊敬的无名女士！"他又是哎呀呀，又是啧啧啧，摇头喂腮地说，"我很敬重你，无名女士！你我都是为了自己的国家，你已经尽力了，无愧了。不过，用你们中国人的话说，'识时务者为俊杰'。时至今日，生命完全握在你自己的手中，与我们合作，说出一切还来得及。至于你因刑致伤，皇军一定会尽心竭力给你治好，养好你的身体，还你的健康与美貌。今晚就是决定生死的最后关头，务请三思，不可一误再误，错过机会呀！"

兰芷羸弱不堪，喘息着缄默不语。一个少尉军官从鞘内拔出军刀，走近兰芷，吼道：

"让我把这个娘儿们劈成两半！"说着高举明晃晃的军刀，凶恶地朝兰芷头上比画。

兰芷不屑地看他一眼，朝他脸上啐了口带血的唾沫。那军官哇哇狂叫，挥刀要砍。

"混蛋！"武藤立即制止，"滚一边去！让这位女士好好想想。"

刑场一片寂静。良久，兰芷依旧闭眼喘息并不答话。武藤喝令推入土坑，却又眼盯着兰芷，边问话边叫人一锹锹往坑里慢慢填土。渐渐地土覆盖了一身，只露出头脸。

"我……我有话……"兰芷在坑里气促地挣扎。

"停，停！快把她挖出来，快，快！"武藤惊喜地叫喊，"快点儿，

275

樱花梦

笨手笨脚的混蛋！"

兰芷被从坑里架出来了。她挺直绳索捆绑的身子，抖抖满身的黄土，深深吸了口气。武藤与全场的人都紧张地注视着她，似乎"奇迹就要出现"。突然她使出全部气力放声高呼：

"侵略者滚出中国去！打倒日本帝国主义！"

"哇呀，可恨！快，快把这女人扔进坑里去，埋掉她！闷死她！"武藤恼羞地吼叫。

最终武藤也不知道她是什么人，从她口里什么也没问出来。恼羞之下，哇哇狂叫，额头津津冒汗，气喘吁吁。山东人管这叫作"打败的鹌鹑斗败的鸡"，狼狈不堪。

悲歌一曲从天降，泪雨纷飞酹忠魂。霎时间，淅淅沥沥的冷雨变作倾盆大雨，从阴沉的天空倾泻下来，洒在血染的黄土垄上，深情地亲吻着、抚慰着这坚贞不屈的中华女儿。

兰芷是在隐姓埋名、不暴露身份的情况下壮烈牺牲的，敌人不知他人不晓，含笑九泉，向中国共产党，向国家民族献出了年轻的生命。好一朵血染的美丽的空谷幽兰！

第十八章
传玉奔丧

天气突变，虽是今冬头场雪，却下得不小。大片大片的雪花纷纷扬扬，漫天飘洒，顷刻间，白皑皑地覆盖了大地。大明湖畔，残苇败柳，远近房舍，都披上了一层厚厚的冬装。湖区人踪杳然，格外寂寥。

铁公祠附近的明轩茶室照常营业。室内虽也生着高脚炉火，炭火烧得正旺，但由于空阒无客，缺乏生气，没有暖意。掌柜的是位年过五旬的老者，头戴毡帽，身着棉袍，外罩青缎面的羊皮坎肩儿，倚在柜台后铺着狗皮靠垫的椅子上，两手抄在袖筒里，缩着身子闭目打盹儿。一个年轻的小伙计坐在炉边矮凳上，手拿铁火钩子拨弄炉火，守着茶炊，伺候客人。

老齐与传玉临窗对坐。传玉眼睛红红的，面露戚容，两手抱着茶杯焐手，连声叹气。

"兰芷的牺牲是光荣的，你就不要过于悲伤了。要为有这样的妻子而自豪。她的牺牲将极大地鼓舞我们抗战到底的决心，夺取胜利的信心。"老齐劝慰传玉，"咱们内线在现场看到的壮烈牺牲情景都如实反映到组织这里来了，真了不起呀！她是为国捐躯、功留青史的英烈，我党与国家的骄傲，人民的光荣。她英勇献身的事迹将永载抗日战争的史册。"

"唉，话虽如此，也是我交了华盖厄运。这两天，我那三岁的儿子家骧哭着闹着找娘。昨天傍晚到今天上午，又一连接到临城家里两封急电，先是说父亲病危，催我回去。紧接着又来电说父亲已经亡故，命我速归。唉，一档接着一档呀！我今晚就带着儿子乘夜车赶回去。"

"车票买好了吗？"

樱花梦

"买好了，是一趟慢车，明天一早就能到家。"

"那就赶快回去料理丧事吧！"

"还有件事，我打算向组织上提出，就是兰芷生前有加入中国共产党的愿望。"

"哦，她这个要求我知道，她生前向我提出过。她知道你是共产党员，自己也希望成为共产党员，能更好地配合丈夫，完成党组织交给的一切任务，争取早日加入中国共产党。"老齐接着说，"她的要求与表现我已经向党组织正式报告了。她完全具备了共产党员的条件，今天我约你在这里见面也是为了通知你，党组织叫咱俩作为介绍人替她提出入党申请，党组织还通知，追认兰芷同志为中国共产党党员。济南地下党组织正向上级报告，请求追认兰芷同志为革命烈士，很快就会批下来。让我们为她而感到光荣吧！"

"再有就是，兰芷的遗体还埋在荒郊野外，怎么办？"传玉犯愁地问。

"这事先撂着，不急。据咱的人侦知，兰芷用鲜血与生命严实地保守了党的秘密，使鬼子至今也没弄清她的姓名、身份和来历，更不知道她从事的活动及背景。所以，敌人设下圈套暗地里安排密探日夜监守在她牺牲的现场附近，专等有人来寻遗体，企图抓捕破案。"

"好阴险恶毒的日本鬼子！真是缺了八辈子的大德，就连死人也不放过，居然用来当作诱饵。"传玉恨恨地骂道，又说，"博爱医院那里，我已替她辞了职，说是跟亲戚去西南内地找她父母去了，免得追问起来再惹是生非。我先回趟老家，处理完父亲的丧事，把家骧交给他奶奶带着，料理完家事马上回来。一回到济南，我立刻通知你。"

一

传玉满怀国恨家仇，于当晚带着家骧悲戚地乘开往浦口的夜车返回临城。路上，儿子一直缠着他问：娘去哪里啦？不是说好很快就回来的吗？为什么娘不跟咱一起回爷爷奶奶家？娘去看姥姥、姥爷为什么不带

第十八章　传玉奔丧

我去？俺想俺娘啦！一个问题接一个问题，使得传玉总也解释不清，而且句句都触痛他的心。他想，回到家里，母亲必然也会问到兰芷为什么没来，要怎么回答才好呢？老人家能承受得了吗？

轮声锵锵，不绝于耳，单调而沉重，声声碾压着他受伤的心。他爱抚地搂抱着年幼的儿子，看他倦极睡去的小脸蛋儿上还留着泪痕，小手不时在他怀里抓挠，呓语唤娘，更使他心碎。兰芷挺秀的身影，挎篮出门的回眸一笑，充满自信的坚毅脚步，一起涌现眼前；那牺牲时满面血污，浑身伤痕，怒目向敌的神态，更使他惊心。他沉浸在往事里，眼前的幻境中，几乎忘却自己身在何处。夜间慢车每二三十里就经过一个小站，停两三分钟。夜阑人静，小站冷清，灯光昏暗，只有信号员高举红绿信号灯，吹哨摇晃，指挥行车。每在一站停靠，也只稀落数人下车，在寒风里瑟瑟离去。火车经过兖州时，天已经快亮了。这是个一等车站，月台外几条车轨上停靠着一列列闷罐货车、煤炭车，冷清地躲在黑影里给客车让道。客车停靠十五分钟，车头在这里加煤上水。下车的人很多，有的在月台上漫步活动身子，有的提着行李急匆匆朝出站口走去。家骧一觉醒来，要到站台上去玩。他哄儿子说："外边太冷，会着凉，你就在这里乖乖地看着咱的提包，爹下车给你买吃的去，很快就回来。"家骧听话，说不下车玩了，要爹给他买麻花、芝麻糖、棒棒糖。

车站上很热闹，正是黎明前时刻，天色愈加黑暗，月台上灯光明亮，到处是喧嚣的人声、叫卖声。人们纷纷下车到月台上转悠，到小卖车买香烟食品。传玉买了羊肉大葱包子、茶鸡蛋，用荷叶包着装在一只布兜儿里，又买了两盒儿子喜欢的麻片糖、甜麻花回到车上。有了吃的，儿子暂时忘了一切，安稳地坐在席位上，传玉从车厢后老虎灶打来开水，爷俩开始吃早点。家骧边吃边说："爹，咱别都吃了，给爷爷奶奶留点儿。"传玉夸奖说："好孩子，真孝顺，爷爷不吃，咱给奶奶留点儿。"

车到临城，天已大亮。这里也是大站，火车停靠十五分钟，机车加煤上水。下车的不少，检车工手拿小榔头，沿着列车一路走，一路挨个车厢敲打车轮大轴，检查车轴摩擦受热的状态。传玉提起手提包，一手领着儿子，跟随人流出站回家。

在亲戚与左邻右舍的帮助下，君田的遗体入殓，家人换上孝服静候传玉到来。他先穿上孝服到父亲的灵堂上香跪拜。仰望灵堂悬挂的父亲遗像，如万箭穿心，不禁泪如雨下，抚棺痛哭。姨娘在旁劝慰他节哀。他又朝母亲磕头，哭道儿子来晚了，没能见上爹爹一面，聆听教训。母亲见他一人带着儿子回来，便问："兰芷怎么没跟来？"因家骧在旁，传玉说：

"娘，待会儿再跟你说。"转身对表妹百荷说，"百荷妹妹，你先带家骧去院子里。"

家骧离开后，传玉对母亲说："娘，咱家不幸，爹爹去世，兰芷她……她也亡故了！"

"什么？我没听清楚，再说一遍，兰芷她……她怎么啦？"母亲惊诧地问。

"她，她被日本鬼子抓去杀害了！"传玉说着泪流满面。

母亲"啊"的一声，几乎站立不稳，倒退几步，跌坐在椅子上，眼泪夺眶而出，哭道：

"天哪，这是为什么，为什么呀？这两代人的冤仇去哪里诉说呀！"

"娘，这事儿别告诉家骧，这几天他老闹着找娘，我说他娘去南方找姥姥去了。"

"唉！也好，孩子还小，别告诉他了，等长大了再告诉吧！"母亲强忍悲痛，又问，"我问你，兰芷的遗体怎么安葬的？"

提起遗体，传玉立即流下泪来，说："她是被日本兵半夜里活埋的，遗体在哪里还不知道，不能打听，也不能去找，遗体安葬的事儿得以后慢慢等机会，再想办法了！"

听说兰芷是被鬼子活埋的，母亲流泪说：

"我可怜的孩子，活不见人，死不见尸，咱跟日本鬼子的血海深仇，什么时候才能报呀！"

传玉安慰母亲说："就别难过了，兰芷的牺牲是国家的骄傲，咱家的光荣，是极难得的。"母亲说："那就在东屋给兰芷设个灵堂牌位吧！"惊

第十八章　传玉奔丧

传玉摇头说："不行！至今兰芷的姓名、身份、住址等一切都没暴露，对敌人来说是个谜。他们正暗地侦察，想弄清她的来历呢！所以咱只能自己知道，耐心忍着，绝不能对任何人泄露，免得传出去让汉奸鬼子知道，找上门来，那可就麻烦大了。"母亲垂泪说："这太委屈兰芷这孩子了！"传玉说："不会的，终有一天咱们会赶走日本鬼子，收复失地，光复中华，到那时，我们就可以寻找兰芷遗骸好好安葬了。"母亲说："还有多久才能等到那一天啊！"传玉安慰说："如今鬼子的后劲儿已经明显不足了，看样子滚蛋的时间不会太长！"

王原泰来吊唁。他头戴狗皮帽，身穿青缎袍，外罩羔皮坎肩儿，脚上一双皮棉靴，腰里暗掖短枪。身后跟着三个年轻壮汉保镖，也是头戴护耳毡帽，身穿青布棉袄棉裤，脚穿棉靴，裤脚管紧扎，腰里别着手枪，看上去很是干练利落。到了门口，两个保镖把住大门，一个跟进来站立一边，王原泰挥挥手，叫他院子里去。朝传玉拱手道：

"传玉兄弟，可把你盼来了！君田叔不幸去世，镇公署里是乱了营啦。我这心里呀，是又急又难过，早该来吊唁的。刻下，松崎太君命我暂代执事，事情纷繁，好不容易理出个头绪，今天才得空前来祭拜。失礼呀，失礼！"

说着，抢步进入灵堂，上了三支香，就着拜垫下跪行礼。传玉早有思想准备，不露声色，虚与委蛇，跟这个汉奸周旋，在一旁答礼。拜完，王原泰站起身来两眼望着传玉，说：

"你是今天才到的吧？唉，不幸啊！君田叔这一走，不仅你们全家悲伤，咱镇上的同人也跟着掉泪。松崎太君说啦，君田先生是教育家，地方名流，是拥护皇军的大好人。一两天里他就要亲自到府上来祭拜。还打算跟兄弟你再见见面，好好谈谈。他很欣赏老弟呀！"

"松崎怎么知道我回来了？"传玉问。

"这还用问，君田叔去世，你还能不回来吗？我也是刚知道的，转头就告诉了松崎。"

"听俺娘说，是松崎派人抓走俺爹的。宪兵队动了大刑，受伤过重，回到家里就去世了。"

王原泰蹙着眉头说:"不是的。是宪兵队抓的,后来松崎知道了,把君田叔给保出来的。"

"为什么抓俺爹?他犯了什么法,要抓他?"

"其实是个误会。也是君田叔脾气不好得罪了人,宪兵队野村队长才派人抓的。"

"还派兵抄了俺的家。俺娘说,抄家的时候,把一家人都赶到一间小屋里关起来。他们翻箱倒柜,敲墙挖壁,就差上房揭瓦了,这又是为了什么?"传玉问。

王原泰一愣,喃喃道:"这个我就不清楚了,真的不知道。兄弟,我这是才听你说的。"

这倒是实话。松崎派河源带人去刘家寻找九龙璧,是他私人的秘密行动,就连宪兵队也瞒着,何况王原泰?所以,传玉这么一问,他也是丈二金刚——摸不着头脑。忽然想起,莫不是去刘家寻找九龙璧?当初我曾向松崎透露过这事儿,建议他设法向刘君田索取,那时刘君田一口否认家藏此物,松崎假惺惺地敷衍过去,似乎并不在意。莫非他派亲信去搜查九龙璧了?心里骂道,这龟孙子,连我这个给他通风报信的都瞒着,太不仗义,不够朋友!

传玉见他面露迟疑,心想也许这事儿鬼子没告诉他,便转换话题,说:

"学长荣任镇长,定有一番新作为吧?皇军可是盼着学长大展宏图,效力大日本呀!"

"哪里!咱不能只给日本人做事。自从今年国民政府还都南京以来……"

"什么?国民政府还都?"

"是呀,汪精卫一九三八年跟老蒋决裂,离开重庆去了越南河内,老蒋派刺客追杀未遂。他逃过一劫,经香港辗转东京,拜会日本天皇以后就来南京与各方面联系。在日本华中派遣军的支持下,与北平王克敏、王揖唐临时政府,南京梁鸿志维新政府联合,宣布国民政府还都南京,汪精卫担任主席。日本政府立即发表声明予以承认,并特派刚辞去总理

第十八章　传玉奔丧

大臣职务的阿部信行为驻南京大使，规格很高的。日本朝野各界还组织了高级代表团前来隆重祝贺呢！这事儿平津沪各大报纸都详细刊登了，有的还发了号外，这么大的事儿难道你不知道？"

"不太清楚。"传玉淡淡地说，"我不大看报纸。"

"哎呀呀，这是桩大事儿啊！"王原泰兴奋地说，"从此中日亲善才真正实现了共存共荣。为了建立大东亚共荣圈，我辈要努力跟上，有所贡献哟！"

"不是中日满提携吗？还有康德皇帝呢，大家一起乐呵，共存共荣呗！"传玉调侃道。

"康德？你说的是那个清逊帝溥仪？是的，自从当上了伪满洲国皇帝就建年号康德，把当年作为康德元年。但他那个伪满洲国跟咱的南京国民政府不同。他们实行帝制，但是，日本人对他们监督管制很严，从上到下，政府的主要官员不管是正职副职，多是日本人担任，而且都是日本人当家。就连康德皇帝身边也有个叫吉冈安直的日本人紧紧跟着，传达关东军的意旨，指挥溥仪的一举一动。咱国民政府就不同，清一色的中国人担任，独立自主嘛！"

"就算是政府里没有日本人任职，我看包括汪主席在内，咱的官员说了也不一定算，还是得看日本人的脸色行事，各部院恐怕也少不了日本顾问，是吧，学长？"传玉笑道。

"那当然喽！"王原泰坦然地说，"没有日本人，哪里来的汪氏国民政府？是吧，兄弟？"

"一丘之貉！"听了这话，传玉感到一阵恶心，不禁脱口而出，"臭味相投。"

"怎么能这样说呢？兄弟，我知道你这是一时的气话，是因为父丧的不满情绪。但我劝你脑筋一定得换换，灵活点儿，别那么一根筋。汪主席与王克敏、梁鸿志他们是'英雄所见略同'，玩的是救国之道嘛！有人调侃说是'曲线救国'，也对，哪里像重庆那帮人，既想当婊子，又要立牌坊，至今暗地里跟东京还勾搭着，眉来眼去，羞羞答答，犹抱琵琶半遮面！"

樱花梦

二

刘君田的死使海石花既震惊，又痛心。她与河源军曹去北临城参观游览的时候，刘校长接待过他们。交谈中深感这位老先生学识渊博，为人正派，风度洒脱，令人景仰。而且写得一手好字，正打算拜师求教，学习汉学书法。可现在却被宪兵队无故迫害致死，这个结局实在令她无法接受，痛心不已。

在日中关系上，她一直处在难以摆脱的内心痛苦之中，与不少爱好和平的日本有识之士一样，她也有着与邻为善，对华友好的情结，反对日本军阀政府的侵华政策。这些年来，日本历届军阀政府一届比一届疯狂，不断变本加厉制造事端，对华武装挑衅。从一九三一年九一八事变肢解中国东北开始，步步进逼，终于在一九三七年七月七日发动全面侵华战争。对此，她与一些日本反战人士一样，持强烈的反对态度。而丈夫松崎偏偏又是侵华战争的马前卒，日军驻临城守备队大队长，这就使她内心更加痛苦，格外难堪。她不爱松崎，只是由于难以抗拒，无法说清的原因，才嫁给了他。而他的性情又与一般日本军官大不相同，比较和善，对她这个性情冷漠、不守日本女子妇道、时常使小性子的妻子能够格外包容忍让，这不能不使她内心有歉疚感。丈夫对汉文化有一定的修养，与她旨趣相投，本应是志同道合、琴瑟和鸣的夫妻。然而，这却使她内心的矛盾与痛苦更加纷乱复杂，难以解脱了。

自从得知刘镇长亡故后，海石花一直闷闷不悦，越加沉默寡言。松崎有意逗她说话，她却转过头去，懒得搭理。为了缓和家里沉闷的氛围，一天，松崎提着用荷叶包裹的一只烧鸡兴冲冲地回来，说是刚从车站买的，很新鲜。妻子像往常一样，替他换上和服，系上裙子，说声吃饭吧，就再也没话讲了。松崎坐在榻榻米上，海石花坐在他的对面。炕桌上摆好了菜饭，海石花给松崎拿来酒壶斟满酒盅，就只顾自己低头吃饭，根本不看那烧鸡一眼。

"来，尝尝这个，很香的，味道很好。临城的烧鸡不错，小有名气，不比符离集的烧鸡差。"松崎将一只肥大的鸡腿与一块厚厚的鸡脯撕下

第十八章　传玉奔丧

来，递给她。

她瞥了一眼，闷声闷气地说："我不吃，你自己吃吧。"依旧埋头就着朝鲜泡菜吃自己碗里的米饭。松崎一再劝让，她不理不睬，就是不吃。

"怎么，还生气哪？"松崎轻声说，"我可是亲自跑到火车站，特意给我的花子买的呀！"

海石花不吱声，默默地低头吃饭。看得出来，这几天她一直处在郁闷伤感的精神状态中。

"我跟你解释过很多遍，刘镇长的死与我无关，是宪兵队野村他们干的。"见海石花依旧不言语，继续说，"其实，对这件不愉快的事，我也深感遗憾。刘老先生是我尊敬的好朋友，他对恢复这里的社会秩序、经济生活，缓和人们的不安情绪，起到了重要的作用。虽然时不时地也会发生一些扰乱社会治安，破坏交通的事件，但都是难以避免的，不足为怪的。对刘镇长，皇军是信任的，这回如果不是我出面找野村说情，刘老先生也许早就死在宪兵队里啦！"

"既然皇军信任他，为什么还要逮捕他，杀害他？"海石花撂下饭碗问，"宪兵队这么干难道你一点儿也不知情？"

"具体情况我确实不知道。刘老先生性情狷介，想必是他得罪了谁，有人向宪兵队告黑状引起的呗！我跟你说过，宪兵是军事警察不是战斗部队，他们的事我无权干涉。这次我出面保释刘老先生也是冒着违反军纪的风险，野村他如果不同意，完全可以顶住，甚至还可以向上反映，给我带来麻烦。不过他还是很给我面子，爽快地放人了。"

"你这样说，我更觉得这事与你有关了。不然你怎么会违纪向宪兵队要人，野村为什么又会这么配合放人呢？你们俩合作默契，其中必有原因。"海石花话中有刺。

"哎呀，我的花子，你叫我怎么说呢！"松崎苦笑说，"你误会我了。宪兵队抓人，事先我真的不知道，但是审讯的结果野村告诉我了。听他话里的意思，他没有证据，完全是一场误会，但误会也是刘老先生自己造成的。在这种情况下，我怎么能不管不问呢？更何况刘老先生还是镇长，我们是地方上军政合作伙伴关系。我出面保释，一来为了解救刘老先生，二来也给宪兵队一个台阶下，他们进退两难，处境尴尬，我来解围，这不是顺理成章的事儿吗？"

"可是，人还是死了！"

"所以，我既深感遗憾，又很痛心呀！——我听王原泰说，刘镇长的儿子从济南回家奔丧来了。前些日子我太忙，本打算同你一起去他家吊唁，你不肯去。我决定明天带着河源一起去北临城一趟，到他家吊唁慰问，借机会跟他儿子再见个面。如果可能，打算邀请他来咱家喝茶，好好谈谈。"

"算了吧！人家一身重孝，在家居丧，不会出门访亲会友的，你不要唐突。"海石花叹了口气说，"唉！我本打算向刘老先生学习汉学书法，这下子完了！这样吧，你叫河源君来我这里一趟，我不去吊唁，但想拜托河源代我给刘镇长上香致哀。"

"那好，我叫河源来一趟！要不要有点儿别的表示？比如送个挽幛？"松崎讨好地说。

"不必了，你我的书法都拿不出手，也找不到人写挽幛，上香致哀就行了。"

海石花对刘老先生的死颇感意外，怀疑是松崎与宪兵队的合谋，但是松崎的解释还能使她相信，因此也就不再追问，情绪也缓和了许多。不过还是劝告松崎，不要伤害中国老百姓，多做对他们有益的事，积点德，还说，世上没有做坏事不遭报应的。松崎听了笑说：

"我的好花子，你就放心吧，我虽然是军校科班出身的军人，但从不像那些一穿上军官制服，挂上御赐军刀就狂妄自大，说话盛气凌人，恃强凌弱的家伙。我有修养，待人谦和，即使是对下级，包括士兵在内，也很少因为一点小事就加以呵斥。我们结婚这么多年，你还看不出来吗？我对中国人就更加注意了。无论如何，在中国大陆我们是客，他们是主，我们必须讲究策略，示之以威，待之以礼，动之以情，使他们减少乃至消除对大日本帝国的敌视，相信日中亲善是我们真诚的意愿，尽心尽力地为皇军服务。就连王原泰这种猥琐的人也要避其所短，用其所长。最近我还叫他代理镇长呢！"

第十八章　传玉奔丧

"说到姓王的，会不会是他越过你直接向野村告密，陷害刘镇长？"

"这个嘛，就很难说了，野村的眼睛时刻盯着周围，也可能叫他暗中监视可疑分子。"

"这个卑劣的小人，你可得提防着点。"海石花提醒道。

"他是我的下属，有事应该先向我报告，至少通知我一声，不会瞒着我。"

"你不是说嘛，宪兵是军事警察，就连你也在他们的视野之内呢！"

"聪明的花子，你还记得这句话哪！是得注意王原泰背着我给宪兵当密探。"松崎笑道，"不过，我是临城驻军的部队长，在这里我是最高长官，他野村少尉也得让我三分。"

"果真让你三分的话，为什么逮捕刘镇长事先不告诉你？"

松崎一笑，把选好的鸡肉重又递给海石花，说："这事不像你想的那么简单，不谈了！咱们吃鸡，吃鸡，这是我亲自为你买的，我的一片好心嘛！"虽然话题并不愉快，但海石花今天终于打破沉默开口说话了，对此松崎很高兴。

因为海石花有反战思想，松崎对她有些顾忌，关于残害当地百姓的暴行，在她面前一概不提，以免引起她的不快，使本就性情冷漠孤独的她更加阴郁古怪。他想，如果把儿子佐治接过来陪伴她，也许会使寂寞的花子开心些。想到这里，他决定叫河源陪她回趟日本探望她母亲，顺便让河源把九龙璧带到京都博物馆代为保存。当然，九龙璧的事得瞒着花子。他们返回时把儿子佐治接来，这个安排她一定满意。

晚上就寝时，松崎把叫海石花回日本探望母亲，回来时把儿子接过来的打算告诉她，果然她听了很高兴。松崎又告诉花子，为了来回有人照应，派河源护送她，河源也可借机回趟冈山看望父母。海石花说，那再好不过了，你就安排回日本的事吧！

三

松崎带着河源军曹悄然来到刘家。五名士兵由一名中士率领，扛着

樱花梦

三八式步枪紧随其后，在门前站岗放哨。刘家没有思想准备，以为日本人又来搜查，全家有些紧张。母亲叫传玉赶紧躲起来，但松崎一跨进大门槛儿就看见传玉。紧走几步朝传玉来了个立正，施举手礼，显得十分严肃，用流利的汉语说：

"刘医生，我本该早些来向逝者致哀，慰问你们全家的，只因为军务繁忙，拖延了几天才来，务请多多原谅。请带我到灵前行礼吧！"

母亲与家人都回避了。传玉在前，松崎随后，一起走到灵前。传玉一旁站立答礼。松崎向前从祭桌上捻起三支香燃着，插在香炉里，后退两步脱帽，朝君田遗像深深三鞠躬。抬头凝望遗像，嘴里用汉语祷念："尊敬的刘君田老先生，请原谅后辈松崎一郎来迟。我们共事有年，蒙您协助，得以恢复社会秩序，人民安居乐业，对此我万分感激。不料您遭此不幸，实属意外，我深为悲痛。敬祈您已逝之体安息，在天之灵欣慰。"接着，河源也向前捻香行礼，代海石花及他自己向遗像致哀。

礼毕。松崎转身对传玉说：

"刘医生，亡者既已矣，还请您和全家节哀。我冒昧地想借此机会，与您谈几句话，商量点儿事情，可以吗？"

"可以，就请到客厅坐吧！"传玉想听听他的来意。

"此时打扰，多有不恭，谢谢！"

两人来到客厅，宾主落座。松崎开口说："我们这是第二次见面了，也算是老朋友了。"

"有话不妨直说，敝人谨聆指教。"传玉说。

"首先，我代表皇军守备大队，向您与阖府表示慰问。老人家仙逝，我也很悲痛，他在世时颇有政绩，我们合作得很好，希望今后您能继承令尊的事业，与皇军继续合作。我有个建议，您现在居丧，本不应在这时候提出，但您不必现在回答，可以先考虑考虑再说。"

"什么建议，不妨请讲。"

"我打算邀请刘医生回到家乡来，在这里的铁路医院工作，为铁路职工服务。我知道您是日本京都帝国大学的留学生，医学博士，著名内

第十八章 传玉奔丧

科医生，医术高明。铁路医院需要您这样有资望的医生来指导工作，希望刘医生能加以考虑。还是那句话，现在不必回答，考虑好了再给我答复，铁路医院和我都期盼您的合作。"

传玉略微沉吟，说："谢谢抬爱，就这样吧！"

这句话很含糊，不置可否。松崎立即起身告辞，说：

"好，我恭候佳音！"

送走松崎，母亲问鬼子来做什么，传玉把松崎的来意说了一遍，母亲说："咱家没出过汉奸。你爹也是受镇里镇外乡里乡亲们的重托，为了应付鬼子、减少伤害，保护咱黎民百姓，才硬着头皮冒着风险干这镇长的差事。他处处小心谨慎，敷衍鬼子，没出过纰漏，没干过一件替日本鬼子卖命，坑害百姓的坏事。没承想即使这样，到底还是害了自己的性命。儿子你还年轻，少不更事，没有你爹那个本事，若你再惹上什么乱子，娘可受不了啊！就一口回绝鬼子算了。"传玉说："我不会随意表态，这里面有文章，得仔细琢磨一下。爹和兰芷的魂灵都在天上看着我呢，国恨家仇儿子都不会忘！放心吧，娘，我不糊涂，我自有主意，不会给日本人干事！"在与松崎的谈话里，传玉留下余地，是为了回去向老齐汇报，请组织上考虑指示行止，并没有自作主张应允松崎建议。

从刘家出来，松崎一行顺便到育才学校拜访代理校长、德国神父葛树礼。葛神父在会客室接见他。松崎开宗明义说：

"葛校长，我这次上门拜见是特意来向校长阁下解释刘君田先生的事。这纯粹是场误会。其实，宪兵队逮捕刘校长是因为有人举报，说他有通共嫌疑。在这之前，我是不知情的，后来宪兵队野村队长通知我，才知道发生了这件不愉快的事。我很遗憾，毕竟我与刘校长是军政合作关系，相处得不错。所幸这件事证明是个误会，总算还了刘校长一个清白。不过他年老体弱，经受不住这番折腾，不幸逝世。我已经代表皇军到刘家登门吊唁，表示慰问了。我希望葛校长也能给予谅解。"

"队长先生，您的话我已经明白了，不想问个究竟。尽管宪兵队逮捕刘校长使我惊讶，刘校长因此致死使我痛心，但我懂得，在狼与羊之间是没有什么是非公道可言的,就不必解释了。总之,人死不能复生,无法弥补了。就让我们祈求天主宽恕,使亡者安息吧!"

葛神父话语尖刻,使松崎颇为难堪,于是他把话题转到学校教育上来:

"这个问题相当复杂,一时难以说清楚。您说得对,既然人已死了,还有什么可说的呢?我还有件事想对学校提出,据我得到的报告,在这里的教员当中,有的人有反日思想,时常在课堂上故意用汉字的错别字,影射丑化大日本帝国,毒化小学生的思想,影响贯彻日中亲善教育,这很不好,皇军不能容忍这种行为。不知葛校长是否知道这事?"

"有这种事?这个我还没听说过。不过,我知道教员们一直在认真执行现行的山东教育主旨,那就是孔孟思想的精髓,'大道之行,天下为公'。这是中国的国父孙中山先生推崇的,并题写'天下为公'四字为匾额,这也是你们日本首肯的。根据这个主旨,教员们加强了中国国学知识教育,中国古代文化教育,中外自然科学知识教育,即使是音乐教员,也在教唱中国古典诗词歌曲,内容健康,文字优美,歌声动听,孩子们极容易上口学习。就连欧美传教士们,也都被中国的悠久文明感动了。如果我没记错,好像日本更热衷于学习中国汉学与传统文化,你们日本有不少博学的汉学家,是不是?我听您讲得一口地道的北方汉语,就知道队长先生是个中国通。"

松崎苦笑笑,说:"汉学浩如烟海,葛校长,我们就不谈这些吧!我只想提醒您,一定要注意教员们的思想动态,严格要求他们正确理解,积极贯彻日中亲善教育,不要在课堂上给小学生灌输反日仇日思想,否则皇军绝对不能容忍,一定会干预的。到时候,不仅有关教员会受到严厉惩处,学校当局也要承担责任的。"

"队长先生,您这算不算是对我的警告?"

"不,不,千万不要误会,校长先生!这绝对不是冲着您来的。不谈个人,单就我们两国的国家关系来说,《德意日三国同盟条约》已经使我们结成了休戚与共的亲密战友,我怎么能向战友发出什么'警告'呢?我只不过是提醒您注意,在您的学校里有可能会隐藏着反日分子,

第十八章　传玉奔丧

这些人往往利用外国教会的特殊地位掩护他们的反日宣传，企图使孩子们敌视大日本帝国。您提到音乐教员教唱中国古典诗词，唱唱《农家乐》《渔歌唱晚》《燕双飞》之类的可以。但是，他教小学生唱岳飞的《满江红》是什么意思？明摆着是鼓动复仇嘛！这很危险，我可是一片好心呀！"

"什么？岳飞是谁？哪一国人？他鼓动孩子们找日本复仇？"葛校长存心装糊涂，揶揄道，"是很危险，我要查查这人的来历，是何居心！"

"不，不是的。"松崎失笑道，"岳飞是中国南宋人。当时的中国内部正处在宋金两国交战对峙时期，他是抗金名将，他的抗金活动距今已八百多年了。他那首著名词作《满江红》内容就是抗击金人入侵，呼吁收复失地。现在教孩子们唱这个歌曲干什么？不是煽动孩子们仇日抗日，还能做什么解释？"

"噢，我明白了！您的意思是，要教中国孩子老老实实服从日本皇军，不得产生二心是吗？那就谢谢您的提醒了！还有，队长先生，我们是传教士，不是军队，也不打仗。所以，我们彼此不能称战友，如果愿意，可以称朋友。"葛代校长耸耸肩，头一歪，含蓄地一笑。

两人的谈话表面上看似友好，实际隐含着对立，很不和谐，会谈不欢而散。松崎抬屁股告辞，葛树礼校长送出客厅，说声不远送了，微笑着关上客厅门。松崎带着随从悻悻地走了。

料理完父亲的殡葬，又在家陪伴母亲几天，把儿子家骧留在奶奶身边，传玉便独自一人返回济南，到车院长那里报到。车院长说："你别忙着上班，处理令尊丧事一定很劳累，先休息几天再来上班。"传玉说："多谢院长的关照，我就下周一来上班吧。"回到郑家老宅整理卧室时，抬头望见墙上挂的与兰芷的结婚照，不禁潸然泪下，隐隐心痛。他想起得赶紧与老齐联系，通知他自己已经回来。联系上后，两人在约定地点见面。传玉把父亲的死因与处理情况说了一遍，又汇报了松崎邀他到临城铁路医院工作的事，请示组织如何答复。老齐说："你父亲是为国捐躯的，是光荣的，历史自有定论，不必萦怀。一门两烈士，令人敬佩！至于松崎的邀请，不可答应，可婉言谢绝，临城那里不是你能发挥作用

樱花梦

的地方。"又说:"兰芷的事并没过去,日本宪兵正在秘密调查,所以,你只专心医疗工作,搜集输送药品的事暂停。最近风声吃紧,我们的接头联系听我安排,除非必要,也暂停接头。"另外叮嘱说,敌人可能已经给兰芷拍了照片,所以家里所有的兰芷照片,包括结婚照、各种合影等,都要藏起来,避免外人看见,以防不测。老齐分析形势说,如今在我党领导的华北抗日根据地与游击区,敌人疯狂地进行残酷的大扫荡。实施深沟高垒、封锁隔离、烧杀抢掠的"三光政策",斗争形势异常险恶,我们做地下抗日工作一定要格外警惕敌人破坏。传玉说,他坚决服从组织安排,随时听候召唤。接头后两人匆匆分手。

第十九章
宝物东去

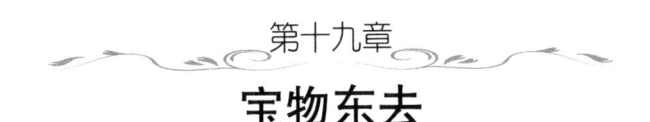

海石花思乡心切，一直催促尽快安排回国，松崎把回国探亲的事委托河源料理。

一切就绪后，松崎亲自送海石花与河源去火车站乘车。这是一趟自上海直达北平的蓝钢皮特快，头等、二等车厢服务周到，三等车厢也比普通快车整洁。车上设备齐全，座位舒适，即使战争时期，经济困难，民生凋敝，这趟餐车的饮食也还算是比较好的。在战前，这原是国际列车，餐车上不仅中餐菜肴花样繁多，供应丰富，还提供欧美西餐，洋酒。英国细点，法国大菜、俄国大列巴、红菜汤，还有能说洋泾浜英语与半生不熟俄语的西崽服务。乘车的大多是富商、高官，以及所谓上流社会人士。为了使海石花旅途舒适，松崎特命河源买这趟车票昂贵的特快，从临城上车到济南，再从济南换乘开往青岛的直快列车，在青岛港登邮轮回国。旅行中的一切包括车船饮食都由河源办理和悉心照料。在松崎的着意提携下，此时的河源已从士官破格晋升少尉，因此他对松崎更加忠心耿耿。

"河源君，一切多多拜托啦！"松崎拍着河源的肩笑笑说。

"您就放心吧，大队长，我一定把夫人安全送到家，妥善完成您交给的任务！"

"花子，到家后，尽快给我拍封电报来！"松崎叮嘱海石花。

旅途中，河源背着他沉甸甸的挎包，即使在座位上坐着挎包也不离身。海石花叫他把挎包放到行李架上，列车员也叫他放到行李架上，他只是憨憨地一笑，说不沉，背着好，始终包不离身。海石花的皮箱倒是由河源高高举起，放到行李架上了。

"里面有什么好东西不放心，一定要老背着？"海石花觉得这样累赘，好奇地笑问。

"没什么，都是些容易碎的中国点心，带给我父母吃的。"

海石花笑了，说真孝顺。知道里面一定有不便说的隐私，也就不再问了。他们在济南换车，青岛登船，一路辗转颠簸，终于到达神户，顺利地乘上当天火车去京都。一路上都由河源照料，海石花既不操心也不费力，并不觉劳累。到京都后，河源一直把她送到家，海石花过意不去连连向他鞠躬道谢，并留他吃饭。河源腼腆一笑还礼说不值得道谢，我还得赶紧回家去，夫人旅途愉快就好。两人约好返回中国的具体日子，河源说："我从冈山一回到京都就去购买近期的车船票，夫人只管在家里等我来接吧！"

辞别海石花，河源立即去京都博物馆找到松崎的朋友牧野君，递交了松崎的信函，把九龙璧寄存下，并要了收条。收条上写明：松崎一郎寄存，本馆代藏，倘寄存人因故不能来取，由妻子松崎海石花凭本收条取回。牧野用专门的精密检验仪器仔细验看这块儿大璧，惊讶地说："唔，这东西可不寻常呀！算得上是千年古物，哪里来的？从支那战场弄来的？这可是无价之宝啊，按说应该献给国家呢。松崎君真有本事！"河源笑说："我不懂，也不知道，我只是奉命来寄存私人宝物的。"办完宝物交接，河源终于放下一颗久悬着的心，松了一口气，愉快地乘当天的长途汽车回冈山探望父母去了。

一

海石花从中国出发前没有给母亲写信，也没拍发电报，有意想给母亲一个惊喜。的确，海石花的突然到来使母亲很意外，喜从天降。她接过女儿的皮箱，问：

"花子，只你一个人回来？一郎怎么没来？"

"他是战地指挥官，忙着哪，来不了！"

儿子佐治刚放学回来，一进门见妈妈回来了，高兴地把书包甩到一

第十九章　宝物东去

旁便大张双臂跑过来朝海石花拥抱，嘴里嚷嚷道：

"可想死我啦，妈妈，你跑到哪里去啦，怎么老不回来？"

"我刚从中国回来，佐治在家听姥姥话了吗？"

"我都上小学了，我一直听姥姥的话，从来不淘气，不信问姥姥！"

母亲说佐治很聪明，学习成绩在年级里是优等的，特别是算学，每次考试都是第一。佐治忙着从书包里掏出成绩单给妈妈看。海石花说，好好，妈妈很高兴佐治听姥姥话，学习好，好儿子！

女儿的到来使母亲很提精神，她千方百计弄到平日里见不到的雪白大米，托人买来海鲜蔬菜给女儿改善伙食。这顿饭花子吃得津津有味。说这几年在山东临城还没吃过这么好的饭菜，那里不产大米，只产麦子、高粱和谷子。部队倒是供应大米，都是从中国江南运来的籼米、粳米，江南人不吃面粉。虽然临城那里不靠海，吃不到海鲜，但湖泊河流多，河鲜不缺，盛产鱼虾，也很好吃。佐治手捧饭碗，一个劲儿地挥动筷子，在饭碗与菜盘子里来回忙活，边吃边嚷嚷，说好久没吃白米饭了，菜也没有今天的好。海石花笑道，慢着点儿，别噎着，看你馋的！

母亲问在中国的生活情况，海石花说："松崎是驻山东省临城的守备队大队长，当地最高军政长官，他专门给我弄了一处公寓，是旧军阀后人继承的私宅。经过装修一新，取名'海公馆'，想讨我喜欢。其实我不喜欢，这宅子是抢占人家的，住进去心里不坦然，总有一种掠夺感。我们家比较富裕，什么都不缺，生活很好。临城是山东省最南边与江苏接壤的地方，西边临湖，东边靠山，属于平原低地。鲁南苏北一带盛产煤炭，是煤矿区，煤炭质量很好，蕴藏量非常丰富，是冶炼钢铁的优质煤炭。皇军占领后，从那里大量开采煤炭，经铁路转运到青岛，再用货轮运到日本来，给日本的制铁所提供了大量炼钢的能源，是战争急需的重要物资。那里的生活总得看还可以。不过乡民一年的收成除去租税，所剩寥寥，生活艰难。每到春天总要闹粮荒，村民靠吃芋头、野菜、晒干的芋头秧子磨成的粉度日，春天榆树开的花，当地人叫作榆树钱的，也是重要食物。由于营养不良，得浮肿病的人很多。城镇里好一些，高粱煎饼、小米粥基本可以吃饱，到了夏天麦子收成时候，还可以吃到麦子煎饼。日本军属侨民的生活远比当地人好得多,军队可以向当地征用,米面肉菜供应不缺,就地取食,不愁供应。一郎说,日本在中国掠取物资是以战养战,完全是靠中国的物资与中国作战,靠本国那是绝对供应不了的。"母亲听了说:

"看来,日本城镇的国民生活还不如中国城镇。日本人主要是吃大米、海产品,很少吃面粉肉食,由于靠海,大都吃鱼,但由于产量不足,而且大部分被军队征用了,故而食品一向供应不够充足,战前就因灾荒,多次闹过抢米风潮。政府不思依靠自己努力解决问题,总想去中国大陆找出路。结果对支那的战争不但没给日本国民带来什么好处,反而更增加了生活困难,这些年日子过得越来越紧了。政府实行了粮食统制法,对粮食日用品控制得很严格,国民只能靠对战争胜利的期待默默忍受着。乡村倒比城镇好些,虽然也艰难,大米很少,大都被军方征用了,但荞麦粉面食、陈旧糙米饭团、大麦扁子萝卜饭,再加上芋头这些东西充数,勉强能填饱肚子。我们这里实行配给制,菜蔬油粮凭票定量供应,但也是日渐紧张,供应不足。有的地方出现黑市,不过军部严厉打击,所以只在地下活动,公职人员收入少不去买,一般国民即使有钱,轻易也不敢去买。你看看市面就知道了。今天这顿饭是妈妈为了你求人设法弄来的呢!"

"父亲回来过吗?"

"他倒是回来过几次,都是先去东京向陆军部和参谋本部汇报工作,然后回京都家里瞅一眼就匆匆走了。他早已不在满洲关东军当大佐参谋了。先是升任关东军少将旅团长,驻'满洲国'的新京。后来对华战争久悬不决,军部升任他为中将师团长,调进关内归入支那派遣军建制,带领部队驻天津。几天前他回了一趟家,说现在日本跟英美的关系很紧张,与美国关于取消战略物资禁运的谈判毫无进展。日本驻美大使野村吉三郎与特使来栖三郎虽仍在与美国国务卿赫尔谈判,但也没有结果。还说印度支那形势不稳,那里极有可能发生战事。从去午开始,美国与英国联手冻结了我国的海外资产,美国禁止向日本出口石油与废钢铁,英国废除了日英通商条约,日本寄希望的与荷兰石油谈判也破裂了,总

第十九章　宝物东去

之，现在各国都在抵制我们。你父亲说，现在天皇陛下的大本营对国际形势正在进行研究评估，作战的方向还没确定下来。他从参谋本部得知，极有可能倾向南方。一旦南方有事，他的部队就可能直接派去马来半岛作战，叫我有个思想准备。我虽只是个家庭主妇，但每天也紧盯着当日报纸看，晚上收听短波电台广播，你父亲说的这些，普通广播里，报纸上一点儿也没透漏。国民的眼睛耳朵都被严严实实地捂起来了，什么都不知道。我真担心你父亲，他是率领两万五千多名士兵的作战部队的长官，有事一定是冲在前头，跑到南洋去打仗，我真害怕！"

花子听了默然良久。当问及伯父的情况，说要去看看他。母亲叹息说：

"唉，你伯父因为评论时事，有倡导和平的言论，被宪兵拘留关押了一年多，今年年初才放出来，交给地方军警管制，宪兵还经常去他家查看，已经是软禁状态，失去行动自由了。总体还算不错，因为他是日本著名社会学、古人类学教授、考古专家，京都帝国大学很照顾他，在军部的许可下给他雇了个女佣料理他的日常生活，费用由大学支付。现在他不问世事，独自一人在家埋头整理资料，做他的研究工作。"

"伯母呢，她不能照顾伯父吗？"

"咳，别提啦！你伯母因为伯父被抓，非常着急，突发脑溢血，去年就已经去世了。"

"可怜的伯父，孤独一人，连个说话的人也没了！——英子姐姐回来了吗？"

"听你伯父说，英子在德国进攻法国前夕就去了英国，现在在剑桥大学工作，研究放射物理学，还兼着大学的教职。现在欧洲战事激烈，伯母去世的消息没法告诉她，即使能告诉她，也没法回来。你伯母的丧事还是大学派人来协助料理的。"

"哥哥现在干什么了，我回来怎么没见到他？"

母亲见问到国雄，立即愁容满面，神情愀然地说：

"去年也被征兵啦！还好是在你父亲的部队里，有你父亲在，我还放心些，不管是将军还是士兵，他们到底是父子嘛，能不照应点儿？"

樱花梦

"就我父亲那个人？哼，好战分子，六亲不认，只认枪炮，才不会讲父子情呢！"

"还记恨你父亲哪？他如今上了年纪，也顾全骨肉亲情了。他很想念你，对于你的事总是自责说是自己太狠了，对不起女儿，你可从小就是他手掌心里的宝贝疙瘩呀！"

"哥哥在他手下干什么啦？"花子问。

"在他属下的一个联队里当一等兵。"

"哥哥是老资格建筑工程师，怎么也得在他师部里当个传令兵才对呀！"

"这有什么奇怪？没叫他当二等兵就不错了。刚才你不是还说父亲只认枪炮吗？如今战争吃紧，他哪里还管这个？听邻居柳川先生说，自从对支那的全面战争伊始，就出人意料地不断从国内征兵增援前线，不仅预备役立即转入现役，就连从没当过兵的都拿起枪杆子上了前线。柳川原来就是预备役，虽然年纪已经五十开外，但今年也转入现役了。现在国内青壮年男子越来越少，农民自不必说，都是当兵的材料，就连大学教授、中小学老师、演员、厨师、杂役等，随着前方战事的需要，也逐渐被征去扛枪当兵了。柳川先生摇头叹息说，战争残酷啊！很多人是有去无回，莫名其妙地就做了异乡鬼，连尸骨也丢弃在异国了。你哥哥是建筑工程师，所以被征调去干了工兵，架桥筑路挖壕沟建碉堡什么的，这些活儿他倒是都在行。然而，不管是什么兵，都是在前线。花子，我现在一天到晚为你父亲与哥哥担惊受怕，睡不着觉呀！这仗什么时候才能打完，什么时候才熬到头呀！"

"唉，谁知道呢？别去想它了，过一天是一天吧！"花子说。

"一郎现在怎样了？你别再任性了，我看一郎这人不错，挺谦和的。你们结婚也多年了，又有了佐治，夫妻感情也该越来越融洽才是呀！"

"他晋升中佐了，不久可能调任联队长。我承认，一郎人是不错，不像一般的日本军官脾气那么暴躁，性格那么粗野，目空一切。但是我们的确不是一路人，感情很难融合起来，有种解不开的结，甚至是死结。怎么说呢？我们的思想不同，对许多事物的看法也不同，感情难以揑合

第十九章　宝物东去

到一块去。说得难听些，我们彼此是面和心不和，同床异梦！"

"我看一郎是很爱你的，事事都顺着你，没有夫权思想，这在日本男人中是极少有的，很难得。"母亲欣慰地说。

"这点我不否认，他确实对我很宽容。"花子点点头，"我不多说话，一天到晚冷淡淡的，他并不见怪，总是依着我。说心里话，这倒使我有点儿过意不去呢！"

"我们日本家庭的家教很严，传统的道德规范是，女人应该恪守闺训，在家孝顺父母，婚后照顾好丈夫，相夫教子。孩子，你应该懂得这些。"

"我好羡慕英子姐姐啊！"花子不以为然地哀叹道，"她就摆脱了您说的这些该死的枷锁，自由自在地潜心去做学问了。"

二

冬日昼短，午睡方醒，太阳就已经西斜。太郎慵懒地靠在摇椅上，腿脚搭着脚蹬闭目养神。摇椅轻轻地晃动，他似乎又在打盹儿，也许陷入了沉思。

他虽然处于软禁中，但并未完全丧失行动自由，在大学社科部的工作并没有停止，可以前往大学图书馆、科学院图书馆或者市立公共图书馆查阅新到期刊、书籍、古老文献，去博物馆研究考证文物，并不去教学，故而基本上都是在家工作。宪警有时来他家探望，能见到的除了科技书刊外，只有桌几上摆着的一部《新约》，一部《旧约》，连报纸都不阅读。其实这是摆给别人看的，他根本不去翻读。当宪警询问思想情况时，他寡言少语，唯唯而已，从不多言，宪警也不深究。他本就是无党无派，只不过有一颗塞满和平主义思想的头脑，并无喜怒，与世无争。他唯一期待的是希望看到战争早日结束，国民能够摆脱战争带来的灾难，使国民休养生息，过上太平日子。如今，他的奢望也就剩下这一点点了。

"教授，有客人来访！"女佣秋子呼唤道。

樱花梦

"什么？有客人？——请，请到书房来！"

在秋子的带领下，花子走进书房，见伯父倚靠在摇椅上，便疾步向前，朝伯父深深鞠躬。伯父伸出手来拉着她冰冷的手，说："看你冻的，手这么凉，外边很冷吧？来，快到我身边坐下。"又问，"什么时候回日本的？三年多没见了，看伯父都变成什么样子啦！"

年已花甲的伯父显得十分憔悴，头发稀落，两鬓花白，一脸皱纹。花子的到来使他眸子里闪露出意外的喜悦光亮。秋子把一只椅子挪到伯父对面，花子坐在他面前，端详这瘦弱的面孔。

"您的身体还好吧？"

"托老天爷的福，我的身子板还行，还算健康！"伯父嘴角满含笑意，"你呢，孩子，日子过得还好吗？唉，一想到你，我这心里就不安，总怕你受委屈。"

"我还好，在中国这几年生活不错，但是，总有种莫明的邪恶感，老缠着我。"

伯父瞅了下秋子，眨眨眼，示意花子不要说下去。秋子还在书房里，她慢条斯理地收拾桌上凌乱的书刊，似乎有意听他们的谈话。

"来，秋子，这是我侄女海石花，她丈夫是支那派遣军大队长。花子特地从中国回来看望我。你就叫她花子姐姐好了，彼此认识认识。"

秋子腼腆地走过来朝花子鞠躬问候，花子还了礼。伯父对花子说："你用我桌上的电话给家里知会一声，就说伯父很高兴，一定要留你吃晚饭，吃完饭就回去，别让你母亲等你。"又吩咐秋子，想办法去弄点儿鱼来，晚饭给花子煎鱼吃。又问："家里还有米没有，没有的话去邻居家借点儿来，我会还的。总得给花子吃碗白米饭嘛！"

秋子答应着走了。伯父冲她的身影努努嘴，说：

"虽说是大学雇来照应我的，但我总觉得是军警派来监视我的，也许就是个特务。当着她的面，说话要小心哟！你难得来一趟，我把秋子支开，为的是咱爷俩谈话方便些。"

说到向邻居借米，花子问：

"您老的粮食供应也紧张？"

第十九章　宝物东去

"紧张！粮食实行统制，定额配给，大家都一样，怎么能不紧张呢？大学长倒是很照顾我，在学校供应紧张的情况下，还给我点儿额外补助。但也少得可怜，聊胜于无，我已是感激不尽了。现在对华战争虽说竭力搜刮占领区的粮食等物资，以战养战，但仍然困难。听说日本在本土大量印制假法币，送到中国内地去套购对方的物资，补充我方急需，同时也扰乱对方金融。有人说，我们是用中国的资源物力与中国作战，这话不假，的确如此。尽管这样，仍感物资紧张，继续作战大大吃力了。到底是资源匮乏的狭小岛国，没有持久作战的潜力与后劲儿，前景堪忧啊！"

"您试着预测一下，日本能够取得这场战争的胜利吗？"

伯父朝窗前门外看看，以手遮口悄声说：

"不用预测，必败无疑！"又嘱咐道，"这话可不能对任何人讲，包括一郎在内。"

"放心，我记住了。前几年我离开日本去中国的时候，民众对战争前景很有信心，热情还很高，跟对华战争开始时的狂热差不多。这次回来看到不少人一副垂头丧气的表情，感到诧异，这是怎么回事？"

"正常，太正常不过了。"伯父笑笑，"军方一个劲儿地鼓吹速胜支那，但迟迟不能解决，还陆续征兵补充前线。前方作战的进展国民全不知情，就连军邮也一律拆检，来信里根本不提战事，只聊家常。看来军部又该给国民鼓鼓劲儿，打打气了！——就吹去吧！反正我没工夫听那些，也没兴趣研究它。光阴似箭，青春易逝，我得抓紧时间研究那些早已死去千百年、上万年的东西——古生物化石与古墓葬发掘物。"

爷俩正说着，忽然，伯父看着窗子眼神定住了。花子立即转头朝窗外看，见一个人影倏然闪过。伯父低声说，秋子！是她，她在偷听。

秋子回来了，胳膊弯里挎着篮子，里面装了一些青菜。她进来说：

"教授，实在对不起，没买到大点儿的鱼，只是些小杂鱼，就对付着用油煎煎吃吧！"

伯父苦笑说："在四周环海的日本居然吃不到海鱼！油煎小杂鱼也不错，总比什么都没有强。花子，就凑合着吃吧！"

樱花梦

"真不容易呀，跑了几家，终于从阿英家借到大米了！她家的米粮也不多了，听说花子姑娘回来了，便慷慨地一口答应下来，从他们粮袋子里匀了点大米给我，还说，还不还都没关系。"秋子补充道。

"咱们会尽快还给他们的，哪儿能吃人家的配额？大家都不容易嘛！我们肚子都饿了，就等你做饭啦！"伯父打发走秋子，说，"关于时局的话题到此为止，咱说点儿别的吧！"

伯父问了些在中国的生活，花子与松崎的近况，知道相处得还算融洽，点点头说，这样就好，便没再说什么。秋子来催吃饭，爷俩一起到餐厅吃了顿简单的晚餐。吃罢饭，花子回到母亲身边，母女二人又在灯下絮叨好久，直到墙上的挂钟铛铛敲响，抬头看看已经十一点了。母亲说："看我跟你唠叨个没完，你眼睛都快睁不开了，赶紧去睡吧！"

这次与伯父的会面使花子心里十分郁闷。伯父较她离开日本的时候老了许多，才几年的工夫就愁苦成这般模样，真可怜！一天到晚守着那些死去的东西研究，多乏味呀！连个做伴谈心的人都没有，要是她，就得憋死。还有那个秋子，年纪轻轻就鬼鬼祟祟、偷偷摸摸的，明显就是宪警的密探，搁在伯父的身边时刻盯着老人的一举一动，真叫人难以忍受。这过得叫什么日子呀！

第二天上午，警察来了，向花子询问了回国的情况。末了严肃地告诫说："你是从支那回来探亲的，记住，在这里不要胡乱说话，回去的时候也一样，不要说些不该说的事情。"花子问什么是该说的，不该说的。那位警官不耐烦地说："这个你应该知道，有关时局的、政治的都在禁止议论之列，现在是战争时期，一切都是为了帝国的利益，为了效忠天皇陛下。你可以带些新闻报纸回去，《朝日新闻》《大阪每日新闻》等，只要是官方许可的公开报刊都可以带回去，别的其他出版物，地方小报之类的，都在禁止之列。"说罢，朝花子看了一眼转身走了。母亲说："花子，他的话都记住了没有？"花子说："无须交代，我根本没有兴趣看这些东西。"

这次回国探亲不仅没给花子带来快乐，而且脑子里填满了愤懑与不安，使她感到苦闷。

第十九章　宝物东去

三

花子头戴窄边呢帽，身着呢大衣，臂弯里挂着小皮包，在街上溜达，逛商店。迎面碰到山田枝子，她几乎认不出这位老朋友了。

当年的枝子虽已中年，但风韵依旧，如今的枝子面黄肌瘦，眼神呆滞，头上扎条蓝布头巾，身上是灰麻布背带作业服，低头疾步走在马路上，完全没了当年的风采。两人迎面相遇，脸上都展露出意外的惊喜。

"啊，枝子老师，您好啊！多年不见了，还在京都歌舞剧校干指挥吗？"

"瞧我这双干瘪粗糙的手。"枝子伸出两手，"还像指挥家的手吗？这是双劳动的手呀！"

花子愣了一下，拉起她的手说："走，多年不见，找个茶社坐下好好聊聊！"

"我可付不起茶资哟！"枝子羞涩地笑道。

"不用您管，我来付。"

两人在就近的一处茶社坐下，侍女送来一壶香茶、两碟糕点，给每人斟满茶杯，说声请慢用，弓着身子退下。枝子端详着花子，赞叹说："花子，你还是当年模样，美人一个，光彩照人呀！"

"咳，就别拿我寻开心了！"花子说，"说正经的，您现在干什么啦？"

"别您您的，多生分！老朋友见面，何必客套！"

"说得是，对不起，你我老朋友了，难得见面，好好说道说道。枝子，先听听你的。"

"啊，怎么说呢？"枝子叹了口气，"我改行了，早不干指挥啦！"

"干什么啦？为什么改行？"花子疑惑地问。

"说起来一言难尽呀！"枝子手擎茶杯低下头去，深深叹气，神色黯淡，半晌无语。

"你倒是说呀！枝子，究竟怎么回事？"花子急切地问。

"我被剧校辞退了！"

樱花梦

"为什么辞退你？"花子诧异地问。

枝子抬起头来，眼睛看着花子说："不是辞退，正确地说是被开除了。原因很简单，我不愿意指挥一场闹剧。为了这个，军方找我的麻烦，说我污蔑英雄，有反战情绪。天晓得，我不过是剧校的音乐指挥，从来不参与政治，懂什么反战，给我扣这么大的帽子！"

"你是优秀的指挥家呀！你不申辩吗？"

"申辩？找谁申辩去？现在是战争时期，拿枪杆子的人当家，说你黑，你白不了！记得你曾经对我说过，中国有句很形象的老话，'秀才遇到兵——有理说不清'，何况还是咱们蛮横的日本兵呢？"

枝子把被剧校辞退的事说了一遍，经过颇有讽刺意味。

这些年来，日本军阀控制了国民生活的方方面面。按照军部规定，一切演艺、出版等文化活动都要符合国策，要围绕战争题材展开。内容要鼓舞士气，坚定军民一致的战斗意志，树立为天皇、为国家献身的牺牲精神，要使国民学习效忠天皇与国家的优秀榜样。根据这一精神，所有的报纸、书刊、电影、歌舞戏剧及广播事业等，凡能借以发挥宣传鼓动作用的，都要倡导皇道，宣传天皇统御世界的"八纮一宇"思想。一切西方的、共产主义的、自由主义的、颓废主义的、古典主义的、纯艺术的东西，统统都要严厉禁止，免得腐蚀国民思想。即使写唱日本"和歌"也要具有战斗精神。总之，国民只能听到咚咚的战鼓擂击声，嚓嚓的战靴行进声；一切为战争服务！

为了贯彻军部的指示，军方给剧场派来了一位剧场监督小林大尉，专门监督编剧与演出。大尉虽然年轻，但举止威严，表情严肃，一张脸就像生铁铸就的，总黑着，板着，不见笑容，令人望而生畏。他对编剧、演出的要求严格遵循军部规定，毫无通融的余地，非常苛刻。他不采纳任何与他意见不一致的建议，以军队的服从精神要求全体编导演出人员。这样一来，就不可避免地要与编剧、导演、演员及音乐指挥不断发生摩擦。别人知道他是军方特派代表，说一不二。所以遇事得过且过，不与他太过争论。山田枝子不以为然，她是执着的艺术家，性格也很倔强。她从艺术表现效果的角度看问题，虽也得服从军方的指导，但时常

第十九章　宝物东去

在技艺细节上与小林争论不休。这早已引起小林对她的反感与敌意。

实验剧场以歌颂英雄献身精神为题材，编演了一出战争题材的歌剧《大和魂》。剧情内容大致是这样的。

公元一九〇四年，也就是日本的明治三十七年，日俄战争爆发。日本海军舰队在东乡平八郎大将率领下，攻打俄国在中国旅顺口的舰队，陆军第三军在乃木希典大将率领下，攻打中国奉天亦即沈阳城的俄国陆军，两处均取得胜利。次年，俄国海陆军双双战败，两国签订和平条约，俄国出让在中国东北的利益，由日本取代。战争中，日本陆军付出的牺牲很大，士兵死伤累累，可以说是惨胜。这期间，日军的清水幸一下士被俘。停战后双方交换俘虏，清水被交还给日方。清水认为被俘是莫大的耻辱，为洗刷耻辱，归来后立即剖腹自杀，向天皇谢罪。此举受到陆军部重视，呈报天皇御准，作为军人楷模入祀靖国神社。至此，日军遂规定：军人只能战死，不准投降，成为日军的"战场教义"铁律，从此以后，日军官兵因战败被迫自杀的事件屡屡发生。这个《大和魂》的剧情就是根据这段历史真实事件改编的，只是把时间、地点及故事主人公都挪到现在的中日上海战役时期了。这个演绎的故事情节，根据的是"一·二八"淞沪抗战时发生的事情。上海战役中，十九路军英勇抗敌，致使日本被迫不断增兵支援，陆海军损失均甚惨重，中国空军还击沉日舰多艘，重创航空母舰"出云"号。这出戏剧的主人公就是这场战争中被俘的日军空闲升少佐，日俄战争中的清水幸一是他的原型。战事结束时，中日双方交换战俘，空闲升释放回去后，立即剖腹自杀，以洗被俘之辱。此举受到陆军大臣荒木贞夫的赞扬，呈请天皇批准入祀靖国神社，作为军人的楷模。军部褒扬的这种"武士道"精神极大地毒害了日本军人，影响十分恶劣。

针对这出戏剧的背景音乐与主题歌《大和忠魂》，山田枝子与舞台总监小林大尉发生了激烈的争论。排练期间，由一位男高音歌手按照小林的要求不断纠正勉为其难地演唱这首主题歌。唱腔粗野，凄厉沙哑，力竭声嘶，甚至有些歇斯底里。背景音乐也混乱嘈杂，配音极不和谐，难以入耳。枝子在乐池里手捏指挥棒，边掀乐谱边听乐器演奏，同时听着演员的唱腔，抓不住主旋律，几乎无法指挥，一直在摇头皱眉。

"停，停，停！"枝子手摇指挥棒朝长川导演呼叫，"导演，我要求排练暂停！"

导演长川先生愣住了，他朝枝子看看，没说话。

"为什么暂停，山田，这不挺好吗？"舞台总监小林干预了。

"主题歌的唱法得改，这种粗犷嘶哑的唱腔太难听，毫无美感，背景配乐也嘈杂，效果不好。"枝子说。

"已经定了的，重新改过，时间也不允许呀！"长川导演说。

"不要紧，歌唱演员原本是唱美声的，改用美声唱咏叹调很容易。"枝子回答道。

"不用改！"小林反对，"什么美声不美声，主人公是为国捐躯的英雄，不是小白脸！"

"这哪里是在歌颂英雄，简直是在杀猪！"枝子抗议道。

"你胡说！你污蔑！"小林怒吼，"山田，我警告你，这不是第一次了，你一贯提倡颓废的靡靡之音，败坏舞台风气。你居然敢用杀猪来丑化英雄，后果很严重！"

排练场气氛紧张。演员、导演、观摩排演的人都愣住了，剧场一片寂静，静得吓人。扮演英雄主人公空闲升的歌唱演员愣愣地呆立在舞台上，看着这激烈争论的场面不知所措。

枝子气愤地振振有词反驳："战士们在前方拼命打仗，流血流汗。他们需要休息，需要轻松的音乐抚慰。他们不只是勇于作战，厮杀。他们是人，也有天然的人性温情一面。他们在战斗之余书写阵中日记，思念家乡，怀念挚友，系念父母，想念恋人。他们今天沉浸于欣赏音乐，明天也许就为了国家流血牺牲了。他们不是不懂得欣赏，不能总给他们唱铿锵的战歌听。唱美声就是小白脸啦？——去年在日本各大城市隆重上映的，由'满映'拍摄的战地生活故事电影《支那之夜》就受到皇军士兵的热烈欢迎，它的同名主题曲《支那之夜》，歌词优美，曲调婉转，怀念意中人，感人至深，轰动了全日本，广大国民都喜爱它。据说支那前线的皇军士兵在慰问演出时听了，一再鼓掌，要求重复演唱，歌者连

第十九章　宝物东去

连谢幕不迭，非要重复唱不可。不少士兵听了感动得热泪盈眶，甚至流下泪来。这个影片是宣传'日满亲善'的，完全符合日本大陆国策。支那人反对它有理由，难道日本人也反对它吗？如果是这样，岂不是太具有讽刺意味了吗？现在这个插曲成了日本家喻户晓的流行歌曲，一些人匆匆埋头走着路也要哼上几句。连指挥作战的高级将领也很欣赏，喜欢听。小林先生，我问您，这算不算败坏舞台风气？"

枝子一番言辞激昂的反驳气得小林面色铁青，情绪失控，简直要疯了。他用拳头使劲擂着桌子，浑身发抖地大吼：

"你混蛋！这个插曲内容充斥了颓废伤感情调，严重违反国策。这种消极的东西对士兵的战斗意志有极坏的腐蚀作用，受到军部严厉批判，已经禁止演唱了！你知道吗？"

"可歌唱家慰劳皇军时，士兵们还是一个劲儿要求唱这支电影插曲呀！您说怎么办？"

"你，你……"小林面部肌肉抽搐，大声喝道，"山田，你这是狡辩，你无理取闹，你故意对抗军部，你是反战分子，你进行反动宣传！你，你……"甩出一串大帽子。

歌舞剧校的老学长中井赶忙出来打圆场："大尉先生，请您别激动，一定先消消气，消消气。山田老师，您也不要再说了，这是军部的命令，作为国民只能服从，绝不可违抗。大家都冷静冷静，慢慢商量。今天就到此为止，请大家散了吧！"说罢挥挥手。

大家摇头叹息，立即纷纷起身退场。

"中井，你没有原则，你这是和稀泥！"小林指着老学长的鼻子吼叫，又转头朝枝子撒野，"这事儿不算完。山田，你等着，我叫你吃不了兜着走！"说罢愤然离去。

四

花子听得发愣，连连摇头。

"果然他小林厉害。学长一再解释，劝解，说情都没用，最后还落

樱花梦

个不分是非'和稀泥'的罪名！"枝子哀叹说，"小林要求开除我，中井坚决不同意，说山田枝子是著名的音乐指挥家、作曲家，门墙桃李遍及日本国内外，在文化界很有影响，不能用开除的方式处理。小林请宪兵队出面干预，就这样，在军方威逼下剧校，最后不得不以解聘的婉转方式把我辞退了。实质上等于开除，满足了军方的惩戒要求。"

"你现在干什么啦？"

枝子喝了口茶，说这茶不错，很久没喝到这样好的茶了，每天只喝白开水。她目光里含着愤懑，接下去说：

"我被辞退回到家里，很快宪兵就找上门来。先是搜查了我家，翻箱倒柜，把我收藏的西方古典音乐唱片翻腾了个遍，我写的五线乐谱他们看不懂，胡乱扔了一地，用脚踏来踏去。就连我那架意大利克里斯托弗里钢琴也从里到外检查一遍，把内部的几十根钢丝弦扒拉来扒拉去，什么'罪证'也没找到，结果琴音都搞乱了，需要花钱请调音师来重新调音。那可是我吃饭的宝贝呀！我丈夫心痛得不得了，向他们提出强烈抗议。宪兵却斥责说，这些东西统统都是颓废的，应该马上撕烂，炸碎，烧掉。最后，他们把我带走了。这帮该死的家伙，好战分子！他们什么也不懂，军国主义思想麻醉了他们的头脑，居然把我给扣在宪兵队了。"

枝子在宪兵队受到了严厉的审查。一位宪兵少佐盘问她：为什么反对军方给剧校派去的舞台总监意见，不听从总监的指导？为什么要污蔑英雄，胡说歌唱英雄的主题歌是杀猪？你是不是反对日本的国策？是不是亲支那派？是不是反战派？是无政府主义者还是共产主义者？说她至少是个自由主义者，这一点证据确凿，跑不了。这使枝子既害怕又好笑。枝子对花子说："其实我什么都不是，只是个音乐家，一个世界音乐语言的传播者，一个为艺术献身的普通人，一个心甘情愿躺在音乐祭坛上为人类牺牲的羔羊！"

听了这一席话，海石花感动得热泪盈眶：山田枝子远比我藤田惠子坚强得多！

"在宪兵队这半个多月，管吃管喝，你的配给口粮可以省下啦！"花子道。

第十九章　宝物东去

"没有，一点儿也没省！吃用全由我丈夫每天按时送去。"

"宪兵们对送来的食品不检查吗？"

"当然要检查喽！这也是精神折磨的手段，日子一长，他们也嫌麻烦就免了。在宪兵队拘留审查了半个多月，没有从我身上找出任何疑点。最后，那位宪兵少佐对我说，你的思想很危险，需要肃正。宽容你这一次，为了使你恢复日本国民精神，一心效忠天皇与国家，给你一个自新的机会，到工厂去干活吧！就这样，我被发配到军用被服厂，在军装制作车间做制衣工了。不仅这样，军方还通报各文艺学校、演出团体，不准聘用我从事文化艺术工作，也不准参加这方面的活动。——真是赶尽杀绝呀！"

"你怎么身体瘦弱成这个样子呢？"

"唉！自从东条首相上台以来，进一步加强了战时体制，军事管制更加严厉。因为要不断补充前线军队被服，给新征士兵配发内外军装被服，工人们没日没夜，拼命加班加点，紧张地工作。再加上粮食配给量有限制，副食品短缺，多数人营养不良，体质下降，疲乏无力，再强壮的人也折磨得不像样了，何况我这个本就文弱的人呢？食品日渐供给不足，已经使人们打不起精神，再加上严格的文化管制措施，折磨人们的神经，多数人开始失去了信心，产生了厌战情绪。可恶的军阀呀，残酷的战争啊，不仅摧毁了文明，也破坏了无数的家庭。使母亲失去儿子，妻子失去丈夫，人类彼此仇恨，酿成难解的宿怨！"

"枝子，非常时期，这话可不能随便说呀！"花子提醒道。

"不让人家的嘴说，难道人家肚子里就不说吗？腹诽总是难免的。——哎呀，我忘了，你是军人家庭，父亲、丈夫都是军官，带兵在前线打仗，你或者持不同的看法。实在对不起，只当我什么也没说，请原谅我好吗，花子？"

望着枝子惶恐的眼神，花子不由得一阵心痛：

"枝子，这里是茶馆，老友邂逅，我们没谈别的，只谈了友情、家庭、孩子，还能谈些什么？放心好了。"

"谢谢你，多年没见，絮絮叨叨，自然是谈不完的昔日友情！"枝子抬起手腕看看手表,"时间不早啦,我得去接夜班了,今天就谈到这里吧!希望能再见到你,花子!"

花子叫服务生把茶点用木盒装起来,递给枝子说:

"光顾说话了,也没吃点心,您不嫌弃的话,就请带走当夜班点心吃吧!"

与枝子的邂逅,从意外惊喜变成锥心之痛。望着落魄的她,花子不由内心升起一阵伤感。分别时,她上前紧紧拥抱枝子,眼含泪水,珍重道别。在她耳边低声说:"冬天既然来临,春天也就不远了。让我们共同期待吧,山田老师!"

闷闷不悦的花子回到家中,母亲看她那一脸颓丧的表情,关心地问:"哪儿不舒服吗?"

"没有什么。今天在街上碰到歌舞剧校的指挥山田枝子,一个卓越的天才音乐家竟然被打发到军用被服厂做工人去了,真没想到!"

母亲听了并不惊讶,淡淡地说:

"山田枝子这人我知道,著名音乐家,我看过她指挥的演出,很精彩。她是搞西洋音乐的,准是因为坚持自己那一套才招致发配去做工的。这些年,随着对华战争无限期拖延,国民负担日益沉重,逐渐产生了厌战情绪。因此,军部为重振国民信心,鼓舞士气,大力宣传圣战。对文化娱乐管制越来越严,禁止纯娱乐性活动,特别是西方的东西。非常时期,山田应该知道这些,要适应战时需要才是嘛!"

吃晚饭的时候,佐治问:"爸爸那里有大米吃吗?有鱼吃吗?有肉吃吗?"

花子笑道:"馋鬼,只知道吃,还懂得什么?"

母亲说:"小孩子正长身子的时候,肚子不能委屈。你说临城那里日本驻军不愁供给,这次佐治去了得好好给他补补。"又问,"孩子正在上学,那里有日本学校吗?"

"有专门给日本孩子设立的小学,除了教授日文课以外,还能学点儿汉文、书法。不过,我们日本孩子不准与中国孩子接触,怕受到欺侮。那里的中国孩子比较野,十岁就敢爬树掏鸟窝。这些孩子,都有反日情

第十九章　宝物东去

绪,当然,这都是大人教的。听河源说,在大街上赤脚光屁股的四五岁小男孩,竟敢成群结队地跟在行进中的皇军队列后边,踩着日军的步伐,用当地方言高唱:'日本鬼,喝凉水,上火车,轧断腿——咯吱!'皇军听不懂,队长回头看看,用生硬的中国话呵斥,小孩的,开路开路的干活!河源感叹说,其实说怪也不怪,你的军靴踏在人家土地上了嘛!"

"既然这样,花子,你可要特别注意了,别叫佐治随便上街去玩耍哟!"

"那不会的,如果上街,也只是跟着大人们在南临城火车站附近的日本商店,日侨居住区走走。大人们也不单独上街溜达。至于距离火车站相距不到一千五百米的北临城,不仅日本侨民不去,就连守备队也轻易不去那里。那里经常有八路便衣游击队出没,很危险。"

"唉,看来日本人倒真的被软禁起来了!"母亲叹口气说。

"自找的,怨不得别人!"花子说。

接到河源打来电报说,后天上午就到京都,请花子准备好回去的事。花子把电报给母亲看了,说:"河源催我回中国大陆去。我想临走前再去看望伯父,向他辞行。"母亲说:"这才回来几天,就要走啦?"花子说:"我这次回来是特意接佐治的,回来已经一个多星期了,松崎不放心,也该走啦!"母亲说:"咱家雇的乡下姑娘雪子从她老家弄来一袋大米,很不错的,你去看伯父时就顺便带些给他吧!"

次日上午,花子拎着半口袋大米去伯父家。秋子来开门,转身关门时接过袋子掂了掂,问:"是大米?哪里弄来的?"花子说:"是我家雪姑娘从乡下她家里弄来的。"秋子说:"也只有乡下才能弄到些,是农民自产的,缴完租税还能剩些余粮自己吃,现在市面上是买不到的。"

"花子小姐带大米来了!"秋子提起米袋朝伯父扬了扬,喜滋滋地说。

伯父正靠在摇椅上戴着老花镜看书,见花子来,丢开书本,唤她坐到自己身边来。秋子拿来茶杯倒满茶,放在茶几上,退出书房去了。伯父望着花子说:

"来看我还带大米干吗?我这里有,走时拿回去留给你母亲吃吧!"

樱花梦

"我们家也有，是雪子姑娘从乡下家里捎来的，母亲留下半袋，叫我送半袋给伯父。"

伯父说："谢谢你母亲啦。"又从摇椅上欠身朝窗外瞅瞅，低声说："秋子可能在偷听。今天咱不谈其他，只说家常。上次你来看我，第二天警察就找上门来，警告我说话要留神，不要乱讲。说你是从支那来的，国内有些事不能随便跟你谈。其实这些我都知道，不必再交代的。"

"上次从您这里回去，我也接到了同样的警告。既然军部采取愚民政策，闭塞听闻，那我们就遵守好了，还有什么话可说呢？"

伯父问什么时候回去，花子说明天上午有人来接，今天特来向您辞行。伯父点点头，两人谈些家常闲话，花子沉闷地坐了会儿，嘱咐伯父多多保重，以后有机会再来看望您。说完起身告辞。伯父送到大门口，花子深深鞠躬离去。伯父转身回屋时秋子问，花子小姐走啦？伯父点点头没说话，回到书房，躺在摇椅上，闭目陷入沉思。

第二十章

疯狂太平洋

第二天一大早,刚吃罢早饭,河源就来了。花子问早饭吃过了吗,河源说在这里长途汽车站旁边小店里吃过了。花子早已收拾好行装,遂提起皮箱,领着佐治与母亲告别,随河源去火车站赶当天上午开往神户的火车。抵达后,紧接着赶到码头登上开往青岛的轮船,起航返回中国。佐治没乘过轮船,也不晕船,觉得好玩,立即跑到甲板上,扶着船舷朝大海张望。花子怕他乱跑出危险,紧跟在后边追赶。河源说:"夫人回舱休息吧,佐治交给我好了!"

晴空万里,波涛滚滚,一群海鸥鸣叫着在海面上飞翔。花子无心观赏海上景色,郁闷地回到舱位里,躺在床上闭目假寐,在轮船轻轻晃动中不觉沉沉睡去。

忽然,一阵喧闹声将她惊醒,原来是船上广播喇叭传来的雄壮军乐声。乐声过后,接着是东京电台广播:今天,东京时间十二月八日,夏威夷时间七日清晨,我海军联合舰队突袭美国檀香山海军基地,数百架舰载战机起飞,分两个波次,轮番轰炸,重创美国太平洋舰队,大获全胜……

轮船上的乘客立即轰动了。海石花随着人们涌出船舱,伫立在甲板上谛听接下来的详细报道,真是战果辉煌!吃惊之余,日本人立即欢腾起来了,热烈鼓掌,欢呼天皇万岁,大日本帝国万岁。外国乘客瞠目结舌,惊讶不已,议论纷纷,甲板上一片喧嚣。日本人彼此祝贺,说这下子好了,皇宫大本营英明决策南进战略,帝国陆军即将挥师南下,席卷印度支那、南洋群岛,英美荷的石油禁运,经济封锁终于要破产了!外国乘客的议论则有不同。有的说,看样子,美国将很快对日宣战,一旦宣战，我们这些身处海外的英美籍人士，将面临被拘留送进集中营的噩运，不如趁着英国还没遭到日本攻击，赶紧收拾行李，改换目的地，立即从青岛换乘前往香港的海轮，转道印度回国为妙。有的说，英国人老谋深算，轻易不会卷入战争，香港还是安全的，去香港躲躲观望一下也好。有的说，日本人惯常使用这一招：战而不宣，企图逼迫城下之盟的和议。这次日本对美不宣而战是故伎重演，美国虽然损失惨重，但碍于国内的孤立主义，未必会立即做出宣战回应，还有时间考虑去留问题，不必着忙。众说纷纭，不一而足。

　　河源跑过来悄悄对花子说："夫人，我看这未必是好事。支那问题还没解决，皇军几百万人深陷大陆泥潭无法摆脱，又贸然开辟南方第二战场，两面同时作战，这能行吗？而且针对的又是经济实力、军事实力都比我们强大的美国，这不是捅马蜂窝吗？况且北方还有头北极熊也要时刻提防哪！"海石花听了默默点头，没说话，转身拉着佐治回舱去了。河源仍滞留在甲板上，倾听人们对此的议论，内心泛起莫名的忧惧感。他毕竟不是职业军人，而是从事文学创作的文人，对战争从思想上本就存在反感。所以，听了日本扩大战争的报道，感到忧虑是很自然的。实际上，在日本持同样看法的不乏其人，只是在严厉的军事独裁统治下，人们不敢表露而已。

一

　　虽然事先河源给松崎拍了电报，可还是没人来接站。花子一手领着佐治，一手扶着肩上挎着的手包，河源替她拎着皮箱，自己也背着包，两人出站直奔海公馆。河源上前敲门，彩云来开门，惊喜地叫道：
　　"哎呀，夫人回来了？"
　　"云子，快把皮箱接过来，送我房间去！"花子转头对河源说，"河源君，在这里歇息一下，吃了饭再回队部吧！"
　　"不，我得先回队部去向松崎太君销差，然后去食堂吃就行了，不劳您费心。"说罢，转身离开海公馆走了。花子领着佐治去自己房间洗

第二十章　疯狂太平洋

漱。

彩云对花子说："您不在的这些日子，太君从不回来住，也不回来吃饭，只我一个人。他好像忙得很。昨天他接到电报，知道您今天回来，打电话告诉我，说他没空，有河源君照应就行了，就不去接您了。从昨天起，他就忙着庆祝太平洋战争胜利的事，打电话告诉我，说今晚回来陪您吃饭，叫我准备好晚饭。还说把河源君也留下一起吃饭，可您把河源君放走了。"

院子里的狼狗不认识佐治，冲他龇牙吼叫，佐治很畏惧。花子对佐治说："别怕，这狗是军犬，名叫'伊奴'。它很厉害，你不要自己去接近它。明天我领你去亲近亲近它，喂它吃的，狗通人性，慢慢熟悉了就可以跟它玩了。"

傍晚，松崎回来了。他一进门就兴高采烈地抱起佐治，举了举说："好沉呀，浑身是肉，也长个子了，是不是在日本外婆净给你吃好的？"佐治说："才不呢，家里净吃糙米饭，腌咸鱼，萝卜泡菜。"松崎又问："想爸爸了吗？"佐治说："想，爸爸总不回家，外婆也想您，时常念叨您。"松崎撂下佐治，问了花子家里的一些情况，知道国内经济状况趋于紧张，皱起眉头说："今后还要更加紧张，一定要有思想准备呀！"

吃晚饭的时候，花子问起打仗的事，说："在回来的船上听到东京的广播说，山本五十六海军大将率领麾下的联合舰队奔赴夏威夷，命令南云忠一海军中将指挥攻击舰队直扑火奴鲁鲁，起飞多批次舰载机，奇袭檀香山美国海军基地，对停泊在港湾里的战舰猛烈轮番轰炸。美国人猝不及防，损失惨重，太平洋舰队遭到重创，日方大获全胜。消息太突然了，船上的各国乘客立即议论纷纷。"松崎说："是的，我们守备队也收听到广播战报了，根据旅团部指示，从昨天到今天一直在举行庆祝活动。昨天上午，我带领全体官兵在操场集合，面向东方朝皇宫遥拜天皇陛下，升起国旗，高唱《君之代》与陆军战歌，热烈祝贺这一伟大胜利。晚上大队七百多人举行欢宴，高举酒杯欢呼万岁，人人兴高采烈，有的喝得烂醉，大喊大叫，最后吐得一塌糊涂，倒在地上不省人事，简直不像话。明天上午，日侨还要组织上街游行，庆祝皇军胜利，皇军守备队出动保护。大队宣抚班忙得不可开交,城门上、街道两旁到处贴满了'打倒英美''太平洋战争胜利万岁'口号,特别在'英美'两个汉字旁边各加上'犬右',以示轻蔑。"花子听了皱了皱眉。松崎知道花子不喜欢听这些,也不喜欢到人堆里凑热闹,但出于需要,婉转地说,希望花子也能参加明天的妇女庆祝活动。

"我不去,佐治也不许去!这有什么值得庆祝的,无非是扩大战争了嘛!"

"我是这里的军政长官,这么大的事,作为我的夫人,花子你应该带头上街庆祝嘛!"

"不去,别劝我,我绝对不去!"花子立即回答,"中国战场还深陷泥潭,焦头烂额,没法脱身,又树立一个更强大的敌人,把战争扩大到遥远的美国,甚至连英荷澳一股脑儿都裹进去,到处树敌,这有什么好处?我看简直是疯啦!"

"嘘,小声点儿!在外边可不准这么说!"松崎竖起右手食指摇摇低声说,又提高嗓门,"这还不是被英美经济封锁给逼的吗?我们派出驻美大使野吉三郎,特使来栖三郎跟在美国屁股后边追着谈判,要求他们取消对日经济封锁,停止对重庆政府的援助,他们就是听不进去,一个劲儿地要求帝国立即停止对支那战争,撤退在支那的派遣军,取消满洲国,这么咄咄逼人,太过分了,我们大日本帝国怎么可能接受呢?为了粉碎他们的经济封锁,获取战争资源,特别是石油、橡胶,帝国只有走此险招儿,南下印支,背水一战嘛!"

"我看,这不是背水一战。用中国的话说,是'饮鸩止渴',不顾死活。"海石花面色阴沉地冷笑。

松崎摇头说:"不会的,放心吧!东条首相素有'剃刀将军'的美誉,他是陆军大将,眼光敏锐,行事果断,一旦要做的事,必定先有充分准备,足够的把握。帝国肯定胜券在握,不必多虑!"又补充说,"最近这些日子,我们这里不断有军列经过,满载全副武装的部队,包括履带坦克、轮式装甲车、重型火炮等装备,星夜向南驶去。临城是南北铁路干线枢纽站,军列在这里短暂停留,上水加煤。我亲自带领守备队与宪

第二十章　疯狂太平洋

兵小队去车站保卫军列安全，在车站见到了你父亲，我的恩师藤田次郎中将，他率领师团出征。他说调进关的都是关东军精锐部队，去向他并没有说，我也不敢问。看样子不像是增援华西战场攻打国民党军的，倒像开赴印度支那的，也许是去香港的。"

"是吗？父亲也调去啦？唉，早知这样，就不该把佐治接来了！"花子心想，哥哥一定也跟去了。

"只可惜野村吉三郎和来栖三郎俩人了，政府为什么事先不把他们召回，稀里糊涂就被东条给甩了，现在一定进了美国集中营啦！"松崎惋惜地说。

"哼，我看，这俩倒霉鬼不是被甩了，而是被军部出卖了。广播里说的是奇袭嘛，要的就是神不知，鬼不觉，说白了，就是鬼鬼祟祟地偷袭。但也不错，这俩人'因祸得福'，倒躲开了这场后果堪忧的大战！"花子说。

"花子，我发现你的汉学水平比我高，很会用中国古代典故。不简单呀，能有你这样聪明的妻子是我的幸运，太值得骄傲了！"松崎乘机恭维。

"不说这些。我问你，既然精锐部队调到南方去了，那么，你们的任务是什么呢？"

"我们也是精锐部队，只不过是在支那战场做后方占领军。"松崎解释道，"最近八路活动频繁，旅团部命令我们就地扫荡，这是军事机密，注意，切不可外传，我正在筹划呢！"

"要不要托河源再把佐治送回日本，交给外婆去？"花子问。

"不用！这里不会有大的战斗，没有危险，不必送回日本。"

"万一你的部队也调去南方呢？"花子不无忧虑地说。

"嗯——这个嘛，"松崎沉吟说，"如果到那时候，我再叫河源辛苦一趟呗！"

自从在轮船上听到日本海军偷袭珍珠港得手的广播后，海石花就开始后悔把佐治带到中国来了。她心里想，河源说的没错，这的确是捅了马蜂窝，而且后边还有个苏联要提防，前景真的很危险呀！在海轮上她没回答河源的问话,但他的话句句都听进去了,深深触动了她的神经,所以心情忧悒地带着佐治回舱去了。她躺在舱位上,哄佐治睡了,自己心里烦闷,深感忧虑,思绪不宁。今天又听松崎说父亲带着关东军精锐入关开往南方去了,心里更加惶恐,忧心忡忡。看来日本彻底失败是早晚的事,伯父早就料到了,这真是自作自受,活该!可佐治呢,他还是个孩子呀,就要遭受战争的残酷折磨,我们不幸,这下一代也不幸啊!送回京都去好些,但战争发展下去,将来本土的情况怎样也很难料!她思前虑后,不知如何是好。

这一晚,松崎鼾声大作,她带着孩子躲到别屋去睡都能听到。心想,松崎到底是日本陆军士官学校毕业的,又在日本陆军大学深造毕业,是军部培养出来的忠实信徒。这么危险的信号,连河源都感觉到了,他居然没放在心上,蒙头大睡,真是没心没肺!战事这样发展下去,万一他也奉命带领部队去南洋作战,我与佐治将无法在中国生活,必须回日本去,那时将怎么办呢?是现在就走,还是等等看呢?我虽然与松崎是父母包办婚姻,没有爱情基础,但佐治可是我身上掉下来的肉,我的宝贝,我的至珍至爱呀!我们母子今后的日子将是怎样的呢?海石花思前想后,辗转床褥,彻夜难眠。

二

日本偷袭珍珠港美国海军基地取得辉煌战果,极大地振奋了日本国民的精神,使其从泥足中国大陆的懊恼颓丧中恢复过来。举国若狂,如醉如痴,沉浸在一派欢庆气氛中。侵华日军与日本海外殖民地驻军、侨民也纷纷举行各种形式的庆祝活动。在日军占领下的济南这时当然也不例外。但是绝大部分日本人没有考虑过后果:在檀香山播下的胜利种子,最后能否结出喜悦的果实来呢?

接下来,日军迅速攻占香港,驻港英军打起白旗投降。日军精锐闪电般踏进马来半岛,攻占新加坡,席卷印度支那及泰国、缅甸,侵入菲律宾,驻菲美军抵挡不住,麦克阿瑟将军奉总统命令连夜逃往澳大利亚,

第二十章　疯狂太平洋

他丢下的美军在吉姆·温莱特将军的率领下打起白旗向日军投降了。菲律宾的陷落使南洋群岛与澳洲大陆异常震动。初期的太平洋之战，日军真的是所向披靡，势如破竹，异常顺利。难怪此时的日本国民忘记了一切，除了身着盛装，挥动小旗上街游行，载歌载舞，欢呼天皇万岁，皇军武运久长，陶醉于胜利外，再也想不到什么别的了！但是，"众人皆醉我独醒"。此时此刻的日本国民中也不乏清醒的人，藤田太郎教授、池田教授等就是清醒的。这些人深知日本将被东条之类的战争狂徒推向一场空前的民族浩劫，也只能沉默不语。这些民族精英紧紧被军警严密监视，或禁足家中，或投入监牢。他们纵然内心痛苦，也只能默默忍受，不敢出声。

珍珠港事件爆发后的第二天上午九点钟，博爱医院美国院董艾伯特牧师在他的小客厅里召开了一个小型会议，参加者除院董会美国牧师外，还有院长车耀先，庶务主任，各诊疗科室主任，高年资护士长等中美医务负责人。传玉是内科主任，自然也在其中。

艾伯特牧师将会议开成了早茶会。铺着洁白桌布的长条桌，摆满了红茶、咖啡、牛奶、方糖以及点心，请大家随意取用。

"人都到齐了吧？"艾伯特牧师用他那蓝灰色的眼珠子扫视会场。

"都到齐了。"庶务主任杰瑞小姐点头回答。

"我们现在开会。"艾伯特忧郁的眼神里透着不安，"女士们，先生们！我很抱歉，事先没给大家打招呼，就临时决定召集你们来开会。院务会议应该由车院长主持，但这次是紧急的临时扩大董事会，由我这个董事来主持。女士们，先生们，我们既往的董事会议、院务会从来都是愉快的，但这次的聚会却是痛苦的，因为这是我们最后一次董事会了。我虽然不能为大家举办一个宴会，但小小的茶会也可聊表长老会对大家多年辛苦工作的感谢。"

接下来，艾伯特把当前的国际形势，珍珠港事件带来的后果，美国在华人士将面临的不测等说了一遍。最后，他摊开双手，耸了耸肩膀说：

"十二月五日，也就是大前天，长老会急电指示我，立即解散博爱医院，经香港撤退美籍人员回国。对中国工作人员，除医院及科室主要

樱花梦

负责人发给双月工资并酌发补贴，一般人员发当月工资，酌加补贴，作为善后。"他垂头丧气地说，"可是，这一切都晚了，太晚了！当地时间十二月七日一大早，檀香山美国海军基地突遭日军大规模空袭。第二天，罗斯福总统就在国会一致投票赞成下，发表对日宣战声明。女士们，先生们！太不幸了，我们回不去了，医院即将被日军接收，我只能现在就与大家告别，等待日军来抓我们美国人了！"

末了，他请求大家谅解美国长老会的苦衷，各自回去考虑今后何去何从。听了艾伯特说的一席话，庶务主任杰瑞小姐忍不住掏出手帕捂住脸哭泣起来。会场一片沉寂，人们立即陷入紧张、忧虑、惶惑不安之中，谁也没有心情看一眼面前的香茶美食，更不用说享用了。

"不要伤心，也不要害怕，杰瑞！"艾伯特立即大声安慰说，"这是上帝的安排，我们的命运，就安然地接受，感谢主吧！现在，你赶快把美金发给大家，全体遣散，各自回家吧！"

杰瑞小姐立即拭去眼泪，站起身来对在场的人说：

"我已经发出通知，叫全院其他职工去财务科领工资了。现在就请各位立即到财务科领取工资与补贴吧！"

人们正要起身前往财务科，突然"嘭"的一声，客厅门被一脚踢开了。十几名全副武装的日本兵在一名大尉带领下闯进客厅。大尉横眉竖目，满面怒容，大声吼道：

"不许开会！所有的人统统起立，去，到后边去，背靠墙壁站好！"

所有在场的人都服从地起身，后退到墙根站立。大尉手按腰间挂着的战刀，傲然地从大家面前缓缓走过，绷着铁青的脸挨个儿端详，看得人们毛骨悚然。

"美国人站出来，带走！支那人留下！"大尉喝道。

上来几个日军士兵将艾伯特等从人群中拉出来，用上了刺刀的大枪逼着走出客厅。医院大门外停着几辆卡车，艾伯特等美国人立即被押上卡车。大尉给在场的中国籍医务人员简单训了几句话，说声解散，转身走出大门跳上卡车，轰隆一声开走了。

医院大门里外站满了日军士兵，大门外的墙上贴了济南日本驻军司

第二十章　疯狂太平洋

令的布告：根据接收敌产的命令，博爱医院被查封了。此时，大尉带领日军士兵押着美国人去他们住宅搜查去了。财务科早已被查封，全院职工谁也没能拿到工资，来开会的高级医护人员也只得空手而归，匆匆回家去了。

传玉回到郑家老宅，郑家的亲戚、看宅的吴嫂夫妇都在，见传玉神色仓皇地回来，遂问："姑爷，这么早就回来啦？"

"日本人占领了医院，美国人被抓走，医院也关门了。我现在有事得出去一下，午饭晚饭都别给我预备，你们自己吃吧！"

传玉用与老齐事先约定的方法通知他，要求立即见面。他们在岳家中医伤科诊所会面。传玉装作腰部劳损患者来求医。老齐叫他去单间做按摩。按摩室里生着炉火，很暖和，老齐以老中医身份给传玉治疗。他燃起艾灸，屋里立即充满药香气味。老齐用手法在传玉的腰背上轻轻来回搓揉，两人低声交谈。传玉说：

"今天一大早，博爱医院的美国院董艾伯特牧师召集大家开会，内容是，这个月初，美国长老会鉴于美日关系渐趋紧张，来电指令尽快解散医院，资遣全体工作人员。就在艾伯特准备撤离期间，发生了日军袭击珍珠港的突发事件。今天一大早艾伯特召开全体科室负责人开会，会议正开着，日军突然闯进会议室，带走了美国人，同时抄了美国人的住宅，抓走了他们的家属，迫令中国人立即离开医院，日军随即查封了医院。事情来得突然，特来找你请示，我今后怎样办？怎么安排？"

"你不找我，我也正要找你。"老齐说，"报纸上登载了日军突袭美军海军基地珍珠港的新闻，这是个有预谋的偷袭行动，打了美国一个措手不及，电台广播立即竭力宣传，大肆吹嘘皇军战果辉煌。这件事意义非同小可，美国绝不会就这么吃哑巴亏，必然有所反应，这对我国的抗战有利。日本军阀政府乘势而上，立即展开筹谋已久的南下行动。首先攻占了香港，紧接着会进攻马来半岛，现在正紧急从我国东北调进关东军精锐，增强对英美的攻击力量，攻势猛烈，进展迅速。日本的战略目的是夺取南洋的战略资源，主要是橡胶、石油。日本打出的口号是，'建立东亚新秩序''建立大东亚共荣圈'，野心勃勃。

日苏已经订立了互不侵犯条约，日本对苏的防御也随即暂时缓解。当然，东北那里的空缺还是要补上。他们正从本土加紧征兵前去填补空缺。据了解，日军在华兵力也被抽调一部前去增援南线。我们要密切关注的是，日军在华的兵力并没有削弱。除对西南重庆方面保持军事压力外，为了解决后方的威胁，已经把注意力转移到我八路军根据地来了。据我方侦悉，华北驻屯军日酋冈村宁次正调集日伪军主力，布置大规模'扫荡'，重点地域在河北、山西一带，我们山东抗日根据地也将面临日寇的扫荡。日寇此举是企图铲除我根据地，消灭我抗日力量。所以，今后的斗争对我将是极其残酷的，激烈的，艰苦的。为了粉碎日寇的大扫荡，巩固我根据地，组织上指示我们，做好地下斗争的思想准备与组织准备，随时接受党交给的任务。博爱医院被日军查封了，估计他们将很快派来日本医生接管，换个招牌重新开诊。因为你是日本留学的医学博士，他们肯定掌握你的留日履历，很可能要你回去报到，继续在那里工作。这看似一个打入的机会，但医院是特殊服务机构，这家医院很可能只对日侨日军服务，不对中国人开放。同时军方也一定会对它严加管控，我们根本无法插足，一旦应聘回去，不仅不能开展地下工作，反而会碍手绊脚，陷入被动。所以，你要立即回临城去，请那里的德国教会介绍你到济南普济医院工作，普济医院是德国教会办的，日德是同盟国，日本人不会招惹德国人的。这样，你就可以摆脱日本人的纠缠，有利于我们今后开展工作。"

三

日本联合舰队偷袭美国海军基地，全歼美军太平洋舰队的消息传到日本国内，各大报纸连篇累牍刊载共同社发布的消息，广播电台昼夜不停地伴随播放军乐报道胜利消息，大肆宣传皇军的辉煌战果，立即引起举国欢腾，国民热烈欢呼，庆祝活动几近疯狂。皇宫内的大本营更是被胜利冲昏了头脑，兴奋之下，在天皇御前会议上，陆海军等大臣们紧急筹划大举投入兵力，以迅雷不及掩耳之势横扫南洋，打到澳洲的作战方

第二十章　疯狂太平洋

案，做着征服亚洲、大洋洲，与希特勒的西方战场会师，以实现征服世界的迷梦。

此时的南临城也打破了往日的安静，陷入一派欢腾景象。日军偷袭珍珠港取得大胜的消息传到这座小城，日侨的门前、日商的店铺、大烟馆，以及军妓院门上都插上了大大小小布的、纸质的日本国旗——沦陷区的人们称膏药旗。日军守备队部除了挂膏药旗外，还挂起太阳军旗，士兵们手舞足蹈，如痴如醉地高唱战歌。南临城各处的墙壁上、城门上，到处贴满丑化英美的漫画，打倒英美的标语。日侨妇女们穿上节日的盛装和服组成游行队伍，身披肩带，上面汉字大书天皇万岁、皇军胜利万岁，高呼口号，穿行于大街小巷，向镇民们夸耀皇军的神威。军妓们也打扮起来，手举小纸旗，高呼口号，招摇过市。

与南镇不同的是，北临城街平静如初，除了日军宣抚班在镇子南大门贴上了几张标语口号外，并没有任何活动，镇民们不关心这些，依然与往日一样，过着日出而作、日落而息的平静生活。只有学校的老师，街里的塾学夫子，店铺的掌柜，以及有点学识的人们，彼此喊喊喳喳议论，都说小日本不知死活，深陷中国泥潭至今拔不出腿来，又去招惹英美，捅马蜂窝，等着瞧吧，绝没有好结果！

这两天松崎很忙，他率领全大队官兵举行仪式，遥拜天皇，与士兵们一起狂欢，醉酒，沉浸在胜利的欢乐中。侨民们都上街游行去了，他想想，花子还是应该去参加游行，便回到海公馆劝海石花参加庆祝活动。

"花子，今天侨民都在庆祝胜利，你是我的妻子，应该去参加侨民的游行才是呀。"

海石花本就对这一消息感到担忧，内心不安，而且也非常反感，已经向松崎说过不参加庆祝活动。今天松崎又来劝她去参加游行，便冷然地回了句："请原谅，谁愿去谁去，我没有那个兴趣，更没有那份心情！"说着仍旧埋头做手里的活计，她在给佐治缝补磨破了的裤子。

"这是件震动全世界的大事。美国总统小罗斯福也太傲气，还想像当年幕府时代那样，派几条破船就能吓住我们，使我们定下丧权辱国的条约。可那个时代早过去了，经过明治维新，昭和维新，时代大大地变了，现在的日本已经强大了，成为世界五强之一，不是好欺负的了。然而帝国政府还是表现出足够的宽容，派谈判代表驻美大使野村吉三郎、特使来栖三郎赶上门去找他们谈判，要求彼此尊重，多加谅解，取消对日的战略物资禁运，这对帝国来说已经是移樽就教，十分迁就，够客气的了。可是他们美国人仍旧一副白人至上的面孔，毫无诚意，还提出种种不切实际的要求，执意要挟我方，企图叫大日本帝国屈服，停止支那战争，这也太过分了，简直是做梦，不给他们点儿颜色看看能行吗？这次奇袭珍珠港，消灭太平洋舰队，只是一个小小的警戒，识时务的就应该立即放低身段，接受帝国的要求。这样大家面子上都好看，说得过去，以后还是合作伙伴，这有多好！"

海石花只低头做手里的针线活，并不接腔。松崎觉得无趣，但还是劝花子去参加日侨们组织的庆祝活动，说不少人都问他，夫人怎么没来。他很没面子，只得谎说花子身体不爽，正在吃药，卧床休息，等好些会跟大家一起庆祝胜利的。现在庆祝活动都快接近尾声了，花子，你实在应该出面了，不然人家会说闲话的。

"这是你们的事，我不去，不去！"海石花听得心烦，不由得抢白说。

"这是帝国的大事，你不去多不好！人家当面不说，背地里会说大队长的妻子都不参加庆祝活动，对帝国的胜利漠不关心，这对我的颜面也不好看呀！"

"颜面，颜面，好看的颜面在后头呢，你就等着看吧！"花子说着，拿起手里的衣服走进里屋去了。

松崎十分扫兴，肚子里有气却也不能发泄，无可奈何只得跟在花子后边说了句，我就说你病倒了，正在发烧，出不来。说罢便离开公馆回队部去了。

海石花内心确实对日本的国家前途命运担忧，对国民将面临的危险担忧。这次回日本京都去接佐治时顺便探望伯父，两人谈话中就特别涉及侵华战争问题。伯父忧心忡忡地悄悄对她说，仅从昭和十二年日军挑起七七事变算起，至今对华的全面战争已经四年多了。当初军部的疯子们吹嘘的"三个月"征服中国的大话早已破产，"速战速决"

第二十章 疯狂太平洋

的战略企图已成泡影。这些混蛋早该醒悟了，但即使能够醒悟也为时已晚，几百万日军已经深陷中国大陆的战争沼泽，泥足难拔，无法摆脱，再下去很可能要遭到灭顶之灾了。她问，日本就这么脆弱吗？我们不是世界五强之一吗？中国是个弱国，现在重庆不是还在搞摩擦，打共产党吗？难道科技发达，装备精良的日本皇军会败北吗？伯父郑重地说，中国的内战虽没完全停止，但在他们国难当头的危急时刻，最终必定会停止内斗，一致对外，跟日本作战的。不管有没有其他国家出来帮助中国，仅一个团结的中国，一个采取"持久战略"的中国就能拖垮日本，日本绝对消耗不起的，不信你等着瞧！花子问，那是为什么呢？伯父说，道理很简单：中国幅员辽阔，人口众多，物产丰富，如果这么多的人团结起来一致抗日，日本肯定是吃不消的。日本国土狭小，土地贫瘠，物产远不能跟中国相比，人口虽有六七千万，但也比中国少很多。作战一要兵员，日本兵员缺乏；二要物资保障，日本物资贫乏；三要士气，日本虽然在军阀的鼓吹下盲目自大，士气暂时高昂，一旦战争旷日持久，进攻受挫，后继乏力，士气必然低落，不堪收拾。再有就是，对华作战是侵略战争，不占理，在道理上已经输了。自古以来，侵略战争最终没有不失败的先例。法国的拿破仑厉害吧？他能横扫欧洲，所向披靡，但进攻幅员辽阔但又落后的俄国，就败于莫斯科城下，此后便走下坡路了。你想想，日本能赢得这场对华战争吗？绝对不能，输定了！如果再有第三者参加到中国方面去协同抗日，无疑将加速日本的彻底失败。伯父还说，日本大本营派野村吉三郎与来栖三郎去找美国谈判解除战略物资禁运，要么是一种谋略，要么就是痴心妄想，解除禁运的谈判肯定没有指望，所以便铤而走险了。

花子心想，已经深陷中国泥沼，而且越陷越深，不能自拔，却又不知死活，主动去招惹比自己强大的美国，袭击人家的太平洋海军基地，人家能善罢甘休吗？这有多危险哪！果然，昨天广播里就传来美国向日本宣战的消息，日美两国立即处于战争状态。松崎却夸口说，日本已经占领了香港，进军马来半岛，正从国内及满洲调集大军，准备进攻南洋，

樱花梦

这不是疯了吗？松崎还告诉她，说她父亲率领他的师团已经南下马来亚，投入那里的作战，哥哥也跟去了，他们全家的命运就这样被拴在这场军部赌徒们不计后果的豪赌上了！她越想越感到惊心，感到忧虑，寝食不安。

晚上，河源搀着步履蹒跚、醉醺醺的松崎回来，衣服都没来得及脱就一头撂倒在榻榻米上，呼呼大睡。海石花带着佐治躲到西厢房去睡，关上门窗还能听到松崎一起一落的鼾声。第二天一大早，松崎起身洗漱，望着花子说："我昨天是怎么回家的？"海石花说："要不是河源君送你回来，你还找不到家门呢！醉得像个死人，进门就倒下了。"松崎说："高兴啊，不知不觉就喝多了。"海石花讽刺地说："你就先好好高兴高兴吧，大队长先生，后头有你哭的日子呢！"

第二十一章
普济医院

与老齐见面后,传玉去火车站购买当天的火车票,连夜乘直快列车赶回临城,次日一早抵达。下车后回到家中,母亲正与家骧一起吃早饭,见他回来,说还没吃早点吧,遂叫二姨娘的女儿百荷又去早点铺子买来豆沫粥、煎饼、油条,坐下一起吃饭。

吃罢早饭,母子二人坐在堂屋里喝茶说话。母亲问:

"什么事,这么慌着回来?"

"昨天济南博爱医院被日本鬼子查封了,所有的美国人都被带走,估计要押送到集中营去。中国工作人员一律遣散回家,医院关门了。"

听传玉这么说,母亲两手捧着茶杯愣了愣,问:"今后的工作怎么办?"

"我打算请朱神父介绍我去济南普济医院工作。"

"你什么时候去找朱神父?"

"这会儿神父们刚做完弥撒,也在吃早饭。"传玉看看手表说,"我九点钟去找,一过十点,外国人的习惯是上午喝咖啡的时间,不好打扰。"

母亲又关照说,济南博爱医院是美国基督教会办的,他们是新教,不要对神父说原来在那里工作,就说在济南市立医院好了。传玉答应说知道了。

上午九点传玉来访,朱神父很高兴,问什么时候到的,传玉说是今天一早到的。朱神父点点头,问有事儿吗。传玉说:"现在济南市立医院由日本人控制,他们派了日本人做副院长,掌握医院的管理权,我不愿意给他们工作,所以借故辞去了市立医院工作。这次回来是想请您介绍去济南普济医院工作,不知好不好安排。"朱神父听了说:"这事儿不难,普济是济南教区办的,教区的舒主教认识你父亲,你父亲生前来育才做校长还是他推荐的呢。我给你写封介绍信,你拿着信去找舒主教,他一定会安排的。"

传玉满心欢喜地回家告诉母亲,说事情妥了,朱神父给开了封介绍信,叫去找舒主教。他先在家里歇两天,然后回济南把普济的工作落实。母亲说家里有人照应,让他放心去吧。

回到济南后,传玉立即拿着朱神父的信去见舒主教,主教说:"朱神父已经给我打来电报,说你想到普济医院工作,希望给予安排。所以,我已给普济医院的院长霍院长打了招呼,你现在就可以去找他,他会安排的。"

霍院长五十来岁,原是汉堡某大医院的外科医生,"一战"时被征调入伍成为军医。在战伤救护中,他亲历了大战的惨烈,目睹了以德奥为首的同盟国与以英法为首的协约国间的残酷厮杀。特别是战争相持阶段,在绵延数百公里甚至上千公里的漫长战线上,双方进行着拉锯般的堑壕战。机关枪大炮无情地喷射着火焰,应运而生的飞机、潜艇也在这场大屠杀中初露锋芒。芥子气、催泪瓦斯、氯气等毒气也都应用在战场上。每一公里的争夺都要付出成千上万士兵的生命,大量的士兵因伤终身致残。战争摧毁了交战双方各国的经济,田园荒芜,人民陷入饥馑、疾病、贫困,制造了大量的孤儿寡妇。全世界几十个国家卷入了那场战争,把无辜的人民推入了灾难的深渊。那场持续四年之久的世界大战,其实只是一场帝国主义霸权争夺战,无辜的人民却成了可怜的战争牺牲品。他对那场空前的世界大战深恶痛绝,因而战后逃避世俗,遁入修道院隐修,成为神职人员。

他知道传玉虽是留日的,但有一颗爱国心,不愿为日军侵华服务,遂说:

"我们欢迎你来普济工作。朱神父介绍说,你是京都帝国大学的医学博士,那是一所名校,培养出来的高级医生大都很出色。还说你在市立医院担任内科主任,是资深的高级医生。我们这里的内科主任因家事

第二十一章　普济医院

辞职，现在职位正空缺着，我想请刘大夫暂时代理一下，熟悉熟悉情况。正式任命等请示一下舒主教再定，你看这样好吗？"

传玉知道对方需要对他的临床诊疗经验进行考察，于是欣然回答：

"非常感谢，我听从您的安排，如果有适合的人担任科主任，我愿做个普通医生。"

"您误会了，刘大夫，这只是个程序，没有别的意思。"

一

工作问题顺利解决了，传玉立即与老齐取得联系。老齐约他傍晚在魁盛居饭庄见面一起吃晚饭。这里毗邻警备司令部，离大明湖不远。老齐说："掌柜姓孙，是这家饭店的股东，与警备司令部上下关系处得极好，警备司令吴宝亮与稽查处长兼侦缉科长的柳逢春在这里都有股份，是饭庄股东们为了搞好营业赠送的干股，年底分红另加优惠。司令部遇有饭局或者应酬都到这里来，吃完打个招呼就走，年底结账，生意很是兴隆。还有位店堂领班伙计也姓刘，名叫二柱，是掌柜的表侄，专管照应店堂，以后有事可通过这里取得联系。"为了谈话方便，老齐要了个二楼临街的清静单间，点了几样炒菜，一个什锦火锅，还要了瓶陈年竹叶青。传玉说："咱谈事儿喝酒干什么？"老齐说："二月天气正是春寒时候，这些日子整天下着牛毛细雨，总也不晴，天气阴冷，喝点儿酒暖暖身子。这酒属于药酒，度数虽较高，但柔和不冲，甜丝丝的，好喝。今晚咱就只当清闲，静下心来，好好说道说道。"说着，伙计端着托盘进来，把酒菜一样样摆放在桌上，朝传玉点点头，说请先生慢用便下楼去了。老齐说，这就是二柱。孙掌柜事先知道老齐带人来，故此上楼来见。老齐介绍说是自己人，有事可以彼此联系。孙掌柜与传玉握握手，笑说有事只管招呼，我不在还有二柱子，撂下话就行，不会误事。又说你们吃饭，我柜上还忙着，就不陪了，也下楼去了。老齐对传玉说，这里是我党的一个地下联络点，安全可靠，不过无事不宜常来，这里人来人往很复杂，要注意安全。传玉说知道了。两人举杯碰了碰，抿了口，传玉撂下酒杯,提起筷子夹菜说,果然是山西杏花村的陈年佳酿,味道浓郁香甜,不愧是中国名酒。两人边吃边谈。老齐问了传玉家里的情况,说:

"你这次回临城松崎没上门找你麻烦吧?"

"我回去没公开露面,没人知道,要叫松崎知道了,一准来纠缠我去铁路医院工作。"

"这就好。我给你递个信儿,就是兰芷牺牲的地点被覆盖了,那里建起了砖瓦厂和住房,筑了围墙,环境完全改变了。"

"哎呀,那以后咋寻找兰芷的遗骸呢?"

"放心!组织上派人标定了牺牲的准确地点,具体就在工厂办公的瓦房下面,等战争结束后,从这里挖掘寻找烈士的遗骸。"

"感谢组织上的关怀,我替兰芷谢谢组织了!"

"烈士的牺牲不只是其本人与家属的事,更是党组织要管的事,这你就别操心了!"

"我这次回临城母亲还问兰芷的遗骸问题呢,我只说以后会找到的。"

"好,暂时不告诉老人也好。"

两人谈起当前的局势,说到日本偷袭珍珠港事件。老齐说:

"美国国内孤立主义盛行,举国上下一致反对参加战争,军火商更是忙着发战争财,两头做生意,既向中国卖军火,也向日本卖军火。这几年美国政府看到日本对华战争不断扩大,妄想独吞中国,这就严重侵犯了美国在华利益。于是便对日搞起战略物资禁运来,同时要求日军撤出中国,并且不承认伪满洲国,由此日美双方发生摩擦。日本近卫内阁知道,要想取得南洋的战略物资只能武力解决,但这需要充分的时间准备。所以在准备实施南下战略的同时采取外交活动,用障眼法来麻痹美国。于是,派驻美大使野村吉三郎和特使来栖三郎与华盛顿方面交涉。日本战争准备就绪后,便果断地实施两年前早已拟定的南下战略,拿珍珠港开刀,挑起日美战争,意在吞并美国、英国以及荷兰在马来半岛及西南太平洋诸岛的殖民地,夺取石油、橡胶及钢铁等战略物资来源。

第二十一章　普济医院

珍珠港事件不过是日本发动太平洋战争的序幕而已。等着瞧吧，大戏还在后头呢！"

"局势发展得怎样啦？报纸上说香港已经被日军占领，英军二万多人打起白旗投降了。这会对我们的抗战产生什么影响？是不是对我们有利？"

"你说得不错，这种形势对我们说来的确有利，因为中国不再是像之前那样单独对日作战的国家，初步形成了国际反德意日法西斯的阵营，这个阵营还将不断扩大。但是，我党的对日抗战也将面临更为险恶严峻的环境。自从武汉会战后，日本放缓了对国民政府正面战场的攻击步伐，频频对蒋介石实施诱降政策，这个诱降一直到汪精卫伪政权在南京成立，日蒋双方仍在眉来眼去，从没停止。另外，日寇把对华作战的重心移向我中共抗日根据地。华北日寇调集大量部队，对我根据地和游击区展开大扫荡，企图一举摧毁我解放区。与此同时，蒋介石对我抗日根据地也加紧了'围剿'进攻，不顾民族大义，破坏抗战。一九四一年一月初公然采取阴谋手段，设计陷害、污蔑我新四军'叛变'，调集大军突然围攻我新四军，杀害、囚禁新四军干部战士数千人，制造了震惊中外的'皖南事变'，令亲者痛，仇者快。"

"我们有什么应对措施？"

"这种情况下，我党除了公开揭露蒋介石消极抗战，积极反共的阴谋外，大力发动根据地与游击区人民群众，开展对日反扫荡，对蒋反内战，坚持全国团结抗战。斗争虽然是艰苦的，困难重重的，但我们要有必胜的信心与决心。日本侵略军的主力作战部队基本上都在前方，几乎百分之百的伪军都在它的后方，替日本维持占领区的统治。然而，除了铁杆儿汉奸外，其他的伪军大都三心二意，首鼠两端。他们心里也明白，日本人偷袭珍珠港带来美国对日宣战，后果是严重的。欧洲战场上，德国入侵英国的进展不顺利，英国顽强抵抗，在英伦登陆的企图破产。遂于去年，即一九四一年六月底开始，调转矛头进攻苏联，虽然攻势凌厉，但苏联的抵抗更是异常顽强，希特勒的闪击战失败，形势对德意法西斯不利，被迫进入战略防御。伪军头目们心知肚明，德国人犯了两面同时作战的错误,日本过高估计了自己的速战速决能力,贸然攻击美国,也同样犯了同时两面作战的严重错误。如今一个反法西斯的国际联盟已经形成。所以多数伪军的头领心存疑虑,打起了小算盘,预先准备自己的退路。因此,我们要加紧做伪军的工作,配合八路军粉碎敌人的扫荡。"

"怎么知道伪军头目们是这种心态呢?"

"这不明摆着吗?兰芷同志被捕,吴宝亮兄弟肯于出手营救不就说明问题了吗?"

传玉恍然大悟,连连点头说:

"明白了!老齐同志,有什么任务请随时指示,我一定努力完成!"

"把你安排在德国教会开办的医院里,就是为了便于配合根据地及游击区的抗战工作。今后你在那里可以发挥重要的作用。"

"还是搞药吗?"

"那不一定,必要时搞点急需药物,也可能有其他任务,总之,这要根据实际需要,听上级的指示。我想,你现在刚到普济医院工作,霍院长对你还不熟悉,你的正式任命也还没下来。所以,先要做好医疗工作,建立良好的医疗信誉,给院长与同人一个好印象,以便站稳脚跟。同时,还要利用工作的一切机会,与周围的医护人员联络感情,增进彼此的了解,观察他们的政治态度,顺势利导,启发他们的爱国思想觉悟,为今后工作打好坚实的群众基础。这是你首先要着手的任务。"

"老齐同志,我一定努力,但我这方面的经验不足,特别是在敌我环境复杂的状况下,做人的政治思想工作更是毫无经验,一定要请你随时指导。我希望不负组织的嘱托。"

"好,那就让我们共同努力吧!"

二

在医院里,任命一位科主任,包括代理主任,都是一件重要的事,

第二十一章　普济医院

这关系到科室间的相互了解，诊疗上的彼此配合。特别是新来本院的人，更需要介绍给大家认识。为此医院办公室于传玉报到的当天就发出通知：次日上午九点半召开院务会议，各科室主任、副主任及护士长等主要负责人一律到场。因为不是例行期会，而是临时院会，故而参会的人都怀着一颗好奇的心进入会议室，坐下来相互询问发生了什么大事，需要召开紧急院会。

霍院长进来，手里拿着记事本，坐下后打开看了看，朝大家环视一遍。

"都到齐了吗？"

"除了检验科主任休假外，都到齐了。"办公室主任布先生答道。

"好吧，现在开会。在这里，我给大家介绍一位新来的内科专家。"说着，霍院长把手摊向传玉，"这位是舒主教介绍来的内科专家刘传玉医生。请大家认识认识，鼓掌欢迎！"

这时，人们才注意到坐在总护士长旁边的这位新人。一阵轻微稀落的掌声过后，室内静了下来。霍院长接着说：

"刘医生是日本名校京都帝国大学毕业的医学博士，原市立医院内科主任，有多年的从医资历，临床经验丰富。大家知道，内科主任因家事辞职已经一个多月了，位置一直空缺。现在经舒主教推荐，由刘医生担任内科代理主任。"

这时，坐在一旁的内科副主任、医学院教授何大钧闻听一怔，脸顿时绷得紧紧的，严肃起来。坐在他身边的内科护士长悄悄用胳膊肘捅了他一下，意思是这事儿实在出人意料，这位置本应由你何副主任继任嘛，怎么竟然是个新人。何大钧没有反应，只冷冷地听着。

"何副主任，事先我没通知你是因为舒主教说刘医生这是暂时代理，最后的聘任还有待确定，所以叫我先不通知你，请谅解。"霍院长解释说。

听院长这么说，会场里响起一阵喊喊喳喳的低声议论，不过很快就安静下来。这情景传玉看在眼里，心想，幸亏老齐事先给自己上了一堂群众工作政治课，不然真不知道如何应对这种局面。又一想，这反应并不奇怪，自己是新来的，一下子站到了别人前头，有意见是正常的。

霍院长翻了翻本子，又谈了些日常工作，然后问大家还有什么事没有。人们一个个摇头摆手，表示没什么事，于是，霍院长宣布散会。一时间，人们离开会议室，纷纷交头接耳，小声议论个不停。传玉立即走到何副主任身边，谦和地说：

"何主任，我的资历还浅，无论技术还是经验都很不足，今后还请多多指教。"

"客气了！"何副主任摆摆手，一副不快的脸色，说，"科里见。"径自前面走了。

从此以后，例行查房，刘传玉到病房，他一准不来。传玉留下的医嘱，他看了摇头，指指点点，下级医生不知道该听谁的。科内关系紧张起来。大家都对传玉持怀疑态度，表情冷淡，难打交道。按说，传玉对这位副主任也可采取回避做法，来个两不照面儿，井水不犯河水。然而，他是共产党员，身负党交给的任务，必须不打折扣地完成。所以，他向老齐报告请示后，便采取更加积极的做法去接近对方，迎难而上，用热脸去贴冷面，主动向何副主任虚心请教：你查房，我一定来学习，我查房一定请你来参加指导。一个多月后，传玉的科主任聘任下来了，这种局面仍未打开，相反更加紧张难处。为此，传玉向老齐汇报请示。老齐说，万事开头难，要打开局面，必须有坚持精神，拿出理解、谅解的精神来，要千方百计地做对方的工作。没有解不开的疙瘩，化不开的冰，决不可灰心逃避困难。老齐的鼓励激发了传玉的信心。工作中，他随时给对方以友好的配合、协助。在医生护士面前格外注意尊重对方，尽力维护其自尊心。

为了做何大钧的工作，传玉暗中做了一番调查。从侧面了解到，九一八事变时，何大钧是东齐医学院的讲师，曾上街参加呼吁抗战的学生游行，积极投身抗日宣传活动，鼓动抵制日货，因此在一次街头抗日宣传活动中遭到警署的殴打拘留，至今头部还留有伤疤。传玉想，自己是留日医学博士，这是否令何大钧等人憎恶，因而侧目而视，处处敌视？他把调查的结果向老齐汇报，老齐说："这人正是我们要争取的对

第二十一章　普济医院

象，将来还可能成为我们的战友。所以，你要更加耐心地做进一步了解的工作，力争建立诚挚的友谊。"

一天晚上，何副主任当值急诊二线听班，在宿舍里坐在灯下看文献。电话铃响了。他丢开杂志，拿起话筒："喂，哪里？"

"何主任吗？我是急诊室，有一位重症心脏病患者，值班大夫请您下来看看。"

何副主任撂下电话起身赶往急诊室，见年轻值班大夫胡连成正给病人吸氧，输液瓶已经挂在输液架上，护士准备给病人输百分之五葡萄糖盐水。病人半坐偎靠在床上，呼吸急促，口唇发紫，处于急性心力衰竭状态。

"什么情况？"何副主任摸着病人的手腕问。

"心脏病发作，心动过速，呼吸困难。"

何副主任又检查下肢，手按小腿胫骨前皮肤，出现显著凹陷压痕，呈浮肿症状。再听肺部，有大量湿啰音（水泡音），说明有严重肺水肿。

"马上停止输液！"何副主任命令，"病情严重，赶快换治疗方案。今晚你要守在这里，不可离开。要严密观察病情进展，病人排尿会增多，浮肿会逐渐消退，心动速度也会慢慢放缓，逐渐恢复正常。记住，在体征完全恢复正常前，病人必须留在观察室！等病情稳定后，可以让病人带药回家，好好休养，病人走前一定要叮嘱，每天必须坚持按量吃药，不能忘了。如果需要，也可以给病人带个氧气袋回去，以便必要时吸点氧。我就在楼上值班室，再有什么情况马上给我打电话，听好了吗？"

"记住了，主任。我马上开医嘱执行！"

何副主任说罢，又安慰病人说不要紧，吃了药会慢慢好的，便回楼上值班室去了。

这时，传玉给外科急会诊后走过这里，见小胡大夫在开医嘱，便走近问什么病。

"急性心力衰竭。何副主任交代，给病人用毛地黄快速饱和治疗。"

"问过吗？最近半个月来，病人服用过毛地黄或者其他强心药没有？"

"没问,这类病人可能会经常服用这类药吧!?"

"不行,绝不能用'可能'二字来做诊断和处理决策。这个问题必须先弄清楚,因为用药方法不同。如果近期用过,那么现在不可使用快速饱和法给药,否则会出危险。"传玉接着说,"你现在就去问问病人或者家属,搞搞清楚。"

胡连成回来报告:"问过了。病人说前几天还在吃毛地黄呢,剂量不记得了,因为家里出了点事儿,着急上火,所以犯病了。主任,您看咋办?"

"那好,咱们改个用药方案。"

传玉走后,胡大夫心里打起鼓来:听谁的呢?刘大夫是主任,何大夫是副主任,但今天晚上是副主任值二线听班。想想这事儿还得请示何副主任,遂给何副主任打电话,说主任来看过,叫改用蓄积给药法,怎么办,请您来定夺。何大钧听了说:"我马上下来。"

何副主任来到急诊室,接过胡大夫笔录的蓄积用药方案看了,沉吟说:

"嗯——这样吧,就按刘主任的吩咐办,改用蓄积法。这个给药方案也是常规,我是知道的。可是,你事先怎么没问问病人,吃没吃过毛地黄呢?我以为你问过了,这才叫你用快速饱和给药方案的。你看,如果不是刘主任发现,肯定要出事儿,弄不好还要出人命。"何大钧皱起眉头埋怨。

胡大夫挨了批评,既羞愧又心慌,脸上冒汗,手足无措。何副主任看了说:"这也不能全怪你,我应该事先问问你的,这事我要负全部责任。"

第二天早查房,何大钧亲自去请刘传玉来参加,当着传玉的面做了深刻检讨,并就这件事告诫大家,说临床诊疗一定要细心,特别是急诊。急诊室可不像在病房里这样从容,都是急茬儿,有时是间不容发,必须尽快做出准确诊断,恰当处理。不然,即使不出人命,也会惹出麻烦来的。他讲了一个恶性医疗事故案例:

"民国初年,咱济南出过一桩医疗事故大案,轰动泉城。某著名的

第二十一章　普济医院

私人医院收治了一位患右肾恶性肿瘤的富家独生子，需要做病侧肾脏切除术。由留美医学博士、著名外科专家林某给病人开刀，结果错把健侧肾脏切除，留下了病侧肾脏。原来是助手给病人在手术台上摆体位时，把左右侧给摆颠倒了，这位专家术前既没查看病历，也没询问助手病肾在哪一侧就操刀了。这个错误直接影响病人的生命。家属既悲痛又愤怒，不依不饶，亲戚朋友来了几十号人，人力车停满一条大街，向医院和专家讨命。事情闹得沸沸扬扬，医院与这位专家最终吃了官司，判了个严重医疗责任事故，结果这家医院大吐血赔偿，吊销医院营业执照，破产关门。这位专家吊销行医执照，终身不得重新申请执业。这个责任事故沉重打击了这位专家，使他郁郁成疾，得了精神病，成了废人。我们这个错误与那个错切肾脏的错误几乎相同，主要责任人是我。但侥幸没有发生事故，是因为刘主任及时发现并予以纠正，否则，后果也是不堪设想的。作为医生，酿成医疗事故，即使糊弄过去了，良心也不会原谅你，能羞辱你一辈子，内心不得安宁。可见医生的责任多么重大，尽心尽责可活人一命，粗心大意也可置人死地，千斤重担一肩挑啊！"

何副主任的话语重心长，引起传玉的共鸣，他感动地说："何主任这话对我也是个忠告，我缺乏这方面的知识，也没经历过。我们一定要记住何主任的告诫，树立救死扶伤的职业道德操守，以及为患者负责的崇高服务精神。"胡大夫随后也主动做了检查。两位主任的表现，激励了全科医护人员，同时大家对传玉的看法也逐渐有了转变，拉近了距离。

三

传玉与何副主任查过病房后，正与全科大夫坐在大会诊室里，对着看片灯讨论病人的 X 线影像诊断。护士长来叫：

"刘主任，霍院长请你去他办公室，说有事。"

"何主任，您带着大家接着讨论，我去一下！"传玉起身说。

霍院长正坐在写字台后披览文件，见传玉进来，让他坐在对面椅子上，递过一张信笺。

"刘主任，您看看这个，这是东洋医院送来的。"

传玉接过来看，原来是给普济医院的公函。大意是，刘传玉博士原系博爱医院人员，今博爱医院为大日本北支驻军司令部接收，改为东洋医院，拟请刘传玉博士回院担任院长，请普济医院配合转调。

"怎么样，刘主任，您愿意回去吗？"霍院长抬起满布皱纹的额头问。

"您觉得我应该回去吗？霍院长。"传玉反问。

"这要看您的态度了。"霍院长说，"这件事我请示过舒主教，我们尊重您的选择！"

"谢谢，非常感谢舒主教和霍院长，我要留在普济医院，即使是做一个普通医生。"

"来人说，东洋医院决定高薪聘您回去，这个您难道也不考虑？"

"即使在这里拿最低的薪水，也不考虑回去当高薪院长！因为我是中国人，不愿给日本人干事。请霍院长理解！"

霍院长站起身来，伸出手来与传玉使劲握了握，说：

"好，我们认为您的选择是正确的，我们支持您的选择！"又补充说，"不过，您要有思想准备，估计日本方面不会轻易让步，当然，我们教会将顶住压力，希望您也能顶住。为了帮助您顶住压力，舒主教决定任命您为普济医院副院长，聘任于明天上午宣布。"

"感谢教会的支持，我当然不会动摇。"传玉知道这是舒主教的应对策略，但还是说："谢谢，我还是做内科主任，提升就免了吧！"

"不能免，这是舒主教的决定，副院长兼内科主任。"

果然，压力来了。东洋医院日本副院长青木亲自跑来普济，要求见刘传玉面谈。霍院长把传玉叫来，让他们在医院接待室里谈话，自己则回避了。

青木满面笑容，一口北平话，见面就深深鞠躬：

"久仰刘君大名，我们知道您是日本京都帝国大学医学部的毕业生，医学博士。京都帝大是日本国立名牌大学，人才辈出。我是东京私立早稻田大学医学部毕业，虽也是名校，但较京都帝大仍逊一筹，现任东洋

第二十一章　普济医院

医院副院长。我奉北支驻军司军部的命令，东洋院长一职需请一位留日的友好中国人士出任。刘君正好符合这个条件，我这是衔命来请刘君接受邀聘的，务请不负所望，欣然接聘。"

打着军方的旗号，话虽说得婉转，但骨子里生硬。说着，青木从随身的皮包里取出聘书递到传玉面前。传玉早有思想准备，心想这是要来硬的。

"谢谢贵院的美意，但我已经接受普济医院的聘任，担任医院的内科主任，所以不能接受贵院的聘任。"传玉把聘书推回去。

"这是北支驻军司令部的指示，我是奉命来送交聘书的，还请刘君慎重考虑，不可贸然行事。"

"青木君既然能讲流利的汉语，一定是个中国通，应当知道中国的经典《论语》，是吗？"

"是的，读过《论语》，但不敢称'中国通'，不知刘君这话是什么意思？"

"《论语》里有许多关于'信'的记述。例如，孔子说，'人而无信，不知其可也'，'民无信不立'，'敬事而信'等，还有曾子的'每日三省吾身'里强调反省三件事，'为人谋而不忠乎，与朋友交而不信乎，传不习乎'。可见为人处事当以'信'为本，这才是立身之道。我已经接受普济医院的聘任，履行职责，自当谋事以忠，言而有信。否则，背信弃义，就无法立足于社会了。"

"刘君是从日本学医归来的，难道就不能为日本东洋医院工作吗？这不是忘本吗？"

"恰恰相反，我没有忘本。我去日本学医，目的是为我国的病患者，为解除他们的病痛服务，不是以服务日本为目的而去日本留学的。这点我想青木君不会不懂吧？打个比方，如果青木君去美国学医，是否就是为美国服务而去的？"

两人立场对立，争论不休，传玉始终坚持不接受日方的聘请。青木无奈，最后，面带愠色说："我是遵照北支驻军司军部的命令来的，既然刘君这样说，我只好回去照刘君的话复命了。不过，我再次提醒刘君，这是大日本北支驻军司令部的意思，不可忽视，务请三思，希望您能改弦易辙，接受聘任。"说罢起身悻悻离去。

青木走后，霍院长问传玉谈话的结果。传玉知道青木回去后，有可能添油加醋地汇报，触怒军方来找麻烦，遂把谈话的全部内容如实报告给霍院长。霍院长听了点点头说："我这就去向舒主教报告，做好准备，应对可能带来的麻烦。"

提升传玉的决定公布前，为了避免误会，巩固科内团结，霍院长事先找何副主任打招呼，把青木奉日军司令部指示要刘传玉去东洋医院担任院长被拒绝的事说了，说为了顶住压力，舒主教决定任命刘主任为普济医院副院长兼内科主任。霍院长又把传玉与青木的谈话说了一遍，何大钧深受感动：原来留日博士刘传玉是一位坚定的爱国者！从此对他刮目相看。传玉拒绝日本军方邀聘一事，在全院渐渐传开了，传玉在群众中的威信大大提高，受到广泛称赞。

事情过去两个多月了，没有发生什么事情。传玉问霍院长，院长说日本军方一位大佐上门来找过，舒主教强调刘传玉是普济医院的副院长兼内科主任，德国教会与刘传玉医生的聘约是无限期的，以不可更改为由拒绝了对方。军方不愿为这事引起不快也就作罢，只得任命青木任东洋医院院长。霍院长说，其实日本人聘你的本意是，要你去为所谓的"中日亲善"装饰门面，医院大权仍然操控在日本人手里，就像伪满洲国从上到下各级机构的人事安排那样，都拿中国人当招牌，做傀儡，欺骗老百姓。

传玉约老齐在官驿街迎春茶室见面。传玉说："何大钧主任为了消除误解，彼此交心，融洽感情，领我来这里喝过几次茶。何主任还特意把他的好友、外科蔡秉仁主任也叫来，三人一起喝茶，聊天，谈得十分投机。蔡主任是东北沈阳人，毕业于北京辅仁大学医学院。何蔡两位都对蒋介石政府'攘外必先安内'的政策很反感。说对日步步妥协，对内全力大打内战，致使日寇有机可乘，大举进攻，大片国土顷刻沦丧，令人感到痛心疾首。蔡主任谈起来更是激愤万分，说父亲一再叮嘱他，绝不要回去给日伪效力。无奈身处沦陷区，报国无门，心情一

第二十一章 普济医院

直感到压抑。"

这条街经营各类生意的商店、饭馆、杂货摊子很多，人来人往十分热闹。迎春茶室却闹中取静，躲在这官驿街北头的杏花巷深处。这是个宽敞的四合院茶室，四周屋子供茶客会友谈事，院里还摆有几组石桌藤椅供饮茶闲坐。院一侧有个荷花池，池内一眼涌动有如游丝的泉水，十几尾寻寻觅觅，来回游动的红鲤，生趣盎然，十分养眼。池边上是一座层叠的太湖石，加上紧靠院墙的翠竹芭蕉，环境极其优雅。来这里喝茶的多是文化界人士，正所谓"谈笑有鸿儒，往来无白丁"，茶资自然也就不菲，一般人不来这里喝茶。

老齐点了茉莉大方，几样茶点，两人边喝茶边谈话。传玉汇报了在普济的工作情况，说由于留学日本的经历，群众普遍对他怀有警惕，敬而远之，就像他是个亲日派似的。经过这一年来耐心细致的努力，特别是顶住压力坚拒东洋医院邀聘一事，使人们改变了对他的看法，加上临床医疗上谦虚谨慎，主动帮助他人，群众基础已经基本打好，为开展工作创造了有利条件。

听了传玉的汇报，老齐满意地说："很好，要继续深入、扎实地做群众工作，激发他们的爱国心。如果能交上两个推心置腹的朋友更好，一旦急需时可以有帮手，像何蔡这样的两位朋友就很好，值得进一步深交。"又说："这次，你不找我，我也正要找你。"

"找我什么事？是不是有任务？"

"正是，现在就有个棘手的任务，需要找个可靠的医院，隐蔽治疗一位山里来的重要伤员。"

"重要伤员？"传玉问，"要找可靠的医院不难，普济就可以，只是进出城问题好解决吗？"

"进出城的问题你不用管，自有妥善安排。问题是你能确保普济可以隐藏伤员吗？"老齐问，"那里有没有立场动摇的可疑分子？这事关系重大，必须万无一失！"

"有没有可疑分子不敢说，不过，若是做的得法，可以不露马脚瞒过去。"

樱花梦

"这位伤员是个领导干部，脊柱受伤，子弹嵌在里面，伤情复杂，山里条件简陋，治疗非常困难，万般无奈，组织上这才叫咱想办法的。伤员进城治疗的事，你回去跟可靠的朋友研究一下，务必做到不出意外才行。"

"没问题！何主任、蔡主任都可以帮忙。当初七七事变后，日军大举进攻华北，德国教会医院就曾在日军眼皮底下掩护过中国伤兵，舒主教、霍院长都是当事人。我想，这次掩护伤员也没太大的困难。"

"好，你回去跟可靠的朋友研究一下，还是那句话，必须万无一失！我等你回音。"

第二十二章

虎穴取"子"

从一九四二年六月到一九四三年秋末，战争形势发生了深刻的变化。

太平洋战争初期，日本对马来半岛及南洋诸岛的闪击战果是辉煌的，美英被打个措手不及，狼狈不堪。日本"东京玫瑰"广播电台，自一九四一年十二月八日偷袭珍珠港大胜以来，昼夜不停，狂热地宣传帝国海陆军的胜利消息。接着，一九四二年二月十五日，又攻占了美国在西太平洋重要海军基地新加坡。日本举国又陷入一片忘乎所以的欢腾，似乎"大日本帝国"真的变成"日本大帝国"了。然而，令日本国民吃惊的是，仅仅两个月后，也就是一九四二年四月十八日，东京就遭到了美军飞机的轰炸，横滨、川崎、横须贺也同时遭到美机轰炸。轰炸结束后，从航母起飞的战机径直飞往大陆中国，由于油料耗尽，飞行员弃机跳伞，在当地百姓救助下，抵达安全地点。这算是给日本傲慢的脸上扇了第一记不轻不重的耳光！一时，日本国民感到惊愕、疑惑，军人感到羞耻，山本大将为此向天皇谢罪。这是"帝国胜利"的第一个小小的"休止符"。

一些消息灵通的人，通过短波收听美国、英国电台的广播，密切关注着欧洲战场、太平洋战场的战况发展。

一九四二年六月，一场日军进攻中途岛的大海战使高傲的日本海军大将山本五十六颜面尽失。航母炸毁三艘，重创报废一艘，分遣舰队的战舰被击沉大半，损失极其惨重。当年十一月，日本进攻瓜达尔卡纳尔岛战役，它的海军舰队又遭重创，彻底失去继续作战的能力，狼狈逃窜，使进攻瓜岛的陆军失去了掩护，仓皇撤回。瓜岛之役可视为太平洋战争

樱花梦

双方态势的转捩点，帝国傲慢的脸上又挨了重重的一击，从此日军的辉煌已成'明日黄花'。接下来便是一连串的处处挨打，节节失利，陆军喋血诸岛，士兵死伤枕藉，将军剖腹自杀，军眷侨民被迫跳崖自尽，残余士兵在军官督战下，迎着猛烈的炮火进行绝望的反扑，白白丢掉性命。即使这样，日本NHK电台仍然撒谎，吹嘘皇军的"胜利战果"，继续蒙蔽欺骗日本国民，以勉强维持摇摇欲坠的士气。

这时，在中国大陆，就连昭和天皇都不敢相信的"三个月征服中国"的叫喊，早已成为破碎的美梦。西南的云贵川战场呈胶着的相持态势。后方广大地域，共产党领导下的抗日力量日益发展壮大，根据地不断扩展，游击区已经靠近日占城镇、铁道线，日军仅仅能勉强控制着点和线，龟缩在城镇里，疲于应付。这叫鬼子心惊肉跳，寝食不安。为此，日寇在华陆军调转矛头，将主战场转向八路军、新四军抗日根据地、游击区，以恶毒的"三光政策"进行的大扫荡愈加残酷、疯狂。中国人民在共产党领导下进行艰苦卓绝、针锋相对的反扫荡斗争逐步粉碎日寇的恶毒反扑。中国人民的持久战死死拖住了日军三分之二以上的陆军兵力，消耗了它的国力战力，从而有力地支援了盟军在太平洋岛屿争夺战及马来半岛、缅甸战场的对日作战。

这一形势的变化对日军日侨产生了明显的心理影响，使态度一贯倨傲的日本人信心大大动摇，行为有所收敛。

一

传玉邀请何、蔡两位主任到迎春茶室喝茶。

为了弥补往日对刘传玉的歉疚，何大钧一直坚持做东。这次传玉抢先做东，邀请两位来这里喝茶。何大钧说："刘主任太客气，喝茶这点儿小意思我还请得起，干吗要你破费。"传玉笑说："不能老揩你的油，你也不是大富豪，也得给我机会呀！"他们找了一间僻静的单间，大家坐定。伙计送上香茶，摆了茶点，斟满各人的茶碗后退下。

传玉沉吟道："今天这次喝茶不同以往闲聊。"

第二十二章 虎穴取"子"

话音没落，何大钧急着问："怎么，有事要谈？"

"叫你猜对了！"传玉严肃地说，"有事，而且是重要的事，想跟二位商量。"

经过这一年多的接触，传玉从南宋岳飞抗金，明朝戚继光抗倭，到察哈尔民众抗日同盟军，谈古论今，言谈话语不离"爱国"俩字。何蔡两人都已意识到刘传玉不是一般人了，但真实身份并不清楚。看来今天的茶会是刘主任有意安排的。对何蔡两位，经过交往，传玉是了解的。单拿初来普济时何主任的敌视态度，蔡主任的痛苦家事来说，即可断定两人都是爱国分子，更不用说平日交谈时大家对时局的看法及政治态度了。

"你倒是说说，什么重要的事，要我们帮忙吗？"何大钧问。

"说说嘛，能帮的我们肯定都帮！"蔡主任附和道。

传玉见这俩人的急切样子，微微一笑，说：

"还真的是要请两位帮忙。"接着朝门外望了望，低声说，"是救治八路伤员的事，怎么样，敢不敢？"

"哦？救治八路伤员，是到山里去救治吗？"何大钧问。

"不，不是去山里，而是在咱城里，我想就在咱们医院里治疗。"

"治疗困难不大，但伤员怎么进城？城门可有警备队把着呢！"两人异口同声说。

"进城问题我们不用操心，自有安排。我们只管考虑收治问题，两位有什么妥善办法？"

"是什么伤？枪伤还是炸伤？伤在哪里？"何大钧又问。

"是脊柱枪伤，有子弹卡在脊椎间，得取出来。"

三人商量，想出了办法。内科两位主任有威信，群众基础比较好，在内科开一个僻静的单间病室，伤员就住在内科，术后的治疗也在内科。蔡主任说，手术由他亲自做，手术室人员及麻醉师都与他的关系不错，可保无虞。何主任说，外科手术为什么使用内科病床，这会不会引起外人的怀疑？蔡主任说，很好解释，外科病床紧张嘛，借用内科床位也是正常的。至于这事是否告诉霍院长，何主任说，我了解霍院长，他那里不必过虑，他自会睁只眼闭只眼的。他们在中国传教，即使为了教会的利益，也必须取信于中国老百姓，保护中国人，这一点没有疑义。万一走漏风声，为了医院的安全，他也会出面打掩护的。德国教堂掩护中国伤兵不是第一次了，七七事变后，日军大举南下，舒主教、霍院长就曾在教堂里保护过百姓，掩护过伤兵。传玉也说，在临城的德国教堂也曾掩护过川军伤兵，没出过问题。大家都认为可以接受治疗任务。

茶会后，传玉立即向老齐报告，老齐点头说："好，他立即通知山里，城门那里已经安排好了，有人接应，很快把伤员送来普济医院，直接找何主任，你先给何主任打个招呼。"

几天后，伤员安全入院了，住在内科一病区，这是何主任的病区。伤员安排在楼道尽头一间单人病室内，环境安静，不受干扰，由特别挑选的可靠专职护士看护。为了避免引起注意，传玉按照老齐的叮嘱，也没有前去探望，只与何主任保持联系，了解情况。

伤员是一位年纪四十开外的男性，皮肤虽经风吹日晒，显得粗黑，但不掩面庞俊朗，像个知识分子。可能由于伤势过重，精神疲弱不堪。何主任立即通知蔡主任前来会诊。蔡主任带着一位年轻的大夫，用平车把伤员送到 X 光检查室，摄像显示，二、三腰椎间隙嵌着一颗小圆头子弹，是颗手枪子弹，椎间盘受子弹挤压但不严重。检查两下肢活动感觉都没大问题，膝反射正常。估计背后开枪，手枪威力不大，距离较远，所以还没伤及硬脊髓膜。蔡主任问什么时候吃的饭，伤员说从昨晚到现在，一整天没吃东西了，腰疼得厉害，不想吃。蔡主任对何主任说："万幸，脊髓没受伤，伤员空腹，正好马上动手术。"又对护士长说，"先给伤员静脉注射五十毫升百分之五十的葡萄糖支持他的营养，避免出现低血糖状况。然后立即通知手术室乔护士长、麻醉科邱大夫准备脊椎手术。"

手术室立即紧张忙碌起来。护士打开无影灯，把伤员抬上手术台。邱大夫给伤员注射了麻醉药品。手术护士在台上忙着整理手术器械，蔡主任与助手洗手消毒，穿好消毒衣，走向手术台。这时，伤员已进入手术麻醉期，邱大夫是一位经验丰富的麻醉师，密切控制着麻醉深度，他

第二十二章　虎穴取"子"

看了下伤员的瞳孔说，可以开始手术了。

手术顺利，脊椎受挤压不严重。蔡主任用手术钳取出子弹，铛的一声放到托盘里说：

"用纱布包好，马上交给何主任。"

台下护士答应一声接过托盘，用纱布将子弹包裹好，转身离开手术室送到一病区何主任手里。何主任接过纱布包打开看了看，又包上揣进白大衣口袋里，去二病区找刘主任。传玉正在自己的办公室等候消息，见何大钩进来，忙站起来迎上去：

"手术顺利吗？"

"非常顺利，很快就取出了子弹。"说着，把子弹递给传玉，"这是子弹。"

"太好啦！"传玉看罢吁了一口气，精神放松说，"子弹你先拿着，等伤员清醒过来，给他看看，然后再给我，由我转交给负责人。这段时间请您与蔡主任费心照顾，我就不去看他了，免得引起人们注意，等出院前我见他一面。这样，咱的任务就圆满完成了！"

次日早查房后，何主任把装着子弹的牛皮纸信封交给传玉，说伤员恢复得很好，他看过了，一再表示感谢。当天傍晚，传玉在魁盛居饭庄会见老齐，一起吃晚饭，同时把子弹交给他，说手术顺利，估计十天之内就可出院，请组织上做好接人送人的准备。

"好，这头一关算是安全通过了。接下来的日子非常关键，万一出事，也就在这段时间内。所以，告诉朋友们，千万不可麻痹松懈，要继续严格加强保密。你暂时也不要去看他，无关的人都不要接近伤员，知道的人越少越好。如果能早点儿出院最好，免得夜长梦多。"

"是，我把你的指示转告何蔡两位主任。"传玉点头道，"如果伤口愈合顺利，没啥问题，那就尽量提前出院。"

"吃完饭我就去做接送伤员的准备工作，这段时间咱俩就通过魁盛居保持紧密联系，有事尽快通知我，以免误事。"

两人分手后，传玉立即找到何主任，把老齐的嘱咐告诉他。何主任说，放心，不会出岔子。自从伤员入院直接住进内科一病区的当天起，何蔡两人就采取了严格保密措施，除了与治疗直接有关的人员外，并没有其他人知道有伤员。术后也只有何蔡两位主任每天来看望伤员，检查伤口愈合情况，没有其他人接触伤员，一切护理、饮食等都由那位专职护士料理。内科两个病区日常查房也把这个病室免了。一连五六天平静地过去了，伤口基本愈合，等两天拆线后就可以出院。大家都松了一口气，传玉准备通知老齐接伤员出院。

下午五点来钟，传玉刚要离开病房，护士过来说："主任，医生办公室有你电话。"他立即去办公室接听，原来是魁盛居孙掌柜打来的，说先生，您请的客人到了，现在就等您啦！传玉知道是老齐找他，正好他也要找老齐商量接伤员出院的事儿。于是，他立即赶往魁盛居。还是在临街那个单间见面，他们简单要了饭菜。传玉说伤员可以出院了，请准备接走吧，又问找他什么事儿。

老齐低声说："伤员可以出院了？很好。不过这几天风声不对头。咱们的内线消息说，日本宪兵队知道有八路伤员进城，这些日子在暗中调查各个医院，你们普济那里有动静没有？"

"没有什么动静。"

"日本人怀疑警备队有人通八路，放人进城，也在与警备司令部联系清查内部。我找你就是来通知你，日本人眼睛正盯着各医院，私人诊所也在监视之内。估计很快就会突击搜查。所以，现在伤员暂时还不能离开普济。你们要赶快设法隐蔽伤员，防止意外。"

"普济比较安全，我们的保密措施也很周密，不容易被敌人发现。"传玉说。

"百密一疏，不可不防。"老齐强调说，"事情往往就出在大意上。关羽大意失荆州，西蜀从此步步被动，一蹶不振。"

"百密一疏？——哎呀，要出事就出在住院部那里！"传玉脱口而出。

"怎么，那里的人不可靠？"

"不是可不可靠，那里是个空子。为了尽量减少知情人，所以伤员入院没有经过住院部的人，也没做妥善的安排。这可怎么办？"

第二十二章 虎穴取"子"

"怎么办,立即转移伤员!转到安全的地方去。"老齐果断地说。

"对,立即转移。"传玉站起来就走。

"先别忙,吃了晚饭再走。"老齐说。

"来不及吃了,我得赶紧找何主任去。"

二

传玉是在何大钧家里找到他的,他正在吃晚饭。传玉把老齐带来的消息告诉了他,何主任听了也紧张起来,立即撂下饭碗,穿上衣裳说,走!去医院找蔡主任。蔡秉仁值当晚班,没离开医院,三人就在他的办公室商量办法。问题很棘手:伤员进城的事走漏了消息,敌人即将对各医院展开拉网式的搜查,普济医院虽然是教会医院,恐怕也躲不过。住院部那里,既然没经过人家,如果再去补救,一来是人家能不能配合好,二来也是马后炮,来不及了。三人紧皱眉头,半天拿不出主意来。

"只有一处最安全。"传玉冒出一句。

"哪里?"何蔡两人不约而同地问。

"教堂!敌人不敢贸然搜查德国教堂,也不会搜查神父住处。"

"可是,这事霍院长并不知道,出了岔子才找人家,这能行吗?"蔡秉仁感到为难。

"不行也得找,走,找霍院长去!"何大钧抬脚就要走。

"不慌,天这么晚了,去打扰不合适,还是等明天一早去找他吧!"传玉抬手看看手表。

三人决定,第二天早上八点一同去霍院长办公室堵门找他。

早饭后霍院长来医院视事,见三位主任都在办公室门口等他,微微一笑:

"三位主任早!请进。"

霍院长一落座,便抬起眉头问:"什么事,这么早都来找我?"

"是这么回事。"何主任抢先说,"我是来向院长请罪的,我给您找麻烦了。"

"你们两位呢？也是来请罪的？"霍院长的目光转向蔡刘两人。

"是的，我们未经您的许可，擅自收治了一位八路军伤员。"蔡主任答道。

"有人知道这事吗？"

"伤员住在我的病室，我们采取了保密措施，与治疗无关的人都不知道。"何主任说。

"嗯。"霍院长点点头，"哪里受伤？严重吗？"

"脊椎枪伤，一颗子弹卡在二、三腰椎间。已经开刀把子弹取出来了。"蔡主任回答。

"伤员能活动吗？"

"能活动，伤口愈合良好，明天可以拆线，穿上钢丝马甲护腰出院。"蔡主任说。

"干得够麻利！为什么到现在才告诉我？你们不觉得这很危险吗？"

见院长那不慌不忙的沉着样子，传玉心想，霍院长也许知道了，回答说：

"我们是怕给您添麻烦，打算事后向您报告的。"

"这反而险些造成大麻烦了！"霍院长摇摇头，"你们来晚了，昨天傍晚宪兵司令武藤大佐就带领武装士兵来教堂找我，说有八路伤员进城，他们正在全城清查各个医院、诊所。他要求清查我们普济医院住院病人。"

这么快！三位主任听了，不觉毛骨悚然，面面相觑，一时都愣住了。

"你们为什么接受这么危险的人入院？就不怕宪兵找上门来吗？"

"为了国家民族，为了反抗侵略者，我们豁出去了！"传玉站起来，慨然回答。

何蔡两位主任也站起来昂然说："刘主任说得对，我们是中国人，我们就是为了反抗日本帝国主义的侵略才不顾一切的。作为医生，抢救抗日伤员是我们不可推卸的义务。如果霍院长认为我们是错误的，就请把我们交给日本宪兵队好了。"

第二十二章　虎穴取"子"

"不要激动，坐下，坐下说话！"霍院长说，"你们没有做错，你们是对的，你们是爱国者，爱国无罪，但是，你们应该事先告诉我一声，我也得有所准备啊！现在情况突变，伤员暂时不能离开了。既然伤口已经愈合就立即拆线，随后给他换成医生装扮，派一位可靠的护士带上药箱跟着，像出诊的样子，与他一同到我这里来。切记，动作一定要快！我自有安排，你们三位就不必过问了，先躲过这段时间再说。至于什么时候伤员可以离开，请等我的通知。有什么动向消息也请及时告诉我。"

大家松了口气，立即起身向霍院长深深鞠躬道谢。传玉感激地说：

"谢谢，非常谢谢您！感谢您对中国伤员的保护，中国人民会永远记住您伸出的援手。"

的确，在日本帝国主义侵略中国的艰难岁月里，不少在华外国人包括传教士，对危难中的中国人民伸出了救援之手，这些都载入了中国抗日战争的史册。

传玉他们悄悄收治八路伤员一事，霍院长事前的确不知情。他知道这回事还是在武藤大佐来找他要求清查普济医院的时候。武藤彬彬有礼，但话里透着强硬。他说：

"霍院长，今天来麻烦您实出无奈。我们获得报告，有一名八路重要伤员混进城来，住进一家医院求治。我们正在全市各医院搜寻藏匿的八路。有人报告说，这个八路极有可能隐藏在你们普济医院。我想，如果举报属实，院长先生是不会容许此人藏身的。所以，我特来与您商量，彻底清查贵院所有的病人，搜出这名八路来。"

霍院长毕竟是军人出身，浴过战火，虽然事出突然，却十分镇静，问道：

"大佐先生，您说有人报告普济医院隐藏八路伤员，这事非同小可。我们医院绝对不容外人藏身，何况是八路伤员？可否请这位举报人来这里说明证据？我希望他的举报属实，如果属实，我一定协助搜查。"

"举报人是我们的线人，身份不能公开，不能来这里，但他提供的线索必须核查。"

"什么线索？"

樱花梦

"普济医院是德国教会医院,举报人说德国医院最安全,所以极有可能藏在你们这里。"

"大佐先生,您这个逻辑是讲不通的。难道德国教会医院就一定是八路的藏身地吗?'极有可能'算是证据吗?"

"举报人说的'极有可能'是一条线索,院长先生,是线索我们就要追查。"

"这就是说,仅凭这人的一张嘴,'极有可能'四个字,就可以随意搜查我们教会医院?很遗憾,这侵犯了德国教会在华传教与从事慈善事业的权利。我要向罗马梵蒂冈教廷报告,同时向德国驻济南总领事馆报告,舒主教与我都不能擅自做主让你们搜查普济医院。"

"等您报告请示完了,八路也早跑了!我建议双方合作,共同清查普济医院。"

"合作清查碍难从命。不过,我们自己是一定要查的,这涉及普济医院的安全。"

"那好,我希望霍院长能说到做到,敝人静候您的清查结果。"武藤无奈退让一步。

武藤带着随从悻悻地走了。但是,他很狡猾,回去后越想越不对,第二天上午十点左右,他把特务队长叫来,命他派几名便衣密探去普济医院周围,二十四小时严密监视。特务队长领命立即布置,派出四名便衣化装成摊贩,蹲守在普济医院四周,睁大眼睛盯着进出医院的人,一名游动哨扮作行人,来回走动观察。偶见从医院出来可疑的人,蹲守的立即起身紧紧跟踪,跑了许多路,结果跟错了对象,瞎耽误工夫。密探们牢骚满腹:这八路脸上又没写字,身上也没记号,太君更没提供这人的特征,实在难以识别。这边跟错了人,那边缺了监视,顾此失彼。而且整天饿着肚子不敢松懈,十分狼狈。

霍院长在与武藤赛跑。结果霍院长抢先一步,第二天早上与三位主任见过面后,伤员立即就被转移到教堂去了,武藤迟到一步,他的便衣密探扑了个空。传玉立即通过魁盛居用暗语把霍院长掩护伤员转移的事通知老齐,要他静候消息。

第二十二章　虎穴取"子"

霍院长把八路伤员安排在教堂唱经楼边上的一间侧室内。这是唱经班孩子们做唱经准备的房间，房间里靠墙放着一架风琴，书架上摆着乐谱与拉丁经文。房间是封闭的，屋顶装有电灯，只有一扇朝外的小窗户，还是木格子百叶窗，光线很暗，有一扇门对着宽敞的唱经大厅。平日这里不使用，只有节日瞻礼时才组织孩子们唱经。霍院长把照顾伤员日常生活的任务交给了一位五十开外的顾老先生，他是日常管理教堂内部事务的人，也是一位虔诚的教徒，信实可靠。霍院长一再向他交代，这事不许告诉任何人，连家人也不能知道。

伤员向霍院长表示感谢。霍院长说："您才值得感谢，因为您为国家而负伤，是一位战斗英雄。我也曾经是军人，我知道军人的使命是为祖国而战。我们德国人最钦佩的就是为祖国而战的英雄。有这位老先生照顾您，您就安心在这里休养吧！记住，虽然这里有扇小窗户，但您千万不要靠近窗户朝外张望。一旦外边风声过去，我们就会与您的组织取得联系，接您安全返回战斗岗位。"

一天后，武藤来问霍院长清查的结果。院长说："各处都查过了，没发现有人藏在我们医院里。如果您不放心，我还是那句话，请举报人来我们医院，说明八路藏在哪里，指认谁是八路。"武藤听后呆了，无话可说，只得表示歉意，灰溜溜地走了。

三

八路伤员是从哪里混进城的？武藤通过他的汉奸便衣队，暗中把各城门警备队的情况都摸了个遍，最后把怀疑的目光集中到南门第三中队。他的便衣队报告，给八路游击队送药的女人，就是从三中队把守的南门进出的，所以，那里最可疑。然而，让他颇伤脑筋的是，三中队队长吴宝贵是警备司令吴宝亮的堂弟。吴宝亮是行伍出身，办事方式粗鲁，但又机智过人，十分狡黠，不好打交道。上次为了那个无名女人的事儿，两人就闹得非常不愉快，现在又出了这事儿，要想从他那里挖出私通八路的人来，殊非易事。作为宪兵司令，武藤大佐的职责就是监控军内外。

樱花梦

他深知日军在太平洋战场节节失利，本土不断遭到空袭，中国大陆共产党抗日武装力量逐日增强，地盘不断扩大，帝国的控制能力大大削弱，威望明显下降。在此情况下，一些伪军头目开始心怀异志，打起小算盘，越来越不听话，不买皇军的账，甚至敢于睚眦相向，顶撞皇军。吴宝亮就属于这类人物。武藤还知道，伪军下级官兵也有不少人悄悄与八路合作，提供便利，形势对日军十分不利。但是，武藤深谙屈伸之道：尺蠖之躯，以屈求伸，故此可以前行。他自信大日本帝国是强大的、不可战胜的。中国人常说"胜败乃兵家常事"，帝国目前只是暂时的挫折，将来必将赢得最后的胜利。因此，他与伪军头目打交道一般采取绥靖策略，轻易不来硬的，免得加深裂痕，因为还要靠这些伪军维持后方治安。这次想清查南门警备队，可以说是太岁头上动土，只能采取怀柔的手法。

日本宪兵暗中调查八路伤员入城一事，各中队长已经向吴司令报告了，吴宝亮知道日本人会来找他，早有了思想准备，于是不慌不忙，静候武藤上门。

一天上午，武藤来了，一见面就满脸堆笑：

"吴司令，用你们的话说，我是'无事不登三宝殿'。今天特来拜访，是为了最近发生的八路伤员混进城的事，阁下是否有所耳闻？"

吴宝亮佯作不知，惊讶地问："什么，有八路混进咱济南城里来啦？"

"是的，这事有七八天了，我们宪兵队一直在侦察搜寻。我以为阁下的警备队已经向您报告了，原来您不知道这事。问题是，这个八路是从哪里混进城的，要弄清楚这事，就只得请吴司令协助了。"

武藤口气虽然客气说是来商量的，但话里有话——这事你要负责。吴宝亮心里明白，八路混入济南市，只能从城门进来，各城门的警卫任务都是警备队负责。武藤这次来是要他吴宝亮做个交代的。听了武藤这话，他立即说：

"那是，那是！守卫城门是我们警备司令部的职责，我们当然要负责清查这事儿。大佐先生，这个八路就由警备队侦察搜寻吧！你们宪兵队别管啦，静候消息吧！"

第二十二章　虎穴取"子"

吴宝亮拿出闪展腾挪的功夫，轻轻一挡，不做正面回答，打算把事情接过来。他心想，你武藤说什么叫我协助，其实是要挟我交出放八路进城的人。看来，这小鬼子是吃定警备队了。"扬汤止沸，不如去薪"，必须釜底抽薪，变被动为主动。

"吴司令，据我们侦察，这个八路极有可能是从南门入城的，那里是三中队的防区。"

"你根据什么？"吴宝亮感到武藤是在给他使绊子。

"上次那个给八路送药的女人就是从南门进出的，我们的便衣也是在南门外抓住她的。我们的便衣说南门警备队里肯定有八路的内应，不然进出不会这么容易。"

"你说的这个女八路本来是我们警备司令部稽查处跟踪的目标。我们为了放长线钓大鱼，找出她背后的指挥人和地下联络站，所以没有立即逮捕她，却被你们那帮子便衣蠢货先下手抓来了，破坏了我们的计划。这还不算，审讯本来也应该由我们稽查处来执行，我向大佐先生要求引渡，你硬是不同意，一定要由宪兵队蛮干。结果呢，把人活埋了，到死也没弄清这女人的身份和幕后指使人，就连姓名住址都没留下，彻底断线了。大佐先生，这叫什么办案方法？我怀疑你们那里有人故意杀人灭口，掐断线索。你们宪兵队雇用的那帮子蠢货，其实都是济南府街头的地痞流氓，狐假虎威，混吃混喝的，没一个好东西！"

吴宝亮故意岔开话题，重翻老账，把武藤的便衣队骂得一钱不值，说得武藤一时哑然，脸颊的肌肉直颤。半晌，他强压内心的怒火，把话题拉回，态度强硬地说：

"吴司令，这次不同，这次是八路伤员进城治伤。城门不严，敌人自由出入是件大事，绝对不能容忍！我们宪兵队不能坐视不管。"

"那好，我请示南京国民政府军政部，把所有的警备司令部统统撤掉，由皇军自己干好了！你们日本宪兵队行，有本事，能把米饭给蒸夹生了！"

说罢，吴宝亮气愤地起身抬脚就走。

"慢着，吴司令请别走！我问您，什么叫夹生饭？谁蒸夹生饭啦？"

武藤连忙拦住。

"夹生饭就是不能吃的半生不熟的米饭，就是你们那帮子便衣蠢货干的。你们日本人是吃大米饭的，水没添够就上锅蒸，不夹生才怪咧！"

"不谈那次的事。先说当前八路进城的事，阁下认为该怎么办？"

"把守城门是警备队的事，彻查是我们警备司令部的分内职责，这事交给我们办！"吴宝亮断然道，"还有，就连你们那个侦缉队的混蛋便衣也交给我，他说得这么肯定，我集合三中队，叫他当场指认队里谁是八路的内应。如果他指认的证据确凿，无论是谁，就是我小舅子，我也要立马枪毙他！如果是诬陷，那我也不客气，绝饶不了搞诬陷的坏蛋！"吴宝亮愤然说罢，掏出手枪，气咻咻地啪的一声砸在桌上。

武藤愣了，心里说，中国的谚语真是个个精辟："秀才遇到兵——有理说不清。"今天算我倒霉，浑不讲理的"吴大兵"叫我撞上了！无奈，武藤挤出一脸假笑：

"日中提携嘛！富士山，扬子江，咱们是朋友，有事好商量，何必发火呢？既然吴司令要负责清查，那就请警备司令部尽快行动，我们就等待您的好消息啦！"

言出必行。果然，吴宝亮立即行动了。当晚，全城戒严，警备队出动大批士兵，城里各医院，各诊所，城外五里内各村庄，野店，一律搜查，闹得是鸡飞狗跳。武藤也没闲着，他信不过警备队，不管警备队同不同意，也撒出大量便衣跟在警备队后边到处搜查。

就在这天中午，传玉正在医院食堂吃饭，忽然负责照拂八路伤员的专职护士走来，说有人找他，传玉问，人在哪里？护士说，现在二病区医生办公室。传玉听了，匆匆吃了几口饭就去了。吴宝贵挎着个帆布军包坐在靠背椅子上，见传玉进来，便神情紧张地站起来说：

"刘大夫，今晚警备队要全城戒严，搜查八路伤员。这是个出城的好机会。俺哥哥叫俺通知您，赶快给八路伤员换上这身军装。"说着用手指指自己身上，"现在就跟我去三中队。今晚我带他混在三中队里趁乱出城。行动要快，我在这里急等着！吴司令说啦，我们既然把人接进城来了，也就有责任把人安全送出城去。"

第二十二章　虎穴取"子"

"谢谢，多谢了，吴先生！我这就去，您在这里等着。"

传玉离开病室，立即紧走几步去了教堂，找到霍院长，气喘吁吁地把吴宝贵来带人出城的事儿说了。霍院长问：

"这个军人可靠吗？"

"这人是我们的内线，绝对可靠！这是个绝好的机会，混在警备队里出城极安全。"

"那好，你在我这里等着，我去领他到这里来，你当面给他交代。"

很快，霍院长领着伤员来了。两人初次见面，传玉打出了接头暗号，并说明出城的办法。那位伤员紧紧握住传玉的手说：

"谢谢您，同志！谢谢这里的党组织。看来，老齐同志领导的敌工部群众工作做得很好，有你们这样勇敢机智的好同志，我们必胜，日寇必败！"

"现在这位八路先生不能回医院，那里已经被监视了。"霍院长提醒说，"那位军人只能来教堂跟八路先生见面。刘主任，你现在就回医院叫那位军人到教堂来。还有，你和他要分开走，在传达室会齐，帮他们接上头儿。我这就叫顾先生送这位八路先生去传达室。"

传玉走在吴宝贵前头，俩人前后脚赶到。顾先生与伤员正等在传达室，传玉给他们介绍后，吴宝贵把外面一套警备队军装脱下，从挎包里取出大盖帽一起递给八路伤员，说："赶紧穿上，这就跟我去警备三中队。咱吃过晚饭后，我带队出城搜查，您就紧跟在我身边出城，我送您到千佛山，然后您就可以自己走了。我们搜查队只到那附近，立即折返回城。"

"原来你里外穿着两套军装！"传玉见吴宝贵身上还穿着军装，惊讶地说。

"拎包袱太显眼，来时拎着回去空手，万一被贼眼看见，会起疑心。"吴宝贵一笑。

传玉听了不禁点头赞道：

"您想得周到。医院周围都有便衣盯着，教堂离医院不远，也得提防！"

樱花梦

出城的事办得干净利索，毫无痕迹，老齐与传玉等人圆满完成了掩护任务。事后何主任、蔡主任都说，没有想到共产党这么神通广大，能在敌人眼皮底下进出自如，我们抗日胜利有指望了！传玉向老齐汇报时，老齐说，这是人民群众的神通广大。八路军反扫荡经常是"虎口拔牙"，你们能在敌人眼皮底下给伤员从腰椎间取子弹，堪称"虎口取子"了！

一连七八天全城内外戒严大搜查，结果一无所获，却闹得沸沸扬扬，成为街头巷尾人们聊天的笑料。八路乐了，鬼子恼了。武藤找到吴宝亮，气势汹汹地质问：

"吴司令！是谁走漏的消息？为什么我们又上当了？嗯？"

"我正要问你哪！"吴宝亮也亮出撒手锏，恼怒地手拍桌子质问，"我们不是事先说好的吗？搜查八路由警备队负责，为什么你又派混蛋便衣队跟在后边搅和？你是什么意思？惊走了八路谁负责？你们宪兵队信不过我吴某人是吗？——告诉你武藤，我姓吴的也不是软柿子随便捏，不是好欺负的！这事必须彻查，一定要找出是哪个王八蛋在给八路送信！"

武藤被一连串的反质问噎得目瞪口呆，说不出话来，吃了个大大的哑巴亏。愣了半天，双手握拳，牙咬得咯咯响，用日语低声咒骂：好你个姓吴的，反咬一口，算你狠，咱们走着瞧！转身怒气冲冲地走了。

第二十三章

罪与罚

战争的形势进一步发生了剧烈变化。在中国大陆，中共抗日根据地及游击区，八路军彻底粉碎了日酋冈村宁次的大扫荡，进入大举反攻阶段。国际上，一九四三年九月八日，意大利投降，德意日三国同盟只剩德日两国。一九四四年一月的缅甸战役，日军惨败，陷入困境。同年七月初，太平洋上具有重要战略地位的塞班岛失陷，数万名日军连同非战斗人员全部战死，致使日本首都东京处于美军 B-29 轰炸机的航程内，随时会遭到大规模轰炸。至此，日本的航母联合舰队战斗群丧失殆尽，在太平洋的制空权与制海权完全控制在同盟军手里。这时的欧洲战场，苏联反攻收复失地并进入波兰境内，英美在诺曼底成功登陆，这一连串的消息令大本营异常震惊。为应对同盟军对日本本土的威胁，日本开始做保卫老巢的准备。虽然处此窘境，日本最高统帅部仍然使劲儿地给军民打气，谎报胜利战果，吹嘘大东亚战争皇军必胜，力图使日本国民继续生活在胜利的幻境中。其实，这时的日本国民已经开始厌战了，对 NHK 电台的广播及日本各大报纸的报道失去兴趣，不再相信了，日本帝国主义的命运正在迅速走向日落黄昏。身处海外的日侨与前线士兵早已感受到战败的寒风阵阵袭来，胜利的信心完全丧失，战斗意志彻底动摇了。即使冥顽不化的军国主义分子也只剩下垂死挣扎和"玉碎"的准备了。

一九四四年七月十八日，战争狂人东条英机因战事不利在大本营内部遭到严厉责难，被迫辞职下台，二十二日小矶国昭大将上台，号召"全民总武装"。外务省、陆军省、海军省一起忙碌，企图从军事外交双管齐下，抢救病入膏肓的日本帝国。但是，军阀政府的更迭并不能使面临彻底崩溃的日本起死回生，只能苟延残喘，拖延些时日而已。这时的国民每日生活在饥饿中，国力已经非常衰竭，小矶内阁使出浑身解数，不仅不能继续言战，而且连企图通过苏联斡旋获得体面结束战争的外交努力也成为一厢情愿的泡影了。结果又是换马，小矶下台，铃木上台。其实，退役海军提督、七十八岁的铃木贯太郎同样也是回天乏术，在战和两难的情况下，他的任务也只剩下争取中美英苏四大国高抬贵手，给日本的国体留下点儿颜面，设法收拾残局罢了！

一

一九四五年一月的临城，天气严寒，出门的人随着呼吸鼻孔里朝外喷着一股股白雾，就像火车气缸放气一般。人人缩着脖子，手紧紧抄在袖筒里，疾步走在街上。家家户户的屋檐下都挂着一排排的冰溜子，那晶莹剔透的冰溜子被阳光照得闪着五彩光亮，足有一二尺长，低垂得几乎能够到窗户。窗玻璃蒙上了厚厚的冰凌花，从屋里看不见窗外的景色。人们无事不出门，围在火炉边烤火，喝稀粥，吃烤红薯。

松崎在海公馆吃罢晚饭，海石花正要与彩云一起收拾碗筷，他说：

"花子，碗筷就让云子一人收拾吧！我还有话跟你说。"

彩云把餐桌上的碗筷、酒壶酒盅等用木托盘收走，去了厨房。

"有个不幸的消息，本不打算告诉你的，但是没有时间了，不得不说了。这次我去兖州开会，会上熊本旅团长宣布，由于去年七月塞班岛失陷，我国本土最后的防卫线冲绳将面临敌军攻击，这关系帝国的命运。大本营命令死守冲绳，不准后退半步。为了加强冲绳的防卫力量，军部正从支那、满洲、朝鲜及国内各地抽调部队前往增援。旅团奉命抽派我们大队前去参加冲绳保卫战。北支派遣军司令部发出晋升命令，晋升我为陆军中佐，任命为联队长，立即组编联队率部前往。来接防的人一到，我就得走了。"

"这算什么不幸的消息，你们男人自然要去打仗，我带着佐治回国就是了。"

第二十三章　罪与罚

"花子，你听我把话说完。我要告诉你，恩师的师团在去年七月的塞班岛战役中全军覆没，老师藤田次郎与你的哥哥藤田国雄也一同玉碎了。防卫塞班岛的战斗人员与非战斗人员一共战殁五六万人。因为我就要奉调前往冲绳，临行前不得不告诉你这个悲伤的不幸消息。军部一贯封锁不利于鼓舞士气的战地消息。我在兖州碰到一位在北支陆军报道部工作的老朋友，他来采访战地新闻私下里告诉我的，叫我心里明白就行了，千万不要再告诉别人。我说，你不能报道真实的战况，那还能报道什么呢？采访还有什么意义呢？他说采访是必要的，报道很简单，按着军部的宣传口径编嘛！我听了直摇头。他还低声对我说，东京玫瑰就是专门制造虚假新闻的编剧舞台。他说，玫瑰玫瑰，多么美丽好听的名字啊！但它却是专门说谎的机器，能把根本没有的事儿说得仿佛是真的，把惨痛的失败说成天大的胜利。但是，纸包不住火，塞班岛失败的消息毕竟隐瞒不住，美国通过他们电台的各频道向全世界做了详细的战况报道。"

海石花低头听着，默默不语，眼睛里噙着泪花，慢慢地顺着两腮滴落下来。

"就别伤心了，花子，战争嘛，总是残酷的，战殁者都是天皇的忠实臣民，是为国捐躯的大和魂，国民将永远追思他们。"

"这正是我最伤心的。"海石花抬起头来，泪眼模糊地说，"恕我直言，包括我父亲与哥哥在内，他们都是被军部送去为不义战争卖命的冤魂！特别是我的哥哥，他是一个优秀的建筑工程师，本来可以为建设国家出力的。但是，也被征入伍，当了一名上等兵，跟着父亲去了南洋前线，没想到……"

松崎不知该怎么安慰花子才好，只得说："逝者既已矣，就别多想了。你如今怀着身孕，这使我牵肠挂肚，走得极不安心。为了我们将要出生的孩子，你一定要多多保重呀！"又补充说，"还有，估计战事还会继续朝着不利于帝国的方向发展，也许这里的侨民都得撤回国去。所以，趁着我还没走，赶紧把云子打发回大连去吧，免得到时候你左右为难。"

樱花梦

"那就尽快送彩云回东北吧！"花子用手绢擦拭眼泪。

"云子走后，你可以在这里请一位中国姑娘来帮忙。"松崎说。

"你觉得中国人还会给日本人帮忙吗？人家就要拍手称快了！"

松崎无言以对，叹口气说："那就辛苦你了，我的花子！不过，我走前一定想办法解决这个问题，你是孕妇，必须有人照顾才行。"

花子默默起身回到内室，身子靠在床头上，两手用毛巾捂住脸，低声痛哭。她哭父亲，因为父亲是被军国主义思想毒害最深的一代人，心甘情愿，至死不悟的一代人。她哭哥哥，他反对侵略战争，但却无力抗拒，是被裹挟冤死的一代人，至死心里清清楚楚，合不上眼睛呀！她更哭自己，与哥哥一样，也是心里清楚，无力反抗的一代人。她失去了理想中的祖国，失去了心爱的恋人，失去了纯情的少女青春，成了个夹缝里苟且偷生的可怜女人！呀，这世界怎会这样混乱不堪？这人生为何如此舛错多艰？泪水浸透了毛巾，浸湿了衣襟，她呜咽不止，终于纵情地放声大哭起来。

松崎内心也很痛苦，只不过出于男人的克制力，不形于色而已。他最惦记的还是花子：我走了，她一个孕妇怎么办？回国去？那是不可能的，因为客轮商船都被征做军用运输船了，根本顾不上往来的旅客。即使能搭上一条回国的船，海上也时刻处于空袭的危险中，极不安全。怎么办呢？委托这里的日侨？平日不相往来，而且人家也正处在困难中呀！思来想去，一时拿不出主意来。他放心不下花子，起身走进内室，温存地坐在她的身边：

"好了，就别哭啦，当心肚子里的孩子，那可是咱们的宝贝啊！"

"请你先出去，就让我痛痛快快地哭一场吧！这是我有生以来的第二次痛哭，都是撕心裂肺的痛哭，我希望不再有第三次了。"

他起身去盥洗盆里拧了条湿毛巾递给她：

"还是别哭的好，小心伤了身子。擦把脸吧！"

海石花接过湿毛巾擦拭满面泪痕。松崎默默地离开内室到前面去了。他坐在榻榻米上眼望窗外，脑海里浮现出那位朋友述说的塞班岛血战的悲惨画面。

第二十三章　罪与罚

日本联合舰队在那场海战中损失惨重。航空母舰及战列舰被击沉，舰载机所剩无几，无力掩护塞班岛上的日本陆军，残余的受创军舰被打得落荒而逃。而美军的航母与舰载机却充分发挥火力，猛烈轰击塞班岛。失去航母舰队掩护的驻岛日军奉命死守该岛。从六月十四日"东京玫瑰"电台向美军发出挑战性的广播开始，守军司令官斋藤义次中将就感到绝望了，他向东京大本营发出守军濒临绝境、誓死作战到底的电文后，要求各师团残部官兵在这座毫无希望的"绝地"上与敌人拼命，然后他号叫着剖腹自杀。来不及撤离的文职人员及眷属们也跟着困守在岛上参加战斗。在南洋七月的滚滚热浪下，军官们发疯地手舞战刀，士兵们与所有的男人被驱赶着手持刺刀、棍棒、匕首，迎着美军海军陆战队冲锋枪的密集弹雨，不要命地冲锋。顷刻间，人群一片片倒下，后边又蜂拥而上，同样是送死。这场大屠杀使日军全军覆没，惨不忍睹。最惨的应属被迫跳崖自杀的妇女儿童，就连母亲怀中的婴儿也未能幸免，顷刻间失去了稚嫩的小生命！

这血腥的场面令松崎震惊。他想，花子说不希望再有第三次了，这话什么意思？难道是我此去冲绳的不祥谶兆？那里的结局也会同塞班岛一样？想到这里，不觉黯然神伤。

第二天，吃过早饭，松崎对彩云说：

"云子，谢谢这几年你在海公馆的服务，我们都很满意。现在形势一天比一天紧张，说不定会有什么变动，你最好现在就回老家大连去，明天我派河源君送你回去好吗？"

彩云愣了一下，摇摇头回答道："不，不用送，我自己知道怎么回去。给买我一张去大连的车票就可以了。夫人对我很好，平日常给我讲些中日间的不幸。她说满洲是中国的一部分，不是什么国家。她教我爱中国，爱白山黑水的家乡。我知道我是中国人，不是什么满洲姑娘，回去的路也很熟，我不害怕。中国宋代词人晏几道有一阕《临江仙》，词的末尾两句就是'当时明月在，曾照彩云归'，我的名字叫'彩云'，意思就是，无论我走多远，明月也会照亮道路，使我回家的。"

松崎知道这阕词，也理解她对这两句词的解释，知道这是花子给她灌输的思想。她们一天到晚在一起，云子有这个认识不足为怪，是的，她是中国人，知道回去的路。

"去大连的火车中间需要转两次车，一次在天津，一次在沈阳，很麻烦。还是叫河源送送的好，不然夫人也不放心，会怪我的。听话，云子！"

头天河源买好两人去大连的普快车票，一早儿就来海公馆领彩云。这时，彩云已经收拾妥当，向海石花鞠躬告别：

"夫人，我走了，您有身孕，我走得也不放心，请您多多保重。希望我们能有再见的一天。我随时欢迎您到我的家乡来访问，那是一个风光秀丽的海滨城市。"

海石花上前拥抱她说：

"亲爱的彩云姑娘，我也许很快就要回国了，中国是我心仪的国家，临城是我神往的梦中'故乡'。我希望能重返中国的一天早点到来，到时候我会故地重游，访问我钟情的临城，也会去访问美丽的大连，那将是日中友好的和平年代，就让我们共同期盼吧！"

松崎伸手摸摸云子穿的棉衣和皮坎肩儿，点头说："满洲与日本的北海道一样，非常寒冷，你穿得还算厚实，就跟着河源君走吧！"他看看手表说："时间不早了，你们得快点走，别误了火车！到家后别忘了给夫人来封信，报个平安。河源也要速去速回，我们恐怕也要走了。"

望着彩云离去的背影，一阵孤独感袭来，少了个能说心里话的人，花子落下两行清泪。

二

河源很快回到临城，捎回不少木耳、口蘑、松茸之类的交给花子，说留着做菜炖汤用。

当晚松崎回家来说："我的接替者来了，很幸运，是我在陆军大学的同窗好友广田君来接防。"

"就是说，你很快就要带领部队开拔走了？"

第二十三章　罪与罚

"是的，交接工作十分简单，只要把临城这里的治安情况交代一下，营房设施交给他们，并且把镇公署的负责人叫来，让他们认识认识就行了，没有别的手续。我与广田约定，明天开始交接工作。他的部队暂时留在火车厢里，不出火车站。最多等待三四天，我的部队就撤出，他的部队就进驻了。"

"我今天去铁路医院找妇产科田口医生做了例行产前检查。医生特别嘱咐，生活起居一切都要格外留神。现在彩云也走了，就剩我一个人住在这大房子里，生活没人照料，这可怎么办？"

"我刚才说了，接防的是我的同窗好友广田君，我决定把你托付给他，请他照料。放心好了，明天我叫河源去大和饭店订一席日本料理送来，老友相逢，就在家里宴请他，当面拜托他照应你。"

"初次见面，怎好这样麻烦人家？"

"这也是没有办法的办法呀！"松崎摊开两手说，"在这非常时期，作为我的同窗好友，广田君一定能理解我，没问题，花子！"见花子一脸的迷惘，他又说，"今晚我在家陪陪你，我们俩好好谈谈心。就要离别了，谁知道'何日君再来'？我有一肚子的话要对你说呢！"

花子点点头，撩弄着垂落的头发：

"是呀，我们彼此从来都是若即若离的，打不开心扉，不像夫妻，从来都没有谈过心。这都怨我，实在对不起，一郎！现在，你就要带领部队上前线了，是该敞开心扉谈谈了。"

晚饭是花子自己做的。饭后，两人对坐在茶几两旁的榻榻米垫子上，一壶茶，一盘洗净的临城雪梨，花子说，这梨是当地特产，甜脆水分大，消消食。松崎抱歉地说：

"我说过，要在走前安排一个人服侍你，可我来不及了，这事儿也只好托付给广田君了。"

花子打破一贯的沉默寡言："一郎，你知道我为什么对你一直冷淡淡的吗？"

松崎感到突然，又觉得必然："只知道你性格冷漠，不知道原因。"

"对不起，一郎！"海石花眼睛湿润，动情地说，"这是因为我一直处于不开心的精神状态。我有一个秘密,那是我永远的伤痛。这个秘密我从来不愿意告诉任何人。"

"我的好花子,你现在能告诉我了吗?"

"如果不是你要上前线,去南洋打仗,我绝对不会告诉你的。现在你要为鼓吹战争的军部独裁政府卖命去了,此去生死难料,思来想去,作为妻子,我不能再瞒着你,我要对你吐露实情,否则真的太对不起你了!"

"那就说吧!只要能使你心情愉快,就尽情地说,把要说的话统统倾吐出来吧!"

"一郎,我们结婚这么多年,佐治都长这么大啦,我一直对你冷淡,甚至你回家来的时候,我们也分室就寝,毫无夫妻感情,你却从无怨言。现在细细想来,作为妻子,我实在有愧。我不奢求你原谅,但希望你能理解我的隐衷。"

"不,不!我从来没有埋怨你,真的。花子,请不要这么说!"

"你要埋怨也纯属正当,但你没有这么做,倒使我感到愧疚。"

"那就尽情地倾吐吧,什么话我都能听,不要有任何顾虑。"

"你能坦然地听我倾诉长期憋在肚子里的苦水吗?对你来说,这可是逆耳的话呢!"

"有什么不能的?无论我心爱的花子说什么,我都能听,说吧,没关系!"

"谢谢你的宽容,一郎,那我也就坦诚地一吐为快了!"海石花说,"那还是昭和三年,西历一九二八年的夏天。当时我刚满十六岁,还是个天真烂漫的小姑娘,跟随伯父与堂姊英子一起去夏威夷的檀香山度假游览。当时大家都在游船上观看难得一见的、叠在一起的双重彩虹,我正举着相机对着彩虹准备拍照,忽然游船被海浪冲得剧烈摆动了一下,我身子一斜就滑过栏杆跌到海里去了。"

"哎呀,危险!"松崎不由叫起来。

"是呀,游船是逆水行驶的,我被汹涌的海浪卷走,离开游船老远,沉没在海水里了。"

第二十三章　罪与罚

松崎听得吃惊，眼睛瞪得大大的，嘴张着合不上。海石花接着说："这时，船上的人们都惊叫起来，嚷嚷着快救人呀！"

"游船上没有救生员吗？"

"有，但是救生员还来不及下水的时候，一位男青年从海滩奋力游来。据目睹的人们说，他以最快的自由泳速度扑向我就要沉没的地方，这时我因喝水过多，被呛得昏迷了。等我醒过来的时候，他已经把我送上船去，自己不留姓名，迅速游回海滩去了。伯父告诉我，人们都大声呼叫他留下姓名住址，他一面往回游着，只喊了'中国'两个字就消失在海滩的人群中了。"

"中国？那就是支那。"松崎解释说。

"从此我再也不管中国叫支那了。因为'中国'是我的救命恩人，我不能像一般日本人那样，把支那当贬义词来称呼中国，而且也反对任何人这样称呼中国。这也是我与父亲闹翻的原因之一。"

"噢，既然这样，那我以后也不用'支那'称呼中国了。"

"谢谢你能这样理解我，一郎！"海石花由衷地向松崎俯首道谢。她接着说，"后来，经过檀香山水上救生协会多方打听，才在京都帝国大学学生暑假旅游团里找到了这位青年男子。"

"他叫什么名字？"松崎忙问。

"请原谅，他的名字请不要问了。后来，我们在京都帝国大学医学部病院里重逢，从此成为好朋友。经过几年的交往，我也长大了，我们彼此相爱，成了恋人。"

"那怎么又分手了呢？"

"都是我那专横的父亲造成的。父亲受军国主义毒害很深。当时，他是关东军大佐参谋，是鼓动满洲独立、侵略中国的急先锋。当他得知我爱上了一位中国留学生后，暴跳如雷，口口声声说绝对不允许与支那人交朋友。父亲一直是十分疼爱我的，我是他的掌上明珠，对我爱抚备至。虽然他脾气暴躁，但从不对我发脾气。可是那些日子里，他却对我狠狠教训，咒骂，甚至还动手打了我耳光，把我扇倒在地。"

松崎听了十分震惊。他没想到心目中尊敬的老师会这样粗暴地对待自己的爱女。

"父亲不仅痛骂我、打我,警告我不得再与那个中国留学生往来,还到我工作的病院去找科室主任池田教授,要他阻止我们交往。"

"池田教授怎么说?"松崎问。

"池田教授拒绝了。他说,那位中国留学生是一位出色的青年,是给了你女儿第二次生命的恩人,我不能阻止他们交往。"

"那为什么你又向父亲妥协了呢?"

"唉,我不得不妥协了!"海石花眼里噙着泪花说,"父亲声言要采取措施惩罚那个留学生,并且向宪兵队报告说那个留学生有间谍嫌疑,他是关东军参谋,中国留学生试图从他女儿这里窃取情报,应该立即逮捕审讯。"

"后来呢?那位青年怎样了?"松崎问。

"我一听吓坏了,立即跪在地上苦苦哀求父亲,赌咒发誓说与这个留学生一定断绝关系,再不来往了。但是,人家是我的救命恩人,我们不能恩将仇报呀!这才使我冷酷的父亲放过了这位留学生。"

"你是个善良的人,可是,为什么后来又改变初衷了?"

海石花已是泪流满面:"我到底是个日本姑娘,森严的家教使我软弱无能。父亲是驻旅顺的关东军大佐,他可以在日本或者中国随意找中国人的麻烦,我怕父亲继续迫害我的恩人,才不得不与我的恋人断交分手了。"

松崎静静地听着,坐在榻榻米上的身子不住地挪动,他内心感情在冲突:原来如此!

"但是,我不能就这么算了。我要对我的恋人有个交代。"海石花用毛巾擦去泪痕,"正好,他已经毕业了,获得医学博士学位,就要回自己的祖国去。这时,父亲去了满洲。我趁这个机会背着母亲送他回国。我们是在神户分手的。他登船时,我发疯地在码头上奔跑,恸哭流涕,大声呼喊,永别了,我的爱人,我的青春!"

松崎竭力压抑自己的情感波动,静静地听着。他端起茶碗喝了口茶,镇静了一下。

第二十三章　罪与罚

"说，说下去，花子！"

三

"我彻底崩溃了。他走后，我没有回京都，而是在海边徘徊，哭泣。我绝望地对着大海疯狂呼喊，爱人呀，你一定要回来啊！天渐渐黑下来了，周围一片朦胧，远处渔火点点，闪烁不定，我的内心也与那渔火一样心神不定。这时，我几乎变得失去意识，失去知觉，脑子里一片空白。"海石花端起茶碗喝了一口，"往日的欢乐，甜蜜的记忆都消失了，希望也破灭了，人生毫无意义，还有什么可留恋的？就在这时，我走下大海，向远处蹚去，汹涌的海水吞没了我……"

说到这里，海石花双手掩面，哭泣起来。松崎站起来，去换了一壶热茶，同时拿来湿毛巾递给花子：

"擦把脸吧，花子，看你哭得泪人似的！"

"我失态了，一郎，请原谅！"

"不，不，我感动了，真的，花子！"

"这都是法西斯军国主义思想毒害的结果。"擦过脸，又喝了口茶，花子惨笑地说，"这次跳海，我又获救了。后来父亲逼我结婚，母亲劝我嫁人，一句话，他们都要驱逐我离开这个家。这个家确实也没有值得留恋的了，结婚就结婚吧！幸好，我遇见的是你，不像那些脾气暴躁、行为粗鲁的陆军官佐。你是个有学识，懂汉学，有教养，温文尔雅的男人。所以，我心甘情愿地嫁给了你，这也是我的幸运。"

"既然这样，为什么不能抛却过去，对我这么冷淡呢？"

"感情既已结下，一时很难忘却呀！"

这一夜，两人思绪都很纷乱，辗转床褥，难以成眠。

海石花知道，这次谈话可能使一郎不快，但希望一郎能从她的痛苦经历中认识到军国主义的毒害，不要死心塌地为军阀卖命。松崎却在痛苦的矛盾中挣扎。花子为什么不能把这一切继续隐瞒下去，非要向我宣泄不可？就让我带着谜团走向战场不好吗？想来想去，他觉得花子坦诚

樱花梦

直言过去，是为了叫我不再爱她，从脑海里抹去她，无牵无挂地走向有去难回的战场。她谴责军国主义是要我想想，出征是为谁而战，如果战死，死得值不值。她担心我死心塌地为军阀卖命，希望我能全身而归，她说希望不要再有第三次痛哭，这话不正是对我说的吗？但我是帝国陆军中佐，带兵打仗的联队长，我必须执行命令，率部勇敢战斗，哪里还有自主选择的权利？要我忘却她，不再爱她，我也绝对做不到，她是我的妻子，我儿子佐治的母亲，我的亲人呀！我就要走了，实在放心不下善良的花子，她肩负着自己与孩子三条生命的安全。我是人，不是木头，我有情感，无论如何，我也不能置她于不顾，我必须把花子安排好。她有了照顾，我即便战死也能心安瞑目了！

第二天吃早饭的时候，花子温情脉脉地说：

"一郎，昨晚没睡好吧？看你眼睛红红的，你哭啦？"

"没有，男人的眼泪是不轻易流的。中国有句话说得好，男儿有泪不轻弹嘛！"

"我昨夜也没睡好，想了很多。我觉得你们这些军人被战争狂人欺骗了，绑架了，被驱赶到战场送死去了。可悲的是，你们却毫无察觉，还认为是为国尽忠呢！实际上，万一不幸战死，也绝不是国家忠魂，只能是屈死的冤魂！"花子叹道。

"啊，花子！"松崎急忙摇手说，"这话可千万不要乱说。听我的，现在是非常时期，耳目众多，一旦说出口，后果是不堪设想的，'祸从口出'嘛！"

他回到大队部找到河源，把他拉到一边说，你马上去大和饭店订一桌日本料理，叫饭店傍晚送到海公馆来。今晚我请广田少佐吃饭，你来作陪。

"是，我马上去，联队长！"

当天傍晚六点钟，天色黑透了，广田少佐带着一名少尉随员准时来了。河源前面引路，广田与随员跟随其后进到院里，松崎早立在房门前迎候，两人彼此郑重行了军礼。广田仰头看了门额上的"海公馆"三个汉字，笑笑：

第二十三章　罪与罚

"松崎兄，这三个字是谁题写的，这么漂亮？"

"惭愧，惭愧，是我涂抹的，献丑了。"

"太谦虚了，您是汉学家嘛，自然随处都有您的书法大作。是为了讨好夫人吧？"

他们寒暄着走进一间中式客厅，这里的布置摆设都显得古色古香，令广田称羡不已。松崎唤海石花出来相见，花子礼貌地朝广田深深鞠躬：

"初次见面，请多多关照。欢迎您能光临寒舍。没什么好吃的，我这里的下人离开了，所以只能从饭店订来一席和风料理，还请广田君赏脸，将就尝尝。"

"您太客气了，夫人！"广田躬身还礼，"这时候能吃到地道的家乡菜已是过望了，本土那里可什么也吃不上啊！"又转头朝松崎笑道，"好端庄美丽的夫人啊，松崎兄真有福气！"

河源动手服务，给每个人斟酒倒茶，广田点头说谢谢。花子过来对河源说："服务的事由我来干，你坐下陪客人吧！"

"哪里能这样？您是主人，我是陪客，大队长的副官，就由我来服务。"

河源硬是不肯让夫人伺候客人。花子只好坐在松崎身旁。松崎与广田聊了些闲话，三杯清酒过后，松崎站起身来亲自把盏，举着酒杯说：

"我这次请您来家里做客，一来是给您接风洗尘，二来我有要事相托。河源是我的副官，私交很深，这里说话没有外人，不知广田兄肯不肯赏光饮了这杯薄酒？"

"松崎兄，你我是陆军大学的同窗好友，睡过一张榻榻米，吃过一锅大米饭，你对我照顾很多，彼此是很有交情的。有话只管说，这酒我喝了就是。"说着接过来一饮而尽。

"好，花子，你也给广田兄敬酒。"

花子立即起来给广田斟酒，广田也是一饮而尽。三杯过后，松崎指指花子说：

"我的妻子海石花怀孕了。我就要去冲绳前线打仗，可是因为海上交通不便，她没法回国去，只能在这里待产，我怎能放心地去冲绳？当前局势严峻，一个怀有身孕的孤单女人身在异国，怎么办呢？为此我想拜托广田兄替我分忧。我走后，替我照顾我的妻子花子，不知可不可以？"

广田听了很同情，慷慨地说："松崎兄，您的夫人就是我的嫂嫂，照顾嫂嫂是做弟弟的责任，这件事就交给我吧，我一定保证嫂嫂的安全，包括生活与临产的事情。这里没了下人，我立即设法派一位日本女子来照顾嫂嫂，您就放心前去冲绳好啦！一旦有机会送嫂嫂回国，我负责妥善安排！"

松崎与海石花听了非常感激，一起向广田鞠躬："多谢广田兄，那就一切拜托啦！"

得到了广田的慷慨承诺，松崎夫妇都放下了一颗久久悬着的心。送走广田他们，松崎在妻子面前流泪了：

"花子，虽然广田君慷慨承诺照料你，可我还是不放心。"

"还有什么不放心的？你都重托广田君了，他肯定不会背弃诺言，何必担心呢？"花子见他流泪，感动地说，"男儿有泪不轻弹，只因未到伤心时，这还没到伤心的时候呢！"

"我相信广田君不会食言。但是，时局多变，他是带兵的部队长，战事吃紧的时候，他未必顾得上你，必定会转托别人，受转托的人可靠吗？这是我最担心的。"

"你想太多了，如果这样瞻前顾后，那就没法活了。放心吧，一郎！即使到了那个时候，我自己也能照顾自己闯过难关的。明天你去做交接工作吧，别多想了。"花子安慰说。

妻子从没有这样温情过，在这生离死别的时刻，松崎不由得热泪长流。

四

次晨，松崎走进花子的内室，见佐治还睡着，便俯下身子去亲了亲他的小脸蛋儿，然后回身去队部了。这两天是海石花最彷徨无助的日子。

第二十三章　罪与罚

她虽然安慰松崎不必担心，但自己心里却毫无安全感。松崎仍然十分担心，在这个危机四伏的乱局下什么事情都可能发生。一旦打起仗来，广田是绝对顾不上她的，自然要委托别人，而别人这时也自顾不暇呀！说来说去，就听命运的摆布吧！谁叫你硬闯到别人家里来呢？中国人常说："善有善报，恶有恶报，不是不报，时候没到，时候一到，一切都报！"看来是时候了，就自作自受吧！

当天中午，松崎就回来了。花子诧异地问："这么快就回来了？事情都办完啦？"

"没完，广田君去车站他的部队那里布置任务去了，约好明天一早见。我没事儿，回来陪陪你和佐治，中饭晚饭都在家吃。广田君很会体谅人，对我说，后天就要带领部队出发了，今天就回去好好陪陪家人吧，其他的事明天见面再说。"

傍晚，松崎从他的皮包里拿出一纸文件递给花子：

"花子，我的时间不多了，今后怎样也很难说。现在我也要向你坦露我的过去，以求得心安。你先看看这个，这是京都博物馆领取寄存古物的凭证书，是河源君带回来的，一直锁在队部我办公室的保险柜里。"

花子在灯下细细看了，凭证十分郑重，毛笔汉文书写如下：

驻支那山东临城守备大队长松崎一郎君，寄存古玉璧壹件。特征为，品质系上等和阗青玉，直径205cm，内孔径5cm，璧面通体浮雕祥云游龙，九龙首尾相衔，隐现云朵间。经我馆首席文物鉴定家科学鉴定，无作伪拟古体征，初步推测，系中国西汉时代墓葬出土真品，排除赝品。品相完美优良，无缺损，无瑕疵。寄存人声明，如本人战殁或其他原因不能领取，由妻子松崎海石花（藤田氏）继承产权领回。本馆声明，在寄存期间，本馆有展出权，拍照印制权，出版发行权，并担保此文物安全，妥善交给领取人。此证。

下面是昭和纪年及负责人牧野签名盖章，并京都博物馆公章。

"这是哪里来的？是你家的家藏吗？"海石花问。

樱花梦

"这个——说来话长,饭后咱俩慢慢谈吧!你先收藏好,一定不能丢失。我还得出去一趟,去买只烧鸡和别的下酒菜,很快就回来。"

花子听他这话的意思,大概来路不正,心想一定是从哪里掠夺来的。一个钟头的样子,松崎回来了。手里拎着几个捆在一起的荷叶包:

"烧鸡,素什锦,咸水蚕豆,油炸花生米,还有酸黄瓜,辣白菜,荤素都有了。你再弄点儿热菜就可以了。"又说,"我叫河源也来吃饭,他有点事儿,一会儿就到。今天晚饭算是最后的晚餐,明天向广田交完班就不能回家了。我必须留在队部,检查部队行军准备,给部队训话,后天一早出发。"

花子把酒菜都摆在中式客厅的八仙桌上,酒是中国绍兴加饭酒,也温好了。这时,河源匆匆赶来,手里还拎着几个松花蛋,正好下酒。三人围坐一起吃晚饭。

松崎兴致不错:"这下好了,花子,能待在身边服侍你的人找到了!"松崎拿起酒瓶给河源与自己斟满酒杯,问花子,"你也来点儿?中国加饭酒,度数不高,甜丝丝的。"

"不喝,你们俩喝吧!你说的这个人是哪里的?中国人还是日本人?"

河源与松崎举杯碰了碰,说声"请!"都饮了一口。

松崎对花子说:"河源君在大和饭店碰到一位你的京都老乡,是饭店的女招待,一个单身年轻姑娘,叫南野和子,还不满二十岁。河源与饭店老板佐藤先生谈了我们的困难,商量借用。老板满口答应说,可以,可以。说近来生意清淡,正打算关张,不用人了,这姑娘也不算借用,干脆从他那里解雇归我们雇佣算了。老板说,这个姑娘也是京都人,是夫人的老乡,明天一早就可以去海公馆服务。"

"太好了,河源君,谢谢你,我的事儿让你费心了!"花子感激地俯身致意。

"夫人别客气,松崎长官是我的老上级,是他叫我找个服侍您的人。"

饭后,河源辞去。花子安排佐治睡下便走到松崎屋里,在榻榻米上隔着一张小炕桌两人对坐。因为供电是依赖火车站的发电设备,所以供

第二十三章 罪与罚

电有限制。人们大多是靠嘎斯灯或者煤油灯照明。花子嫌嘎斯灯亮得刺眼，电石燃烧后的白灰气味难闻，所以只点煤油灯，光线也柔和。

二月初的天气，柳树刚刚萌动春芽，残雪尚未消融，河床里依旧冰封着。夜风骤起，从窗缝里吹进丝丝寒意。室内生着炉火，还算暖和。

两人相视半晌无语，眼睛里都闪动着惜别的神情。花子内心隐隐升起一阵伤感：他这一去怕是回不来了！想想夫妻一场，虽无感情可言，但今晚就是永诀，不由得感觉凄然。

"一郎，你明天一早就要去安排出发的事儿，晚上也不回来，后天一早出发，我也不能去送行。今晚是最后一宵，有话就尽情地说吧！"

松崎沉默良久，神色黯然。听花子这么说，长吁了一口气，摇摇头，终于开口了：

"花子，中国有句古谚，'鸟之将死，其鸣也哀；人之将死，其言也善'。这些年来，你的思想对我确实产生了影响，尽管我不说，但我心里也痛恨战争。今夜我要把心里的话全都吐出来。冲绳是帝国的最后屏障，后退一步，便是本土。所以，天皇与大本营海陆空及军令部四巨头发出命令，要求全体冲绳防守官兵必须死战到底，不准后退半步。实际上，帝国面临生死危机，大本营早就做好了动员全民本土决战的准备，而且要准备全民玉碎。自从塞班岛失陷，冲绳就暴露在敌军面前，随时都会有一场血战在等待着我们。我这一去，有人说是九死一生，我说是必死无疑。今晚就是我们的永诀之时。"

"不许说这种不吉利的话，一郎，你一定会平安回来的，我等着你。"花子动情地说。

"我善良的花子，你太天真了！"松崎惨笑道，"军部那帮输红了眼的赌徒会让我们回来吗？不会的！他们就是要我们用血肉之躯去阻挡钢铁洪流，为他们的垂死挣扎，争取苟延残喘的时间。"

"你终于明白啦，一郎！"

"不是我一个人明白了，绝大多数的士兵和军官心里也都很明白。从去年开始，军部就训练青年甚至十六七岁的少年驾驶飞机，携带大量的炸弹去撞击敌人的军舰，美其名为'神风特攻队'，其实就是人体炸弹！在塞班岛海战中，他们就卑鄙地使用了这一招儿，使懵懂无知的孩子们去送死。这哪里是作战，实际是白白地去送死呀！他们不仅是要日本亡国，而且是要大和民族灭种呀！可耻啊，可耻！"

炕桌上煤油灯的火苗在灯罩里一闪闪地跳动，灯芯燃短了，光线也暗淡了。花子伸手拧了下调节钮，往上提了提灯芯，火苗重又伸长，灯立即亮起来。

"不说这些了。我要说的是你傍晚问的问题，这个京都博物馆取物凭证是怎么回事。"说到这里，松崎激动了，"花子，我有罪，我犯下了偷盗中国国宝罪，可耻的盗窃罪呀！前去冲绳送死就是对我的惩罚呀！"

"什么？盗窃罪？"海石花惊讶地叫出声来，"这玉璧是偷来的？"

"是的，是偷来的。"松崎头垂得低低的，痛心地说，"我要谢罪，要向被盗者谢罪！我不仅偷来人家的玉璧，而且还与宪兵队合谋把人家迫害死了哇，我的花子！"

"你说的这个'人家'是谁？家住哪里？"

"就是家住北临城的刘镇长刘君田老先生啊！"松崎痛苦地答道。

海石花顿时感觉脑袋轰地一下，好像被人打了一闷棍，她惊呆了：怎么会这样？怎么事情都凑到一起了？怎么罪孽都摊到我头上来了？难道是我前生前世欠下的债？她内心隐隐作痛。十多年前的往事又上心头。是呀，我也有罪，有罪必罚，我同样应该受到惩罚！

接下来，松崎诉说了如何盗取九龙璧，如何与宪兵队勾结迫害刘君田的内情。在叙述中，他痛心疾首，流下了眼泪，他谴责说自己的眼泪算不上是悔罪的眼泪，而是鳄鱼的眼泪，受到良心惩罚的眼泪。花子连忙起身去洗脸盆里拧来湿毛巾递给松崎：

"不要落泪啦！考虑一下，这事该怎么办才好？这玉璧现在可是存放在日本呢！"

"古有公理，杀人偿命，欠债还钱！"松崎猛地抬头，盯着花子，"必须物归原主！"

"现在局势混乱，战争正在紧张关头，陆路、海路都不通，怎么归

第二十三章　罪与罚

还？"

"我是无法去归还了，我此去绝无生还的希望。所以，我拜托你，我的爱妻花子！战后你务必要安全地回到日本去，回去用这个凭证把玉璧取回来，一旦能够重返中国，就替我上门谢罪，而且一定要磕头谢罪！请求亡者宽恕，以赎罪愆。"说着，松崎又流下泪来。

这一夜，夫妇俩一直谈到午夜一点多，男子汉的松崎不断地流泪，在花子的一再承诺与劝慰下，情绪才渐渐安定下来。看到松崎这样悔罪的精神状态，海石花深为感动。是啊，他不能带着罪孽的重负前去打仗。他不能违抗军令，拒绝打仗，但他必须放松精神正常地带兵出征。这样，即使阵亡了，也会减少些遗憾。

"今夜我就留在这里陪陪你吧，一郎！"

"什么？陪我过夜？"第一次得到妻子的主动温情，松崎睁大眼睛，惊疑地问。他犹豫了一会儿，但立即摇摇头，"不行，绝不能在我这里睡！你已有身孕，医生不是嘱咐过吗？为了你的健康，为了孩子的安全，还是回你自己屋里去，我不能留你，走吧！"

第二天一早，吃罢早饭，松崎穿好军装，戴上军帽，挎上战刀、手枪，对镜整整军容，转身向花子立正，敬了个军礼，说："我走了，再也回不来了，花子，你不要悲伤，好好保重自己，保护我们的孩子！"然后，大踏步走出海公馆。花子目送他离去的身影，一阵心酸，不由落下泪来：他觉醒了，可惜觉醒来得太迟了！太迟了！……

第二十四章

罪与赎

一九四三年十二月一日，中美英三国发表《开罗宣言》，促令日本无条件投降。此后，日本战力进一步衰竭，国民生活愈加艰难，士气明显低落，败象显露无遗，大本营内部开始出现意见分歧，争论不休，政府不断更迭。一九四五年五月八日，德国向盟国投降，德意日三国同盟彻底解体，日本完全被孤立了。一九四五年七月二十六日，中美英三国发表《波茨坦公告》，敦促日本立即无条件投降。这时，日本已经完全丧失了继续抵抗的能力，大本营内部战斗意志也发生了动摇，但仍在做无谓的垂死挣扎。国民开始了解战争真相，完全丢掉了"最后胜利"的幻想。到了一九四五年八月，美国向日本的广岛与长崎先后投掷两颗原子弹，日本寄希望苏联斡旋体面停战的希望也宣告破灭，苏军分三路出兵中国东北，夹击关东军，以摧枯拉朽之势消灭了百万关东军。最终，日本天皇被迫昭告全国，接受中美英苏的最后通牒，命令侵华日军及东南亚日军放下武器就地向中国及所在地盟国军队投降。这时在华的日军恭聆"御音"后，大大松了口气："一切都结束了，回家吧！"立即向中国军队缴械投降。"玩火者必自焚"，日本侵略者的"罪与罚"终于画上了句号，今后是他们应该考虑赎罪的问题了。

战败前夕，身处中国占领区的日本人立即身价猛跌，完全失去了往日的优越感。在临城同样如此。日本驻军竭力避免与中国人见面，侨民则放下倨傲的神态，一见中国人便面露微笑，这个"桑"那个"桑"的点头哈腰，伸出大拇指，拉长怪怪的音调："嘿——大大的好朋友"，躬身问候。只要鞠躬就是九十度，从不打折扣。他们知道，战败在即，投降在所难免，向中国人示好很有必要，这样或可减少敌视，避免被报复。

第二十四章　罪与赎

镇上的人多吸水烟袋、旱烟袋，或者烟斗。有的人也吸纸烟，但多是当地手工土造的纸烟，很少吸三炮台、白锡包、哈德门、大前门或者其他名牌香烟，因为那是有钱人吸的。日本人面带笑容，殷勤地递上香烟：这个大大的好，日本来的，"樱花"牌的，"金蝙蝠"牌的，"富士"牌的，"旭日"牌的等，拉拢感情。这时，中国人往往是一句："谢谢，不用了，我这个很好抽！"也有人见到中国小孩子，掏出几块自己舍不得吃的精巧日本糖："小孩的，这个大大的甜，来一块尝尝，嗯？如今在我们日本也吃不到了。"小孩子摇摇头躲开，说不要，有毒！总之，他们知道，日本败局已定，绝对不可招惹是非，安全回国为上。

然而他们错了。华夏儿女天生胸襟宽广，率真大度，具有同情心、怜悯心，是非清楚，恩怨分明。他们在日本投降后并没有歧视骚扰，打击报复，或者伤害日本侨民。而是尽可能地解决他们的困难，供给他们食物、饮水，提供大人孩子的生活必需品。希望他们能够幡然悔悟，回国去宣传倡导中日友好。当然，不是所有的日本人都是狭隘的民族主义者，歧视中国人，奴役他国人。他们中也有许多反对侵略战争的斗士，思想开明的民主人士，爱好和平的善良人民。但在日本国内那个万马齐喑的年代，这些人无法立足，无法表达自己的态度立场。或者流亡国外避祸，或者参加反战活动，或者低头忍受，暗暗为日本民族的未来祈祷，期待和平早日到来。

一

为了使海石花免于孤寂恐惧，广田一有空暇就去海公馆与她聊天谈心，带去一些新闻，就当前局势交流看法。这时的广田对日本的前途十分迷茫，悲观失望。相反，海石花却头脑清醒，态度冷静，认为这是历史的必然。她虽不太清楚当前时局的进展状况，但能分析解读广田带来的坏消息，令广田茅塞顿开，透过前方日军的失败，看到未来光明的前景。其实，这也不奇怪，因为海石花始终是主张与邻为善、反对侵略的和平主义者。

樱花梦

　　三月的临城，万物自严冬苏醒。那杨柳春风，小桥流水，茅舍菜花，古镇风情，无不撩动着海石花的游兴，她真想有个人带她去北临城郊野逛逛，但也惹起了她的烦恼：故国的阳春怎样了？若是在和平年代，这时的京都该是樱花怒放，百花争艳的时候。醍醐寺、清水寺多美呀！湖光塔影，绿茵花树，正是出游的好季节。忆往昔，与恋人携手徜徉在蓝天白云下嬉笑欢闹，多甜蜜呀！可惜，这一切都被军部的战争狂人破坏了，被炮火硝烟击碎了，成了寻觅不着的一场春梦！

　　春色恼人，百无聊赖。她午睡未醒，和子走来叫她：

　　"夫人，广田君来了，正在中客厅坐着呢！"

　　"是吗？快给他沏茶，请他先坐着，我梳洗一下就来！"

　　不一会儿，海石花走进中客厅，一见面就鞠躬说：

　　"抱歉得很，广田君，昨夜睡得不好，今天午睡醒得迟了，请多多原谅！"

　　广田立即站起来答礼："嫂嫂客气，我现在是没事可干的人，只能来府上打扰您，聊天解闷了。当然，您的见解高明透彻，有什么消息随时向您请教，也使我受益匪浅呀！"

　　"大队部没有什么活动吗？"

　　"没有，也不敢随意到郊外出操训练，这时候还能干什么呢？近来守备队缺乏引火的燃料，我派士兵们徒手去近郊挖掘枯树根去了，没有树根捡拾些枯树枝回来也是好的。"

　　"不带枪不是太危险了吗？"海石花问。

　　"带枪才危险呢！我们挖枯树根，不去动树木，也不招惹中国人，他们是不会理睬的。"

　　"最近本土有什么消息吗？"

　　"我正是来告诉您最近发生在东京的惊人消息的。"

　　"哦？什么惊人的消息？"

　　"陆军报道部内部消息，我们的首都东京于三月九日、十日这两天连续遭到美军三百多架 B-29 轰炸机的猛烈轰炸，使人口密集的首都被燃烧弹炸成一片废墟。熊熊的大火烧毁了房屋，融化了窗玻璃，连河里

第二十四章　罪与赎

的水也沸腾了，鱼都漂在了水面上。这才是第一次大轰炸，厉害的恐怕还在后头呢！"广田一脸惊悚，"一个星期后，天皇陛下巡视了城市毁坏的情况，群众神情木然地立在瓦砾旁，呆呆地看着匆匆走过的天皇，没有人鞠躬行礼，毫无感激圣恩之情。这要是在过去是犯了'大不敬'罪的。往日天皇出巡，国民必然夹道欢呼，感谢临幸的圣恩。"

"天皇对战争是负有责任的。"花子说。

广田接着说："在敌人一连串的轰炸下，无数人流离失所，无家可归。尽管如此，军部还是号召国民以坚忍不拔的精神，面对当前暂时的困难。他们宣传这是黎明前的短暂黑暗，曙光就要到来，最后的胜利一定属于大日本帝国。要求国民继续加油，努力生产，支援大东亚圣战。"

"冷酷！——京都有没有被炸？我担心母亲的安全。"海石花忧心忡忡。

"没有。"广田说，"除了京都、奈良、热海等重要文化城市外，几乎所有的城市都遭到轰炸了！据说这是中国建筑学家给盟军提出的为了保护日本古老文化名城。"

"感谢中国的宽宏大量，保护了日本历史文化名城！"海石花双手合十，"广田君，我这里的军犬名叫伊奴，是松崎为了我的安全养在这里看家的。中国人这样善良，我用不着凶恶的狼犬保护，请您现在就把它牵走吧！"

"还是留在这里好，安全些！"广田说。

"不，不用军犬保护，我很安全。如果中国人想复仇，军犬也保护不了我，您牵走吧！"

东京大轰炸使海石花异常震惊。她惊心的不仅是轰炸，更是军部战争狂人的残忍冷酷。在这关系民族危亡的紧急时刻，他们不仅不思改弦更张，反而更加疯狂地鼓吹"圣战"，要国民无分老幼一律接受军训，准备本土决战，"全民玉碎"也在所不惜，要把民族毁于一旦。

广田把伊奴牵走了。他每隔几天就来海公馆一次，说一些最近发生的新闻。五月八日，德国向盟国投降，日本彻底被孤立了。这在侨民中

樱花梦

引发了极大的恐慌：下一个该是我们日本了吧？一旦投降，前途将是怎样的？我们的士兵曾烧杀过中国的人民，我们的狼犬曾撕咬过中国的战士，我们的侨民曾霸占过中国的财产，中国人会饶恕我们吗？这个——谁也说不清。

为了给海石花解闷，广田给她送来几本上海出版的电影画报，内容图文并茂，特别是电影明星们的丽影，光彩照人。除了相片外，还有新上演的电影内容介绍，也给海石花稍解寂寥。她屈指一算，松崎去冲绳已经半年多了，没有一点儿消息，内心有些牵挂。

八月初的一天，广田匆匆来到海公馆，一进门就说：

"嫂嫂，不好，冲绳战役我们日本彻底失败了，美军攻占了冲绳全境。据内部消息，牛岛中将以下十万多官兵全部战死，本土已完全暴露在敌军的攻击面前了。看来，'本土决战'即将到来。"

"松崎一郎有没有消息？"海石花忙问。

"没有。报道部的消息说，这场冲绳保卫战与塞班岛保卫战几乎同样惨烈，已经'全军玉碎'了。还殃及了冲绳当地居民近千人也跟着丧命。看样子松崎兄很难幸免。"他见海石花脸上顿然失色，忙安慰说，"也许松崎兄托天照大神保佑，能死里逃生也说不定。"

"我早有预感，一郎此去就难回来了！"说着泪水唰地流下来。

"嫂嫂，先别着急，也许松崎兄会平安归来的。"广田说。

"您先坐着，我去去就来！"海石花用手绢捂住脸，起身匆匆走出客厅。

"和子，快跟着夫人去照应一下。"广田忙对南野和子说。

很快，和子又回到客厅，难过地说：

"夫人关上房门不让进去，她哭了。"

广田手足无措，愣在客厅里，走也不是，留也不是，坐立不安。和子也在那里垂泪。

海石花回到自己的内室关上房门，从脸盆架上拿过毛巾，蒙面痛哭。一郎临去时就说过："我走了，再也回不来了！"这是他最后的留言，令人痛心的谶言，不幸言中了。她对他说过，要为了自己，为

第二十四章 罪与赎

了孩子,安全地回来,她不希望再有第三次痛哭。可现在还是痛哭了。这次的痛哭,于她有两个原因。一个是,他到底还是醒悟了,虽然是迟到的醒悟,但也弥足珍贵。"放下屠刀,立地成佛。"战后,如果能活着回来,他一定会为日中友好,为国家重建,为民族复兴,干一番有益的事业。然而,这些悉成泡影了!再一个就是,多年来一郎在她冷漠的阴影里生活,从未感受到妻子的温柔,却能默默忍受,这在一般日本男人绝不能做到,也绝不会容忍。就连最后诀别的时候,他也没得到体贴安慰。多年来,她在内心深处一直保存着对异国恋人的一份真挚的爱,情丝一缕不绝。在与一郎分别的前夜,她坦言相告,她认为这是忠诚,是要他割断夫妻感情,毫无留恋地前往战地。夫妻多年,妻子仍然不忘昔日的恋人,他内心必然痛苦。但他却把痛苦掩埋起来,只关心自己走后妻子的生活安危,并迅速做了细致的安排。他虽有罪恶,但能够忏悔,而且体贴妻子,仍不失为好人,好丈夫。海石花想想这些,忍不住掩面痛哭了。

"嫂嫂,嫂嫂,请不要这样,不要哭嘛!您开开门,我有话要说!"

海石花用毛巾擦干眼泪,回身道:"广田君,请客厅里坐,我擦把脸就来!"

二

八月的临城,烈日炎炎,缺雨少风,阳光下犹如火烤。北临城老街的居民都躲在城门洞里、穿堂过道里、树荫下,有钱人喝着店里买的茉莉花茶,一般人喝着高粱穗子煮的土茶,乘凉聊天——这里的方言叫作"拉呱",管说书的叫"拉大呱"的。男女老幼挥动着芭蕉扇、蒲扇、团扇、纸折扇,闲话近来的时局新闻。纷纷议论说,现如今,日本鬼子是晒干的秧子——打蔫了。鬼子兵躲在营房里也不出操了,北临城街他们轻易不敢来。南临城闹市区,除了大队部门前岗楼里站岗的哼哈二将俩鬼子,大街上也见不到他们的身影。日侨们一天到晚畏畏缩缩,也躲着中国人,看样子快完蛋了。育才小学的教员们有学问,见多识广,他们

樱花梦

说，日本投降是早晚的事儿。这个世外桃源般的古镇平日里极少有外人来，几乎与世隔绝。早晚听着教堂的悠扬钟声，显得愈加恬静。

近来，男人们吃过晌午饭，老爱拿只板凳找个凉快地方凑在一起，叽叽喳喳议论起时局来。有两个夏镇来北临城育才小学上学的小学生，手打拍子高唱抗战歌曲："团结就是力量，团结就是力量，这力量是铁，这力量是钢，比铁还硬，比钢还强，向着法西斯蒂开火，让一切不民主的制度死亡！……"

"快看，看南门外那里！"有人手指着大喊，"鬼子兵来了——后边还跟着汽车、坦克，一路朝咱这里开来啦！"

人们簇拥到南门外大石桥上，朝南边大路望去，果然，大队的鬼子兵、车辆、马匹向北临城开来。镇民既不惊慌，也不躲避，只觉得奇怪。有人说，难道是鬼子撤退啦？快看，朝北边跑来啦！有人骂道，没想到，七八年前鬼子从北边进来，现如今又朝北边跑回去啦！报应！

鬼子兵开到镇子来了。这回与当年鬼子威风的入场式恰成鲜明对比。一个个衣衫破旧军容不整，有的士兵甚至裤子破了，露着膝盖、屁股，汗味夹杂着皮革味，臭气熏人。后边跟着的卡车、坦克车、辎重车，还有骡马牵引的炮车都隐蔽到河谷的柳荫下。进到镇子里来的士兵，多数人又跑回河谷的树荫下，就地躺在草地上，摘下浸满汗渍的战斗帽当手巾，往脸上擦汗，又喘着粗气，用帽子扇起来。这些士兵大多数戴着三等兵、二等兵的红色领章，极少有三颗星的上等老兵。士官与军官们的军容比较整齐些，夹杂在士兵里。军官们都跑进街里的教堂外，坐在高出街道路面半米的砖石甬道上休息。有的闭目养神，有的拿本书翻看，也有的向围观的大人兜售身边的小物件：折叠刀、小镜子、金属烟盒、日记本，甚至手表，要求换点儿食物吃。也有人低头写日记，默默记录一天发生的事情。街里街外的鬼子士兵军官们都老老实实待在那里，不多走动。有些小男孩儿好奇地围着他们看，注视着这群肮脏狼狈的陌生人。不知哪个孩子喊了句，鬼子兵！接着，一个跟着一个，嬉笑着跑开了。

太阳渐渐偏西了，送来了阵阵凉风。柳树、槐树、梨树，还有桑树、

第二十四章 罪与赎

榆树，晒了一天，如今都恢复了精神，轻轻摇曳摆动，显得十分惬意。鬼子们开始活动起来，有的脱去衣服跳进河里洗澡、游泳，被士官连吼带骂地急忙爬上岸来，嬉皮笑脸，赶紧擦干身子穿上军服去摆弄车辆，照顾骡马辎重。

躺在地上的士兵，有的懒懒地打着哈欠，伸直了腰站起来活动。有个领章上两颗星的二等兵，鼻梁上一副黑边近视眼镜，懒懒地躺在地上，两手枕在脑后，低声吟唱日语流行歌曲《支那之夜》："夜，寂静无声，月色朦胧。只见满院灯明亮，不见意中人倩影，姑把那树叶飘零当作人影动。啊——啊！忽一阵心痛眼圈儿通红。夜寂静无声，月色朦胧。"这个士兵看上去大约四十岁，不像是农民，倒像个文教人员或者技术人员之类的知识分子。

"混蛋，站起来！"一个军曹走过来，啪的一声，给急急忙忙爬起来立正的士兵一个响亮的嘴巴，"不准唱这种颓废的靡靡之音！"

两个军官走过，看了劝那军曹：

"算了，士兵们够辛苦的了，随便唱支流行歌没什么大不了的！"少尉说。

"报告！"那军曹向军官立正敬礼，"军部禁止西方敌国音乐和一切颓废歌曲！"

"是吗？这还用你说？"少尉不无讥讽地朝他一笑，"一边待着去！这里是战地，士兵们流血牺牲之地，明白吗？"

"曹长先生，你管教士兵是对的。不过，山本五十六将军倒是很喜欢这首歌曲，还在他的旗舰上命令军乐队演奏这首《支那之夜》呢，你去管管他吧！"中尉笑着说，"不过，他早已葬身大海，不在人世了！"

军曹一脸的没趣，怏怏走开了。这首颇具中国风味的歌曲调凄婉，歌词伤感，感染力强，体现了战地士兵思乡怀人的情愫，很受海外日本士兵的欢迎。它是同名电影《支那之夜》的插曲。

太阳终于落山了。日军立即忙碌起来，在士官一片咒骂声中，士兵们整理行装，发动破旧难行的车辆，轰隆轰隆地开往南临城火车站，登车继续北撤。

樱花梦

喧嚣了一天的古镇重又恢复了往日的宁静。

海公馆的生活也受到了时局的影响。由于日本败象毕露引起的恐慌，侨民们轻易不出门。所以和子出门买东西不敢穿日本和服与趿拉板，也换上了带大襟的中式衣裳，但一口生硬的中国话掩盖不了她日本人的身份。

一天，忽然车站上拉起尖锐刺耳的警报：空袭！

这是临城沦陷后的第一次空袭警报。人们不像抗战初期日本飞机来袭时那样恐慌、躲避。而是相互召唤着兴致勃勃地跑到车站下、大街上仰面观看几架盟军飞机来回穿梭，轮番扫射站上停靠的火车头。阵阵机关炮声，震耳欲聋。车站下，几个日本守备队士兵军官架起高射机枪，对准车站上空，但并不射击，也在那里仰首观看，嘴里啧啧地念叨：厉害大大的，厉害大大的！一旁的中国人嘲笑说："他不敢开枪打飞机，害怕挨飞机打，给他一梭子机关炮，他受不了！"

几辆停在站里的火车头被打穿了锅炉、气缸、水柜，水、汽喷洒满地，一片狼藉。鬼子对着看热闹的镇民哀叹：机关车的坏啦坏啦的，运输大大的困难了。镇民说，活该！飞机每次俯冲扫射，车站下看热闹的镇民就有人啧啧称赞，有人连声叫好，日本兵直摇头不吱声，尴尬地愣着。真是一幅颇具讽刺意味的场景！人们讥笑说，日本的"武士"们都是孬种。

空袭过后，几个日本军曹走下车站，手里都拎着一串串机关炮丢下来的弹夹、弹壳，提起来给围观的人们看，一副吃惊的模样，嘴里直嚷嚷：厉害大大的，厉害大大的！

海公馆里，气氛沉闷，军犬伊奴被广田牵走后，院子显得格外空寂，毫无生气。和子在厨房里备午饭。广田来了，海石花把他让进客厅，拿来茶壶茶碗，准备给他沏茶。

"别倒茶了，说几句话我就得走！"

"什么事儿这么忙，坐会儿嘛！有什么消息吗？"

"天大的消息！昨天晚上八点我接到熊本旅团长的紧急命令，叫全体官兵今天也就是八月十五日十一时在营地广场集合，敬聆重要广播。

第二十四章 罪与赎

我已命令全体官兵,提前于上午十时开饭,饭后即刻整理军容,全体在操场集合,面向东方皇宫遥拜,然后打开收音机,肃立静候播音。我想这时候,全体官兵一定都会揣测到,今天的活动异常,必将有大事发生了。"

"哦?难道是聆听御音?天皇亲自讲话,一定是有关战争最终决策的重大事情!"

"是的。收音机里先是播放《君之代》。全体官兵肃立,摘下军帽,垂首静听。国歌过后,天皇的御音播放了,他那尖细的嗓音一字一句,慢条斯理,显得颓丧无力。果然是接受《波茨坦公告》的终战诏令。命令全体海外及本土皇军立即停止战斗,放下武器,结束战争。"

"终于停战了!"海石花长舒了一口气,"我早知道会有这一天,好啊,日本民族有救了!"

"措辞委婉体面的天皇终战诏书,实际是投降诏书。"广田黯然地说,"然而,这个停战来得太迟了,太迟了!继今年三月的东京大轰炸之后,八月六日上午八时,美军在广岛投下了一颗挂在降落伞下的超级炸弹。霎时间,白光炫目,热浪翻滚,无数建筑物顿时燃烧起来,墙倒屋塌,全市瞬间变成了一片废墟。据报道,八万多人立即丧命,五万多人受伤。接着,九日上午十点半,长崎也遭到同样的超级炸弹轰炸,顷刻间,两万多人死亡,四万多人负伤。日本的核科学家们说,这是原子弹,原子核裂变产生的能量威力强大,能摧毁一切!"

"啊!这么厉害!"海石花惊叹。

"屋漏偏逢连夜雨。于长崎投下原子弹的同时,八月九日苏军分三路同时攻入满洲,我们驻满洲的百万皇军虽竭力抵抗,但终于迅速土崩瓦解,就连那个我们辛辛苦苦扶植起来的皇帝溥仪也成了苏军的俘虏被带往苏联去了。所有这些就是促成日本立即停战的不可抗拒的强大力量!"广田搓着两手,垂下了头,显得很懊丧。

"终战就是投降。投降听起来丢脸,但挽救了无数士兵的生命,拯救了日本国民,避免了民族彻底毁灭。总算是悬崖勒马,好事一桩!"海石花宽慰地说。

樱花梦

三

广田无奈地说："是的，您说得对！还有件事要跟您说。我接到熊本旅团长的命令，北线铁路遭到破坏中断了，不必返回兖州，旅团也将于近日北上去天津。叫我尽快带领部队南去徐州，向那里的中国受降官投降。向南去的火车也不通，我们大队只得步行前往。我这一走，关系到您的安排问题。我与大和饭店老板佐藤先生商量好由他负责关照您的安全及遣返事宜，等到要离开这里的时候，他会来接你们。"

"谢谢，佐藤先生是个好人，和子在他那里工作过几年，与他很熟。有他的关照固然很好，即使他有什么不便无法顾及我们，我与和子也能照顾好自己。您就放心去徐州吧！"

"实在抱歉，嫂嫂，有负松崎兄的重托了！"广田满面愧疚地朝海石花鞠躬。

"广田君，别这么说。军队调动身不由己，对此我是很理解的。请您放心走吧！"

临城以南的铁路也已破坏中断。广田部队离开临城沿着铁路线徒步南去徐州。这时，临时负责维持地方秩序的人员接管了临城。这时的侨民人心惶惶，不可终日。佐藤先生来过一次，说："侨民可能一时半会儿走不了，因为南北铁路都不通，就等着吧！有消息我会来告诉您。"说罢走了。和子有些心慌，问海石花：

"夫人，都走了，咱们怎么办？"

"我有你，你有我，我们有的是办法。中国谚语说得好，'车到山前必有路，船到桥头自然直'。和子，我的京都老乡，不要怕，让我们共渡难关吧！"

午睡时，海石花忽然感觉一阵难忍的腹痛，似乎有点儿胎动，摸摸下部有些湿润，似乎有水出来。她赶忙对和子说："不好，我可能要生产了。你看看外边有没有车可雇，赶紧送我去铁路医院。"和子慌忙出门找人力车，恰有一个乡下人推着一辆空独轮车路过，急忙拦住说：

"先生，实在对不起！"和子慌忙鞠躬，用生硬的中国话说，"这里

第二十四章 罪与赎

的，有产妇急着要生孩子，麻烦你用车送铁路医院的去，可以？我们金票大大的给！"

那个乡下人停下车，用肩膀上搭着的布巾抹了一把汗，摘下草帽扇着笑笑，也学着她的腔调："日本人的干活？"

"是，是，我们的，日本人的干活。"和子又连连鞠躬。

"你们投降了，不打仗的好，不能再欺负中国人了。中国人的，从来不欺负人，我们的，不爱钱财，我们讲义气，爱交朋友。你们的，困难的有，送产妇的可以，金票的大大的不要！"

"谢谢，多谢谢！"和子鞠躬不迭。

这是一段颇为真诚而风趣的对话。海石花听了和子的转述，十分感动，对和子说：

"记住，和子，这就是礼仪之邦的中国，我所爱的中国，日本的好邻居中国！"

海石花被送到铁路医院，那里的日本医生给她做了检查，说：

"夫人，你动了胎气，要早产了。还不到八个月呀！能不能成活还是个问题呢！"

孩子生下来了，是个女婴。瘦弱、干瘪的肢体无力地舞弄着，哭声微弱。医生怜惜地说：

"唉！就喂点儿代乳粉或者米汤养着试试看吧，万一没了也不要悲伤，谁叫她在这个乱世出生，而且出生得又这么早呢？"

海石花在医院里住了四天，等待温室里的婴儿情况稳定下来。出院回到海公馆，花子把婴儿包裹好，放在自己身边，默默地看着襁褓里那微微睁开的一双小眼睛，蠕动的小嘴，心里一酸，眼泪滴落下来：唉，生不逢时的女儿，你的命好苦啊！她噙着泪花给婴儿取了个名字：樱子。啊，多美丽的名字呀！樱花代表着东瀛列岛，又寄寓了美好的憧憬。海石花叫和子从日本商店里买来代乳粉，在奶瓶里冲好，凉温喂樱子吃，樱子衔着奶嘴，一口口吸吮着，忽然吐了出来，应是吃饱了。她给婴儿缝制了一个小布娃娃，身子里塞满丝绵。齐眉短发用黑丝线梳成，小脸蛋儿与手脚用白绸布缝制，穿着花布衫、花裙子。用墨笔点了小眼睛，

樱花梦

用从医院讨来的"伊红"点了小嘴儿，樱唇一点，惹人喜爱。她掀开布衫，在布娃娃的后背用毛笔写下"樱子"两个汉字。看了看，裹进襁褓里，喃喃地念叨："樱子呀，这是母亲给你的出生礼物，保佑你一生平安的护身符，保佑你健康成长！"

已近晚秋时节，西风飒飒，白天晴好，晚上有些寒冷。侨民们都迁到停靠在车站外临枣线上的一列火车厢里去了，在那里等待集体遣返。海石花因为是产妇，刚刚生完孩子，身子虚弱，遣返管理人允许她暂时留在海公馆休息，让和子照料她的生活。

侨民们一天到晚生活在车厢里，不能举炊，也缺乏蔬菜肉鱼，想到镇上去购买，但这里是郊外，远离镇子，既不能去，也不敢去。而且身边的朝鲜票、军票、华北联合票，已成废纸。为难之际，附近的农民及时送来吃食：麦子煎饼、高粱煎饼、窝窝头、腌咸菜、萝卜青菜、油炸河鱼。侨民们纷纷下车，用身边的物品换取食物，总算解决了部分人的吃饭问题。有的人无物可换，农民说，拿去吃吧，送你的，不要你的东西！一位日侨老人感叹说：

"中国人善良啊！昨天我们的士兵还在杀害他们，今天在他们慷慨的恩赐面前，我由衷地感到万分愧疚。我要深深鞠躬，替我那两个打仗的不肖儿子忏悔谢罪！"

下午，佐藤先生来对海石花说：

"管理人叫我来通知你们，这一两天内就要离开临城前往徐州，从那里乘火车去上海遣返回国。我奉命通知你们，你们赶快收拾收拾，多带点食物路上吃，明天上午十点我准时来接你们到侨民安置处去。"

"向南去徐州的火车通了吗？"

"管理人说已经联系好了，八路知道都是日本侨民，答应遣送侨民的火车通行，只允许通一趟。至于什么时候通车，等路段修复后通知。所以必须赶快去安置车厢等待。记住，明天上午十时我来接！"佐藤说罢匆匆走了。

当夜，海石花叫和子带着佐治夫睡，自己整夜搂着婴儿，不断亲吻、抚摩，止不住双泪涟涟，低声啜泣，泪水浸湿了怀里的襁褓，浸湿了自

第二十四章　罪与赎

己的衣襟。谛听庭院里的阵阵秋风声，此起彼伏的虫鸣，内心升起一腔怨恨——天哪！该死的日本军阀犯下的罪行，为什么叫无辜的小生命接受惩罚？这罪恶应该叫那些战争狂人受到严厉惩罚才对呀！

窗外，天色渐渐呈现鱼肚白，快要亮了。她急忙打开襁褓，在樱子的右肩上文下一朵樱花，用伊红染了。文花时，每一针刺在女儿的身上，都痛在自己的心头。樱子紧闭两眼，舞动两只小手，拼命挣扎，不住地啼哭，那啼哭的声音十分微弱，像是呻吟。海石花的心在滴血，眼睛止不住流泪，滴滴落在樱子娇嫩的背上。

包好襁褓，孩子也哭累了，闭上小眼睛微弱地喘息着，似乎承受不起这残忍的针刺，就要昏晕过去似的。她急忙穿好衣裳，抱起襁褓里的樱子，悄悄走出海公馆，走向大街。没走出多远，就看到一家紧闭着的黑漆大门，青石台阶两旁镶着石鼓，知道是户殷实人家。赶紧走进门洞，把襁褓轻轻放在门槛一旁，只要一开门就能看到襁褓，樱子就有救了。

樱子啼哭了。海石花泪流满面，赶忙回身去看，但时间紧迫了，必须立即赶回去。不得已，她使劲敲打门环，门里似乎有人答应，问："谁呀，这么早敲门？"海石花赶忙躲到屋角旁边偷偷张望。一位中年男人开门出来四下看了看，低头见了樱子，俯身抱起进门去了。她知道，樱子有救了，抹着眼泪，恋恋不舍地一步一回头地回海公馆去了。

"夫人，樱子不见啦！"和子着急地说。

"我把她送人啦！"海石花含泪回答，"她是个非常脆弱的早产儿，稚嫩的小生命经不起陆上海上一路颠簸，是带不走的，就交给好心肠的中国人去吧！"

"夫人，您太忍心了！"和子捂着脸呜呜地哭了。

海石花回到自己屋里，关上门捶胸顿足痛哭一场，和子在门外也跟着大哭不止。

佐藤先生来了："夫人，我们该走啦，不然就来不及了！"

"佐藤先生，我们已经收拾好啦，咱们走吧！"花子应道。

海石花领着佐治，和子拎着箱子，转身锁好大门，跟随佐藤前去车站外遣返收容车报到。

四

　　遣返回国的日侨都集中在上海虹口，住进日侨管理所，门前有中国士兵站岗守护。来这里待遣的侨民有军属、文职人员、医护人员、教员、记者、商人、电影演员、艺人，还有妓女等，成分十分复杂。

　　等待遣送回国的战俘们住在另外一处营地。他们居室整洁舒适，伙食充足。每天积极参加劳动，修路，清理垃圾杂物，修理自己的住所。他们都是集体行动。闲暇时还能自娱自乐，歌唱各自的家乡小调，调剂生活，过得愉快。他们想念家乡，想念亲人，庆幸战争结束，自己能回家与亲人们团圆。

　　海石花带着儿子佐治与和子，跟佐藤夫妇住在一处，他们老夫妇身边没有孩子，儿子们都从军去了海外，没有累赘，但心事重重。佐藤先生身体不好，有心脏病，需要每天吃药维持。待遣人员不能随意外出，由指定的人外出采购，佐藤先生负责他们的生活。广田来看过海石花一次，知道她安全离开临城，也来这里待遣。连连点头说："很好，很好，这我就放心啦！不过，我们军人不能与你们侨民一起走，遗憾得很，实在对不起松崎君的重托呀！"海石花说："您已经尽力了，安排得很好了！您是军人，又是带兵的官长，身不由己呀！"两人彼此鞠躬告别。

　　一天，有位中年男人走过海石花的住所，无意间朝房门口看看，迟疑地放慢了脚步。

　　"咦！这不是宫本君吗？"海石花也看到他了，惊叫着走出房门。

　　"啊，是惠子小姐，您怎么也在这里？"

　　他乡遇故人，海石花一阵狂喜，激动过后，镇定下来：

　　"是我，我已经嫁人了，我如今的名字叫松崎海石花。宫本君，您是什么时候离开日本的？这些年您都去哪里了？怎么也来这里啦？"

　　"自从昭和九年，也就是西历一九三四年，我被迫离开日本后，一直在中国。先是经朋友介绍在上海虹口一家日本医院工作，日中战争爆发后，我马上辞去医院工作离开上海，跟随野板参三先生去了中共总部所在地延安。后来又到华北抗日根据地从事反战宣传工作。我们深入战

第二十四章 罪与赎

场前沿,向日本侵华士兵喊话,散发传单,揭露日本军阀的侵华罪行,批判他们欺骗日本国民,把国民推向战争深渊的罪行,希望唤起国民的觉醒,勇敢地抵制战争。日本战败投降后,我们反战人士搭乘美军飞机来到上海,从这里跟你们一起回国。"

"啊,您是'先知先觉'!我真羡慕您这样的真正爱国者。我愚昧了,落后了!"

"听人说您跳海殉情了,有这回事吗?"

"是的,但我再次死而复生,又被海岸警卫队救起来,送回了京都家里。"

"啊,两次大难不死,您必有后福!"

"不,没有后福,后来我走错了路,自作自受,遭到今天这个惩罚!"海石花苦笑笑。

半夜里,佐藤先生心脏病发作,被紧急送往虹口医院,佐藤夫人跟着服侍丈夫去了。宫本就住在海石花附近不远处的一座临时搭建的房屋里,每天都能见面,倒成了海石花与和子的真正保护人。他们每天饭后一起散步、聊天,说些离开日本后的事情,感慨万千。就这样一天天地打发时光。到了遣返的时候,海石花与和子跟随宫本一起乘专用旅行车去虬江码头,从那里登上美军运输舰出海。这是一艘万吨级的大船,原是运送武器装备与陆战队士兵的,装载容量很大,这次一起上船的有好几千人。高高的舰桥上,美国星条旗哗啦啦地迎风扑打。晴空万里,蓝天白云,使待遣的思乡人顿感精神放松,浑身舒适。望着缓缓离开的黄浦江,不免感慨万千,有的人对离开中国有些难以割舍,潸然泪下。

运输舰离开黄色的海滨水域,驶向碧蓝的大海。舰桥上传来了美妙的歌声,那是曲调欢快、轻松浪漫的施特劳斯大华尔兹圆舞曲《One day when we were young》:

"当我们年轻的时候,有一天,那是五月里一个美好的清晨。你对我说,你爱我。我们年轻时的一天,甜蜜的歌声如此欢乐,美妙的乐曲从没有这样轻快。你对我说,你爱我……"

樱花梦

"惠子小姐，请原谅我习惯叫您惠子。"宫本被歌声感动，想起在大学读书时的周末舞会上，同学们轻歌曼舞的情景，"您在临城见到刘传玉君没有？他的华尔兹可是跳得非常好，舞姿高雅大方，舞步张弛自如，进退旋转，有如行云流水。一曲终了，同学们都拍手叫好。"

此刻，海石花也正沉浸在这优美欢快的歌声中，脑海里泛起年轻时与传玉相爱的情景。宫本的问话，倒使她一时难以启齿：

"嗯……这个，见到了，只是碍着我丈夫在场，没敢相认，回避了！"海石花嚅嗫地说。

"请原谅，是我冒昧了！——您的丈夫呢？有下落吗？"

"没有，我估计早已在冲绳战殁了！为此，我曾恸哭一场。当时牛岛满司令官剖腹自杀前，严厉命令全体官兵必须战斗到底，宁可全军玉碎，不可被俘一人！您想想，松崎一郎还能回来吗？他临走的时候就说过，'我走了，再也回不来了'，这不是诀别的不祥谶言吗？"

"唉，日本军人呀，都成了武士道精神的受害者，侵略战争的炮灰了！"宫本摇头叹息。

"那也是报应！他们中的许多人，尤其是高级将领，在大陆对中国人民犯下了奸淫烧杀、抢掠欺压的严重罪行。这些人是中国人民的死敌，却在中国趾高气扬、痛痛快快地活了这么多年。所以，叫他们去南洋战死，也是罪有应得的下场！"海石花愤然地说。

"不错，身在东京大本营的那些鼓吹制造侵略战争的狂人，也绝逃不脱历史的审判。据说，中美英苏四大国正在东京组织审判战犯的法庭，审判那些罪大恶极的日本战争罪犯。像东条英机之流的军国主义者，将面临正义的审判，最终必将绑在历史的耻辱柱上，落得可耻的下场！"宫本点头说。

"日本人民应该摒弃狭隘的民族偏见，挺身而出，起来揭发他们祸国殃民的滔天罪行，把这些日本民族的败类推上历史的审判台，接受严厉的审判和制裁！"海石花说。

"从这次日本投降就看出中国人民的善良来了。"宫本说，"他们按照《日内瓦公约》的精神，对放下武器的日军，不侮辱、不打骂、不虐待，

第二十四章　罪与赎

给予人道主义的待遇。对日侨更是宽宏大量，为解决他们的困难提供种种方便，安全遣送回国。反观日本军人对待中国战俘的残忍虐杀，实在令人发指！"

"是呀！我丈夫就是中国人的施暴者，而我却是中国人的受惠者，这真具有讽刺意味，又令人汗颜无地！我将终身感恩，回国后，一定致力于日中友好，以图报答恩德于万一。"

"我这次回国的打算就是，联络在华参加过反战活动的朋友们，以这些人为骨干，在国内广泛发动所有主张日中友好的人士，组织一个以日中友好为宗旨的团体，然后组织访华团尽快到中国去，给中国送去谢罪，从中国带回宽恕。把一衣带水的邻邦友谊重新建立起来，使两国人民世世代代友好相处下去。"

"宫本君，现在我就向您报名，参加您的组织工作，可以吗？"

"好啊，完全可以，现在就算您一份！回去我们分头再发动人来参加，让大家紧紧地手拉手努力建设日中友谊的跨海大桥，把两国紧密地连接起来，共谋两国人民的幸福！"

"少数极右翼分子，他们不甘失败，还会阻挠日中友谊桥梁的架设。"海石花说。

"那不怕，他们是螳臂当车，不自量力。如果胆大妄为，必将被历史的车轮碾得粉碎。"

舰桥上的歌曲换了又换，传来席勒作词、贝多芬作曲的《欢乐颂》。那优美欢快动听的歌曲，使宫本与海石花心潮澎湃，激动不已。宫本说：

"多美好的歌曲呀！不仅曲子动听，歌词也写得极好。就像歌词里唱的那样，让全世界的人们消除一切分歧，团结起来，成为好兄弟吧！"

伴随着歌声，航船轻轻摇晃，稳稳行驶在辽阔的东海上。海鸥鸣叫，低昂翱翔；海豚跳跃，舞姿欢畅。啊，美丽的大海！平静之海，和平之海，希望之海，未来的幸福之海！遥望中国大陆，遥望心目里静谧的小镇临城，遥望善良的中国老百姓，遥望那昔日的恋人，此时的海石花心潮起伏，不禁流下激动的泪水，洒向依依惜别的远方。

樱花梦

航船越行越远,此时海石花一颗善良的心,却离中国大陆越来越近……

"惠子小姐,您久久凝望远方,望得那么出神,在想什么?"

海石花手指碧波滚滚的远方,感慨万千地说:

"那里,我的心留在了那里,永远不会忘记的地方!一定要去赎罪的地方!"

尾 声
三十年后

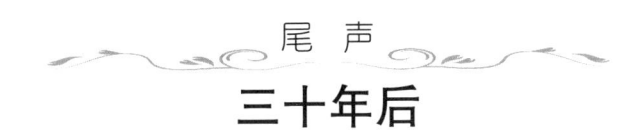

　　彻夜未眠的传玉起身拉开窗帘，打开窗子，清凉的晨风吹来，活动活动筋骨，回身收起茶几上那封昨夜反复看了一晚上的日文信，折叠好装进信封里，重又坐回到沙发上闭目养神。昨夜的思绪又上心头。

　　这还是四十二年前，与惠子临分手的时候，她在神户驿馆写的一封诀别信。信是用片假名写的，尤其是汉字写得娟秀工整，一笔一画颇带闺阁气。由于一直封存在箱底，纸张仍保持着当年的洁白。信写得极其凄婉哀绝，如今读来依然撩人心弦，泫然欲泪。他在回国的船上读这封信的时候，曾经落泪过。这是她被迫写的诀别信，也是为了保护心爱的恋人写的血泪书。信里说，她想蹈海殉情，这使他惊心。后来宫本君来华路过济南的时候，也说她已赴海自尽了。抗战时期，他被拉去驻临城守备大队长松崎家做客的时候，见过松崎的妻子，但没等细看，她就低眉垂首，匆匆一躬，倏然离去了。当时，他只觉得此人长相很像惠子，那是不是惠子？或者是她的孪生姊妹？可是没听说她有姊妹呀！难道她嫁给了松崎？好像也不会，因为她已蹈海身亡了。这样说来，这次的来访者真的是惠子了！如果真的是惠子，无论如何也要见上一面。但如果是松崎的妻子，从父亲的死，兰芷的亡，国恨家仇集于一身，绝对是难以接待的。见与不见，心情矛盾，委决不下。

一

　　儿子家骧与儿媳婷婷都是枣庄市政府外事办的工作人员，日英双语翻译。儿子回家来对父亲说："婷婷去北京接日本友好访华团去了，访华团里有几名团员过去与父亲很熟悉,这几个熟人后天以个人身份来临城访问。其中的藤田惠子是一位国会女议员,她要求首先安排一次与您的单独见面,说有要事交代,还说这是她此行最重要的任务。具体内容我不知道,但市领导已获知内情,并且立即同意了,指示我们一定要做好私人接待工作。"家骧把访问者名单拿给父亲看,名单上头第一名就是藤田惠子。传玉心里怦然一动,是她,是当年那个活泼天真的姑娘,曾经相爱的东瀛美女,她没有死,还活着,而且现在是日本的政治家,对华友好人士。接下来是,藤田太郎,池田英夫,宫本雄一。啊,都是爱好和平的日本友人,我的师长,我的前辈与好友。传玉对儿子说:"见!好好款待!你帮我准备一下。"只有一点他没弄明白,为什么惠子一定要单独见他?所说的要事又是什么?如今她也已是六十多岁的老妇,又是日本政要,不会再谈那些浪漫的陈年旧事了。唉,随她去,现在就不要多想了!

下午,陈强副市长来刘家,找传玉谈话。迎进客厅坐下,副市长微笑着看满面狐疑的传玉说:"市委柴书记叫我先来给您打个招呼,吹吹风,叫您好有个思想准备,以便做好接待工作。"

"这还有什么不放心的?我跟儿子家骧昨天就准备好了——好烟好酒,茶点果品,一应俱全,我还买了点儿咱枣庄的特色工艺品,打算赠给他们,还要准备什么?"

"不是说的这个,这些好说。"陈副市长收敛笑容,严肃地说,"这个接待,对您来说很不寻常,也许会引起您的极度抵触情绪,使这次外事接待工作搞砸。所以,柴书记对此很重视,一再交代,必须从思想上解决问题,圆满完成接待任务。如果您还弄不通,他就亲自来您家做您的思想工作。"

传玉立即明白了:来访的这位藤田惠子就是杀父仇人松崎的妻子海石花!父亲的惨死,兰芷的活埋,一家两代人的冤仇集于一身,我怎能笑脸相迎仇人的妻子?想到这里,他立即流下泪来:

"陈副市长,市领导的话我都听明白了,可我家两代人的冤仇,我难解呀!"

尾 声 三十年后

"刘老,您的痛苦心情我们很理解,也很同情。但是,您怎么理解咱全中国人民的冤仇是怎么处理的呢?毛主席、周总理是如何解决中日之间存在的历史问题的?——难呀,跟您一样,也是难呀!"

传玉低头沉默不语。陈副市长接着说:

"'南京大屠杀''平顶山大屠杀'"'旅顺万人坑',制造'无人区'等,这一切都是中华儿女的血海深仇呀!怎么办?复仇?以牙还牙,去打东洋?去屠杀日本人?冤冤相报何时了?这也不是咱爱好和平的中国人的传统呀!当然,我们也不是没有原则的。我们要求日本必须承认侵华的历史罪行,向中国人民谢罪。前事不忘,后事之师,以史为鉴,面向未来,共建中日友谊的桥梁,促进彼此的经济、文化、科技交流,使中日友谊地久天长。"

"爹,柴书记来了!"正说着,家骧走近沉默的父亲。

"啊?"父亲吃惊地站起身来,"柴书记,您怎么来了?"

"坐下,坐下说话。"柴书记一脸严肃地指指沙发,"我是特地来给你看一样东西的!"

柴书记、陈副市长,还有家骧,与他围坐一起。柴书记从提兜里拿出一件衣服来:"刘老,您看看这是什么?"

传玉接过来细看,衣服上沾染着深褐色的血痕陈迹,抬头问,"这是件血衣,是谁的?"

"我父亲的血衣。"柴书记神色黯然地说,"这是我保存了三十三年的血衣!也是我家的革命传家宝。我是山西人,老家住晋南曲沃乡下柴家沟。一九四二年夏天,日本鬼子大扫荡,我们村子被烧,夷为平地,村民老少好几百号人都被屠杀光了,只有我的一个弟弟因为在山里放羊,逃过一劫。鬼子走后,他回到村子里,哭着收敛了全家遗体,把爹爹血染的白粗布褂子脱下,穿在自己身上,爬上十多丈高的黄土高坡,向西投奔陕西八路军去了。我当时是八路军的一个文化教员,兄弟见面,抱头痛哭。我向弟弟要了这件血衣带在身边,随时提醒我勇敢杀敌报国。在战前动员大会上,这件血衣也是控诉敌人,鼓舞士气的活教材。"

"我连件血衣也没拿到啊!"传玉泪眼盈盈地说,"我的妻子兰芷是被活埋的，活不见人，死不见尸。由于没有标记，加上日本投降后的国共内战，城市扩建，已经找不着了啊！父亲是被鬼子严刑拷打，闷在水缸里，得了严重的肺炎死的，我紧赶慢赶也没能见上一面。我与您一样，也是满腔仇恨呀！"传玉当着家骧的面，落下泪来。家骧听了，顿觉凄然欲泣。

传玉拭去眼泪，默默点头。柴书记拍拍传玉的膝盖，接下去说：

"刘老啊，您知道吗？这位藤田惠子自始至终都是主张中日友好，反对侵华战争的。她的伯父藤田太郎先生，您的老师池田英夫教授，同学宫本雄一先生，都是坚决反对日本发动侵华战争的。藤田太郎先生在战争期间先是因'反战思想'戴过手铐，坐过牢，后来假释软禁在家，在监视下生活，直到日本战败投降。宫本先生早在一九三四年就因所谓'思想犯'逃亡中国，在华从事反战工作。惠子女士虽然年轻的时候囿于日本的封建家庭束缚，在父亲的严命下，被迫嫁给了松崎一郎，但从没有放弃反战思想，夫妻关系一直冷淡。松崎在侵华战争时期是驻临城守备大队长，干过许多伤害中国人民的恶行。但在日本走向最后失败的时候，能够幡然悔悟，对侵略战争有了认识，懊悔自己在中国犯下的罪行。在去参加冲绳防守战的前夕，向惠子女士坦露胸怀，交代罪行，流着眼泪恳求惠子女士，一旦战争结束，就设法回到中国，送还从你们刘家抢走的传家玉璧，替他在刘君田老先生遗像前磕头谢罪。惠子女士来临城就是为了完成这件大事的。这些背景情况是您儿媳婷婷长途电话中报告的，这不是很好吗？您看，还有什么要问的？"

"没有了。"传玉感动地摇摇头，"我服从组织安排，一定做好接待工作。"

"好啊，中日两国建交至今已经三年了，我们在这里热情接待日本友好访华团，也是为增进中日人民的友谊做的一件非常有意义的事，对促进两国间的互信合作做了贡献。"柴书记高兴地笑了。

陈副市长看看手表，说："刚才徐秘书来电话，说婷婷打来长途电话，明天上午十点钟他们就到。刘老如果没有什么要说的，咱们就走吧，让家骧留下，跟父亲商量一下具体接待安排。"柴书记与陈副市长起身

尾　声　三十年后

走了。家骧对父亲说，就准备准备，等着接待吧！

道理虽说是弄明白了，但从内心来说，传玉仍然隐约感到不安，不知这次见面会是怎样的情景。他想起离开日本前，两人在京都帝国大学附属医院附近公园的枫林苑里私下相会时，惠子悲哀欲绝的样子，投入自己怀里时那涕泪涟涟的哭泣。今日久别重逢，又要单独会面，她会不会控制不住感情而失态？万一这样，又该如何应对？是安慰，是劝阻，还是冷然相对？磕头谢罪固然必须接受，但亲人被害的怨尤又如何能彻底化解？爱恨情仇这些恩恩怨怨，重上心头，搅得他心烦意乱，矛盾重重，坐立不安。家骧看出父亲痛苦的心情，安慰说："爹，既然市领导把话都说到这份儿上了，不管既往如何，咱都不要去想啦！古语说得好，'宰相肚里能撑船'。人家来谢罪，咱就应当敞开胸怀，宽容大度地接受，也显示出咱中国人的胸襟宽广，咱就只管一心做好接待工作吧！"

"儿子，你说得好，爹听你的，但你却不懂爹内心的苦衷！"传玉惨然一笑。

二

"爹！"婷婷一声呼唤，"您看，谁来了！"

婷婷把藤田惠子让进堂屋，向客人打了个招呼说"请"！又朝传玉说："爹，我就在西屋里，有事叫一声。"说罢转身离去。

传玉正坐在堂屋里，紧张地等待来访，蓦然一声呼唤，吃了一惊：一袭白纱和服，腰间束着宽阔的白色衣带，脚踏白软屐，手捧一束盛开的、洁白如雪的百合花，提着一只帆布袋。她虽然鬓边几丝白发，但满头青丝衬着白皙的面庞，清秀的眉目，依然旧时模样，哪里像六十开外的人？只不过一身缟素，平添了无限悲戚的神色。

"啊，藤田女士，久违了，请坐！"传玉起身迎接，见她一身素服，知道是表示哀悼，遂说，"来了就好，何必如此！"

惠子把帆布袋放到椅子上，朝传玉深深鞠躬。然后仰望墙上刘君田

的遗像,趋前把手中的百合花供奉在条案上,俯身跪在拜垫上叩首及地,用日语低声祷念:

"刘君田老先生,我心目中景仰已久的老师,我真的万分愧疚,无颜来见,可又不能不来叩见您老人家。有罪于您的松崎一郎,于前往冲绳前痛心忏悔,殷殷嘱托,要我一定来替他给您叩头谢罪,企望您在天之灵的宽恕。您的家藏珍宝九龙璧,也按他的嘱托带来归还给您。谨献上一束圣洁的百合花,聊表敬意,您安息吧!日本罪妇松崎海石花叩头再拜!"

祝祷已毕,接着行三叩首大礼。传玉上前扶起,说:"谢谢藤田女士的祝祷,您的祝祷我都听明白了。父亲的在天之灵一定会原谅松崎先生,感谢您不远千里前来归还宝物。就请起来更衣吧!"

惠子拿起帆布口袋,取出一只扁扁的铁匣子,里面是个花梨木匣子,打开说:

"这是您的传家宝九龙璧,现在物归原主,松崎一郎请罪了!"惠子手捧铁匣呈上,再次向传玉深深鞠躬。

传玉接过来说:"我父亲在天之灵看见了,他会深感欣慰。"

婷婷进来领惠子去别室更衣,传玉说,请藤田女士客厅会见。惠子忙说:

"传玉君,我希望能在您的书房里恳谈,敞开胸怀地恳谈,可以吗?"

"可以,可以!婷婷,更衣后请客人到我书房谈话。"

香茗一杯,两人相对而坐,彼此看看,感慨万千。惠子换了一身银灰色女式西服套装。她环视书房微微点头。书房布置十分整洁,墙上悬挂着传玉风华正茂时的西装半身照片,几幅观光游览照片。书柜里整齐地排列着中外书籍,摆设了许多小纪念品,都是传玉在国外游览时购买的。她站起来走近去看,书柜下面一层的右侧是一尊夏威夷之王卡麦哈麦哈大酋长檀香木雕像,威仪庄严。二层左侧是一件工艺品,那是一排八个美丽的夏威夷舞娘的布艺,容颜姣好,舞姿浪漫。传玉走过去取出舞娘给她看,笑道:

尾　声　三十年后

"这还是当年在檀香山逛工艺品商店的时候,你特意买来赠给我做纪念的,那时候你还是个羞怯的小姑娘嘞,才十五六岁,是吧?"

"是呀!一晃快五十年了,你保存至今,摆在你书柜的显著位置,这使我非常感动。真的谢谢你。"惠子指指自己胸前的别针,"看,这是你当年在同一个工艺品商店买来赠给我的帆船胸针,我视如珍宝,始终保存着,只有出席重要宴会时才戴上一次。今天戴上它,就是为了来见你,几十年来我朝思暮想的玉哥哥!还有那尊卡麦哈麦哈大酋长雕像,当年伯父也给我买了同样的一尊,说是我获得第二次生命的纪念,这生命是中国的刘传玉君给的,应当永志不忘。今天看见它,令我对玉哥哥心生愧疚呢!"

那是一只白银材质镶嵌夏威夷蓝贝壳的帆船,寓意着"一帆风顺"。如今它仍然蓝光闪闪,熠熠生辉,耀眼夺目。传玉说:

"我也很感动。几十年的战乱,它保佑你至今平安,今后也将永远保佑你一生平安!"

"虽然我那专制的家庭,蛮横霸道的父亲,强行把咱们两人分开了,但我的心永远在哥哥你这里。当年我曾对你信誓旦旦地说过,我保证一生一世永远爱你,我的爱只属于你。虽然由于我的懦弱,被迫与不爱的人结婚了,但从那时起,我便冷眼看世界,横眉对一切。我没有朋友,没有亲人,我失去了快乐,只有忧伤。但我的心仍然紧紧贴着哥哥的心,寂寞时与哥哥的心共语,忧伤时向哥哥倾诉,痛苦时从哥哥这里获得安慰。"说话时惠子神情紧张,显得激动,"战时,我曾一度跟随丈夫松崎一郎住在你的家乡临城,松崎是临城驻军大队长,当地军事长官。有次他强邀你来家做客,你一进门我就认出来了,可是我没有勇气相认,也决不能相认,我向你匆匆鞠了一躬,就躲到自己的房间去了,在房间里,我关上门哭了,哭我的懦弱,哭我背叛了哥哥。那次见到你,我实在无地自容,愧对哥哥了呀!今天我为什么要求单独见你?就因为几十年压在心底的苦闷郁结像块石头,如今终于有了吐出来的机会,我可以敞开胸怀,痛痛快快地说话了!"

传玉说:"提起那次在临城见面的时候,我还疑惑是你的双胞姊妹呢，可是，没听说你有孪生姊妹呀！惠子，既然你今天能这样坦率地提及这些往事，我倒想问问你，我们在神户分手以后，你后来的经历。"

惠子惨笑："你还记得吗？在神户海港码头上我们分手的时候，我是怎样跟你告别的吗？我精神失控了！我使劲挥着手，跟着驶离港口的邮轮奔跑，我发疯似的哭喊。码头上送行的人们都用奇异的目光看我。船缓缓驶离码头开走了，我的一颗心也跟去了！"说着眼泪盈盈欲滴，"玉哥哥，你知道吗？这时我的一颗心也死了！"泪终于滴落下来，她急忙拭去。

他们离开书柜，重又回到座位上。传玉专注地听着，惠子陷入了伤心的回忆中。她说，那还是四十三年前的往事，难忘的记忆呀！

惠子说，邮轮开走后，天渐渐暗下来了，周围一片漆黑。望着远方的点点渔火，我心已死，漫无目的地在堤边徘徊。我失去了意识，木然地走下海堤，迎着层层涌来的海浪蹚去。蹚着蹚着，脚下猛地一步踩空，身子一斜，被海涛吞没了。我被海水呛得昏晕了，失去知觉，随着海波逐流而去。

不知过了多少时间，忽然在一阵猛力地拍打中，我剧烈呕吐海水，呛咳，渐渐恢复了知觉。但是，我无力睁开眼睛，耳边只听有人在说："这女孩醒过来了，快送海港医院！"我重又昏晕过去。等到我苏醒过来的时候，已经是身在医院了。一位医生站在病床边叹道，又一个痴情人！这时，一位海岸警卫队员送来我的背包，他说："这是在你跳海的地方捡到的。从背包里的证件中，我们知道你是京都帝国大学病院的看护士。你就在这里休息两天吧，出院时我们送你回京都去。"

回到京都，我住进了大学附属病院。父亲特意从满洲赶来病院看我。他一脸严肃，把我接回家。令母亲感到奇怪又感动的是，父亲破天荒地在家住了一个星期。这几天，他每天都守在我身边，但从不言语，从没有笑容。我渐渐康复了，要求去上班，他也得回满洲去了。临行前，父亲与我温和地谈了一次话，但话语里却透着严厉，好像他说的每句话都是金科玉律，不容争辩，一副长官下命令的口气。他说："惠子，你不小了，该懂得生活，懂得家风家规，懂得父母的心，绝对不能再任性胡

尾 声 三十年后

为了。我为你物色了一个好青年,人长得英俊,精神,文武双全,是我在陆军士官学校当教官时的得意门生。这人来过咱家,你见过一面,叫松崎一郎。我要你嫁给他,这样,你有了归宿,我与你母亲也就安心了。我现在回满洲去,年底回来主持你们的婚礼,你必须与一郎结婚,你不能总留在父母身边。"

他这是命令。在威严的父亲面前,我怯懦了,我毫无反抗能力,我屈服了,心想:孤雁何处不栖身?既然要赶我走,就离开这个冷酷的家吧,走了倒也清静!我横下一条心,与松崎一郎结婚了,婚后改名"海石花",寓意我是海中永生的红珊瑚。

说完这些往事,惠子已是泪流满面了。

传玉赶忙去洗手池里拧了湿毛巾递给她:

"惠子妹妹,事情都过去了,就不要再放在心上了!'昨日种种,譬如昨日死,今日种种,譬如今日生。'我们要向前看,向中日友好的未来看。"

"你肯叫我一声妹妹了?"惠子感动地擦去眼泪,"这是我最大的安慰。"

"是的,你是我的好妹妹,肩并肩,手拉手为中日友好而奋斗的好妹妹,好战友!"

"还有,哥哥的夫人,我的嫂嫂呢?怎么没出来见面?是讨厌我吗?"

"唉,这是一件叫我终生难忘的恨事啊!她三十多年前在济南被日本宪兵司令武藤大佐给活埋了!"传玉说,"当年儿子家骧才四岁,我们全家都瞒着他。三十多年过去了,活不见人,死不见尸,至今不知魂归何处呢!"

"啊,早已去世啦?——万恶的日本军阀,这又是一笔侵华的血债呀!"惠子惊叫着流下泪来,"这叫后人如何还得起这笔血债呢?即使认罪一万次也不足以赎罪呀!"

"大屠杀,万人坑,杀光烧光抢光,奸淫我们的妻女,就连六七十岁的老奶奶都不放过,这哪里是什么军人,整个一群野兽,畜生!这难道是'表示深刻反省'之类的话语就可以敷衍过去的吗？中国并没有要求日本认罪一万次，仅仅一次诚恳谢罪就这么难说出口，这到底是为了什么，为了什么呀？"传玉愤怒地拍案而起。

三

传玉在家设宴，请太郎、池田、惠子、宫本吃饭，余婷婷的父亲余慕樵、母亲何洁夫妇来作陪。席间，宾主畅谈中日友谊，两国风情，美好地交流未来。当传玉说到"前事不忘，后事之师"的时候，惠子感慨万千地说：

"是呀，传玉君说得很对。日军在华犯下的滔天罪行，不仅伤害了中国人，日本人民也深受其害。害人害己，这个历史教训一定不能忘记，必须引以为鉴，才能有我们日本的未来。当年，日本军阀吞并满洲的时候，本以为开发了新大陆，那里就是帝国的新领土了，满洲皇帝溥仪不过是随时可以一脚踢开的傀儡。于是，就大量向那里移民，挤压侵占当地农民的土地，打算在二三十年内，移民上千万人。他们组织'满洲开拓团'，大力组织移民拓殖，投降前就已经移民好几十万了。结果，战败投降后，这些移民仓皇往回奔逃，异常狼狈。他们冒着风雪严寒，一路上抛儿弃女，年老体弱的倒卧途中，遗骸异国。移民的结果十分惨痛！幸好好心的中国人不忍日本孩子遭受遗弃，收养了这些弃儿。"

"是呀，我们临城就有日本年轻女侨眷，丈夫是鸦片馆雇员，投降前就病死了，身后萧条。她本打算回国，但国内无亲无故，生计艰难，战争期间也无法回去。就在我们镇外城郊，嫁给了一个老实忠厚的单身庄稼汉。她学会了中国话，夫妻俩日子过得红火，还生了个胖儿子，四邻八舍都很称赞。现在儿子长大成人，当上了铁路员工呢！"传玉说。

"唉！不说别人，就拿我自己来说吧！"惠子接过话茬儿，"我就是现世现报的一个！"

"您有什么事，藤田女士？"余慕樵老先生问。

"一言难尽呀！"惠子叹口气，哀伤地说，"就在投降的那年秋天，

尾 声 三十年后

我怀有身孕，后来生下来个女婴，极瘦小，哭声很微弱，睁不开眼睛。医生说这婴儿可能活不成了。我不敢冒险把婴儿带在身边回国，怕她经不起一路折腾，死在路上。这时，我已经得到消息，丈夫很可能早已战死冲绳了。日本医生劝我给女婴留条活路，把她丢在临城让中国人收养，也许还能活下来。"

说到这里，惠子流下泪来。她用手帕扪了扪眼睛，接着说：

"临去侨民集中地的那天晚上，我抱着婴儿哭了一夜。黎明时分，悄悄走出家门，把孩子放在火车站下大街路西的一户人家门口。当时是秋天，清晨很冷，怕时间长了孩子冻坏了，便上前使劲叩打门环，然后躲到一旁偷看。那家听到有人敲门，出来一位中年男人，朝四周看了看，低头发现了我的女儿，就把她抱进门去了。这时，我才放下一颗久悬着的心，去侨民集中地报到了。我打从心底里感激这户人家，希望我的女儿能闯过早产儿生存这一关！不知道后来怎样了。"

在座的人都听得唏嘘不已。余慕樵夫妇神情专注，听得格外入耳，慕樵问：

"你没给孩子留下个记号？"

"记号是留下了，但不知后来孩子活成活不成！"

"什么记号？您说说。"慕樵的夫人何洁追问。

"三十年都过去了，不提也罢！"惠子颓丧地说，"我给孩子缝了个布娃娃做护身符，揣在褓褓里，在布娃娃背上用毛笔写下'樱子'两个汉字，是我给女儿起的名字。"

"樱子身上呢？有没有留记号？"慕樵问。

"我想到了这一点。不顾孩子竭力挣扎，使尽微弱的力气啼哭，我忍泪咬牙，给樱子右肩上文了朵樱花，用伊红染色，一朵红樱花！"

"婷婷快！快站起来转过身去，打开领子！"何洁忙起身抬手招呼。

婷婷应声而起，转过身去拉开领口露出右肩，一朵鲜艳的红樱花呈现在人们眼前。藤田太郎、池田英夫与宫本雄一都"啊"的一声惊叫起来：

"快看，樱子！是樱子！"

樱花梦

惠子眼泪顿时像堤坝决口一样，泪流满面，掩面饮泣。

"婷婷我儿，快认你的亲娘！"何洁叫道。

"婷婷，快给你娘磕头！她就是你的生身母亲啊！"慕樵眼泪汪汪地叫道。

"不不！婷婷，对不起，我不仅没有尽职，而且还遗弃了你，我没有资格接受你的叩头！"惠子连连摇手，"应该给你余家爹娘磕头，他们才是你真正的爹娘，再生父母呀！"

婷婷不知如何是好，在余氏夫妇的催促下，就地跪下冲着慕樵夫妇与惠子分别叩首，站起身来，手帕掩面呜咽不止。惠子起身来，泪流如雨，冲慕樵夫妇深深鞠躬，哭道：

"感谢你们救活了气息奄奄的樱子，把她养大成人，这个恩德实在是天高地厚啊！"

何洁上前叫婷婷与惠子拥抱，母女二人痛哭不止。太郎、池田宫本也忍不住流下眼泪，站起来向慕樵夫妇深深鞠躬说：

"惠子说得很对，你们是婷婷的再生父母，真正的爹娘！没有你们含辛茹苦地养护，一个生死莫测的早产儿，哪里会有她的今天！"

这时婷婷与惠子都哭成了泪人儿。这悲喜交集的动人情景，感动着在场的每一个人，并且永远铭刻在中日两国人民的心底里了。

"家骧，向你的岳母松崎夫人行礼！"传玉对儿子说。

家骧走到惠子面前鞠躬说：

"岳母大人，我与婷婷结婚已经十年了，今天才认识您，实在是失礼，请您原谅！"

"呀，惭愧得很！我欠你们父子太多太多，实在不敢当呢！"惠子躬身道。

宫本慨然端起酒杯，满满地斟上一杯茅台，一饮而尽，然后又斟上满满一杯大声说："诸君，让我们为今天这血亲相认的日中友谊，举杯痛饮吧！"

干杯！干杯！一时干杯之声不绝于耳，大家都感动得流下热泪。家骧起身取来脸盆毛巾，请大家洗脸净手。擦过脸后，大家重新落座，感

尾 声 三十年后

叹一番。

"你们二位为什么要婷婷认下我这个没履职的母亲？"惠子问慕樵夫妇。

"人们时常说'生养生养'，做父母的既要生，又要养。您因为当时的艰难处境，婴儿又是个衰弱的早产儿，不得不把婴儿留下。我们偶然发现了她，当然必须尽力抚养，这样，您与我们共同尽了做父母的责任。我们把婷婷看作中日两国人民共同的骨血，所以她长大后，就把她的出身毫无保留地告诉了她，期待她的母亲来寻找她。我们一直在等待着这一天早点到来。老天不负苦心人，这一天终于来了，惠子女士您来了，亲生母女团圆了。我们还期待婷婷能在中日两国之间起到结结实实的纽带作用，把两国紧密地连接起来，使两国人民的友谊地久天长！所以，我们叫她报考厦门大学外国语学院，在学院里主修日语，希望她从事中日间的外事工作，成为两国交流的友好使者，为抚养她的我们争光，为她的生身母亲您争光！"

"伟大的人民，伟大的胸襟，伟大的抱负！我们向您二老致敬！"宫本、池田起身，再度向慕樵夫妇深深鞠躬。

太郎先生说，一桩喜事密切联系了三家人，惠子婷婷母女应该与余家夫妇、刘家父子合影，宫本听了连说必须留影，立即取出相机，给他们拍了照。宫本看了惠子一眼说，惠子女士应该与传玉君合影留念，你们是四十多年的老朋友了嘛！这个建议恰中惠子的心意，她立即对传玉说："记得吗，四十年前欠我一张合影照，今天总该还了吧？"传玉一笑，点头说："记得，我当时就说，会有机会的，我们现在就拍张合影留念吧！"宫本立即把相机镜头对准他们俩，连说靠拢些，将两人摄入了镜头。最后，全体合影留念。

市委柴书记、陈副市长等市领导共同为惠子一行举行宴会，祝贺他们母女相认，祝贺中日友谊万古长青。宴会后，由市政府办公室秘书等陪同参观了枣庄电影城，那里有铁道游击队抗日活动的景观；参观了台儿庄抗日战争纪念馆、微山湖铁道大队纪念碑。在游览万山丛中幽静的古寺林木时，惠子笑着对太郎、池田及宫本说，当年这里都是八路军的

樱花梦

地盘，日军是轻易不敢来的。应惠子的请求，市领导还安排一行人游览了北临城老街，惠子兴致盎然地指点当年她与河源来此参观的教堂、学校及南门的大石桥，桥下的河谷与南边的黄土高阜。虽然旧时的茅舍炊烟、鸡鸣犬吠不再，但风景依旧美丽，令惠子感慨万端。市政府秘书领他们在街里小酒店吃午饭，其间还品尝了早年的当地小吃，辣汤，豆面粥，煎饼油条。宫本食欲大开，连呼"过瘾！过瘾！"

市里安排惠子一行下榻车站下的薛国大酒店。婷婷与家骧两人带领他们去酒店安顿，婷婷讲解说，这个酒店因地取名。临城是战国时期齐国宰相孟尝君的封邑，薛国故地，都城就在镇北不远。孟尝君是战国四公子之一，以门下食客三千著名，"鸡鸣狗盗"之徒的掌故就出在这里。婷婷讲述临城掌故如数家珍，令太郎赞叹不止。

游览时，惠子不断看婷婷与家骧，心中暗想天下竟然有这样的巧事：我忍痛留在中国的女儿，竟然成了玉哥哥的儿媳，我俩的美丽"樱花梦"，千折百磨，最终却在下一代人身上梦想成真了！一种莫可名状的慰藉感、幸福感冲击着她，激动地留在她的内心深处。

在离开临城前，惠子等人举行告别宴会。市政府领导及余慕樵夫妇，传玉与家骧夫妇都应邀参加。宴会上气氛热烈，宾主频频举杯，祝贺惠子收到的意外惊喜，祝贺他们一行为搭建中日友谊的桥梁做出的可喜贡献。宫本雄一虽也是七十开外的老人，却像年轻人一样，歌兴大发，把苏格兰民歌《友谊地久天长》的歌词稍加改动，添加期盼日中友谊的美好憧憬，用他浑厚的男中音，纵声高唱：

千年的朋友怎能忘记，心中怎能不常怀想？中日友谊岂能相忘？我们的友谊地久天长。一路平安，我的朋友！让我们举杯痛饮，齐声颂扬，日中友谊地久天长！

大家击掌唱和：让中日友谊地久天长！与唱机里苏格兰民歌《地久天长》的旋律相伴，歌声飞向窗外的夜空，久久回荡。歌罢，一阵热烈的掌声，人们相互握手，祝福中日友谊的彩虹牢固地架设在黄海两岸上

尾 声 三十年后

空，两国人民齐心协力，营造共同的幸福安康。

次日，市政府领导特派家骧夫妇送藤田惠子一行，乘特快列车赴济南转车青岛，登上开往神户的客轮。家骧、婷婷给惠子母亲及每位日本客人献上一束盛开的康乃馨，祝他们一路平安。客轮启碇时，家骧、婷婷挥手高呼：再见啦，惠子母亲，再见啦，日本朋友们，请你们把友谊的种子带回去，播散在日本的大地上。祝你们一路平安！